南開詩學書系

民國詞話叢編

第一冊

MINGUO
CIHUA
CONGBIAN

孫克強　楊傳慶　和希林／編

社會科學文獻出版社
SOCIAL SCIENCES ACADEMIC PRESS (CHINA)

国家社科基金重大委托项目
"'中华诗教'与优秀传统文化的传承"（18@ZH026）阶段成果

前　言

　　詞話是詞學批評理論最典型的載體，與詩話、曲話、文話、賦話共同構成了中國古代文學批評的主要文體形式。詞話的内容和形式均有一定的特點。從内容看，從北宋時期的記逸事、資閒談，發展到明清時期涵蓋所有的詞學批評内容：本事、掌故、鑒賞、批評、理論，等等；從文體形式來看，詞話具有文言語體方式、語錄片段結構、感悟概括表述的特點。詞話從北宋至民國已有近千年的歷史，其間清代詞話達到了詞話文體的頂峰，民國時期的詞話雖然已經不再是詞學批評的主要樣式，但仍然取得了豐富的實績，可謂古典詞話文體最後的繁盛期。民國時期，傳統的詞話與新興的具有西學著述規範的詞學論著，由并存到逐漸被後者取代，民國詞話可以視爲古典詞學的終結。

　　1911 年，中國最後一個封建王朝清朝壽終正寢，1912 年中華民國建立。民國前後，西方的社會思想文化教育漸進漸深地影響中國，詞學領域也產生了較爲深刻的變化。詞是中國古典文學韵文形式之一，宋詞還曾被譽爲“一代之文學”，詞學在民國以前一直被視爲古典文學的重要營壘。民國時期，新文學興起，舊體文學不免黯然失色，但仍然具有廣大的市場。隨着西方文學思想進入到了詞學領域，民國詞壇開始分化并形成了新舊兩派。舊派也被稱爲傳統派或體制内派。其詞學批評更注重詞體的内在結構，講究詞體的規範性。就學術淵源而言，舊派由清代的常州詞派傳承而來。新派，亦稱現代派，對應地被稱之爲體制外派。新派詞學家是一批新型的學者，受西方文藝思想影響較深。民國時期，新的思潮、新的文化必然帶來包括詞學在内的文學思想的變化，新舊兩派代表了詞學思想的革新和守舊，這種差異不僅表現在思想觀念方面，也表現在文體形式方面。新派詞學家喜歡運用新的著述方式，如章節形式的史著、論文；而傳統的詞話形式多爲舊派所偏好。

一

民國詞學是清代詞學的發展，舊派詞學家繼承傳統，喜好運用"詞話"這種傳統的詞學批評樣式，民國時期的詞話多爲舊派詞學家撰著。

1908 年（清光緒三十四年）在詞學史上具有特殊的意義。這一年在《國粹學報》上前後發表了兩部詞話著作，即況周頤的《玉梅詞話》和王國維的《人間詞話》；前者集舊派詞學之大成，後者乃新派詞學當之無愧的開山之作。

況周頤的詞學淵源可由朱祖謀、王鵬運、端木埰上溯到常州詞派的周濟、張惠言。況周頤的創作和批評皆稱大家，其詞話著述更可稱爲空前絕後，朱祖謀曾稱讚《蕙風詞話》爲"自有詞話以來無此有功詞學之作"①。況周頤的詞話大都發表於民國時期，如《織餘瑣述》民國八年（1919）；《餐櫻廡詞話》民國九年（1920）；《蕙風詞話》民國十三年（1924）；《繢蘭堂室詞話》民國十五年（1926）；《詞話》民國十六年（1927）；《詞學講義》民國二十二年（1933）；《玉栖述雅》民國二十九年（1940）。隨着況周頤多種詞話的發表，況氏詞學家的聲望、影響日益擴大。加之有朱祖謀的詞學領袖的號召力，舊派詞學繁盛一時，彊邨、蕙風的弟子、再傳弟子撰寫詞話的風氣長盛不衰。如陳匪石、龐樹柏、

---

① 龍榆生：《〈詞學講義跋〉引》，載《詞學季刊》創刊號，1933。

陳洵、徐珂、趙尊嶽、陳運彰、張爾田分別爲譚獻、朱祖謀、鄭文焯、況周頤的弟子；盧前、唐圭璋、李冰若皆爲吳梅的弟子。可以説民國詞話基本上是舊派詞學的天下。

從南宋至清末，傳統詞話的內容主要有三類：（1）教人填詞的詞法詞話；（2）體現詞史意識的存人存詞詞話；（3）借鑒古人名作，從中汲取經驗的歷代詞評。本文重點討論前兩類。

首先來看民國詞話中教人填詞的詞法詞話。傳統詞學的核心理念是指導創作，傳統詞話的編撰是指導習詞者填詞，是爲初學者指示門徑，民國時期舊派詞學家創作的詞話亦是如此。詞法具有較强的概括性和借鑒性。民國的舊派詞學家的詞話，在詞法方面用功甚深，特別注意詞體的結構、技法、詞律、詞韵等。況周頤在《蕙風詞話》中多講"讀詞之法""改詞之法""用筆之法""用字之法"。趙尊嶽的《珍重閣詞話》具體而詳地闡釋《蕙風詞話》，亦多講詞法，如"讀詞之法""循誦之法""選詞之法""章法""起拍之章法"等。民國時期許多大學國文系開設詞學課程，往往理論鑒賞與填詞習作并重，民國詞話的這些詞法內容，正是傳統詞學在民國時期影響的體現。

其次來看民國詞話中存人存詞的內容。詞話最初的形態是本事詞話，清代詞話中有關當代詞人詞作的記載亦非常豐富。從這些詞話載錄存人存詞的目的來看，有朋友之間的標榜，有對上級權貴的阿諛，有對鄉邑文獻的保存，有對掌故的獵奇，等等。民國詞話繼承了本事詞話的傳統，對詞本事多有記載。如張爾田的《近代詞人軼事》望而可知是爲存人而撰，其中記載晚清蔣春霖、鄭文焯、況周頤、沈曾植四人的詞壇逸事。葉恭綽的《近詞案記》記載了晚清民初詞壇名人五十四家的基本資料。高旭《願無盡廬詞話》記載了同時代人傅鈍根、李叔同、沈道非、柳亞子、蔡哲夫、林以和、于右任、俞劍華、胡冗悶、龐樹柏、陳惕庵、莊禮本、高東嘉、鄒天一等人的詞事詞作。

民國詞話還記載了許多詞社雅集故事，如高旭《願無盡廬詞話》記南社詞人聚會，王蘊章《梅魂菊影室詞話》記春音詞社，碧痕《竹雨綠窗詞話》記傲寒吟社，徐珂《康居詞話》記聊園詞社，陸寶樹《樵盒詞話》記藕香吟社，夏敬觀《忍古樓詞話》記漚社，等等。民國詞社與清代詞社一樣，大多爲鬆散的詞人組織，并不强調文學流派的凝聚力和審美的一致性，詞社活動多是酒宴消遣，分調分韻，結集刊行，追求的是詞人的風流閒雅品味。詞社雅集的載録亦屬於本事詞話範疇，是詞話的傳統内容。郭則澐的《清詞玉屑》十二卷是一部專題詞本事詞話，纂輯的是清朝詞史上詞人詞作的本事掌故，無論朝廷大事或閨閣瑣事，皆在搜羅之列。

詞學發展到清代，出現了一個"高大上"的主題——"以詞存史"。清初陳維崧曾提出"選詞所以存詞，其即所以存經存史"（《詞選序》）；清代中後期的周濟，更是明確提出"詩有史，詞亦有史"（《介存齋論詞雜著》）。"詞史"觀念與存人存詞之間有相通之處，存人存詞自然可以積累而成詞的創作歷史，詞人詞作又是對社會人生、心路歷程的歷史書寫。不過"詞史"書寫更注意具有社會、歷史、國家、民族意義的題材。如王蘊章特別强調"詩有詩史，詞亦有詞史"，其《秋平雲室詞話》從"詞史"的角度載録本事詞：有譏刺朝中權貴翁同龢、張佩綸等人的，有反映光緒朝朝廷内宫黨争、内鬥歷史的，有記述義和拳亂及八國聯軍侵占北京時文人生活的，有表現廣東鴉片戰争中以鄧廷楨、林則徐爲代表的民族英雄的氣概的，有記載清朝廷腐敗無能外交耻辱的，等等。王蘊章曾説："余嘗欲搜求此類詞，匯爲一編，時備觀覽，似勝昔人集本事之詩，與但爲詞人作箋注記傳者遠甚。"可見王蘊章具有明確的詞史意識，意欲鉤沉記載重大歷史事件的詞本事，以詞話書寫歷史，已經超越了存人存詞的局限。

二

新的時代、新的社會必然會促生新的思想和新的方法，民國詞話的内容也在發生變化，體現時代的新變。

　　第一，詞話作者身份的新變。與民國之前相比，民國詞話作者的身份發生了顯著的變化，可以從兩方面加以考察。其一，詞學家不再一定身兼詞人。民國詞話作者除了極少數還可稱爲“詞人”，能夠以詞聞名於世者之外，大多數已經很少填詞，甚至從不填詞。其二，詞學家多以詞學研究爲職業，許多詞話作者是職業的詞學研究者。據統計，民國詞話作者的社會職業最多的是大學教師，其次是新聞出版界業人士。如《梅魂菊影室詞話》《秋平雲室詞話》的作者王蘊章，歷任滬江大學、南方大學、暨南大學教授；《宋詞舉》《聲執》《舊時月色齋詞譚》的作者陳匪石，任中央大學教授；《恫簃詞話》的作者聞野鶴，歷任中山大學、燕京大學、山東大學、雲南大學、西南聯合大學教授；《夢桐室詞話》的作者唐圭璋，任中央大學、金陵大學教授。民國詞話作者中有不少是新聞界、出版社界的文化人，如《學詞隨筆》《潛庵學詞記》《桐風蘿月館詞話》的作者姚鵷雛，歷任《太平洋報》《民國日報》《申報》《江東》《春聲》等報刊編輯；《天問盧詞話》的作者成舍我，曾任《民國日報》副刊編輯；《啼紅閣詞話》的作者沈瘦碧，任《農民教育》期刊編輯。新的職業身份往往決定了詞話撰著的目的和方向。民國的這些學者、文化人不再是爲了教人填詞而寫詞話，不再以指導作詞爲目的，而是配合自己的職業進行學術研究。詞學課教授將課堂教學與詞學研究融爲一體，他們撰著的詞話具有現代學術研究的性質。如唐圭璋先生的《夢桐室詞話》就是一部學術性的詞話，其特點是詞學文獻考辨札記的彙編。唐圭璋在編纂《全宋詞》《全金元詞》之時，發現一些傳世文獻存在訛誤或矛盾，就進行了深入的考辨研究，然後將這些考辨文字加以彙編，成爲《夢桐室詞話》。這些成果後來在《全宋詞》《全金元詞》中皆有體現。又如，許多詞選評點類的詞話就是當時教授詞學課的教材，如劉毓盤的《花庵絕妙詞選筆記》，汪東的《唐宋詞選識語》，蔡嵩雲的《柯亭唐宋名家詞評》，顧隨的《稼軒詞説》

《東坡詞説》等，皆爲當時的教案教材，實爲職業工具。

第二，詞話意涵的新變。民國詞話内容豐富，包括詞學理論、詞人批評、詞作品評、詞法、詞律以及校勘、輯佚等。傳統詞話的内容應有皆有，但是新的思想和方法已經悄然滲入其間。

首先是新方法、新見解的體現。如民國詞話對常州詞派穿鑿附會的解詞方法予以駁斥，即一顯例。常州詞派從張惠言開始，以"意内言外"論詞，往往運用錘幽鑿險、穿鑿附會的方法解詞，這種方法又成爲常州派的"家法"。民國詞話中多有對此批評者。如鄭騫《成府談詞》指出"清人如張惠言、周濟、陳廷焯等，……蓋緣胸中先横一尊體之見，牽引附會以求微言深意，於是催雪落葉，皆成麥秀黍離矣。"并且明確説自己"對於清人穿鑿附會之解説則始終未能贊同"。

其次是對清代詞史的總結。民國上繼清朝，對前朝文學成就以及經驗教訓的總結，是當代學者應有的責任和使命。民國詞話中對清代詞學的成就、分期進行了概括。民國詞話認定清詞爲"中興"，陳匪石、葉恭綽、陳乃乾、龍榆生等人均認爲清詞可與宋詞并肩，形成雙峰對峙，充分肯定了清詞"中興"的地位和成就。民國詞話將清代詞史予以分期，如張德瀛、蔡嵩雲等人全面考察清代詞史的發展歷程，分爲三期。張德瀛《詞徵》把康熙時期的朱彝尊和陳維崧、雍乾年間的厲鶚、嘉道年間的張惠言作爲三個時期的代表。蔡嵩雲《柯亭詞論》則從流派着眼，以浙西派和陽羨派、常州派、晚清四大家作爲三個時期。葉恭綽又將浙西派、陽羨派之前的清初單列，增爲四個時期。歷史分期看似簡單，其實則蘊含了論者豐富的閱讀經驗和深刻的思考。

1926年王國維的《人間詞話》經由俞平伯標點後出版，逐漸影響了整個詞學界，甚至被捧上了神壇。《人間詞話》論詞的主旨具有"反主流"的意識，許多觀點與清末民初尚居於主流地位的常州詞派的追隨者相對立。與《人間詞話》相呼應，胡適以新思想看待舊詞學，提出了全新的詞學觀和詞史觀。新派詞學在民國時期影響甚大，但他們大都喜歡用由西方引進的章節形式的著作或論文來著述，有些新派詞學家對詞話這種形式甚爲鄙視，如胡雲翼説"詞話本是胡説八道的東西，没有什麽意義"（《詞學ABC》），因而民國時期新派詞學家的詞話較爲少見。民國時期的新派詞學以王國維爲旗幟，以胡適爲領袖，詞學思想深受他們的影響。雖然民國時期的詞話幾乎被舊派所籠罩，但是現代新詞學的思想還是不可遏制地滲透進民國詞話之中。

在民國詞話中，王國維的《人間詞話》有相當大的影響。《人間詞話》論詞别出心裁，新意頻出，如一縷清風吹過舊派籠罩的詞壇，一些詞論者頗有會心。如《名山詞話》的作者錢振鍠説"偶見王静安《人間詞話》，於不佞有同心焉，喜可知也"，正是這些詞論者的反應。民國時期引用、討論《人間詞話》的文字在各種詞話中不斷出現。如蕭滌非《讀詞星語》評析歷代詞人詞作文二十九則，其中引用《人間詞話》竟達十則之多，蕭氏對《人間詞話》的欽敬由此可見。蕭滌非於1926年至1933年在清華讀書，與王國維有師生交集，蕭滌非的詞學批評有王國維詞學的烙印當屬自然。又如翁麟聲的《怡簃詞話》論詞曲關係，引用《人間詞話》的論斷，視《人間詞話》爲經典。凡此種種皆可見出《人間詞話》的影響。

王國維的《人間詞話》與傳統詞學有一定的背離性，是新詞學思想的表現，在民國時期不僅引起追捧，同時也受到了質疑和批評。下面略舉數例。

其一，對"境界"説的批評。"境界"説是王國維詞論的核心範疇，也成爲民國詞學知名度最高的範疇。"境界"説引發了詞學界的熱烈討論，在民國詞話中亦不乏評議，熱烈鼓吹者有之，質疑批評者亦有之。如《漚庵詞話》有一則專論"境界"，對王國維的"無我之境"加以質疑。又如厲星槎《星槎詞話》指出王國維所説的"境界"通用於詩、詞、曲等各種文體，并非詞學專有範疇，"境界"的提出實際上是對詞體認識不深的表現，并不值得過高評價。其二，對《人間詞話》輕視詞體語言藝術的批評。張爾田《遁庵詞話》指出，"晚近"的習詞者追捧"意境"而拋弃了"辭藻"，是輕視詞體語言藝術的表現，此種傾向應予糾正。其三，對《人間詞話》中一些觀點的批評。如鄭騫《成府談詞》對《人間詞話》過度否定南宋詞人予以批評。

就影響而論，在民國詞壇上能與王國維《人間詞話》相媲美的當屬胡適的《詞選》。胡適詞學的特點是白話、平民化、自然；這些概念成爲新派詞學的標志性符號。胡適新的詞學主張贏得了民國時期不少認同者，在民國詞話中，胡適的《詞選》亦多被提及，胡適提倡白話詞的主張在部分民國詞話中也得到了積極的擁護，蕭滌非《讀詞星語》舉李後主詞之例云："後主以俗語白話入詞，如'酒惡時拈花蕊嗅'，'酒惡'乃當時俗語。又如〔相見歡〕詞'剪不斷，理還亂，是離愁。別是一般滋味在心頭。'則純爲白話矣。"顯然是對胡適白話詞説的正面呼應。朱劍芒《垂雲戀愛閣詞話》舉宋代詞人石孝友〔品令〕詞的例子證明白話詞的審美價值，"寫離別時依依狀態，讀之宛然在目"，生動感人，非文言的"翠顰紅濕"可比。也是對胡適肯定白話詞主張的回應。

然而在民國詞話中也有不少與胡適詞學思想相對立的主張。如劉德成《一葦軒詞話》認爲，詞體作爲一種文體有"其旨隱，其詞微"的特點，用白話來寫則"難盡其含蓄之妙"。又指出在宋代詞史上，黃庭堅、蔣捷、石孝友等人的白話詞"尤卑鄙不堪"，是失敗之作。這則詞話雖然没有提到胡適之名，却顯然是對胡適所謂"白話詞"的直接批評。

民國詞話的一大亮點是閨秀詞話的出現。民國之前没有單本閨秀詞話，女性詞人詞作的評論保存於兩類詞學文獻之中：一是零星見於歷代各種詞話，二是附于歷代閨秀詞選之中。明清兩代女性詞學文獻尚處於存人存詞的文獻意識階段。民國出現了九種單本的閨秀詞話，單本閨秀詞話的出現標志着女性詞學批評理論進入了的新階段。

值得注意的是民國時期閨秀詞話的作者中有一些是女性，如《縮春樓詞話》的作者楊全蔭，《香艷詞話》的作者胡旡悶，《讀閨秀百家詞選札記》的著者爲楊式昭；知識女性的介入是民國閨秀詞話的一大亮點。早在北宋末期，李清照曾撰《詞論》，開女性論詞的先河。民國時期，女性作者撰寫閨秀詞話又有特別的意義，她們有文化修養，甚至還有現代教育背景，因而視野廣闊、思想解放；作爲女性她們更瞭解女詞人的生活狀況、思想情感和創作心態，因而對女性創作有更爲深切的感受，對女性詞的優長和欠缺也有更明晰的認識。

閨秀詞批評理論的深度有明顯突破。民國之前，相關的閨秀詞話文獻多爲本事詞話，是出於存人存詞的目的而加以輯錄的。民國閨秀詞話的詞學思想則上升到了一個新的高度。

其一，論閨秀詞者已經注意到評析閨秀詞的特殊性，如況周頤説“評閨秀詞，固屬別用一種眼光。”（《玉栖述雅》）況周頤還提出論閨秀詞的基本原則：“蓋論閨秀詞，與論宋元人詞不同，與論明以後詞亦有間。”是説論閨秀詞既要區別於同時代的男性詞人，也要注意不同的時代特點。古人論詩詞之辨，有“詩莊詞媚，詩直詞婉”之説，詞體具有婉媚的特性，這種特性與女性的性格特點恰相契合。應該説這是很有眼光的認識，頗有一些女性文學批評的色彩。其二，閨秀詞話對閨秀詞人的創作環境、性格特點以及閨秀詞的局限和弊端進行了分析。如楊式昭的《讀閨秀百家詞選札記》云“閨秀詞總是堂廡太小”，指出閨秀詞人受生活閱歷和環境之限，眼界受到很大的局限。楊式昭認爲，與唐宋名家相比，閨秀詞的差距主要表現在“求其豪氣鬱勃者則不可得”，“學問經驗修養不同”，“觀察之力不及，故言情體物不能細膩”。歷代閨秀詞人受社會制度、倫理觀念和傳統習慣的影響，她們的成長環境、社會地位和教育背景均無法與男性相比，女詞人的文化、修養、眼界難免受到限制，甚至造成根本的缺陷。楊式昭受過現代高等教育，其閨秀詞批評的思想和方法均高出時人一籌。

民國時期閨秀詞話蓬勃湧現，此與時代背景有直接的關係。民國時期女性的社會地位有所提高，更多女性接受文化教育，乃至高等教育。女性的文學創作也更爲普遍，西學東漸，女性意識增強。民國時期的閨秀詞話進入一個新時代，無論文本形式、創作思想，還是批評理論水平，均呈現新的特色，達到了新的高度。

三

"詞話"當下學界有廣義、中義、狹義三種認識。廣義的"詞話"將一切論詞文字皆視爲詞話，甚至將民國時期的詞學專著、論文、白話文章皆視爲詞話；狹義"詞話"專指原爲單本刊行發表的詞話；中義"詞話"指既包括原爲單本詞話，還包括從詞選批語、筆記、詩話、書目提要等詞學文言著述中輯錄而成的新的單本詞話。本叢書纂輯的民國詞話爲中義"詞話"。

《民國詞話叢編》在前賢成果的基礎上進行整理工作，共收入民國詞話 154 種。所收詞話大體分爲以下四類。

1. 單本詞話。此類詞話又可分爲二種樣式：（1）原創類單本詞話。如況周頤《餐櫻廡詞話》《繡蘭堂室詞話》，陳匪石《舊時月色齋詞譚》，周曾錦《臥廬詞話》，夏敬觀《忍古樓詞話》，趙尊嶽《珍重閣詞話》，唐圭璋《夢桐室詞話》等。（2）輯錄類單本詞話。輯錄類詞話是輯而不是撰。輯錄類詞話在清代頗爲盛行，如徐釚《詞苑叢談》十二卷、沈雄輯《古今詞話》八卷等。民國詞話中亦有輯錄類詞話，如夏敬觀《彙輯宋人詞話》，乃從五十種宋代詩話筆記中輯錄涉詞文獻而成的詞話。

2. 新輯單本詞話。此類詞話又可分爲二類：（1）從詩話中輯錄之詞話，如王蘊章的《然脂餘韵·論詞》乃從王氏詩話《然脂餘韵》中輯錄而成的。楊鍾羲《雪橋詞話》乃從《雪橋詩話》中輯錄而成的。（2）匯輯各種詞學文獻之詞話。一些詞學家的詞學批評文獻散見於各種形式，如筆記、批語、論詞書札、論詞韵文等，本叢書加以匯輯整理成爲新的詞話。如張爾田的《遁庵詞話》乃從其所著《史微》《玉溪生年譜會箋》《遁庵樂府》等書中輯録的；徐珂的《康居詞話》乃從其筆記集《康居筆記彙函》中匯輯的。

3. 由詞選批語彙集而成的詞話。在清代詞話中由詞選批語彙集而成的詞話甚多，如《詞潔輯評》乃胡念貽先生從清人先著、程洪編選的《詞潔》中的評語輯出的；《蓼園詞選》由清人黄蘇編選，詞下有箋注、詞話、點評，唐圭璋輯其評語爲《蓼園詞評》。民國詞話中亦不乏此類由詞選批語而成的詞話，如《花庵絶妙詞選筆記》乃據劉毓盤講授南宋黄昇《花庵詞選》中的評語輯録整理而成的。《唐宋詞選識語》乃從汪東講授詞學課程所編《唐宋詞選》中之批語輯録而成的。《柯亭唐宋名家詞評》乃據蔡嵩雲《作法集評唐宋名家詞選》附録《柯亭詞評》輯録整理而成的。

4. 書目提要類。清人有《四庫全書總目提要》等，民國亦有孫人和等的《續修四庫全書總目提要·詞籍提要》，胡玉縉《四庫未收書目提要·續編詞籍提要》，趙尊嶽《詞集提要》等。

早在民國時期，民國詞話就開始進入學者的研究視野，他們已開始利用現代學術方法對民國詞話進行整理研究。較早從事民國詞話彙編工作的是詞學大師唐圭璋先生。唐圭璋先後出版了兩種《詞話叢編》叢書，1934 年即出版了初印本《詞話叢編》，共收 60 種詞話，其中標明是民國人撰輯的詞話共 6 種：徐珂撰《近詞叢話》、王國維撰《人間詞話》、冒廣生撰《小三吾亭詞話》、陳洵撰《海綃説詞稿》、潘飛聲撰《粵詞雅》。1986 年中華書局出版增訂本《詞話叢編》，共收 85 種詞話，其中民國詞話增加 8 種：張爾田輯《近代詞人軼事》、朱祖謀撰龍沐勛輯《彊邨老人評詞》、況周頤撰《蕙風詞話》、況周頤撰《玉栖述雅》、周曾錦撰《卧廬詞話》、夏敬觀撰《忍古樓詞話》、蔡嵩雲撰《柯亭詞論》、陳匪石撰《聲執》。兩版相加共 14 種。《詞話叢編》對民國詞話的匯輯有篳路藍縷之功。

21 世紀以來，民國詞話的文獻整理進入了新時代。張璋編在《歷代詞話續編》（大象出版社，2005）中收入《詞話叢編》未收的民國詞話 29 種：況周頤撰《詞學講義》《餐櫻廡詞話》《香海棠館詞話》，汪兆鏞撰《椶窗雜記》，陳鋭撰《詞比》，楊鍾義撰《雪橋詞話》，冒廣生撰《疢齋詞論》，易孺撰《韋齋雜説》，夏敬觀撰《映庵詞評》，夏敬觀輯《匯輯宋人詞話》，梁啓勛撰《曼殊室詞論》，葉恭綽撰《遐庵詞話》，陳匪石撰《舊時月色齋詞談》，黃濬撰《花隨人聖庵詞話》，趙尊嶽撰《珍重閣詞話》，張伯駒撰《叢碧詞話》，沈軼劉撰《繁霜榭詞札》，李冰若撰《栩庄漫記》，祝南撰《無庵説詞》，宣雨蒼撰《詞讕》，蒙庵撰《雙白龕詞話》，朱保雄撰《還讀軒詞話》，徐興業撰《凝寒室詞話》，劉德成撰《一葦軒詞話》，伊鵑撰《醉月樓詞話》，武酉山撰《聽鵑榭詞話》，配生撰《醉月樓詞話》，林丁撰《蕉窗詞話》，碧痕撰《竹雨綠窗詞話》）。

從所收篇目看，《歷代詞話續編》較唐圭璋的《詞話叢編》所收民國詞話有大幅度的增加，在當時乃民國詞話文獻匯輯最多的叢書，應該説《歷代詞話續編》有新發現之功。但是整體來看《歷代詞話續編》作爲文獻著作存在一些明顯的問題。其一，所收詞話不是全貌，影響了文獻價值，如《歷代詞話續編》所收陳運彰《雙白龕詞話》乃據《雄風月刊》1947 年出版的第 2 卷第 2 期刊載之 21 則而成的，却失收《茶話》1948 年第 23 期刊載之另外 21 則。又如趙尊嶽《珍重閣詞話》發表於 1941 年《同聲月刊》第 1 卷第 3、4、5、6、8 號上。《歷代詞話續編》收錄之《珍重閣詞話》乃據《同聲月刊》第 1 卷第 3 號加以整理，共計 111 則，遺漏了第 4、5、6、8 號中的 200 餘則。其二，《歷代詞話續編》收錄了大量論詞的白話文章，造成詞話文體的"破體"，如收輯有詞籍序跋、論文、論詞書札，甚至還有民國時期詞學家以及之後包括張璋本人的論文和鑒賞文章，説明該書編者對"詞話"這一概念的理解與學界的共識有所不同。

　　唐圭璋《詞話叢編》出版之後，不少學者對《詞話叢編》進行增補，較具規模的有以下三種：朱崇才編《詞話叢編續編》5 册（人民文學出版社，2010）、葛渭君編《詞話叢編補編》6 册（中華書局，2013）、屈興國編《詞話叢編二編》5 册（浙江古籍出版社，2013）。這三部叢書有共同之處，即爲了接續唐圭璋的工作，補《詞話叢編》之未備，凡是《詞話叢編》收錄的詞話不再收入。三種叢書中均增補了一定數量唐圭璋《詞話叢編》未收的民國詞話。

　　綜合來看，上述張璋編《歷代詞話續編》（簡稱張編）、朱崇才編《詞話叢編續編》（簡稱朱編）、葛渭君編《詞話叢編補編》（簡稱葛編）、屈興國編《詞話叢編二編》（簡稱屈編）諸編，由於各自用功，造成重復收錄的情況，如署名況卜娱的《纖餘瑣述》，朱編、葛編、屈編皆收；陳匪石的《舊時月色齋詞譚》，張編、葛編、屈編皆收；黄浚的《花隨人聖庵詞話》，張編、朱編、屈編皆收；碧痕的《竹雨綠窗詞話》，張編、朱編、屈編皆收；陳鋭的《詞比》，張編、葛編皆收；冒廣生的《疚齋詞論》，張編、葛編皆收；夏敬觀的《映庵詞評》，張編、葛編皆收；雷瑨雷瑊的《閨秀詞話》，朱編、屈編皆收；郭則沄的《清詞玉屑》，朱編、屈編皆收；李冰若的《栩庄漫記》，張編、屈編皆收；宣雨蒼的《詞瀾》，張編、朱編皆收。

　　各叢書亦有單獨輯錄、整理的民國詞話，如朱編有陳匪石《病倩詞話》、顧隨《駝庵詞話》、唐圭璋《夢桐詞話》；葛編有夏敬觀的《五代詞話》和《學山詞話》、梁啓超的《飲冰室詞話》；屈編有王藴章《秋平雲室詞話》和《然脂餘韵》。從唐圭璋《詞話叢編》到近年的各種詞話叢書，民國詞話的基本輪廓已經顯現。

　　除了上述大型叢刊彙編了所發現、整理的民國詞話之外，還有不少學者對民國詞話文獻個案進行了整理研究，近數十年來各種學術期刊發表了一批民國詞話的整理本。發表民國詞話文獻整理較多的刊物有《詞學》《中國詩學》《古代文學理論研究》《文學與文化》等。如《詞學》第 2 輯（華東師範大學出版社，1983）發表施蟄存先生整理的汪東《唐宋詞選識語》；《詞學》第 4 輯（1986）發表黃浚《花隨人聖庵詞話》；《詞學》第 10 輯（1992）發表鄭騫《成府談詞》；《詞學》第 13 輯（2001）發表劉榮平整理的《晚晴樓詞話》；《詞學》第 28 輯（2012）發表博宇斌整理的《紅藕香館詞話縮春樓詞話》；《詞學》第 29 輯（2013）發表王亮整理的王仲聞《讀詞雜記》；《詞學》第 30 輯（2013）發表曹辛華、張響曾整理的蔡嵩雲《柯亭唐宋名家詞評》；《詞學》第 34 輯（2015）發表羅克辛輯錄的石凌漢《弢素詞話》。《中國詩學》第 13 輯（人民文學出版社，2010）發表陳昌強整理的卓揆《水西軒詞話》；《中國詩學》第 22 輯（2016）發表張響整理的曹元忠《凌波榭詞話》。《古代文學理論研究》第 44 輯（華東師範大學，2017）發表杜文捷整理的黃秋岳《聆風簃詞話》；《古代文學理論研究》第 46 輯（2018）發表劉學洋整理的徐珂《〈近詞叢話〉輯補》。此外《國學季刊》第 5 期（山東人民出版社，2017）發表李婧、楊愛娟整理的《碧廬簃詞話》。李慶蘇、李慶淦編著有《李冰若〈栩庄漫記〉箋注》（中國文聯出版社，2009）。民國詞話的發現和整理又邁進了一步。

總體來看，以《詞話叢編》《歷代詞話續編》《詞話叢編續編》《詞話叢編補編》《詞話叢編二編》爲主體的民國詞話彙集整理，取得了較大成績，民國詞話文獻得到極大的豐富。

在民國詞話文獻研究方面的成果，應以曹辛華教授的論著爲代表。其《論民國詞話的特點及其價值》（《社會科學戰綫》2014年第 7 期）、《論〈全民國詞話〉的考索、編纂及其意義》（《泰安學院學報》2012 年第 1 期）二文對關於民國詞話的各種學術問題均進行了探討。曹辛華的《民國詞史考論》（人民出版社，2017）的第十章的附錄《民國詞話部分詞話篇名、作者考錄》乃首次對民國詞話文獻進行考索的文獻。

以上有關民國詞話的整理和研究，爲本叢書《民國詞話叢編》

的編纂提供了借鑒，在編纂本叢書時參考了前賢時彥的成果，在此謹表謝忱。

<h1 style="text-align:center">四</h1>

本書對民國詞話的整理編纂，基本沿用清人及唐圭璋先生對詞話的分類認識及文獻整理編纂方法。本叢書題爲"民國詞話叢編"，乃斷代的文獻總集，彙集民國時期的詞話著作。本書關於民國詞話的界定，原則上以發表（刊刻）時間爲範圍，即以辛亥革命清廷遜位（1911）爲始，以中華人民共和國成立（1949）爲終。由於涉及清與民國易代及民國與新中國更替，本書采用較爲寬泛的時間認定標準，適當從寬掌握。

輯者進行民國詞話的整理編纂工作已有十餘年，其間發表了一批有關民國詞話的文獻整理和考辨的成果，概述如下。

1. 民國詞話的整理。本叢書的纂輯者先後在各種期刊發表民國詞話文獻整理論文：

《況周頤〈繡蘭堂室詞話〉》（孫克强、和希林，《文學與文化》2011 年第 3 期）；

《陳運彰〈雙白龕詞話〉》（孫克强、劉少坤，《文學與文化》2012 年第 1 期）；

《況周頤〈餐櫻廡漫筆論詞〉》（孫克强、李倩，《文學與文化》2013 年第 2 期、第 3 期）；

《況周頤〈珠花簃詞話〉》（孫克强，《詞學》第 31 輯，華東師範大學出版社，2014）；

《張爾田〈遁庵詞話〉》（孫克强、羅克辛，《文學與文化》2014 年第 1 期）；

《朱駕雛〈雙鳳閣詞話〉》（孫克强、和希林，《文學與文化》2014 年第 4 期）；

《趙尊嶽〈珍重閣詞話〉》（孫克强、聶文斐，《民國舊體文學研究》第 1、2 輯，國家圖書館出版社 2016、2017）；

《況周頤〈詞學講義〉》（孫克强，《南陽師院學報》2016 年第 10 期）；

《況周頤〈筆記詞話二種〉》（孫克强，《南開詩學》第 1 輯，社會科學文獻出版社，2018）；

《楊式昭〈讀閨秀百家詞選札記〉》（孫克强孫文婷，《文學與文化》2019 年第 2 期）；

《無名氏〈閨秀詞話〉》（楊傳慶，《文學與文化》2012 年第 2 期）；

《梅魂菊影室詞話》（楊傳慶，《詞學》第 28 輯，華東師範大學出版社，2012）；

《民國詞話四種》（《王藴章〈秋平雲室詞話〉》《王藴章〈紉芳簃説詞〉》《何嘉〈石涼閣詞話〉》《何嘉〈顗齋詞話〉》）（楊傳慶，《中國詩學》第 17 輯，人民文學出版社，2013）；

《方廷楷〈習静齋詞話〉》（和希林，《古代文學理論研究》第 39 輯，華東師範大學出版社，2014）；

《況周頤詞評輯録》（和希林，《古代文學理論研究》第 40 輯，華東師範大學出版社，2015）；

《晚清民國詞話兩種》（《王鐘麒〈慘離別樓詞話〉》《鄺摩漢〈適齋詞話〉》）（和希林，《古代文學理論研究》第 42 輯，華東師範大學出版社，2016）；

《金天羽〈倚聲臆得〉》（和希林，《古代文學理論研究》第 44 輯，華東師範大學出版社，2017）；

《〈先施樂園報〉所載詞話五種》（《史别抱〈空齋詞話〉》《滕若渠〈根香山館詞話〉》《冷廬非詞話》《謝黛雲〈黛影閣詞話〉》《唐和華〈蘭蓓蕾館詞話〉》）（和希林，《古代文學理論研究》第 45 輯，華東師範大學出版社，2017）；

《〈小時報〉所載詞話五種》（《章星園〈星園詞話〉》《姚民哀〈倚聲偶得〉》《陳詩〈静照軒詞話〉》《王芋原〈懷蘭拜石軒詞話〉》《尤一郎〈楸齋詞話〉》）（和希林，《古代文學理論研究》第

46 輯，華東師範大學出版社，2018）；

《詞林玉屑》（和希林，《古代文學理論研究》第 49 輯，華東師範大學出版社，2019）；

《民國詞話五種》（《馮秋雪〈冰簃詞話〉》《黄沛功〈心陶閣詞話〉》《聞野鶴〈詞論〉》《潘與剛〈讀紅館詞話〉》《張龍炎〈讀詞小紀〉》）（和希林，《中國詩學》第 20 輯，人民文學出版社，2016）；

《沈奎閣〈西溪詞話〉》（和希林，《詞學》第 38 輯，華東師範大學出版社，2017）；

《民國詞話七種》（《葉靈鳳〈餐碧簃詞話〉》《求物治齋詞話》《朱劍芒〈垂雲閣戀愛詞話〉》《宋訓倫〈天際思儀庵詞話〉》《武酉山〈聽鵑榭詞話〉》《何嘉〈絳岑詞話〉》《厲鼎煃〈星槎詞話〉》）（和希林，《南開詩學》第 2 輯，社會科學文獻出版社，2019）。

此外，先期出版了兩部民國詞話彙編。孫克强編《況周頤詞話五種（外一種）》（浙江古籍出版社，2014）目録如下：

《香海棠館詞話》《餐櫻廡詞話》《珠花簃詞話》《繡蘭堂室詞話》《詞學講義》《織餘瑣述》。

楊傳慶、和希林編《輯校民國詞話三十種》（花木蘭文化出版社，2016）目録如下：

《縮春樓詞話》《閨秀詞話》《倚晴樓詞話》《鏡臺詞話》《香艷詞話》《梅魂菊影室詞話》《雙鳳閣詞話》《褒香簃詞話》《詞論》《習静齋詞話》《心陶閣詞話》《冰簃詞話》《紅葉山房詞話》《愛蓮軒詞話》《柳溪詞話》《讀紅館詞話》《讀詞星語》《怡簃詞話》《讀詞小紀》《覺園詞話》《詞瀋》《讀詞雜記》《讀詞閒話》《潛公詞話》《秋平雲室詞話》《温盦詞話》《石淙閣詞話》《顗齋詞話》《雙白龕詞話》《紉芳簃説詞》。

2. 民國詞話考辨。民國詞話許多發表在各種刊物上，往往存在重出、改易的情况，纂輯者曾進行了一些考辨研究。主要論文有：

《況周頤詞學文獻考論》（孫克强，《文史哲》2005 年第 1 期）；

《況周頤詞話綜考》（孫克强，《國學學刊》2018 年第 4 期）；

《況周頤〈餐櫻廡詞話〉考辨與輯佚》（孫克强，《中華文史論叢》2006 年第 2 期）；

《民國詞話四種説略》（楊傳慶，《古典文學知識》2013 年第 5 期）。

以上工作皆圍繞《民國詞話叢編》開展，解決了一些歷史懸案，拓展了今見民國詞話的範圍，爲本叢書的編纂打下了堅實的基礎。

需要説明的是，本叢書與孫克强編纂的《清代詞話全編》（鳳凰出版社，2020）有接續關係，分別爲清代、民國的詞話總集。

民國時期是中國文化的轉型時期，一方面由西方引進的新思想、新觀念、新方法與中國傳統文化結合，産生了新的文化；一方面中國傳統文化仍保有强大的生命力。在詞學領域新舊兩派的分野與爭論，正是時代精神變化的體現。作爲民國詞學組成部分的詞話著述，雖然也有新變的因素，但是舊派仍占據了主流位置，可以説民國詞話是古典傳統詞學的終結，也是詞話這種文學批評形式最後的輝煌。民國詞話對後世産生了深遠的影響，民國詞話的作者多在各個大學任教，形成了傳承有序的詞學傳統，薪火相傳，意義自不待言。但是作爲民國詞學文獻重要載體的詞話，由於種種原因未能呈現其全貌，《民國詞話叢編》的出版冀望能推進民國詞學的研究，進而深化對中國詞學史的研究。

凡　例

　　一、本書所收爲民國時期（1912～1949）發表的詞話，一般章節形式的詞學專著和論文不在收錄範圍。

　　二、依照清人及唐圭璋教授編輯《詞話叢編》的編選原則和方法，本書所收詞話包括以下四類：1. 原爲單本的詞話；2. 整理者從詞選中輯錄的評語；3. 整理者從詩話等文獻中輯錄的論詞文字；4. 詞籍提要。

　　三、所收詞話按發表時間先後爲序，同一作者的詞話集中排列。

　　四、本书所收文獻大多爲一次性刻本或排印本，亦有抄本和稿本，因而可進行文字對校的篇幅較少。本書文中明顯的錯訛之處徑予改正；文中所引錄的文獻使用通行本加以校勘。

　　五、本書所收各書中之文字多有相互轉抄引錄的現象，引錄之詞句亦常有相異之處，爲保持各書的原貌，皆不加校改。

　　六、每種詞話之前有簡要按語，介紹作者及版本情況。

　　七、各種詞話之序號及小標題爲編者所加，以便讀者閱讀。

總目録

· 第三册 ·

第一册目録

香海棠館詞話

況周頤◎著

　　況周頤（1859～1926），原名周儀，五十歲後因避宣統帝溥儀諱，改名周頤，字夔笙，又字揆孫，別號玉梅詞人，晚號蕙風詞隱、阮盒、阮堪。臨桂（今廣西桂林）人。況周頤與王鵬運、朱祖謀、鄭文焯合稱爲晚清四大詞人，亦稱清季四大家。況周頤畢生致力於詞學，著述甚豐。有《蕙風詞話》《香海棠館詞話》《餐櫻廡詞話》《歷代詞人考略》《宋人詞話》等。

　　《香海棠館詞話》首先於 1904 年發表於《大陸報》，之後易名《玉梅詞話》於 1908 年發表於《國粹學報》41、47、48 期。況周頤別號玉梅詞人，故名。最後復名《香海棠館詞話》收入趙尊嶽編輯的《蕙風叢書》。除了《大陸報》本《香海棠館詞話》爲 36 則之外，《國粹學報》本的《玉梅詞話》與《蕙風叢書》本《香海棠館詞話》內容和篇幅相同，皆爲 37 則。《香海棠館詞話》收入孫克強纂輯《況周頤詞話五種（外一種）》（浙江古籍出版社，2014）。本文據《蕙風叢書》本校錄。

《香海棠館詞話》目錄

香海棠館詞話

一　蜀語入詞

蜀語可入詞者：四月寒，名“桐花凍”，七夕漬緑豆令芽生，名“巧芽”。

二　梁汾營救漢槎事

梁汾營救漢槎一事，詞家記載綦詳。惟《梁溪詩鈔·小傳》注：“兆騫既入關，過納蘭成德所，見齋壁大書‘顧梁汾爲吴漢槎屈膝處’，不禁大慟”云云，此説它書未載。昔人交誼之重如此。又《宜興志·僑寓傳》：“梁汾嘗訪陳其年於邑中，泊舟蛟橋下。吟詞至得意處，狂喜，失足墮河。一時傳爲佳話。”説亦僅見，亟附著之。

三　後庭花破子

〔後庭花破子〕，李後主、馮延巳相率爲之。“玉樹後庭前。瑶草妝鏡邊。去年花不老，今年月又圓。莫教偏。和月和花，天教長少年。”單調三十二字，見《古今詞話·詞辨》卷上引陳氏《樂書》。王惲、邵亨貞、趙孟頫并有此詞。萬氏《詞律》不收，謂是北曲。不知南唐已創此調也。

四　賀方回小梅花

賀方回〔小梅花〕“城下路”一闋前段，《詞綜》作金人高憲詞，調名〔貧也樂〕，於“家”韵分段。半塘云：“或沿明人選本之訛也。”

五　宋諺入詞

宋諺：“饞如鷗子，懶如堆子。”稼軒〔玉樓春〕：“心如溪上釣磯閑，身似道旁官堆懶。”又云：“謝三娘不識四字，罪之頭。”呂聖求〔河傳〕：“常把那、目字橫書，謝三娘、全不識。”

六　楊娃訴衷情

楊娃亦稱楊妹子，宋寧宗恭聖皇后妹，以藝文供奉內廷。題馬遠《松院鳴琴》小幅〔訴衷情〕云：“閑中一弄七弦琴。此曲少知音。多因澹然無味，不比鄭聲淫。松院靜。竹樓深。夜沉沉。清風拂軫。明月當心軒，誰會幽心。”按楊娃詞各選本未著錄，此闋見《韵石齋筆談》。

七　胡與可百字令

黃子由尚書夫人胡氏與可，號惠齋，元功尚書之女也。有文章，兼通書畫。嘗因几上凝塵，戲畫梅一枝，題〔百字令〕云：“小齋幽僻。久無人到此，滿地狼藉。几案塵生多少憾，玉指親傳踪迹（元注：此句誤多一字。）畫出南枝，正開側面，花蕊俱端的。可憐風韵，故人難寄消息。非共雪月交光，者般造化，豈費東君力。祇欠清香來撲鼻。亦有天然標格。不上寒窗，不隨流水，應不細宮額。不愁三弄，祇愁羅袖輕拂。”按夫人有〔滿江紅〕《燈花》詞，見《花草粹編》及《詞統》。此闋見董史《皇宋書錄》。

八　作詞有三要

作詞有三要，曰重、拙、大。南宋人不可及處。

九　詞重在氣格

重者，沉著之謂。在氣格，不在字句。

一〇　宋清初人拙處不可及

半塘云：“宋人拙處不可及，國初諸老拙處亦不可及。”

一一　詞中轉折宜圓

詞中轉折宜圓。筆圓，下乘也；意圓，中乘也；神圓，上乘也。

一二　詞不嫌方

詞不嫌方。能圓，見學力；能方，見天分。但須一落筆圓，通首皆圓。一落筆方，通首皆方。圓中不見方，易；方中不見圓，難。

一三　明以後詞纖庸少骨

明以後詞纖庸少骨。二三作者，亦間有精到處。但初學抉擇未精，切忌看之。一中其病，便不可醫也。東坡、稼軒，其秀在骨，其厚在神。初學看之，但得其粗率而已。其實二公不經意處，是真率，非粗率也。余至今未敢學蘇、辛也。

一四　詞第一不纖

詞人愁而愈工。真正作手，不愁亦工，不俗故也。不俗之道，第一不纖。

一五　詞之做與不做

詞太做，嫌琢；太不做，嫌率。欲求恰如分際，此中消息，正復難言。但看夢窗何嘗琢，稼軒何嘗率，可以悟矣。

一六　詞中對偶

詞中對偶，實字不求甚工。草木可對禽蟲也，服用可對飲饌也。實勿對虛，生勿對熟，平舉字勿對仄串字。深淺濃澹、大小重輕之間，務要侔色揣稱。昔賢未有不如是精整也。

一七　學填詞先學讀詞

學填詞，先學讀詞。抑揚頓挫，心領神會。日久，胸次鬱勃，信手拈來，自然豐神諧邕矣。

一八　歐陽修生查子誤入朱淑真集

歐陽永叔〔生查子〕《元夕》詞，誤入《朱淑真集》，升庵引之，謂非良家婦所宜。《四庫全書提要》辨之詳矣。魏端禮《斷腸集序》云："早歲父母失宷，嫁爲市井民妻。一生抑鬱不得志。"升庵之説實原於此。今據集中詩（余藏《斷腸集》，鮑淥飲手校本，巴陵方氏碧琳瑯館景元鈔本。又從《宋元百家詩》《後邨千家詩》《名媛詩歸》暨各撰本輯《補遺》一卷。）及它書考之。淑真自號幽栖居士，錢塘人。（《四庫提要》）或曰海寧人，文公侄女。（《古今女史》）居寶康巷，（《西湖游覽志》：在湧金門内如意橋北。）或曰錢塘下里人，世居桃村。（《全浙詩話》）幼警慧，善讀書。（《游覽志》）文章幽艷，（《女史》）工繪事。（《杜東原集》有朱淑真《梅竹圖題跋》。《沈石田集》有《題淑真畫竹詩》。）曉音律。（本詩《答求譜》云："春醸醲處多傷感，那得心情事管弦。"）父官浙西，紹定三年二月，淑真作《璿璣圖記》，有云：家君宦游浙西，好拾清玩，凡可人意者，雖重購不惜也。（《池北偶談》）其家有東園、西園、西樓、水閣、桂堂、依綠亭諸勝。（本詩：《晚春會東園》云："紅點苔痕綠滿枝，舉杯和淚送春歸。倉庚有意留殘景，杜宇無情戀晚暉。蝶趁落花盤地舞，燕隨柳絮入簾飛。醉中曾記題詩處，臨水人家半掩扉。"《春游西園》云："閑步西園裏，春風明媚天。蝶疑莊叟夢，絮憶謝娘聯。蹋草翠茵軟，看花紅錦鮮。徘徊林影下，欲去又依然。"《西樓納涼》云："小閣對叢莫，囂塵一點無。水風涼枕簟，雪葛爽肌膚。"《夏日游水閣》云："澹紅衫子透肌膚，夏日初長板閣虛。獨自憑闌無個事，水風涼處讀殘書。"《納涼桂堂》云："微涼待月畫樓西，風遞荷香拂面吹。先自桂堂無暑氣，那堪人唱雪堂詞。"《夜留依綠亭》云："水鳥栖烟夜不喧，風傳宮漏到湖邊。三更好月十分魄，萬里無雲一樣天。"按：各詩所云，如長日讀書，夜留待月，確是家園游賞情景。淑真它作多思親念遠之意，此獨不然。《依綠亭》云："風傳宮漏到湖邊"，當是寓錢塘作，不在於歸後也。）夫家姓氏失考。似初應禮部試。（本詩《賀人移學東軒》云："一軒瀟灑正東偏，屏弃器塵聚簡篇。美璞莫辭雕作器，涓流終見積成淵。謝班難繼予慚甚，顏孟堪希子勉旃。鴻鵠羽儀當養就，飛騰早晚看沖天。"《送人赴禮部試》云："春闈報罷已三年，又向西風促去鞭。屢鼓莫嫌非作氣，一飛當自卜沖天。賈生少達終何遇，馬援才高老更堅。大抵功名無早晚，平津今見起菑川。"按：二詩似贈外之作。）其後官江南者。（本詩《春日書懷》云："從宦東西不自由，親幃千里泪長流。"《寒食咏懷》云："江南寒食更風流，絲管紛紛逐勝游。春色眼前無限好，思親懷土自多愁。"按：二詩言親幃千里，思親懷土，當是于歸後作。）淑真從宦，常往來吳、越、荆、楚間。（本詩《舟行即事》其六云："歲暮天涯客異鄉，扁舟今又渡瀟湘。"《題斗野亭》云："地分吳楚界，人在斗牛中。"按《舟行即事》其二云："白雲遙望有親廬。"其四云："目斷親幃瞻不到。"其七云："庭闈獻壽阻傳杯。"又《秋日得書》云："已有歸寧約。"足爲于歸後遠離之確證。）與曾布妻魏氏爲詞友。（《御選歷代詩餘詞人姓氏》）嘗會魏席上，賦小鬟妙舞，以飛雪滿群山爲韵，作五絕句。又宴謝夫人堂有詩，今并載集中。淑真生平大略如此。舊説悠謬，其證有三。其父既曰宦游，又嘗留意清玩，東園諸作，可想見其家世，何至下嫁庸夫，一證也。市井民妻，何得有從宦東西之事，二證也。（按本詩《江上阻風》云："撥悶喜陪尊有酒，供厨不慮食無錢。"《酒醒》云："夢回酒醒嚼氷，侍女貪眠喚不應。"《睡起》云："侍兒全不知人意，猶把梅花插一枝。"淑真詩凡言起居服御，絶類大家口吻，不同市井民妻。若近日《西青散記》所載賀雙卿詩詞，則誠村僻小家語矣。）魏、謝大家，豈友馳婦，三證也。淑真之詩，其詞婉而意苦，委曲而難明。當時事迹別無記載可考。以意揣之，或者其夫遠宦，淑真未必皆從。容有竇滔陽臺之事，未可知也。（本詩《恨春》云："春光正好多風雨，恩愛方深奈別難。"《初夏》云："待封一掬傷心泪，寄與南樓薄幸人。"《梅窗書事》云："清香未寄江南夢，偏惱幽閨獨睡人。"《惜春》云："願教青帝長爲主，莫遣紛紛點翠苔。"《愁懷》云："鷗鷺鴛鴦作一池，須知羽翼不相宜。東君是與花爲主，一任多生連理枝。"按：《愁懷》一首，大似諷夫納姬之作。近有才婦諷夫納姬詩云："荷葉與荷花，紅緑兩相配。鴛鴦自有群，鷗鷺莫入隊。"正與此詩暗合。《游覽志餘》改後二句作："東君不與花爲主，何似休生連理枝。"以爲淑真厭薄其夫之佐證，何樂爲此，其心地殆不可知。）它如《思親》《感舊》諸什，意各有指。以證斷腸之名，（按：淑真歿後，端禮輯其詩詞，名曰《斷腸集》，非淑真自名也。）尤爲非是。〔生查子〕詞，今載《廬陵集》第一百三十一卷（《四庫提要》）宋曾慥《樂府雅詞》，明陳耀文《花草粹編》并作永叔。慥錄歐詞特慎。《雅詞序》云：當時或作艷曲，謬爲公詞，今悉删除。此闋適在選中，其爲歐詞明甚。余昔校刻汲古閣未刻本《斷腸詞》跋語中詳記之。兹復箸於篇。

一九　坡詞出處

東坡詞："春事闌珊芳草歇。"升庵《詞品》引唐劉瑤詩："瑤草歇芳心耿耿"，傳奇女郎玉真詩："燕折鶯離芳草歇"，謂是坡詞出處。不知謝靈運有"芳草亦未歇"句。此條見古虞朱亦棟《群書札記》。

二〇　升庵失考

又坡詞"游人都上十三樓"，《詞品》云：用杜牧詩"婷婷裊裊女十三餘"句也。按《咸淳臨安志》："十三間樓在錢塘門外大佛頭纜船石山後，東坡守杭時，多游處其上，今爲相嚴院。"又見《武陵舊事》《夢粱錄》。郭祥正、陳默并有詩，見《西湖志》。升庵豈未考耶？

二一　楊慎論詞之誤

升庵又云：李後主〔搗練子〕二闋，常見一舊本，俱係〔鷓鴣天〕。其"雲鬟亂"一闋前段云："節候雖佳景漸闌，吳綾已暖越羅寒。朱扉日莫隨風掩。一樹藤花獨自看。""深院靜"前段云："塘水初澄似玉容，所思還在別離中。誰知九月初三夜，露似珍珠月似弓。"其詞姑勿具論，試問〔搗練子〕平側與〔鷓鴣天〕後半同耶？異耶？升庵大儒，填詞小道，何必自欺欺人。

二二　詞意忌複

詞貴意多。一句之中，意亦忌複。如七字一句，上四是形容月，下三勿再説月。或另作推宕，或旁面襯托，或轉進一層，皆可。若帶寫它景，僅免犯複，尤爲易易。

二三　改詞之法

佳詞作成，便不可改，但可改便是未佳。改詞之法，如一句之中有兩字未協，試改兩字，仍不愜意，便須換意，通改全句。牽連上下，常有改至四五句者。不可守住元來句意，愈改愈滯也。

二四　改詞挪移法

改詞須知挪移法。常有一兩句語意未協，或嫌淺率。試將上下互易，便有韵致。或兩意縮成一意，再添一意，更顯厚。此等倚聲淺訣，若名手意筆兼到，愈平易，愈渾成，無庸臨時掉弄也。

二五　真字是詞骨

真字是詞骨。情真、景真，所作必佳，且易脱稿。

二六　無條件勿學辛吳

性情少，勿學稼軒。非絶頂聰明，勿學夢窗。

二七　東山詞融景入情

《東山詞》："歸卧文園猶帶酒。柳花飛度畫堂陰。祇憑雙燕話春心。""柳花"句融景入情，丰神獨絶。近來纖佻一派，誤認輕靈，此等處何曾夢見。

二八　梅溪詞

《梅溪詞》："幾曾湖上不經過。看花南陌醉，駐馬翠樓歌。"下二語人人能道，上七字妙絶，似乎不甚經意，所謂"得來容易却艱辛"也。

二九　邵複孺詞

邵複孺詞"魚吹翠浪柳花行",小而不纖,最有生氣。

三○　竹垞題虞夫人玉映樓詞

《江湖載酒集》有〔點絳脣〕一闋《題虞夫人玉映樓詞集》後附原詞。虞名兆淑,字蓉城,海鹽人。按:《鶴徵錄》"李秋錦元名虞兆潢,海鹽籍"。或蓉城昆弟行也。

三一　朝鮮越南詞

孫愷似布衣奉使朝鮮,所進書有《撲闉填詞》二卷,名《擷秀集》,封達御前,見蔣京少《瑤華集》。述海邦殊俗,亦擅音闑,足征本朝文教之盛。庚寅余客滬上,借得越南阮綿審《鼓枻詞》一卷。短調清麗可誦,長調亦有氣格。〔歸自謠〕云:"溪畔路。去歲停橈溪上渡。攀花共繞溪前樹。重來風景全非故。傷心處。綠波春草黃昏雨。"〔望江南〕十首,錄二云:"堪憶處,曉日聽啼鶯。百襉細裙偎草坐,半裝高屐躡花行。風景近清明。""堪憶處,蘭槳泛湖船。荷葉羅裙秋一色,月華粉靨夜雙圓。清唱想夫憐。"〔沁園春〕《過故宮主廢宅》云:"好個名園。轉眼荒涼,不似前年。憶雕甍繡閣,芙蓉江上,金尊檀板。翡翠簾前。歌扇連雲,舞衣如雪,歷亂春花飛半天。曾無幾,却平蕪牧笛,頹岸漁船。悠悠往事堪憐。況日暮經過倍黯然。但夕陽欲落,照殘芳樹,昏鴉已滿,啼斷寒烟。暫駐筇枝,淺斟杯酒,暗祝輕澆廢址邊。微風裏,恍玉簫仿佛,月下遙傳。"〔玉漏遲〕《阻雨夜泊》云:"長江波浪急。蘭舟叵耐,雨昏烟濕。突兀愁城,總為百憂皆集。歷亂燈光不定,紙窗隙。東風潛入,寒氣襲。鐘殘酒渴,詩懷荒澀。料想碧玉樓中,也背著闌干,有人悄立。彤管鸞箋,一任侍兒收拾。誰忍相思相望,解甚處、山川都邑。休話及。此宵鵑啼花泣。"綿審字仲淵,公爵。

三二　寒酸語不可作

寒酸語不可作，即愁苦之音亦以華貴出之。飲水詞人所以爲重光後身也。

三三　意不晦語不琢始稱合作

初學作詞，祇能道第一義，後漸深入。意不晦，語不琢，始稱合作。至不求深而自深，信手拈來，令人神味俱厚。規模兩宋，庶乎近焉。

三四　趙意孫金縷曲

"僵臥碎璃呼不起，看繁星、歷亂如棋走。"趙意孫舍人（懷玉）《題張仲冶雪中狂飲圖》〔金縷曲〕句也。情景逼真，非老於醉鄉者不能道。

三五　怎奈向

淮海詞："怎奈向歡娛，漸隨流水。"今本"向"改"何"，非是。"怎奈向"宋時方言，它宋人詞亦有用者。

三六　女詞綜

《文選樓叢書未刻稿本待購書目》二冊，有《女詞綜》，此書未之前聞。

三七　詞人生日

曩與筱珊、半塘，約爲詞社，月祝一詞人爲一集。嗣筱珊有湖北之行，因而中止。考出詞人生日，錄記於此，它日克踐斯約，尚當補所未備。正月初四日黃仲則（景仁）生（見《年譜》。）。十一日李分虎（符）生（見本集）。三月十二日蔣京少（景祁）生（見《罨畫溪詞題》。）。二十五日王西樵（士祿）生（見《名人年譜》。）。五月初二日厲樊樹（鸚）生（見本集。）。初四日鼓羨門（孫逷）生（見《延露詞題》。）。二十二日項蓮生（鴻祚）生（見汪遠孫《清尊集》。）。六月二十九日李武曾（良年）生（見本集。）。七月初七日周稚圭（之琦）生（見《年譜》。）。八月二十一日朱竹垞（彝尊）生（見《年譜》。）。閏八月二十八日王阮亭（士正）生（見《年譜》。）。十月二十八日蔣苕生（士銓）生（見《名人年譜》。）。十一月二十二日王德甫（昶）生（見《年譜》。）。十二月十二日納蘭容若（成德）生（見高士奇《蔬香詞題》。）。

香海棠館詞話輯補

一　竹齋詞句

竹齋詞句："桂樹深村狹巷通"，頗能模寫村居幽邃之趣。若換用它樹，意境便遜。

二　夢窗詞緻密與沉著

重者，沉著之謂。在氣格，不在字句。於夢窗詞庶幾見之。即其芬菲鏗麗之作，中間雋句艷字，莫不有沉摯之思，灝瀚之氣，挾之以流轉。令人玩索而不能盡，則其中之所存者厚。沉著者，厚之發見乎外者也。欲學夢窗之緻密，先學夢窗之沉著。即緻密、即沉著。非出乎緻密之外，超乎緻密之上，別有沉著之一境也。夢窗與蘇、辛二公，實殊流而同源。其見爲不同，則夢窗緻密其外耳。其至高至精處，雖擬議形容之，未易得其神似。穎慧之士，束髮操觚，勿輕言學夢窗也。

三　宋詞人比書家

初學作詞，最宜讀碧山樂府，如書中歐陽信本，準繩規矩極佳。二晏如右軍父子，賀方回如李北海。白石如虞伯施，而雋上過之。公謹如褚登善。夢窗如魯公。稼軒如誠懸。玉田如趙文敏。

餐櫻廡詞話

況周頤◎著

《餐櫻廡詞話》，況周頤著。"餐櫻廡"爲況周頤書齋名，況氏之《餐櫻廡隨筆》《餐櫻廡漫筆》得名之由與之相同，皆以此書齋名名之。《餐櫻廡詞話》連載於《小説月報》1920 年 11 卷 5、6、7、8、9、10、11、12號。臺灣廣文書局 1981 年據《小説月報》本出版了排印本。《餐櫻廡詞話》收入孫克强纂輯《況周頤本詞話五種（外一種）》（浙江古籍出版社，2014）。本文據《小説月報》本校録。

《餐櫻廡詞話》目録

餐櫻廡詞話

一 詞境以深靜爲至

詞境以深靜爲至。韓持國〔胡擣練令〕過拍云："燕子漸歸春悄，簾幕垂清曉。"境至靜矣，而此中有人，如隔蓬山。思之思之，遂由靜而見深。蓋寫景與言情，非二事也。善言情者，但寫景而情在其中。此等境界，唯北宋人詞往往有之。持國此二句，尤妙在一"漸"字。

二 周謝詞熨帖入微

清真詞〔望江南〕云："惺松言語勝聞歌。"謝希深〔夜行船〕云："尊前和笑不成歌。"皆熨帖入微之筆。

三 李方叔虞美人

李方叔〔虞美人〕過拍云："好風如扇雨如簾。時見岸花汀草，漲痕添。"春夏之交，近水樓臺，確有此景。"好風"句絕新，似乎未經人道。歇拍云："碧蕪千里思悠悠。唯有霎時涼夢，到南州。"尤極淡遠清疏之致。

四 姚令威憶王孫

姚令威〔憶王孫〕云："毿毿楊柳綠初低。淡淡梨花開未齊。樓上情人聽馬嘶。憶郎歸。細雨春風濕酒旗。"與溫飛卿"送君聞馬嘶"，各有其妙。正可參看。

五　杜詩史詞

"詩酒尚堪驅使在，未須料理白頭人。"少陵句也。《梅溪詞》〔喜遷鶯〕云："自憐詩酒瘦，難應接、許多春色。"蓋反用其意。

六　盧申之江城子

盧申之〔江城子〕後段云："年華空自感飄零。擁春醒。對誰醒。天闊雲閑，無處覓簫聲。載酒買花年少事，渾不似、舊心情。"與劉龍洲詞"欲買桂花重載酒，終不似、少年游"可稱異曲同工。然終不如少陵之"詩酒尚堪驅使在，未須料理白頭人"爲倔強可喜。其〔清平樂〕歇拍云："何處一春游蕩，夢中猶恨楊花。"是加倍寫法。

七　黃幾仲竹齋詩餘

黃幾仲《竹齋詩餘》〔西江月〕題云："垂絲海棠，一名醉美人。""撚翠低垂嫩萼，勻紅倒簇繁英。穠纖消得比佳人。酒入香肌成暈。　　簾幕陰陰窗牖，闌干曲曲池亭。枝頭不起夢香醒。莫遣流鶯喚醒。"此花唯吾鄉有之，太半櫻桃花接本，江南薊北，未之見也。紫艷沉酣，信足當醉美人品目。

八　哄堂詞用字未爲甚僻

毛子晉跋《哄堂詞》，謂其喜用僻字，如"袥㳿""皴皵""襖子"之類。按《詩·鄘風》："是紲袢也。"《傳》："是當暑袥延之服也。"《類篇》："袥延，衣熱也。"鄒浩詩："清標藐冰壺，一見滌袥暑。"范成大詩："袥暑驕踞雜瘴氛。""袥㳿"即"袥暑"也。"皴皵"音"逡鵲"，皮綯也。鄒浩《四柏賦》："皮皴皵以龍鷩。"《爾雅·釋木》："大而皵楸，小而皵榎。"《疏》："樊光云：皵，猪皮也。謂樹皮粗也。襖，於眷切，音瑗。"《玉篇》：

"佩衿也。"《爾雅·釋器》:"佩衿謂之褑玉,佩玉之帶二屬。"此類字未為甚僻。

九 牟端明金縷曲

牟端明〔金縷曲〕云:"撲面胡塵渾未掃。強歡謳、還肯軒昂否。"蓋寓黍離之感。昔史遷稱項王悲歌慷慨,此則歡歌而不能激昂。曰"強",曰"還肯",其中若有甚不得已者。意愈婉,悲愈深矣。

一○ 宋人用襯字

元人製曲,幾於每句皆有襯字。取其能達句中之意,而付之歌喉,又抑揚頓挫,悦人聽聞。所謂遲其聲以媚之也。兩宋人詞間亦有用襯字者。王晉卿云:"燭影搖紅,向夜闌,乍酒醒、心情嬾。""向"字、"乍"字是襯字。據《詞譜》:〔燭影搖紅〕第二句七字,應仄平仄仄平平仄。周美成云:"黛眉巧畫宮妝淺",不用襯字,與換頭第二句同。

一一 草窗詞

草窗〔少年游〕《宮詞》云:"一樣春風,燕梁鶯戶,那處得春多。"即"梨花雪,桃花雨,畢竟春誰主"之意。俱從義山"鶯睨花又笑,畢竟是誰春"脱出。其〔朝中措〕《茉莉·擬夢窗》云:"尚有第三花在,不妨留待凉生。"庶幾得夢窗之神似。

一二 竹山詞絳都春

《竹山詞》〔絳都春〕換頭云:"姹婭嚲青泫白,恨玉佩罷舞,芳塵凝榭。""姻婭"之"婭",從無作活用者。字典亦無別解。唯《字彙補》注云:"婭婇,態也。婭音鴉,麼加切。"蔣詞又叶作去聲。按《廣韵》作"㜝㜝",注:"恣態貌。"

一三　竹山詞虞美人

《竹山詞》〔虞美人〕《咏梳樓》云："樓兒忒小不藏愁。幾度和雲飛去、覓歸舟。"較"天際識歸舟"，更進一層。

一四　寄閑翁詞

寄閑翁〔風入松〕云："舊巢未著新來燕，任珠簾、不上瓊鈎。"用"待燕歸來始下簾"句意。翻新入妙。〔戀繡衾〕云："自不怨東風老。怨東風、輕信杜鵑。"是未經人道語。

一五　清真詞愈樸愈厚愈雅

元人沈伯時作《樂府指迷》，於清真詞推許甚至。唯以"天便教人，霎時斯見何妨""夢魂凝想鴛侶"等句爲不可學，則非真能知詞者也。清真又有句云："多少暗愁密意，唯有天知。""最苦夢魂，今宵不到伊行。""拌今生、對花對酒，爲伊淚落。"此等語愈樸愈厚，愈厚愈雅，至真之情，由性靈肺腑中流出，不妨説盡而愈無盡。南宋人詞如姜白石云："酒醒波遠，政凝想、明璫素韈。"庶幾近似。然已微嫌刷色。誠如清真等句，唯有學之不能到耳。如曰不可學也，詎必顰眉搔首，作態幾許，然後出之，乃爲可學耶？明已來詞纖艷少骨，致斯道爲之不尊，未始非伯時之言階之厲矣。竊嘗以刻印比之：自六代作者以縈紆拗折爲工，而兩漢方正平直之風蕩然無復存者。救敝起衰，欲求一丁敬身、黃大易而未易遽得。乃至倚聲小道，即亦將成絕學，良可慨夫！

一六　竹友蝶戀花

竹友詞《留董之南過七夕》〔蝶戀花〕後段云："君似庾郎愁幾許。萬斛愁生，更作征人去。留定征鞍君且住。人間豈有無愁處。"循環無端，含意無盡，小謝可謂善言愁矣。

一七　填詞第一要襟抱

填詞第一要襟抱。唯此事不可强，并非學力所能到。向伯恭《酒邊詞》〔虞美人〕過拍云："人憐貧病不堪憂。誰識此心如月正涵秋。"此等語即宋人詞中亦未易多覯。

一八　周呂詞

宋周端臣〔木蘭花慢〕句云："料今朝別後，它時有夢，應夢今朝。"呂居仁〔減字木蘭花〕云："來歲花前。又是今年憶昔年。"命意政同，而遣詞各極其妙。

一九　小山阮郎歸

小山詞〔阮郎歸〕云："天邊金掌露成霜。雲隨雁字長。綠杯紅袖趁重陽。人情似故鄉。蘭佩紫，菊簪黃。殷勤理舊狂。欲將沉醉換悲涼。清歌莫斷腸。""綠杯"二句，意已厚矣。"殷勤理舊狂"五字三層意。"狂"者，所謂一肚皮不合時宜，發見於外者也。狂已舊矣，而理之，而殷勤理之，其狂若有甚不得已者。"欲將沉醉換悲涼"是上句注腳。"清歌莫斷腸"仍含不盡之意。此詞沉著厚重，得此結句，便覺竟體空靈。小晏神仙中人，重以名父之貽，賢師友相與沆瀣，其獨造處，豈凡夫肉眼所能見及？"夢魂慣得無拘管，又逐楊花過謝橋。"以是爲至，烏足與論小山詞耶？

二○　東坡詞青玉案

東坡詞〔青玉案〕《用賀方回韵送伯固歸吳中》歇拍云："作個歸期天已許。春衫猶是，小蠻針綫，曾濕西湖雨。"上三句未爲甚艷。"曾濕西湖雨"是清語，非艷語。與上三句相連屬，遂成奇艷、絕艷，令人愛不忍釋。坡公天仙化人，此等詞猶爲非其至者，後學已未易橅肪其萬一。

二一　曹元寵品令

曹元寵〔品令〕歇拍云："促織兒、聲響雖不大，敢教賢、睡不著。""賢"字作"人"字用，蓋宋時方言。至今不嫌其俗，轉覺其雅。

二二　夢窗詞緻密與沉著

《香海棠館詞話》云：宋詞有三要，重拙大。又云：重者，沉著之謂。在氣格，不在字句。於夢窗詞庶幾見之。即其芬菲鏗麗之作，中間雋句艷字，莫不有沉摯之思，灝瀚之氣，挾之以流轉。令人酞索而不能盡，則其中之所存者厚。沉著者，厚之發見乎外者也。欲學夢窗之緻密，先學夢窗之沉著。即緻密，即沉著。非出乎緻密之外，超乎緻密之上，別有沉著之一境也。夢窗之詞與東坡稼軒諸公實殊流而同源。其見爲不同者，則夢窗緻密其外耳。其至高至精處，雖欲擬議形容之，猶苦不得其神似。穎惠之士，束髮操觚，勿輕言學夢窗也。

二三　廖世美燭影搖紅

廖世美〔燭影搖紅〕過拍云："塞鴻難問，岸柳何窮，別愁紛絮。"神來之筆，即已佳矣。換頭云："催促年光，舊來流水知何處。斷腸何必更殘陽，極目傷平楚。晚霽波聲帶雨，悄無人、舟橫古渡。"語淡而情深，令子野、太虛輩爲之，容或未必能到。此等詞一再吟誦，輒沁入心脾，畢生不能忘。花庵《絕妙詞選》中，真能不愧"絕妙"二字，如世美之作，殊不多覯也。

二四　于湖菩薩蠻

于湖詞〔菩薩蠻〕云："東風約略吹羅幕。一檐細雨春陰薄。試把杏花看。濕紅嬌暮寒。　　佳人雙玉枕。烘醉鴛鴦錦。折得最繁枝，暖香生翠幄。"此詞綿麗蕃艷，直逼《花間》。求之北宋人集中，未易多覯。

二五　舊刻可貴

《稼軒詞》《席上送張仲固帥興元》〔木蘭花慢〕句云："追亡事，今不見，但山川滿目泪沾衣。"蓋用蕭侯追韓信事。時本誤追亡作興亡，遂失本怡。王氏四印齋所刻大德廣信本作追亡。此舊本所以可貴也。

二六　兩韓玉

《歸潛志》之韓玉，字溫甫。《四朝聞見錄》之韓玉，字未詳。作《東浦詞》者，非《歸潛志》之韓玉。毛子晉跋首稱韓溫甫，誤也。

二七　侯彥周嬾窟詞

侯彥周《嬾窟詞》〔念奴嬌〕《探梅》換頭云："休恨雪小雲嬌，出群風韵，已覺桃花俗。"頗能爲早梅傳神。"雪小雲嬌"四字連用，甚新。又〔西江月〕《贈蔡仲常侍兒初嬌》云："豆蔻梢頭年紀，芙蓉水上精神。幼雲嬌玉兩眉春。京洛當時風韵。""芙蓉"句亦妙於傳神。"幼雲嬌玉"四字亦新。

二八　仲彌性詞

仲彌性〔浪淘沙〕過拍云："看盡風光花不語，却是多情。"語淡而深。〔憶秦娥〕《咏木犀》後段云："佳人斂笑貪先折。重新爲剪斜斜葉。斜斜葉。釵頭常帶，一秋風月。"末二句賦物上乘，可藥纖滯之失。

二九　蔣氏詞

《梅磵詩話》：金人犯闕，武陽令蔣興祖死之。其女被擄至雄州驛，題詞於壁，調〔減字木蘭花〕云："朝雲橫度。轆轆車聲如水去。白草黃沙。月照孤村三兩家。飛鴻過也。百結愁腸無晝夜。漸近燕山。回首鄉關歸路難。"蔣乃靖康間浙西人。詞寥寥數十字，寫出步步留戀，步步凄惻。當戎馬流離之際，不難於慷慨，而難於從容。偶然攬景興懷，非平日學養醇至不辦。興祖以一官一邑，成仁取義，得力于義方之訓深矣。雄州宋隸河北東路，金屬中都路，今甘肅寧夏府靈州西南。

三〇　石屏滿江紅

石屏詞往往作豪放語，綿麗是其本色。〔滿江紅〕《赤壁懷古》云："赤壁磯頭，一番過、一番懷古。想當時、周郎年少，氣吞區宇。萬騎臨江貔虎噪，千艘烈炬魚龍怒。捲長波、一鼓困曹瞞，今如許。江上渡，江邊路。形勝地，興亡處。覽遺踪勝讀、詩書言語。幾度東風吹世換，千年往事隨潮去。問道旁、楊柳爲誰春，搖金縷。"歇拍云云，是本色流露處。

三一　四靈

毛子晉跋《石屏詞》云：式之以詩名東南，南渡後天下所稱"江湖四靈"之一也。按宋詩人徐照、徐璣、翁卷、趙紫芝，傳唐賢宗法，號稱"四靈"。據子晉云云，則又別有"四靈"之目矣。

三二　宋代曲譜

《四庫提要》云：宋代《曲譜》，今不可見。《白石詞》皆記拍於句旁，莫辨其似波似磔，宛轉欹斜，如西域旁行字者，節奏安在。考《四庫存目》著錄宋張炎《樂府指迷》一卷，提要云："其書分詞源、製曲、句法、字面、虛字、清空、意趣、用事、咏物、節序、賦情、離情、令曲、雜論十四篇。"即《詞源》下卷，不知何所本而以沈伯時《樂府指迷》之名名之。而其上卷，則當時并未經見。故于白石譜字，竟不能辨識也。宋燕樂譜字，流傳至今者絕尠。日本貞亨初 (當中國康熙初。) 所刻《增類群書類要事林廣記》

(吾國西潁陳元覻編輯。) 卷八《音樂舉要》，有管色指法譜字，與白石所記政同。卷九《樂星圖譜》所列《律呂隔八相生圖》及《四宮清聲律生八十四調》，于諸譜字之陰陽配合，剖析尤詳。卷二文藝類有黃鐘宮散套曲，爲〔願成雙令〕〔願成雙慢〕(已上係宮拍。)〔獅子序〕〔本宮破子〕〔賺〕〔雙勝子〕〔急三句兒〕等名，首尾完具。節拍分明。讀《白石詞》者，得此可資印證。

三三　朱淑真菊花詩

曩余譔詞話，辨朱淑真〔生查子〕之誣，多據集中詩比勘事實。沈匏廬先生《瑟榭叢談》云："淑真《菊花詩》：'寧可抱香枝上老，不隨黃葉舞秋風。'實鄭所南《自題畫菊》'寧可枝頭抱香死，何曾吹落北風中'二語所本。志節皦然，即此可見。"其論亦據本詩，足補余所未備，亟記之。

三四　榮諲咏梅詞

大卿榮諲《咏梅》〔南鄉子〕云："江上野梅芳。粉色盈盈照路旁。閑折一枝和雪嗅，思量。似個人人玉體香。　　特地起愁腸。此恨誰人與寄將。山館寂寥天欲暮，凄涼。人轉迢迢路轉長。"見《梅苑》。"似個"句艷而質，猶是宋初風格，《花間》之遺。諲字仲思，《宋史》有傳。

三五　辛詞陳詩

《吹劍錄》云：古今詩人間出，極有佳句。無人收拾，盡成遺珠。陳秋塘詩："不知筋力衰多少，但覺新來嬾上樓。"按此二句乃稼軒詞〔鷓鴣天〕歇拍。稼軒倚聲大家，行輩在秋塘稍前，何至取材秋塘詩句？秋塘平昔以才氣自豪，亦豈肯沿襲近人所作？或者俞文蔚氏誤記辛詞爲陳詩耶？此二句入詞則佳，入詩便稍覺未合。詞與詩體格不同處，其消息即此可參。

三六 劉招山一剪梅

詞有淡遠取神，祇描取景物，而神致自在言外，此爲高手。然不善學之，最易落套。亦如詩中之假王、孟也。劉招山〔一剪梅〕過拍云："杏花時節雨紛紛。山繞孤村。水繞孤村。"頗能景中寓情。昔人但稱其歇拍三句"一般離思"云云，未足盡此詞佳勝。

三七 宋詞名句多尚渾成

宋詞名句，多尚渾成，亦有以刻畫見長者。沈約之〔謁金門〕云："獨倚危闌清晝寂。草長流翠碧。"又云："寒色著人無意緒。竹鳴風似雨。"〔如夢令〕云："忺睡。忺睡。窗在芭蕉葉底。"〔念奴嬌〕（刻本無題，當是《咏海棠》之作。）云："醉態天真，半羞微斂，未肯都開了。"雖刻畫而不涉纖，所以爲佳。

三八 羅子遠清平樂

羅子遠〔清平樂〕"兩槳能吳語"，五字甚新。楊柳渡頭，荷花蕩口，暖風十里，剪水咿啞，聲愈柔而景愈深。嘗讀《飲水詞》〔望江南〕云："江南好，虎阜晚秋天。山水總歸詩格秀，笙簫恰稱語音圓。人在木蘭船。""笙簫"句與此"兩槳"句同一妙於領會。

三九 詞有理脉可尋

詞亦文之一體。昔人名作，亦有理脉可尋，所謂蛇灰蚓綫之妙。如范石湖〔眼兒媚〕《萍鄉道中》云："酣酣日脚紫烟浮。妍暖試輕裘。困人天氣，醉人花底，午夢扶頭。　春慵恰似春塘水，一片穀紋愁。溶溶泄泄，東風無力，欲皺還休。""春慵"緊接"困"字、"醉"字來，細極。

四〇 陳夢弼鷓鴣天襲晏叔原

陳夢弼和石湖〔鷓鴣天〕云："指剝春葱去采蘋。衣絲秋藕不沾塵。眼波明處偏宜笑，眉黛愁來也解顰。　　巫峽路，憶行雲。幾番曾夢曲江春。相逢細把銀釭照，猶恐今宵夢似真。"歇拍用晏叔原"今宵剩把銀釭照，猶恐相逢是夢中"句，恐夢似真，翻新入妙，不特不嫌沿襲，幾於青勝於藍。

四一 梅溪詞聲律極細

《梅溪詞》《尋春服感念》〔壽樓春〕云："裁春衫尋芳，記金刀素手，同在晴窗。幾度因風飛絮，照花斜陽。誰念我、今無腸？自少年、消磨疏狂。但聽雨挑燈，欹床病酒，多夢睡時妝。飛花去，良宵長，有絲闌舊曲，金譜新腔。最恨湘雲人散，楚蘭魂傷。身是客，愁為鄉。算玉簫、猶逢韋郎。近寒食人家，相思未忘蘋藻香。"此自度曲也。前段"因風飛絮，照花斜陽"，後段"湘雲人散，楚蘭魂傷"句，"風飛""花斜""雲人""蘭魂"，并用雙聲叠韵字，是聲律極細處。

四二 潘紫岩南鄉子

潘紫岩詞，余最喜其〔南鄉子〕一闋，（《後邨詩話》題云：鐔津懷舊，《花庵絕妙詞選》題云：題南劍州妓館。）小令中能轉折，便有尺幅千里之勢。詞云："生怕倚闌干。閣下溪聲閣外山。空有舊時山共水，依然。暮雨朝雲去不還。相見躡飛鸞。月下時時認佩環。月又漸低霜又下，更闌。折得梅花獨自看。"歇拍尤意境幽瑟。

四三 芸窗詞

《芸窗詞》〔瑞鶴仙〕《次韵陸景思喜雪》云："農麥年來管好，禾黍離離，詎忘關洛。"〔賀新郎〕《送劉澄齋歸京口》云："西風亂葉長安樹。嘆離離、荒宮廢苑，幾番禾黍。"神州陸沈之感，不圖於半閑堂寮吏見之。自來識時達節之士，功名而外無容心。偶有甚非由衷之言，流露於楮墨之表。詎故爲是自文飾耶？抑亦天良發見於不自知也？

四四　薛梯飆詞當得一麗字

詞筆"麗"與"艷"不同。"艷"如芍藥、牡丹，慵春媚景；"麗"若海棠、文杏，映燭窺簾。薛梯飆詞工於刷色，當得一"麗"字。〔醉落魄〕云："單衣乍著。滯寒更傍東風作。珠簾壓定銀鈎索。雨弄初晴，輕旋玉塵落。　　花脣巧借妝梅約。嬌羞纔放三分萼。尊前不用多評泊。春淺春深，都向杏梢覺。"

四五　空同詞

空同詞如秋卉娟妍，春薺鮮翠。

四六　空同詞喜煉字

空同詞喜煉字。〔菩薩蠻〕云："繫馬短亭西，丹楓明酒旗。"〔南柯子〕云："碧天如水印新蟾。"〔阮郎歸〕云："綠情紅意兩逢迎。扶春來遠林。"又云："羅衣金縷明。"兩"明"字、"印"字、"扶"字，并從追琢中出。又〔鷓鴣天〕云："瑩然初日照芙蕖。"能寫出美人之精神。〔浪淘沙〕《別意》云："花霧漲冥冥，欲雨還晴。"能融景入情，得迷離惝恍之妙。皆佳句也。"漲"字亦煉。〔行香子〕云："十年心事，兩字眉婚。""眉婚"二字新奇，殆即目成之意，未詳所本。

四七　張武子西江月

張武子〔西江月〕過拍云："殷雲度雨井桐凋，雁雁無書又到。"昔人句云："江頭數盡南來雁，不寄西風一幅書。"此詞括以六字，彌覺沉頓。

四八　馬古洲詞

馬古洲〔海棠春〕云："護取一庭春，莫彈花間鵲。"用徐幹臣"悶來彈鵲，又攪碎、一簾花影"。可謂善變。又馬古洲〔月月華清〕云："怕裏。又悲來老却，蘭台公子。""怕裏"，宋人方言，草窗詞中屢見，猶言恰提防間，大致如此詮釋，尚須就句意活動用之。

四九　後邨玉樓春

後邨〔玉樓春〕云："男兒西北有神州，莫滴水西橋畔泪。"楊升庵謂其壯語足以立懦，此類是已。

五○　韓子耕詞

韓子耕〔高陽臺〕《除夕》云："頻聽銀簽，重然絳蠟，年華衮衮驚心。餞舊迎新，能消幾刻光陰。老來可慣通宵飲，待不眠、還怕寒侵。掩清尊。多謝梅花，伴我微吟。鄰娃已試春妝了，更蜂枝簇翠，燕股橫金。勾引春風，也知芳意難禁。朱顏那有年年好，逞艷游、贏取如今。恣登臨。殘雪樓臺，遲日園林。"此等詞語淺情深，妙在字句之表，便覺刻意求工，是無端多費氣力。又詞家煉字法斷不可少。韓子耕〔浪淘沙〕云："試花霏雨濕春晴。三十六梯人不到，獨喚瑤箏。"妙在"濕"字、"喚"字。

五一　韓子耕詞妙處在鬆字

韓子耕詞妙處，在一鬆字。非功力甚深不辦。

五二　高彦先行香子

高彦先，吾廣右宦賢也。《東溪詞》〔行香子〕云："瘴氣如雲。暑氣如焚。病輕時，也是十分。沉屙惱客，罪罟縈人。嘆檻中猿，籠中鳥，轍中鱗。休負文章，休說經綸。得生還、早已因循。

菱花照影，筇竹隨身。奈沈郎尫、潘郎老、阮郎貧。”蓋編管容州時作。極寫流離困瘁狀態，足令數百年後讀者爲之酸鼻。曩余自題《菊夢詞》句云：“雪虐霜欺。須拌得、鬢邊絲。”彥先先生可謂飽經霜雪矣。

五三　馮深居喜遷鶯

馮深居〔喜遷鶯〕云：“凉生遥渚。正綠荄擎霜，黃花招雨。雁外漁燈，螢邊蟹舍，絳葉表秋來路。世事不離雙鬢，遠夢偏欺孤旅。送望眼，但憑舷微笑，書空無語。慵看清鏡裏，十載征塵，長把朱顏污。借箸青油，揮毫紫塞，舊事不堪重舉。間闊故山猿鶴，冷落同盟鷗鷺。倦游也，便檣雲柁月，浩歌歸去。”此詞多矜煉之句，尤合疏密相間之法，可爲初學楷模。

五四　曾宏父浣溪沙

曾宏父〔浣溪沙〕云：“紫禁正須紅藥句，清江莫與白鷗盟。”尋常稱美語，出以雅令之筆，閱之便不生厭。此酬贈詞之別開生面者。

五五　黃東甫詞

黃東甫〔柳梢青〕云：“天涯翠巘層層。是多少、長亭短亭。”〔眼兒媚〕云：“當時不道春無價，幽夢費重尋。”此等語非深於詞不能道，所謂詞心也。〔柳梢青〕又云：“花驚寒食，柳認清明。”“驚”字、“認”字，屬對絕工。昔人用字不苟如是，所謂詞眼也。納蘭容若〔浣溪沙〕云：“被酒莫驚春睡重，賭書消得潑茶香。當時祇道是尋常。”即東甫〔眼兒媚〕句意。酒中茶半，前事伶俜，皆夢痕耳。

五六　翁五峰摸魚兒

翁五峰〔摸魚兒〕歇拍云：“沙津少駐。舉目送飛鴻，幅巾老子，樓上正凝佇。”東坡《送子由》詩：“時見烏帽出復没。”是由送客者望見行人，極寫臨歧眷戀之狀。五峰詞乃由行人望見送者，客子消魂，故人惜別，用筆兩面俱到。

五七　曾蒼山謁金門

曾蒼山原一，曾游吾粤。考《粤西金石略》：臨桂雉山、隱山、水月洞，并有淳祐十二年與趙希崮同游題名。《梅磵詩話》云：“蒼山年七歲，賦《楊妃襪》云：‘萬騎西行駐馬嵬。凌波曾此墮塵埃。誰知一掬香羅小，踏轉開元宇宙來。’蓋穎慧絶人者。”其詞如〔謁金門〕云：“梅粉褪。點點雨聲春恨。半吐桃花芳意嫩。草痕青寸寸。把酒花邊低問，莫解寒深紅損。等待春風晴得穩。琵琶重整頓。”亦以天事勝也。

五八　覆瓿沁園春

覆瓿詞〔沁園春〕《歸田作》云：“何怨何尤，自歌自笑，天要吾儕更讀書。”真率語似未經前人道過。

五九　王詩吳詞

宋王沂公之言曰：“平生志不在温飽。”以梅詩謁吕文穆云：“雪中未問調羹事，先向百花頭上開。”吳莊敏詞〔沁園春〕《咏梅》云：“雛虛林幽壑，數枝偏瘦，已存鼎鼐，一點微酸。松竹交盟，雪霜心事，斷是平生不肯寒。”二公襟抱政復相同。一點微酸，即調羹心事。不志温飽，爲有不肯寒者在耳。又莊敏〔滿江紅〕詞有“晚風牛笛”句，絶雅煉可憙。

六○　履齋詞

《履齋詞》〔滿江紅〕《九日郊行》云：“數本菊，香能勁。”勁韻絶雋峭，非菊之香不足以當此。〔二郎神〕云：“凝佇久，驀聽棋邊落子，一聲聲静。”〔千秋歲〕云：“荷遞香能細。”此

"静"與"细"，亦非雅人深致，未易領略。

六一　方壺點絳脣

余少作〔蘇武慢〕《寒夜聞角》云："憑作出、百緒凄涼，凄涼唯有，花冷月閑庭院。珠簾繡幕，可有人聽，聽也可曾腸斷。"半塘翁最爲擊節。比閱《方壺詞》〔點絳脣〕云："曉角霜天，畫簾却是春天氣。"意與余詞略同，唯余詞特婉至耳。

六二　方壺詞滿江紅

《方壺詞》〔滿江紅〕《賦感梅》云："洞府瑤池，多見是、桃紅滿地。君試問、江梅清絶，因何抛弃。仙境常如二三月，此花不受春風醉。"此意絶新。梅花身分絶高，嚮來未經人道。

六三　方壺詞淡而瘦

方壺居士詞，其獨到處能淡而瘦。

六四　得趣居士詞緻繡細熏

得趣居士詞喁喁呢呢，緻繡細熏。

六五　黃雪舟水龍吟

黃雪舟詞，清麗芊綿，頗似北宋名作。唯傳作無多，殊爲憾事。其〔水龍吟〕云："柔腸一寸，七分是恨，三分是泪。"蓋仿東坡"春色三分，二分塵土，一分流水"之句。所不逮者，以刻鏤稍著痕迹耳。其歇拍云："待問春、怎把千紅，换得一池緑水。"亦從"一分流水"句引伸而出。

六六　張蜕岩最高樓

張蜕岩詞〔最高樓〕《爲山邨仇先生壽》云："方寸地，七十四年春，世事幾浮雲，躬行齋内蒲團穩，耆英社裏酒杯頻。日追游時，嘯咏任天真。　　喜女嫁男婚今已畢。便束帛安車那肯出。無一事，挂閑身。西湖鷗鷺長爲侶，北山猿鶴莫移文。願年年、湯餅會，樂情親。"山邨仕元，非其本意，乃部使者强迫之。即碧山亦當如是。

六七　竹齋詞句

竹齋詞句云："桂樹深村狹巷通。"頗能橅寫村居幽邃之趣。若換用它樹，則意境便遜。

六八　柴望滿江紅

余近作〔浣溪沙〕云："莫向天涯輕小別，幾回小別動經年。"比閱柴望《秋堂詩餘》〔滿江紅〕云："別後三年重會面，人生幾度三年別。"意與余詞略同，爲黯然者久之。

六九　魏杞咏梅詞

兩宋巨公大僚，能詞者多，往往不脫簪紱氣。魏文節杞〔虞美人〕《咏梅》云："祇應明月最相思。曾見幽香一點未開時。"輕清婉麗，詞人之詞。專對抗節之臣，顧亦能此。宋黃平鐵石心腸，不辭爲梅花作賦也。

七〇　李蘋洲詞

李蘋洲〔抛毬樂〕云："綺窗幽夢亂如柳，羅袖泪痕凝似餳。"〔謁金門〕云："可奈薄情如此黠。寄書渾不答。""餳""黠"叶韻雖新，却不墜宋人風格。然如"餳"韻二句，所爭亦止絫黍間矣。其不失之尖纖者，以其尚近質拙也。學詞者不可不知。

七一　龜峰咏西湖酒樓

龜峰詞〔沁園春〕《咏西湖酒樓》云："南北戰争，唯有西湖，長如太平。"此三句含有無限感慨。宋人詩云："西湖歌舞幾時休。"下云："直把杭州作汴州。"婉而多諷，惜與剛父略同。

七二　吳樂庵咏雪

吳樂庵〔水龍吟〕《咏雪次韵》云："興來欲喚，羸童瘦馬，尋梅隴首。有客遮留，左援蘇二，右招歐九。問聚星堂上，當年白戰，還更許追踪否。"此詞略昉劉龍洲〔沁園春〕"斗酒彘肩，醉渡浙江，豈不快哉。被香山居士，約林和靖，與坡公等，駕勒吾回"云云，而吳詞意較靜。

七三　詞最忌矜字

作詞最忌一"矜"字。"矜"之在迹者，吾庶幾免矣；其在神者，容猶在所難免。兹事未遽自足也。

七四　填詞先求凝重

填詞先求凝重。凝重中有神韵，去成就不遠矣。所謂神韵，即事外遠致也。即神韵未佳而過存之，其足爲疵病者亦僅，蓋氣格較勝矣。若從輕倩入手，至於有神韵，亦自成就，特降於出自凝重者一格。若并無神韵而過存之，則不爲疵病者亦僅矣。或中年以後，讀書多，學力日進，所作漸近凝重，猶不免時露輕倩本色，則凡輕倩處，即是傷格處，即爲疵病矣。天分聰明人最宜學凝重一路，却最易趨輕倩一路。苦於不自知，又無師友指導之耳。

七五　詞中好語有關學力

填詞之難，造句要自然，又要未經前人說過。自唐五代已還，名作如林，那有天然好語，留待我輩驅遣。必欲得之，其道有二：曰性靈流露，曰書卷醖釀。性靈關天分，書卷關學力。學力果充，雖天分少遜，必有資深逢源之一日。書卷不負人也。中年以後，天分便不可恃。苟無學力，日見其衰退而已。江淹才盡，豈真夢中人索還囊錦耶？

七六　入聲字最爲適用

入聲字於填詞最爲適用。付之歌喉，上去不可通作，唯入聲可融入上去聲。凡句中去聲字能遵用去聲固佳，若誤用上聲，不如用入聲之爲得也。上聲字亦然。入聲字用得好，尤覺峭勁娟雋。

七七　守律至樂之境

畏守律之難，輒自放於律外，或托前人不專家，未盡善之作以自解，此詞家大病也。守律誠至苦，然亦有至樂之一境。常有一詞作成，自己亦既愜心，似乎不必再改。唯據律細勘，僅有某某數字，於四聲未合，即姑置而過存之，亦孰爲責備求全者。乃精益求精，不肯放鬆一字，循聲以求，忽然得至雋之字。或因一字改一句，因此句改彼句，忽然得絕警之句。此時曼聲微吟，拍案而起，其樂何如！雖剥珉出璞，選薏得珠，不逮也。彼窮於一字者，皆苟完苟美之一念誤之耳。

七八　詞衰於元

詞衰於元，當時名人詞論，即亦未臻上乘。如陸輔之《詞旨》所謂警句，往往抉擇不精，適足啓晚近纖妍之習。宋宗室名汝茪者，詞筆清麗，格調本不甚高。《詞旨》取其〔戀綉衾〕句：「怪別來、臙脂慵傅，被東風、偷在杏梢。」此等句不過新巧而已。余喜其〔漢宮春〕云：「故人老大，好襟懷消減全無。漫贏得、秋聲兩耳，冷泉亭下騎驢。」以清麗之筆作淡語，便似冰壺濯魄，玉骨橫秋，綺紈粉黛，回眸無色。但此等佳處，猶爲自詞中出者，未爲其至。如欲超軼王（碧山）、周（草窗），伯仲姜（白石）、吳（夢窗），而上企蘇、辛，其必由性情學問中出乎！

七九　劉伯寵水調歌頭

劉伯寵生平宦轍，在吾廣右。惜其姓名僅見《省志·金石略》，而事行無傳焉。〔水調歌頭〕《中秋》云："破匣菱花飛動，跨海清光無際，草露滴明璣。""跨海"云云，是何意境，下乃忽作小言。子雲《解嘲》所云："大者含元氣，細者入無間。"略可喻詞筆之變化。

八〇　方秋崖沁園春序

方秋崖〔沁園春〕詞，隱括《蘭亭序》。有小序："江疆仲大卿，禊飲水西，令妓歌蘭亭，皆不能，乃爲以平仄度此曲，俾歌之"云云。大抵循聲按拍，宋人最爲擅長。不徒長短句皆可歌，即前人佳妙文字，亦皆可歌。水西群妓，殆非妙選工歌者。如其工者，則必能歌《蘭亭序》矣。它如庾子山《春賦》，梁元帝《蕩婦思秋賦》《采蓮賦》，李太白《惜餘春賦》《愁陽春賦》，儻付珠喉，未知若何流美。又如江文通《別賦》、謝希逸《月賦》、鮑明遠《蕪城賦》、李遐叔《弔古戰場文》、歐陽文忠《秋聲賦》、蘇文忠《前後赤壁賦》，皆可選摘某篇某段而歌之。此類可歌之文，尤不勝僂指。紅簫鐵板，異曲同工已。

八一　莫子山詞

莫子山〔水龍吟〕換頭云："也擬與愁排遣，奈江山遮攔不斷。嬌訛夢語，濕熒啼袖，迷心醉眼。"此等句便開明已後詞派，風格稍稍遜矣。其過拍云："但年光暗換，人生易感，西歸水、南飛雁。"〔玉樓春〕換頭云："憑君莫問情多少。門外江流羅帶繞。"如此等句便佳，渾成而意味厚也。

八二　程劉壽詞

程文簡大昌〔臨江仙〕《和正卿弟生日》詞云："紫荊同本但殊枝。直須投老日，常似有親時。"〔感皇恩〕《淑人生日》詞云："人人戴白，獨我青青常保。祇將平易處，爲蓬島。"此等句非性情厚、閱歷深，未易道得。元劉静脩《樵庵詞》《王利夫壽》云：

"吾鄉先友今誰健。西鄰王老時相見。每見憶先公。音容在眼中。

今朝故人子。爲壽無多事。唯願歲長豐。年年社酒同。"余極憙誦之，與文簡詞庶幾近似。

八三　須溪詞非爲別調

近人論詞，或以《須溪詞》爲別調，非知人之言也。《須溪詞》多真率語，滿心而發，不假追琢，有掉臂游行之樂。其詞筆多用中鋒，風格遒上，略與稼軒旗鼓相當。世俗之論，容或以稼軒爲別調，宜其以別調目須溪也。所可異者，《須溪詞》中間有輕靈婉麗之作，似乎元明已後詞派，導源乎此，詎時代已入元初，風會所趨，不期然而然者耶。如〔浣溪沙〕《感別》云："點點疏林欲雪天，竹籬斜閉自清妍。爲伊憔悴得人憐。欲與那人携素手，粉香和泪落君前。相逢恨恨總無言。"前調《春日即事》云："遠遠游蜂不記家，數行新柳自啼鴉。尋思舊事即天涯。睡起有情和畫卷，燕歸無語傍人斜，晚風吹落小瓶花。"〔山花子〕後段云："早宿半程芳草路，猶寒欲雨暮春天。小小桃花三兩處，得人憐。"此等小詞，乃至略似清初顧梁汾、納蘭容若輩之作，以謂《須溪詞》中之別調可耳。又《須溪詞》〔促拍醜奴兒〕過拍云："百年已是中年後，西州垂泪，東山携手。幾個斜暉。"語極平淡，令人黯然銷魂，不堪回首。此等句求之蘇、辛集中，亦未易多得。

八四　王易簡慶宮春

王易簡《謝草窗惠詞卷》〔慶宮春〕歇拍云："因君凝竚，依約吳山，半痕蛾緑。"易簡《樂府補題》諸作，頗膾炙人口。余謂此十二字絕佳。能融景入情，秀極成韵，凝而不佻。

八五　薄相

葛剡《信齋詞》〔水調歌頭〕《舟回平望過烏戍值雨向晚復晴》云："應是陽侯薄相，催我胸中錦綉，清唱和鳴鷗。""薄相"

猶言游戲，吳閶里語曰"白相"。"白"蓋"薄"之聲轉。一作"亭相"。烏程張鑒《冬青館詩·山塘感舊》云："東風西月燈船散，愁煞空江亭相人。"

八六　明秀集

《明秀集》〔滿江紅〕句"雲破春陰花玉立"，清姒極意之，暇輒吟諷不已。余熹其〔千秋歲〕《對菊小酌》云："秋光秀色明霜曉。"意境不在"雲破"句下。

八七　蕭閑小重山

蕭閑〔小重山〕云："得君如對好江山。幽栖約，湖海玉屏顏。"比余《咏梅》〔清平樂〕云："玉容依舊。便抵江山秀。"略與昔賢暗合，特言外情感不同耳。

八八　上去聲不可誤讀

上去聲字，近人往往誤讀。如"動静"之"静"上聲，誤讀去聲；"暝色"之"暝"去聲，誤讀上聲。作詞既守四聲，則於宋人用"静"字者用上聲，用"暝"字者用去聲，斯爲不誤矣。顧審之聲調，或反蹈聲牙鏨喉之失。意者宋人亦誤讀誤用耶？遇此等處，唯有檢本人它詞及它人詞證之，庶幾決定所從。特非精擎宮律者之作，不足爲據耳。

八九　上間可代入

宋人名作，於字之應用入聲者，間用上聲，用去聲者絶少。檢夢窗詞知之。

九〇　毛熙震浣溪沙

閨人時妝，鬢髮覆額，如黝鬏可鑒。以梳之小而絶精者，約正中片髮，入其齒中，闊與梳相若，梳齒向上，局曲而旋覆之，令齒仍向上，髮密而厚，梳齒藏不見，則髻起，爲美觀。《花間集》毛熙震〔浣溪沙〕云：“象梳欹鬢月生雲。”清姒嘗改爲“象梳扶鬢雲藏月”，蓋賦此也。

九一　程大昌韵令

近人稱壽五十一歲曰開六，六十一曰開七。程大昌〔韵令〕（按宋人稱詞曰韵令，此以爲調名僅見。）《碩人生日》云：“壽開八秩，兩鬢全青，顏紅步武輕。”自注：“白樂天《開六秩詩》自注云：年五十歲，即曰開第六秩矣。”言自五十一，即爲六十紀數之始也。五十即曰開六，與今小異。

九二　折丹桂調名

又〔折丹桂〕按：此調名亦僅見小序云：通奉嘗欲爲先碩人篆帔，命爲詩語。某獻語曰：“詩禮爲家慶，貂蟬七葉餘。庭闈稱壽處，童稚亦金魚。”通奉喜，自爲小篆，綴珠其上。帔詩珠字，事韵而新，它書未之見也。

九三　易袚喜遷鶯

易袚〔喜遷鶯〕云：“記得年時，膽瓶兒畔，曾把杜丹同嗅。”語小而不纖。極不經意之事，信手拈來，便覺旖旎纏綿，令人低徊不盡。納蘭成德〔浣溪沙〕云：“被酒莫驚春睡重，賭書消得潑茶香。當時袛道是尋常。”亦復工於寫情，視此微嫌詞費矣。〔喜遷鶯〕歇拍云：“强消遣，把閑愁推入，花前杯酒。”由“舉杯消愁”意翻變而出，亦前人所未有。

九四　嬰香

《歸潛志》載王南雲《夢梅詩》：“嬰香枕簟黃昏月，戀棟東風笑穀春。”曩余撰《蕙風簃隨筆》有云：“嬰香，香名，燒之。香嬰，嬰也，見《真誥》。”余嘗覺嬰兒體中別具一種香氣，沖微而妮，非世界衆香所及，殆即所謂嬰香耶？但不能凡嬰皆然耳。《神仙傳》：老君妹名嬰香，南雲詩中僻典奇字，決非嚮壁虛造。其下句"戀棣"字亦必有本，大約非釋典即道書。南雲輒曰出天上何書，蓋不樂衒博，又欲振奇，謬托詼詭之談，駭世俗聽聞耳。

九五　元遺山詞

元遺山以絲竹中年，遭遇國變，崔立采望，勒授要職，非其意指。卒以抗節不仕，顑頷南冠二十餘稔。神州陸沉之痛，銅駝荊棘之傷，往往寄托於詞。〔鷓鴣天〕三十七闋，泰半晚年手筆。其《賦隆德故宮》及《宮體》八首、《薄命妾辭》諸作，蕃艷其外，醇至其內，極往復低徊、掩抑零亂之致。而其苦衷之萬不得已，大都流露於不自知。此等詞宋名家如辛稼軒固嘗有之，而猶不能若是其多也。遺山之詞，亦渾雅，亦博大。有骨干，有氣象。以比坡公，得其厚矣，而雄不逮焉者。豪而後能雄，遺山所處不能豪，尤不忍豪。牟端明〔金縷曲〕云："撲面胡塵渾未掃，强歡謳、還肯軒昂否。"知此，可與論遺山矣。設遺山雖坎坷，猶得與坡公同，則其詞之所造，容或尚不止此。其〔水調歌頭〕《賦三門津》"黃河九天上"云云，何嘗不崎崛排奡。坡公之所不可及者，尤能於此等處不露筋骨耳。〔水調歌頭〕當是遺山少作。晚歲鼎鑊餘生，棲遲零落，興會何能飆舉。知人論世，以謂遺山即金之坡公，何遽有愧色耶？充類言之，坡公不過逐臣，遺山則遺臣孤臣也。其《賦隆德故宮》云："人間更有傷心處，奈得劉伶醉後何。"《宮體》八首，其二云："春風殘殺官橋柳，吹盡香綿不放休。"其四云："月明不放寒枝穩，夜夜烏啼徹五更。"其七云："花爛錦，柳烘烟。韶華滿意與歡緣。不應寂寞求凰意，長對秋風泣斷弦。"《薄命妾》辭云："桃花一簇開無主，盡著風吹雨打休。"其它如《無題》云："墓頭不要征西字，元是中原一布衣。"又云："幾時忘得分携處，黃葉疏雲渭水寒。"又云："籬邊老却陶潛菊，一夜西風一夜寒。"又云："殷勤未數閑情賦，不願將身作枕囊。"又云："祇緣携手成歸計，不恨蓬頭屈壯圖。"又云："旁人錯比揚雄宅，笑殺韓家畫錦堂。"又云："鹿裘孤坐千峰雪，耐與青松老歲寒。"又云："諸葛菜，邵平瓜。白頭孤影一長嗟。南園睡足松陰轉，無數蜂兒趁晚衙。"又《與欽叔京甫市飲》云："醒來門外三竿日，臥聽春泥過馬蹄。"句各有指，知者可意會而得。其詞纏綿而婉曲，若有難言之隱，而又不得已於言，可以悲其志而原其心矣。

九六　景覃天香

唐張祜《贈內人》詩："斜拔玉釵鐙影畔，剔開紅焰救飛蛾。"後人評此以謂慧心仁術。金景覃詞〔天香〕句云："閑階土花碧潤。緩芒鞋、恐傷蝸蚓。"略與祜詩意同。填詞以厚為要恉，此則小中見厚也。又〔鳳栖梧〕歇拍云："別有溪山容杖屨。等閑不許人知處。"意境清絕、高絕。憶余少作〔鷓鴣天〕，歇拍云："茜窗愁對清無語，除却秋燈不許知。"以視景詞，意略同而境遠遜，風骨亦未能驂羈。

九七　遺山詞佳句

《遺山詞》佳句夥矣，燈窗雒誦，率臆選摘而慢詞弗與焉，不無遺珠之惜也。〔江城子〕《太原寄劉濟川》云："斷嶺不遮南望眼，時為我，一憑闌。"前調《觀別》云："萬古垂楊，都是折殘枝。"又云："為問世間離別淚，何日是，滴休時。"〔感皇恩〕《秋蓮曲》云："微雨岸花，斜陽汀樹，自惜風流怨遲暮。"〔定風波〕《楊叔能贈詞留別因用其意答之》云："至竟交情何處好。向道。不如行路本無情。"〔臨江仙〕《西山同欽叔送辛敬之歸女几》云："回首對床燈火處，萬山深裏孤村。"前調《內鄉北山》云："三年間為一官忙。簿書愁裏過，笋蕨夢中香。"〔南鄉子〕云："為向河陽桃李道，休休。青鬢能堪幾度愁。"〔鷓鴣天〕云："醉來知被旁人笑，無奈風情未減何。"前調云："殷勤昨夜三更雨，剩醉東城一日春。”前調云：“長安西望腸堪斷，霧閣雲窗又幾重。”〔南柯子〕云：“畫簾雙燕舊家春。曾是玉簫聲裏、斷腸人。”凡余選錄前人詞，以渾成沖淡爲宗旨。余所謂佳，容或以爲未是，安能起遺山而質之。

九八　三先生睡詞

遺山〔水龍吟〕《衍陳希夷睡歌》云：“百年同是行人，酒鄉獨有歸休地。此心安處，良辰美景，般般稱遂。力士鐺頭，舒山杓畔，不妨游戲。算爲狂爲隱，非狂非隱，人誰解先生意。莫笑糊塗老眼，幾回看紅輪西墜。一杯到手，人間萬事，俱然少味。范蠡張良，盡他驚怪。陳摶貪睡，且陶陶兀兀。今朝醉了，更明朝醉。”《天籟集》有《睡詞》亦用此調云。遺山先生有《醉鄉》一詞：“僕飲量素慳，不知其趣，獨閑居嗜睡有味，因爲賦此：醉鄉千古人行，看來直到亡何地，如何物外，華胥境界，昇平夢寐。鸞馭翩翩，蝶魂栩栩。俯觀群蟻，恨周公不見，莊生一去。誰真解，黑甜味。聞道希夷高臥，占三峰華山重翠。尋常羨殺，清風嶺上，白雲堆裏。不負平生，算來惟有，日高春睡。有林間剝啄，忘機幽鳥，喚先生起。”又《用前韻答曹光輔教授》云：“倚闌千里風烟，下臨吳楚知無地。有人高枕，樓居長夏，晝眠夕寐，驚覺游仙，紫毫吐鳳，玉觴吞蟻，更誰人似得。淵明太白，詩中趣，酒中味。慚愧東溪處士，待他年好山分翠。人生何苦，紅塵陌上，白頭浪裏。四壁窗明，兩盂粥罷，暫時打睡，盡聞鷄、祖逖中宵狂舞，蹴劉琨起。”半唐老人王鵬運《和天籟詞韻》云：“軟紅十丈塵飛，人間何許薶愁地。頹然一笑，玉山自倒。春生夢寐，我已忘情，蕉邊覆鹿，槐根封蟻。問無情世故，倉皇逐熱。誰能解，於中味。漫說朝來拄笏，最宜人西山晴翠。何如一枕，忘機息影。黑甜鄉里，萬事悠悠，百年鼎鼎。付之酣睡，待黃鸝三請窺園，乘興倩花扶起。”三先生睡詞，六百年來，沈瀣一氣，蓋坦夷寧静，時世異而襟袍同矣。余則舊有句云：“蚤是從來少睡人，何堪聽雨更愁春。”是不知睡味者。烏在從三先生後，其與半唐不同而同，唯吾半唐能言之。疇昔文字訂交，情逾昆季，春明薄宦，晨夕過從，猶憶睡詞脱稿，一燈商榷，如在目前，其過拍"無情世故"句，歇拍"倩花扶起"句，并余爲之酌定。詎今山河邈若，陵谷婁遷，何止夢中其真成隔世，俯俯陳迹迹，能無悁悁以悲耶。

九九　劉王詞

劉無黨〔烏夜啼〕歇拍云："離愁分付殘春雨，花外泣黄昏。"此等句雖名家之作，亦不可學，嫌近纖近衰颯。其過拍云："宿醒人困屏山夢，烟樹小江村。"庶幾運實入虚，巧不傷格。曩半唐老人〔南鄉子〕云："畫裏屏山多少路，青青。一片烟蕪是去程。"意境與劉詞略同。劉清勁，王綿邈。

一〇〇　李莊靖詞

金李用章《莊靖先生樂府》〔謁金門〕序云："西齋得梅數枝，色香可愛，一日爲澤倅崔仲明竊去。感嘆不已，因賦此調十二章，以寫悵望之懷。"直書竊梅人之官位姓字，此序奇絶亦韵絶。其十二章之目曰：《寄梅》《探梅》《賦梅》《嘆梅》《慰梅》《賞梅》《畫梅》《戴梅》《別梅》《望梅》《憶梅》《夢梅》，細審一一，却無言外寄托，衹是爲梅花作，抑何纏綿鄭重乃爾。其《寄梅》歇拍云："爲問花間能賦客。如何心似鐵。"亦悱惻、亦蘊藉，直使竊梅人無辭自解免。其後有〔太常引〕《同知崔仲明生日》云："太行千里政聲揚。問何處、是黄堂。遺愛幾時忘。試聽取、人歌召棠。錦衣年少，插花躍馬，休負好風光。三萬六千場。但暮暮、朝朝醉鄉。"召棠遺愛，於插花年少得之。竊花人幸複不惡，不失其爲花間能賦，賴此闋爲之解嘲。

一〇一　李莊靖謁金門

李莊靖〔謁金門〕云："萬里無雲天紺滑，一輪光皎潔。""紺滑"二字，未經前人用過。較"雨過天青雲破處"，尤爲妙於形容。

一〇二　天籟詞永遇樂

《天籟詞》〔永遇樂〕《同李景安游西湖》云："青衫盡付，濛濛雨濕，更著小蠻針綫。"用坡公〔青玉案〕句："春衫猶是，小蠻針綫，曾濕西湖雨。"而太素語特傷心。其言外之意，雖形骸可土木，何有於小蠻針綫之青衫。以坡公之"瓊樓玉宇，高處不勝寒"比之，猶死別之與生離也。

一〇三　須溪詞不可及

《須溪詞》風格遒上似稼軒，情辭跌宕似遺山。有時筆意俱化，純任天倪，乃能略似坡公。往往獨到之處，能以中鋒達意，以中聲赴節。世或目爲別調，非知人之言也。〔促拍醜奴兒〕云："百年已是中年後，西州垂淚，東山携手，幾個斜暉。"〔踏莎行〕《九日牛山作》云："向來吹帽插花人，盡隨殘照西風去。"〔永遇樂〕云："香塵暗陌，華燈明晝，長是懶携手去。"〔摸魚兒〕《海棠一夕如雪無飲餘者賦恨》云："無人舉酒。但照影堤流，圖他紅淚，飄灑到襟袖。"前調《守歲》云："古今守歲無言説，長是酒闌情緒。"〔金縷曲〕《五日》云："欸乃漁歌斜陽外，幾書生能辦投湘賦。"余所摘警句視此。其〔江城子〕《海棠花下燒燭》詞云："欲睡心情，一似夢驚殘。"〔山花子〕《春暮》云："更欲徘徊春尚肯，已無花。"若斯之類，是其次矣。如衡論全體大段，以骨干氣息爲主，則必舉全首而言。其中即無如右等句可也。由是推之全卷，乃至口占、漫興之作，而其骨干氣息具在此。須溪之所以不可及乎。

一〇四　起處不宜多用景語虛引

近人作詞，起處多用景語虛引，往往第二韵方約略到題，此非法也。起處不宜泛寫景，宜實不宜虛，便當籠罩全闋，它題便挪移不得。唐李程作《日五色賦》，首云："德動天鑒，祥開日華。"雖篇幅較長於詞，亦以二句隱括之，尤有弁冕端凝氣象。此旨可通於詞矣。

一〇五　名手作詞

名手作詞，題中應有之義，不妨三數語説盡。自余悉以發抒襟抱，所寄托往往委曲而難明。長言之不足，至乃零亂拉雜，胡天胡帝。其言中之意，讀者不能知，作者亦不蘄其知。以謂流於跌宕怪神、怨懟激發，而不可以爲訓，則亦左徒之"騷""些"云爾。夫使其所作大都衆所共知，無甚關係之言，寧非浪費楮墨耶？

一〇六　許古行香子

"春山淡冶而如笑，夏日蒼翠而如滴，秋山明净而如妝，冬山慘澹而如睡。"宋畫院郭熙語也。金許古詞〔行香子〕過拍云："夜山低，晴山近，曉山高。"郭能寫山之貌，許尤傳山之神。非入山甚深，知山之真者，未易道得。

一〇七　許道真眼兒媚

許道真〔眼兒媚〕云："持杯笑道，鵝黃似酒，酒似鵝黃。"此等句看似有風趣，其實絶空淺，即俗所謂打油腔，最不可學。

一〇八　明季二陸詞

得舊鈔本《明季二陸詞》，其人其詞皆可傳，欲受梓未能也。各節具傳略，并詞數闋如左：陸鈺字真如，萬曆戊午舉人。改名蓋誼，字忠夫，晚號退庵。九上春官不第，鍵户著書，足不入城市。甲申遭變，隱居貢師泰之小桃源。曰：吾乃不及祝開美乎？未幾，絶食十二日卒。有集十卷。其《射山詩餘》〔曲游春〕《和查伊璜客珠江元韵》云："問牡丹開未？正乳燕身輕，雛鶯聲細，共聽霓裳，看爲雨爲雲，胡天胡帝。與君行樂處，經回首，依稀都記。携來絲竹東山，幾度尊前杖底。鼙鼓東南動地。見下瀨樓船，旌旗無際。未免關情，對楚嶺春風，吳江秋水。暗灑英雄淚。更莫問，年來心事。又是午夢驚殘，歌聲乍起。”前調《再叠韵》云：“渌酒曾篘未。羡肉脆絲清，宫浮商細。塞耳休聽，任佗雄南越，秦稱西帝。青史興衰處，盡簡閲、紛綸難記。不如倚杖臨風，一任醉□花底。芳草斜陽藉地。看遠樹天邊，歸舟雲際。曲裏新聲，怨羌笛關山，隴西流水。又濕青衫淚。那更惜、闌珊春事。却看楊柳梢頭，一輪月起。”前調三叠韵云：“曉日還升未。正虬箭猶傳，獸烟初細。鳴鳥間關，痛精衛炎姬，子規川帝。千載人何處，笑符讖、何勞懸記。欣然更拓雲藍，自寫新詞窗底。窗外光陰遍地。繞畫角飄殘，一聲天際。竪子成名，念英雄難問，夕陽流水。獨下新亭淚。盡寂寞、閑居無事。誰論江左夷吾，關西伯起。”〔浪淘沙〕云：“松徑挂斜暉。閑叩禪扉。故人踪迹久離違。握手夕陽西下路，未忍言歸。此地是耶非。千載依依。采香徑外越來溪。碧巘緗絇今尚在，歌舞全稀。”前調云：“高閣俯行雲。我一相聞。主人几榻迥無塵。世外興亡彈指劫，一著輸君。回首太湖濆。斷靄紛紛。扁舟應笑館娃人。比擬子陽西蜀事，話到殘曛。”（元注：“子陽，雙白語也，蓋有所指。”按：“雙白”義未解。）

一〇九　陸宏定詞

陸宏定，字紫度，號綸山，別字蓬叟，鈺次子。九歲能文工詩，與兄辛齋齊名，有“冰綸二陸”之目。宏定一生高潔，有《一草堂》《愛始樓》《寧遠堂》諸集。其《憑西閣長短句》，首署“東濱陸宏定著，孫式熊抄存”。（按：當無刻本。）〔滿路花〕《花朝輯蒲萄繁蔓圖悼亡姬》云：“刀尺好誰貽？又是中和節。衆芳何處也，催鵙鳩。春遲候冷，別院梅花發。撫景堪愁絶。自入春來，風風雨雨纔歇。小庭枯蔓，逗的春消息。新條還護取，穿蘿薜。當年記道，纖手親移植。共倚藤蔭月。斷人腸，是花期，轉眼狼藉。”

〔望湘人〕云："記歸程過半，家住天南，吳烟越岫飄渺。轉眼秋冬，幾回新月。偏向離人燎皎。急管宵殘，疏鐘夢斷，客衣寒悄。憶臨歧，淚染湘羅，怕助風霜易老。是爾翠黛慵描，正慊慊悴憔，向予低道。念此去，誰憐冷暖，關山路杳。纔携手、教款語丁寧，眼底征雲繚繞。悔不剪，春雨蘼蕪，牽惹愁懷多少。"〔虞美人〕云："花原藥塢茫鋤去。會底天工意。却移雙槳傍漁磯，剛被一輪新月、照前溪。來霜往露須叟換。都是牽愁案。漸添華髮入中年。悔把高山流水、者回彈。"宏定婺周氏，名鑒，字西鑫，郡文學明輔女。事舅姑至孝，撫側室子女以慈。好作詩及小詞，《別母渡錢塘》云："未成死別魂先斷，欲計生還路恐難。"《咏杏花》云："萱草北堂回畫錦，荊花叢地妒嬌姿。"《送外入燕》〔減字木蘭花〕云："莫便忘家莫憶家。"惜全闋已佚。

一一○　憑西閣詞

《憑西閣詞》篇幅增於射山，而風格差遜。射山間涉側艷，洎乎晚節，復然河岳日星，烏可以詞定人耶？其〔小桃紅〕歇拍云："終躊躇，生怕有人猜，且尋常相看。"因憶國初人詞有云："丁寧切莫露輕狂。真個相憐儂自解，妒眼須防。"此不可與陸詞并論。詞忌做，尤忌做得太過。巧不如拙，尖不如禿，陸無巧與尖之失。

一一一　射山詞

《射山詞》〔虞美人〕云："可憐舊事莫輕忘。且令三年、無夢到高唐。"余甚喜其質拙。〔一斛珠〕云："挑燈且殢同君坐。好向燈前，舊誓重盟過。"〔醉春風〕云："淚如鉛水傍誰收。記記記。却正煩君，盈盈翠袖，拭英雄淚。"〔一絡索〕云："一尊銜淚向人傾，拌醉謝，尊前客。"皆佳句也。

一一二　詞最忌作態

凡人學詞，功候有淺深，即淺亦非疵，功力未到而已。不安於淺而致飾焉，不恤顰眉、齲齒，楚楚作態，乃是大疵，最宜切忌。

一一三　詞忌刻意爲曲折

詞筆固不宜直率，尤切忌刻意爲曲折。以曲折藥直率，即已落下乘。昔賢樸厚醇至之作，由性情學養中出，何至蹈直率之失。若錯認真率爲直率，則尤大不可耳。

一一四　眉匠詞

《眉匠詞》，竹垞少作，豐潤丁氏持靜齋藏。

一一五　詞學程式

詞學程序，先求妥貼、停勻，再求和雅、深（此"深"字祇是"不淺"之謂。）秀，乃至精穩、沉著。精穩則能品矣。沉著更進於能品矣。精穩之"穩"與妥帖迥乎不同。沉著尤難於精穩。平昔求詞詞外，於性情得所養，於書卷觀其通。優而游之，厭而飫之，積而流焉。所謂滿心而發，肆口而成，擲地作金石聲矣。情真理足，筆力能包舉之。純任自然，不假錘煉，則"沉著"二字之詮釋也。

一一六　遁庵詞

《遁庵樂府》〔大江東去〕云："不如聞早，付它妻子耕織。"〔江城子〕云："明日新年，聞早健還家。"〔漁家傲〕云："住山活計宜聞早。身世滄溟一漚小。""聞早"當是北人方言，《菊軒樂府》中亦兩見。（漚尹云："今汴梁城中有此方言，猶言及早。""聞"讀若"穩"。）

一一七　段複之滿江紅

段複之〔滿江紅〕序云："遁庵主人植菊階下，秋雨既盛，草萊蕪没，殆不可見。江空歲晚，霜餘草腐，而吾菊始發數花。生意淒然，似訴余以不遇，感而賦之。因李生湛然歸寄菊軒弟。"詞後段云："堂上客，頭空白。都無語，懷疇昔。恨因循過了，重陽佳節。颯颯凉風吹汝急，汝身孤特應難立。漫臨風三嗅繞芳叢，歌還泣。"節"韵已下，情深一往，不辨是花是人，讀之令人增孔懷之重。

一一八　擊丸

馮子駿〔玉樓春〕句：花觸飛丸紅雨妥。按：花蕊夫人《宮詞》："侍女爭揮玉彈弓，金丸飛入亂花中"，馮詞殆即用此。《續夷堅志》京娘墓一則，有"它日寒食元老爲友，招擊丸於園西隙地"云云。蓋當時春日有擊丸之戲，若蹴鞠飛堉故事矣。馮名延登，金末刑部尚書，殉汴都之難。

一一九　元遺山木蘭花慢

填詞景中有情，此難以言傳也。元遺山〔木蘭花慢〕云："黃星。幾年飛去，澹春陰、平野草青青。"平野春青，祇是幽静芳倩，却有難狀之情，令人低徊欲絕。善讀者約略身入景中，便知其妙。

一二〇　趙愚軒行香子

趙愚軒〔行香子〕云："綠陰何處，旋旋移床。"昔人詩句"月移花影上闌干"。此言移床就綠陰，意趣尤生動可喜。即此是詞與詩不同處，可悟用筆之法。

一二一　畫眉

鄭谷《貧女吟》："笑剪燈花學畫眉。"潘元質詞："旋剪燈花，兩點翠眉誰畫。"蓋以燈煤碾細代眉黛。王元老〔菩薩蠻〕云："留取麝煤殘，臨鸞學遠山。"此用香煤，更韵。

一二二　縹渺人

《拙軒詞》〔南鄉子〕序"大定甲辰，馳驛過通州，賢守開東閣，出樂府縹渺人，作累累駐雲新聲，青其姓，小字梅兒”云云。
“縹渺人”，所本俟考。

一二三　宋金詞不同

自六朝已還，文章有南北派之分，乃至書法亦然。姑以詞論，
金源之於南宋，時代政同，疆域之不同，人事爲之耳。風會曷與
焉。如辛幼安先在北，何嘗不可南。如吳彥高先在南，何嘗不可
北。顧細審其詞，南與北確乎有辨，其故何耶？或謂《中州樂府》
選政操之遺山，皆取其近已者。然如王拙軒、李莊靖、段氏遯庵、
菊軒，其詞不入元選，而其格調氣息，以視元選諸詞，亦複如驂之
靳，則又何説。南宋佳詞能渾，至金源佳詞近剛方。宋詞深緻能入
骨，如清真、夢窗是；金詞清勁能樹骨，如蕭閑、遯庵是。南人得
江山之秀，北人以冰霜爲清。南或失之綺靡，近於雕文刻鏤之技；
北或失之荒率，無解深裘大馬之譏。善讀者抉擇其精華，能知其
幷皆佳妙。而其佳妙之所以然，不難於合勘，而難於分觀。往往能
知之而難於明言之。然而宋金之詞之不同，固顯而易見者也。

一二四　辛党詞

辛、党二家，并有骨干。辛凝勁，党疏秀。

一二五　党承旨青玉案

党承旨〔青玉案〕云：“痛飲休辭今夕永。與君洗盡，滿襟煩
暑，別作高寒境。”以鬆秀之筆，達清勁之氣，倚聲家精詣也。
“鬆”字最不易做到。

一二六　党承旨月上海棠

又〔月上海棠〕《用前人韵》後段云：“斷霞魚尾明秋水。帶
三兩飛鴻點烟際。疏林颯秋聲，似知人、倦游無味。家何處？落日
西山紫翠。”融情景中，旨淡而遠，迂倪畫筆，庶幾似之。

一二七 党承旨鷓鴣天

又〔鷓鴣天〕云：“開簾放入窺窗月，且盡新涼睡美休。”瀟灑疏俊極矣。尤妙在上句“窺窗”二字。窺窗之月，先已有情。用此二字，便曲折而意多。意之曲折，由字裹生出，不同矯揉鈎致，不墮尖纖之失。

一二八 虛字叶韵最難

詞用虛字叶韵最難。稍欠斟酌，非近滑，即近佻。憶二十歲時作〔綺羅香〕，過拍云：“東風吹盡柳綿矣。”端木子疇前輩（埰）見之，甚不謂然，申誡至再。余詞至今不復敢叶虛字。又如“賺”字、“偷”字之類，亦宜慎用，并易涉纖。“兒”字尤難用之至（如“船兒”“葉兒”“風兒”“月兒”云云。）此字天然近俚，用之得，如閨人口吻，即亦何當風格。乃至村夫子口吻，不尤不可嚮邇耶？若於此等難用之字，筆健能扶之使竪，意精能煉之使穩，庶極嫥家能事矣。斯境未易臻，仍以不用爲是。

一二九 碧瀮齊天樂

曩作《七夕詞》，涉尋常兒女語，疇丈尤切誡之，余自此不作《七夕詞》，承丈教也。《碧瀮詞》（刻入《薇省同聲集》。）〔齊天樂〕序云：“前人有言：牽牛象農事，織女象婦功。七月田功粗畢，女工正殷，天象亦寓民事也。六朝以來，多寫作兒女情態，慢神甚矣。丁亥七夕，偶與瑟軒論此事，倚此糾之。”“一從幽雅陳民事，天工也垂星彩。稼始牽牛，衣成織女，光照銀河兩界。秋新候改。正嘉穀初登，授衣將屆。春耕秋梭，歲功於此隱交代。　神靈焉有配偶，藉唐宮夜語，誣衊真宰。附會星期，描憮月夕，比作人間懵愛。機窗淚灑。又十萬天錢，要償婚債。綺語文人，懺除休更待。”即誡余之怡也。

一三〇　明秀集賞荷詞非

《明秀集》《樂善堂賞荷詞》：“胭脂膚瘦薰沉水，翡翠盤高走夜光。”《濟南老人詩話》云：“蓮體實肥，不宜言瘦，似易膩字差勝。”龍壁山人云：“蓮本清艷，膩得其貌，未得其神也。”余嘗細審之，此字至難穩稱，尤須與下云：“薰沉水”相貫穿。擬易“潤”字、“媚”字、“薄”字，彼勝於此。似乎“薄”字較佳，對下句“高”字亦稱。

一三一　段誠之詞

段誠之《菊軒樂府》〔江城子〕云：“月邊漁。水邊鉏。花底風來，吹亂讀殘書。”前調《東園牡丹花下酒酣即席賦之》云：“歸去不妨簪一朵，人也道、看花來。”騷雅俊逸，令人想望風采。〔月上海棠〕云：“喚醒夢中身，鶗鴂數聲春曉。”〔前調〕云：“頹然醉臥，印蒼苔半袖。”於情中入深靜，於疏處運追琢，尤能得詞家三昧。

一三二　菊軒臨江仙

菊軒〔臨江仙〕云：“浮生擾擾笑何樓。試看雙鬢上，衰颯不禁秋。”按《劉貢父詩話》：“世語虛偽爲何樓，蓋國初（宋初也。）京師有何家樓，其下賣物多虛偽，故以名之。”菊軒詞蓋用此。

一三三　李齊賢鷓鴣天

李齊賢字仲思，遼時高麗國人，有《益齋長短句》。〔鷓鴣天〕云：“飲中妙訣人如問，會得吹笙便可工。”宋諺謂“吹笙”爲“竊嘗”。《蘆川詞》〔浣溪沙〕序云：“范才元自釀，色香玉如，直與綠尊梅同調，宛然京洛風味也。因名曰尊綠春，且作一首。諺以‘竊嘗’爲‘吹笙’云。”詞後段：“竹葉傳杯驚老眼，松醪題賦倒綸巾。須防銀字暖朱唇。”“竊嘗”，嘗酒也，故末句云云。仲思居中國久，詞用當時諺語，略與張仲宗意同，資諧笑云爾。《織餘瑣述》云：“樂器竹製者，唯笙用吸氣，吸之恆輕，故以喻‘竊嘗’。”

一三四　益齋詞

《益齋詞》〔太常引〕《暮行》云：“燈火小於螢。人不見，苔扉半扃。”〔人月圓〕《馬嵬效吳彥高》云：“小鞶中有，漁陽胡馬，驚破霓裳。”〔菩薩蠻〕《舟次青神》云：“夜深蓬底宿。暗浪鳴琴築。”〔巫山一段雲〕《山市晴嵐》云：“隔溪何處鷓鴣鳴，雲日翳還明。”前調《黃橋晚照》云：“夕陽行路却回頭。紅樹五陵秋。”此等句置之兩宋名家詞中，亦庶幾無愧色。

一三五　望字斷句叶韻

蘇文忠《前赤壁賦》：“桂棹兮蘭槳，擊空明兮溯流光。渺渺兮予懷，（句）望美人兮天一方。”幼年塾誦，如此斷句。比閱劉尚友《養吾齋詞》〔沁園春〕《隱括〈前赤壁賦〉》起調云：“壬戌之秋，七月既望，蘇子泛舟。”“七月句”下自注：“‘望’效公‘予懷望’，平讀。”始知宋人讀此二句，乃於“望”字斷句叶韻，句各六字，亟記之，以正幼讀之誤。尚友名將孫，入元抗節不仕，須溪之肖子也。

一三六　櫻花書目

曩賦日本櫻花詞屢矣，頗搜羅彼都雅故。清姒撰《織餘瑣述》，間亦助余甄采，偶閱《甘雨亭叢書目》，有山崎敬義《櫻之辨》、松岡元達《櫻品》各一卷。吾二人未經見及，可知挂漏尚多矣，亟存其名，俟異日訪求焉。

一三七　須溪詞百字令

《須溪詞》〔百字令〕“少微星小”闋自注：“佛以四月八日

生，見明星悟道，曰：‘奇哉！’即《左傳》‘星隕如雨’之夕也。”此説絶新。須溪賅博，未審於何書得之。

一三八　劉將孫養吾齋詩餘

劉將孫《養吾齋詩餘》，《彊邨所刻詞》（第一次印本。）列入元人，余議改編《須溪詞》後，爲之跋曰：“宋劉尚友《養吾齋詩餘》一卷，彊邨朱先生依大典《養吾齋集》本鋟行，凡二十闋。檢元鳳林書院《草堂詩餘》，有劉尚友〔憶舊游〕《論字韻》云：‘政落花時節，憔悴東風，緑滿愁痕。悄客夢驚呼伴侶，斷鴻有約，回泊歸雲。江空共道惆悵，夜雨隔篷聞。盡世外縱横，人間恩怨，細酌重論。　　嘆他鄉異縣，渺舊雨新知，歷落情真。匆匆那忍别，料當君思我，我亦思君。人生自非麋鹿，無計久同群。此去重消魂，黄昏細雨人閉門。’此闋《大典》本《養吾齋詩餘》未載。樊榭山民跋《元草堂詩餘》：‘亡名氏選至元、大德間諸人所作，皆南宋遺民也。詞多凄惻傷感、不忘故國。而于卷首冠以劉臧春、許魯齋二家，厥有深意’云云。抑余觀于劉、許之後，即以信國文公繼之，不啻爲之揭櫫諸人何如人者。劉尚友詩餘有〔摸魚兒〕《己卯元夕》《甲申客路聞鵑》各一闋。己卯宋帝昺祥興二年，是年宋亡。甲申元世祖至元二十一年，上距宋亡五年。尚友兩詞并情文慷慨，骨干近蒼。《聞鵑》闋有‘少日’、‘曾聽’、‘搖落壯心’之句。蓋雖須溪之子，而身丁國變，已屆中年。（按：《須溪詞》〔摸魚兒〕《辛巳自壽年五十》句云：“渾未覺。恁兒子門生，前度登高弱。”兒子即尚友。辛巳前二年爲己卯，即尚友作《元夕詞》之年，即宋亡之年。是年須溪四十八歲。須溪亦有《聞杜鵑詞》，調〔金縷曲〕，句云：“十八年間來往斷，白首人間今古。”自注：“予往來秀城十七八年。自己巳夏歸，又十六年矣。”己巳後十六年，恰是甲申，《聞杜鵑詞》當是與尚友同作。是年須溪五十三歲。須溪又有〔臨江仙〕《將孫生日賦》云：“二十年前此日，女兄慶我生兒。”末云：“兒童看有子，白髮故應衰。”須溪賦是詞時，尚友逾弱冠，有子矣。“白髮故應衰”，猶是始衰者之言。蓋須溪得尚友早，父子年歲相差，爲數二十强弱。據詞略可考見者如右。）抗志自高，得力庭訓。詩餘二十一闋，無隻字涉宦迹。如〔踏莎行〕《閑游》云：‘血染紅牋，泪題錦句。西湖豈憶相思苦。祇應幽夢解重來。夢中不識從何去。'〔八聲甘州〕《送春》云:'春還是,多情多恨,便不教綠滿洛陽宮。祇消得、無情風雨,斷送恩。'樊榭所謂凄惻傷感,不忘故國,怡在斯乎?彊邨所刻詞成,就余商定編目。余謂《養吾齋詩餘》宜纏屬須溪詞後,不當下儕元人,因略抒己意為之跋,冀不拂昔賢之意云爾。"《養吾齋詩餘》撫時感事,凄艷在骨。當時名不甚顯,何耶?自昔名父之子,擅才藻者,往往恃父以傳。必其父官位高。若養吾則為父所掩者。

一三九 中州元氣集

仁和勞氏丹鉛精舍校《遺山樂府》,屢引《中州元氣集》。錢竹汀先生《補元史藝文志·中州元氣》十冊,在詞曲類。是書勞猶及見,當非久佚。唯曰十冊,疑是寫本未刻,故未分卷。則訪求尤不易矣。晚近弁髦風雅,古書時復流通,容有得見之望,未可知耳。

一四〇 尚友錄可資考訂

明綏安廖用賢《尚友錄》,至尋常之書也。閑亦可資考訂,信開卷有益矣。《陽春白雪》卷四有雷北湖〔好事近〕"梅花片作團飛"云云,外集有雷春伯〔沁園春〕《官滿作》"問訊故園"云云。錢塘瞿氏刻本《陽春白雪》卷端詞人姓氏爵里,遂誤分雷北湖、雷春伯為二人。無論爵里,并其名弗詳也。雷應春,字春伯,郴人。以詩擅名,累官監察御史。首疏時相,繼忤權貴,出知全州,弗就。歸隱北湖。後知臨江軍,安靜不擾。嘗欲城新塗以備不虞,當路阻之。及己未之亂,臨江倉卒無備,人始服其先見。所箸有《洞庭》《玉虹》《日邊》《盟鶴》《清江》諸集。偶檢《尚友錄》得之,可以訂瞿刻《陽春白雪》之誤。

一四一 遺山樂府學閑閑公體

《遺山樂府》〔促拍醜奴兒〕《學閑閑公體》云:"朝鏡惜蹉

跎。一年年、來日無多。無情六合乾坤裏，顛鸞倒鳳，撐霆裂月，直被消磨。　　世事飽經過。算都輸、暢飲高歌。天公不禁人間酒，良辰美景，賞心樂事，不醉如何。”附閑閑公所賦云：“風雨替花愁。風雨罷、花也應休。勸君莫惜花前醉。今年花謝？明年花謝，白了人頭。　　乘興兩三甌。揀溪山、好處追游。但教有酒身無事。有花也好，無花也好，選甚春秋。”（《中州樂府》作〔青杏兒〕。）遺山誠閑閑高足。第觀此詞，微特難期出藍，幾於未信入室。蓋天人之趣判然，閑閑之作，無復筆墨痕迹可尋矣。

一四二　趙閑閑梅花引

趙閑閑〔梅花引〕《過天門關作》云：“石頭路滑馬蹄蹶。昂頭貪看山奇絕。”余曩歲入蜀，巫夔道中，層巒際天，引領維勞，愈高愈奇，愈看愈貪，不自知帽之落也。與閑閑所云情景恰合。唯船脣較適於馬足耳。

一四三　珠貝字奇麗

又〔缺月挂疏桐〕《擬東坡作》云：“珠貝橫空冷不收，半濕秋河影。”“珠貝”字奇麗而意境益清絕。

一四四　段拂之

段拂之，字去塵，米元章之婿。世傳元章潔癖特甚，方擇婿閑，或舉似段之名與字。元章曰：“既拂矣，又去塵，真吾婿也。”遂以女妻之。吳彥高亦元章婿。其父名拭，與拂義同。容或元章有取乎是。是則前人所未發者。

一四五　僕散汝弼詞筆藻耀高翔

金古齋僕散汝弼，字良弼，官近侍副使。〔風流子〕《過華清作》云：“三郎年少客，風流夢，綉嶺蠱瑤環。看浴酒發春，海棠睡暖。笑波生媚，荔子漿寒。況此際，曲江人不見，偃月事無端。

羯鼓數聲，打開蜀道。霓裳一曲，舞破潼關。　馬嵬西去路，愁來無會處，但泪滿關山。賴有紫囊來進，錦襪傳看。嘆玉笛聲沉，樓頭月下。金釵信杳，天上人間。幾度秋風渭水，落葉長安。”正大三年刻石臨潼縣，今存。詞筆藻耀高翔，極慨慷低徊之致。其“浴酒發春”，“笑波生媚”，句法矜煉，雅近專家。唯起調云“三郎年少客”，則誤甚。按：唐元宗生於光宅二年乙酉，而楊妃以天寶四年乙酉入宮，元宗年已六十一，何得謂“三郎年少”耶？後段“但泪滿關山”，“但”字襯。

一四六　唐人詞三首

唐人詞三首，永觀堂爲余書扇頭。〔望江南〕云：“天上月，遙望似一團銀。夜久更闌風漸緊，以（元注：爲。）奴吹却月邊雲。照見附（元注：負。）心人。”前調云：“五梁臺上月，一片玉無暇（元注：瑕。）。以里（元注：迤邐。）看歸西□去，横雲出來不敢遮。孌孿繞天涯。”〔菩薩蠻〕云：“自從宇宙光戈戟，狼烟處處獷天黑。早晚竪金雞。休磨戰馬蹄。　淼淼三江小（元注：水。）。半是□（元注：不易辨，似儒字。）生類（元注：泪。）。老尚逐今財。問龍門何日開？”并識云：“詞三闋，書于唐本《春秋後語》紙背，今藏上虞羅氏。”《樂府雜錄》云：“〔望江南〕始自朱崖李太尉鎮浙西日，爲亡伎謝秋娘所譔。”《杜陽雜編》亦云：“〔菩薩蠻〕乃宣宗大中初所製。明胡元瑞《筆叢》據之，斥《太白集》中〔菩薩蠻〕四詞爲偽作。然崔令欽《教坊記》末所載教坊曲名三百六十五中，已有此二調。崔令欽見《唐書》宰相世系表，乃隋恒農太守宣度之五世孫，是其人當在睿、元二宗之世。其書紀事訖於開元，亦足略推其時代。據此，則〔望江南〕〔菩薩蠻〕皆開元教坊舊曲。此詞寫於咸通間，距李贊皇鎮浙西時二十餘年，距大中末不過數年，而敦煌邊地已行此二調，益知段安節與蘇鶚之説，非實錄也。蕙風詞隱曰：“胡元瑞斥太白〔菩薩蠻〕四詞爲偽作，姑勿與辯。試問此偽詞孰能作，孰敢作者？未必兩宋名家克辦。元瑞好駁升庵，此等冒昧之談，乃與升庵如驂之靳，何耶？"

一四七　曾同季賦芍藥

曾同季《雲莊詞》〔點絳唇〕《賦芍藥》云："君知否。畫闌
幽處。留得韶光住。"尋常意中之言，恰似未經人道。〔浣溪沙〕
前題云："濃雲遮日惜紅妝。"所謂仁者見之謂之仁。

一四八　雲莊詞

《雲莊詞》〔酹江月〕云："一年好處，是霜輕塵斂，山川如
洗。"較"橘綠橙黃"句有意境。

一四九　姚成一霜天曉角

姚成一《雪坡詞》〔霜天曉角〕《湖上泛月歸》換頭云："烟
抹、山態活。雨晴波面滑。"五字對句，上句讀作上二下三，"抹"
字叶韵。不唯不勉強，尤饒有韵致。詞筆靈活可意。

一五〇　雪坡沁園春

《雪坡詞》〔沁園春〕《壽同年陳探花》云："憶昔東坡，秀奪
眉山，生丙子年。蓋丙離子坎，四方中氣，直當此歲，間出英
賢。"詞句用"蓋"字領起，絕奇。子平家言入詞，亦僅見。

一五一　雪坡壽詞

宋人多壽詞，佳句却罕覯。《雪坡詞》〔沁園春〕《壽婺州陳可
齋》云："元祐諸賢，紛紛臺省，惟有景仁招不來。"命意高絕。
前調《壽陳中書》云："著身已是瀛州。問更有長生別藥不？"極
雅切，極自然。又《壽陶守》云："春雨慳時，千金斗粟，民仰使
君爲食天。"民以食爲天，尋常語耳。（按：見《通鑒》賈潤甫謂李密語，下
句而有司曾無愛惜屑越。）"爲食天"更雋而新。

一五二　吳泳賀新郎

吳人呼女曰囡，讀若奴頑切。虞山王東漵（應奎）《柳南續筆》："吾友吳友篁箸《太湖漁風》，載漁家日住湖中，自無不肌粗面黑。間有生女瑩白者，名曰白囡，以志其異。漁人戶口冊中兩見之"云云。吳叔永（泳）《鶴林詞》〔賀新郎〕《宣城壽季永弟》云："爺作嘉興新太守，囡拜諤書天府，況哥共、白頭相聚。"則宋人已用之入韵語矣。叔永，蜀人，亦作吳語，何耶？"囡"字遍檢字書，并未之載。

一五三　吳泳清平樂

《鶴林詞》〔清平樂〕《壽吳毅夫》云："荔子纔丹梔子白，抬貼誕彌嘉月。""抬貼"字亦方言，於此僅見。

一五四　鶴林詞

《鶴林詞》〔祝英台近〕《春日感懷》云："有時低按銀箏，高歌水調，落花外、紛紛人境。"末七字余極喜之。其妙處難以言説。但覺芥子須彌，猶涉執象。

一五五　吳泳水龍吟

"算一生繞遍，瑤階玉樹，如君樣、人間少。"吳叔永〔水龍吟〕《壽李長孺》句。壽詞能爲此等語，視尋常歌誦功德，何止仙塵糟玉之別。

一五六　江致和詞

宋江致和〔五福降中天〕句："秋水嬌橫俊眼，膩雪輕鋪素胸。"以"鋪"字形容膩雪，有詞筆畫筆所難傳之佳處，無一字可以易之。

一五七　安熙題龍首峰

韓子《通解》伯夷哀天下之偷且以强，則服食其葛薇，逃山而死。元安敬仲熙《默庵樂府》〔石州慢〕《寄題龍首峰》云：“擬將書劍，西山采蕨食薇，自應不屬春風管。”“采蕨食薇”改“服食葛薇”，較典雅。

一五八　詞忌有字處爲曲折

詞能直，固大佳。顧所謂直，誠至不易。不能直，分也。當於無字處爲曲折，切忌有字處爲曲折。

一五九　李仁卿詞

金李仁卿（治）詞五首，見《遺山樂府》附録。〔摸魚兒〕《和遺山賦雁丘》過拍云：“詩翁感遇。把江北江南，風嘹月唳，并付一丘土。”托恉甚大。遺山元唱殆未曾有。李詞後段云：“霜魂苦。算猶勝、王嬙青冢真娘墓。”亦慨乎言之。按：治字仁卿，欒城人。正大七年收世科登詞賦進士第。調高陵簿，未上。從大臣辟，權知鈞州。壬辰北渡，流落忻、嶂間。藩府交辟，皆不就。至元二年，再以翰林學士召。就職期月，以老病辭歸。買田元氏封龍山，隱居講學十六年，卒年八十有八。仁卿晚節與遺山略同，其遇可悲，其心可原，不以下儕元人，援遺山例也。其與翰苑諸公書云：諸公以英材駿足絕世之學，高躡紫清，黼黻元化，固自其所。而某也屢資瑣質，誤恩偶及，亦復與吹竽之部。律以廉耻，爲幾不韙耶？諸公愍我耄昏，教我不逮，肯容我竊名玉堂之署，日夕相與刺經講古、訂辨文字，不即叱出。覆露之德，寧敢少忘哉？但翰林非病叟所處，寵禄非庸夫所食，官謗可畏。幸而得請，投迹故山。木石與居，麋鹿與游，斯亦老朽無用者之所便也。其辭若有大不得已，其本意從可知。故拜命僅期月，即托疾引去矣。遺山《雁丘詞》《雙蕖怨詞》，楊正卿（果）亦并有和作。明宏治壬子高麗刊本

《遺山樂府》，爲是書最舊善本，附治詞不附果詞。果，金末進士、縣令，入元官至參知政事。（按：李治《元史》有傳，作李冶。後人遂多沿其誤。元遺山爲治父通撰《寄庵先生墓碑》：子男三人，長澈，次治，次滋。遺山與仁卿同時唱和，斷不至誤書其名，自較史傳尤爲可據。蘇天爵《元名臣事略》亦作治，不作冶。金《少中大夫程震碑》，樂城李治題額，曩余曾見拓本，皆可證史傳之誤者也。）

一六〇　劉改之詞

劉改之詞格本與辛幼安不同。其《龍洲詞》中，如〔賀新郎〕《贈張彥功》云：“誰念天涯牢落況，輕負暖烟濃雨。記酒醒香銷時語。客裏歸轀須早發。怕天寒風急相思苦。”前調云：“衣袂京塵曾染處，空有香紅尚軟。料彼此，魂銷腸斷。”又云：“但托意，焦琴紈扇。莫鼓琵琶江上曲，怕荻花楓葉俱凄怨。”〔祝英臺近〕《游東園》云：“晚來約住青驄，踏花歸去，亂紅碎，一庭風月。”〔唐多令〕《八月五日安遠樓小集》云：“柳下繫船猶未穩，能幾日，又中秋。”〔醉太平〕云：“翠綃香暖雲屏，更那堪酒醒。”此等句是其當行本色。蔣竹山伯仲間耳，其激昂慨慷諸作，乃刻意撫擬幼安。至如〔沁園春〕“斗酒彘肩”云云，則尤撫擬而失之太過者矣。《詞苑叢談》云：“劉改之一妾愛甚。淳熙甲午赴省試，在道賦〔天仙子〕詞。到建昌游麻姑山，使小童歌之，至於墮泪。二更後，有美人執拍板來，願唱曲勸酒。即賡前韵‘別酒未斟心已醉’云云。劉喜，與之偕東。其後臨江道士熊若水爲劉作法，則并枕人乃一琴耳。携至麻姑山焚之。”改之忍乎哉！是可忍也，孰不可忍也！此物良不俗。雖曰靈怪，即亦何負於改之。世間萬事萬物，形形色色，孰爲非幻。改之得唱曲美人，輒忘甚愛之妾。則其所賦之詞，所墮之泪，舉不得謂真。非真即幻，于琴何責焉。焚琴鸞鶴，儌父所爲，不圖出之改之，吾爲斯琴悲，遇人之不淑。何物臨江道士，尤當深惡痛絕者也。龍洲詞變易體格，迎合稼軒，與琴精幻形求合何以異。吾謂改之宜先自焚其稿。

一六一　詹天游詞

元詹天游（玉）《送童甕天兵後歸杭》〔齊天樂〕云："相逢喚
醒京華夢，吳塵暗斑吟髮。倚擔評花，認旗沽酒，歷歷行歌奇迹。
吹香弄碧。有坡柳風情，逋梅月色。畫鼓紅船，滿湖春水斷橋客。

當時何限俊侶，甚花天月地，人被雲隔。却載蒼烟，更招白
鷺，一醉修江又別。今回記得。更折柳穿魚，賞梅催雪。如此湖
山，忍教人更説。"升庵《詞品》謂："此伯顔破杭州之後，其詞
絕無黍離之感，桑梓之悲，止以游樂爲言。宋季士習一至於此。"
升庵斯言，微特論世少疏，即論詞亦殊未允。當元世祖威棱震叠，
文字之獄，在所不免，第載籍弗詳耳。鳳林書院《草堂詩餘》無
名氏選至元大德間諸人所作（天游詞録九首。），并皆南宋遺民詞。多凄
惻傷感，不忘故國，而於卷首冠以劉藏春、許魯齋二家，以文丞
相、鄧中齋、劉須溪三公繼之，若故爲之畦町。當時顧忌甚深，是
書於有所不敢之中，僅能存其微恉，度亦幾經審慎而後出之。天
游詞歇拍云："如此湖山，忍教人更説。"看似平淡，却含有無限
悲涼。以此二句結束全詞，可知弄碧吹香，無非傷心慘目，游樂云
乎哉？曲終奏雅，吾謂天游猶爲敢言。升庵高明通脱，其於昔賢言
中之意，不耐沉思體會，遽爾肆口譏評，是亦文人相輕，充類至義
之盡矣。天游它詞，如〔滿江紅〕《咏牡丹》云："何須怪、年華
都謝，更爲誰容。衒盡吳花成鹿苑，人間不恨雨和風。便一枝流落
到人家，清泪紅。"〔一萼紅〕云："閑著江湖盡寬，誰肯漁蓑。"
忠憤至情，流溢行間句裏。〔三姝媚〕云："如此江山，應悔却、
西湖歌舞。"則尤慨乎言之。升庵涉獵群籍，大都一目十行，或并
天游〔齊天樂〕詞未嘗看到歇拍，它詞無論已。其言烏足爲定
評也。

一六二　詞非詩餘

沈約《宋書》曰："吳歌雜曲，始皆徒歌。既而被之弦管。又

有因弦管金石作歌以被之。"按前一法即虞廷依永之遺，後一法當起於周末宋玉對楚王問。首言"客有歌於郢中者"，下云"其爲陽阿薤露"，"其爲陽春白雪"，皆曲名。是先有曲而後有歌也。填詞家自度曲，率意爲長短句，而後協之以律，此前一法也。前人本有此調，後人按腔填詞，此後一法也。沿流溯源，與休文之説相應。歌曲之作，若枝葉始勇；乃至於詞，則芳華益楸。詞之爲道，智者之事。酌劑乎陰陽，陶寫乎性情。自有元音，上通雅樂。別黑白而定一尊，亘古今而不敝矣。唐宋已還，大雅鴻達，篤好而嫥精之，謂之詞學。獨造之詣，非有所附麗，若爲駢枝也。曲士以詩餘名詞，豈通論哉？

一六三　趙俞詞

陳藏一《話腴》：趙昂總管始肄業臨安府學，困躓無聊賴，遂脱儒冠從禁弁，升御前應對。一日侍阜陵躤之德壽宮，高廟宴席間，問今應制之臣，張掄之後爲誰，阜陵以昂對。高廟俯睞久之，知其嘗爲諸生，命賦拒霜詞。昂奏所用腔，令綴〔婆羅門引〕。又奏所用意，詔自述其梗概。即賦就進呈云："暮霞照水，水邊無數木芙蓉。曉來露濕輕紅。十里錦絲步障，日轉影重重。向楚天空迥，人立西風。　夕陽道中，嘆秋色、與愁濃。寂寞三秋粉黛，臨鑒妝嬾。施朱太赤，空惆悵，教妾若爲容。花易老，烟水無窮。"高廟喜之，錫銀絹加等。仍俾阜陵與之轉官。我朝之獎勵文人也如此。此事它書未載。淳熙間，太學生俞國寶以題斷橋酒肆屏風上〔風入松〕詞"一春常費買花錢"云云，爲高宗所稱賞，即日予釋褐。此則屢經記載，稍涉倚聲者知之。其實趙詞近沉著，俞第流美而已。以體格論，俞殊不逮趙。顧當時盛傳，以其句麗可喜，又諧適便口誦，故稱述者多。文字以投時爲宜，詞雖小道，可以窺顯晦之故。古今同揆，感慨係之矣。

一六四　遼懿德回心院詞

後晉高祖天福二年，契丹太宗改元會同，國號遼。公卿庶官皆仿中國，參用中國人。自是已還，密邇文化。當是時中原多故，而詞學浸昌。其先後唐莊宗，其後南唐中宗，以知音提倡於上。和成績《紅葉稿》、馮正中《陽春集》揚葩振藻於下。徵諸載記，金海陵閱柳永詞，有"三秋桂子，十里荷花"句，遂起吳山立馬之思。遼之于五季，猶金之於北宋也。雅聲遠姚，宜非疆域所能限。其後遼穆宗應曆十年，當宋太祖建隆元年。天祚帝天慶五年，當金太祖收國元年。西遼之亡，於宋爲寧宗嘉泰元年，得二百四十二年。於金爲章宗泰和元年，得八十七年。當此如干年間，宋固詞學極盛，金亦詞人輩出，遼獨闃如。欲求殘闋斷句，亦不可得。海寧周芷兮（春）輯《遼詩話》，竟無一語涉詞。絲簧輟響，蘭荃不芳。風雅道衰，抑何至是。唯是一以當百，有懿德皇后《回心院詞》。其詞既屬長短句，十闋一律。以氣格言，尤必不可謂詩。音節入古，香艷入骨，自是《花間》之遺。北宋人未易克辦。南渡無論，金源更何論焉。姜堯章言："凡自度腔，率以意爲長短句，而後協之以律。"懿德是詞，固已被之管弦，名之曰《回心院》，後人自可按腔填詞。吳江徐電發（釚）錄入《詞苑叢談》。德清徐誠庵（本立）收入《詞律拾遺》，庶幾洒林牙之陋，彌香膽之疏。史稱后工詩，善談論，自製歌詞，尤善琵琶。其於長短句，所作容不止此。北俗簡質，罕見稱述，當時即已失傳矣。

一六五　屈大均落葉詞

明屈翁山（大均）《落葉詞》（《道援堂詞》），余卅年前即憙誦之。不知其所以然也。"悲落葉。葉落絕歸期。縱使歸時花滿樹，新枝不是舊時枝，且逐水流遲。"末五字含有無限淒惋，令人不忍尋味，却又不容已於尋味。又："清淚好，點點似珠勻。蛺蝶情多元鳳子，鴛鴦恩重如花神。怎得不相親。"又："紅茉莉，穿作一花梳。金縷抽殘蝴蝶繭，釵頭立盡鳳凰雛。肯憶故人姝。"哀感頑艷，亦復何泣可歌。

一六六　蜕岩岩詞

《蜕岩詞》〔摸魚兒〕《王季境湖亭蓮花中雙頭一枝邀予同賞而爲人折去季境悵然請賦》云："吳娃小艇應偷采，一道綠萍猶碎。"〔掃花游〕《落紅》云："一簾晝永。綠陰陰尚有，絳趺痕凝。"并是真實情景，寓於忘言之頃、至靜之中。非胸中無一點塵，未易領會得到。蜕翁筆能達出。新而不纖，雖淺語，却有深致。倚聲家於小處規撫古人，此等句即金針之度矣。

一六七　蜕岩詞

《蜕岩詞》〔江神子〕《惜花》云："從使專春春有幾，花到此已堪哀。"〔鷓鴣天〕《爲妓繡蓮賦》云："一痕頭導分雲縮，兩點眉山入翠鬟。""專春""頭導"字并絕新。〔百字令〕《眉間雁》云："鬢鬌雲低，眉鬟山遠，去翼宜相映。"又云："一點風流應解妒，翡翠雙鈿相并。""眉間雁"當是花鈿之屬，於此僅見。〔瑞龍吟〕《癸丑歲冬用清真詞韵賦别》云："斷腸歲晚，客衣誰絮。""絮"字活用，猶言裝綿，亦僅見。

一六八　楊濟翁蝶戀花

"離恨做成春夜雨。添得春江，剗地東流去。弱柳繫船都不住。爲君愁絕聽鳴櫓。"楊濟翁〔蝶戀花〕前段也。婉曲而近沉著，新穎而不穿鑿，於詞爲正宗中之上乘。

一六九　何揖之小重山

何揖之〔小重山〕"玉船風動酒鱗紅"之句，見稱于時。此特麗句云爾。臨邛高耻庵云：(見《詞品》。)譬如雲錦月鈎，造化之巧，非人琢也。此等句在天壤間有限。似乎獎許太過。余喜其換頭："車馬去悤悤，路隨芳草遠"十字，其淡入情，其麗在神。

一七〇　東浦詞用鄙俚語

東浦詞〔且坐令〕云："但冤家、何處貪歡樂。引得我心兒惡。"毛子晉刻入《六十名家詞》，以"冤家"字涉俚，跋語譏之。按宋蔣津《葦航紀談》：作詞者流多用冤家爲事。初未知何等語，亦不知所出。後因閱《烟花説》，有云：冤家之説有六：情深意濃，彼此牽繫，寧有死耳，不懷異心，所謂冤家者一。兩情相繫，阻隔萬端，心想魂飛，寢食俱廢，此所謂冤家者二也。長亭短亭，臨歧分袂，黯然銷魂，悲泣良苦，此所謂冤家者三也。山遥水遠，魚雁無憑，夢寐相思，柔腸寸斷，此所謂冤家者四也。憐新弃舊，孤恩負義，恨切惆悵，怨深刻骨，此所謂冤家者五也。一生一死，觸景悲傷，抱恨成疾，迨與俱逝，此所謂冤家者六也。此語雖鄙俚，亦余之樂聞耳云云。樸質爲宋詞之一格，此等字不足爲疵病。唯是宋人可用，吾人斷不敢用。若用之而亦不足爲疵病，則駸駸乎入宋人之室矣。

一七一　朱淑真爲北宋人

朱淑真詞，自來選家列之南宋，謂是文公侄女，或且以爲元人，其誤甚矣。淑真與曾布妻魏氏爲詞友。曾布貴盛，丁元祐以後，崇寧以前，以大觀元年卒。淑真爲布妻之友，則是北宋人無疑。李易安時代猶稍後於淑真。即以詞格論，淑真清空婉約，純乎北宋；易安筆情近濃至，意境較沉博，下開南宋風氣。非所詣不相若，則時會爲之也。《池北偶談》謂淑真《璿璣圖記》，作於紹定三年。"紹定"當是"紹聖"之誤。紹定理宗改元，已近南宋末季。浙地隸韃靼久矣。記云："家君宦游浙西。"臨安亦浙西，詎容有此稱耶？

一七二　西施死于水

明《楊升庵外集》：世傳西施隨范蠡去，不見所出。祇因杜牧"西子下姑蘇，一舸逐鴟夷"之句而附會也。予竊疑之。未有可證以折其是非。一日讀《墨子》曰：吳起之裂，其功也；西施之沉，其美也。喜曰：此吳亡之後，西施亦死于水，不從范蠡去之一證。墨子去吳越之世甚近，所書得其真。然猶恐牧之別有見。後檢《修文御覽》，見引《吳越春秋》逸篇云：吳王亡後，越浮西施于江，令隨鴟夷以終。乃笑曰："此事正與《墨子》合。杜牧未精審，一時趁筆之過也。蓋吳既滅，即沉西施于江。浮，沉也，反言耳。隨鴟夷者，子胥之譖死，西施有力焉。胥死，盛以鴟夷。今沉西施，所以報子胥之忠，故曰隨鴟夷以終。范蠡去越，亦號鴟夷子。杜牧遂以子胥鴟夷爲范蠡之鴟夷，乃影譔此事以墜後人於疑網也"云云。曩余輯《祥福集》，嘗據以辨西施隨范蠡游五湖之誣。比閱董仲達（潁）〔薄媚〕《西子詞》（見《樂府雅詞》。）其弟六歇拍云："哀忧屢吐，甬東分賜。垂暮日，置荒隅，心知愧。寶鍔紅委。鸞存鳳去，孤負恩憐，情不似虞姬。尚望論功，榮還故里。降令曰，吳亡赦汝，越與吳何異？吳正怨，越方疑。從公論，合去妖類。蛾眉宛轉，竟殞鮫綃，香骨委塵泥。渺渺姑蘇，荒蕪鹿戲。"此詞亦謂吳亡，越殺西施。其曰："鮫綃香骨委塵泥"，又曰："渺渺姑蘇"，似亦含有沉之於江之意。與升庵所引《墨子》及《吳越春秋》逸篇之言政合。仲達宋人，如此云云，必有所本。則爲西子辨誣，又益一證。當補入《祥福說》。

一七三　郭遁齋卜算子

葉夢得《避暑錄話》："歐陽文忠公在揚州，作平山堂。每暑時，輒凌晨攜客往游。遣人走邵伯取荷花千餘朵，以畫盆分插百許盆，與客相間。遇酒行，即遣妓取花一枝傳客，以次摘其葉，盡處則飲酒，往往侵夜戴月而歸。"郭遁齋〔卜算子〕序云："客有惠牡丹者。其六深紅，其六淺紅。貯以銅瓶，置之席間，約五客以賞之。仍呼侑尊者六輩。酒半，人簪其一，恰恰無欠餘，因賦。"
"誰把洛陽花，剪送河陽縣。魏紫姚黃此地無，隨分紅深淺。小插向銅瓶，一段真堪羨。十二人簪十二枝，面面交相看。"遁齋詞事，與歐公風趣略同。玉溪生以"送鈎""射覆"入詩，得毋愧此雅故。

一七四　聶勝瓊馬瓊瓊詞

《青泥蓮花記》："李之問解長安幕，詣京師改秩。都下聶勝瓊，名倡也，質性慧黠，李見而喜之。將行，勝瓊送別，餞飲於蓮花樓，唱一詞，末句曰：'無計留春住。奈何無計隨君去。'因復留經月。爲細君督歸甚切，遂飲別。不旬日，聶作一詞寄李云：'玉慘花愁出鳳城，蓮花樓下柳青青。尊前一唱〔陽關曲〕，別個人人第幾程。尋好夢，夢難成。有誰知我此時情？枕前泪共階前雨，隔個窗兒滴到明。'蓋寓調〔鷓鴣天〕也。之問在中路得之，藏於篋底，抵家爲其妻所得。問之，具以實告。妻喜其語句清麗，遂出妝奩資夫取歸。瓊至，即弃冠櫛，損妝飾，委曲事主母，終身和悅，未嘗少有間隙焉。"勝瓊〔鷓鴣天〕詞，純是至情語，自然妙造，不假追琢，愈渾成、愈穠粹。于北宋名家中，頗近六一、東山。方之閨幃之彥，雖幽栖、漱玉，未遑多讓。誠坤靈間氣矣。之問之妻，能賞會勝瓊詞句，既無見嫉之虞，尤有知音之雅。委曲以事，和悅終身，吾爲勝瓊慶得所焉。又，朱端朝，字廷之。南渡後肄業上庠。與妓馬瓊瓊者往來久之。及省試優等，授南昌尉。輾轉脫瓊瓊籍，挈之歸家。因辟二閣，東閣正室居之，瓊瓊居西閣。廷之之任南昌，倏經半載，西閣以梅雪扇寄之，後寫一詞，調〔減字木蘭花〕云："雪梅妒色。雪把梅花相抑勒。梅性溫柔，雪壓梅花怎起頭。芳心欲訴。全仗東君來作主。傳語東君。早與梅花作主人。"廷之詳味詞意，知爲東閣所抑。自是坐卧不安，竟托疾解綬。既抵家，置酒會二閣，賦〔浣溪沙〕一闋云："梅正開時雪正

狂。兩般幽韵孰優長。且宜持酒細端相。梅比雪花多一出，雪如梅
蕊少些香。天公非是不思量。"自是二閣歡好如初。兹事亦韵甚。
唯是瓊瓊所遭，視勝瓊稍不逮，勝瓊誠勝瓊矣。

一七五　王西禦論詞絶句

丁酉暮春，余客維揚，甘泉徐歗竹布衣穆時年八十，晤於榕
園，傾蓋如故。越日録示舊作數闋，及王西御《論詞絶句》如干
首，意甚鄭重。西禦名僧保，真州人，殉髮逆之難，有《秋蓮子
詞稿》。其《論詞絶句》，未經梓行。歗翁云："清新俊雄，雖元遺
山、王漁洋論詩，未或過之。"

消息直從樂府傳，六朝風氣已開先。審聲定律心能會，字字
宫商總自然。

倚聲宋代始專家，情致唐賢小小誇。劉白温韋工令曲，謫仙
誰與并才華。

落花流水寄嗟欷，如此才情絶世稀。誰遣斯人作天子，江山
滿目泪沾衣。

縹渺孤雲漾太清，定知冰雪净聰明。凄涼一曲長亭怨，擅絶
千秋白石名。

易安才調美無倫，百代才人拜後塵。比似禪宗參實意，文殊
女子定中身。

前輩風流玉照堂，翩翩公子妙詞章。千金散盡身飄泊，對酒
當歌不是狂。

慷慨黄州一夢中，銅弦鐵板唱坡公。何人創立蘇辛派，兩字
粗豪恐未工。

短衣匹馬氣偏豪，泪灑英雄壯志消。最是野棠花落後，新詞
傳唱念奴嬌。

功業文章不朽傳，閑情偶爾到吟邊。平山楊柳今依舊，太守
風流五百年。

深情繾綣怨湘春，芳草天涯妙入神。名士無雙堪伯仲，却鄰

空谷有佳人。（元注：穆按：黃雪舟《湘春夜月》："近清明，翠禽枝上銷魂。"李琳〔六么令〕："依約天涯芳草，染得春風碧。"）

精心音律有清真，往復低佪獨愴神。若與梅溪評格調，略嫌脂粉污佳人。

須知妙諦在清空，金碧檀欒語太工。豈有樓臺能拆碎，賞心蕉葉兩聲中。

唾壺擊碎劍光寒，一座欷歔墨未乾。別有心胸殊歷落，不同花月寄悲歡。（元注：穆按：張于湖在建康留守席上賦〔六州歌頭〕，感慨淋漓，主人爲之罷席。）

功名福澤及來茲，剩有閑愁寫別離。愧煞男兒真薄幸，平生原不解相思。

惜花恨柳太無聊，幽思沉吟裂洞簫。峭折秋山筱一角，賞心到此亦寥寥。

紅近闌干韻最嬌，泥人香艷易魂銷。春風詞筆渾無賴，獨抱孤芳耐寂寥。（元注：穆按：蔣竹山詞極穠麗，其人則抱節終身。有足多者〔虞美人〕云："海棠紅近綠闌干。"）

韵事吟梅宋廣平，當歌此老亦多情。夢魂又踏楊花去，不愧風流濟美名。

淮海詞人思斐然，春風熨帖上吟箋。輸君坐領湖山長，消受鶯花幾席前。

波翻太液名虛負，祇博當筵買笑錢。不是曉風殘月句，未應一代有屯田。

絕無雅韵黃山谷，尚有豪情陸放翁。游戲何關心性事，爲君吟咏望江東。（元注：穆按：山谷〔望江東〕詞"江水西頭隔烟樹"云云，清麗芊綿，卓然作者。）

自有吟裹妙合宜，空山月破況清奇。蘇詞誤入誠何據，才弱聲流或可疑。（元注：穆按：程垓《書舟詞》〔瑤階草〕云："空山子規叫，月破黃昏冷。"〔意難忘〕〔一剪梅〕諸闋，毛晉刻《六十家詞》，定爲蘇長公作，不知何據。）

眼前有景賦愁思，信手拈來意自怡。詞客競傳佳話說，須知妙悟熟梅時。

　　詞人多半善言愁，月露連篇欲語羞。夢覺銀屏春太瘦，垂楊應不減風流。（元注：穆按：“銀屏夢覺”，陳西麓《垂楊》詞句也。）

　　笛聲吹澈想風情，酒館青旂別緒縈。最著尚書春意鬧，一枝紅杏最知名。（元注：穆按：陳簡齋〔臨江仙〕云：“杏花疏影裏，吹笛到天明。”謝無逸〔江神子〕云：“杏花村館酒旂風。”宋祁詞：“紅杏枝頭春意鬧。”從古咏杏花者未有若此三人也。）

　　東堂觴咏自風流，語欠清新浪墨浮。孤負坡公相賞識，一官忍向蔡京求。

　　竹坡何事亦工愁，海野悲涼汴水流。須識文章關氣節，才名終與穢名留。

　　遺編巨集富搜羅，審擇精詳信不譌。自訂新詞誰媲美，親嘗甘苦竟如何。

　　身世悲涼閱盛衰，關山夢裏涕淋漓。蒼茫獨立誰今古，屈子離騷變雅遺。（元注：穆按：張蛻岩以一身閱元之盛衰，憫亂憂時，故其詞慷慨悲涼，獨有千古。〔陌上花〕云：“關山夢裏歸來還，又歲華催晚。”）

　　風流相尚溯當年，不少名家簡牘傳。論斷若無心得處，依人作計亦徒然。

　　殘葩剩粉亦堪珍，或恐飄零委劫塵。字字打從心坎上，此中自有賞心人。

　　南北諸賢既渺然，寥寥同調最堪憐。瓣香未墜從人乞，吟斷回腸悟祕詮。

　　人人弄筆强知音，孤負霜豪莫浪吟。千載春花與秋月，一經寄託便遥深。

　　兒女恩情感易深，更兼怨別思沉沉。美人芳草多香澤，不是離騷意亦淫。

　　沉思渺慮窈通神，一片清光結撰成。豈許人間輕薄子，柔弦曼管寫私情。

　　裁紅剪綠亦尋常，字字珍珠欲斷腸。別有心情人不識，春穠秋艷要思量。

百遍尋思總未安，真源自在語知難。高山流水無人處，幽咽秋弦獨自彈。

歗翁贈余絕句："當年吟社已沉消，淮海詞人半寂寥。今日粵西媚初祖，令人想像海棠橋。"附記。

一七六　趙忠簡詞

趙忠簡詞，王氏四印齋刻入《南宋四名臣詞》。清剛沉至，卓然名家。故君故國之思，流溢行間句裏。如〔鷓鴣天〕《建康上元作》云："客路那知歲序移，忽驚春到小桃枝。天涯海角悲涼地，記得當年全盛時。　花弄影，月流輝。水精宮殿五雲飛。分明一覺華胥夢。回首東風淚滿衣。"〔洞仙歌〕後段云："可憐窗外竹，不怕西風，一夜瀟瀟弄疏響。奈此九回腸，萬斛清愁、人何處，邈如天樣。縱隴水秦雲，阻歸音，便不許時間，夢中尋訪。"其他斷句尤多促節哀音，不堪卒讀。而卷端〔蝶戀花〕乃有句云："年少凄涼天付與。更堪春思縈離緒。"閑情綺語，安在為盛德之累耶？

一七七　李蕭遠點絳唇

李蕭遠〔點絳唇〕後段云："碧水黃沙，夢到尋梅處。花無數。問花無語。明月隨人去。"意境不求甚深，讀者悅其輕倩。竹垞《詞綜》首錄此闋。此等詞固浙西派之初祖也。其〔鵲橋仙〕云："小舟誰在落梅村？正夢繞，清溪烟雨。"〔西江月〕云："瓊璇珠珥下秋空，一笑滿天鸞鳳。"皆警句，可誦。

一七八　竹山竹屋詞

宋人詞開元曲蹊徑者蔣竹山。〔霜天曉角〕《折花》云："人影窗紗，是誰來折花。折則從他折去，知折去向誰家。檐牙枝最佳，折時高折些。說與折花人，道須插向鬢邊斜。"此詞如畫如話，亦復可喜，開國朝詞門徑者。高竹屋〔齊天樂〕《中秋夜懷梅溪》云："古驛烟寒，幽垣夢冷，應念秦樓十二。"此等句鈎勒太露，便失之薄。

一七九　詞曲之分在於用筆用字之法

兩宋人填詞，往往用唐人詩句。金元人製曲，往往用宋人詞句，尤多排演詞事爲曲。關漢卿、王實甫《西厢記》出於趙德麟〔商調蝶戀花〕，其尤著者。檢《曲錄》雜劇部，有"陶秀實醉寫〔風光好〕""晏叔原風月〔鷓鴣天〕""張子湖誤宿〔女貞觀〕""蔡蕭閑醉寫〔石州慢〕""蕭淑蘭情寄〔菩薩蠻〕"，各等齣皆詞事也。就一齣一事而審諦之，填詞者之用筆用字何若？製曲者又何若？曲繇詞出，其淵源在是。曲與詞分，其徑塗亦在是。曲與詞體格迥殊，而能得其并皆佳妙之故，則於用筆用字之法，思過半矣。

一八〇　意內言外

詞，《説文》："意內而言外也。"《韻會》引作"音內言外"，疑《説文》宋本"意"作"音"。以訓詩詞之詞，於誼殊優。凡物在內者恒先，在外者恒後。詞必先有調，而後以詞填之。調即音也。亦有自度腔者，先隨意爲長短句，後繩以律。然律不外正宮，側商等名，則亦先有而在內者也。凡人聞歌詞，接於耳，即知其言。至其調或宮或商。則必審辨而始知，是其在內之徵也。唯其在內而難知，故古云知音者希也。

一八一　顧梁汾十名家詞序

國初錫山侯氏刻《十名家詞》，有顧梁汾序一首，論詞見地絕高。江陰金湝生（武祥）粟香室重刻本，佚去此序。曩移鈔史館本顧集，亦未之載，亟錄於此。序云："異時長短句，自《花間》《草堂》而外，行世者蓋不多見。明末海虞毛氏，始取《花庵》《尊前》諸集及宋人詞稿，盡付剞劂。其中字句之譌、姓名之混，間不免焉。雖然，讀書而必欲避譌與混之失，即披閱吟諷，且不能以終卷，又安望其暢然拔去抑塞，任爲流通也。亦園主人高情逸韵，擺落一切，顧於長短句，獨有元賞。其所刻詩不一，而先之以詞。其所刻詞不一，而先之以十家之詞，皆藏弄善本。集中之爲譌且混者絕少，真可補毛氏所未及。抑余更有取焉。今人之論詞，大概如昔人之論詩：主格者其歷下之摩古乎？主趣者其公安之寫意乎？邇者競起而宗晚宋四家，何異牧齋之主香山、眉山、渭南、遺山？要其得失，久而自定。余則以南唐二主當蘇、李，以晏氏父子當三曹，而虛少陵一席。竊比於鐘記室獨孤常州之云。總讓亦園之不執己，不徇人，不强分時代，令一代矜新立異者之廢然返也。"

一八二　金章宗咏聚骨扇

曩撰《詞話》有云："真字是詞骨，情真、景真，所作必佳。"金章宗《咏聚骨扇》云："忽聽傳宣須急奏，輕輕褪入香羅袖。"此咏物兼賦事，寫出廷臣入對時情景。確是咏聚骨扇，確是章宗咏聚骨扇。它題、它人，挪移不得，所以爲佳。

一八三　張信甫驀山溪

張信甫詞傳者衹〔驀山溪〕一闋："山河百二，自古關中好。壯歲喜功名，擁征鞍、雕裘綉帽。時移事改，萍梗落江湖，聽楚語，厭蠻歌，往事知多少。蒼顏白髮，故里欣重到。考馬省曾行、也頻嘶、冷烟殘照。終南山色，不改舊時青。長安道，一回來，須信一回老。"以清遒之筆，寫慨慷之懷，冷烟殘照，老馬頻嘶，何其情之一往而深也，昔人評詩，有云"剛健含婀娜"，余以此詞亦云。張信甫名中孚，《中州樂府》有小傳。陶鳧薌《詞綜補遺》誤以此詞爲張行信作。行信亦字信甫。

一八四　蕭吟所詞

蕭吟所〔浪淘沙〕《中秋雨》云："貧得今年無月看，留滯江城。""貧"字入詞夥矣,未有更新於此者。無月非貧者所獨,即亦何加於貧。所謂愈無理愈佳。詞中固有此一境。唯此等句以肆口而成爲佳。若有意爲之,則纖矣。〔菩薩蠻〕《春雨》云:"烟雨濕闌干。杏花驚蟄寒。""驚蟄"入詞,僅見,而句乃特韵。

一八五　完顔璹詞

密國公璹詞,《中州樂府》箸録七首。姜、史,辛、劉兩派,兼而有之。〔春草碧〕云:"舊夢回首何堪,故苑春光又陳迹。落盡後庭花,春草碧。"〔青玉案〕云:"夢裏疏香風似度。覺來唯見、一窗凉月,瘦影無尋處。"并皆幽秀可誦。〔臨江仙〕云:"薰風樓閣夕陽多。倚闌凝思久,漁笛起烟波。"淡淡著筆,言外却有無限感愴。

一八六　納蘭容若詞

納蘭容若爲國初第一詞人。其《飲水詩集》《填詞》古體云:"詩亡詞乃盛,比興此焉托。往往歡娛工,不如憂患作。冬郎一生極顇顇,判與三閭共醒醉。美人香草可憐春,鳳蠟紅巾無限泪。芒鞋心事杜陵知,衹今惟賞杜陵詩。古人且失風人旨,何怪俗眼輕填詞。詞源遠過詩律近,擬古樂府特加潤。不見句讀參差三百篇,已自換頭兼轉韵。"容若承平少年,烏衣公子,天分絶高。適承元明詞敝,甚欲推尊斯道,一洗雕蟲篆刻之譏。獨惜享年不永,力量未充,未能勝起衰之任。其所爲詞,純任性靈,纖塵不染,甘受和,白受采,進于沉著渾至何難矣。慨自容若而後,數十年間,詞格愈趨愈下。東南操觚之士,往往高語清空,而所得者薄。力求新艷,而其病也尖。微特距兩宋若霄壤,甚且爲元明之罪人。箏琶競其繁響,蘭荃爲之不芳,豈容若所及料者哉!

一八七　梁汾稍不逮容若

容若與顧梁汾交誼甚深,詞亦齊名,而梁汾稍不逮容若,論者曰：失之脆。

一八八　容若夢江南

容若〔夢江南〕云："新來好，唱得虎頭詞。一片冷香惟有夢，十分清瘦更無詩。標格早梅知。"即以梁汾《咏梅》句喻梁汾詞。賞會若斯，豈易得之并世。

一八九　飲水詞

《飲水詞》有云："吹花嚼蕊弄冰弦。"又云："烏絲闌紙嬌紅篆。"容若短調輕清婉麗，誠如其自道所云。其慢詞如〔風流子〕《秋效即事》云："平原草枯矣。重陽後，黃葉樹騷騷。記玉勒青絲，落花時節。曾逢拾翠，忽聽吹簫。今來是，燒痕殘碧盡，霜影亂紅凋。秋水映空，寒烟如織，皁雕飛處，天慘雲高。人生須行樂，君知否，容易兩鬢蕭蕭。自與東君作別，剗地無聊。算功名何許，此身博得，短衣射虎，沽酒西郊。便向夕陽影裏，倚馬揮毫。"意境雖不甚深，風骨漸能騫翠，視短調爲有進，更進其庶幾沉著矣。其歇拍"便向夕陽"云云，嫌平易無遠致。

一九〇　周稺圭論詞絕句

周稺圭先生《心日齋詞錄》凡十六家，各繫一詩。

溫飛卿云：方山憔悴彼何人，蘭畹金荃托興新。絕代風流乾臊子，前生合是楚靈均。

李後主云：玉樓瑤殿枉回頭，天上人間恨未休。不用流珠詢舊譜，一江春水足千秋。

韋端己云：浣花集寫浣花箋，消得孤蓬聽雨眠。顧曲臨川還草草，負他春水碧於天。

李德潤云：雜傳紛紛定幾人，秀才高節抗峨岷。扣舷自唱南鄉子，翻是波斯有逸民。

孫孟文云：一庭疏雨善言愁，傭筆荆臺耐薄游。最苦相思留不得，春衫如雪去揚州。

晏叔原云：宣華宮本少人知，珠玉傳家有此兒。道得紅羅亭上語，後來惟有小山詞。

秦少游云：淮海風流舊有名，紅梅香韵本天生。痴人不解陳無己，黃九如何得抗衡。

賀方回云：雕瓊鏤玉出新裁，屈宋嫱施衆妙該。他日四明工琢句，瓣香應自慶湖來。

周美成云：宮調精研字字珠，開山妙手詎容誣。後生學語矜南渡，牙慧能知協律無。

姜白石云：洞天山水寫清音，千古詞壇合鑄金。怪底纖兒誚生硬，野雲無迹本難尋。史梅溪云：長安索米漫欷歔，祕省申呈不負渠。泉底纖綃塵去眼，當時侍從較何如。

吳夢窗云：月斧吳剛最上層，天機獨繭自繅冰。世人耳食張春水，七寶樓臺見未曾。

王聖與云：碧山才調劇翩翩，風格鄱陽好并肩。姜史姜張饒品目，人間別有藐姑仙。

蔣竹山云：陽羨鵝籠涕泪多，清辭一卷黍離歌。紅牙彩扇開元句，故國凄涼喚奈何。

張玉田云：但説清空恐未堪，靈機畢竟雅音涵。故家人物滄桑録，老泪禁他鄭所南。

張蜕岩云：誰把傳燈接宋賢，長街掉臂故超然。雨淋一鶴沖霄去，寂寞騷辭五百年。

（按：張詩舲《偶憶編》云：周穉圭中丞録二十家詞，各繫一詩。吾鄉蘇虛谷汝謙《雪波詞自叙》亦謂穉圭選古詞二十家，今刻本祇十六家。）

一九一　朱依真論詞絕句

臨桂布衣朱小岑先生（依真）《九芝草堂詩存》《論詞絕句》二十八首，宋人於周清真、國朝於朱錫鬯并有微詞，頗不爲盛名所懾。惟推許樊榭甚至，觀其所爲詞，固不落浙西派也。（小岑所著《紀年詞》及《分緑窗人間世雜劇》久佚,檢邑志得〔絳都春〕〔念奴嬌〕兩調,録入《國朝詞綜續補》。)其論同時人詞,意在以詩傳人,不得以論古之作例之。其詩云:

南國君臣艷綺羅,夢回鷄塞欲如何。不緣鄰國風聞得,璧月瓊枝未詎多。

天風海雨駭心神,白石清空謁後塵。誰見東坡真面目,紛紛耳食説蘇辛。

柳綿吹少我傷春,杜宇聲聲不忍聞。十八女郎紅拍板,解人應衹有朝雲。

貧家好女自嬌妍,彤管譏評豈漫然。若向詞家角優劣,風流終勝柳屯田。

詞場誰爲斬荆榛,隻手難扶大雅輪。不獨俳諧纏今體,鋪張我亦厭清真。

合是詩中杜少陵,詞場牛耳讓先登。暗香疏影精神在,夜月清寒照馬塍。(元注:白石墓在西馬塍。)

香泥壘燕盧申之,淡月疏簾綺語詞。何似山陰高竹屋,獨標新意寫烏絲。

質實何須誚夢窗,自來才士慣雌黄。幾人真悟清空旨,錯采填金也不妨。

雕梁軟語足形容,柳暝花昏意態中。項羽不知兵法誚,也應還著賀黄公。(賀裳字黄公,著《皺水軒詞筌》,謂史邦卿《咏燕》詞,白石不取其"軟語商量"而取其"柳昏花暝",不免"項羽不知兵法"之譏。)

半湖春色少人窺,夜月蘋洲漁笛吹。深悔鈍根聞道晚,廿年始讀草窗詞。

蓮子結成花自落,清虛從此悟宗門。西湖山水生清響,鼓吹堯章豈妄言。

兒女痴情迥不侔,風雲氣概屬辛劉。遺山合有出藍譽,寂寞横汾賦雁邱。

蜕岩樂府脱浮囂,又見梅溪譜六麽。莫笑凋零草窗後,宋人風格未全消。

已是金元曲子遺,風流全失草堂詞。端須忘盡昆侖手,更向樓前拜段師。(論明代。)

燕語新詞舊所推,中興力挽古風頹。如何拈出清空語,強半吳郎七寶台。(詞至前明音響殆絕,竹垞始復古焉,第嫌其《體物集》不免疊垛耳。)

陳髯懷抱亦堪悲,寫入青衫悵悵詞。記得中州樂府體,豈知肖子屬吳兒。

樊榭仙音未易參,追踪姜史復誰堪。一時甘下先生拜,合與詞家作指南。

侯鯖都不解療飢,癖嗜瘖痂笑亦宜。一夜梨花驚夢破,何如春草謝家詩。(吾鄉謝良琦《醉白堂詞》一卷,首二句括其自序語:"昨夜梨花驚夢破,而今芳草傷心碧。"其詞中佳句也。)

十載無能讀父書,摩挲遺譜每欷歔。詞人競美遺山好,蘊藉風流那不如。(先大夫有《補閒詞》二卷。)

嶺西宗派頗紛挐,誰倚新聲仿竹垞。獨有春山冷居士,閉門窗下咏枇杷。(吾友冷春山《昭有詞》一卷,《咏枇杷》詞最工。)

紅杏梢頭宋尚書,較量閨閣韵全輸。無端葉打風窗響,腸斷人間詞女夫。(閨秀唐氏,吾友黃南溪元配也。自號"月中遍客",早卒。有詩詞集若干卷,其〔杏花天〕詞爲時所稱。予最喜其"試聽飄墮聲聲,風際吹來打窗葉",颯然有鬼氣。)

零膏剩粉可能多,嘖嘖才名梁月波。叵耐斷腸天不管,香銷簾影捲銀河。(梁月波,宦門女,有才思,早卒。"香爐香爐,簾捲銀河波影",其〔如夢令〕中語也。)

又六首,題云:僕少有《論詞絕句》,迄今二十年燈下讀諸家詞,有老此數家之意,複綴六章,於前論無所出入也。

剛道霓裳指下聲,天風海雨倏然生。不逢郢匠揮斤手,楮葉三年刻未成。

范陸詩名自一時,江南江北鬢成絲。遺聲莫訝多騷屑,不任空城曉角吹。

妙手拈來意匠多，雲中真有鳳銜梭。讀書未敢因人廢，奈爾天南小吏何。

雜擬江淹筆有花，效顰不辨作東家。等閑渲出西湖色，欲倩旁人寫嶻華。

欲起瑯瑯仔細論，機鋒拈出付兒孫。禾中選體荊溪律，一代能扶大雅輪。（阮亭云：“‘無可奈何花落去，似曾相識燕歸來’必不是香奩詩；‘良辰美景奈何天，賞心樂事誰家院’必不是草堂詞。”確論也。）

琴趣言情尚汴音，獨將騷雅寫秋林。當年姜史皆回席，辛若無從覓繡針。（《秋林琴雅》，樊榭詞。）

一九二　孫爾准論詞絕句

金鑽孫平叔（爾准）《秦雲堂詩集》絕句二十二首，專論國朝詞人。

風會何須判古今，含商嚼徵有知音。美人香草源流在，猶是當時屈宋心。

草窗絕妙剩遺編，碎玉風琴韵半天。一曲水仙瀛海闊，刺船何處覓成連。

鳳林書院紀新收，最愛書棚讀畫樓。猶識金元盛風雅，不知誰洗草堂羞。

詞場青兕説髯陳，千載辛劉有替人。羅帕舊家閑話在，更兼蔣捷是鄉親。

姑山句好尚書稱，一代詞家盡服膺。人籟定輸天籟好，長蘆終是遜迦陵。

七寶樓臺隸事駢，雪獅兒句咏銜蟬。清空婉約詞家旨，未必新聲近玉田。

笛家南渡慢詞工，靜志題評語最公。不分梁汾誇小令，一生周柳擅家風。

吊雨花臺萬口傳，平安季子語纏綿。東風野火鴛鴦瓦，纔是平生第一篇。

嚴顧同熏北宋香，清詞前輩數吾鄉。珠簾細雨今猶昔，賀老江南總斷腸。

新來艷説六家詞，秋錦差能步鈞師。雲月西昆撏撦遍，防他笑齒冷伶兒。

作者誰能按譜填，樂章琴趣調三千。誰知萬首連城璧，眼底無人説畹仙。

史筆梅村語太莊，雕華不解定山堂。要從遺老求佳製，一曲觀潮最擅場。

炊聞玉友二鄉亭，山左才人未徑庭。祇有曹家珂雪句，白楊涼雨耐人聽。

麗農延露衍波㦿，一世才名祇浪傳。妾是桐花郎是鳳，倚聲誰關野狐禪。

問訊楓江舊釣磯，當時未解盛名歸。叢譚他日傳詞苑，一片殘陽在客衣。

錢郎一曲托湘靈，錦瑟聲聲也愛聽。二十五弦清怨極，楚天如水數峰青。

流傳遮莫笑吳兒，蓉渡真憑讕語爲。若向蘭陵論風雅，解嘲賴有栩園詞。

德也清才却執殳，棠村未許便齊驅。風流側帽天然好，莫向銅街儗獨孤。

浪將左柳説淫哇，學步姜張便道佳。雪竹冰絲誰解賞，改蟲齋與小眠齋。

紅友宮商上去嚴，偷聲減字盡排籤。石亭暢好韓歐筆，一字何妨直一縑。

定甌練果試新茶，樊榭清吟漱齒牙。付與小紅歌一闋，鬢雲顫落玉簪花。

馬趙陳吳記合并，響山四壁變秦聲。便如宛委山房裏，菰玉蟬弦字字清。

一九三　毛开滿庭芳

宋毛开《自宛陵易倅東陽留別諸同寮》〔滿庭芳〕云："回頭笑，渾家數口，又泛五湖舟。"俚語稱妻曰"渾家"，屢見坊肆間小説。毛詞則舉一切眷屬言之。

一九四　周必大詞

周必大《近體樂府》有〔點絳唇〕《七夜趙富文出家姬小瓊再賦》，"七夕"作"七夜"，甚新。"小瓊"即范石湖所謂與韓無咎、晁伯如家姬稱爲三杰者，見本事詞注。

一九五　張校本遺山樂府臆改

《遺山樂府》張（家庸）校本，末附訂誤。其〔鷓鴣天〕云："拍浮多負酒家錢。"訂誤云："錢"元誤"船"，今正。按遺山有〔浣溪沙〕云："拍浮爭赴酒船中。"可證〔鷓鴣天〕句"船"字非誤。張校臆改，誤也。《晋書》畢卓云："拍浮酒船中，便足了一生。"

一九六　耳重眼花

《漢書·黄霸傳》："霸曰：許丞廉吏，雖老尚能拜起送迎，正頗重聽何傷。""重"，傳容切。元劉敏中《中庵詩餘》〔南鄉子〕《老病自戲》云："耳重眼花多。行則骹危語則訛。""耳重"即"重聽"，讀若"輕重"之重，僅見。

一九七　中庵詩餘鵲橋仙

《中庵詩餘》〔鵲橋仙〕《觀接牡丹》云："栽時白露，開時穀雨，培養工夫良苦。閑園消息阿誰傳，算衹是、司花説與。寒梢一拂，芳心寸許，點破凡根宿土。不知魏紫是姚黄。到來歲、春風看取。"曩見查悔餘《得樹樓雜鈔》，引《黄伐檀集妒芽説》："客有語予，人有以桃爲杏者，名曰接。其法：斷桃之本，而易以杏。春陽既作，其枝葉與花皆杏也。桃之萌亦出於其本。蓊然若與杏争盛者。主人命去之，此妒芽也。"云云。接花入題咏，於劉詞僅見。吾廣右花傭，最擅此技。如以桃接杏，則先植桃於盆，其本必蟠偃有姿致，僅留一二枝條，壯約指許。届清明前則就杏擇其枝氣王者，壯相若者，與桃之本姿致宜稱者，審定長短距離，削去其半，約寸許，同時於桃枝近本處，亦削去其半，亦寸許，速就兩枝受削處密切黏合，以苧皮緊束之，外用杏根畔土，調融塗護，勿露削口。若所接杏枝距地較高，則植木爲架撑桃盆，務令兩花高下相若。無稍拗屈强附。迨至夏初，兩枝必合而爲一。苧皮暫不必解，於杏枝削口稍下，徐徐鋸斷，俾兩花脱離，即將削口稍上之桃枝鋸弃，則本桃而花葉皆杏矣。它花接法并同，唯所接皆木本，接時必清明前。如劉詞所云，牡丹係草本，白露已深秋，能於深秋接草木花，其技精於今人遠甚。唯詞歇拍云："不知魏紫是姚黄，到來歲、春風看取。"當接花時，不能預定其色品，詎昔之接異於今之接耶？惜其法不可得而考矣。

一九八　中庵木蘭花慢

又〔木蘭花慢〕《贈貴游摘阮，時得名姜，故戲及之》云："松間玄鶴舞翩翩，山鬼下蒼烟，正閉户焚香，捵商泛角，非指非弦。"曩見宋人所繪九歌圖山鬼像，絶娟倩，所謂"既含睇兮又宜笑，子慕余兮善窈窕"。彼雲屏妙姬，能當之無愧色耶。

一九九　玄謡集雜曲子

唐人《玄謡集雜曲子》三十首，鳴沙石室祕籍也。有目無詞者十二首，有詞者祇三首。〔鳳歸雲〕云："征夫數歲，萍寄他邦，去便無消息。累换星霜，愁聽砧杵，疑塞雁。口口口（此三口增。）行。孤眠鸞帳裏，枉勞魂夢，夜夜飛揚。想君薄行，更不思量，誰爲傳書。與妾表衷腸，倚牖無言，垂血泪，暗祝三光。萬般無那處，一爐香盡，又更添香。"又云："怨緑窗獨坐，修得爲君書。（前闋起調二句，句四字；此二句，句五字。疑"怨"字、"爲"字是襯字。）征衣裁縫了，遠寄邊塞。（此字應平應叶，"塞"疑傳寫之譌。）想得爲君，貪苦戰，不憚崎驅。中朝沙里口（此口增。）。口馮三尺，勇戰奸愚。豈知紅口（此口增。），口泪如珠，枉把金釵，卜卦口皆虚。魂夢天涯，無暫歇，枕上口（此口增。）虚。待公卿回日，容顔憔悴，彼此何如。"（兩詞譌奪已甚，幾不能句讀，尤不成片段。頃稍加整比，增口六，疑襯字二，疑失叶譌字一，便兩闋皆可分段。前後段句法字數并同，唯後闋起調多二襯字耳。）又，（并闋。）〔天仙子〕云："鶯語啼時（疑"鶯啼"之譌。）三月半，烟蘸柳條金綫亂。五陵原上有仙娥，携歌扇，香爛漫。留住九華雲一片。　犀玉滿頭花滿面，負妾一雙偷泪眼。泪珠若得似真珠，拈不散，知何限。串向紅絲應百萬。"又，（已下詞并闋。）〔竹枝子〕〔洞仙歌〕〔破陣子〕〔換沙溪〕〔柳青娘〕〔傾杯樂〕。〔浣溪沙〕作〔換沙溪〕，僅見。

二〇〇　王文簡倚聲集序

王文簡《倚聲集序》：唐詩號稱極備，樂府所載，自七朝五十五曲外，不概見。而梨園所歌，率當時詩人之作，如王之渙之《涼州》、白居易之《柳枝》，王維《渭城》一曲，流傳尤盛。此外雖以李白、杜甫、李紳、張籍之流，因事創調，篇什繁富，要其音節皆不可歌。詩之爲功既窮，而聲音之祕，勢不能無所寄，於是溫、和生而《花間》作，李、晏出而《草堂》興，此詩之餘而樂府之變也。詩餘者，古詩之苗裔也；語其正則南唐二主爲之祖，至漱玉、淮海而極盛，高、史其嗣響也。語其變則眉山導其源，至稼軒、放翁而盡變，陳、劉其餘波也。有詩人之詞，唐、蜀、五代諸人是也；有文人之詞，晏、歐、秦、李諸君子是也；有詞人之詞，柳永、周美成、康與之之屬是也；有英雄之詞，蘇、陸、辛、劉是也。至是，聲音之道乃臻極致，而詩之爲功，雖百變而不窮。云云。僅二百數十言，而詞家源流派別，瞭若指掌。是書傳本絶尠，亟節記之。

二〇一 半唐藏宋人詞集

甲辰四月下沐，過江訪半唐揚州，晤於東關街安定書院西頭之寓廬。握手欷歔，彼此詫爲意外幸事，蓋不相見已十年矣。半唐出示別後所得宋人詞精鈔本四巨冊。劉辰翁《須溪詞》、謝薖《竹友詞》、嚴羽《滄浪詞》（祇二闋，不能成卷。）、張肯《夢庵詞》、陳深寧《極齋樂府》、張輯《東澤綺語債》、李祺《僑庵詞》、陳德武《白雪詞》、王達《耐軒詞》、曹寵《松隱詞》、吳潛《履齋先生詞》、廖行之《省齋詩餘》、汪元量《水雲詞》、張掄《蓮社詞》、沈瀛《竹齋詞》、王以寧《王周士詞》、陳著《本堂詞》，最十七家。《須溪》《東澤》《水雲》三種，曩與半唐同官京師，極意訪求不可得。《松隱》則昔祇得前半本，此足本也。右一則曩譔《蘭雲菱夢樓筆記》，鋟行時刊削之稿。今半唐歸道山久，四印齋中長物，悉化雲烟。此宋詞四巨冊，不知流落何所，亟記之以存其目。其《東澤綺語債》亦足本，爲最可惜，比以語漚尹，不信有此本也。

二〇二 宋滿江紅詞鏡

倚聲之作，石刻間見箸錄，金文尤罕覯。宋〔滿江紅〕詞鏡，鏡邊飾以梅花，詞作回文書："雪共梅花，念動是、經年離坼。重會面、玉肌真態，一般標格。誰道無情應也妒，暗香薰没教誰識。却隨風偷入傍妝臺，縈簾額。驚醉眼，朱成碧。隨冷燠，分青白。嘆朱弦凍折，高山音息。悵望關河無驛使，剡溪興盡成陳迹。見似枝而喜對楊花，須相憶。"馮晏海（雲鵬）得之濟南，謂其詞類宋人，故定爲宋鏡。見張詩舲（祥河）《偶憶編》。又曾賓谷（燠）藏宣德銅盤，內刻〔錦堂春〕詞："映日穠花旖旎。縈風細柳輕盈。游絲十丈重門靜、金鴨午烟清。戲蝶渾如有意，啼鶯還似多情。游人來往知多少，歌吹散春聲。""宣德七年正月十五日。"

二〇三 賈文元玉詞牌

義州李文石（葆恂）《舊學庵筆記》，記所見金石書畫，有宋製賈文元玉詞牌。按賈昌朝，字子明，獲鹿人。天禧初，賜同進士出身。慶曆間，拜同中書門下平章事，加左僕射，卒諡文元。有〔木蘭花慢〕云："都城水淥嬉游處。仙棹往來人笑語。紅隨遠浪泛桃花，雪散平堤飛柳絮。東君欲共春歸去。一陣狂風和驟雨。碧油紅斾錦障泥，斜日畫橋芳草路。"黃花庵云：公生平唯賦此一詞。未審即玉牌所刻否？

二〇四 納蘭容若與顧梁汾交最密

《炙硯瑣談》云：納蘭容若侍中與顧梁汾交最密。嘗填〔賀新涼〕詞爲梁汾題照，有云："一日心期千劫在，後身緣恐結他生裏。然諾重，君須記。"梁汾答詞亦有"願托結來生休悔"之語。侍中歾後，梁汾旋亦歸里。一夕夢侍中至曰："文章知己，念不去懷。泡影石光，願尋息壤。"是夜，其嗣君舉一子，梁汾就視之，面目一如侍中。知爲後身無疑也，心竊喜甚。彌月後，復夢侍中別去。醒後急詢之，已殤矣。先是侍中有小像留梁汾處，梁汾因隱寓其事，題詩空方。一時名流多有和作。像今存惠山忍草庵貫華閣。《炙硯瑣談》，武進湯曾輅（大奎）譔，貞愍大父也。

二〇五 盛昱八聲甘州

光緒甲午，伯愚學士（志鈞）簡烏里雅蘇臺辦事大臣。宗室伯希祭酒（盛昱）賦〔八聲甘州〕《贈行》云："驀橫吹，意外玉龍哀，烏里雅蘇臺。看黃沙毳幕，縱橫萬里，攬轡初來。莫但訪碑荒磧（自注："同人屬拓闕特勤碑。"），爾是勒銘才。直到烏梁海。蕃落重開。六載碧山丹闕，幾商量出處，拔我蒿萊。愴從今別後，萬卷一身蒴。約明春、自專一壑，我夢君、千騎雪皚皚。君夢我，一枝榔栗，扶上岩苔。"蓋伯愚此行，雖之官，猶遷謫也。伯希詞甫脫稿，即錄示余。小紅箋細字絕精，比幡帉故紙得之。此等詞略同杜陵詩史，關係當時朝局，非尋常投贈之作可同日語。因亟箸於編。王半唐給諫有和作云："是男兒、萬里慣長征，臨歧漫凄然。祇榆關東去，沙蟲猿鶴，莽莽烽煙。試問今誰健者？慷慨著先鞭。且褒平戎策，乘傳行邊。老去驚心鼙鼓，嘆無多憂樂，換了華顛。盡雄虺瑣瑣，呵壁問蒼天。認參差、神京喬木，願鋒車、歸及中興年。休回首，算中宵月，猶照居延。"

二〇六 半唐雜文

半唐雜文存者絕少，檢敝簏得其《寄番禺馮恩江（永年）》手札舊稿。馮爲半唐之戚，有《看山樓詞》，故語多涉詞。"十年闊別，萬里相思。往在京華，得《寄南園二子詩鈔》，嘗置座隅，不時循誦，以當晤言。去秋與家兄會於漢南，又讀《看山樓詞》，不啻與故人烟語于匡番寒翠間，塵柄爐香，仿佛可接。尤傾倒者在言情令引。少游曉風之詞，小山蘋雲之唱，我朝唯納蘭公子，深入北宋堂奧。遺聲墜緒，二百年後，乃爲足下拾得，是何神術，欽佩欽佩！佇泂迹金門，素衣緇盡。間較倚聲之作，謬邀同輩之知。既獎藉之有人，漸踴躍以從事。私心竊比，乃在南宋諸賢，然畢力奔赴，終彳亍於絕潢斷澗間。於古人之所謂康莊亨衢者，不免有望洋向若之嘆。天資人力，百不如人，奈何奈何！萬氏持律太嚴，弊流於拘且雜，識者至訾爲痴人說夢，未免過情。然使來者之有人，綜群言於至當，俾倚聲一道，不致流爲句讀不葺之詩，則筆路開基，紅友實爲初祖。不審高明以爲然否？往歲較刻姜、張諸詞集，計邀青睞。祈加匡訂。此外如周、辛、王、史諸家，皆世人所欲見，又絕無善本單行。本擬醵刊，并公同好。又擬輯錄同人好詞，爲笙磬同音之刻。自罹大故，萬事皆灰。加以病堅相纏，精力日茶，不識此志能否克遂。它日殘喘稍蘇，校刻先人遺書畢，當再鼓握鉛之氣。足下博聞強識，好學深思，其有關於諸集較切者，幸示一二。盼盼。歸來百日，日與病鄰。喪葬大事，都未盡心豪末。負督高厚，尚復何言。飢能驅人，廄門未遂。涉淞渡湖，載入梁園。今冬明春，當返都下。壹是家兄當詳述以聞，不再覼縷。白雪曲高，青雲路阻。雙江天末，瞻企為勞。附呈拙製，祈不吝金玉，啓誘蒙陋。風便時錫好音。諸惟為道珍重不備。"又云："倚聲夙昧，律呂尤疏。特以野人擊壤，孺子濯纓，天機偶觸，長謠斯發。深慚紅友之持律，有愧碧山之門風。意迫指瞽，遑恤顏厚。兹錄辛巳所觚，得若干闋就正。嗟夫！樗散空山，大匠不眄。桐焦爨下，中郎賞音。得失何常，真賞有在。傳曰：'子今不訂吾文，後世誰知訂吾文者。'謬附古誼，率辱雅裁，幸甚幸甚。"半唐故後，其生平著作與收藏均不復可問。即其奏稿存否，亦不可知。此手札亦吉光片羽矣。

二〇七　漁洋罷迎春會

漁洋冶春紅橋，香艷千古，而《香祖筆記》云：東坡守揚州，始至，即判革牡丹之會。自云雖煞風景，且免造孽。予少時為揚州推官。舊例：府僚迎春瓊花觀，以妓騎而導輿，太守節推各四人，同知以下二人，歸而宴飲，令歌以侑酒。吏因緣為奸利。予深惡之，語太守一切罷去，與坡工事相似。或曰：不圖此舉出自"王桐花"。蕙風曰：此其所以為王桐花也。曩余自撰《存悔詞序》，有云：冬郎風格，不能例以香奩。

二〇八　楊澤民秋蕊香

"良人輕逐利名遠，不憶幽花靜院。"楊澤民〔秋蕊香〕句。"幽花靜院"，抵多少"盈盈秋水，淡淡春山"。"良人"句質不俗，是澤民學清真處。

二〇九　遺山句

遺山句云："草際露垂蟲響遍。"寫出目前幽靜之境。小而不纖，妙在"垂"字、"響"字，此二字不可易。

二一○　松厓詞

松厓詞〔竹香子〕《咏斑竹菸管》云："莫問吞多咽少，釣詩竿、何妨飢皺。""釣詩竿"可作吃菸典故。

二一一　詞與曲之不同

曲有煞尾，有度尾。煞尾如戰馬收繮，度尾如水窮雲起。（見董《西廂》眉評。）煞尾猶詞之歇拍也。度尾猶詞之過拍也。如水窮雲起，帶起下意也。填詞則不然。過拍袛須結束上段，筆宜沉著。換頭另意另起，筆宜挺勁。稍涉曲法，即嫌傷格。此詞與曲之不同也。

二一二　劉無黨錦堂春

劉無黨〔錦堂春〕《西湖》云："牆角含霜樹静，樓頭作雪雲垂。""静"字、"垂"字，得含霜作雪之神。此實字呼應法，初學最宜留意。

二一三　張埜夫清平樂

元張埜夫《古山樂府》〔清平樂〕《春寒》云："韶光已近春分。小桃猶揹霜痕。""揹"猶言不放也。與"餘寒猶勒一分花"之"勒"略同。"揹"字入詞僅見。

二一四　張埜夫詞

古山詞〔滿江紅〕云："七碗波濤翻白雪，一枰冰雹消長日。"〔水龍吟〕云："茶甌雪捲，紋楸雹響，醉魂初醒。"以冰雹形容棋聲之清脆，頗得其似。曩余有句云："雪聲清似美人琴"，蓋《爾雅》所云霄雪也。

二一五　張埜夫壽詞

壽詞難得佳句，尤易入俗。古山詞〔太常引〕《壽高丞相自上

都分省回》云："報國與憂時。怎瞞得，星星鬢絲。"〔水龍吟〕
《爲何相壽》云："要年年霖雨，變爲醇酎，共蒼生醉。"此等句渾
雅而近樸厚，雖壽詞亦可存。

二一六　張師通詞

元張師通《養蒙先生詞》〔玉漏遲〕《壽張石丞》云："端正
嬋娟，爲我玳筵留照。""端正嬋娟"四字，用之壽詞，莊雅而宜
稱。它家詞中未之見也。

二一七　王秋澗江神子序

"金朝遺風，冬月頭雪，令童輩團取，比明，拋親好家。主人
見之，即開宴娛賓，謂之撒雪會。"見王秋澗詞〔江神子〕序。金
源雅故，流傳絕少，亟記之。

二一八　王清惠滿江紅

宋昭容王清惠北行，題壁〔滿江紅〕云："願嫦娥、相顧肯從
容，隨圓缺。"文丞相讀至此句，嘆曰："惜哉！夫人於此少商量
矣。"趙松雪〔木蘭花慢〕《和李篔房韵》云："但顧朱顏長在，
任它花落花開。"言爲心聲，是亦隨圓缺之説矣。《麓堂詩話》載
其餞上詩句："錦纜牙檣非昨夢，鳳笙龍管是誰家？"則何感愴乃
爾。所謂非無萌蘗之生焉。

二一九　倪雲林踏莎行

倪雲林〔踏莎行〕後段云："魯望漁村，陶朱烟島，高風峻節
如今掃。黃鷄啄黍濁醪香，開門迎笑東鄰老。"舊作《錦錢詞》
〔壽樓春〕《陶然亭賦》前段云："登陶然孤亭，問垂楊閱盡，多少
豪英。我輩重來携酒，但問黃鶯。"後段云："垂竿曳渾無營，共
間鷗占斷，烟草前汀。一角高城殘照，有人閑凭。"蓋當時實景。
托恉與雲林略同。半唐云："愈含蓄，愈雋永。"

二二〇　雲林人月圓

《雲林詞》〔人月圓〕云："悵然孤獻，青山故國，喬木蒼苔。當時明月，依依素影，何處飛來。"李重光〔浪淘沙〕云："晚涼天净月華開。想得玉樓瑶殿影，空照秦淮。"同一不堪回首。

二二一　倪雲林太常引

雲林《壽彝齋》〔太常引〕云："柳陰濯足水侵磯。香度野薔薇。芳草綠萋萋。問何事、王孫未歸。一壺濁酒，一聲清唱，簾幕燕雙飛。風暖試輕衣。介眉壽，遥瞻翠微。"壽詞如此著筆，脱然畦封，方雅超逸。"壽"字衹於結處一點，後人可取以爲法。

二二二　黄槐卿詞

海寧查悔餘（慎行）《得樹樓雜鈔》："《宋史》：紹興五年五月，神武中軍統制楊沂中發卒輦怪石實太平樓。侍御史張絢劾奏其事，沂中坐罰金。"元黄文獻《公潛集》有《先居士樂府後記》云："舊傳太平樓，秦檜所建。按沂中罰金時，檜已去相位。則樓之建當在檜秉政初。洎檜再相，和議成日，使士人歌咏太平中興之美。樂府〔滿庭芳〕所由作也。此事《咸淳臨安志》不載。"云云。按《吳興備志》："黄潛字晋卿，本姓丁，世居吳興。父鑄育于義烏之黄。潛登延祐二年進士第，累官翰林學士，謚文獻。"據此知潛父名鑄。元吳師道《敬鄉録》載宋何茂恭（恪）《跋黄槐卿題太平樓樂府》云："予友黄槐卿，有膽略之士也。當秦氏側目磨牙以饞忠肉義骨之際，獨不爲威愓，成長短句以磨其須。其仇因挾爲奇貨以控之，且二十年矣。會秦檜下世，遂不及發。其脱於虎口者幸也。"云云。據此，知鑄字槐卿。兩宋詞學極盛，士流束髮受書，大都覃究宫律。顧其所作幸而得傳，巨公華胄而外，十之一二云爾。槐卿〔滿庭芳〕詞，具見平生風節，乃竟湮没失傳，尤爲可惜。宋元已還，小説雜編之屬，未見者不少，容或記述及之。俟異日考求焉。《絕妙好詞》卷六有黃鑄〔秋蕊香令〕一首。鑄字晞顔，號乙山，邵武人，官柳州守，乃別是一人。姓名偶同耳。

二二三　趙待制燭影搖紅

《清真詞》："最苦夢魂，今宵不到伊行。""天便教人，霎時相見何妨"等句，愈質愈厚。趙待制〔燭影搖紅〕云："莫恨藍橋路遠。有心時，終須再見。"略得其似。待制詞以婉麗勝，似此句不能有二也。

二二四　趙待制詞

趙待制詞〔蝶戀花〕云："別久嗁多音信少。應是嬌波，不似當年好。"〔人月圓〕云："別時猶記，眸盈秋水，淚濕春羅。"并從秦淮海"也應似舊，盈盈秋水，淡淡春山"句出，可謂善於變化。

二二五　趙彦詞

"僵卧碎瓊呼不起，看繁星歷亂如綦走"，武進趙億孫舍人（懷玉）《題張仲冶雪中狂歌圖》〔金縷曲〕句也。曩予極喜之，采入《香海棠館詞話》。比閱《蘭皋明辭彙選》，彦翀〔蝶戀花〕《咏杏花》云："醉眼看花花亦舞。"衹七字，與趙同工而更韵。

二二六　歐陽烱艷詞

《花間集》歐陽烱〔浣溪沙〕云："蘭麝細香聞喘息。綺羅纖縷見肌膚。此時還恨薄情無？"自有艷詞以來，殆莫艷於此矣。半唐僧驚曰："奚翅艷而已？直是大且重。"苟無《花間》詞筆，孰敢爲斯語者？

二二七　審齋好事近

審齋詞〔好事近〕《和李清宇》云："歸晚楚天不夜，抹牆腰横月。"祇一"抹"字,便得冷静幽瑟之趣。

二二八 高竹屋金人捧露盤

高竹屋〔金人捧露盤〕《咏梅》二闋:"念瑶姬,翻瑶佩,下瑶池。冷香夢、吹上南枝。羅浮夢杳,憶曾清曉見仙姿。天寒翠袖。可憐是、倚竹依依。溪痕淺,雪痕凍,月痕淡,粉痕微。江樓怨,一笛休吹。芳信待寄,玉堂烟驛雨凄遲。新愁萬斛,爲春瘦、却怕春知。"又:"楚宫閑。金成屋,玉爲闌。斷雲夢、容易驚殘。驪歌幾叠,至今愁思怯陽關。清音恨阻,抱哀箏,知爲誰彈。年華晚,月華冷,霜華重,鬢華斑。也須念、間損雕鞍。斜緘小字,錦江三十六鱗寒。此情天闊,正梅信,笛裏關山。"《絕妙好詞》録前一闋。余則謂以風格論,後闋較尤遒上也。

二二九 宋人詞有疵病

宋人詞亦有疵病,斷不可學。高竹屋《中秋夜懷梅溪》云:"古驛烟寒,幽垣夢冷,應念秦樓十二。"此等句鈎勒太露,便失之薄。張玉田〔水龍吟〕《寄袁竹初》云:"待相逢説與相思,想亦在、相思裏。"尤空滑粗率,并不如高句,字面稍能藴藉。

二三〇 李商隱詞

李商隱〔高陽臺〕《咏落梅》云:"飄粉杯寬,盛香袖小,青青半掩苔痕。竹裏遮寒,誰念減盡芳雲。幺鳳叫晚吹晴雪,料水空、烟冷西泠。感凋零。殘縷遺鈿,迤邐成塵。東園曾趁花前約,記按箏籌酒,戲挽飛瓊。環佩無聲,草暗臺榭春深。欲倩怨笛傳清譜,怕斷霞,難返吟魂。轉銷凝。點點隨波,望極江亭。"前段"誰念""念"字,"幺鳳""鳳"字、後段"草暗""暗"字、"欲倩""倩"字、"斷霞""斷"字,它宋人作此調,并用平聲。商隱别作《寄題蒜壁山房》闋,亦用平聲,唯此闋用去聲。以峭折爲婉美,非起調畢曲處,于宫律無關係也。其前段"水空"

"水"字，似亦應用去聲，上與平可通融，與去不可通融也。商隱與弟周隱有《餘不溪二隱叢説》，惜未得見。

二三一　李周隱小重山

李周隱〔小重山〕云："畫檐簪柳碧如城。一簾風雨裏，過清明。"又云："紅塵没馬翠葹輪。西泠曲，歡夢絮飄零。""簪"字、"没"字、"葹"字，并力求警煉，造語亦佳。

二三二　姚進道簫台公餘詞

姚進道《簫臺公餘詞》〔浣溪沙〕《青田趙宰席間作》云："醉眼斜拖春水緑，黛眉低拂遠山濃。此情都在酒杯中。"〔鷓鴣天〕《縣有花名日日紅，高仲堅席間作》云："夜深莫放西風入，頻遣司花護錦裯。"〔瑞鷓鴣〕《賞海棠》云："一抹霞紅勻醉臉。惱人情處不須香。"〔如夢令〕《水仙用雪堂韵》云："鈎月襯凌波，仿佛湘江烟路。"〔竹香子〕《抹利花》云："香風輕度，翠葉柔枝。與玉郎摘，美人戴、總相宜。"〔好事近〕《重午前三日》云："梅子欲黃時，霖雨晚來初歇。誰在緑窗深處，把彩絲雙結。淺斟低唱笑相偎，映一團香雪。笑指牆頭榴火，倩玉郎輕折。"進道名述堯，錢唐人。南宋理學家張子韶詩云："環顧天下間，四海唯三友。"三友者，施彦執、姚進道、葉先覺，其見重於時如此。顧亦能爲綺語、情語。可知《蘭畹》《金荃》，何損於言坊行表也。

二三三　劉潛夫風入松

劉潛夫〔風入松〕《福清道中作》云："多情唯是燈前影，伴此翁同去同來。逆旅主人相問，今回老似前回。"語真質可喜。

二三四　金風亭長詞

或問國初詞人，當以誰氏爲冠？再三審度，舉金風亭長對，問佳構奚若？舉〔擣練子〕云："思往事，渡江干。青娥低映越山看。共眠一舸聽秋雨，小枕輕衾各自寒。"

二三五　張芬回文詞

評閨秀詞無庸以骨干爲言。大都嚼蕊吹香，搓酥滴粉云爾。亦有浚發巧思，新穎絶倫之作。《閨秀正始集》：張芬《寄懷素窗陸姊》七律一首，回文調寄〔虞美人〕詞。詩云："明窗半掩小庭幽，夜静燈殘未得留。風冷結陰寒落葉，别離長望倚高樓。遲遲月影移斜竹，疊疊詩餘賦旅愁。將欲斷腸隨斷夢，雁飛連陳幾聲秋。"詞云："秋聲幾陣連飛雁，夢斷隨腸斷。欲將愁旅賦餘詩，疊疊竹斜移影、月遲遲。樓高倚望長離别，葉落寒陰結。冷風留得未殘燈。静夜幽庭小掩、半窗明。"芬字紫繁，號月樓，江蘇吳縣人，著有《兩面樓偶存稿》。

二三六　無名氏李潘詞

無名氏（按：當是唐人。）〔魚游春水〕云："秦樓東風裏。燕子歸來尋舊壘。餘寒猶峭，紅日薄侵羅綺。嫩草方抽碧玉茵，媚柳輕拂黄金縷。鶯囀上林，魚游春水。"李元膺〔洞仙歌〕云："雪雲散盡，放曉晴庭院。楊柳於人便青眼。更風流多處，一點梅心相映遠。約略顰輕笑淺。"詞中此等意境，余極喜之。潘瀛選〔新荷葉〕云："日麗風柔，水邊天氣鮮新。閑坐斜橋，數完幾折溪痕。酒旗戲鼓，怯餘寒、未滿前村。小紅乍乳，鶯聲一巷纔匀。節過收燈，風光尚未踰旬。粉糝疏籬，誰家香玉鄰鄰。雛晴嫩霽，似垂髫、好女盈盈。江南烟景，殢人猶在初春。"此詞亦韶令可誦。瀛選，順治朝宜興人。

二三七　李氏音鑒

大興李松石（汝珍）著《李氏音鑒》，自以三十三字母爲詞，調〔行香子〕云："春滿堯天。溪水清漣。嫩紅飄、粉蝶驚眠。松巒空翠，鷗鳥盤翾。對酒陶然，便博個、醉中仙。""春滿堯天"即

“昌茫陽（梯秧切。）”，下仿此。侄書圃調〔青玉案〕云：“垂楊低現
紅橋路。看碧鳥、飛無數。殘照平塘人過渡。清尊把酒，迷離秀
樹，南浦天街暮。”侄安圃調〔謝池春〕云：“細雨纔晴，便踏春
泥沽酒，指人家、數條嫩柳。酩酊獨醉，把漢書評剖，看閑門問奇
來否。”徐聲甫（鋪）調〔錦纏道〕云：“對酒南樓，門掩春花天
曉。林邊千點蒼山小。三橋鷹跨紋裊。明鏡平鋪，舟放人歸早。”
許石華調〔鳳凰閣〕云：“喜窺巢新燕，低飛屋角。呢喃頻對清閟
閣。　　爭把柳綿桃蕊，常時銜却。盼將子，數來庭幕。”許月南
音鶻調〔醉太平〕云：“春暖鶯狂，花團蝶嚷。雲嵐滋味曾嘗。勸
君頻舉觥。軟飽醉鄉，黑甜睡方。懸琴端按宮商。寧知辛苦忙。”
各詞調皆三十三字，并與字母雙聲恰合，無一複音。作者非必倚
聲嫻家，即亦煞費匠心矣。

二三八　群書類要事林廣記雅故珍聞

　　《群書類要事林廣記》，西潁陳元靚編。康熙三十九年版行於
日本。（彼國元祿十二年。）凡所記載，起自南宋，迄于元季；涉明初，
則續增也。中間雅故珍聞，往往新奇可喜。戊集文藝類《圓社摸
場》云：“四海齊雲社，當場蹴氣毬。作家偏著所，圓社最風流。
況是青春年少，同輩朋儔。向柳巷花街翫賞，在紅塵紫陌追游。脫
履掃來憑眼活，認冥爲有準；權兒扶住惟口鳴，識踢乃無憂。右搭
右花跟，似烏龍兒擺尾；左側左虛抬，似丹鳳子搖頭。下住處全在
低美，打著人惟仗推收。使力藏力，以柔取柔。集閑中名爲一絶，
決勝負分作三籌。俺也絲鞋羅袴，短帽輕裘。襟沾香汗濕，韈污軟
塵浮。佩劍仙人時側目，擷梭玉女巧凝眸。粉鉗兒前後仰身，身移
不浪。金剪刀往來移步，步過頻偷。況乎奢華治世，豪富皇州。春
風喧鼓吹，化日沸歌謳。歡笑對吳姬越女，繁華勝桑瓦潘樓。湖山
風物，花月春秋。四聖觀柳邊行樂，三天竺松下優游。樂事賞心，
難并四美。勝友良朋，無非五侯。心向閑中著，人於倬裹求。凡來
踢圓者，必不是方頭。”又〔滿庭芳〕云：“若論風流，無過圓社，

拐臁蹬蹋搭齊全。門庭富貴，曾到御簾前。灌口二郎爲首，趙皇上、下脚流傳。人都道、齊雲一社，三錦獨争先。花前并月下，全身綉帶，偷側雙肩。更高而不遠，一搭打鞦韆。毬落處、圓光臁拐，雙佩劍、側蹋相連。高人處，翻身佶料，天下總呼圓。"又云："十二香皮，裁成圓錦，莫非年少堪收。緑楊深處，恣意樂追游。低拂花梢慢下，侵雲漢、月滿當秋。堪觀處，偷頭十字拐，舞袖拂銀鈎。肩尖并拐搭，五陵公子，恣意忘憂。幾回沉醉，低築傍高樓。雖不遇、文章高貴，分左右、曾對王侯。君知否，閑中第一，占斷是風流。"（後有齊雲社規、下脚文、毬門社規、白打社規、毬門齊雲入門、白打場户、兩人場户、三人場户、四人場户、五人名小出尖。五人場户名皮破、落花流水。六人名大出尖、踢花心各圖式。）《過雲要訣》云："夫唱賺一家，古謂之道賺。腔必真，字必正。欲有墩亢掣拽之殊，字有唇喉齒舌之異。抑分輕清重濁之聲，必别合口、半合口之字。更忌馬嚣蹬子、俗語鄉談。如對聖案，但唱樂道山居水居清雅之詞，切不可以風情花柳艷冶之曲。如此則爲瀆聖。社條不賽筵會、吉席上壽慶賀不在此限。假如未唱之初，執拍當胸，不可高過鼻。須假鼓板村掇。三拍起引子，唱頭一句。又三拍至兩片結尾。三拍煞入序尾。三拍巾斗煞入賺頭。一字當一拍。第一片三拍。後仿此。出賺三拍。出聲巾斗。又三拍煞尾聲。總十二拍。第一句四拍，第二句五拍，第三句三拍煞。此一定不喻之法。"《過雲致語》筵會用〔鷓鴣天〕云："遇酒當歌酒滿斝。一觴一咏樂天真。三杯五盞陶情性，對月臨風自賞心。環列處，總佳賓。歌聲嘹亮遏行雲。春風滿座知音者，一曲教君側耳聽。"（後有《圓社市語》、中吕宫《圓裏圓》。）駐雲主張〔滿庭芳〕《集曲名》云："共慶清朝，四時歡會，賀筵開、會集佳賓。風流鼓板，法曲獻仙音。鼓笛令無雙多麗，十拍板音韵宣清。文序子，雙聲叠韵，有若〔瑞龍吟〕。當筵，聞品令，〔聲聲慢〕處，丹鳳微鳴。聽清風八韵，打拍底、更好精神。安公子、傾杯未飲，好女兒、齊隔簾聽。真無比，最高樓上，一曲稱人心。"詩曰："鼓板清音按樂星，那堪打拍更精神。三條犀架垂絲絡，兩隻仙枝

擊月輪。笛韵渾如丹鳳叫，板聲有若静鞭鳴。幾回月下吹新曲，引
得嫦娥側耳聽。"〔水調歌頭〕云："八蠻朝鳳闕，四境絶狼烟。太
平無事，超烘聚哨效梨園。笛弄昆侖上品，篩根雲陽妙選，畫鼓可
人憐。亂撒真珠进，點滴雨聲喧。韵堪聽，聲不俗，駐雲軒。諧音
節奏，分明花裏遇神仙。到處朝山拜岳，長是爭籌賭賽，四海把名
傳。幸遇知音聽，一曲贊堯天。"詩曰："鼓似真珠綴玉盤。笛如
鸞鳳嘯丹山。可憐一片雲陽木，過住行雲不往還。"（後有全套鼓板棒
數。）余嘗謂宋人文詞雖游戲通俗諸作，亦不無高異處，蓋氣格使
然。元人即已弗逮，明已下不論也。右詞數闋，當時踢毬唱賺之
法，籍存概略，猶有風雅之遺意焉。猶賢乎已，是之取爾，詎謂今
日等於牧奴騶竪所爲哉？（按：《過雲要訣》欲有撦兌欲疑歌誤社條不賽不疑
誤字。）

二三九　劉仲尹詞

清妶學作小令，未能入格。偶幡帑《中州樂府》，得劉仲尹
"柔桑葉大綠團雲"句，謂余曰："衹一'大'字，寫出桑之精神，
有它字以易之否？"斯語其庶幾乎。略知用字之法。

二四〇　劉龍山詩句

劉龍山詩《龍德宮》句云："銅闌秋澀雨留苔。""秋澀"字
奇警，入詞更佳。

二四一　馮士美江城子

馮士美〔江城子〕換頭云："清歌皓齒艷明眸。錦纏頭。若爲
酬。門外三更，燈影立驊騮。""門外"句與姜石帚"籠紗未出馬
先嘶"意境略同。"驊騮"字近方重，入詞不易合色。馮句云云，
乃適形其俊。可知字無不可用，在乎善用之耳。其過拍云："月下
香雲嬌墮砌，花氣重、酒光浮。"亦艷絶、清絶。

二四二　聲家

宋人工詞曲者稱"聲家"，一曰："聲黨"，見《碧鷄漫志》。詞曲曰"韵令"，見《清波雜志》。唐劉賓客《董氏武陵集紀》："兵興已還，右武尚功。公卿大夫以憂濟爲任，不暇器人于文什之間。故其風浸息。樂府協律，不能足（元注：去聲。）新詞以度曲。夜諷之職，寂寥無紀。""夜諷"字甚新，殆即新詞度曲之謂。劉用入文，必有所本。

二四三　周濟宋四家詞選

周保緒（濟）《止庵集·宋四家詞筏序》以近世爲詞者，推南宋爲正宗，姜、張爲山斗，域於其至近者爲不然。其持論與余介同異之間。張誠不足爲山斗，得謂南宋非正宗耶？《宋四家詞筏》未見，疑即止庵手録之《宋四家詞選》，以周邦彦、辛弃疾、王沂孫、吳文英四家爲之冠，以類相從者各如千家。止庵又有《論調》一書，以婉、澀、高、平四品分之。其選調視紅友所載祇四之一。此書亦未見。

二四四　毋不及毋太過

"恰到好處，恰夠消息。毋不及，毋太過。"半唐老人論詞之言也。

二四五　稱淑真爲生

歙程聖跂（晳）《蓉槎蠡説》："閨秀孟淑卿，自號荆山居士。評朱淑真詩有脂粉氣，曰：'朱生故有俗病，巾幗耳。'"稱淑真爲生，甚奇。

二四六　淑昭淑慧詞

李淑昭〔擣練子〕云："桃似錦，柳如烟。鶯不停梭蝶不閑。妨却綉窗多少事。盡抛針黹到花前。"妹淑慧和韵云："收曉霧，散朝烟。邃閣忙人到此間。綉綫未拋針插鬢。脚根早已到花前。"
淑昭、淑慧,笠翁二女。其詞未經選家著録。

二四七　文選樓叢書有詞集二册

《文選樓叢書未刻稿本待購書目》二册,有《宋四黄（山谷、叔
暘、稼翁、竹齋。）詞合集》《女詞綜》二書。今無傳本。

二四八　詞之經意與不經意

詞過經意,其蔽也斧琢;過不經意,其蔽也襁褓。不經意而經
意,易;經意而不經意,難。

二四九　詞無庸勾勒

吾詞中之意,唯恐人不知。於是乎句勒。夫其人必待吾句勒
而後能知吾詞之意,即亦何妨任其不知矣。曩余詞成,於每句下
注所用典。半唐輒曰:"無庸。"余曰:"奈人不知何?"半唐曰:
"儻注矣,而人仍不知,又將奈何?剏填詞固以可解不可解,所謂
烟水迷離之致,爲無上乘耶。"

二五〇　作詞須知暗字決

作詞須知"暗"字決。凡暗轉、暗接、暗提、暗頓,必須有大
氣真力,斡運其間,非時流小惠之筆能勝任也。駢體文亦有暗轉法,
稍可通於詞。

二五一　飲水出處

"如魚飲水,冷暖自知。"道明禪師答盧行者語,見《五燈會
元》。納蘭容若詩詞命名本此。

二五二　自然從追琢中出

《韻語陽秋》云:陶潛、謝朓詩、皆平淡有思致,非後來詩人

怵心劌目者所爲也。老杜云：陶、謝不枝梧，風騷共推激。紫燕自超詣，翠駁誰剪剔。是也。大抵欲造平淡，當自組麗中來。落其華芬，然後可造平淡之境。如此，則陶、謝不足進矣。梅聖俞贈杜挺之詩有"作詩無古今，欲造平淡難"之句。李白云："清水出芙蓉，天然去雕飾。"平淡而到天然，則甚善矣。此論精微，可通於詞。欲造平淡，當自組麗中來。即倚聲家言自然從追琢中出也。

二五三 紅友疏于考訂

《樂府指迷》云：古曲亦有拗者，蓋被句法中字面所拘牽，今歌者亦以爲硋，如〔尾犯〕"肯把金玉珠珍（別并作珍珠。）博"（耆卿句。），〔絳園春〕："游人月下歸來。"（夢窗〔絳都春〕句，或當時一名〔絳園春〕，它本未見。）"金"字、"游"字當用去聲之類。按〔尾犯〕如：虛齋"殷勤更把茱萸看"，夢窗"滿地桂陰人不惜"。"更""桂"字并去聲（夢窗"遠夢越來溪畔月"，"越"字可作去。）〔絳都春〕夢窗別作："更傳鶯入新年""并禽飛上金沙""更愁花變梨霙""便教移取薰籠""便教接宴鶯花"，上一字并用去聲。紅友極重去聲字，乃《詞律》〔尾犯〕錄柳詞，無一旁注。〔絳都春〕錄吳詞，竟於"并"字旁注可平，亦疏於考訂也。

二五四 校詞紛心

余癖詞垂五十年，唯校詞絕少。竊嘗謂昔人填詞，大都陶寫性情，流連光景之作。行間句裏，一二字之不同，安在執是爲得失？乃若詞以人重，則意內爲先，言外爲後，尤毋庸以小疵累大醇。士生今日，載籍極博。經史古子，體大用閎，有志校勘之學，何如擇其尤要，致力一二。詞吾所好，多讀多作可耳。校律猶無容心，矧校字乎？開茲縹帙，鉛槧隨之。昔人有校讎之説，而詞以和雅溫文爲主恉，心目中有讎之見存，雖甚佳勝，非吾意所媢注。彼昔賢曷能詔余而牗之。則亦終於無所得而已。曩錫山侯氏刻《十名家詞》，顧梁汾爲之序，有云："讀書而必欲避譌與混之失，即

披閱吟諷，且不能以終卷，又安望其暢然拔去抑塞，任爲流通
也。"斯語淺明，可資印證。蓋心爲校役，訂疑思誤，丁一確二之
不暇，恐讀詞之樂不可得，即作詞之機亦滯矣。如云校畢更讀，則
掃葉之喻，校之不已，終亦紛其心而弗克相入也。

餐櫻廡詞話輯補

一　張説舞馬河

張説之〔舞馬詞〕"眄鼓凝驕蹀躞，聽歌弄影徘徊"。"凝驕"
二字，傳馬之神絶佳。嬌而能凝，駿骨之所以千金也。彼畫皮者，
烏足語此。

二　李白清平樂

太白〔清平樂〕云："夜夜長留半被，待君魂夢歸來。"又云：
"花貌些子時光。"《草堂詩》中必無此等質句，而詞則有之，豈非
以詞之體格直接古樂府，當視詩尤爲近古乎？後人言情之作，輒
蹈纖佻，甚弗率其初祖矣。

三　唐詞與詩不遠

唐賢爲詞，往往麗而不流，與其詩不甚相遠也。劉夢得〔憶
江南〕"春去也"云云，流麗之筆，下開北宋子野、少游一派。唯
其出自唐音，故能流而不靡。所謂風流高格，謂其在斯乎。

四　晚唐詩有詞境

段柯古詞，僅見〔閑中好〕，寥寥十許字，殊未饜人意。《海
山記》中隋煬帝〔望江南〕八闋，或以謂柯古所托，亦無確據。
余喜其〔折楊柳〕詩云："公子驊騮往何處，綠陰堪繫紫游繮。"
此等意境，入詞絶佳，尤允當於高格。

五 片玉詞句出唐無名氏

唐無名氏〔撲蝴蝶〕云："玉人應在，明月樓中畫眉嬾。鸞牋錦字，多少魚雁斷。"《片玉詞》〔風流子〕云："玉容知安否，香箋共錦字，兩地悠悠。"蓋由此出。

六 皇甫松詞

詞以含蓄爲佳，亦有不妨說盡者。皇甫子奇〔摘得新〕云："繁紅一夜經風雨，是空枝。"語淡而沉痛欲絕。〔采蓮子〕云："船動湖光灩灩秋，貪看年少信船流。無端隔水抛蓮子，遙被人知半日羞。"寫出閨娃稚憨情態，匪夷所思，是何筆妙乃爾！

七 司空圖酒泉子

司空表聖〔酒泉子〕云："黃昏把酒祝東風，且從容。"歐陽文忠〔浪淘沙〕云："把酒祝東風，且共從容。"表聖句上多"黃昏"字，便益凄惋。彼之時何時乎？所謂"斜陽正在，烟柳斷腸處"矣。歐陽歇拍云："可惜明年花更好，知與誰同。"表聖《吳村看杏花》詩："莫算明年人在否，不知花得更開無。"詞意亦較凄苦，皆時會爲之也。

八 唐莊宗歌頭

後唐莊宗〔歌頭〕慢詞，一詞備四時之景，體格甚創。金董解元〔哨遍〕前段說春景，後段說到夏秋，略坊莊宗詞爲之，此外不多覯也。

九 和凝江城子

和魯公〔江城子〕云："輕撥朱弦，恐亂馬嘶聲。"二語熨帖入微，似乎人人意中所有，却未經前人道過。寫出柔情密意，真質而不涉尖纖。又一闋云："歷歷花間，似有馬蹄聲。"尤爲渾雅，進乎高詣。

一○　潘佑詞託旨諷諭

南唐潘佑詞："桃李不湏誇爛漫。已失了春風一半。"是時已失淮南，託愾諷諭，所以爲佳。宋李元膺〔洞仙歌〕云："一年春好處，不在濃芳，小艷疏香最嬌軟。到清明時候，百紫千紅花正亂。已失春風一半。"句由佑出，祇是愛惜景光，亦復宛宛入情。余髫年最喜誦之。

一一　張泌詞

張子澄句："杏花凝恨倚東風"，又"斷香輕碧鎖愁深"，妙在"凝"字、"碧"字，若換用它字，便無如此神韵。"碧"字尤爲人所易忽。

一二　韋莊定西番

韋端己〔定西番〕云："挑盡金鐙紅燼，人灼灼，漏遲遲。未眠時。"韋有《傷灼灼詩序》云："灼灼，蜀之麗人也。近聞貧且老，殂落於成都酒市中，因以四韵吊之。嘗聞灼灼艷於花。"云云。〔定西番〕所云"灼灼"，疑指其人盛時。其又一闋有云："塞遠久無音問，愁銷鏡裏紅"，是時玉容消息，即已不堪回首矣。

一三　韋莊詞

韋端己〔浣溪沙〕云："咫尺畫堂深似海，憶來唯把舊書看。"〔謁金門〕云："新睡覺來無力。不忍把君書迹。"一意化兩，并皆佳妙。

一四　牛松卿詞

昔人情語艷語，大都靡曼爲工。牛松卿〔西溪子〕云："畫堂前，人不語。弦解語。彈到昭君怨處，翠蛾愁。不抬頭。"〔望江怨〕云：“惜別花時手頻執。羅幬愁獨入。馬嘶殘雨春蕪濕，倚門立。寄語薄情郎，粉香和泪泣。”繁弦柱促間，有勁氣暗轉，愈轉愈深。此等佳處，南宋名作中，間一見之。北宋人雖綿博如柳屯田，顧未克辦。　　又：牛松卿句“斂眉含笑驚”，五字三層意，別是一種密法。“眼看唯恐化，魂蕩欲相隨”，別是一種説得盡，與“須作一生拌”云云不同。

一五　毛文錫詞

《花間集》毛文錫三十一首，余祇喜其〔醉花間〕後段“昨夜雨霏霏，臨明寒一陣。偏憶戍樓人，久絶邊庭信”。情景不奇，寫出政復不易，語淡而真，亦輕清亦沉著。　　又：毛文錫〔應天長〕云：“漁燈明遠渚。蘭棹今宵何處。”柳屯田云：“今宵酒醒何處，楊柳岸、曉風殘月。”毛詞簡質而情景具足，後人但能歌柳詞耳，知者亦不易。誠哉是言。

一六　李珣詞

周草窗云：李珣、歐陽炯輩俱蜀人，各製〔南鄉子〕數首以志風土，亦〔竹枝〕體也。珣所作〔南鄉子〕十七闋，首闋云：“思鄉處。潮退水平春色暮。”似乎志風土之作矣。乃後闋句云：“采真珠處水風多。”又云：“夾岸荔支紅蘸水。”又云：“越南雲樹望中微。”又云：“愁聽猩猩啼瘴雨。”又云：“越王臺下春風暖。”又云：“刺桐花下越臺前。”又云：“騎象背人先過水。”又云：“出向枇榔樹下立。”又云：“拾翠采珠能幾許。”又云：“孔雀雙雙迎日舞。”又云：“謝娘家接越王臺，一曲鄉歌齊撫掌。”又云：“椰子酒傾鸚鵡醆。”又云：“慣隨潮水采珠來。”珣，蜀人，顧所咏皆東粵景物，何耶。其〔巫山一段雲〕云：“啼猿何必近孤舟。行客自多愁。”〔河傳〕云：“依舊十二峰前。猿聲到客船。”則誠蜀人之言矣。　　又李德潤〔河傳〕云：“想佳人花下，對明月春風。恨應同。”高竹屋〔齊天樂〕《中秋夜懷梅溪》云：“古驛烟寒，幽垣夢冷，應念秦樓十二。"兩家用意略同。高詞傷格不可學，李詞則否。其故當細審之。

一七　尹鶚詞

尹鶚〔女冠子〕云："霞帔金絲薄，花冠玉葉危。"押"危"字，甚安。〔秋夜月〕歇拍云："論心正切。夜深窗透，數條斜月。"能於旖旎中得幽靜之處。"金絲薄"，"薄"字改"弱"，對"危"更稱。

一八　顧夐河傳

顧太尉〔河傳〕云："棹舉。舟去。波光渺渺，不知何處。岸花汀草共依依。雨微。鷓鴣相逐飛。"孫光憲之"兩槳不知消息，遠汀時起鸂鶒"，確是檃括顧詞。兩家并饒簡勁之趣，顧尤毫不著力，自然清遠。

一九　鹿虔扆臨江仙

鹿太保，孟蜀遺臣，堅持雅操。其〔臨江仙〕云："煙月不知人事改，夜闌還照深宮。"含思淒惋，不減李重光"晚涼天淨月華開。想得玉樓瑤殿影，空照秦淮"之句。

二〇　歐陽炯詞

《花間集》歐陽炯〔浣溪沙〕云："蘭麝細香聞喘息，綺羅纖縷見肌膚。此時還恨薄情無。"自有艷詞以來，殆莫艷於此矣。半唐僧鶩曰：奚羨艷而已，直是大且重。苟無《花間》詞筆，孰敢爲斯語者。又：歐陽炯〔春光好〕云："胸鋪雪，臉分蓮。理繁弦。"宋江致和〔五福降中天〕句云："秋水嬌橫俊眼，膩雪輕鋪素胸。"由炯句出，因"膩雪"字，益見"鋪"字形容之妙。　又〔浣溪沙〕句"宛風如舞透香肌"，"宛"字妙絕，能傳出如舞之神，無一字可以易之。此等字用得的當，便新而不纖不尖。

二一　薛昭蘊咏櫻花

中國櫻花不繁而實，日本櫻花繁而不實。明祝允明《懷星堂集略》有《和日本僧省佐咏其國中源氏園白櫻花》詩，中國人咏櫻花殆始於此。薛昭蘊詞〔離別難〕云："搖袖立。春風急。櫻花楊柳兩凄凄。"櫻花入詩詞，宋已前尤罕覯也。

二二　薛昭蘊浣溪沙

清與艷，皆詞境也。薛昭蘊〔浣溪沙〕云："紅蓼渡頭秋正雨，印沙鷗迹自成行。整鬟飄袖野風香。　　不語含嚬深浦裏，幾回愁煞棹船郎。燕歸帆盡水茫茫。"此詞清中之艷，其艷在神。

二三　顧毛詞

又：顧太尉〔玉樓春〕云："曉鶯簾外語花枝，背帳猶殘紅蠟燭。"毛祕監〔臨江仙〕云："幽閨欲曙聞鶯囀。紅窗月影微明。好風頻謝落花聲。隔帷殘燭，猶照綺屏箏。"似推衍顧句意。顧詞"猶殘"，"殘"字作"餘"字解。唐詩中屢見之。

二四　閻選詞

李德閏〔臨江仙〕云："强整嬌姿臨寶鏡，小池一朵芙蓉。"閻選〔謁金門〕云："美人浴。碧沼蓮開芬馥。"并皆形容絕妙，尤覺落落大方，是人是花，一而二，二而一。不必用"如""似"等字，是詞中暗字訣之一種。　　又閻選〔臨江仙〕云："猿咽明月照空灘。孤舟行客，驚夢亦艱難。"佳處在下二句。《十國春秋》祇稱引上一句，可云買櫝還珠。又云："藕花珠綴，猶似汗凝妝。"亦極罕譬之妙，自慧心艷想中來，"珠綴"，雨也。起調云："雨停荷芰逗濃香。"

二五　徐昌圖臨江仙

徐昌圖〔臨江仙〕云："回頭烟柳漸重重"，祇是寫景，恰隱括無限離情，祇一"漸"字，便抵却無數層折，斯爲傳神之筆。

二六　怎奈向

《淮海詞》"怎奈向、歡娛漸隨流水"，今本"向"改作"何"，非是。"怎奈向"，宋時方言，他宋人詞亦有用者。

二七　劉濤花心動

劉無言〔花心動〕後段，"再三留待東君看（句），管都將（讀）、別花不惜（句）"。按："管"，猶"管取""管教"之"管"，"管都將"，猶言"準都將"也。陶氏《詞綜補遺》於"管"字下注云："一本無'看'字，'管'字屬上句"。"都將"下注云："一本有'那'字，一本作'都拌醉'。"皆未審"管"字屬下句之誼，而以意爲增減者也。

二八　蔡伸詞

《友古詞》〔念奴嬌〕云："檻外長江，樓中紅袖，淡蕩秋光裏。"妙在弟三句。〔清平樂〕云："回首綠窗朱户，斷腸明月清風。"二句，含意無盡。〔愁倚闌令〕云："木犀微綻幽芳。西風透、窈窕紅窗。恰似個人鴛被裏，玉肌香。"咏桂花乃能作如是膩語。〔洞仙歌〕云："但人心堅固後，天也憐人，相逢處，依舊桃花人面。"語絶痴，却有至理存焉。又〔虞美人〕云："有情還解憶人無。過盡寒沙新雁、甚無書。"又云："郵亭今夜月空圓。不似當時携手、對嬋娟。"亦佳句也。

二九　管明仲驀山溪

管明仲《養拙堂詞》〔驀山溪〕《甲辰生日醉書示兒輩》云："浮雲富貴，本自無心羨。金帶便圍腰，也應似、休文瘦减。"以韻語入淡語，略無求新之迹，政復新艷絶倫。

三〇　月中桂子

程珌《洺水詞》〔西江月〕《壬辰自壽》首句"天上初秋桂子"，自注：今歲七月，月中桂子下。《織餘瑣述》謂：此典絶新，惜語焉弗詳。按：宋舒岳祥《閬風集》有《月中桂子記》，可與程詞印證，唯歲月不同耳。《記》云："余童丱時，先祖拙齋翁夜課余讀書，會中秋，月色浩然，聞瓦上聲如撒雹，甚怪之。先祖曰：此月中桂子也。我少時，嘗得之天台山中。呼童子就西廂天井燭之，得二升許。其大如豫章子，無皮，色如白玉，有紋，如雀卵。其中有仁，嚼之，作脂麻氣味。余囊之，雜菊花作枕。其收拾不盡，散落磚罅甓縫者，旬日後，輒出樹，子葉柔長如荔支，其底粉青色，經冬猶在，便可尺餘。兒戲不甚愛惜，徙植盆斛，往往失其所在矣。是後未之見也。"

（以上見《歷代詞人考略》引《餐櫻廡詞話》）

三一　李長孺八聲甘州合於大

李長孺〔八聲甘州〕《癸丑生朝》云："嘆平生霜露，而今都在，兩鬢絲絲"，袛是霜雪欺鬢意耳，稍用曲筆出之，不失其爲渾成。詞之要訣曰：重、拙、大，李詞云云，有合於大之一字，大則不纖，非近人小慧爲詞者比。

三二　梅詞漢宮春作者

宋陳鵠《耆舊續聞》云：《梅詞》〔漢宮春〕皆以爲李漢老作，非也，乃晁叔用贈王逐客之作。王甫元注：一作仲甫。爲翰林權直内宿，有宫娥新得幸，仲甫應制賦詞"黄金殿裏"云云，調寄〔清平樂〕，見前卷王觀《詞話》。又云：王仲甫，字明之，自號爲逐客，有《冠柳集》行於世。元注：陸務觀說。自後，各選家以此詞爲王觀通叟作，并疑陳説有誤。竹垞朱氏《詞綜》，并加按語：王介，字仲甫，衢州人，好爲語助詩，以備一説。余閱向子諢《酒邊詞》上卷〔驀山溪〕"挂冠神武"闋題云："王明之曲，薌林易置十數字歌之。"此王明之，固能作詞者，是否即賦〔清平樂〕之王明之，可更備一說矣。伯恭〔驀山溪〕前段云："風句月引，催上泛宅時，酒傾玉，鱠堆雪，總道神仙侶。""宅"字、"雪"字，皆作平，以入作平，固詞中所恒有。然如此用，亦僅見。　　又：填詞弟一要襟裹，唯此事不可强，并非學力所能到。酒邊詞〔虞美人〕過拍云："人憐貧病不堪憂，誰識此心如月正涵秋。"此等語，即宋人詞中亦未易多覯。

（以上見《兩宋詞人小傳》引《餐櫻廡詞話》）

三三　顧敻詞

顧敻艷詞多質樸語，妙在分際恰合。孫光憲便涉俗。　　又云：顧太尉，五代艷詞上駟也。工緻麗密，時復清疏，以艷之神與骨爲清，其艷乃益入神入骨。其體格如宋院畫工筆折枝小幀，非元人設色所及。

三四　張耒風流子

張文潛〔風流子〕："芳草有情，夕陽無語，雁橫南浦，人倚西樓。"景語亦複尋常，惟用在過拍，即此頓住，便覺老當渾成。換頭"玉容知安否？"融景入情，力量甚大。此等句有力量，非深於詞，不能知也。"香箋"至"沉浮"，微嫌近滑，"幸風前"四句，深婉入情，爲之補救，而"芳心""翠眉"，又稍稍刷色。下云"情到不堪言處，分付東流"，蓋至是不能不用質語爲結束矣。雖古人用心，未必如我所云，要不失爲知人之言也。"香箋共錦字，兩地悠悠。"吾人填詞，斷不堪如此率意，勢必縮兩句爲一句，下句更添一意，由情中、景中生出皆可，情景兼到，又盡善矣。雖然突過前人不易，或反不逮前人，視平昔之功力、臨時之杼軸何如耳。

（以上見龍榆生《唐宋名家詞選》引《餐櫻廡詞話》）

珠花簃詞話

況周頤◎著

　　《珠花簃詞話》，況周頤著。《珠花簃詞話》是況周頤的一部未刊詞話，亦可能是況氏爲自作詞話初擬之名，終未成書。“珠花簃”爲況周頤居金陵時的書齋名。《珠花簃詞話》僅見況周頤的兩部詞學文獻所引，其一爲況氏著《歷代詞人考略》系列三種——三十七卷本《歷代詞人考略》《宋人詞話》《兩宋詞人小傳》——所引，三書中皆有引錄《珠花簃詞話》的内容，分别爲38則、23則、17則，去其重共得55則。《珠花簃詞話》中見於況周頤《蕙風詞話》23則，見於況周頤《餐櫻廡詞話》16則（其中15則唐圭璋教授收入《蕙風詞話續編》卷一），僅見於《珠花簃詞話》者17則。其二爲況氏著《漱玉詞箋》所引，共二則。《珠花簃詞話》由孫克强整理發表於《詞學》第三十一輯（華東師範大學出版社，2014），後收入孫克强纂輯《況周頤本詞話五種（外一種）》（浙江古籍出版社，2014）。本文據《歷代詞人考略》《漱玉詞箋》校錄。

《珠花簃詞話》目録

珠花簃詞話

一　何擢之小重山

何擢之〔小重山〕"玉船風動酒鱗紅"之句，見稱於時。此等句列爲麗句則可，謂在天壤間有限，似乎獎許太過。余喜其換頭"車馬去悤悤，路邊芳草遠"十字，寓情於景，其麗在神。

二　高彥先行香子

高彥先，吾廣右宦賢也。《東溪詞》〔行香子〕云："瘴氣如雲。暑氣如焚。病輕時、也是十分。沉疴惱客，罪罟縈人。嘆檻中猿，籠中鳥，轍中鱗。　　休負文章，休説經綸。得生還、已早因循。菱花照影，筇竹隨身。奈沈郎尫，潘郎老，阮郎貧。"蓋編管容州時作，極寫流離困瘁狀態，足令數百年後讀者，爲之酸鼻。曩余自題《菊夢》詞，句云："雪虐霜欺。須拌得、鬢邊絲"，彥先先生可謂飽經霜雪矣！

三　兩李洪

著《芸庵詩餘》之李洪（廬陵人，字子大。）與箸《花萼集》之李洪，姓名并同。古人同姓名者絕夥，而詞人中不多覯。兩李洪外，尚有兩韓玉（一宋人，一金人。）兩張榘（一字子成，一字方叔。字子成者，一名龍榮。）而已。

四 廖世美燭影搖紅

廖世美〔燭影搖紅〕過拍云：“塞鴻難問，岸柳何窮，別愁紛絮。”神來之筆，即已佳矣。換頭云：“催促年光，舊來流水知何處。斷腸何必更殘陽，極目傷平楚。晚霽波聲帶雨。悄無人、舟橫古渡。”語淡而情深，令子野、太虛輩為之，容或未必能到。此等詞一再吟誦，輒沁入心脾，畢生不能忘。花庵《絕妙詞選》中，真能不愧“絕妙”二字，如世美之作，殊不多覯也。

五 歸愚咏開鑪

歸愚詞〔西江月〕《咏開鑪》云：“風送丹楓捲地，霜乾枯葦鳴溪。獸爐重展向深閨。紅入麒麟方熾。 翠箔低垂銀蒜，羅幃小釘金泥。笙歌送我玉東西。誰管瑤華舞砌。”按：《夢梁錄》：十月朔，貴家新裝暖閣，低垂繡簾，淺斟低唱，以應開鑪之節。《武林舊事》：是日，御前供進夾羅御服，臣僚服錦襖子，交公服，授衣之意也。自此御鑪日，設火至明年二月朔止。此詞蓋專咏暖閣繡簾中景物，亦承平盛概也。

六 知稼翁菩薩蠻

知稼翁詞〔菩薩蠻〕云：“愁緒促眉端。不隨衣帶寬。”二語未經前人道過。

七 魏杞咏梅詞

兩宋巨公大僚能詞者多，往往不脫簪紱氣。魏文節〔虞美人〕《咏梅》云：“祗應明月最相思。曾見幽香一點、未開時。”輕清婉麗，詞人之詞，專對抗節之臣，顧亦能此。宋廣平鐵石心腸，不辭為梅花作賦也。

八　史直翁詞和聲鳴盛

史直翁有〔滿庭芳〕《立春詞時方獄空》云："愛日輕融，陰雲初斂，一番雪意闌珊。柳搖金縷，梅綻玉顋寒，知是東皇翠葆，飛星漢、來至人間。開新宴，笙歌逗曉，和氣滿塵寰。　　風光，偏舜水，賢侯政美，棠蔭多歡。更圜扉草鞠，木索長閑。休向今朝惜醉，紅妝映、群玉頹山。行將見，宜春帖子，清夜寫金鑾。"《詞苑叢談》：慶曆中，開封府與棘寺同日奏獄空，仁宗於宮中宴集，晏小山叔原作〔鷓鴣天〕詞"碧藕花開水殿涼"云云，大稱上意。直翁詞可與并傳。蓋華貴之筆，宜於和聲鳴盛也。

九　于湖菩薩蠻

于湖詞〔菩薩蠻〕云："東風約略吹羅幕。一簷細雨春陰薄。試把杏花看。濕紅嬌暮寒。　　佳人雙玉枕。烘醉鴛鴦錦。折得最繁枝。暖香生翠幬。"此詞綿麗蕃艷，直逼《花間》，求之北宋人集中，未易多覯。

一〇　姚進道詞

錢塘姚進道，南宋道學家也。其詞如〔南歌子〕《九日次趙季益韻》云："悠然此興未能忘。似覺庭花、全勝去年黃。"又《贈趙順道》云："不求名利不譚元。明月清風相對、自怡然。"殊盎然有道意。然如〔浣溪沙〕《青田趙宰席間作》云："醉眼斜拖春水綠，黛眉低拂遠山濃。此情都在酒杯中。"〔鷓鴣天〕《縣有花名日日紅，高仲堅席間作》云："夜深莫放西風入，頻遣司花護錦裯。"〔瑞鷓鴣〕《賞海棠》云："一抹霞紅勻醉臉，惱人情處不須香。"〔如夢令〕《水仙用雪堂韻》云："鉤月襯凌波，仿佛湘江烟路。"〔行香子〕《抹利花》云："香風輕度，翠葉柔枝。與玉郎摘，美人戴，總相宜。"〔好事近〕《重午前三日》云："梅子欲黃時，霖雨晚來初歇。誰在綠窗深處，把彩絲雙結。　　淺斟低唱笑相偎。映一團香雪。笑指牆頭榴火，倩玉郎輕折。"亦復能爲綺語、情語，可知規行矩步中，政不廢《金荃》《蘭畹》也。又〔臨江仙〕《九日》云："莫將烏帽任風吹。動容皆是舞，出語總成詩"，"動容"句亦有深情。

一一　詞有理脉可尋

詞亦文之一體，昔人名作亦有理脉可尋，所謂蛇灰蚓綫之妙。如范石湖〔眼兒媚〕《萍鄉道中》云："酣酣日脚紫烟浮。妍暖試輕裘。困人天氣，醉人花底，午夢扶頭。　春慵恰似春塘水，一片縠紋愁。溶溶泄泄，東風無力，欲皺還休。""春慵"緊接"困"字、"醉"字來，細極。

一二　陳夢弼鷓鴣天襲晏叔原

陳夢弼《和石湖》〔鷓鴣天〕云："指剥春葱去采蘋。衣絲秋藕不沾塵。眼波明處偏宜笑，眉黛愁來也解顰。　巫峽路，憶行雲。幾番曾夢曲江春。相逢細把銀釭照，猶恐今宵夢似真。"歇拍用晏叔原"今宵剩把銀釭照，猶恐相逢是夢中"句。恐夢似真，翻新入妙，不特不嫌沿襲，幾於青勝於藍。

一三　仲彌性詞

仲彌性〔浪淘沙〕過拍云："看盡風光花不語，却是多情"，語淡而深。〔憶秦娥〕《咏木犀》後段云："佳人斂笑貪先折。重新爲剪斜斜葉。斜斜葉。釵頭常帶，一秋風月。"末二句，賦物上乘，可藥纖滯之失。

一四　東浦詞用鄙俚語

東浦詞〔且坐令〕："但冤家何處貪歡樂。引得我心兒惡"之句，爲毛子晋所譏。按：宋蔣津《葦航紀談》云："作詞者流，多用'冤家'爲事，初未知何等語，亦不知所出。後因閱《烟花說》

有云，冤家之説有六：情深意濃，彼此牽累，寍有死耳，不懷異心，此所謂冤家者，一也；兩情相繫，阻隔萬端，心想魂飛，寢食俱廢，此所謂冤家者，二也；長亭短亭，臨歧分袂，黯然銷魂，悲泣良苦，此所謂冤家者，三也；山遥水遠，魚雁無憑，夢寐相思，柔腸寸斷，此所謂冤家者，四也；憐新弃舊，孤恩負義，恨切惆悵，怨深刻骨，此所謂冤家者，五也；一生一死，觸景悲傷，抱恨成疾，迫與俱逝，此所謂冤家者，六也。此語雖鄙俚，亦余之樂聞耳！”誠如蔣氏所云，則“冤家”二字，詞流多用，何獨於東浦而譏之。

一五　侯彦周嬾窟詞

侯彦周《嬾窟詞》〔念奴嬌〕《探梅》換頭云：“休恨雪小雲嬌，出群風韵，已覺桃花俗”，頗能爲早梅傳神。“雪小雲嬌”四字連用，甚新。又〔西江月〕《贈蔡仲常侍兒初嬌》云：“荳蔻梢頭年紀，芙蓉水上精神。幼雲嬌玉兩眉春。京洛當年風韵”，“芙蓉”句亦妙於傳神，“幼雲嬌玉”四字，亦新。

一六　曾宏父浣溪沙

曾宏父〔浣溪沙〕云：“紫禁正須紅藥句，清江莫與白鷗盟。”尋常稱美語，出以雅令之筆，閱之便不生厭。此酬贈詞之別開生面者。

一七　姚令威憶王孫

姚令威〔憶王孫〕云：“毿毿楊柳綠初低。淡淡梨花開未齊。樓上情人聽馬嘶。憶郎歸。細雨春風濕酒旗。”與温飛卿“送君聞馬嘶”，各有其妙，正可參看。

一八　漫與

明胡廷佩《訂譌雜録》云：杜少陵《水檻遣心詩》：“老去詩篇渾漫與”，今本梓作“漫興”。考舊刻，劉會孟本、千家注本，皆作"漫與"。趙次公云:"耽佳句"而"語驚人",言其平昔如此。今老矣,所爲詩則"漫與"而已,無復著意於驚人也云云。韓仲止《澗泉詩餘》〔鵲橋仙〕云:"詩非漫與,酒非無算,都是悲秋興在",是亦一證。下句用"興"字,上句必當作"漫與"也。

一九　哄堂詞用字未爲甚僻

毛子晉跋《哄堂詞》,謂其善用僻字,如"祥潱""皴骹""褑子"之類。按:《詩·鄘風》:"是紲絆也。"《傳》:"是當暑祥延之服也。"《類篇》:"祥延,衣熱也。"鄒浩詩:"清標藐冰壺,一見滌祥暑。"范成大詩:"祥暑驕齟雜瘴氛。""祥潱",即"祥暑"也。"皴骹",音"逡鵲",皮縐也。鄒浩《四柏賦》:"皮皴骹以龍驚。"《爾雅·釋木》:"大而骹楸,小而骹榎。"樊光云:"骹,猪皮也,謂樹皮粗也。"褑,于眷切,音瑗。《玉篇》:"佩衿也。"《爾雅·釋器》:"佩衿,謂之褑玉,佩玉之帶二屬。"此類字未爲甚僻。

二〇　李流謙澹齋詞

詞家僚友贈盒之作,佳構絕少。即兩宋名輩亦然。大都率意爲之,抑亦無從製勝也。德陽李無變流謙《澹齋詞》〔小重山〕《綿守白宋瑞席間作》云:"輕著單衣四月天。重來間屈指,惜流年。人間何處有神仙。安排我,花底與尊前。　　爭道使君賢。筆端驅萬馬,駐平川。長安秖在日西邊。空回首,喬木淡疏烟。"此詞過拍、歇拍言情寫景,疏俊深遠,即換頭"筆端"二句,亦頗有氣勢,不涉庸泛俚滑之失。無變詞名不甚顯,自宋亡已還,各家選本未經著錄。比年乃見刻本。其它所作,如〔虞美人〕《春裒》後段云:"東君又是恩恩去。我亦無多住。四年薄宦老天涯。閑了故園多少、好花枝。"〔洞仙歌〕《憶別》前段云:"雲窗霧閣,塵滿題詩處。枝上流鶯解人語。道別來、知否瘦盡花枝,春不管,更遣何人管取。"并皆婉麗可誦。〔滿庭芳〕《過黃州游雪堂次東坡韻》後段云:"松柏皆吾手種,依然□、烟蕊霜柯。君知否,人間塵事,元不到漁蓑。"則尤返虛入渾,漸近骨幹堅蒼矣。

二一　張武子西江月

張武子〔西江月〕過拍云:"殷雲度雨井桐凋。雁雁無書又到。"昔人句云:"江頭數盡南來雁,不寄西風一幅書。"此詞括以六字,彌覺沉頓。

二二　楊濟翁蝶戀花

楊濟翁〔蝶戀花〕前段云:"離恨做成春夜雨。添得春江,剗地東流去。弱柳繫船都不住。爲君愁絕聽鳴艣。"亦婉曲,亦新穎,無此詞心,不能有此詞筆。

二三　石屏滿江紅

石屏詞往往作豪放語,綿麗是其本色。〔滿江紅〕《赤壁懷古》云:"赤壁磯頭,一番過、一番懷古。想當年、周郎年少,氣吞區宇。萬騎臨江貔虎噪,千艘烈炬魚龍怒。捲長波、一鼓困曹瞞,今如許。　江上渡,江邊路。形勝地,興亡處。覽遺踪,勝讀詩書言語。幾度東風吹世換,千年往事隨潮去。問道旁、楊柳爲誰春,搖金縷。"歇拍云云,是本色流露處。

二四　劉伯寵水調歌頭

劉伯寵生平宦轍在吾廣右,惜其姓名厪見《省志·金石略》,而事行無傳焉。〔水調歌頭〕《中秋》云:"破匣菱花飛動,跨海清光無際,草露滴明璣。""跨海"云云,是何意境,下乃忽作小言。子雲《解嘲》所云:"大者含元氣,細者入無間",略可喻詞筆之變化。

二五　馬古洲詞

馬古洲〔海棠春〕云："護取一庭春，莫彈花間鵲。"用徐幹臣"悶來彈鵲，又攪碎、一簾花影"，可謂善變。又〔月華清〕云："怕裏。又悲來老却，蘭臺公子"，"怕裏"，宋人方言，《草窗詞》中屢見，猶言恰提防閑，大致如此詮釋，尚須就句意活動用之。

二六　劉招山一剪梅

詞有淡遠取神，祇描取景物，而神致自在言外，此爲高手。然不善學之，最易落套。亦如詩中之假王孟也。劉招山〔一剪梅〕過拍云："杏花時節雨紛紛。山繞孤村。水繞孤村"，頗能景中寓情。昔人但稱其揭拍三句"一般離思"云云，未足盡此詞佳勝。

二七　宋詞名句多尚渾成

宋詞名句多尚渾成，亦有以刻畫見長者。沈約之〔謁金門〕云："獨倚危闌清晝寂。草長流翠碧。"又云："寒色著人無意緒。竹鳴風似雨。"〔如夢令〕云："欹睡。欹睡。窗在芭蕉葉底。"〔念奴嬌〕刻本無題，當是咏海棠之作。云："醉態天真，半羞微歛，未肯都開了。"雖刻畫而不涉纖，所以爲佳。

二八　杜伯高酹江月

杜伯高〔酹江月〕《賦石頭城》云："人笑褚淵今齒冷，祇有袁公不死"，"寧爲袁粲死，不作褚淵生"，宋時《石城謠》也。

二九　審齋好事近

審齋詞〔好事近〕《和李清宇》云："歸晚楚天不夜，抹牆腰橫月"，祇一"抹"字，便得冷靜幽瑟之趣。

三〇　徐山民瑞鷓鴣

徐山民〔瑞鷓鴣〕云："雨多庭石上苔文。門外春光老幾分。爲把舊書藏寶帶，誤翻殘酒濕綃裙。　風頭花片難裝綴，愁裏鶯聲怯聽聞。恰似剪刀裁破恨，半隨妾處半隨君。"〔瑞鷓鴣〕調與七言律詩同，山民此詞却必不可作七律觀。此詞與詩別也。

三一　高竹屋詞

高竹屋有《梅花》詞二闋，調寄〔金人捧露盤〕，《絕妙好詞》錄其"念瑤姬"闋。其"楚宮閑"闋，風格尤道上，未審公謹何以不登。　又：竹屋詞〔齊天樂〕《中秋夜懷梅溪》云："古驛烟寒，幽垣夢冷，應念秦樓十二。"此等句，開國朝詞門徑，鈎勒太露，便失之薄。

三二　杜詩史詞

"詩酒尚堪驅使在，未須料理白頭人"，少陵句也。《梅溪詞》〔喜遷鶯〕云："自憐詩酒瘦，難應接、許多春色"，蓋反用其意。

三三　李螭洲詞

李螭洲〔拋毬樂〕云："綺窗幽夢亂如柳，羅袖泪痕凝似餳。"〔謁金門〕云："可奈薄情如此黠。寄書渾不會。""餳""黠"叶韻雖新，却不墜宋人風格。然如"餳"韻二句所爭，亦止絫黍間矣。其不失之尖纖者，以其尚近質拙也。學詞者不可不知。

三四　盧申之江城子

盧申之〔江城子〕後段云："年華空自感飄零。擁春醒。對誰醒。天闊雲閑，無處覓簫聲。載酒買花年少事，渾不似，舊心情。"與劉龍洲詞"欲買桂花重載酒，終不似、少年游"，可稱異曲同工。然終不如少陵之"詩酒尚堪驅使在，未須料理白頭人"

爲倔強可喜。其〔清平樂〕歇拍云："何處一春游蕩，夢中猶恨楊花"，是加倍寫法。

三五　後邨玉樓春

後邨〔玉樓春〕云："男兒西北有神州，莫滴水西橋畔泪"，楊升庵謂其壯語足以立懦，此類是已。

三六　黃雪舟水龍吟

黃雪舟詞，清麗芊綿，頗似北宋名作，唯傳作無多，殊爲恨事。其〔水龍吟〕云："柔腸一寸，七分是恨，三分是泪。"蓋仿東坡"春色三分，二分塵土，一分流水"之句。所不逮者，以刻鏤稍著痕迹耳。其歇拍云："待問春，怎把千紅換得，一池綠水。"亦從"一分流水"句引伸而出。

三七　王詩吳詞

宋王沂公之言曰："平生志不在溫飽"，以梅詩謁呂文穆云："雪中未問調羹事，先向百花頭上開。"吳莊敏詞〔沁園春〕《詠梅》云："雖虛林幽壑，數枝偏瘦，已存鼎鼐，一點微酸。松竹交盟，雪霜心事，斷是平生不肯寒。"二公襟抱，政復相同。"一點微酸"，即調羹心事，不志溫飽，爲有不肯寒者在耳。又：莊敏〔滿江紅〕詞有"晚風牛笛"句，絕雅煉可憙。

三八　履齋詞

履齋詞〔滿江紅〕《九日郊行》云："數本菊，香能勁"，"勁"韵絕雋峭，非菊之香不足以當此。〔二郎神〕云："凝竚久，驀聽棋邊落子，一聲聲靜。"〔千秋歲〕云："荷遞香能細。"此"靜"與"細"，亦非雅人深致未易領略。

（以上見《歷代詞人考略》引《珠花簃詞話》）

三九　周吕詞

宋周端臣〔木兰花慢〕句云："料今朝别後，它時有夢，應夢今朝。"吕居仁〔减字木蘭花〕云："來歲花前。又是今年憶昔年。"命意政同，而遣詞各極其妙。

四〇　彝齋檃括詞

填詞檃括一體，宋賢集中往往有之，大都牽強支離，遷就句調微，特其所檃括之作，佳處未能傳出，乃至以文害辭，以辭害志，并生趣而無之，欲求言外餘情，事外遠致，烏可得耶。彝齋詞〔花心动〕序云："外祖中司常公《春日詞》曰：'庭院深深春日遲。百花落盡蜂蝶稀。柳絮隨風不拘管，飛入洞房人不知。畫堂繡幕垂朱户，玉鑪銷盡沉香炷。半褰門帳曲屏山，盡日梁間雙燕語。美人睡起歛翠眉，强臨鸞鑒不勝衣。門外鞦韆一笑發，馬上行人腸斷歸。'"近日《風雅遺音》多譜前賢名作，因效顰云："庭院深深，正花飛零亂，蝶嬾蜂稀。柳絮狂踪，輕入房櫳，悄悄可有人知。畫堂鎮日閑晴晝，金鑪冷、綉幕低垂。梁間燕，雙雙并翅，對舞高低。　　蘭幌玉人睡起，情脉脉、無言暗歛雙眉。門帳半褰，六曲屏山，憔悴似不勝衣。一聲笑語誰家女，鞦遷映、紅粉牆西。斷腸處，行人馬上醉歸。"此詞熨帖渾成，如自己出。蓋元詩既工麗，詞筆亦掉運靈活，非它人浪費楮墨者比。

四一　岳倦翁滿江紅

岳倦翁〔滿江紅〕過拍云："笑十三、楊柳女兒腰，東風舞。"歇拍云："正黃昏時候杏花寒，廉纖雨。"脱口輕圓而豐神婉約，它人或極意矜煉不能到。

四二　寄閑翁詞

寄閑翁〔風入松〕云："舊巢未著新來燕，任珠簾、不上瓊鈎。"用待燕歸來始下簾,句意翻新入妙。〔戀繡衾〕云:"自不怨、東風老,怨東風、輕信杜鵑。"是未經人道語。

四三 玉田詞

玉田詞,余最喜其"能幾番游,看花又是明年",惜此詞全闋未稱。又《山中白雲詞》余能背誦者獨少。《新鶯詞》〔齊天樂〕《秋雨》云:"一片蕭騷,細聽不是故園樹。"〔鶯啼序〕《葦灣觀荷》云:"問并作、幾多紅怨,畫裏回首,却又盈盈,未開剛吐。"鶩翁謂似玉田,殆偶然似之耳。

四四 黄幾仲竹齋詩餘

黄幾仲《竹齋詩餘》〔西江月〕題云:"垂絲海棠,一名醉美人。""撚翠低垂嫩蕚,勻紅倒簇繁英。穠纖消得比佳人。酒入香肌成暈。 簾幕陰陰窗牖,闌干曲曲池亭。枝頭不起夢春醒。莫遣流鶯喚醒。"此花唯吾鄉有之,太半櫻桃花梭本,江南薊北未之見也,紫艷沉酣信足當醉美人品目。

四五 李周隱浪淘沙

凡流連光景詞多以回憶舊事作開,而以本題拍合,千篇一律,頗易生厭。李周隱〔浪淘沙〕云:"榆火換新烟。翠柳朱檐。東風吹得落花顛。簾影翠梭懸繡帶,人倚鞦韆。 猶憶十年前。西子湖邊。斜陽催入畫樓船。歸醉夜堂歌舞月,拌却春眠。"乃用憶舊作合筆,一氣綰落,全不照拍本題,閱者但覺其烟波縹緲,而不能責其游騎無歸,則在上下截摶合得緊,神不外散故也,此詞雖非杰作,可悟格局變換之法。

四六 陳君衡詞

陳君衡詞迄國朝而始顯,其《西麓繼周集》乃至彊邨朱氏始據何氏夢華館藏鈔本刻行,故前人詞話中論其詞者絕尠。嘉、道已還，論南宋詞人者乃皆僂指及之，其詞境如草軟波平，芊綿宛委，自成家數，惜風骨未能高騫，以比王（碧山）、周（草窗）則猶未逮，其殆玉田之仲叔乎。

四七　翁五峰摸魚兒

翁五峰〔摸魚兒〕歇拍云："沙津少駐。舉目送飛鴻，幅巾老子，樓上正凝佇。"東坡《送子由詩》："時見烏帽出，復沒是由送。"客者望見行人，極寫臨歧眷戀之狀，五峰詞乃由行人望見送者，客子消魂，故人惜別，用筆兩面俱到。

四八　王碧山詞

王碧山〔聲聲慢〕云："迎門高髻，倚扇清吭，娉婷未數西洲。淺拂朱鉛，春風二月梢頭。相逢靚妝俊語，有舊家、洛京風流。斷腸句，試重拈彩筆，與賦閑愁。　猶記凌波去後，問明璫羅襪，却爲誰留。枉夢想思，幾回南浦行舟。莫辭玉尊起舞，怕重來、燕子空樓。漫惆悵、抱琵琶閑過此秋。"得無自恨慶元之仕乎。〔一萼紅〕《題梅花卷》云："疏萼無香，柔條獨秀，應恨流落人間。"又云："冰骨微銷，塵衣不浣，相見還誤輕攀。"〔疏影〕《咏梅影》云："算如今，也厭娉婷，帶了一痕殘雪。"其遇亦可悲矣。

四九　余與柴望詞意略同

余近作〔浣溪沙〕句云："莫向天涯輕小別，幾回小別動經年。"比閱柴望《秋堂詩餘》〔滿江紅〕云："別後三年重會面，人生幾度三年別。"意與余詞略同，爲黯然者久之。

（以上見《宋人詞話》引《珠花簃詞話》）

五〇　方秋崖沁園春序

方秋崖〔沁园春〕詞，檃括《蘭亭序》，有小序"汪彊仲大卿，禊飲水西，令妓歌蘭亭，皆不能，乃爲以平仄度此曲，俾歌之"云云。大抵循聲按拍，宋人最爲擅長。不徒長短句皆可歌，即前人佳妙文字，亦皆可歌。水西群妓，殆非妙選工歌者。如其工者，則必能歌《蘭亭序》矣。它如庾子山《春賦》，梁元帝《蕩婦思秋賦》《采蓮賦》，李太白《惜餘春賦》《愁陽春賦》，儻付珠喉，未知若何流美。又如江文通《別賦》，謝希逸《月賦》，鮑明遠《蕪城賦》，李退叔《吊古戰場文》，歐陽文忠《秋聲賦》，蘇文忠《前後赤壁賦》，皆可選摘某篇某段而歌之。此類可歌之文，尤不勝僂指。紅牙鐵板，異曲同工已。

五一　潘紫岩南鄉子

潘紫岩詞，余最喜其〔南鄉子〕一闋 <small>（元注：《後邨詩話》題云：《鐔津懷舊》；《花庵絕妙詞選》題云：《題南劍州妓館》。）</small>，小令中能轉折，便有尺幅千里之勢。詞云："生怕倚闌干。閣下溪聲閣外山。空有舊時山共水，依然。暮雨朝雲去不還。　　相見躡飛鸞。月下時時認佩環。月又漸低霜又下，更闌。折得梅花獨自看。"歇拍尤意境幽瑟。

五二　牟端明金縷曲

牟端明〔金縷曲〕云："撲面胡塵渾未掃，強歡謳、還肯軒昂否？"蓋寓黍離之感。昔史遷稱項王"悲歌慷慨"，此則歡歌，而不能激昂。曰"強"、曰"還肯"，其中若有甚不得已者，意愈婉、悲愈深矣。

五三　草窗詞

草窗〔少年游〕《宮詞》云："一樣春風，燕梁鶯戶，那處得春多。"即"梨花雪，桃花雨，畢竟春誰主"之意。俱從義山"鶯噦花又笑，畢竟是誰春"脫出。其〔朝中措〕《茉莉擬夢窗》云："尚有弟三花在，不妨留待凉生"，庶幾得夢窗之神似。

五四　馮深居喜遷鶯

馮深居〔喜遷鶯〕云："涼生遥渚。正緑荾擎霜，黄花招雨。雁外漁燈，螢邊蟹舍，絳葉表秋來路。世事不離雙鬢，遠夢偏欺孤旅。送望眼，但憑舷微笑，書空無語。　　慵看清鏡裏，十載征塵，長把朱顔污。借箸青油，揮毫紫塞，舊事不堪重舉。間關故山猿鶴，冷落同盟鷗鷺。倦游也。便檣雲柂月，浩歌歸去。"此詞多矜煉之句，尤合疏密相間之法，可爲初學楷模。

五五　趙汝茪詞

趙汝茪〔戀綉衾〕云："怪別來、臙脂慵傅，被東風、偷在杏梢。"翁時可〔江城子〕云："愛東風，恨東風吹落燈花，移在杏梢紅。"語尤新穎，未經人道。

（以上見《兩宋詞人小傳》引《珠花簃詞話》）

五六　李易安多麗咏白菊

李易安〔多麗〕《咏白菊》前段用貴妃、孫壽、韓椽、徐娘、屈平、陶令若干人物；後段雪清、玉瘦、漢皋、紈扇、浪月、清風、濃烟、暗雨許多字面，却不嫌堆垛，賴有清氣流行耳。"縱愛惜、不知從此，留得幾多時"三句，最佳，所謂傳神阿堵一筆凌空，通篇俱活。歇拍不妨更用"澤畔東籬"字，昔人評《花間》鏤金錯綉而無痕迹，余於此闋亦云。

五七　李易安浣溪沙

此詞前段與稼軒"休去倚危闌，斜陽正在、烟柳斷腸處"約略同意，李極清輕，辛便秾摰，南北宋之判，消息可參。

（以上見《漱玉詞箋》引《珠花簃詞話》）

繐蘭堂室詞話

況周頤◎著

《繐蘭堂室詞話》，況周頤著。發表於《中社雜志》
1926 年第 2 期。孫克强、和希林曾將《繐蘭堂室詞話》
加以整理點校，發表于《文學與文化》2011 年第 3 期，
後收入孫克强纂輯《況周頤詞話五種（外一種）》（浙
江古籍出版社，2014）。本文據《中社雜志》整理
校録。

《繙蘭堂室詞話》目録

繀蘭堂室詞話

一 守律之律作法律之律解

填詞必須守律，此律字，作法律之律解，非律吕之律。

二 白石詞旁譜

白石詞有旁譜者，最十七闋。吾人填此十七調，可無庸守四聲，有旁譜可據依也。其它無譜之調，無可據依，唯恪守四聲庶幾無誤，舍此計無複之，此四聲所以非守不可也。

三 雲謠集

漚尹得唐詞《雲謠集》，作玄謠者誤也（雲作云，雲本字，雲、玄形近貤誤。）。曩余所見，詞僅三首，即誤題玄謠者，此本得十八首，漚尹刻入《叢書》，無庸具述。摘其佳句，〔天仙子〕云：“滿樓明月夜三更，無人語，泪如雨。正是思君腸斷處。”〔洞仙歌〕云：“擣衣嘹喨，懶寄迥文先往，戰袍待穩絮，重更熏香，殷勤憑驛使追訪。”〔破陣子〕云：“爲覓封侯酬壯志，携劍彎弓沙磧邊，拋人如斷弦。”〔浣沙溪〕云：“早春花向臉邊芳。”又〔破陣子〕云：“正是越溪花捧艶”，“捧”字雋。

四 夢窗詞佳處難知

某君單心樸學，作詞不多，論詞却極内家。嘗言夢窗詞，曾經細讀不止一次，不知其佳處安在。夢窗如此難知，豈易言學？此君是真能知夢窗者。不知其佳處安在，雖不知不遠矣，佳處在其中矣。

五　夢窗詞境絕清妙

吳夢窗云：“竹窗聽雨，坐久隱几就睡，既覺見水仙娟娟於燈影中”（〔夜游宮〕詞題。）。此詞境絕清妙。宋詞句云：“睡起兩眸清炯炯”，此“娟娟”從“炯炯”中來。

六　張文潛風流子

張文潛〔風流子〕“芳草有情，夕陽無語，雁橫南浦，人倚西樓”，景語亦複尋常，唯用在過拍，即此頓住，便覺老當渾成。換頭“玉容知安否”，融景入情，力量甚大。此等句有力量，非深於詞不能知也。“香箋”至“沉浮”，微嫌近滑。幸“愁韵”四句，深婉入情，爲之補救。而“芳心”“翠眉”，又稍稍刷色。下云：“情到不堪言處，分付東流”，蓋至是不能不用質語爲結束矣。雖古人用心，未必如我所云，要不失爲知人之言也。“香箋共錦字，兩地悠悠”，吾人填詞，斷不肯如此率意，勢必縮兩句爲一句，下句更添一意，由情中、景中生出皆可，情景兼到，又盡善矣。雖然，突過前人不易，或反不逮前人，視平昔之功力，臨時之杼軸何如耳。

七　王船山薑齋詞

王船山先生《薑齋詞》，沉著穠至，入南渡名賢之室。〔謁金門〕云：“落日黃花衰草地，有英雄殘泪”，〔清平樂〕《咏雨》云：“誰信碧雲深處，夕陽仍在天涯”，〔碧芙蓉〕云：“青天如夢，倩取百囀嘅鶯唤”，〔減字木蘭花〕云：“月向桃花香處暖”，〔浣溪沙〕云：“極目江山無止竟，傷心日月太從容，霜楓依舊半林紅。”

八　湯卿謀詞

夏節湣（完淳）殉國難，年十七，有集七卷（第八卷皆附錄。），其詞芬芳悱惻。湯卿謀聞國變，悲憤發疾卒，年二十五，有《湘中草》六卷，其詞清麗千眠。何明季之多仙才，而又人杰也。設令卿謀所遭，與節湣同，寧肯爲當仁之讓耶。卿謀詞多言情之作，語語從性靈流出。性靈者，情之本根也。〔鷓鴣天〕云："碧紗深掩喁喁處，塞北江南春夢中"，〔滿庭芳〕《月夜懷展成次韵》云："能來否，天街清絕，烏鵲正南飛"，〔桂枝香〕《讀史》云："滿目新亭，啞啞笑言而已，更無一點山河淚，望蒼生，竟何人是"，〔沁園春〕《次展成韵》云："嘆蕙蘭生受，淒涼風月，龍蛇空老，寂寞雲雷"，又云："寒日西流，大江東去，爲問山川何處佳"，〔摸魚兒〕《石湖晚眺》云："持杯欲共春風語，回首柳綿無數，愁雲誤，但芳草多情，未斷登臨路。"

九　項蓮生玉漏遲

錢塘項蓮生鴻祚（元名廷紀。）《憶雲詞》，《冬夜聞南鄰笙歌達曙》〔玉漏遲〕句云："嫌漏短，漏長却在，者邊庭院。"余十六七歲時，極喜誦之，越十年，便能知此等句絕無佳處，而詞境稍稍進矣。

一〇　半唐綠意

半唐《咏一片荷葉》〔綠意〕句云："微波盼斷從舒捲，早展盡秋心層迭"，蕙風云："歸來彩筆題芳恨，也一任翠簾天遠。"半塘云："是謂發乎情，止乎禮義。"

一一　蕙風詞有二病

蕙風詞有二病，少年不能不秀，晚年不能豔。

一二　半唐唐多令

半唐詞〔唐多令〕云："缺月半朧明，凍雨晴時泪未晴，倦倚香篝溫別語，愁聽鸚鵡催人説二更。此恨拌今生，紅豆無根種不成。畫裏屏山多少路，青青一卟烟蕪是去程。"此詞饒有烟水迷離之致，駸駸入宋賢之室。

一三　漚尹高陽臺

漚尹最近之作，《乙丑除夕，閏生宅守歲》〔高陽臺〕云："藥裏關心，梅枝熨眼，年光催換天涯。彩勝迷離，忘情紅入燈花。常時風雨聯床夢，付淺吟深坐消他。更休提，束帶鳴鷄，列炬飛鴉。驚心七十明朝是，甚兩頭老屋，舊約猶賒。醉倚屠蘇，誰知肝肺杈槎。干戈滿目悲生事，問阿連，底處吾家。却因依，北斗闌干，凝望京華。""他"韻絶佳，倚聲家言情寫景，不能分爲兩事，融景入情，即情即景，"他"韻二句，却是緣情生情，引而愈深。昔人所云事外遠致，殆無逾此，非深於情深於詞不知也。

一四　江標紅蕉詞

元和江建霞（標）倜儻多才藝，曩寓都門，素心晨夕，過從甚密。乙未已還，音問斷絶，何止建霞而已。陳蒙盦持示其遺箸，《紅蕉詞》一卷。録其精整近渾成者，〔菩薩蠻〕云："玉鎪飛鳳銀屏小，畫羅帳捲春雲曉。繚亂海棠絲，還移明鏡遲。無言成獨坐，底事慵梳裹。簾外鷓鴣嗁，泥金褪舞衣。"又"天涯祇合多飛絮。化萍還向天涯去。妾命不如他，終年彎兩蛾。大堤，音信絶。夢裏剛離別。雙燕入簾來。故國花正開"。又"藕絲切斷玲瓏玉。蕉心捲破葳蕤綠。水閣已秋風。屏山幾曲紅。湘簾三面静。團扇相思影。晚檻月微涼，開奩吹鬢香"。又"銀荷暈小釭花紫，黄昏已近爐烟膩。滿地是梨花。春風狂太差。雙鬟金鳳小。卸却殘妝早。翠被不勝寒。熏籠夢合歡"。〔醜奴兒令〕云："脂盦粉盏宣窰製，鬥茗鷄缸，鬥酒犀觴，紅玉磁爐海外香。新收小卷湘蘭畫，水繪裝潢。東澗收藏。押尾前朝薛潤娘。"（此等詞偶一為之，不失其爲雅。）

一五　陳澧憶江南館詞

番禺陳蘭甫（澧）精犛研宮律，手批《白石道人詞》，斜行作草，遍滿餘紙。曩年于文和（式枚）見貽，半唐借去未還，遂不可踪迹矣。（半唐未還之書，以明陳大聲《草堂餘意》及是書，最爲可惜。）所箸《憶江南館詞》，僅二十八閱。〔鳳皇臺上憶吹簫〕《越王台春望》云："芳樹嘅鴣，野花團蜨，嫩晴剛引吟筇。訪故王台榭，依約樵踪，零落當年黃屋都分付，蜑雨蠻風。添惆悵，望佗城一片，海氣冥蒙。青山向人似笑，笑淘盡潮聲，誰是英雄。祇幾堆新壘，鳥散雲空。休說樓船下瀨，傷心見，斷鏃苔封。還依舊，攀枝亂開，萬點春紅。"（自注：萬紅友《詞律》，載此調李易安詞，"休休"者去之也。謂第二"休"字用韻，非也。易安此詞，已有"欲說還休"句，不當重"休"字。余此閱，依易安詞填之，而"山"字不用韻，以正萬氏之誤。）〔八聲甘州〕序云："辛丑，張韶台和余盧溝咏柳之作，自是唱酬遂多，今歲同至揚州，余往金陵，韶台先歸，空江獨吟，追憶前事，慨然成咏。""記盧溝，烟柳和新詞，淒斷小銀箏。正風前畫角，夢中紅袖，一樣關情。此日天涯依舊，書劍共飄零。却恐愁邊鬢，添了星星。憔悴江南倦客，更句留十日，酒夢纔醒。剩清弦獨撫，深夜伴孤檠。祇如今，怕吟楊柳，甚年年，慣作別離聲。歸來好，南園烟水，料理鷗盟。"

一六　譚仲修評詞

譚仲修評詞有云："不作呢呢喁喁，是謂雅詞。""呢呢喁喁"，何嘗不可雅，最雅之"呢呢喁喁"，先生未之聞也。

一七　楊恩壽論清詞絶句

武進趙叔雍（尊嶽）近擬匯刻昔人論詞絶句，就商於余，舉舊所藏弄貽之。祥符周稚圭（之琦）《心日齋詞錄》，凡十六家，各繫一詩。臨桂朱小岑（依真）《九芝草堂詩存》，論詞絕句二十八首。金匱孫平叔（爾準）《泰雲堂詩集》，論詞絕句二十二首。南海譚玉生（瑩）《樂志堂》論詞絕句一百首。真州王西禦（僧保）論詞絕句三十六首，最二百霝二首。長沙楊蓬海（恩壽）有專論清詞絕句三十二首。歸安姚勁秋（洪淦）自金陵寄貽，屬轉致叔雍付之剞氏，移錄如左：

飄蕭白髮老江關，泪落檀槽斷續閑。

流水落花無限恨，選聲應唱念家山。（吳梅村）

麥秀漸漸冷夕暉，白頭詞客欲沾衣。

傷心豈爲飛紅雨，門巷重來萬事非。（龔芝麓. 元注："重來門巷，盡日飛紅雨"，〔驀山溪〕詞也，王漁洋亟賞之。）

李鏡陳屏著色多，仙衣縹緲迭雲羅。

何當月滿花濃夜，檀板金尊唱衍波。（王漁洋）

阿誰捧硯手纖纖，迷迭香温翠袖添。

百尺樓頭湖海氣，陳髯豪邁比蘇髯。（陳其年）

晚入承明兩鬢絲，姓名早達九重知。

花天酒地留題遍，畫壁先歌百末詞。（尤展成）

一編珍重壓歸裝，海客低頭拜菊莊。

料得重洋荒島外，風濤相應識宮商。（徐電發）

風氣能開浙派先，獨從南宋悟真詮。

自題詞集誇心得，差喜新聲近玉田。（朱竹垞）

一時聲價信無虛，秀水詞人説李朱。

南渡風流未消歇，荷池桂子唱西湖。（李武曾）

新詞拍手遍兒童，太守聲名滿浙中。

紅豆一雙新種得，有人把酒祝東風。（吳園次）

秦淮楊柳雨瀟瀟，舊夢迷離記板橋。

一管春風好詞筆，間調金粉寫南朝。（余澹心）

傷心天漢遠浮槎，絕塞風沙兩鬢華。

被酒夜闌愁不睡，一庭霜月聽秋笳。（吳漢槎）

交情鄭重抵河梁，雪窖冰天淚兩行。

季子荷戈寧古塔，何堪重聽賀新涼。（顧梁汾）

塞北臙脂著色新，鶯鶯燕燕盡嬉春。

艷情慣寫痴兒女，一覺紅樓夢裏人。（納蘭容若。《飲水詞》多緣情鬥靡之作，俗傳《紅樓夢》說部，所謂寶玉，即侍衛也。說雖無征，詞筆近似。）

元人曩弄獨登壇，風骨重追兩宋難。

穠艷漸多深厚少，春光泄盡百花殘。（孔季重、洪昉思、李笠翁、袁令昭四君均寫曲高於詞。）

湖上填詞白髮新，六橋楊柳縮芳春。

若從西浙論宗派，朱十從今有替人。（厲太鴻）

玲瓏山館可憐宵，快倚新聲酒未消。

正是烟花好時節，二分明月一枝蕭。（馬秋玉）

持律嚴於灞上軍，任他圖譜說紛紛。

詞家別有麒麟閣，第一功名合許君。（萬紅友。《香瞻詞》雖近澀，《詞律》一編，足爲詞人圭臬。《白香詞譜》不及也。）

六一先生石帚翁，遠從炎宋溯鄉風。

填詞創立西江派，七百年來兩巨公。（蔣苕生、樂蓮裳。《銅弦詞》瓣香北宋，《斷水詞》專學堯章。）

機雲同入洛陽來，壁月流輝寫麗才。

七寶莊嚴誰拆下，更無人解造樓臺。（楊蓉裳、楊荔裳）

立馬黃河吊汴宮，清商惻惻滿江紅。

樊樓燈火金明柳，都入才人淚眼中。（張度西。《秋蓬詞》雅近蘇辛，大梁吊古〔滿江紅〕，尤爲悲壯。）

文章中禁擅才名，更聽琵琶鐵撥聲。

先後填詞吳祭酒，錢塘鼓吹值升平。（吳縠人。"白髮填詞吳祭酒"，王漁洋題《梅村詞》集句。）

淪落梧桐曩下材，延津雙劍郁風雷。

朱門風月旗亭酒，傳唱江南兩秀才。（郭頻伽、蔡芷衫）

蔣趙相推第一流，詩名清福自千秋。

隨園缺陷從今補，更有江南捧月樓。（袁蘭村）

零繰碎錦總相宜，妙手拈花偶得之。

無縫天衣更誰識，瘖堂詩集夢歐詞。（陳夢歐）

鼎鼎才名白也傳，詩中無敵酒中仙。

瀟陵柳色秦樓月，更聽紅簫譜夢年。（黃仲則。《兩當詩》近青蓮，“秦
樓月，年年柳色，瀟陵傷別”，青蓮〔憶秦娥〕詞也。）

後堂絲竹冷官宜，鐸語詠諧妙解頤。

一任五花傳爨弄，不將綺曲累清詞。（沈蕢漁）

瘴鄉東去擁征騑，雛鳳都隨老鳳飛。

狙婦狞男傳唱遍，一門佳句織弓衣。（汪劍潭、竹素、竹海）

魚龍角抵海天秋，健筆淋漓掃柳周。

肯向喁喁小窗下，也隨兒女訴閑愁。（周稚圭）

雙聲寫韵入琴徽，惆悵中年事漸非。

落葉聲中傳斷句，夕陽一樹待鴉歸。（項蓮生）

戒律精嚴説上乘，萬先戈後此傳燈。

更饒韵本流傳遍，不數當年沈去矜。（戈順卿。輯《詞林正韵》最精。）

詞學講義

況周頤◎著

　　《詞學講義》，爲況周頤生前未刊稿。最早刊載於1927 年之《聯益之友》，1 月 1 日、2 月 1 日、2 月 16日分三次刊載，題爲《詞話》，署"況蕙風遺作"。1933 年此文又載於龍榆生主編的《詞學季刊》創刊號，題爲《詞學講義》。兩刊文字頗有差異。爲保持文獻原貌，今將兩刊所載合爲一編。《詞學講義》的整理本曾發表於《南陽師範學院學報》2016 年第 10 期。本文據《聯益之友》和《詞學季刊》本校錄。

《詞學講義》目録

詞學講義

一 雅厚重拙大

詞於各體文字中，號稱末技。但學而至於成，亦至不易（不成何必學。）。必須有天分，有學力，有性情，有襟抱，始可與言詞。天分稍次，學而能至之者也，及其能之，一也。古今詞學名輩，非必皆絕頂聰明也。其大要曰雅，曰厚，曰重、拙、大。厚與雅，相因而成者也，薄則俗矣。輕者重之反，巧者拙之反，纖者大之反，當知所戒矣。性情與襟抱，非外鑠我，我固有之。則夫詞者，君子爲己之學也。

二 詞之情文節奏有餘於詩

詞之興也，托始葩經楚騷，而浸淫于古樂府，昔賢言之，勿庸贅述。唐人朝成一詩，夕付管弦，旗亭畫壁，是其故事。其詩七言五言皆有，往往聲希拍促，則加入和聲，務極悠揚流美之致。凡和聲皆以實字填之，詩遂變爲詞矣。後世以詩餘名詞，此"餘"字作贏餘之餘解。詞之情文節奏，并皆有餘於詩，非以詞爲詩之剩義也。

三 和聲之遺

明虞山王東漵（應奎）《柳南續筆》："桐城方爾止（文）嘗登鳳凰台，吟太白詩云：'鳳凰臺上，一個鳳凰游，而今鳳去耶？台空

耶？江水自流。'曼聲長吟，且咏且拍。人皆隨而笑之。"按唐人
和聲之遺，殆即類此，未可以爲笑也。

四　元明詞史

詞學權輿於開、天盛時，浸盛于晚唐五季，盛于宋，極盛於南
宋。至元大德之世，未墜南渡風格。《鳳林書院草堂詩餘》（元無名氏
選。）皆南宋遺民之作。寄託遙深，音節激楚，厲太鴻（鶚）以清湘
瑶瑟比之。秦惇夫（恩復）云："標放言之致，則愴快而難懷，寄獨
往之思，又郁伊而易感。"比方《中興以來絶妙詞選》，無不及，
殆有過之。洎元中葉，曲學代興，詞體稍稍敝矣。明詞專家少，粗
淺蕪率之失多，誠不足當宋元之續。時則有若劉文成（基），夏文滔
（言），風雅絶續之交，庶幾庸中佼佼。爰及末季，若陳忠裕（子龍），
夏節湣（完淳），彭茗齋（孫貽），王薑齋（夫之），詞不必增重其人，亦
不必以人增重。含婀娜於剛鍵，有風騷之遺音。昔人謂詞絶於明，
詎持平之論耶。

五　清初詞選

清初曾道扶（王孫），聶晋人（先）輯《百名家詞》，多沉著濃厚
之作，近於正始元音矣。康熙中，有所謂《倚聲集》者，集中所
録，小慧側艷之詞，十居八九。王阮亭、鄒程村同操選政。程村實
主之，引阮亭爲重云爾；而爲當代巨公，遂足轉移風氣。詞格纖
靡，實始於斯。自時厥後，有若浙西六家，是其流弊所極，輕薄爲
文，每況愈下。于斯時也，以謂詞學中絶可也。

六　浙派詞籍

金風亭長《江湖載酒》一集，雖距宋賢堂奥稍遠，而氣體尚
近沉著。就清初時代論詞，不得不推爲上馭。其《歷朝詞綜》一
書，以輕清婉麗爲主旨，遂開浙派之先河，凡所撰録古昔名人之
作，往往非其至者。操觚之士，奉爲圭臬，初程不無歧誤，抑亦風

氣使然矣。

七　清朝人詞不必看

清朝人詞（斷自康熙中葉。）不必看，尤不宜看。看之未必獲益，一中其病，便不可醫也。且亦無暇看。吾人應讀之書，浩如烟海，即應讀之詞，亦悉數難終。能有幾許餘力閑晷，看此浮花浪蕊，媚行烟視，灾梨禍棗之作耶？

八　烟水迷離之致

填詞口訣，曰自然從追琢中出，所謂得來容易却艱辛也。曰事外遠致，曰烟水迷離之致。此等佳處，神而明之，存乎其人，難以言語形容者也。李太白〔惜餘春〕〔愁陽春〕二賦，余極喜誦之。以云烟水迷離之致，庶乎近焉。

九　詞曲截然兩事

詞與曲，截然兩事。曲不可通於詞，猶詞不可通於詩也。其意境所造，各不相侔（各有分際。）。即如詞貴重、拙、大，以語王實甫、湯義仍輩，寧非顛乎？乃至詞涉曲筆，其爲傷格，不待言矣。二者連綴言之，若曰詞曲學者，謬也。并世製曲專家，有兼長詞學者，其爲詞也，一字一聲，不與曲混。斯人天姿學力，卓越輩流，可遇不可求也。

一〇　詩詞曲分界

王文簡《花草蒙拾》："或問詩詞詞曲分界？曰：'無可奈何花落去，似曾相識燕歸來'，定非《香奩詩》；'良辰美景奈何天，賞心樂事誰家院'，定非《草堂詞》。"

一一　意內言外

詞《說文》："意內而言外也。"意內者何？言中有寄托也。所貴乎寄託者，觸發於弗克自己，流露於不自知，吾爲詞而所寄託者出焉，非因寄託而爲是詞也。有意爲是寄託，若爲吾詞增重，則是騖乎其外，近於門面語矣。蘇文忠"瓊樓玉宇"之句，千古絕唱也。設令似此意境，見於其它詞中，祗是字句變易，別無傷心之懷抱，婉至激發之性真，貫注於其間，不亦無謂之至耶？寄託猶是也，而其達意之筆，有隨時逐境之不同，以謂出於弗克自己，則亦可耳。

一二　詞必協宮調

詞必龤宮調，始可付歌喉。凡言某宮某調，如黃鐘宮〔齊天樂〕，中呂宮〔揚州慢〕之類，當其尚未有詞，皆是虛位。填詞以實調，則用字必配聲。一法就喉、牙、舌、齒、唇，分宮、商、角、徵、羽。《韻書》云："欲知宮，舌居中。欲知商，開口張。欲知角，舌根縮。欲知徵，舌拒齒。欲知羽，口吻聚。"大抵合口爲宮，開口爲商，捲舌爲角，齊齒爲徵，撮口爲羽。一法以平聲濁者爲宮，清者爲商，入聲爲角，上聲爲徵，去聲爲羽。而皆未爲盡善者，與宮、商、角、徵、羽相配之字，又各自有宮、商、角、徵、羽，各自有清、濁、高、下，泥一則不通，欠叶則便拗，所以爲難也。填詞之人，如宋賢屯田、白石輩，自能嘌唱，精研管色，吹律度聲，以聲協律。字之清濁高下，自審稍有未合，則抑揚重輕其聲以就之。屢就而仍未合，則循聲改字以諧之。逐字各有清濁高下，逐律皆可起宮。字句承接之間，逐處安排妥貼，審一定和，道在是矣。若祗能填詞，不能吹唱，則何戡、米嘉榮輩，可作邃密之商量，不至於合律不止。唯是詞雖可唱，俗耳未必悅之。以其一字僅配一聲，不能再加和聲（觀白石旁譜可知。），極悠揚之能事，亦祗能如琴曲中有詞之泛音而已。

一三　陽關三疊

琴曲〔陽關三疊〕泛音："月下潮生紅蓼汀，柳梢風急度流螢。長亭短亭，話別丁寧。梧桐夜雨，恨不同聽。"詞極婉麗。而旁譜一字配一聲，無所爲"遲其聲以媚之"者。非甚知音，難與言賞會矣。

一四　填詞依據旁譜或四聲

白石詞有旁譜者，爲十七闋。吾人填此十七調，可無庸守四聲，有旁譜可據依也，其它無譜之調，無可依據，唯恪守四聲，庶幾無誤，舍此計無複之，此四聲所以非守不可也。

一五　詞學初步必需之書

《校刊詞律》二十卷，清宜興萬樹紅友訂正，秀水杜文瀾筱舫校刊。

附《詞律拾遺》六卷，德清徐本立誠庵纂。

《詞律補遺》，杜文瀾編，共二函十二本。如此書未易購求（似曾見石印本。），即暫時購用萬氏《詞律》原本亦可。

《詞林正均》三卷，清吳縣戈載順卿輯，臨桂王氏四印齋刻本（有石印本。）。

坊間別本詞韻，部居分合多誤，斷不可用。

《草堂詩餘》四卷，宋人選宋詞。明嘉清庚寅，上海顧從敬汝所刻本最佳，未經明人增羼。

《蓼園詞選》，蓼園先生姓黃氏，名佚，臨桂人。選詞悉依《草堂》，去其涉俳涉俚之作，加以箋評，極便初學。武進趙氏惜陰堂石印本。

《宋詞三百首》，歸安朱祖謀古微選。

一六　詞學進步漸近成就應備各書

《宋六十名家詞》，明常熟毛氏汲古閣刻本。滬上石印本，訛舛太甚。不如廣東覆刻本較佳。

《詞學叢書》，道光間江都秦氏享帚精舍刻本。

《樂府雅詞》三卷，《拾遺》二卷，宋曾慥編。

《陽春白雪》八卷，《外集》一卷，宋趙聞禮編。

《詞源》二卷，宋張炎撰。

《日湖漁唱》一卷，補遺二卷，宋陳允平撰。

《元草堂詩餘》三卷，鳳林書院本。

《詞林韵釋》一卷，菉斐軒本。

《花庵詞選》二十卷，宋黃昇撰。

《絕妙好詞》七卷，宋周密編。

《御選歷代詩餘》一百二十卷，殿本（有覆本。）。

《四印齋所刻詞》，臨桂王氏輯本。

《宋元三十一家詞》，同上。

《彊邨叢書》，歸安朱氏輯本。

此外各種詞話，如《皺水軒詞筌》《花草蒙拾》《詞苑叢談》《金粟詞話》之類，亦宜隨時購閱，庶幾增益見聞，略知詞林雅故。（《叢談》引它家書，不著其名，是其一失。）

又，《宋金元詞集見存卷目》一冊，雙照樓校寫本，丁未八月，滬上鴻文書局代印。此書傳本罕見，詞學津逮，至要之書。丁未距今僅二十年，亟訪求之，容或尚可得也。

一七　宋詞人蘇州遺址

吳門風土清嘉，水溫山赭，夙鍾神秀，代挺詞流。范文正名德冠時，而有〔蘇幕遮〕（碧雲天，紅葉地云云。）、〔御街行〕（紛紛墜葉飄香砌云云。）諸作，論者謂：公之正氣塞天地，而情語入妙至此，是亦賢者不可測耶。南渡高、孝之間，范文穆退居石湖之上，自號石湖居士，有詞一卷，陳三聘和之，詞數百首爲時所稱。有吳應之（感）天聖中殿中丞，有姬曰紅梅，因以名其閣，作〔折紅梅〕詞云："喜輕澌初泮，微和漸入、芳郊時節。春消息，夜來陡覺，紅梅數枝爭發。玉溪仙館，不是個、尋常標格。化工別與、一種風情，似勻點胭脂，染成香雪。　　重吟細閱。比繁杏夭桃，品流真別。祇愁共、彩雲易散，冷落謝池風月。憑誰向説。三弄處、龍吟休咽。大家留取，時倚闌干，聞有花堪折，勸君須折。"所居在小市橋西南，今吳殿直巷。元厚之（絳）熙寧中，參知政事，有〔映山紅慢〕《牡丹詞》（穀雨風前云云。），見《全芳備祖》，所居在烏鵲橋北帶城橋，今袞繡坊。顧淡雲，別號夢粱詞人，爲歲寒社詩友，有《夢粱集》，有詞，見陶氏（梁）《詞綜補遺》，所居在今靈芝坊。吳雲公，有《香天雪海集》，靖康國難後，披髮佯狂，更號中興野人，所居在城東鷗頓里。胡【仔】《漁隱叢話》云：有稱中興野人，和東坡詞，題吳江橋上，軍駕巡師江表，過而觀之，詔物色其人，不復見矣。詞云："炎精中否，嘆人才委靡，都無英物。戎馬長驅三犯闕，誰作長城堅壁？萬國奔騰，兩宮幽隔，此恨何時雪！草廬三顧，豈無高卧賢杰？　　天意眷我中興，吾皇神武，踵曾孫周發。海岳封疆俱效順，會狂虜須灰滅。翠羽南巡，扣閽無路，徒有衝冠髮。孤忠耿耿，劍鋩冷浸秋月。"李似之（彌遠），自號筊蹊翁，刻入《宋元三十一家詞》。元陳子微（深）自號清全，天曆間屢薦不出，有《寧極齋樂府》，刻入《彊邨叢書》。

一八　宋詞人蘇州遺址

吳中寓賢，章莊簡（粲）有〔水龍吟〕《楊花詞》（燕忙鶯懶芳殘云云。），向來膾炙人口，蘇文忠和之。李忠定（綱），追和之。莊簡寓址在今桃花塢。越人賀方回（鑄）所居企鴻軒，在今升平橋巷（一説徒醋坊橋。）。又別墅在盤門外橫塘，嘗扁舟往來，其〔青玉案〕詞云："凌波不過橫塘路，但目送、芳塵去。錦瑟華年誰與度？月臺花榭，瑣窗珠户，惟有春知處。碧雲冉冉蘅皋暮，彩筆新題斷腸句。試問閑愁都幾許？一川烟草，滿城風絮，梅子黃時雨。"其爲前輩推重如此。有《東山寓聲樂府》，入《四印齋所刻詞》。

一九　微波簾影詞人

章莊簡子咏華，侍姬曰碧桃，工詩詞，有《微波集》。兀術陷城時，隨咏華殉難。有婢春雪，檢二人之骨，歸葬西崦山。又《爐餘錄》云："簾影詞人，某氏女，詞曲爲諸社冠，才命相克，所如非偶，抑鬱侘傺以終，所居在今白口橋。微波、簾影遺詞，不知尚可訪求否。吉光片羽，爲寶幾何矣。"

二○　吳夢窗蘇州詞

附《餐櫻廡漫筆》一則：

吳夢窗曾寓蘇州，不徒〔鷓鴣天〕詞"楊柳閶門"之句（"吳鴻好爲傳歸信，楊柳閶門屋數間"，夢窗《化度寺作》。），堪爲佐證也，其《四稿》中〔探芳信〕小序："丙申歲，吳燈市盛常年。余借宅幽坊，一時名勝遇合，置杯酒，接殷勤之歡，甚盛事也。"云云。又〔六醜〕《壬寅歲吳門元夕風雨》，又《甲辰歲盤門外寓居過重午》，丙申距壬寅六年，距甲辰九年。此九年中，或先寓閶門，後寓盤門，惜坊巷之名，不可得而詳耳。又〔應天長〕《吳門元夕》句云："向暮巷空人絕，殘燈耿塵壁"，極似老屋數間景色。〔點絳唇〕前段云："明月茫茫，夜來應照南橋路。夢游熟處。一枕啼秋雨。"曰"多認"，曰"游熟"，與〔探芳信〕序云"吳燈市盛常年"，皆足爲久寓蘇州之證。又〔齊天樂〕《賦齊雲樓》，〔木蘭花慢〕《陪倉幕游虎丘》，又《重游虎丘》，〔探芳新〕《吳中元日承天寺游人》等闋，皆寓蘇州時所作。夢窗所云"南橋"，即指皋橋，今蕙風所居，適在皋橋稍北（張廣橋下塘潤德里。），俯仰興懷，荃香未沫，素雲黃鶴，跂予望之矣。

二一　邱密詞

宋《平江城坊考》引《吳郡志》：官宇門，附市樓下。花月樓，飲馬橋東北，淳熙十二年，郡守邱密建，雄盛甲于諸樓守。按：邱密，字宗卿，江陰軍人，隆興元年進士，官至資政殿學士，同知樞密院事，謚文宇，有《文定公詞》一卷，刻入《宋元三十一家詞》。

　　《詞學講義》爲蕙風先生未刊稿。先生舊刻《香海棠館詞話》，後又續有增訂，寫定爲《蕙風詞話》五卷，由武進趙氏惜陰堂刊行。朱彊邨先生最爲推重，謂："自有詞話以來無此有功詞學之作。"此稿言尤簡要，足爲後學梯航。叔雍兄出以示予，亟爲刊載，公諸并世之愛好倚聲者。二十二年二月一日，龍沐勛附記。

原載《詞學季刊》創刊號

玉栖述雅

況周頤◎著

　　《玉栖述雅》，況周頤著。專論清代閨秀詞，因宋
代女詞人李清照有《漱玉詞》、朱淑真有《幽栖居士
詞》而得名。《玉栖述雅》成書於 1920 年、1921 年間，
況氏生前未刊，其弟子陳運彰於 1940 年將其發表于
《之江中國文學會集刊》第六集。本書據之本校錄。

《玉栖述雅》目録

玉栖述雅

一 黄德貞

嘉興女史黃月輝德貞，有《劈蓮詞》。〔調笑令〕云："織女天星也，世人以七夕事相誣，余爲正之。'銀河迢遞東復西。雙星應笑鵲橋低。貫月槎浮天駟外，支機石與玉繩齊。二萬逋錢年月遠。可如天帝何曾管。紅綃香幕駕鸞車，乞巧情多容繾綣。繾綣。雙星燦。浪説烏填營室畔。人間天上情應判。衹覺徒增詆訕。潔清織女停梭怨。詞客從今須辨。'"曩余作《七夕詞》，涉靈匹星期語，端木子疇先生垛甚不謂然，申誡至再。先生所著《碧瀅詞》，〔齊天樂〕序云："牽牛象農事，織女象婦功，七月田功粗畢，女工正殷，天象寓民事也。六朝以來多寫作兒女情態，慢神甚矣，倚此糾之。'一從閟雅陳民事，天工也垂星彩。稼始牽牛，衣成織女，光照銀河兩界。秋新候改。正嘉穀初登，授衣將屆。春耕秋梭，歲功於此隱交代。神靈焉有配偶，藉唐宮夜語，誣衊真宰。附會星期，描撫月夕，比作人間歡愛。機窗泪灑，又十萬天錢，要償婚債。綺語文人，懺除休更待。'"即誡余之指也。月輝女史時代在端木先生前，綺語之當懺除，已先言之。曷圖閨彦，具此卓識。

二 錢斐仲

秀水錢餐霞斐仲《雨花盦詩餘》，輕清婉約，思致絕佳。〔浪淘沙〕《游金陀園》云："爲愛香泥乾尚軟，偷印鞋弓。"〔點絳唇〕《戲題自畫緋桃新柳小幅》云："曲曲闌風，搭住垂楊綫。春猶淺。纔回青眼。便睹夭桃面。"〔清平樂〕云："濃蒶小鑪檀炷，負他自在荷香。"慧心人語，有碧藕玲瓏之妙。〔高陽臺〕《戊申清明》云："搖雨孤篷，重來不是尋春。"從張玉田句"能幾番游，看花又是明年"脫化而出。〔卜算子〕云："自悔種芭蕉，故故當窗戶。葉葉淒淒策策聲，夜夜添愁緒。隔院有梧桐，落葉紛難數。自是離人易得愁，那處無風雨。"蕙風少作《落花詞》云："風雨枉教人怨。知否無風無雨，也自要飄零。"略與餐霞同旨。

三 錢斐仲綺羅香詞

錢餐霞〔綺羅香〕《咏枕》末段云："慣偷窺雙厴偎桃，也曾上半肩行李。甚新來愁病憪憪，日高猶倦倚。""雙厴偎桃"，"半肩行李"，屬對工巧。歇拍作淡語，尤合疏密相間之法。蓋論閨秀詞，與論宋元人詞不同，與論明以後詞亦有間。即如此等巧對入閨秀詞，但當賞其慧，勿容責其纖。

四 關鎮

錢塘關秋芙鎮，自號妙妙道人，其《夢影樓詞自序》云："余學道十年，一念之妄，墮身文海。《夢影樓詞》，豈久住五濁惡世間者。譬如鳴蜩嘒嘒，槐柳秋霜，既零遺蜕，豈惜白雪溶溶，余其去嶘山笙鶴間乎。"其自負可想。〔高陽臺〕《送沈湘佩入都》云："泪雨飄愁，酒潮流夢，惜花人又長征。見説蘭橈，前頭已泊旗亭。垂楊元是傷心樹，怎怪他疏地青青。向天涯一樣纏綿，各自飄零。開筵且莫頻催酒，便一杯飲了，愁極還醒。且住春帆，聽儂細數郵程。壓船烟柳烏篷重，到江南應近清明。怕紅窗，風雨瀟瀟，一路須聽。"情文關生，漸饒烟水迷離之致。〔生查子〕云："儂家江上頭，潮到門前住。一日兩三回，不肯江南去。　　江南有暮潮，未識潮生處。還去問梅花，他是江南樹。"再稍加以沉摯，便涉《花間》藩籬。斷句如〔惜餘春慢〕云："無計留春不歸，但把海棠，折來盈手。"〔高陽臺〕《夕陽》云："短帽西風，古今無此荒寒。"前調云："天涯何處無芳草，到春深便覺堪憐。"〔清平樂〕云："還有疏燈一點，酒醒不算明朝。"亦外孫齋臼也。〔望江南〕云："一春無病瘦難醫。"似乎未經人道。

五　關錡

詞筆微婉深至，往往能狀難狀之情。關秋芙女弟錡，字侶瓊，〔清平樂〕歇拍云："却又無愁無病，等閑過到今朝。"曩丙辰重九，蕙風〔紫萸香慢〕云："最是無風無雨，費遥山眉翠，鎮日含顰。"夫無愁無病，無風無雨，豈不甚善。然而其辭若有憾焉，古之傷心人別有懷抱。翠袖天寒，青衫淚濕，其揆一也。

六　顧春

閨秀詞，心思緻密，往往賦物擅長。詞題尤有絕韵者。西林顧太清春《東海漁歌》〔定風波〕《序》云："古春軒老人，有《消夏集》，徵咏夜來香，鸚哥紉素馨以爲架，蓋雲林手製也。"歇拍云："閑向綠槐陰裏挂。長夏。悄無人處一聲蟬。"此則以意境勝，無庸刻畫爲工也。

七　朝鮮王妃權氏詞

康熙間，檢討孫致彌陪使朝鮮，手編《采風録》，載王妃權氏詞三首。〔謁金門〕云："真堪惜。錦帳夜長虛擲。挑盡銀燈情脉脉。描龍無氣力。宮女聲停刀尺。百和御香撲鼻。簾捲西宮窺夜色。天青星欲滴。"〔踏莎行〕云："時序頻移，韶光難駐。柳花飛盡宮前樹。朝來爲甚不鈎簾，柳花正滿簾前路。春賞未闌，春歸何遽。問春歸向何方去。有情海燕不同歸，呢喃獨伴春愁住。"〔臨江仙〕云："花影重簾初睡起，綉鞋著罷慵移。窺妝强把綠窗推。隔花雙蝶散，猶似夢初回。玉旨傳宣呼女監，親臨太液荷池。爭將金彈打黃鸝。樓臺凌萬仞，下有白雲飛。""天青星欲滴"句，形容夜景絶佳。〔踏莎行〕過拍歇拍，藻思綺合。即吾中國元明以還，閨秀詞中上駟之選，有過之亦僅矣。《采風録》所載，又有公主婷婷、許景樊、李淑媛、海月四家詩，可知彼都漸被文化，金閨諸彦，不乏銘椒咏絮才也。

八　蕭恒貞

高安蕭月樓恒貞，《月樓琴語》〔虞美人〕云：“一層紅暈一重紗。料是春前、開了絳桃花。”〔水調歌頭〕《湖上納涼》云：“有時葉絲風過，吹上藕花香。”前調《七夕》云：“携得輕紈小扇，坐向冷螢光裏，人意淡於秋。”〔蝶戀花〕云：“荄尾餘春餘幾許。畫簾一桁微微雨。”〔菩薩蠻〕云：“蠱語恁纏綿，道他秋可憐。”〔清平樂〕《雪夜》云：“疑有縞衣入夢，覺來枕角微馨。”疏秀輕靈，兼擅其勝，似此天分，自進於沉著，可以學北宋，未易期之閨秀耳。

九　吴尚熹

輕靈爲閨秀詞本色，即亦未易做到。行間句裏，纖塵累累，失以遠矣。南海吴小荷尚熹《寫韵樓詞》，〔南柯子〕《暮春》云：“荏苒餘春駐，依微嫩旭晴。綉簾人靜午風輕，一片絮花吹墜到窗櫺。幾處雙飛燕，誰家百囀鶯。游絲搖漾繫門庭。門外朱旛綠野、正催耕。”斷句〔蝶戀花〕云：“何處簫聲，暗逐歌聲轉。”〔唐多令〕《賦瓶中白梅》云：“袅袅藐姑仙子影，嬌不語，送寒香。”〔燭影搖紅〕《春柳》云：“謾道柔條無力，縮離情、江南江北。”〔臨江仙〕《秋色》云：“星河雲影净，何處著殘霞。”前調《秋影》云：“愛從嬋斜挂疏桐。”〔南歌子〕《寄懷湘君四嫂》云：“東風吹夢似浮萍。且把一衾愁緒、伴啼鶯。”〔憶秦娥〕云：“苔苔更漏，訴人離別。”皆以輕靈勝者。〔踏莎行〕《遣懷》云：“綉幕慵開，瑯闌倦倚。金釵難綰夫容髻。也知點檢怕愁來，愁來渾不由人意。　　身似蓬飄，人如匏繫。壯懷空有鬚眉志。羡他懵懂勝才能，從來物巧招天忌。"此闋後段，漸近沉著，視輕靈有進矣。

一〇　吳尚熹思親詞

《寫韵樓詞》，屢見思親之作，吳媛蓋性情中人也，〔碧桃春〕《己亥元旦》云："燭消香透曉來天。東風入綉簾。一聲恭祝畫堂前。椿萱眉壽添。調鳳律，獻羔筵。斑衣學古賢。融融春色報豐年。書雲快睹先。"此詞近凝重，有精彩，又非以輕靈勝者，可同年語矣。〔鷓鴣天〕《甲辰秋舟次全州寄懷李凝仙姊》云："冷怯西風撲鬢絲。寒砧畫角雁歸遲。試觀皎潔天邊月，又向篷窗照別離。思寄語，勸添衣。嫦娥應亦笑人痴。夢魂未隔三千里，已轉柔腸十二時。"雙調〔南鄉子〕《永樂署寄懷湘君四嫂》云："春暖畫添長。欲度金針轉自傷。記得畫堂同刺綉，端相。裁罷吳綾玉尺量。今日雁分行。閨課琴書久已荒。獨把泪珠穿綉綫。凄凉。綫短珠多更斷腸。"何其情之一往而深也。惟有真性情者，爲能言情，信然。

一一　吳尚熹念奴嬌除夕詞

《寫韵樓詞》，〔念奴嬌〕《除夕》云："鏡裏宜春，釵鬢綰、采勝紅絨斜束。"語緻非閨人不能道。清姒甚喜之，謂可摘爲警句。

一二　朱瑛

海鹽朱葆瑛（瑛）《金粟詞》，篇幅無多，筆端饒有清氣。〔鬲溪梅令〕《柏芳閣賞梅作》，換頭云："半含半放露華鮮。月爭妍。"梅之精神如繪。〔酷相思〕《寄外》後段云："欲寄魚函情脉脉，擘花箋。下筆還遲，休言別恨，莫書顋頷，祇寫相思。"斯爲林下雅音，有合温柔敦厚之旨。

一三　儲慧哦月樓詩餘

《哦月樓詩餘》，滆西儲嘯鳳（慧）撰。〔一剪梅〕前段云："旭日東升上海棠。紅映琱梁，綠映瑤窗。曉妝纔罷出蘭房，羅袂生香，錦襪生涼。"〔南鄉子〕《冬夜即事》後段云："鑪火閣中添，坐擁金貂下繡簾。滿室春溫寒不到，紅酣。數朵盆花映鏡奩。"（季數盆方盛誠開蓋唐花也。）麗而不俗，閨詞正宗。

一四　儲慧三瘦詞

《哦月樓詞》，〔鬟雲鬆令〕云："怪底柳眉渾似皺。裊娜花枝，也向東風瘦。"〔蝶戀花〕《寄芝仙姑母》云："況是重陽難聚首。寂寞黃花，也似人消瘦。"〔惜分飛〕《憶舊》云："玉質應非舊。連宵夢見分明瘦。"可與毛三瘦齊名。〔搗練子〕云："鶯語急，春魂驚。風雨催春一霎行。繞遍闌干愁獨倚，傷春何必爲離情。"佳處在可解不可解之間。

一五　朱鎮

先大母朱太夫人諱鎮字靜媛，道咸間，名御史伯韓先生（琦），太夫人從弟也。著有《淡如軒詩》，曾經梓行。嘗集酒旗詩社（第一題課酒旗。），徵閨秀吟咏，當時亦彙刻成帙。詞不多作，余幼時曾見數首。贈某塾女弟子某〔臨江仙〕云："家在花橋橋畔住，月牙山到門青。十三年紀掌珠擎。掃眉來問字，不櫛亦橫經。早至晚歸同一樣，學堂長揖先生。憐渠心性忒聰明。勤勤聽講義，朗朗誦書聲。"

一六　唐氏梁氏

鄉先輩朱小岑布衣依真，《論詞絕句》云："紅杏梢頭宋尚書，較量閨閤韵全輸。無端葉打風窗響，腸斷人間詞女夫。"自注：閨秀唐氏，吾友黃南溪原配也，自號月中遁客，早卒。有詞詩集若干卷，其《杏花天》詞，爲時所稱。予最喜其"試聽飄墜聲聲，風際吹來打窗葉"，颯然有鬼氣。《絕句》又云："零膏剩粉可能多。嘖嘖才名梁月波。叵耐斷腸天不管，香銷簾影捲銀河。"自注：梁月波，宦門女，有才思，早卒。"香爐。香爐。簾捲銀河波影。"其〔如夢令〕中語也。兩詞全闋，今不可得，見"零膏剩粉"云云，似乎梁媛之作，當日小岑先生，亦僅得見斷句。唯曾見唐媛全集耳。

一七　吕采芝

李易安〔如夢令〕："昨夜雨疏風驟，濃睡不消殘酒。試問捲簾人，却道海棠依舊。"晁次膺〔清平樂〕："莫把珠簾垂下，妨他雙燕歸來。"并膾炙人口之句。蘭陵吕壽華〔浪淘沙〕云："試問海棠知道否，昨夜東風。"〔菩薩蠻〕云："莫把綉簾開。怕他雙燕來。"變化前人句意，敏妙無倫。壽華名采芝，有《秋茄詞》，情文惋惻，詞稱其名。〔菩薩蠻〕《挽弟婦董孺人》云："紅粉慣飄零。傷心不獨君。"所謂既念逝者，行自念也。〔高陽臺〕《庭有白海棠一株，花時甚芳，忽經夜雨摧殘，觸緒感懷，偶填一闋志之》云："芳心枉自如霜潔，怎禁他、一例摧殘。"則尤靈均懷沙之痛矣。

一八　席佩蘭

張正夫云："李易安〔聲聲慢〕'尋尋覓覓，冷冷清清，凄凄慘慘戚戚'。乃公孫大娘舞劍手。本朝非無能詞之士，從未有一氣下十四個叠字者。後段又云'到黃昏點點滴滴'，又使叠字，俱無斧鑿痕。婦人中有此奇筆，真間氣也。"昭文席道華佩蘭〔聲聲慢〕《題風木圖》云："蕭蕭瑟瑟，慘慘凄凄，嗚嗚哽哽咽咽。一片秋陰，搖弄晚天如墨。三絲兩絲細雨，更助他、白楊風急。雁過也，遍寒林，盡是斷腸聲息。有客天涯孤立。回首望高堂，更無人一。寒食梨花，麥飯幾曾親設。空含兩行血泪，灑枯枝、點點滴滴。待反哺、學一個烏鳥不得。"易安詞，祗是根觸景光，排遣愁悶，道華此作，尤能綿纏悱惻，字字從肺腑中出。雖渾成稍遜，不當有所軒輊也。道華一字韵芬，適常熟孫子瀟（原湘），夫婦并耽風雅，時人以管趙比之。

一九　席佩蘭長真閣詩餘

《長真閣詩餘》，雖僅十七闋，就其佳構言之，在閨秀詞中，却近於上乘。評閨秀詞，固屬別用一種眼光。大略自《長真詞》以上，未可置格調於勿論矣。〔蘇幕遮〕《送春寄子瀟》云："綠陰深，深院閉。怕倚闌干，春在斜陽裏。幾片飛花纔到地。多事東風，又促花飛起。篆絲長，簾影細。一徑無人，遮斷春歸計。人縱留春春去矣。點點楊花，還替花垂泪。"自注："點點楊花"二句，一作"明日池塘，惟有東流水"。兩歇拍，據格調審定之，以叶水韵者爲佳。他如〔壺中天〕《題歸佩珊雨窗填詞圖》云："衹看雨零蕉葉上，悟出美人前世。"何嘗非聰明語，然而直可謂之疵纇，傷格故也。

二〇　席佩蘭題墨梅詞

《長真閣詞》，〔憶真妃〕《題墨梅》云："墨痕澹到如詩。瘦横枝。絕似孤山風雪，立多時。　清如許。寒無語。少人知。惟有隔溪明月，最相思。"後段滌筆從甌，寫出衣縞標格。起句如詩，改無詩更佳。

二一　楊繼端

西川楊古雪（繼端）《詩餘》一卷，〔蝶戀花〕《春陰》云："料峭春風還做冷。烟雨空濛，花睡何曾醒。幾樹綠楊深院影。濕雲如幕愁天近。鳩婦喚晴晴未準。載酒蘇堤，遲了尋芳信。貝葉學書消晝永。小窗閑試泥金粉。"〔買陂塘〕《西泠送春》云："最難忘、六橋烟柳，清陰搖蕩如許。東風吹得春來蚤，怎不繫將春住。成寄旅。聽記拍、紅紅唱徹黃金縷。深沉院宇。漸拾翠人稀，添香夜短，獨自甚情緒。渾無據，惆悵鶯啼燕語。韶光容易飛去。青山綠水還依舊，瞥眼頓成今古。傷別否。試問取、春歸可是春來處。摧花落絮。又并作黃昏，疏疏淅淅，幾陣打窗雨。”兩詞佳境，漸能融婉麗入清疏。〔買陂塘〕“處”韵十三字，余尤喜之。

二二　胡夫人茂份

光緒朝，蜀中詞人張子苾（祥齡）、成都胡長木（延），蕙風四十年前舊雨也。子苾有《半簏秋詞》，夫人曾季碩（彥）有《桐鳳集》，皆選體詩。嘗爲蕙風書畫箑，一撫爨寶子碑，一撫天發神讖，并遒麗絕倫。畫仿惲派，韵度之勝，視上元弟子有過之。長木有《宓笈詞》，夫人字茂份，工詩詞繪事。有〔浣溪沙〕四首，《題冷女史蕙貞秋花長卷》云：“幾穗幽花颭草蟲。冷紅涼綠一叢叢。小屏風上畫幽風。如此秋光如此艷，這般畫筆這般工。這般工有幾人同。”又：“也是當年葉小鸞。秋風橫剪燭花殘。生綃八尺勝琅玕。聞道焰摩歸去早，浮提容得此才難。寫圖留與阿娘看。”又：“樹蕙滋蘭記小名。些些年紀忒聰明。一天秋韵畫中生。殺粉調朱真個好，吹花嚼蕊若爲情。南樓斂手惲冰鷔。”又：“好女兒花好女兒。幽花特與素秋宜。華鬘一現使人思。儂也愛花耽畫癖，寫生也在少年時。祇慚工麗不如伊。”嘗見夫人所臨《百花圖》卷，亦惲派上乘。其於冷女史有沆瀣之雅，宜其愨惜甚至也。

二三　浦合仙

浦合仙女史，名未詳。有〔臨江仙〕云：“記得纏笄侵曉起，畫眉初試螺丸。春痕淡淡上春山。乍驚新樣窄，較似昨宵彎。一樣敷來仙杏粉，難匀怪煞今番。傳聞郎貌玉姍姍。妝成嬌不起，偷向鏡中看。”此詞描寫初笄情景。換頭二句，是真確語，亦未爲奇。第非其人，非其時，雖百思不能道。

二四　熊璉

如皋熊商珍女史，號澹仙，亦號茹雪山人。許字同里陳遵，未幾，遵得廢疾，遵父請毀婚至再，商珍堅持不可，卒歸陳，里黨稱其賢。有感悼詞數十首，曰《長恨篇》，皆爲金閨諸彥命薄途舛者作。自爲題詞調〔金縷曲〕云："薄命千般苦。極堪哀、生生死死，情痴何補。多少幽貞人未識，蘭消蕙香荒圃。蓲不了，茫茫黃土。花落鵑啼淒欲絕，剪輕綃、那是招魂處。静裏把，芳名數。同聲一哭三生誤。恁無端、聰明磨折，無分今古。玉貌清才憑吊裏，望斷天風海霧。未全入、江郎恨賦。我爲紅顏聊吐氣，拂醉毫，幾按淒涼譜。閨怨切，共誰訴。"其《澹仙詞》四卷，刻入《小檀樂室彙刻閨秀詞》第六集。而感悼詞及題詞，并不見於卷中，蓋當時別本單行也。女史詞詩俱妙，出自性靈。所著詩話有云："詩本性情，如松間之風，石上之泉，觸之成聲，自然天籟。古人用筆，各有妙處，不可別執一見，弃此尚彼。"又云："詩境即畫境也，畫宜峭，詩亦宜峭。詩宜曲，畫亦宜曲。詩宜遠，畫亦宜遠。風神氣骨，都從興到。故昔人謂畫中有詩，詩中有畫也。"非深於詩不能道。熊澹仙凛冰蘗之貞操，振金荃之逸響，一洗春波紈綺，近於樸素渾堅。〔百字令〕《題吳退庵先生詩草》云："愁中展卷，訝傷心、字字窮途滋味。時俗争高薪米價，紙上珠璣不貴。孤棹空江，荒山斜日，木葉紛紛墜。艱辛客況，白頭未了塵累。説甚吊古評今，吟風嘯月，都是才人泪。慟哭文章才絕世，清澈一泓秋水。笑口難開，賞音有幾，衹合沉沉醉。蒼茫獨咏，瑶笙吹徹鶴背。"前調《跋黃艮南先生金鹵志餘》云："間揮彩筆，抵一編青史，情關今古。耆舊凋殘騷雅歇，憑吊斷烟零雨。把酒興懷，挑燈感往，一一經心數。詩成月旦，搜羅不畏吟苦。而况屐冷青山，床空白社，録鬼誰爲簿。宋玉悲哉秋欲老，獨有招魂詞賦。風幌清哦，月樓高咏，都付雙鬟譜。亭留野史，千秋須讓韋布。"〔望江南〕《題黃楚橋先生獨立圖》云："斜陽館，雁斷不成行。今古人才都冷落，一腔歌哭付文章。把卷立蒼茫。"〔鷓鴣天〕《紀夢》云："暫避愁魔有睡鄉。宵清如水簟生涼。梧風吹遠魂疑斷，蕉雨驚回夜正長。參幻景，惜流光。空幃明滅映銀缸。安能盡是邯鄲境，冷逗人間富貴場。"〔浣溪沙〕《秋况》云："冷境誰將冷筆描。愁人百感鬢先凋。夢回一縷篆烟飄。荒砌風淒蟲語碎，海棠紅慘蝶魂消。催寒疏雨又瀟瀟。”清疏之筆，雅正之音，自是專家格調。視小慧爲詞者，何止上下樓之別。

二五　熊璉蘇幕遮詞

前人詞中佳句，後人運化入已作，十九須用曲折之筆。澹仙詞〔蘇幕遮〕云：“淡酒三杯，能解愁多少。”由李易安“三杯兩盞淡酒，怎敵他晚來風急”脫化而出。熊詞二句，僅九字，絕無曲折，而意自足。其上二句云：“泪痕多，鮫帕小。”短氣密接。下二句疏密相間，益見其佳。

二六　熊璉詞斷句

澹仙詞斷句，如〔點絳唇〕云：“幾個黄昏，人向愁中老。”前調云：“白了人頭，天地何曾老。”〔浪淘沙〕《夜雨》云：“芭蕉如怨訴難休。好似琵琶江上曲，彈泪孤舟。”〔沁園春〕《水仙花》云：“避三春穠艷，軟紅無分，一生位置，書案相宜。韵繞瑶琴，冰凝殘夜，爲伴梅花冷不知。”〔菩薩蠻〕《小樓畫雨》云：“淡墨灑生綃，青山帶雨描。”〔蝶戀花〕《寫懷》云：“稽首遥空先慘咽。欲訴嫦娥，花外雲遮月。”〔滿江紅〕云：“多病久疏青鏡照，斷炊時解春衣典。甚殘紅、銜過短牆來，雙飛燕。”〔鳳凰臺上憶吹簫〕《病中不寐》云：“舊恨新愁，都并在五更鐘裏。”〔鵲橋仙〕《早秋》云：“哀蛩滿壁吊黄昏，正宋玉、消魂時候。”〔卜算子〕《對酒》云：“杯深得泪多，量窄嫌壺冷。”或以氣韵勝，或以思致勝，皆佳句也。〔鳳凰臺上憶吹簫〕調叶仄韵，萬氏《詞律》、徐氏《詞律拾遺》、杜氏《詞律補遺》，并無此體。或澹仙以意自度耶。

二七　金婉

吴縣戈順卿（載），有《翠薇花館詞》，褒然巨帙，以備調守律爲主旨。似乎工拙所弗計也。惟所輯《詞林正韵》，則最爲善本。曩王氏四印齋覆鋟以行，倚聲家圭臬奉之。順卿夫人金婉，字玉卿，有《宜春舫詩詞》。爲外録《詞林正韵》畢，書後云："羅襦用帳愧非仙。寫韵何妨手一編。從此詞林增善本，四聲堪證宋名賢。"彩鸞墨妙，不能媲美於前矣。

二八　倫鸞

番禺倫靈飛（鸞），爲杜鹿笙先生德配。唱隨之雅，時論以昔賢趙管，近人王惕甫、曹墨琴比之。靈飛資禀穎邁，四子經傳，弱齡畢業。楚騷、古文、唐詩、宋詞往往背誦無遺。年甫十五，即據講座爲人師。於歸後，爲桂林女學教習數年，授國文、輿地學、算學，生徒百餘人，咸佩仰之。比年侍養滬濱，不廢清課，不爲世俗之好所轉移，其微尚過人遠矣。夙工詩詞，肆力於駢散體文，日進而不已。精楷法，得北碑神韵。仿惲派寫生，期與南樓清於抗手。詞尤清婉可誦，氣格漸近沉著，不涉綺紈纖靡之習。〔南浦〕《用樂笑翁韵，同外作》云："風景數櫟湖，最難忘、一片鳥聲催曉。宿霧斂前山，疏林外，微露黛痕如掃。比鄰三五，水邊山下紅樓小。如此他鄉堪負戴，休論天涯芳草。天風吹轉萍踪，忍回頭、輕弃桃園去了。料得燕呢喃，應念我、昔日偕游重到。山居夢渺。黯然滄海情懷悄。昧旦鷄鳴仍客裏，添上襟塵多少。"〔滿庭芳〕《暮秋游半淞園》云："疏柳顰烟，殘荷擎雨，樓臺近水寒侵。塵氛偶避，結伴一行。吟指點半淞帆影，天涯路、無限秋陰。斜陽外，畫船簫鼓，猶作盛時音。幽尋。增悵惘，平蕪到海，不見遥岑。嘆星霜屢易，如此登臨。花月春江信美，爭得似、舊日園林。憑闌久，鄉關何處，回首碧雲深。"〔蝶戀花〕《咏鸚鵡》云："花影回廊春暖處。丹觜如簧，調舌圓如許。身在棗花簾底住。不同凡鳥寒依樹。九十韶光容易去。道不如歸，欲學紅鵑語。歸路迢迢須記取。玉籠得似家山否。"〔青玉案〕《咏重臺牡丹》云："金相玉質憐芳影。更天與、瓊枝并。舊約華鬟仙路迥。人天方恨，更無重數。目斷江山暝。低回洛水前身認。翠袖單寒問誰省。自惜輕羅塵未肯。寶奩托月，羽衣叠雪，雙照銀缸冷。"〔南鄉子〕《咏雪獅子》云："蓄銳貌猙獰。搏象精神照玉霄。如此雄奇休入夢，夢騰。冷處憑誰一喚醒。皮相僅堪驚。也似麒麟楦得成。便作虎形應遜汝，聰明。隨意堆鹽特地精。"如右數闋，矜持高格，浚發巧心，進而愈上，何止與《琴清閣》《生香館》，分鑣平轡而已。靈飛詞〔醉太平〕《桂林舟中作》云："深閨不慣長征也，山程水程。"彊邨朱先生盛稱之，謂雅近宋人風格。

二九　倫鸞詞斷句

靈飛詞斷句，如〔蝶戀花〕《中秋》云："不見盈時忘闕苦。良宵翻恨逢三五。"〔虞美人〕《訪菊》云："蕪烟剗徑步遲遲。認得疏林穿過、是東籬。"〔臨江仙〕《題曾季碩書畫便面》云："染綴花枝長旖旎，輕搖還怕飛紅。"〔高陽臺〕《懷古幽栖居士》云："春在群芳，自憐天賦清奇。"〔鳳栖梧〕《易安居士》云："最憶歸來堂裏事。茶經書貼閑情膩。"〔暗香咏〕《臘梅》云："古香清絕。近歲寒、別有臞仙風骨。淡比黃花，却向群芳自矜節。"又云："冰雪稱娟潔。恁爛漫著花，拗枝如鐵。"〔金縷曲〕《賞雪》云："十分清處憑闌立。暫徘徊、梅邊竹外，晴時月色。冷眼大千今何世，萬象從教粉飾。問可是、豐年消息。"〔倦尋芳〕《春寒用王元澤韵》云："昨夜東風驚夢覺，海棠却道能依舊。怯冰奩，自低徊，試衣人瘦。"并佳妙之句。即各全闋，亦并妥帖可存也。

三〇　倫鸞懷親友詞

靈飛久客桂林，悅其地偏塵遠，風土清嘉，不啻故鄉視之。竭來栖屑淞濱，帶山簪水，時縈離夢。〔百字令〕《寄懷桂林諸親友和鹿笙外韵》云："昔游如夢，正乍寒天氣，紋窗清寂。柳外樓臺清似水，得似灕江風日。灘咽桃花，路遥芳草，別話長相憶。盛筵應再，浮雲世事何極。猶記咏絮簾櫳，浣花時節，勝友如雲集。異地更思山水好，何日重尋苔迹。此際江南，梅花初著，誰爲傳消息。贈言猶在，篋篆珍重收拾。"鹿笙先生元唱《序》云："客歲十月望日，去桂林，生平離悰，此爲最苦。忽忽逾年。感而賦此。"詞云："嶺梅欲綻，正林凋霜緊，繁英都寂。祇赤屏山千里意，依約去年今日。舊雨鷗盟，晚風驪唱，潭水深情憶。黯然回首，醴陵別恨無極。懷想五美芳塘，浣花小築，裙屐陪歡集。如此他鄉應念否，看取畫圖陳迹。（瀕行得送別圖多幅。）滿目關河，驚心烽火，鱗雁無消息。雲涯悵望，墜歡何處重拾。"靈飛有《韵聲閣稿》，詩筆亦清新，與詞稱。靈飛賃廡樴湖，皋比坐擁，師弟間情誼款深。比年天各一方，猶復蒼雁頻鱗，時傳尺素。間有遭逢不偶，迫切無可告語，僅乃傾臆函丈之前。事或風化攸關，輒表章以賦咏，冀斯事附托以傳，蓋顯微闡幽之旨，何止憐才篤舊而已。〔滿江紅〕序云："桂郡陽生（播溪，宋時閩秀亦稱生，朱淑真稱朱生，見某說部。陽讀若央，桂林有此姓。），畨歲從余受學，貌端妍，性惠穎，擅詞章，工書法。數年已還，磋磨硯席，幾於青勝於藍，余雅愛重之。其母誤信鳩媒，以適龍州某氏。某借瞀無文，性復粗獷，迫糟糠下堂，而別圖膠續，溪家不知也。龍州錯壤蠻徼，榛狉之族，爲婦實難。姑威無度，輒不免於鞭棰。溪猶委曲求全，不忍爲外人道也。溪幼失怙，無伯叔兄弟。母氏依婿以居，丁垂暮之年，離待遇之酷。溪積不能平，始稍稍爲余言之。溪於歸七年，亦既抱子，俄故婦貿然歸，姿情嘻嗃。益知夫也不良，薄幸之尤，恥與匹儷，遂賚恨自裁。遺書與余訣別，觸目酸辛，不辨是墨是泪。嗟乎，關山萬里，誰與招魂，賦此哀之。何揚州所云，薶玉樹箸土中，使人情何能已也。"詞云："一紙遺書，千秋恨、紅顏命薄。憐弱質、於歸萬里，投荒差若。獷狉比鄰風土異，鳳雅爲偶姻緣錯。更婿鄉、憔悴北堂藼，傷萍泊。聞啼鳥，驚姑惡。士罔極，情難托。問去帷誰氏，覆車猶昨。紫玉成烟清自葆，黃花比瘦生何樂。莫執經、更憶笋班，聯人如琢。"紫玉句意最佳，清貞自葆，陽生不死矣。

三一　嚴蘅

仁和嚴端卿（蘅），工綉，工詩詞，工音律。有《女世說》《嫩想盦殘稿》《紅燭詞》各一卷。〔菩薩蠻〕云："白蘋花外秋空碧，夜深悄向池邊立。三十六鴛鴦，影兒都是雙。曉來誰與共，錦被偎殘夢。零落最憐他，一堆紅蠟花。"〔減字木蘭花〕《嫩想盦坐雨》云："斷雲如墨，一霎秋陰天欲泣。點上疏燈，瑟瑟蕭蕭到夜分。一聲聲咽，滴盡空階聽不得。別有淒涼，不種芭蕉已斷腸。"斷句〔清平樂〕云："辛苦一枝紅燭，剪刀聲裏春寒。"〔唐多令〕云："不沉吟，便是徘徊。懊惱一枝紅十八，花落後，又重開。"〔買陂塘〕《落梅》云："君試數。祇幾個黄昏，斷送春如許。"〔洞仙歌〕《自題小像》云："索歸去支頤，暮寒時，向小閣疏燈，自家憐惜。"詞筆婉麗娟妍，如新月吐岩，初花媚蕤。

三二　嚴蘅陳筠

《紅燭詞》〔臨江仙〕換頭云："儂似浮萍郎似水，飄零儘得纏綿。"曩撰《眉廬叢話》，載海鹽閨秀陳翠君（筠）〔蝶戀花〕過拍云："郎似東風儂似絮。天涯辛苦相隨處。"爲吳兔床所擊賞。《紅燭詞》意自婉深，與翠君相較，稍不逮耳。

三三　柯劭慧

膠州女史柯稚筠（劭慧）爲鳳孫（劭忞）女弟。鳳孫，光宣間知名士也。稚筠有《楚水詞》，〔浣溪沙〕起調云："叠叠山如綉被堆。盈盈水似畫裙圍。"思致絕佳。〔虞美人〕過拍云："夕陽一綫上簾衣。正是去年游子憶家時。"則意增進，庶幾漸近渾成矣。

　　右《玉栖述雅》一卷，臨桂况先生未刊遺著之一。"玉栖"云者，漱玉、幽栖，閨彥詞家別集存世之最先者也。今評泊閨秀詞，因刺取以爲名。先生於國變後，遁迹滬上，以文字給薪米，境齒彌甘，不廢纂述。夙昔文字及身刊行者，毋煩贅説。遺稿藏家，幸未失墜。或俟編訂，或從删汰，整比理董，時猶有待。懼違素志，未敢率爾。此稿成於庚申、辛酉間，隨手撰録，聊資排遣。而論詞精語，有足與《詞話》相輔翼者。殘膏剩馥，沾溉後人，政復不淺。傳録是本藏之有年，比者《之江中國文學會集刊》徵及先生遺著，因以授之。揚潛闡幽，有煒彤管，固先生本旨也。庚辰十一月，弟子潮陽陳運彰敬跋。

餐櫻廡漫筆論詞

況周頤◎著

　　《餐櫻廡漫筆論詞》，況周頤著。況周頤曾於 1924
年 8 月至 1926 年 3 月在《申報》連載《餐櫻廡漫筆》
專欄，內容爲隨筆雜記，其中有不少論詞文字。孫克强
與李倩輯録名之《餐櫻廡漫筆論詞》，載《文学与文
化》2013 年第 2 期、第 3 期。本文據《申報》本校録。

《餐櫻廡漫筆論詞》目録

餐櫻廡漫筆論詞

一　潘月舫詞

鄉人潘月舫（岳森）游寓滬濱，與天南遁叟高昌寒食生唱酬，有《意琴室詩詞》，〔惜分飛〕《別情》云："纔得逢春春又暮。一枕繁華夢悟。花落紛無數。杜鵑不住催春去。　　未許重尋桃葉渡。腸斷蕭郎陌路。采艾詩空賦。天涯飛絮知何處。"贈陸家二妙，有序云："高昌寒食生，閱遍群芳，情鐘兩小藉陸氏如花姊妹，寄何郎傅粉情懷，以孟劬、仲勤命其名，性期返，本以夢蘂、誦琴別其字，樣巧翻新。莫道色即是空，須知周元非蝶，傳來佳話，費幾多月旦閑評，紀以小詩，留一宗風流公案：共謫情天未染塵，漫論絮果與蘭因。蹁躚小鳥知親客，窈窕雛鬟總絶倫。有約待爲雙下管，無猜分作兩家春。品紅題翠渾忙煞，終日勞勞爲美人（元注：二美姓勞。）。"月舫天分甚高，風流文采，不可一世，中年殂化，未竟其業，甚可惜也。

（一九二四年八月十一日）

二　後主牽機藥事

世傳南唐後主，生卒皆七月七日，其卒也，以牽機藥事至慘酷，武進趙叔雍（尊嶽）劬學媚古，好深思高論。嘗謂太宗之爲人，外英明而內仁厚。而降王何能爲，何怨毒至於是。甚惜別無確據糾正舊説之誣。按《玉海》，宋太宗七月七日生，以是日爲乾明節，則太宗與後主同日生，是日方當慶節。以恒情論，避忌不祥之不暇，寧有施此奇慘之刑。後主仁柔才美，殞身羈紲，稗官外史者流，宜哀矜悼惜之。未審據何傳聞，遂以殘忍之名，加之當世之主。此説可疑□。叔雍聞之，爲之鼓舞□軒者也。

（一九二四年八月十二日）

三　彊邨選近人詞

彊邨先生選《宋詞三百首》，蕙風爲之序，開版于金陵。比又選近人詞，自王葂齋以次，凡百名家，并皆鴻生巨儒，家喻戶曉者，鄙意不如甄采遺佚，俾深林寂壑湮没不彰之作，得以表□於世，不尤功德靡涯耶！

四　叔問鎖窗寒詞句

曩客吳門，與易中實、張子苾、鄭叔問同游虎丘，一葉青篷，烟波容與，聯句賦〔鎖窗寒〕詞。叔問得句云："近黄昏，玉鬟更携，粉香欲共蒼翠滴。"頗自喜。余曰："句誠佳矣。此敷粉之面，無乃太大乎？"四座爲之軒渠。

（一九二四年八月十五日）

五　爲畹華作詞

余爲畹華作詞近百闋，翰墨因緣，不知其所以然也。今年，其大母逝世，製聯挽之云："元君妙靈，雲回鶴馭。繼祖娟静，露泣蘭芽。""静""芽"二字，庶幾用白描筆法，爲畹華寫真。

六　浣溪沙語頗淡而入情

丙申丁酉閑寓秦淮水閣，賦〔浣溪沙〕句云："儂在畫橋西畔住，畫橋東畔是天涯。"語頗淡而入情，于高格無當也，即亦忘之久矣。叔雍游金陵，柳君詒謨偶舉似之，叔雍爲余言之，影事重提，墜嘆如夢，爲之悵惘無已，其上下句亦不復省記也。

· 187 ·

七 綺語不能戒

余於學佛，有志未逮，愧且恨矣。然每一妄念起，輒自警曰："余固有志學佛者，烏乎可？"而此妄念遂洗革於無形，未始非身心之益也。唯綺語，則知其非宜，而不能戒，第較有斟酌耳。

（一九二四年八月十六日）

八 柳永判案詩

宋柳耆卿（永）以詞得盛名，詩事殊僅見。《事林廣記·花判公案》一則云："柳耆卿宰華陰日，有不羈子挾僕從游曲院，張大聲勢，妓意其豪家，恣其讌飲，供具甚盛。僅旬日後，携妓珍飾背走。妓不平，訴于柳，乞判，執照狀捕之。柳借古詩句爲花判云：'自入桃源路已深，仙郎去後暗傷心。離歌不待清聲唱，別酒寧勞素手斟。更没一文酬半宿，聊將十匹當千金。（元注："十匹"乃是"走"字也。）想應祇在秋江上，明月蘆花何處尋？'"《廣記》，元人編輯，所據舊籍較多。其所記述，往往新穎可喜，此玉局翁所云，閒尋舊册應多味也。

九 薛昭蘊櫻花詞

《花間集》前蜀薛昭蘊〔離別難〕云："搖袖立。春風急。櫻花楊柳雨凄凄。"中國櫻花，入詞始此。此句楊柳上祇著得櫻花，若著別樣花，便不稱。此等處消息可參。

一○ 東坡醉翁操

宋王微《雜詩》："朱火獨照人，抱景自愁怨。誰知心曲亂，所思不可論。""怨"讀若"冤"。東坡〔醉翁操〕云："醉翁嘯咏，聲和流泉。醉翁去後，空有朝吟夜怨。""怨"叶平聲，與微詩合。

一一　弇州山人詞

明弇州山人詞，〔臨江仙〕後段云："我笑殘花花笑我，此時憔悴休爭。來年春到便分明。五原無限綠，難染鬢千莖。"意足而筆能達出，語不涉尖。〔春雲怨〕歇拍云："未舉尊前，乍停杯後。半晌盡堪白首。"極空靈沉著之妙，世俗以纖麗之筆作情語，視此何止上下床之別。

一二　楊宛詞

明女子楊宛，字宛叔，詞名《鐘山獻》，蕙口綉心，咳唾俱香。〔長相思〕云："偏是相思相見難。無情自等閑。"〔陽關引〕云："落葉分飛散，還有聚時節。"皆佳句。〔洞天春〕句："紅燭雨中靜悄"，六字得神，歡會餘情縹緲，亦有形容不出之妙。

（一九二四年八月二十三日）

一三　太白詩司馬溫公詞

太白詩"徘徊映歌扇，似月雲中見。相見不相親，不如不相見"。司馬溫公〔西江月〕詞"相見爭如不見"用此。

一四　蒙庵夢芙蓉詞

陳蒙庵（彭）藏明媛張紅橋像硯拓本。硯高四寸三分弱，寬四寸三分，厚六分。像半身，高二寸七分。圓姿替月，手執如意，或靈芝也。像左方刻七言絕句："摩挲剩剔紫雲根，一片瑤台影尚存。我是洞天舊游客，春山深淺認眉痕。"林鴻行書，徑二分。左側"瑤台仙景"四字，篆書，徑四分。下有世發秘玩朱文印。右側洪武十五年二月望日，王蓬昱觀，行書，徑三分弱，跌刻乾隆四十八年，於弱中齋賞此硯。嘉慶十九年，香三臧墨聊記，分書，徑三分。蒙庵絕珍弄之，付裝潢竟，題〔夢芙蓉〕詞："紅橋留韵事，記茗華刻玉，舊題小字。個儂清課，長伴蘭閨裏。墨花香凝翠。年時多少吟思？喚徹真真，消鶯昏燕曉，潘鬢幾憔悴。　　認取奩塵麝膩，曾寫回文，并巧蘇家蕙。小鸞標格，珍重到眉子。玉肩何處是。依稀月下環佩。省識春風，琉璃窺寶篋，不數平津秘。"按：紅橋，閩縣人，居於紅橋之西，因以爲號。恃才擇配，常曰："欲得才如李青蓮者事之。因林鴻投詩稱意，遂歸焉。後鴻有金陵之游，作詞留別，紅橋亦以詞送之。別後，竟以念鴻而卒。有遺稿行於世。鴻字子羽，福清人。洪武中，拜膳部員外郎，召試龍池，《春曉》《孤雁》二詩，名動京師，有《鳴盛集》。"

（一九二四年八月二十八日）

一五　屈大均一斛珠詞

挈畫者，指頭畫之流亞。明屈翁山（大均）《道援堂詞》〔一斛珠〕《題林文木挈畫看竹圖》云："蕭疏翠竹，美人手爪時相觸。枝枝葉葉如新沐。寫向鵝綾，看盡瀟湘綠。　　冰綃細摺成春服，針神更使人如玉。絲絲難繡文章腹，腹裏流光，照映貧簹縠。"《觚剩續編》云："王秋山、王爲挈畫，凡人物、樓臺、山水、花木，俱於紙上用指甲及細針挈出，較紙高止分許，大劈小襯，吮粉研硃，設色濃淡，布境淺深，無不一一法古名繪，其技絶神，無有能傳之者。"紅豆詞人（吳綺園次）賦〔沁園春〕贈之曰："天攘王郎，具天下才，而巧若斯。向邊生腕裏，撇開彩筆。薛娘針下，碎襞靈絲。綴就成春，呼來欲活，展卷同驚未有奇。真奇也，比千秋圖畫，高一分兒。　　相逢別具襟期，看湖海風流一笑時。愛談兵席上，公罃如戟。衒觴燭底，人醉如泥。技至此乎，誰爲是者？長嘯翻疑不是伊。何疑爾？疑紅窗金剪，另有蛾眉。"按：鈕玉樵云：斯技神妙，無能傳者。然林文木後，有王秋山，非傳而何？屈詞鈕殆未見也。"挈"，居竦切，音拱。《説文》：擁也。用指甲及細針挈出之義無涉。

（一九二四年八月三十日）

一六　彊邨太常引詞

彊邨先生云：曩寓都門，屢見太常仙蝶，花間尊前，每禱輒至，若夙契然。其後督學五羊，告歸苕霅，亦複如是。辛亥以還，憑廡滬瀆。戊午七月，薄游西冷，寓花港蔣氏湖樓。甫卸裝，過陳氏蒼虬閣，偶淡次及仙蝶，僅時許，報蝶至，集窗檻間，黑質黃章，五采悉備。仙蝶凡二，采章略同，一翎微破損，一穿一小孔，此翎微損者。彊邨直故人視之，觴以酒，則就飲殊從容。飲已，稍回翔，複來集，啞且瞵，俯仰至再三，舒其翎者數，意微醺矣。複翔，又集，以須微蘸染而已。客曰："是非彊邨之言信，立致仙蝶也。仙蝶之靈，於其將至，默詔彊邨以言也。"明日，值彊邨初度，蝶見於蔣莊。又明日，彊邨複詣陳，蝶亦與偕，自是不復見。彊邨感其異，賦〔太常引〕云："舊巢同掃十年痕。相望玉京塵。無恙夢中身。似存問，滄江故人。　　蟲沙無劫，湖山有美，翙作幾家春。身世一靈均。忍杯酒，期君降辰。"蕙風和云："翩然便出軟紅塵。來相伴，避秦人。幽路稱栖真。問能幾，高花淡篘。

天機栩栩，孤芳采采，卿月證前身。杯酒莫逡巡。與重話，春明舊春。"（和者十數人不具錄。）彊邨又云："仙蝶態度，與常蝶迴殊。其飛也，凝重沉著，非'魏收輕蛺蝶'可同年語也。"蕙風曰："彊邨詞筆亦凝重沉著，其感召非偶然矣，今無複太常矣。或告余，仙蝶移增壽寺中。"

（一九二四年九月二日）

一七　劉承幹減字浣溪沙

烏程劉翰怡（承幹）藏書極富，平昔留心掌故，尤精斠勘之學。嘗冬夜斠書，口占小令，調〔減字浣溪沙〕云："剪盡釭花坐夜闌。鈔書容易斠書難。異書贏得幾回看？　　已覺周詳渾未信。偶逢清暇得重翻。此中真味向誰言？"翰怡有嘉業堂勘書圖卷，微題咏。

（一九二四年九月四日）

一八 易順鼎鳳凰臺上憶吹簫

漢壽易實甫（順鼎）早歲才名藉甚，酒邊燈下，珠玉揮毫，所著《眉心室悔存稿》《鬟天影事譜》。戊己之間行卷，所謂"進而不已，未可限量"者也。其〔鳳凰臺上憶吹簫〕換頭云："烟輕。冪薇似帳，冒鸚鵡簾櫳。一碧無情。向綠波低照，憐我憐卿。"是何豐致乃爾。甫逾冠，由部郎改監司，分省廣州，與余晤于吳門。某夕，畫舫宴集，履舄交錯，實甫玉山頹矣。偶過余前，余挽之使飲，則遽坐余膝，余曰："此抱道在躬也。"四座爲之軒渠，侑觴者不知所謂，則亦相和以笑云。

（一九二四年九月八日）

一九 謝公展昆季唱酬湖上聯吟草

《湖上聯吟草》，丹徒謝公展介子昆季唱酬之作，玉屑清言與湖山宜稱也。〔清平樂〕（聯句）《訪雲栖過虎跑泉題壁》："層巒回抱。攬勝雲栖道。弄雨奇雲來縹緲。不許紅塵飛到。　　碧山幾個人來。幽泉洗净秋懷。此境偶然拾得，仙山安問蓬萊。"前調（介子）《雨後泛舟湖上》："湖山如洗。一片清涼意。水上孤舟渾不繫。最記藕花香裏。　　蓮房甘苦何如。秋波渺渺愁予。小鳥因風驚起。背人飛過菰蘆。"《韜光觀海台》（公展）："登高一覽江湖海，千古奇觀畫不成。無數峰巒生足底，不知何處起松聲。"《冒雨泛舟荷花深處，過葛蔭山莊，展兄作畫，賦此題之》（介子）："雨絲風片浮瓜艇，山色湖光入草廬。人在畫中渾不覺，却從波上寫芙蕖。"

二〇 劉承幹法曲獻仙音

石門沈醉愚明經（焜）聘室張女史遺翰，兼莊雅秀逸之長，醉愚夙珍弆之，精裝徵題。烏程劉翰怡（承幹）賦〔法曲獻仙音〕云："高格簪花，淑靈茶蕙，秀奪金閨諸彦。咽鳳沉簫，注鴛摧牒，藍橋舊游腸斷。甚絮果，三生恨，東陽帶圍緩。　　世緣幻。問何如，麝塵珠字。珍重意，如見綠窗弱腕。故紙式禁秋，衹昙云，何事輕散。紫石淒迷，憶金鑾，空剩柔翰。早銀鈎鐵畫，占取茂漪箋管。"醉餘著有《醉吟仙館詩集》。

（一九二四年九月九日）

二一　劉承幹高陽臺

　　南林張石銘（鈞衡）于所居南□鷗鷀溪之濱，拓地爲適園，蕙風爲之記。園多水竹，湖石尤勝。蓋浙右三百年來，舊家名園所有，斯園兼收并蓄之。劉翰怡京卿，秋日游適園，賦贈石銘兄〔高陽臺〕云："畫筆迂回，詩情淡引，塵涯小有仙蓬。平地樓臺，相參人巧天工。玉津金穀非吾意，僅勝他，巢父壺公。最宜秋鏡罨芳池，雲皺奇峰。　　南村卜宅叨情話，幾素心晨夕，尊酒過從。照眼黃花，珠簾又捲西風。寒盟好在長相守，撫松筠，著意葱蘢。憶南湖，舊約風流，玉照堂東。"（元注：宋張鎡有園在南湖，玉照堂其最勝處。）

（一九二四年十月一日）

二二　劉承幹聽張玉娘度曲賦詞

　　張玉娘，吳人，擅場南詞。年二十六，以不耐應徵憔悴死，蓋猶處子，其志節可嘉也。劉翰怡聽張玉娘度曲，賦〔臨江仙〕云："白藕香中張好好，鶯吭一曲清圓。歌塵如霧綺筵前。未妨寒倚袖，長是倦調弦。　　比玉無瑕珠有泪，匆匆錦瑟華年。葳蕤身世落花天。徐娘猶未嫁，姑射莫輕憐。"翰怡詞筆婉麗。〔如夢令〕《秋雨》云："莫道關人情緒。秋雨不如春雨。梧葉滿閑階，也似飛花飛絮。安否？安否？涼夢玉籠鸚鵡。"〔望江南〕《明湖曲》云："明湖好，沽酒載花來。盡有微波能旖旎，斷無明月不清佳。烟景似秦淮。"又："明湖好，詩思在餘霞。四面紋窗三面水，兩堤絲柳半堤花。何似便移

· 193 ·

家。"余喜誦之。

（一九二四年十月十七日）

二三　蕙風和小山詞序

武進趙叔雍（尊嶽）自學詞以還，未嘗涉獵明以後詞，故于宋賢氣息，領略較易。曩辛酉、壬戌間，嘗遍和晏叔原《小山詞》。客歲夏日，開版于金陵，蕙風為撰序云："癸亥五月，叔雍《和小山詞》成，屬為審定，并綴數言卷端：夫陶寫之亭，言途轍則已拘，而神明所通，必身世得其似。在昔臨淄公子，天才黃絹，地望烏衣。涪皤屬以人英，伊陽賞其鬼語。蓮、鴻、雲、蘋而外，孰托知音；高唐、洛神之流，庶幾合作。其瑰磊權奇如彼，槃姍敦窣如此，雖歷年垂八百，而解人無二三。豈不以神韵之間，性情之地，非針芥之有合，寧驂靳之可期。解道湖山晚翠，舊數斜川；消受藕葉香風，誰為處度。叔雍瓊思内，湛瑋執旁流。得惜香之纏綿，方飲水之華貴。起雛鳳於丹穴，雍喈猶是母音；苗瑤草於閬風，沆瀣無非仙露。用能吹花嚼藥，縫月裁雲。步詎學於邯鄲，韵或險於競病。閟補亡之閎恉，換羽何用新聲；征聊複之遺編，吟商尚存舊譜。綠嬴屏底，寫周柳之情懷；朱橋□邊，識王謝之風度。同聲相應，有自來矣。彼西麓繼周，夢牕賡範。迁公花間之續，坐隱草堂之餘。以古方今，何遽多讓。此日移情海上，見觸目之琳琅；當年連句城南，愧在前之珠玉。"（曩寓都門，與張子苾、王半書連句和《珠玉詞》，近叔雍授梓覆鍥。）

（一九二四年十一月十四日）

二四　咏井鶴木蘭花慢

莫愁湖之濱，有石刻柳如是書"井鶴"二字。曩寓金陵，訪求弗獲，悵惘無已。賦〔木蘭花慢〕，後段云："南都花月太平時。風雅屬蛾眉。問龍虎銷沉，傷心何似？斷碣殘碑。天涯又逢春暮，便尋芳吊古不成悲。花外一襟疏雨，玉驄香徑歸遲。"玉台名翰，有河東君書宮詞九首，精楷凝秀，近褚登善風格。

（一九二四年十二月十二日）

二五　黃仲䕦水調歌頭二闋

得手寫詞二冊於坊間，小行書頗精雅，惜不具書者誰氏。録乾嘉時人作，艷體十居八九，殆其所好。卷尾〔水調歌頭〕二闋，署業師黃仲䕦遺墨（名籍無考。），意若甚鄭重者，此寫本爲余收得，是亦墨緣。兩詞雖未臻高詣，未忍聽其湮没，移録如左，冀廣其傳云。《賦恨》云：“釃酒不能飲，壘塊塞心胸。坐對江山清瘦，容易又秋風。世態白衣蒼狗，人事黃鐘瓦缶。顚倒出無窮。呵壁語神鬼，舉首問天公。　　或擊壺，或斫地，或書空。畢竟古來豪杰，幾個慶遭逢。得意蝸名蠅利，失意蛄啼蚤訴，何必説窮通。一笑俗人見，眤叟判盲童。”《賦愁》云：“乾淚滴盈把，薄鬢漸成蒼。客嘆花飛酒醒，此味却難嘗。莫道絲連藕斷，幾見水流石轉，終古爲誰忙。醒效屈平哭，醉作阮公狂。　　五更鏡，三月雨，九秋霜。叠叠重重密密，歷碌九回腸。回首青燈黃卷，瞥眼朱顔翠袖，事事耐思量。願我化蝴蝶，隨夢暫相忘。”

（一九二四年十二月二十四日）

二六　况趙賦雷峰塔八聲甘州

前所記海上某校書，皈净土得解脱者。兹訪獲其姓名，曰薛飛雲。粵人代飛雲儲貯者，曰何君澄一，廣智書局執事，蓋長厚君子也。飛雲平昔，事母至孝，其得力有在受持唪誦外者，《一切如來心秘密全身舍利寶篋印陁羅尼經》，天下兵馬大元帥吳越國王錢俶，造此經八萬四千卷，舍入西關磚塔，永充供養。乙亥八月日紀。西關磚塔，即雷峰塔。甲子九月，塔圮經出，虞山周左季，收得一本，完整無闕，精裝徵題。有題〔八聲甘州〕詞者，蕙風依調繼賦云：“坐南屏烟翠晚鐘前，摩挲却餘灰。問金塗幾塔（吳越王俶造金塗塔四萬八千余，曾見拓本。），瓊雕萬軸，肯付沉薶。

· 195 ·

彩鳳無端掣搦（"彩鳳欲飛遭掣搦，情脈脈，看即玉樓雲雨隔"。吳越後王詞，見《後山詩話》。）往事總堪哀。不盡興亡感，窣堵波頹。　　我亦傷心學佛，演珠林梵説，隨分清齋。掩新亭涕淚，何物不荒萊。盡消磨、藥爐經卷；忍斷蓬，身世老風埃。湖山夢，散諸香處，圍繞千回。"（《金剛經》當知此處即爲是塔，皆應恭敬作禮圍繞，以諸華香而散其處。）趙叔雍（尊嶽）繼賦云："澹斜陽無語暝烟深，雀離失崔巍。（塔一名雀離，見《洛陽伽藍記》。）譜花拈諦妙，檀薰窸净，總付蒿萊。諸法本無空相，生滅不須哀。貝葉靈文在，翠沵荒苔。　　我亦湖山舊主，等蹉跎賢劫，八百年來。俯晴漪澄碧，明鏡亦無台。盡能消，琅函寶軸；算眼中，一字一瓊瑰。興亡感，周金塗塔，幾許沉薶。"

（一九二五年一月九日）

二七　葉同春詞

馮君木以其同縣葉君（同春）《霓仙遺稿》印本貽余，葉君光緒己卯舉人，官國子監學正，其遺稿君木爲之序，稱其平生微尚，雅擅填詞，取徑姜張，分扪悉協。〔憶秦娥〕《春明思歸》云："何時了。飄零書劍長安道。長安道。紅塵如海，醉吟潦倒。　　月明鄉思添多少。銀箏又把離愁攬。離愁攬。江南芳訊，白蘋秋老。"〔玉蝴蝶〕《丁亥重九夜》云："夢覺被池微冷，階蛩淒切，似報霜寒。猛憶去年，重九人在長安。對金樽，花嫣月媚；聽玉笛，酒醒燈闌。念家山。西風無恙，一雁南還。　　堪嘆。別來幾許，淚痕塵浣，怕憶征衫。依舊零箋，斷筆落拓江關。便江南，紅衣吟盡；奈洛下，青鬢凋殘。起盤桓。星斜漢轉，拍遍闌干。"〔浪淘沙〕《曉泊甬江口占》云："曉市郡城東。烟水迷濛。浮橋鐵索纜江中。橋外帆檣無數影。橋上闌紅。　　楊柳道頭風，吹散萍踪。輕輕艇子小島篷。歸信何如潮信準，試問飛鴻。"〔前調〕《落花》云："昨夜小樓中。檐溜丁東。曉來劃地委殘紅。一瞥濃春烟景盡，雨雨風風。　　綺夢太匆匆。香徑苔封。緑陰和霧作冥濛。芳草天涯殘醉醒，莫捲簾櫳。"〔買陂塘〕《落葉》云："怨清霜，幾番寒信，催成憔悴如許。天涯芳草都衰歇，何況綠陰庭宇。冶處指，波面樓頭，頻寄相思句。愁心日暮。祇一曲哀蟬，紅殘黃褪，秋恨向誰訴。　　平原望，斜照亂鴉無數。吳江潮冷誰渡。庾郎已自悲搖落，更奈茂陵風雨。休歸去，怕辭却，高枝易化塵和土。繁華無據。看水驛山程，荒台廢苑，蕭槭甚情緒。"〔踏莎行〕《題友人別業》云："笠澤溪山，輞川烟雨。碧雲依約蘭皋暮。世間何地有紅塵，柳陰自築藏春塢。　　飲啄生涯，登臨佳處。東風綠到門前樹。捲簾花影夕陽低，酒醒好聽黃鸝語。"〔蘇幕遮〕《咏螢》云："小庭空。良夜靜。閃爍依稀，幾度穿芳徑。飛近牆陰還細認，零露花梢，風颭星初定。　　月將沉。香乍燼。記得紅閨，簾捲釵饟冷。團扇輕籾凉掩映。點上銀屏，微見蟬娟影。"霓仙詞意境沉著，間近質樸，得力于南渡群賢，於常州詞派爲近。撰錄卷中佳勝如右，質之君木，未卜當否。

（一九二五年一月三十日）

二八　馮君木玲瓏四犯

余嘗語炎複，惜君木不填詞，設與余同嗜者，則雨窗剪燭，何異四印齋夜話時矣。曩彊邨朱先生，近四十始爲詞，半唐老人，實染孺之。比者，以詞名冠絕當世矣，蘭荃徑香，引人易入。它日之君木，安知不爲今日之彊邨耶。《霓仙遺稿》卷端，有君木題詞，調〔玲瓏四犯〕，亟錄如左，亦威鳳之一苞也。"篁孔引淒，桐絲流恨，秋聲綿眇無際。吹花彈泪澀，滴粉搓愁細。沉吟酒邊心事，甚華年，祇成憔悴。玉笋雲蠶，石歲月冷，寂寞舊風味。　　天涯杜陵兄弟。念京華冠蓋，飄泊非計。微官歸不得，息影車塵底。俊游轉眼餘蕭瑟，怕低唱，淺斟都廢。空零涕。斜陽外，暮鴉啼起。"

（一九二五年二月一日）

二九　陳蒙庵詞

蕙風《題雷峰塔經卷》調〔八聲甘州〕，叔雍繼賦，陳蒙庵（彰）亦繼聲云。"近幡風珠鐸不成鳴，滄桑劇堪哀。剩摩挲寶篋，回圈貝葉，妙偈蜂台。（佛誦經台也，見《山堂肆考》。）不盡興亡遺恨，惜起劫餘灰。莫到南屏路。俯仰傷懷。　　幾許湖山金粉，付酒中蘇晉，繡佛長齋。（《飲中八仙歌》"蘇晉長齋繡佛前"。）舊花香散處，陳迹蔓蒿萊。問金塗，雀離安在；費晚鐘，聲裏一低徊。珍珠字，浣紅薇露，洛誦千回。"又《采蓮曲》調〔攤破浣溪沙〕云："紅妒綃衣翠映眉。鴛鴦驚起背人飛。底事個儂偏采得，并頭枝。　　記取停橈休傍柳，千絲萬縷是相思。生怕夜凉花睡去，月來時。"過拍換頭，并有思致。

（一九二五年二月八日）

三〇　蕙風欲評選十四家詞

彊邨朱先生，選《宋詞三百首》，取便初學，誠金針之度也。蕙風爲之序云："詞學極盛于兩宋。讀宋人詞，當於體格、神致間求之。而體格尤重於神致，以渾成之一境，爲學人必赴之程境。更有進于渾成者，要非可躐而至，此關係學力者也。神致由性靈出，即體格之至美，積發而爲清暉芳氣，而不可掩者也。近世以小慧側艶爲詞，致斯道爲之不尊，往往塗抹半生，未窺宋賢門徑，何論堂奧，未聞有人焉。以神明與古會，而抉擇其至精，爲來學周行之示也。彊邨先生嘗選《宋詞三百首》，爲小阮逸馨誦習之資，大要求之體格、神致，以渾成爲主旨。夫渾成未遽詣極也，能循途守轍於《三百首》之中，必能取精用閎於《三百首》之外。益神明變化，於詞外求之，則夫體格、神致間尤有無形之沂合，自然之妙造，即更進于渾成，要亦未爲止境。夫無止境之學，可不有以端其始基乎？則彊邨茲選，倚聲者宜人置一編矣。"蕙風欲評選十四家詞，便深造者，與《三百首》相輔而行，甫選《定須溪》一集。

猝遭家難，精力驟衰，恐竟成虛願矣。十四家之目，曰溫飛卿，曰李後主，曰晏氏父子，曰歐陽文忠，曰蘇文忠，曰柳耆卿，曰周清真，曰李易安，曰辛稼軒，曰姜白石，曰吳夢窗，曰劉須溪，曰元遺山。備選三家：曰馮正中，曰秦少游，曰賀方回。蓋從嚴格，故如右三家，猶爲備選云。

三一　蒙庵賦小橋墓滿江紅

小橋墓，前明重修，在漢陽城外，陳蒙庵得斷磚，絕珍弄之。文曰："小橋之墓，錄書樸雅人古。"其上段闕文，當是修墓年月。蒙庵賦〔滿江紅〕題其拓本云："一片苔華，猶未減，當時名字。更想像，雄姿英發，金龜夫婿。玉筋香銘芳草路，銅台往事東風裏。付浪淘，人物盡風流，今誰是。　　塋遺迹，何年製。尋短碣，銷沉未。剩殘珪碎璧，香魂憑寄。赤壁祇今餘水月，黃昏應見歸環佩。仁鸚洲，一例感前塵，蒼茫意。"歇拍美人名士，關合有情，全闋爲之增色。

（一九二五年二月十三日）

三二　俞夫人詞

《婦學齋遺稿》君木元室俞夫人著，詩詞各如干首，君木爲之跋，謂詞勝於詩。〔蝶戀花〕《戊戌八月感事和君木》云："匝地春陰簾不捲。舊恨新愁，惻惻難排遣。天氣乍寒還乍暖。吳棉才試羅衣換。　　十二闌干空倚遍。滿眼蘼蕪，莫問春深淺。祇有蕙蘭香不變，亭亭空谷無人見。"〔念奴嬌〕《寄君木處州》云："鶯痴蝶老，悶沉沉，病過清明時節。臨別東風，無幾日，彈指緗桃如雪。夜賬燈昏，春屛花落，憔悴無人識。別時情緒，玳梁飛燕能説。　　日暮獨上高樓，他鄉何處，望望堪愁絕。一自樓中，人去後，日日雨斜烟直。篷背青山，馬頭芳草，莫也添淒惻。碧雲天際，苕苕瑤札消息。"〔清平樂〕《寄君木》云："金猊烟直。月弄疏簹碧，湛湛明河天一尺。苦憶他鄉今夕。　　笛聲隱約誰家，夜凉獨掩窗紗。一昔畫屏無寐，泪絲彈上秋花。"〔菩薩蠻〕云："綉簾纖押敲雙玉，玉階風細吹蘭燭。燭影碧冥冥，扶花上畫屏。　半鈎殘月小，鈎起愁多少。單袂倚紅闌，露華生夜寒。"《病中讀先君遺詩，凄然有作》云："倚床檢殘帙，深哀忽來觸。先人有手澤，宛宛照心目。回環三複之，涕泪紛相續。孤女昔九齡，阿父弃之促。一訣十四年，思之增慘酷。可憐琳瑯海，所存衹片玉。餘芬雖未沫，隱痛在心曲。掩卷不復誦，凄風吹零燭。"《憶弟揚州》云："雁聲搖落不成行，渺渺江南道路長。遙望天涯忍惆悵，家貧累爾早離鄉。"君木以詩見寄，即次其韵之（四首錄二）"墨痕愁寫一窗花，六曲屏山掩絳紗。應是秋江風浪惡，夢魂夜夜不歸家。寂寥無語倚香篝，憶著前塵總是愁。玄鳥踢枝栖不泛，凉雲吹散一簾秋"。《暮游北湖》云："細風吹透薄羅裳，青草湖堤一道長。遠樹雲昏歸鳥亂，遙峰日落暮烟蒼。背山樓閣孤鐘出，隔水簾櫳一笛凉。去去不知天欲暝，深林新月露微黃。"夫人名因，字季則，慈溪人。君木長君翁須。（□良胥）年甫逾冠，博學多通，工古文辭，亦辭亦理，□□得力於鯉對矣。

（一九二五年二月二十七日）

三三　俞夫人清平樂

俞夫人〔清平樂〕，爲君木製客枕，綉此詞其端云："爲君裁綺，料理他鄉睡。想得凄凉郵館裏，譜盡孤眠滋味。　合歡心事空睺，連枝綉出雙花。更綉一雙蝴蝶，好扶殘夢還家。"此詞情深一往，昔人"寒到君邊衣到無"之句，未足以喻，歇拍尤見慧心。

（一九二五年三月一日）

三四　俞夫人點絳唇

評文者遇佳句，輒加密圈，詞有無一句不可加密圈者，亦有無一句可加密圈者。南宋名賢不經意之作，間一見之，此境至不易到，非渾成而淡不可，雖非宋人佳詞，却確是宋人詞也。俞夫人

〔點絳唇〕用林君複韵咏草闌，庶幾近之。"春淺春深，離亭一片渾無主。故人何處，日日風和雨。　　行色匆匆，又是春將暮。征車去，閑愁無數，綠遍天涯路。"

三五　咏高梧軒詩詞

西湖山水，明秀窈深，詞境也。叔雍築高梧軒於湖上，繪圖征題。漚尹〔清平樂〕云："龍門百尺，罨盡明秋色。南北兩峰相映碧。看取朝陽鳳立。　　開軒滿目烟霞。軟紅不到雲涯。著個仙源居士，湖山越恁清嘉。"伯嚴詩云："誓卜幽居傍湖曲，畫手設施無不足。挺立長梧凉壓屋，旁羅矮細千竿竹。層層都活石氣中，夜捲秋聲入吟腹。樓臺窈窕出晴雨，山水氤氳界邊幅。應帶坡公葑草堤，恍接逋仙梅花麓。英妙少年亦痴絕，要令夢染靈峰綠。異時朱況兩禿翁（漚尹、蕙風），携訪賡歌任沉陸。"蕙風〔百字令〕云："倚雲撐碧，蔭茜紗，青玉圖畫彝鼎。畫罨壺天，塵不到，何似結廬人境。公子烏衣，詞仙黃絹，標格同清夐。桐花奇艷，衍波消得名盛（王文簡有《衍波詞》。）。　　佳氣鳴鳳朝陽，舒榮鬱秀，長共椿暉永。不數龍門高百尺，看取孫枝英挺。大好秋容，最宜商調，蝶戀花重咏（趙德麟有〔商調蝶戀花〕。）。爐熏琴趣，翠陰簾幕深靜。"

（一九二五年三月十五日）

三六　君木詞

君木戊戌已前舊著曰《秋辛詞》，卷中佳勝，雅近南渡群賢風格，間亦涉筆《花間》。比歲專力於詞，不常填詞，詞固卓然名家也。〔鷓鴣天〕云："惻惻輕風到鬢殘。青春憔悴百花殘。鶯啼無語渾無賴，種得幽蘭衹自看。　　羅帶減，酒杯寬。參差吹罷倚闌干。美人環佩無消息，暮雨空江生薄寒。"〔菩薩蠻〕云："黃蜂紫蝶閑庭院，闌干寂寞蘼蕪滿。不惜捲羅幃，東風無是非。　　馨香懷袖裏。珍野千金意。落日碧天雲。高樓思殺人。"又："東西日暮飛勞燕。門前烏柏陰陰見。脉脉惜芳華。橫塘雨又斜。　　鈿車南陌路。邂逅同心侶。欲贈綉羅襦。羅敷自有夫。"又："綿綿遠道生青草。別君三歲朱顏老。無語憶華年。秋風九月天。　　夫容天末遠。采采愁深淺。木落洞庭波。嬋媛太息多。"又："華燈紅壁聞簫鼓。雄龍雌鳳遥相語。抱得七弦琴。無人知此心。　　髮絲憐曲局，無意調膏沐。溝水日西東。君心同不同。"又："桑根三宿渾無據，春時秋月尋常度。單枕不成雙。夢爲金鳳皇。　　真成瓶落井。消息年年冷。蕙草自芳菲，悦君君不知。"〔河傳〕云："遥望，塘上，藕花秋。花外盈，盈畫樓。美人似花樓上頭。筌篌隔簾生暮愁。　　簾底容光天樣遠。長不捲。肯許游人見。倚花枝。明月時。相思。知君知不知。"〔蘭陵王〕《送屬賡卿同年玉夔南歸，用片玉韵》云："野烟直，疏柳依依弄碧。長亭路，尊酒送君，席帽黄塵黯行色。回頭念故國，憔悴長安倦客。蘆花外，秋水自生，一夜愁心抵千尺。　　前歡墜無迹。衹舊日斜陽，紅上離席。一聲珍重調眠食。看玉琖未釂，錦車何在。漫天烟草失故驛，隔形影南北。　　心惻，泪痕積。嘆送客天涯，如此岑寂。飄零俊侶愁無極。剩日暮穹蒼，幾聲風笛。黄昏殘雨，却又向，夢裏滴。"〔浪淘沙〕云："風雨自年年，春夢闌珊。星星愁鬢欲吹殘。一夜高樓花落盡，如此人間。　　兀自掩重關。涕泗無端。更無人處一憑欄。紙閣蘆簾依舊是，衹是荒寒。"〔前調〕《泊舟之罘，烟水合遝，甚有遠思，賦視王伯諧（韶九）柴予平（正衡）兩同年》云："岸闊暮潮寒。畫角初殘。天涯光景一憑欄。衰柳昏鴉斜日裏，滿目江山。　　風緊客衣單。秋思闌珊。北來鴻雁指君看。烟水荒荒天四合，何處長安。"

（一九二五年三月十八日）

三七　曾望生高陽臺

瀋陽曾望生（通）游寓太原，客歲賦詞寄貽壽陽道中，憶吳門近游。調〔高陽臺〕云："歇浦飈輪，山塘畫槳，西風微綻征袍。兩月淹留，愁邊慣吳簫。客船漁火仍相對，怕鐘聲，夢斷楓橋。剩蕭條，滿目鶯花，回首雲霄。　壺天小隱神仙侶，憶香南詞客，久謝金貂。遺世高風，芳涇幾駐輕橈。螢聲更有雙雛鳳，侍清吟，磊塊能消。路迢迢，鯉訊遙傳，鶴夢重招。"望生北方學者，微尚清遠，來游滬濱，以先集屬彊邨審定，余譯望生。彊邨爲之紹介，嘗以泰西攝影法，貌余及琦、璟兩兒，多情好事，晚近未易得也。

三八　陳蒙庵賀林郅君新婚五彩結同心

賀人新婚詞，宜莊雅温麗，涉佻便俗。陳蒙庵賀林郅君新婚，調〔五彩結同心〕云："凰占宜室。燕賀升堂，穠桃咏葉風詩。冰泮佳期屆，秦台路，紅紫越恁芳菲。華筵緋燭籠香霧，屏舒錦，玉樹交枝。臨鸞鏡，芙蓉蒂并，彩毫與畫新眉。　席棻舊家和靖，恰仙人蕚綠，比似瓊姿。清課琅玕竹，雕華手，苕玉漫擬才思（新人工刻竹。）。花風妍暖花朝近，春如海，月正圓時。珠履集，雲璈曲裏，好斝綠醑盈卮。"

（一九二五年三月二十日）

三九　蕙風如夢令

曩撰《天春樓漫筆》，記夜來香螳螂事。君木見而喜之，得"妾是夜來香，郎是螳螂"兩句，與漁洋山人"妾是桐花，郎是桐花鳳"句政同。因與蕙風連咏，成〔浪淘沙〕一闋（見前。）。蕙風觸類興感，複占〔如夢令〕云："已忍前塵如夢。猶説三生情種。妾是玉梅花，郎是綠毛么鳳。寒重，寒重，明月一窗誰共。"老去傷春，不能爲歡娛之言矣。

四〇　譚獻集宋詞爲聯

仁和譚仲修（獻）爲西湖某畫舫，集宋詞爲聯云："雙槳來時，有人似桃根桃葉。（姜夔〔琵琶仙〕）畫船歸去，餘情在湖水湖烟。（俞國寶〔風入松〕）"上聯節姜詞舊曲二字，下節于詞裁取春三字，亦相稱。

四一　近人某集詞句爲楹言

近人某集詞句爲楹言，下二句云："更能消幾番風雨，最可惜一片江山。"上二句失配。兩聯并君木説。

四二　君木集宋詞爲楹言

君木集宋詞爲楹言云："芳草有情，（張文潛）但暗憶江南江北。（姜白石）俊才都減，（王中仙）消幾番花落花開。（周草窗）"

（一九二五年三月二十七日）

四三　三人次韵蝶戀花

天嬰自滬之杭，賦詞寄貽，調〔蝶戀花〕云："寥落天涯人自去。偏又東風，吹綠天涯樹。燕子迎人頻送語，無端聽徹聲聲往。　　野色苕苕愁日暮。燈火江南，漸墮空濛處。客裏看春如坐霧。回頭不辨來時路。"君木次韵云："畫閣惜惜春已去。一寸斜陽，猶挂屏山樹。苦憶剪燈深夜雨，梨花門巷尋常往。　　徒倚闌干愁日暮。中酒情懷，欲遣渾無處。珍重夕熏香作霧。爲誰縈遍相思路。"蕙風次韵云："少日年芳何處去。極目江潭，總是傷心樹。愁到今年誰與語，十年飄泊愁邊住。　　杜宇聲聲朝複暮。未必天涯，衹有春歸處。往事如塵吹作霧。飄搖獨活悲歧路。"

四四　爲君木夢賦蝶戀花

君木夢中，字余曰曲瓊，以告余。曲瓊，簾鉤也，見《楚辭·招魂》。爲賦〔蝶戀花〕云："庭院陰陰風雨過。人去簾垂，生受淒凉我。欲斷旌懸何日可。輸他銀押偏寧妥。　　牽挂早知成日課。瘦影寒宵，愁共纖蟾墮。更憂花風驚夢破。吉丁當是招魂些。"（心搖搖如懸旌，簾旌也，去簾額。）

（一九二五年三月二十九日）

四五　詩或讀作長短句

杜牧之《清明》詩，或讀作長短句："清明時節雨，(句) 紛紛路上行人，(句) 欲斷魂。(句) 借問酒家何處，(句) 有牧童，(句) 遙指杏花村。"劉芳平《春怨》詩，亦可作長短句："紗窗日落，(句) 漸黃昏。(句叶) 金屋無人。(句叶) 見泪痕。(句叶) 寂寞空庭春。(句叶) 欲晚梨花滿地，(句) 不開門。"蕙風以意爲之，音節亦複鏗麗，牽連記此。

（一九二五年四月三日）

四六　蕙風集外詞八聲甘州

附《蕙風集外詞》：〔八聲甘州〕《題許奏云云亭垂釣圖》："足平生青笠綠蓑衣，披裘笑嚴光。莽塵涯回首，目迷蒼狗，劫趕紅羊。誰識直鉤心事，磯斷古苔荒。岸幘憑欄處，一角殘陽。瑪瑙坡名證取，悄雲根拂拭，遺恨滄桑。更梅惱鶴怨，金粉，恁凄涼。撼秋聲，挂瓢無樹；算釣游，能得幾鷗鄉。烟波路，覓元真子，説與疏狂。"

（一九二五年四月十二日）

四七　戲仿漁洋蝶戀花句

世所稱東坡肉，列食單者，以肥穊爲貴。某君嗜吟事，自命規仿髯蘇，而體貌豐碩。有張蒼如瓠、王萬食糠之風，或戲之曰："詩似東坡，人似東坡肉。"仿漁洋〔蝶戀花〕句，與"桐花鳳"并傳，何其幸也。

四八　蕙風君木詞

〔蝶戀花〕(有序。)："暮春之初，餘寒猶峭，粲仲招同君木君誨夜集玉暉樓，口占此解。自來比方玉容輒曰如花，若夫娟静成韵，令人一見生憐，花亦未易克辨。不圖得之海市坱漭中，而無一言

· 205 ·

通吾鄭重，則好麗之謂何矣。水韵二句，是否妙肖其人，還以質之木公。"簾幕殘寒春擁髻。静若紅蕖，無語颦烟水。婉婉情文生茂美。苕華珍重鎸名字。　幾許尊前憐惜意。作個花旛，拌與分憔悴。老鬢蕭疏無複理，花天苦憶年時醉。"（蕙風）君木賦〔鷓鴣天〕云："粉檻零香殢壁衣，尊前無語感芳菲。攏花小髻春能妥，帖鬢纖蛾俊欲飛。　扶薄醉，惜將離，畫樓彈指夢依稀。難忘星月無人夜，曲巷回燈問玉暉。"玉儂含諷至再，謂日内必有報章。（君木說）雲羅祇赤，青鳥傳箋，跂予望之矣。

四九　咏邛州磚茶滿庭芳

曩年十四歲，咏邛州磚茶，（長姊自蜀中寄貽）〔滿庭芳〕後段云："早疏烟一抹，淡著春痕。約略碧紗窗裏，無多隔，淺笑輕颦。"以茶烟形容美人笑颦，可謂匪夷所思，妙笑在筌象之表，然而知者亦不易矣。

五〇　趙叔雍和六一詞蝶戀花

趙叔雍和六一詞，〔蝶戀花〕二十二首，琳琅珠玉，美不勝收。撰録二首如左。"杏雨新晴春畹晚。柳外樓高，樓外花深淺。又是薔薇開一院，如何春在人難見。　雲影迷離花影亂。極目遙天，不到江南岸。廿四番風容易換，天涯付與驄嘶斷。"又："乍暖還寒春意早。載榼尋芳，香徑啼鶯小。萬一流光輕負了，少年能否年年少。　不解酬春應自笑。飛絮飛花，猶有晴絲繞。未必蓬山無夢到，逢花且拌青尊倒。"此叔雍最近之作也。

（一九二五年四月十五日）

五一　童竹珊詞

君木持示慈溪童竹珊《賢已詞》手稿，屬采入漫筆，藉存其人。竹珊名春，光緒丙戌進士，官主事。詞凡三册，逾二百首。蓋于此道，致力甚深者。〔臨江仙〕云："又是重陽佳節了，異鄉風景淒其。不知何日賦歸兮。蒪香鱸膾脆，薑嫩蟹螯肥。　　曉角霜天秋氣肅，數行北雁南飛。清尊誰伴小樓西。登臨遙縱目，野樹壓雲低。"〔洞仙歌〕《柳屯田體》云："爐火留香篆。怕酒縷蕩漾，因風飄散。倩低垂綉幕，別安銀蒜。周遮檻外聲無算。道凝著、於飛雙乳燕。頻頻喚。被喚起春情，平地心撩亂。　　輾轉。暖風習習，暖水溶溶，好個時光，底事寂寞齊頭，却把彩雲遮斷。安排密訪如花面。乍起去，重重簾盡捲。還自按。爲終難、結打同心笑相繻。枉顧盼。反不若休相見。免歸來時候，恨眉牢鎖難舒展。"〔戀綉衾〕《十巳日雪已霽矣，然寒氣未散，譜此以迓和風》云："侵晨推出日淡黃。雪初收、寒氣未降。看曲水、人都集，願和風、成就泛觴。　　烟花三月時能幾，舊游人、愁鬢漸霜。聽鵾鵃、聲聲喚，已無多、明媚景光。"〔河傳〕《春草》云："原陘，凝碧。望中無極，席地濃陰。故鄉歸路渺難尋，予心，愁隨盤馬深。　　謝家空索池塘影，吟魂醒，依舊飄萍梗。嘆芊綿，年復年，今年，行人猶未旋。"〔憶少年〕云："風波頓起，風流飄散，風情收拾。紅牆望難見，似錢河遙隔。　　隔斷紅牆休苦憶。趁年華、好生將息。終當再携手，忍今宵岑寂。"〔滿江紅〕《僧王挽詞》云："志決身殲，夜半落，大星如鬥。驚帳外，風聲嗚咽，雨聲馳驟。中土未消螻蟻劫，將軍竟入豺狼彀。恨從今、收拾莽乾坤，憑誰手。　　英勇略，天生授。忠憤氣，誰儕偶。趁的盧飛快，不甘回首。熱血一腔真可飲，威各千載終無負。小丈夫，成敗論英雄，何荒謬。"〔唐多令〕云："潦倒客天涯，蹉跎馬齒加。倦游踪、翻怕還家。不怕入門交謫遍，怕慰藉，意偏佳。　　豪氣未全差，心期尚自賒。不饒人、爭奈霜華。愁煞他時針綫理，手生棘，眼添花。"《賢巳詞》頗規仿《樂章集》，《樂章》至不易學，無論學之，未必能至，即敢學樂章者，吾見亦僅矣。

（一九二五年四月十七日）

五二　蕙風集外詞念奴嬌

《蕙風集外詞》：〔念奴嬌〕《題程君姬人儷青墓志後》：“情天忉利，説蘭因淒斷，坤零鴛牒。最憶垂楊芳草渡，春水初迎桃葉。彩袖添香，紅窗問字，婉孌人如月。承歡色笑，北堂飴薰馨潔。　　高致巾幗誰儔，未荒三逕，歸記關情切。早是江山摇落後，禁得玉容長別。畫舫空波，書舟怨曲，（宋程垓《書舟詞》）事往堪華髮。鸞驂何許，莫愁湖畔愁絶。”

（一九二五年四月二十二日）

五三　蕙風集外詞水龍吟

《蕙風集外詞》：〔水龍吟〕《爲鄧爾雅題□湛若緑綺台琴拓本》：“故宫遺恨休論，孤桐碧沁萇宏血。甄奇赤雅，解音雲鷝，斯人卓絶。世事悠悠，霓裳羽换，玉笙簧熱。衹名材簏下，英風弦外，堪繞指，成沐雪。　　守闕裏殘何撼，數完人、無多清物。情移海上，高山比峻，猗蘭芳潔。仙尉梅花，暗香三弄，古懷千節。信陽春能和，同聲相應，似雜賓鐵。”

（一九二五年四月二十四日）

五四　蕙風集外詞水龍吟

《蕙風集外詞》：〔水龍吟〕《題寒泉閣校碑圖》：“可無清事消磨，春歸何況多風雨。天涯心目，劫餘文物，斷簾殘楮。觸撥閑愁，絶思已忍，高辭何補。（“絶思”“高辭”，所校碑之殘字。）幾摩挲翠墨，回圈珠字，知掩卷，消凝否。　　中有銅仙清泪，近闌干、泉聲如訴。前塵懷雅，風流不作，歡歌誰與。苦憶承平，金風亭畔，銜杯論古。且焚香閉閣，真傳彩筆，最禁零處。”

（一九二五年四月二十九日）

五五　君木和答浣溪沙

君木夢中，字余曰曲瓊，余賦〔蝶戀花〕云云。（見詞）君木和答，調〔浣溪沙〕云："聽到瓊鈎亦斷腸，疏疏風片作淒涼，夢魂吹墜吉丁當。　珠箔飄燈成惝怳，畫闌垂雨正昏黃，不知今夜爲誰長？"換頭垂字精煉，關合曲瓊，得不粘不脱之妙。"

五六　蕙風集外詞喜遷鶯

《蕙風集外詞》：〔喜遷鶯〕《游存先生新居落成索賦》："徙溟鵬息，正樓倚望京，門題通德。榦國壞材，填胸杰構，無那眼疊革。乾坤草亭歌歡，天地邁廬幕席。共尊酒，對山河風影，憑闌今昔。　真逸今幾見，青瑣綠墀，太半揚雄宅。陶令南窗，謝公北頂，高卧不驚潮汐。湖山更聞割據，占取一天澄碧。（丁家山，又名一天山。）近南斗，憑壯懷不分，閑居消得。"

（一九二五年五月一日）

五七　蕙風集外詞台城路

《蕙風集外詞》：〔台城路〕《題戴錫三春帆入蜀圖》："大江瓴建山盤錯，扁舟舊經行處。激石鳴榔，乘風挂席，別有綠波南浦。來時細雨，問野館濃花，者回開否。樹老雲荒，拜鵑依約見臣甫。　瞿塘西上更遠，莫黃牛極目，朝暮如故。聚鶴尋峰，啼猿度峽，消得韶華如許。天涯倦旅，待著意酬春，錦官城路。畫裏前塵，放翁曾記取。"

（一九二五年五月三日）

五八　彊邨鷓鴣天八首

〔鷓鴣天〕《仿元遺山宮體八首》，彊邨先生最近之作也。感事撫時，情文婉至。雖遺山複起，無以尚之。"生小仙娥不自妍，璧台金屋誤嬋娟。幾曾宛轉酬千琲，已忍伶俜過十年。　虯箭水，鵲爐烟，無端芳會散金錢。簾櫳早是愁時候，爭遣新寒到外邊。”又：“金門余薰向夕涼，撲簾真見倒飛霜。竊香鳳子紛成隊，撼局猧兒太作狂。　三嘆息，百思量，回腸斷盡也尋常。鏡前新學抛家髻，猶被狂花妒淺妝。”又：“微步塵波避洛神，玉顏團扇與温存。牽牛夜殿憐私語，騎馬宮門拜主恩。　翻覆雨，合離雲，經年纖雪舊啼痕。清狂一往寧無悔，却綉長旛禮世尊。”又：“罷轉歌喉道勝常，多生爭忍不疏狂。直饒在發爲薌澤，未願將身作枕囊。　蟾嚙鎖，鵲橫梁，東家著意在王昌。情知薄幸青樓夢，且坐佳人錦瑟旁。”又：“聞道嬋媛北渚游，東風連苑冷於秋。無多裝綴花宮體，禁斷排當鞠部頭。　歡易散，夢難留，女床鸞樹向人愁。紅蠶憔悴同功繭，抽盡春絲未放休。”又：“臨鏡朦朧懶卸釵，無聊啼笑枉多才。探看青鳥沉歡訊，橫卧烏龍本妒媒。　笙字錯，錦梭回，肯將心力事妝台。不知下九還初七，且叠紅箋寄恨來。”又：“未必芳期未有期，等閑蜂蝶劇嬌痴。側商小令翻新水，捲地狂香發故枝。　風雨裏，苦禁持，有人低唱比紅兒。纖知滿樹金鈴繫，未省秋人落葉悲。”又：“歷劫相思信不磨，親將雙帶綰香羅。未灰蠟炬弃成泪，垂絶鴨弦忍倦歌。　休躑躅，已蹉跎，珊鞭拗折負恩多。人間會有相逢事，奈此青春悵望何？”

五九　蕙風集外詞百字令

《蕙風集外詞》：〔百字令〕《某夫人挽詞》：“金幢西指，到湟柈彼岸，蓮華湧地。靈照雲何鋒恁捷，放下漉籬而已。來也無生，冤哉誰説？了了如如諦。祇園接引，净居何似龍子。　刲股一再殫成，療親應笑，闍夜多無計。感逝傷神香山老，合是佛光法嗣。明女瞿夷，初禪自在，慧業餘文字。尼陀那竟，導師猶説根利。”

（一九二五年五月六日）

六○　餐櫻廡所由名

黃公度《日本雜事詩注》云：“有賣櫻飯者，以櫻花和飯。賣櫻餅者，團花爲錘，或煎或蒸，有‘團子貴於花’之謠。”余賦櫻花詞〔浣溪沙〕云：“風味似聞櫻飯好，花時容易戀胡麻。”《戚氏》云：“餐櫻侶，飯抄霞起，餅擘脂融。”此餐櫻廡所由名也。

六一　蕙風集外詞鷓鴣天

《蕙風集外詞》：〔鷓鴣天〕《袁母唐太夫人八十壽詞》：“愛日庭闈景福遐，山河雅度蕭笭珈。詞壇牛耳推袁日，荻畫親承憶幔紗。　　娥絢采，婺舒華，南枝萼綠泛流霞。壽人合奏房中曲，記省唐山屬外家。”

（一九二五年五月十三日）

六二　天方夜譚其旨可通於填詞

《天方夜譚》爲回教國最古之說部，所列故事，多涉俶詭奇幻，近於搜神述異之流。譯者姓名弗著，其龍穴合窆記，尤多情至語，非深於情不能道，其旨可通於填詞。如妃謂宰侯：“子慧心人，當知予意，勿辜所托。苟弃予命，以爲予憂，則怨將終其身，誓不復與子見。”其言徑情直遂，視情外如無物。詞之質筆似之。又比客呼妃名自語曰：“予念即不見諒於卿，亦終不能釋，雖形銷骨化，此區區之忱，不與俱泯。”詞有不嫌説盡者，斯語似之。又比客謂宰侯：“余之戀戀，實彼有以召之。”一望其神光離合，即心搖搖不自主，遂自呼名而懟曰：“彼客，子何妄，獨不慮如膏之煎，徒自苦耶？”又懟宰侯曰：“君誤我，偕余至此，非紓我繾綣，直益我磨折耳。”複舉手謝曰：“此行實自至，昏瞀中誣君爲道引，余過矣，余過矣。”語未畢，淚墜如雨，哀抑不自勝，若痴若狂，百態交作。其言胡天胡帝，愈轉愈深。詞筆之變化，或流於怨懟激發，而不可以爲訓。如昔賢之論靈均書辭，其斯旨乎？又妃就坐，目專注比客，與比客言，輒托興於物，而隱寓其心愫，脉脉然相通無間也。既互睫遞意，妃益信比客爲深於情者。雖耳目衆，未能罄所懷，而方寸間蹲蹲歡舞，自流露於眉宇，覺人生之樂，無有逾於此者。又妃顧比客，赧頰而言曰：“余方寸已亂，口不能掬余懷。君之見愛于余，余深信君用意之篤。第君雖情重莫與匹，余以意度君，知君當不疑余之鍾情於君，不如君之甚也。”又比客欷歔而對曰：“即使卿不亮予衷，不列余於没齒不二之臣，是予不足以感動高深，亦惟自恐自艾，矧卿之於予，乃固結若此耶？予自念一見顔色，即不復自知有生命。利劍之刃，能斷百重甲，而不能斷予一縷之愛絲。”皆以至曲之筆，傳至深之情。生命不自知，利劍不能斷。作詞有三要，曰重、拙、大，斯其所謂重乎。又妃默呼比客之名曰：“比客乎？使斯時予膝爲君而屈，固禱祈以求，無幾微怨意也。”又比客甫入船，左手遥指妃，右捧心顫聲曰：“卿乎余相愛之情，凝於掌其將去。”語以質而近拙，而情彌真。求之詞中，唯清真間有之，而未易多觀也。小説可通於詞，《天方夜譚》而外，殆不能有二也。

（一九二五年五月二十七日）

六三　蕙風詞話語警徹

《蕙風詞話》云：“宇内無情物，莫如山水。眼前循山一徑，行水片帆，乃至目極不到，即是天涯。古今别離人，何一非山水爲之間阻。”數語警徹，非深於情者，沉頓情中數十年，未易道得，即令山水有知，度亦無詞自解免。蕙風生平不好游山水，曩寓都門，以不赴西山之約。半塘訾之曰：“俗人直受之不辭也。”

（一九二五年五月三十日）

六四　九歌九辨導源填詞之法

《山海經》曰：“夏後開（即啓）上三嬪於天，得《九辨》與《九歌》以下。”郭景純注，引《歸藏開筮》曰：“昔彼九真，是曰‘九辨’，同宫之序，是爲‘九歌’。”考此，則《九歌》《九辨》皆天帝樂名。屈原、宋玉，特用其音節，以詞填之。晚唐五季已還，填詞之法導源於此。

六五　長孫無忌新曲極似韵令半闋

《匏廬詩話》："唐人有十言詩，長孫無忌《新曲》云'阿儂家住朝歌下早傳名，結伴來游淇水上舊長情。'又云'回雪凌波游洛浦遇陳王，婉約娉婷工笑語倚蘭房。'余謂每十言二句，極似韵令半闋，每句分上七下三二句（宋人稱小詞爲韵令。）。"蓋是時詩變爲詞，風會已開，體格變遷，有不期然而然者。

六六　君木蝶戀花

君木寫示謝緄園近詞，〔蝶戀花〕《贈歌者梨》云："聽得聲聲珠絡鼓。越裕吳妝，洛水凌波步。爲是纏頭邀一顧，不辭銀鵲翻空舞。　　豆蔻梢頭年十五。貌比蓮花，心比蓮心苦。未必芳姿天亦妒，雲涯怕有藏春塢。"緄園名掄元，余姚人。

（一九二五年八月七日）

六七　半唐四印名齋本黃山谷

黃山谷云："我提養生之四印，百戰百勝，不如一忍；萬言萬當，不如一默。無可揀擇眼界平，不藏秋豪心地直。"半唐老人以四印名齋本此，或疑其藏漢印四矣。其少房（妾稱少房，見宋人文集。）名抱賢，則所本未詳，向嘗問之，半唐笑而不答，唯曰："所謂賢者即我而已。"

（一九二五年八月十三日）

六八　項蓮生詞句

"恨夜短，夜長却在，者邊院落。"項蓮生（廷紀）《憶雲詞》句。（隔牆聞按歌聲，調失記。）余二十幾時，極喜誦之。後乃知其絕無佳處，而詞境稍稍進矣。

（一九二五年八月十五日）

六九　吳苣詞

乙丑五月，旅寓吳門，汪甘卿（鐘霖）奉其太夫人《佩秋閣遺稿》見貽，詩二卷，詞、駢文各一卷，其《紅葉》《黃葉》兩詞，尤爲卷中佳勝。《紅葉》調〔台城路〕云：「楓林坐晚霜痕染，嫣然酒顏新醉。驛路魂消，吳江夢冷，都是者般風味。詩情漫擬，似付與寒姿，冶春争麗。半壁殘山，斷霞橫抹夕陽外。　　長亭多少送客，數程如畫本，鞭影遙指。艷却非花，鮮宜著雨，攪作（去聲）離人紅淚。休隨逝水，便吹去閑階，海棠秋比。樂府吟來，恐餘愁未洗。」《黃葉》調〔霜葉飛〕云：「夕陽路詩筇瘦村，平林秋意如許。天涯可奈感飄零，恁打頭飛處。向晚菊、籬邊認誤，漫教倦客吟愁句。祇一夜霜華，頓減了濃陰，盡西風便吹去。　　何況畫裏江南，幾人家在，此時歸棹無主。那禁搖落好年光，散似摶沙聚。向穉稺、村頭且住，柴扉亂逐昏鴉舞。剩有著書身，槭槭蕭蕭，閉門聽雨。」〔台城路〕闋「漫擬」「逝水」「未洗」字并用去上，守律謹嚴。〔霜葉飛〕換頭固佳，過拍尤語淡意深，是善學清真者。太夫人姓吳氏，名苣，字佩纕，吳縣人，詩詞古文外，畫花卉宗没骨法，兼工山水，有卷册行世，鑒藏家多重之，爲吳縣許鶴巢前輩（玉瑑）女弟子，其遺稿許先生爲之序。

（一九二五年八月十七日）

七〇　借字屬對

晚唐五季之間，詞流喜借字屬對。如楊凝式帖：「當一葉報秋之初，乃韭花騈味之始。」借「韭花『作』九花」，對「一葉」之類是。客歲孟秋滬西富商某（某園主人。）生日，蓋雙壽也，或集漢史晨碑字爲文，書篆稱祝。吳音「史」讀若「徙」，「史晨」對「生日」，猶「九花『對』一葉」，屬辭工巧，寓意深隱，謔亦虐矣哉，而彼昏不知，方且以爲榮，而津津樂道，抑亦甚可憐矣。

（一九二五年八月十九日）

七一　劉翰怡蝶戀花

劉翰怡近詞，〔蝶戀花〕三首，爲三蘭畫蘭三枝并題，藻思倚合，芊綿温麗，讀之齒頰俱香。"影事礬天時記省。點檢離襟，猶有餘香凝。回首江皋仙路回，素心珍重雙珠贈。　試問小名羞不應。玉刻苔華，看取瓊枝并。畫裏芳姿娟更静，三生乞與蘭因證。""眼底群芳齋俯首。天與娉婷，不數芝三秀。幾話同心携素手，濃香未瀚襟痕舊。　僅意相思從別後。九畹而今，却種雙紅豆。紉佩情芳君念否，一年容易秋風又。""願傍蘭苕爲翡翠。璧月瓊筵，曾幾甍騰。珠樹三花明赤水，芬芳未抵千金意。　自昔國香稱服媚。畫裏真真，消得人憔悴。甚日憑肩呼小字，碧紗烟語喁喁地。"三蘭姓錢氏，越國妙姬，容翰雙絶，妝閣在錢塘江上，非俗客所能到也。

（一九二五年八月二十三日）

七二　集宋人詞句爲楹言

集宋人詞句爲楹言，吳門顧氏怡園外，以南潯劉氏藏書樓（翰怡京卿近築。）佳構爲多。"佳節若爲酬（蘇軾〔南鄉子〕）縹简雲簽（李彭老〔高陽臺〕）細憑商略（黄機〔沁園春〕），層闌幾回憑（周密〔瑞鶴仙〕）青溪翠麓（劉克莊〔滿江紅〕）正好登臨（史達祖〔齊天樂〕）。"又："琅函聊擘（陳師道〔滿庭芳〕）藜閣翻芸（姚勉〔沁園春〕）元龍豪氣横秋（詹正〔臨江仙〕）共嬉遨（李昂英〔水調歌頭〕）歲寒伴侣（周密〔綉鸞鳳花犯〕），天上玉堂（張矞〔沁園春〕）人間福地（盧祖皋〔沁園春〕）新棟晴翬凌漢（吳文英〔水龍吟〕）面屏障（吳文英〔鶯啼序〕）神仙畫圖（劉過〔沁園春〕）。"又："是家傳（辛弃疾〔聲慢慢〕）太乙青藜（劉克莊〔滿江紅〕）儒館英游（京鏜〔念奴嬌〕）伴莊椿壽（辛弃疾〔水龍吟〕），更小隱（辛弃疾〔滿江紅〕）苕溪漁艇（劉克莊〔沁園春〕）烟霏空翠（邱窞〔漢宫春〕）作歲寒圖（陳草閣〔沁園春〕）。"又："汗青蠹簡（劉克莊〔水龍吟〕）罨畫簾櫳（吳文英〔聲聲慢〕）懷抱向誰開（方岳〔水調歌頭〕）對嬋娟（辛弃疾〔滿江紅〕）香尋古字（張炎〔八聲甘州〕），霧閣雲窗（京鏜〔瑞鶴仙〕）爭輝金碧（京鏜〔滿江紅〕）俗塵飛不到（曹冠〔小重山〕）勝竹絲（劉子寰〔滿江紅〕）風響牙籤（吳文英〔江南春〕）。"又："璿題寶字（張先〔喜朝天〕）綉水雕闌（曹冠〔喜朝天〕）風月試追陪（辛棄疾〔水調歌頭〕）我亦底窗翻蠹紙（朱文公〔念奴嬌〕），芸帙披香（曹冠〔滿江紅〕）湘屏展翠（周密〔霓裳中序弟一〕）珠玉霏談笑（辛棄疾〔千秋歲〕）天開圖畫肖瀛洲（朱文公〔水調歌頭〕）（此聯蕙風署名。）。"又："不盡古今情（呂勝己〔臨江仙〕）閣上藜光（劉克莊〔沁園春〕）劉郎清嘯（劉克莊〔沁園春〕），雅飾繁華地（吳文英〔鶯啼序〕）江南圖畫（周邦彥〔蕙蘭芳引〕）王謝風流（辛棄疾〔八聲甘州〕）。"樓聯須切藏書，較園聯隨意寫景爲難。宋詞句意，與書樓關切者，殊不多觀，集句聯中，尤多切劉姓及湖郡之句，允推工巧絕倫。

（一九二五年八月二十五日）

七三　劉翰怡沁園春

劉翰怡《題吳丈缶廬詩存詞》，是真能知缶詩之妙者，調〔沁園春〕云："詩人之詩，其心則騷，而筆近韓。似老樹著花，椏杈媚嫵，奇峰拔地，突兀屭顔。節制之師，無懈可擊，當得長城尤五言。論風格，值東陽（乙庵尚書）高密（太夷方伯），方駕吟壇。　　須知天帝胡然，凡凌亂之言皆肺肝。念獨立蒼茫，所遺何世，悲歌慨慷，欲問無天。叠稿如融，長愁如質，略舉家風非等閑。陽春曲，問十年滄海，幾見成連。"換頭"肝"韵二句，筆遒而意徹，非功力甚深不辦，非缶翁之詩不足以當之。

七四　劉氏藏書樓楹言集宋詞句

劉氏藏書樓楹言，集宋詞句，又云："石渠天祿（姚勉〔沁園春〕）潤納璿題（吳文英〔鶯啼序〕）笑談間（韓元吉〔水調歌頭〕）引客登臨（吳文英〔鶯啼序〕）得意春風群玉府（管鑑〔滿江紅〕），古簡蟬篇（吳文英〔掃花游〕）香深屏翠（李彭老〔壺中天〕）圖畫裏（劉過〔沁園春〕）有人瀟灑（周密〔龍吟曲〕）云是清都山水郎（朱敦儒〔鷓鴣天〕）。"又："檐牙妃翠檻曲縈紅（姜夔〔翠樓吟〕）應是瓊斧修成（張榘〔壺中天〕）星躔斗柄皆回互（京鏜〔賀新郎〕），山秀藏書池香洗硯（周密〔八聲甘州〕）且由醉帽欹側（吳潛〔念奴嬌〕）清風明月解相留（曹冠稱〔宴桃源〕）。"并雅可誦。

（一九二五年八月二十七日）

七五　宋詞人僑吳之地

彊邨朱先生云："宋詞人之僑吳者，世但稱賀方回、吳應之諸賢。叔問謂吳夢窗〔鷓鴣天〕'楊柳閶門'之句，蓋有老屋相近皋橋，其〔點絳唇〕《懷蘇州》詞所云'南橋'殆指此。又兩寓化都寺詞，皆有懷吳之思，豈垂老菟裘，固以此邦爲可榮耶。"（《彊邨語業》〔霜花腴〕題。）按：《王氏城坊考》于兩宋詞人，賀方回（鑄）、吳應之（感）、張質夫（樂，有〔水龍吟〕《咏楊花，東坡和其韵》。）、元厚之（絳，有〔映山紅慢〕《咏牡丹》，見《全芳備祖》。）、顧淡雲（歲寒社友，別號夢梁詞人，著有《夢梁集》，有詞，見陶氏《詞綜補遺》。）、曹西士（《豳有詞》，見《宋人說部》。），均詳記其所居，唯夢窗未見著錄，似宜考補。

七六　君木蕙風連句浣溪沙

乙丑七月，左湖天嬰君木薄游姑蘇，集閶門旅邸，蕙風來會。即席微歌，寶琴索詞，君木、蕙風連句賦〔浣溪沙〕贈之，每句嵌座中人字，小美玉磨墨，冶葉老四捧硯。詞云："左顧餘情到酒邊，湖山佳處韠吟鞭（是日左湖冒雨騎驢游虎丘。）（蕙），嬰伊軟說嫩涼天（木）。　風雨茜窗消寶篆，蕙蘭芳意托琴弦（蕙），憑君木石亦纏綿（木）。"又："風滿雕欄月滿樓，玉容清美蕙蘭秋（蕙），紅嬰消息遠天浮（木）。　切莫四弦瑟老大，湖波左計比情柔（蕙），鄂君悵望木蘭舟（木）。"

（一九二五年九月十八日）

· 217 ·

七七　王飲鶴詞

訪校長王君飲鶴（朝陽）不遇，飲鶴工倚聲，有《忘我詞丙稿》，〔徵招〕云：“嫩晴枝上翻紅影，穠春去將過半。麗日正遲遲，倚曲闌人倦。吟魂淒欲斷，況門外、風花凌亂。破碎湖山，更誰追問，酒裙歌扇。　　淚眼閱滄桑，閒情緒、并入（作平）玉龍哀怨。恨賦寫江南，怕題襟塵滿。流鶯渾不管，慣偏向、愁邊低喚。卜消息、鏡裏年華，訝鬢絲青換。”近作〔聲聲慢〕《過複成橋倉園》云：“如龍車馬，似水樓臺，芳華無恙新亭。舉目河山滄桑，一霎曾經。銅仙暗傷亡國，費移盤、鉛淚如傾。忍重聽，風前殘笛，水曲哀箏。　　還我承平江左，望複成橋下，船火星星。裙屐當年，紅闌花底同憑。依稀眼前影事，已登場人物全更。憐舊月，照秦淮誰與送迎？”

（一九二五年九月二十日）

七八　吳夢窗久寓蘇州

吳夢窗曾寓蘇州，不徙。〔鷓鴣天〕詞“楊柳閶門”之句，堪爲佐證也。其四稿中，〔探芳信〕小序：“丙申歲，吳燈市盛常年。余借宅幽坊，一時名勝遇合。置杯酒，接殷勤之歡，甚盛事也”云云。又〔六醜〕“壬寅歲，吳門元夕風雨”。又“甲辰歲，盤門外寓居過重午”。丙申距壬寅六年，距甲辰九年。此九年中，或先寓閶門，後寓盤門。惜坊巷之名，不可得而詳耳。又〔應天長〕《吳門元夕》句云：“向暮巷空人絕，殘燈耿塵壁”，極似老屋數間景色。〔浣溪沙〕《觀吳人歲旦游承天》句云：“街頭多認舊年人。”〔點絳唇〕前段云：“明月茫茫，夜來應照南橋路。夢游熟處，一枕啼秋雨。”曰多認，曰游熟，與〔探芳信〕序云“吳燈市盛常年”皆足爲久寓蘇州之證。又〔齊天樂〕《賦齊雲樓》、〔木蘭花慢〕《陪倉幕游虎丘，又重游虎丘》、〔探芳〕《新吳中元日承天寺游人》等闋，皆寓蘇時所作。夢窗所云“南橋”即指皋橋，今蕙風卜居，適在皋橋稍北。俯仰興懷，荃香未沬，素雲黃鶴，跂予望之矣。

（一九二五年九月二十二日）

七九　叔雍鶯啼序

嘗謂學夢窗詞，須面目不似夢窗，細按之，却有與夢窗相合處，此中消息甚微。叔雍近作〔鶯啼序〕，似乎微會斯旨，雖不能至，庶幾近道。詞云："凉蟬乍驚倦枕，黯年時綺緒。闊紅晚、雙槳凌波，酒消隨分歸去。度輕暝、嬌雲庵畫，林陰宛宛蘅臯路。隔花深，誰最多情，玉容知否。　　明鏡奩漪，絳淺翠婉，感芳期迅羽。盡絲柳、猶繫斑騅，怨曲吹斷金縷。話春愁、紅襟舊壘，幾消受、落花風雨。更何堪，昨夢重尋，舊移尊處。　　衣香臉色，粉怨珠㖞，畫中自媚嫵。甚側帽、汝南心事，篋稿珍重，解佩誰要，佇琴愁撫。寒蟾照徹，征鴻過盡，玉璫緘札無消息，憂簾鈎、萬一西風妒。秋心暗警，憑渠藕玲瓏，誤人可奈弦柱。　　窺妝影事，記曲閒情，剩去塵凝竚。漫記省、無邊香色，似水年華，鬢影低徊，棹歌容與。微波脈斷，遙山眉樣，人時深淺莫更問，早紅衣、零落鴛鴦浦。憑闌點檢相思，鳳紙題殘，墜歡慵絮。"

（一九二五年九月二十六日）

八〇　虎丘真娘墓集詞句聯

虎丘真娘墓，有集詞句聯云："半丘殘日孤雲，寒食相思陌上路；西山橫黛瞰碧，青門頻返月中魂。"半丘句，見夢窗陪倉幕游虎丘〔木蘭花慢〕。西山句，見夢窗賦齊雲樓〔齊天樂〕，皆本地風光，甄采恰合。

（一九二五年九月二十八日）

八一　蕙風鷓鴣天

滬濱無山，蕙風詞〔鷓鴣天〕云："匝地嬌雷殿畫輪，疏鐘無力破黃昏。縱然明月都如夢，也有青山解辟塵。"蕙風嘗謔謂山水曰

·219·

"無情物"（見《詞話》卷五。），此曰解辟塵，奚翅華衮榮褒，山何修而得此。

（一九二五年九月三十日）

八二　夔笙自題唯利是圖好事近

曩歲辛酉首春，缶廬爲蕙風作"唯利是圖"畫折枝荔支，精麗凝勁，神采奕奕，蓋極得意之筆。蕙風自題詞幷識，缶廬書之云："夔笙屬作是圖，以玩世之滑稽，寓傷心之懷抱，可爲知者道耳。爲設色畫荔支，取荔、利同聲字。夔笙自題五詞，調〔好事近〕：'荔與利諧聲，藕偶蓮連爲例。便作吾家果論，拜缶翁佳惠。　　多情爲我買胭脂，艷奪紫標紫。風味銅山更好，問阿環知未。'又：'風骨信傾城，何止千金當得。十八娘殊媚嫵，帶寶山春色。　　小簾吾欲笑髯蘇，日啖僅三百。蘭畹近邊寒峭，問何時挺出。'又：'雙蒂水晶丸（劉放詩："相見任誇雙蒂美，多情莫唱水晶丸。"），得似同心金斷。便擬移根金穴，惜冰肌無汗。　　垂條疏密亦尋常，不道見寒暖。總被藍紅江綠，把朱顏輕換。'又：'荔下有三刀（荔或書作荔），利則一刀而已。刀作泉刀解詁，以多多爲貴。　　甘如醴酪沁心脾，和嶠最知味。照眼紅雲絳雪，是天然美利。'又：'何必狀元紅，老矣名心倦矣。安得珠懸寶錯，似側生連理。　　缶翁之缶絕神奇，金合貯瓜子。萬一蘭因證果，在先生筆底。'辛酉燕九日，安吉吳昌碩幷書於缶廬之一角樓，時年七十又八。"按：蕙風作《唯利是圖》，越五年於兹矣。顧賣書饗文，清不知飢如故。（昔人咏梅句云："清極不知寒。"蕙風食最少，嘗自謂清極不知飢。）設遇刷掠神者，將刷掠其所刷掠，神誠聰明，得無望塵却步耶。

（一九二五年十月四日）

八三　陳德武謎體詞浣溪沙

昔人有以謎體爲詩者，（見《雜體詩鈔》。）爲詞者不經見。宋陳德武〔浣溪沙〕云："山上安山（"出"字）經幾歲，口中添口（"回"字）

又何時。"是以謎體爲詞也。

(一九二五年十月八日)

八四　楹言集宋詞句

近見友人壁間，有楹言集宋詞句："一月垂天，餘山窺牖。十眉捧硯，雙鬢吹笙。"語兼清艷二妙，亟記之。

(一九二五年十月二十日)

八五　顧子山玉田稼軒詞句長聯

李氏南墅（名□廬）壁間，有眉綠老人（顧子山文彬）集玉田、稼軒詞句長聯："生意又園林，穿花省路，撥葉通池，傍竹尋鄰，携歌占地。把芳心徐説，老去却願春遲。多準備水西船，山北酒，樹底行吟，足可幽栖，書册琴棋清對仗；我志在寥闊，舊雨常來，臨風一笑，乘雲共語，對月相思，與造物同游，天也祇教吾懶，剩安排溪上枕，水邊亭，桐蔭間道，不妨高卧，茶甌香篆小簾櫳。"

(一九二五年十月二十二日)

八六　嚴嵩和鄂王滿江紅

西湖岳廟有嚴嵩和鄂王〔滿江紅〕詞，石刻甚宏壯，詞既慷慨，書亦瘦勁可觀，末題銜華蓋殿大學士。後人磨去姓名，改題夏言，見《蕙榜雜記》。亦猶馬士英畫，改閏人馮玉瑛耳。夏言和鄂王詞，見《蘭皋明詞集選》。"南渡偏安，瞻王氣、中原銷歇。嘆諸公、經綸顛倒，可憐忠烈。曾見淒涼亡國事，而今惟有西湖月。睹祠官、梓木尚南枝，傷心切。　人生易，頭如雪。竹汗簡，青難滅。整乾坤要使，金甌無缺。後土漫藏遺臭骨，龍泉恥飲奸臣血。恨當時、無奈小人朋，迎朝闕。"《桂洲詞》不載此闋，疑即嵩詞改名之作。

(一九二五年十月二十四日)

· 221 ·

八七 閨秀詞兩語

《蕙榜雜記》述閨秀詞兩語云："關山夜半斷人行，有來往征人夢。"句誠佳矣。卻去兩宋名家尚遠，入《元草堂詩餘》，其庶幾乎。

八八 集詞曲名家信

舊藏□雨人世父家信，中一則云："聞説某某表弟（已下集詞曲名。）〔好事近〕，不日〔賀新郎〕，從此做〔好郎君〕，與〔好姐姐〕稱〔并頭蓮〕，〔八節長歡〕可也。但須識得〔端正好〕，休再〔脫布衫〕，〔沽美酒〕，學那〔耍孩兒〕，走的〔不是路〕，以致〔懶畫眉〕，不知〔念奴嬌〕，致稱爲〔薄幸郎〕也。"蓋寓箴勸之意，某表弟者，五陵年少之流也。

（一九二五年十月三十日）

八九 吳夢窗伉儷詞

吳夢窗詞〔鷓鴣天〕《化度寺作》後段云："鄉夢窄，水天寬，小窗愁黛澹眉山。吳鴻好爲傳歸信，楊柳閶門屋數間。"蓋直以蘇州爲故鄉，何止曾寓是邦而已。"小窗愁黛"即左與言之"盈盈秋水，淡淡春山"。是時筍塘内子（夢窗有〔天香詞〕《壽筍塘内子》。）猶寓吳閶也，其〔夜行船〕後段云："畫扇青山吳苑路。傍懷袖、夢飛不去。憶別西池。紅綃盛泪。腸斷粉蓮啼露。"亦複芬芳悱惻，文生於情，令人增伉儷之重。

九〇 夢窗詞寫林和靖

林君複諡和靖，宋人《説部》如《苕溪漁隱叢話》《癸辛雜志》等書，皆寫"靖"作"静"。夢窗〔齊天樂〕云："畫船應不載，坡静詩卷。"〔木蘭花慢〕云："争似湖山歲晚，静梅花底同斟。"亦皆指和靖，不知何據。

九一　浦合仙臨江仙

《聽秋聲館詞話》載有閨秀浦合仙青廬《對鏡》〔臨江仙〕云："記得儷筓侵曉起，畫眉初試螺丸。春痕淡淡上春山。乍驚新樣窄，較似昨宵彎。　　一樣敷來仙杏粉，難勻怪煞今番。傳聞郎貌玉珊珊。妝成嬌不起，偷向鏡中看。"今番杏粉怪煞難勻，決非吾曹作艷語者所能道。

（一九二五年十一月一日）

九二　爲陳質庵賦清平樂

陳質庵（彬）屬題《閑軒深坐圖》，爲賦〔清平樂〕云："斷無塵浣，人境成清可。何必閑雲來伴我，早是天空雲過。　　君家嗜睡圖南，一般道味醰醰。斯旨也通禪定，便如彌勒同龕。"

（一九二五年十一月九日）

九三　蕙風鷓鴣天

蕙風近詞〔鷓鴣天〕《題畫丐丐畫圖》云："慘綠韶年付酒杯，江關蕭瑟庾郎才。無聲詩筆憑誰識？祇合髯蘇作伴來。（東坡居士云："上可以陪玉皇大帝游，下可以伴卑田院乞兒。"）　　腰帶緩，鬢霜催，吹簫我亦老風埃。勸君莫唱蓮花落，水逝風飄太可哀。"前調《題王星泉顧影自憐圖》云："返舍義輪不可期，昔游都付玉簫吹。左徒惆悵餘騷辯，（《九辯》："惆悵兮私自憐。"）張緒風流感鬢絲。　　驚夢蝶，惜駒馳，暫裝回處幾矜持。（《漢書》："昭君豐容靚飾，裴回顧影。"）與杯容易邀明月，與我周旋更阿誰？"

（一九二五年十一月十五日）

九四　蕙風爲陳蒙庵題洞仙歌

陳蒙庵（彰）屬琦兒作《雲窗授律圖》，蕙風爲題〔洞仙歌〕云："塵飛不度，甚雲間如我。放鶴歸來見深坐。有松聲、合并幽

·223·

澗鳴泉，風動處，依約宮商迭和。　　一邱聊複爾，桐帽□鞋，隨分商量到清課。遠致屬聲家，淡墨溪山，君知否，個中薪火。早點檢秋期托蘭荃，便裊盡爐烟，付它寒鎖。"附識云：陳生蘭庵，有志聲律家之學，就余商榷，素心晨夕，此圖得其仿佛。

（一九二五年十一月十七日）

九五　易安詞脱口輕圓

李易安詞："莫道不消魂，簾捲西風，人比黃花瘦。"脱口輕圓，閨人聰明語耳。細審之，實無佳處可言。易安其人，丁易安之時，做此等語便佳，我輩不可作，尤不必學。

（一九二五年十一月二十一日）

九六　彊邨雜題諸家詞集後望江南

彊邨近著〔望江南〕詞《雜題諸家詞集後》，移錄如左：湘真老，斷代殿朱明。禁本道援堂晚出（《彊邨語業》作"不信明珠生海嶠"。），江南哀怨不勝情（後三字《彊》作"總難平"。），愁絕庚蘭成。（屈翁山）蒼梧恨，竹泪已平沉。萬古湖南清絶地（後五字《彊》作"湘靈聞樂地"。），雲山韶濩入凄音，字字楚騷心。（王船山）争一字，鷓鴨惱春江。樂府幾篇還跳出，嶄新機杼蜕齊梁，餘論惜倡狂。（後三句《彊》作"脱手居然新樂府，曲中亦自有齊梁。不忍薄三唐"。）（毛大可）雲海約，明鏡已秋霜。但願生還吳季子，何曾形穢漢田郎（田紫綸詞序，有"自顧形穢"語。梁汾詞："休教看煞，風流京兆漢田郎。"），歸老有纑塘。（顧梁汾）迦陵韵，哀樂過人多。跋扈頗參青兕氣，清揚恰稱紫雲歌，不管秀師訶。（陳其年）江湖夢（"夢"《彊》作"老"。），載酒一年年。静志微嫌（此四字《彊》作"體素微妙"。）耽綺語，貪多寧獨是詩篇，宗派浙河先。（朱竹垞）蘭錡貴，肯作稱家兒。解道紅羅亭上語。人間寧獨小山詞，冷暖自家知。（納蘭容若）銷魂極，絶代阮亭詩。見説綠楊城郭畔，游人齊唱冶春詞，把筆盡凄迷。（王貽上）研韵律，紅友翠薇俱（《彊》作"談聲律，詞筆此權輿"。）。翻譜竹枝歸刌度，重雕菉斐費爬梳，驂靳足相于

（《彊》作"持配紫霞無"。）。（萬紅友戈寶士）留客住，絕調鷓鴣篇。脫盡綺羅（"綺羅"《彊》作"詞流"。）菰澤習，相高秋氣對南山，駸度衍波前。（曹升六）長水畔，二隱比龜溪，不分詩名叫一飯，（"飯"《彊》作"饌"。）。（武曾斷句："兒童莫笑詩名賤，已得君王一飯來。"）居然詞派有連枝，人道好塤篪。（李武曾分虎）南湖隱，心折小長蘆。拈出空中傳恨語，不知探得頷珠無，神悟亦區區。（厲太鴻）回瀾力，標舉選家能。自是詞中疏鑿手，橫流一別見淄澠，異議四農生。（張皋文）金針度，詞辨止庵精。截斷衆流窮正變，一燈樂苑此長明，推演四家評。（周保緒）舟一（"一"《彊》作"如"。）葉，著岸是君恩。一夢金梁餘舊月，千年玉笥有歸雲，片席蛻岩分。（周稚圭）無益事，能遣有涯生。自是傷心成結習，不辭累德爲閑情，茲意了生平。（項蓮生）娛親暇，（九能著《娛親雅言》。）餘事作詞人。甘載柯家山下客，空齋畫扇亦前因，成就苦吟身。（嚴九能）甄詩格，凌沈幾家參。若舉經儒長短句（李菇客《論經儒四家詩》謂凌次仲、沈沃田、王述庵、洪稚存。），歸然高館憶江南，綽有雅音涵。（陳蘭甫）

（一九二五年十一月二十三日）

九七　彊邨望江南續

　　彊邨〔望江南〕詞《題諸家詞集後》，最二十四首，自陳蘭甫已下，并時代較近者，續錄如左。人天夢，秋醒發遐心（《彊》作"秋醒意，抱碧契靈襟"。壬秋有秋醒詞序。）。生長茝蘭工雜佩，較量台鼎讓清吟，衰碧契靈襟（《彊》作"欣戚導源深"。）。（王壬秋陳伯弢）皋文後，私淑有莊譚。（《彊》作"皋文說，沉瀣得莊譚"。）感遇霜飛憐鏡子，會心衣潤費爐烟，妙不著言詮。（莊中白譚復堂）窮途恨，斫地放歌哀。幾許傷春家國泪，聲家天挺杜陵才，辛苦賊中來。（蔣鹿潭）香一瓣，長爲半塘翁。抗志直希天水旨（《彊》作"得象每兼花外永"），起屧差較茗柯雄，嶺表此宗風。（王佑遐）招隱處，大鶴洞天開。避客過江成旅逸，哀時無地費仙才，天放一閑來。（鄭叔問）閑金粉，曹鄶不成邦。拔戟異軍能特起，非關詞派有西江，傲兀故難雙。（文道希）前調，意有

· 225 ·

未盡，再綴一章，海南謂陳述叔，臨桂謂況蕙風也。"文章事，得失信心難（《彊》作"雕蟲手，千古亦才難"。）。新拜海南爲上將，敢要臨桂角中原，來者孰登壇。"

（一九二五年十一月二十五日）

九八　王飲鶴霜花腴

王飲鶴詞學孟晉，録示近作，〔霜花腴〕《偕童伯章、蔣青蕤、汪鼎丞諸公游天平山，依夢窗自度曲四聲》云："甜雲暮合，望遠天，斜行雁字排空。霜冷烟郊，石荒苔徑，樓臺亂倚西風。歲華轉蓬。話舊游，零落歡悰。悵投林，倦翼難飛，壯懷消盡酒杯中。

京洛暗塵如霧，換伊涼一曲，瘦損秋容。蕭瑟江關，凋年詞賦，銷魂舊日文通。更携瘦笻。側醉巾，同上吳峰。又登高，過了重陽，晚楓翻錦紅。"

（一九二五年十一月二十七日）

九九　顧伯彤詞莊雅

填詞有三要，曰重、拙、大，非于此道致力甚深不辦。山陽閨秀顧伯彤（翊徽，泗州楊毓瓚室。）所著《熙春閣詞》，莊雅不佻，於重字爲近，得之梱闈中，信未易才也。〔瑞鶴仙〕《對月》云："流螢侵砌碧。正秋澄如水，涼懷吟得。遲花鎖嬌色。試滅新半臂，縫羅雲窄。初生桂魄，鏡屏前、柔光幾尺。最多情、小幌風烟，鄰架舊芸今夕。　遥姮娥天上未，必嬋娟憶，更嫌寥寂。藤蘿繞石，人影瘦，井梧直。聽寒蛩欲語，憑闌心事，江冷波濤夢隔。夜厭厭，銀漢無聲，玉階露白。"〔青玉案〕《游愚園》云："鈿車寶馬重游地，正秋晚、遥天霽。回步園林苔蘚翠，亭前尋到，踏青痕細，女伴今春事。　粉牆迢遞鞦鞭戲，雲外朱樓沸歌吹。并人憑高無限意。愁邊記取，斷零詩思，化作飛鴻字。"〔浣溪沙〕《九日登韓台》云："風雨重陽載酒游，韓台霜葉伴人愁，築壇勛業嘆浮漚。　又見雁行思遠道，故飛燕子自清秋，茱萸斜插玉搔頭。”前調《病中》云：“朱閣層陰夢未通，丁香長書結成叢，退飛蝴蝶怨東風。　深巷□簫吹漸遠，疏簾藥間沸初濃，拋書人倦綉衾中。”《熙春詞》，南陵徐氏輯《閨秀詞鈔》著錄數首，署名作翊徽字。

（一九二五年十二月十一日）

一〇〇　陳元孝水龍吟

偶于陳蒙庵案頭，見南海陳元孝（恭尹）《獨漉堂集》有《瘂虎詞》，題目絕新，調〔水龍吟〕云：“宵來萬籟刁調，阿誰清嘯風生苑。仙都仁獸，爪牙空利，肝腸偏善。夜目如燈，斑毛如刺，不驚林犬。但泥沙路上，兒童笑指，蹄痕處，看深淺。　浪説騶虞不踐，草青青、經行何損。霽威勿用，忍飢忘食，古今應鮮。負子宏農，乳兒荊楚，化機潛轉。待龍從九五，氣求聲應，大人利見。”以詞意審之，瘂虎殆虎而不虎者，可以愧世之不虎而虎，虎猶不食其餘者，元孝明季布衣，字型大小羅浮山人。東坡詩：“雲溪夜逢暗虎伏。”注：羅浮向有痘（同“瘂”）虎巡山，殆即元孝之所賦嘆。

一〇一　查韜荒殢人嬌

黔俗云：“清平豆腐楊老酒，黃絲姐兒家家有。”黔故罕聞，亟記之。查韜荒《浣花詞》，《過黃絲》〔殢人嬌〕云：“前度劉郎，盼到黃絲地面。仿佛認、舊時庭院。牆頭馬上，更桃花千片。誰得似、撩人那枝留戀。　弱態輕盈，柔情宛轉。真不枉、色絲黃絹。生拌世世，作金蠶銀繭。配著你、合成鴛鴦一綫。”

一〇二　陳蒙庵爲丁昉庭題金縷曲

丁昉庭先生著《切夢月》一書，稱引詳確，辨析精審，斟酌於義蘊術數之間，濟之以多見而識，知微知彰，寓牖民覺世之閎旨，求之近人撰述中，得未曾有。陳蒙庵（彰）題詞，調〔金縷曲〕云："訂韵諧宮徵（先生精均學，撰述甚富。）。更精研、神交六侯，異書料（平聲）理。不待三更風力勁，悟徹春婆妙諦。長柳後、微言誰繼。處世原來如大夢，阿誰窺幻影真如意。先覺者，破玄秘。　　一編好作南針指。恁紛紛、蕉隍覆鹿，槐柯封蟻。底事黃粱猶未熟，大可及鋒而試。便指顧、華胥醒矣。舊籍張劉牙慧耳（坊間張三豐、劉誠意解夢書，自云得諸秘藏，實襲君書以售欺者。），笑廣微瑣語休輕比。應紙貴，洛陽市。"

（一九二五年十二月十五日）

一〇三　陳質庵爲丁眄庭題減字浣溪沙

陳蒙庵與兄質庵（運闓，原名彬，一字伯懌。）競爽詞壇，有二難之目。晋江丁眄庭（成勛，一字欽堯。）所著《切夢月》，質庵題詞，調〔減字浣溪沙〕云："武庫青霜試及鋒，頓教殘醉失惺忪，趾離退舍脫光雄。（趾離，夢神名，見《致虛閣雜俎》脫光，刀神名，見《齊太公兵法》。）　　蝶栩定應回夜枕，鯨鏗須不待晨鐘，邯鄲歸騎莫從容。"質庵樂道好静，書法尤工，得晋帖神髓，不輕爲人作也。

一〇四　趙叔雍爲張麗人題月下笛

明歌者張麗人墓志，宏光元年刻石，在廣東白雲山。黎節潛（遂球）撰文，見《蓮須閣集》，鈕玉樹撰傳，見《觚賸》。麗人名二喬，麗質貞操，卓越千古。武進趙叔雍尊嶽有詞題此志拓本，調〔月下笛〕云："石以文貞，花伴質麗，艷塵千古。披蒼蘚，遥憶三城舊眉嫵。□籢壁月成雙影，早慧業人天徹悟。僅梅坳春寂，能消鐵石，廣平一賦。　　芳緒，蓮香句。更采筆鐫苔，百花深護。棠梨怨雨，杜鵑猶作吳語。白雲已分紅桑後，算那日、蕊香有土。撫斷碣、義熙年，栗裏閑情幾許。"

（一九二五年十二月二十七日）

一○五　商媚生青玉案

祁忠惠夫人商媚生《錦囊詩餘》，傳本不多，比《惜陰堂彙刊明詞》因得足本，屬爲校定。浣誦一過，尤愛其〔青玉案〕《言別》：“一簾蕭颯梧桐雨，秋色與、人歸去。花底雙尊留薄暮，雲深千里，雁來寒度，客有愁無數。　　片帆明日東皋路，送別恨重重烟樹。越水吳山知甚處。舞移燈影，箏調弦柱，且盡杯中趣。”此詞融景入情，不黏不脫，適得宋人法度。

（一九二六年一月七日）

一○六　邵次公詞

淳安邵次公（瑞彭）諳政術，擅詞章，風骨騫舉，世人多識其事也。近客京師，暇輒填詞，頃寄積稿成帙示叔雍，相與欣賞。千里素心，燈窗晨夕，天涯情味，當複相同。茲移録數首。〔華胥引〕《和陳小樹》：“寒燈媚夜，殘葉迎風，漏壺初急。恨促蠻弦，啼沾賓枕人未識。不道孤客無眠，滯水西雲北。松柏依然，爲誰凝想油壁。　　胡雁傳箋，話如今、舊歡難擲。錦屏雙扇，猶堪重題象筆。滿眼江山沉醉，待夢魂相覓。閑攤羅衾，怨蛾凄桂林隙。”〔永遇樂〕《遼東懷古》：“驚夢鶯啼，摩霜鶻奮，絕塞無際。照眼烟塵，羽書馳處，萬古興亡地。長河暮水，平沙秋草，进入亂笳聲裏。甚匆匆，樓船橫海，不敢破空胡騎。　　玉龍吹怨，江南春盡，誰灑水天殘泪？卑帽辭家，白翎挽劫，悵望英雄起。月明依舊，美人歌舞，渺渺荷花十里。東風轉，桃根寸札，鶴歸能寄。”〔霜葉飛〕《十一月十五日約薝庵同賦》：“夜堂歡短，霜風外、南飛驚墜孤鶊。浸痕滄海認明珠，付絳綃同泫。記昨日、疏簾半捲。愁妝吟鏡春無限。念故國捐瑲，舊恨不分重見。　　江上素月弦空，平林燈火，望極前度人面。鳳城秋去晚鴉啼，夢紫台天遠。想落葉宮門閉斷。蛾眉催老閑恩怨。試共吟、橫汾賦，簫鼓歸來，茂陵年晚。”〔清商怨〕：“虛廊啼罷絡緯，又玉簫吹起。遠樹飄燈，凉花垂熱泪。南千里萬里，烟水深樓爲誰倚？閉了重門，關山明鏡裏。"〔采桑子〕："紅梅偎向愁鷰泣，花霧溟溟。濃睡初醒，明月當樓夜四更。魂輕逐車輪去，銀漢無聲，幽怨難平。明日烟波路幾程。"

（一九二六年一月十一日）

一〇七　次公指事詞

叔雍謂次公近作多指事詞，意內而言外，寄托遥深，固其宜也。持此以讀次公詞，庶幾得之，然其婉約端艷，正不爲事所拘，細加體會，自得其妙。〔玉樓春〕："行雲不合西樓住，遥夜繁紅飛似雨。鏡中潮信有來期，屏上春帆無去路。　　鈿奩四角絲千縷，飄盡柳綿難作絮。君如瑟柱妾如弦，自古一弦安一柱。"又："長干波浪連天闊，日日吴船乘浪發。來如春夢去如雲，昨夜星辰今夜月。　　夜堂携手芳菲節，不信花開人又别。胡桐著雨泪難乾，密苣偎爐心易爇。"又："羅衣不怨秋風早，時世梳妝工且巧。冷冷湘女五條弦，彈裂哀雲人未曉。　　遠山隱約雙蛾小，應有千金酬一笑。遥遥夜夜滯愁眠，坐對菱花慵自照。"又："黄鶯二月栖難定，三月楊花飛滿徑。一春無雨到清明，殘醉天涯猶未醒。　　妾如桃花開金井，君似銅瓶辭短綆。墜瓶出水不空回，中有夭桃紅泪影。"又："紅樓衹在斜陽裏，不抵開山千萬里。游絲傳語訊平安，説與相逢渾不似。　　鏡鸞照影殷勤寄，貯得方諸千點泪。欲憑環佩領春愁，除是寒襴尋晚睡。"〔相見歡〕《贈歸客》："西樓驚雁飛還，錦書殘。昨夜何人獵火、照狼山。　　千萬里，錯相倚，玉闌干。回首江南不見、見長安。"

一〇八　次公玲瓏四犯

余曩好側艷之詞，或爲秀鐵面所訶。近來投老，意緒闌珊，固却去不爲，爲之亦未必能工也。讀次公〔玲瓏四犯〕，輒爲神往。〔四犯〕自序："十月晦夜，獨坐假寐，得高丘云云十四字，度其音律，頗合石帚自製曲。感念離居，情意宛結，因足成之。　　柘館露濃，簫颭風緊，明蟾低挂林表。畫闌凝望久，亘亘星河悄。今宵夢魂未到，滯歡期，亂烟荒草。翠被溫愁，玉瑎傳泪，腸斷幾時了。　　橫塘水，桃根棹，想殘盟易踐，歸計難早。滿街寒柝起，竟夕群鴉鬧。高丘萬古春無恨，問誰説，蛾眉不好。天欲曉，思量罷，朱顏暗老。"

（一九二六年一月十三日）

一〇九　譚玉生論詞絶句

論詞絶句，作者頗多。武進趙叔雍近擬匯鈙一編，俾廣其傳，甚盛事也。昨見海南譚玉生（瑩）《樂志堂論詞百首》，又專論國朝人四十首，粵東人三十六首。旁徵博引，評騭精至，可謂大成矣。兹録數首："章台折柳太多情，寒食東風句未精。若使君王知此曲，曲兼詩并署韓翃。（韓翃）""喚柘枝顛亦自娛，能稱曲子相公無。柔情不斷如春水，認作唐音恐太諛。（寇准）""大范勛華有定名，小詞傳唱御街行。至言酒化相思泪，轉覺專門浪得名。（范仲淹）""空傳飲水處能歌，誰使言翻太液波。詩學杜詩詞學柳，千秋論定却如何。（柳永）""詞憑法秀浪相諕，迥脱恒蹊玉有瑕。黄九定非秦七比，後山仍未算詞家。（黄庭堅）""亭皋木葉正悲秋，元祐詞家得宛丘。著墨無多風格最，綺懷不獨少年游。（張耒）""敢説流蘇百寶裝，唐人詩語總無妨。移宮換羽關神解，似此宜開顧曲宫。（周邦彥）""小晏秦郎實正聲，詞詩詞論亦佳評。此才變態真橫絶，多恐端明轉讓卿。（辛棄疾）""玉照堂開夜不扃，海鹽腔衍與誰聽。滿身花影詞工絶，將種何須蟋蟀經。（張鎡）""石帚詞工兩宋稀，去留無迹野雲飛。舊時月色人何在，戛玉敲金擬恐非。（姜夔）""悲凉激楚不勝情，秀貫江東擅倚聲。詞格若將詩格例，玉溪生讓玉田生。（張炎）""舊選中興絶妙詞，更名絶妙好詞爲。笑韠十解人人擬，直比文通雜體詩。（周密）"

（一九二六年二月十七日）

一一〇　邵次公夢玉人引

淳安邵次公歲暮渡遼，以詞翰遣離憂，見其近作，風骨媚峭，爲録存之。詞〔夢玉人引〕：“舊經過地。行雲散。渺無迹。臘鼓催年。回首可憐輕別。横海孤舟。怕離魂難度、不成相憶。一夜同看。祇青天明月。　　故衣休換。數啼痕、添了滿衣雪。塞北春遲。玉梅何處攀折。望裏關山。苕苕飛鴻翼。料伊到、曉懨懨。暗蔔歸來時日。”

（一九二六年二月二十一日）

一一一　蕙風自題如夢令

蕙風近續湘梅作連理枝，自題〔如夢令〕云：“明月一窗誰共證，證取羅浮香夢。絲鬢耐吴霜，來作守花么鳳。珍重，珍重，端合瑶台移種。”

一一二　爲周湘雲賦南浦

四明周湘雲（鴻孫）屬題九石圖之一曰：“遠浦涵星，此景殊難著筆，并非真景，乃是形容奇石，兼顧尤難恰切。爲賦詞，調〔南浦〕用張玉田體云：秀極信能奇，乍凝眸，烟水迷離如許。波路舊歸帆，遥情在，落月霜天籠曙。瑶光歷歷，種榆合傍雲深處。江影平分秋仵雁，依約在東三五。　　仙源誰識支機，恰教人卧看，牽牛織女。望極似涔陽，依南斗，不轉楚騷心苦。真姿雪濯，聚星消得髯翁句。丘壑胸中堪列宿，骨傲未須憐汝。”

一一三　金松岑詞

金松岑（天羽）寄貽近詞〔洞仙歌〕《龍堪設酒，招莫君伯衡、畢丈勛閣、亢宙民、李鄂樓，觀青陽地扶桑邸後櫻花。春色惱人，感成此闋》云：“隔城花好，騁游緰芳甸，醉搦仙雲媚情昊。幻霞裾雪帔，魔舞蹁躚，妝抹勝，海國春寒料峭。　　百狂拼泥酒，處子牆東，倚俊倖憨背人笑。蓬島別經年，回首家山，山影受，萬花圍繞。怎便説麻姑海揚塵，要戲弄壺天，折花春惱。〔掃花游〕《爲印濂題葉小鸞遺影手卷》云：“仙凡路隔，天上聰明，墮紅塵劫。吹花唾葉。怕人間綺障，返生兜率。瞥眼驚鴻，笙鶴雲中寫得。重悽咽。一證無生，再生無術。　　晚春愁脉脉。嘆薺麥荒墳，試花寒食。冷楓江驛。又疏香閣圯，蕃生荊棘。大地山河，換了江南草色。剩留得。硯痕青、小鬟眉窄。”

一一四　陳質庵清平樂

陳質庵（運圖）録示近詞，〔清平樂〕《題徐仲可真如空圖》云：“神樓畫裏，山水清空地。隔斷西湖紅十裏，領取如如真諦。　　西來大意云何，先生笑指烟蘿。懺到文人慧業，真成丈室維摩。”質庵一字伯懌，近有志於聲律家之學，所造甚深。與蒙庵塤篪迭奏，今之龜溪二李也。“襄陽回望不勝悲”詩一句，即四書人名六，妙造自然，殆不能有二。“離家人漸損豐頤”亦成句，即卦名六，皆奇句。

（一九二六年二月二十五日）

一一五　彊邨校詞圖諸家題詩詞

朱漚尹彊邨校詞圖，吳缶老筆也。缶老作此圖時年已八十，蒼勁渾蕭，精力彌滿，自言擬奚蒙泉。政恐蒙泉無此氣魄爾，又題〔減蘭〕其上，亦極俊逸。詞云：“金風嫡派，一世詞流甘下拜。余事丹黄，遠接虞山近半塘。　　故山浮玉，夢裏消磨文字福。何日歸篷，和爾樵歌一笛風。”諸真長（宗元）題詞云：“論詩兩宋本堂堂，汲古刊成閲海桑。天水厓山供痛哭，累公清淚助丹黄。缶翁晚筆健如何？能狀詞靈共不磨。持擬此圖猶仿佛，聽楓園屋舊經過。”陳子言（詩）題云：“釣游舊地公持節，百粵山川共繫思。直接東坡寥落意，天涯亭上看梅時。越賢老作吳門客，七寶樓臺字字工。閑向詞壇纂遺逸，聽楓園裏燭搖紅。回眸猶記玉簾前，荊棘銅駝總惘然。黄浦牽船伴鷗鷺，桃花蒓菜過年年。上彊邨接竹墩村，藻繪歌謠筆有神。借問當年沈司馬，丹青今日幾傳人。"周梅泉（達）題云："遠祧浙派近毗陵，七子吳中詡審音。不廢江河流自在，同光詞客邁元金。　夢月空青異幟張，北詞支派啓文襄。能探星宿源頭水，終讓歸安老侍郎。　近代詞壇數二文，蘇辛豪宕異清真。寧知七寶樓臺手，散外傳燈別有人。　善本難求四印齋，半塘心血已成堆。虞山功自先河在，百宋精刊讓後來。　簾影橫波惜別時，銷魂絕代冶秋詞。遺臣老作聽楓客，更耐長年落葉悲。　缶叟支難擅寫生，空中傳恨又圖成。忍翻天水傷心局，一角殘山分外明。"馮君木开題云："侍郎窈窕人，虛襟納遠思。餘事及聲律，扣心發深摯。宇縣人太宵，疏燈耿無睡。下上苦求索，旁皇到一字。深深抉內捷，力欲泄其秘。鶴聲出篋飛，彌天鼓清吹。小雅久廢絕，赤手造風氣。缶翁老好事，畫筆見疏致。蕭寥水石外，人間此何世。夢中校夢龕，惝恍在天際。定有古衣冠，呻吟通癏瘝。"此圖此題，數百年後，亦足爲詞苑增一故實矣。

（一九二六年三月一日）

一一六　著名詞人名位顯

（《五雜組》）又云："自晋唐及宋元，善書畫者，往往出於搢紳士大夫，而山林隱逸之踪，百不得一，此其故有不可曉者，豈技藝亦附青雲以顯耶？抑名譽或因富貴而彰耶？抑或貧賤隱約，寡交罕援，老死牖下，雖有絕世之技，而人不及知耶？然則富貴不如貧賤，徒虛語耳。"曩蕙風撰《詞話》有云："考宋興百年已還，凡著名之詞人，十九《宋史》有傳，或附見父若兄傳，大都黃閣巨公，烏衣華胄，即名位稍遜者，亦不獲二三焉。當時詞稱極盛，乃至青樓之妙姬，秋墳之靈鬼，亦有名章俊語，載之曩籍，流爲美談。萬不至章甫縫掖之士，尺板斗食者流，獨無含咀宮商、規撫秦柳者。矧天子右文，群公操雅，提倡甚非無人，而卒無補於湮没不彰，何耶？錫山顧梁汾（貞觀）有言：'燠涼之態，浸淫而入于風雅'良可浩嘆。即北宋詞人以觀，蓋此風由來舊矣。"與謝在杭氏論畫之言，有同慨焉。

（一九二六年三月五日）

一一七　嚴藕漁浣溪沙

無錫嚴藕漁（繩孫）所著《秋水詞》，風格在梁汾、容若之間。〔浣溪沙〕云："盡日風吹到大羅。金堂消息見橫波。暖雲香霧奈伊何？　　猶是不曾輕一笑，間誰堪與畫雙蛾。一般愁緒在心窩。"填詞有三要：曰重、拙、大。此詞換頭二句，可以語大，惜末句遠遜。

一一八　潘雪艷明慧溫麗

《秋水詞》句："一生真得幾回眸"，蕙風絕喜之，知遇之感，讀此為之增重。歌媛潘雪艷，占籍吳中，生長滬上，明慧溫麗，卓越輩流，缶盧、漚尹、蕙風，并以嬌女侍之。缶撰楹言見貽云："雪晴小帖論風格，艷色先施比笑顰。"篆書絕精美，以泥金箋書之，尤為難得。

一一九　蕙風為潘雪艷賦新詞

蕙風新詞〔八聲甘州〕序云："蕙風生平最憐女，潘女士雪艷，惠然肯為吾女，快且慰矣。蕙風有兩女，雪艷明慧，殆有過之，昔人所謂女中之主也，為製詞以張之。""向天涯能得幾情親，誰知更娉婷。見盈盈一拜，便如真個，掌上珠擎。念汝人天絕艷，冰雪净聰明。為我萊衣舞，宛宛嬰嬰。　　準擬香詞按拍，待趨庭付與，不櫛書生。聽珠歌一曲，嬌囀似新鶯。（蕙風少作，有《新鶯詞》。）好相貽、信芳蘭茭，要萬千、珍重慰餘情。千金意、仵嬋娟月，來證深盟。"〔高陽臺〕《正月十六夕聽歌，為雪艷賦》云："碧玉年芳，紅牙曲麗，當壚妒煞文君。（是夕雪艷飾酒家女。）遺世仙姿，葊華姑射同論。海棠文杏襄中秀，總輸他、玉雪精神。倚新妝、如此韶年，如此初春。　劇憐紈素吾嬌女，度珠聲清曆，皓齒丹脣。（左思嬌女詩"小字爲紈素，口齒自清曆"，又"濃朱衍丹脣"。）解駐歌前，吳雲依約閑身。寄生芳草金荃艷，説鐘靈、古斷乾坤。（劇場以乾坤名。）爲誰消？庾信平生，無限酸辛。"

（一九二六年三月十一日）

一二〇　胡汾沁園春

江寧第一女子師範胡君（汾）來函，附丙寅歲首賀詞，調〔沁園春〕："南極丙星，東作寅賓，鳳律始更。喜春生江管，烟雲五色；詩吟宋艷，冰雪雙清。頌柏銘椒，歌鶯舞燕，却羨門庭瑞靄盈。新年樂，有梅花索笑，竹葉多情。　年來已厭言兵，願從此銷爲日月明。幸金尊同醉，玉簫共奏；虎母眈視，鳳有和音。君展鵬程，我慚蠖屈，莫被浮名誤此生。遙飛柬，祝朝朝如意，歲歲承平。"詞頗華整，具徵工力甚深，而書法娟秀，雅近簪花高格，意者其爲校中之才雋云。

（一九二六年三月十三日）

一二一　宋宣和上元民婦古鷓鴣天

宋宣和中，上元張燈，許士女縱觀，各賜酒一杯。有夫婦同游而相失者，婦至端門，飲賜酒，竊懷金杯。衛士見之，押至御前，婦曰〔古鷓鴣天〕詞云："月滿蓬壺燦爛燈，與郎携手至端門。貪觀鶴陣笙簫舉，不覺鴛鴦失却群。　天漸曉，感皇恩，傳宣賜酒飲杯巡。歸家惟恐公姑責，竊取金杯作照憑。"道君大喜，遂以金杯賜之。令衛士送婦，此元夕故事絕韵者。

一二二　漚尹爲缶廬像題虞美人

丙寅元日，白龍山人爲缶廬繪小像。缶自題云："挂瓢風已饉雙耳，依佛文難成反身。未是清空爲塵土，長裾搖曳爾何人。"漚尹題詞，調〔虞美人〕云："平生三絕詩書畫，占斷閑聲價。江南一月宰官身，拂袖歸來真作義熙人。　　醉中無複逃名地，薇葛餘清淚。本來身命甲辰雄，才信江山塵土爾清空。"

（一九二六年三月十五日）

一二三　東山樂府小重山

論詞以兩宋爲集大成，而北宋尤多高手，以凝重寫端莊。國初浙西諸派，但事結藻韻致，已落下乘。論者多謂爲南宋開其源，實則東山樂府，鬆俊處固不可及，然已失拙大重之三要。莘甲有自，未可即歸之南宋，其〔小重山〕"枕上閶門報五更。蠟燈香施冷，恨天明。青蘋風轉移帆旌。橋頭燕，多謝伴人行。　　臨鏡想傾城。兩尖眉黛淺，淚波橫。艷歌重記遣離群。纏綿處，翻是斷腸聲。"又"月月相逢祇舊圓。迢迢三十夜，夜如年。傷心不照綺羅筵。孤舟裏，單枕若爲眠。　　茂苑想依照，花樓連苑起，壓漪漣。玉人千里共嬋娟。清琴怨。斷腸亦如弦。"等尤具面目，後來學者，以周、柳之不可幸至，而取徑于秦、賀。其至者容似飲水，而凝重之體態，遂不易複得矣。起衰陣靡，此中之消息，正不可不知。

一二四　詩詞三字聯用

歐陽修《六一詞》〔蝶戀花〕"庭院深深深幾許"三字聯用，詞中以爲創見，實則詩中固嘗有之。劉駕"樹樹樹梢啼曉鶯，夜夜夜深聞子規"。又有一句疊三字者，吳融"一聲南雁已先紅，槭槭淒淒葉葉葉"。歐公正可方駕劉、吳，實則文人狡獪，固複無所不可。惟張顛作草，忽覺神來，則語意自然，情致婉約。若出之湊作，則自有捉襟露肘之弊。不特造句，即獨木橋體回文體等詞，又何獨不然。學者既不可以詞損意，又不可强意造詞也。

一二五　宋僧仲殊工詞翰

宋僧多工詞翰，仲殊其尤，蓋一時風氣所被。緇素同流，澤漑聲施。有不期然而然者，然仲殊固有托而逃者也。姓張氏，安州進士，弃家杭州，居吳山寶月寺。其時時事日非，憤慨絕俗，拔剎世外，而又未能忘情，則一以孤憤之旨，寓之翰墨。其詞言婉而諷，而又不失忠厚之旨，緣情緯事，寄托遙深，宋僧蓋少與頡頏者。

（一九二六年三月十七日）

一二六　楊用修詞品水滸詞

楊用修《詞品》云："《瓮天脞語》載宋江潛至李師師家，題一詞於壁云：'天南地北，問乾坤何處，可容狂客？借得山東烟水寨，來買鳳城春色。翠袖圍香，鮫綃籠玉，一笑千金值。神仙體態，薄幸如何銷得？　　遙想蘆葉灘頭，蓼花汀畔，皓月空凝碧。六六雁行連八九，祇得金鷄消息。義膽包天，忠肝蓋地，四海無人識。閑愁萬種，醉鄉一夜頭白。'按此即《水滸》詞。楊謂瓮天，或別有據。第以江嘗入洛，太憒憒矣。"余按：楊好僞托古人之作，瑭水初成，謂爲後主，則此或亦所自弄狡獪耳。

（一九二六年三月十九日）

一二七　辛幼安千秋歲

辛幼安建康壽史致道〔千秋歲〕一詞："寒垣秋草，又報平安道。"人爭傳誦，嘗箋者曰："按《宋史》高宗紹興三十二年，立建王爲太子，時史浩爲王府教授。是年金人掠邊，高宗親征，而江淮失守。廷臣爭陳退避計。太子請率師爲前驅。史浩言太子不宜將兵，乃草奏，請扈蹕以供子職。上亦欲令太子遍識諸將，遂扈蹕如建康。太子受禪于建康，是爲孝宗。隆興元年，以史浩參知政事。是年山東忠義耿京起兵，複東平府，遣其將賈瑞及掌書記。辛弃疾來奏事，召見授弃疾承務郎弁，以節度使印告召京，會張安國殺京降金。弃疾至海州，聞變乃約統制王世隆徑赴金營。安國方與金將酣飲，即衆中縛之以歸。金將遣之不及，獻俘行在，斬於市。弃疾改判建康，年纔二十三，此詞嘗作於是時。又，沈際飛以閔刻本抹"鳳詔看看到"及"從今盡是中書考"二語，謂其近俚。是并未讀史，蓋僅以尋常壽詞目之者也。是時戎馬倥傯，終日播遷。幼安一見史浩，而即以汾陽恢復規勵之。義勇之氣，溢於言表。史浩相孝宗，雖未能全行恢復，而得以安然，史稱其忠，謚文惠，則此詞亦未爲失言也。

（一九二六年三月二十三日）

一二八　夢窗詞咏湯杏花天

夢窗詞咏湯〔杏花天〕："蠻薑豆蔻相思味，算却在、春風舌底。江清愛與消殘醉，蕉萃文園病起。　停嘶騎、歌眉送意。記曉色東城夢裏。紫檀暈淺香波細，腸斷垂楊小市。"咏湯之作，絕所僅見。細按詞語，湯中有薑有豆蔻，故色澤似紫檀。夫以姜作湯，近或以愈寒疾，而加入豆蔻，則殊罕有。豆蔻味亦辛温，與薑同嗜，未爲不可。其曰文園病起者，容亦以爲却寒之助乎？而換頭"停嘶騎"下云云，又似困酒之疾，近治醉或用醬油作湯，未聲以姜作湯。然豆蔻則固醒酒之需。夢窗此咏，其爲却疾醒醉，不可得考，要爲尊前韵事矣。朱校本謂集中〔瑞龍吟〕詞有"蠻江豆蔻"句，用韓偓"蠻江豆蔻連生"語也。姜爲江訛，則此爲豆蔻湯，無蠻薑，必爲解醒之飲，然豆蔻湯不當作紫色。二説論定，容俟知者。

一二九　汪大有洞仙歌

叔雍自常州來，具道其鄉天寧寺之勝，僧衆數百，擁田萬畝，香積所供，日以五石計。占地至百餘畝，凡倉房船舶供應之具，無不盡備。殿宇尤宏麗，視靈隱或加偉，輒語之曰："毗陵故多僧，且與君家有緣。"汪大有《水雲詞》〔洞仙歌〕："毗陵趙府，兵後僧多，占作佛屋，寧非華宗雅居耶？"詞云："西園春暮，亂草迷行路。風捲殘花墮紅雨。念舊巢、燕子飛傍誰家，斜陽外，長笛一聲千古。　繁華流水去，舞歇歌沉，忍見遺鈿種鄉土。漸橘樹方生，桑枝纔長，都付與、沙門爲主。便關防不放貴游來，又突兀梯空，梵王宫宇。"

（一九二六年三月二十五日）

一三〇　瞿安減字花木蘭

瞿安近詞〔減字花木蘭〕，序云："蘇州第二女師範學校畢業生毛杏秀，字慧雲。數年前，偕孟禄博士，參觀陸軍工藝場，過北仙涇橋，車覆墮水死，頃將改仙涇橋，名曰杏秀，并築慧雲亭。征詩文辭刻石。余占此解應之。""風波咫尺，身逐胥濤留不得。漁火江楓，行客愁聽半夜鐘。　　西郊款段，陌上歸時須緩緩。楚魄重招，應踏楊花過此橋。"此題絕凄艷，詞亦婉至雅令，允推絕唱。

一三一　蔡松筠詞

宋時江西詞流極盛，蘭畹金荃，流風餘韻，至今猶有存者。蔡松筠（楨）録示近詞〔翠樓吟〕《依帚四聲，次瞿安韵》云："鶴警遼東，鴻飛楚北，聲聲送來霄際。高寒秋宇潔，但彌目凄清霜氣。江楓遥睇，又染出愁紅，征夫紅淚。生如寄，冷芳垂暮，看隨秋悴。　　忍記，新柳當年，也望春京國，五陵馳騎。劫餘歸卧久，甚情緒商量文理。風雲斯世，慨磈落人豪，沉冥天意。金甌碎，海禽難捕，獨醒知未。"〔拜星月慢〕《某氏園見敗荷感賦，和清真韵，并倚四聲》云："雁足音沉，虹腰秋暮，小立遥天欲暗。一往愁心，著芙蓉荒院。憶初過，但覺凌波洛艷堪擬，曉日朱華明爛。水佩烟裳，恍三生曾見。　　夢魂中、慣識迎人面，重來處、怕近危闌畔。悵恨冷露驚，飈捲紅香飛散。剩凄涼、舊月臨池館，殘蛩病，竟夕誰吟嘆。忍念那、七孔冰絲，獨絲連不斷。"〔水龍吟〕《金陵懷古，次伯秋韵》云："蔣山依舊嵯峨，碧隨秋盡衰容露。東南故國，幾番經歷，勝時歌舞。金粉灰飛，綺羅雲散，板橋秋樹。問珠簾十裏，遺踪覓遍，分明

· 240 ·

是，青溪路。　　休説興亡千古，泣新亭、後先人去。銷沉王氣，江山如此，英雄誰數。遥想當年，菜備烟永，祇今奚取。怕登樓放眼，斜陽巷陌，總傷心處。"

（一九二六年三月二十七日）

眉廬叢話論詞

況周頤◎著

　　《眉廬叢話論詞》，況周頤著。況周頤曾於 1914 年
發表《眉廬叢話》（《東方雜志》第十一卷），内容爲隨
筆雜記，其中有不少論詞文字。孫克强將其加以輯録整
理點校，名之《眉廬叢話論詞》，發表於《南開詩學》
第一輯（社會科學文獻出版社，2018）。本文據《東方
雜志》本校録。

《眉廬叢話論詞》目錄

眉廬叢話論詞

一 無名氏一剪梅

道光朝，曹太傅當國，陶文毅督兩江，兼鹽政。時以商人藉引販私，國課日虧，私銷日暢，至有根窩之名，謀盡去之，而太傅世業鹽，根窩殊夥，文毅又出太傅門下，投鼠之忌，甚費躊躇。因先奉書取進止，太傅覆書，略曰："苟利於國，決計行之，無以寒家爲念，世寧有餓死宰相乎？" 文毅遂奏請改章，盡革前弊，其廉澹有足多者。惟其生平薦歷要津，一以恭謹爲宗旨，深惡後生躁妄之風。門生後輩，有入諫垣者，往見，輒誠之曰："毋多言，豪意興。" 由是西台務循默守位，浸成風氣矣。晚年恩禮益隆，身名俱泰。門生某請其故，曹曰："無他，但多磕頭，少開口耳。" 道、咸以還，仕途波靡，風骨銷沉，濫觴於此。有無名氏賦〔一剪梅〕詞云："仕途鑽刺要精工，京信常通，炭敬常豐。莫談時事逞英雄，一味圓融，一味謙恭。　　大臣經濟在從容，莫顯奇功，莫說精忠。萬般人事要朦朧，駁也無庸，議也無庸。" 其二云："八方無事歲年豐，國運方隆，官運方通。大家襄贊要和衷，好也彌縫，歹也彌縫。　　無災無難到三公，妻受榮封，子蔭郎中。流芳身後更無窮，不謚文忠，便謚文恭。" 損剛益柔，每下愈況，孰爲之前，未始非太傅盛德之累矣。

二 半塘詞集

同孫王半塘微尚清遠，博學多通，生平酷嗜倚聲，所著《袖墨》《味梨》《蜩知》等集，及晚年自定詞均經刻行，其他著述，身後乏人收拾，殆不復可問。

三　詩詞兩讀

唐王之渙《出塞》詩可作長短句讀。唯末句之下，須叠首三字方能成調："黃河遠，上白雲間一片，孤城萬仞山。羌笛何須怨？楊柳東風，不度玉門關。黃河遠。"近人有肪之者，即以〔黃河遠〕名調，亦可詩、詞兩讀。見張玉穀《昭代詞選》。

四　許玉琢獨弦詞

許某，名玉琢，號鶴巢，吳中耆宿。文勤夙所引重，官內閣中書有年，非薄游京師，後遷刑部員外郎。工儷體文，有《獨弦詞》，刻入《薇省同聲集》，與江寧端木子疇齊名。當時闈作，不肯摭用鼎銘，自貶風格，而文筆方重，又不中試官，故未獲雋，非因某房考與文勤牾之故。而房考中，尤斷無能牾文勤者。

五　紅粉憐才

吳園次《藝香詞》有"把酒祝東風，種出雙紅豆"二語。梁溪顧氏女子，見而悅之，日夕諷咏，四壁皆書二語，人因目園次為"紅豆詞人"。紅粉憐才，允推佳話。相傳明臨川湯若士撰《牡丹亭》院本成，有婁江女子俞二娘讀而思慕，矢志必嫁若士，雖姬侍無怨。及見若士，則頹然一衰翁耳。俞惘然，竟自縊。若士作詩哀之曰："畫燭搖金閣，真珠泣綉窗。如何傷此闋，偏衹在婁江。"此其愛才之專一，亦不可及。妙年無奈是當時，若士何以為懷耶。清季某相國侏儒眇小，貌絕不揚。少時作《春城無處不飛花賦》，香艷絕倫。某閨秀夙通詞翰，見而愛之。晨夕雒誦不去口，示意父母，非作賦人不嫁。時相國猶未娶，屬蹇修附蔦蘿焉，及却扇初見，乃大失望，問相國曰："《春城無處不飛花賦》，汝所作乎？"背影回燈，嚶嚶啜泣不已。不數月，竟抑鬱以歿。此則以貌取人。

頓改初心，適成兒女子之見而已。

六　咏美人足詞

宋劉龍洲（過）咏美人足〔沁園春〕詞，"洛浦凌波"一闋，膾炙人口久已。明徐文長（渭）〔菩薩蠻〕詞有"莫去踏香堤，游人量印泥"之句，皆咏纖足也。若今美人足，則未聞賦咏及之者。始安周笙頤（夔）〔念奴嬌〕云："踏花行遍，任匆匆、不愁香徑苔滑。六寸圓膚天然秀（韓偓詩"六寸圓膚光致致"。），穩稱身材玉立。襪不生塵，版還參玉，二妙兼香潔。平頭軟綉，鳳翹無此寧帖。　　花外來上秋遷，那須推送，曳起湘裙摺。試昉鞋杯傳綺席，小戶料應愁絕。第一銷魂，温存鴛被底，柔如無骨。同偕讖好，向郎乞（作平。）借吟鳥。"又吳縣某閨媛〔醉春風〕云："頻換紅幫樣，低展湘裙浪。鄰娃偷覰短和長，放，放，放。檀郎雅謔，戲書尖字，道儂真相。　　步步嬌無恙，何必蓮鈎昉？登登響屧畫樓西，上，上，上。年時記得，扶教（平）小玉，畫闌長傍。"兩詞并皆佳妙，亟録之。

七　賦繆筱珊姓字點絳唇

上海新閘橋迤東，有繆筱山醫寓，揭櫫其門者再，與江陰繆筱珊先生姓字巧合，余嘗作詩賦其事。越翼月，先生至自都門，見而賞之。因再占一詞，調寄〔點絳唇〕云："男女分科，霜紅龕主原耆宿。藕香盈菊，何用參薓苓劇？　　八代文衰，和緩功誰屬。醫吾俗，牙籤玉軸，乞借閑中讀。"

八　贈澀澤青淵千秋歲

甲寅四月，日本澀澤青淵男爵來游滬上，先之杭州，拜明儒朱舜水先生祠墓。將游京師，取道曲阜，謁孔林。自言其生平得力，不出《論語》一部，誠彼國貴游中錚佼者。余嘗賦詞贈之，調寄〔千秋歲〕，云："雲帆萬里，人自日邊至。桑海後，登臨地。

湖猶西子笑，江更春申醉。誰得似，董陵澆酒平生誼。　　九點齊烟翠，指顧停征轡。洙泗遠，宮牆峙。乘桴知有願，淑艾嘗言志。道東矣，蓬山回首呈佳氣。"

九　東陽擬賦鷓鴣天

友人某君告余，某日送某參政北行，歸途宴集某所，晤東陽方伯。東陽自言："日來甚欲填詞。"因叩以近作，則擬賦〔鷓鴣天〕，僅得起句云："從此蕭郎是路人。"適案頭有《北山移文》，雒誦至再。俄而客至，遂不竟作。此七字含意無盡，真黃絹幼婦也。

一〇　賦朱淑真浣溪沙

曩閱長樂謝枚如《賭棋山莊詞話》載朱淑真降箕，賦〔浣溪沙〕詞，其後段云："漫把若蘭方淑女，休將清照比真娘。"朱顏說與任君詳，余嘗輯《淑真事略》，亦未采入。

一一　咏美人詞

始安周笙頤（夔），撰録宋已來咏美人詞爲《寸瓊詞》，得一百七十闋。凡前人未備之題，皆自作以補之。其咏今美人足〔念奴嬌〕一闋，已録入前話矣。〔菩薩蠻〕《美人辮髮》云："同心三緒青絲綰，絲絲比并情長短。背立畫圖中，巫雲一段鬆。　　羅衫防污（去）却，巧製烏綾托。私問上鬟期，平添阿母疑。"〔定風波〕《美人渦》云："容易花時輾玉顏，柔情如水語如烟。春意欲流人意軟，深淺，藏愁不夠恰嫣然。　　都說個儂禁（平）酒慣（自注：俗云"頰有雙渦者善飲"。），防勸，無端掩笑綺筵前。吹面東風梨暈爛，妝晚，鏡波無賴學人圓。"〔減字浣溪沙〕《美人唇》云："記向瑤窗寫韵成，重輕音裏識雙聲（五音唯唇分重輕音。），石榴嬌欲競珠櫻（唐僖宗時競妝唇，有石榴嬌、嫩吳香等名。）。　　笛孔膩分脂暈浥，綉絨香帶唾花凝，憐卿吻合是深情。"〔沁園春〕《美人舌》云："慧苗心苗，欲度靈犀，溫麐自然。恰鸚簾客去，香留茶釀，鶯篆句秀，縠説花妍。金鑰深扃（《黃庭經》"玉芸金鑰身完堅"，金鑰，舌也。），玉津密漱，消得神方長駐顏。圍曾解，羨瀾翻清辯，巾幗儀連（李白詩"笑吐張儀舌"，又"誰云秦軍衆，摧却仲連言"。）。　簪花格最嬋娟，更妙吮香毫越恁圓。甚小玉偏饒，幽懷易泄，阿（入）侯乍學，泥（去）語輕憐。一角溪山，廣長真諦（蘇軾《贈東林長老》詩"溪聲便是廣長舌，山色寧非清静身"。），祇在紅樓斜照邊。閒憑吊，憶楚宮凄怨，捫竟三年（詩："莫捫朕舌。"）。"〔減字浣溪沙〕《美人頸》云："延秀雒川鶴未翔（《洛神賦》："延頸秀項"，又"余朝京師，還濟洛川"，又"竦輕軀以鶴立，若將飛而未翔"。），蜷蠐玉映鏡中妝，低垂膩粉却羞郎。　書雁遲迴勞引望，綉駕偎傍慣交相，溜釵情味嚲鬟香。"〔鳳凰臺上憶吹簫〕《美人胸》云："酥嫩雲饒（李洞詩"半胸酥嫩白雲饒"。），蘭熏粉著（韓偓詩"粉著蘭胸雪壓梅"。），羅裙半露還藏（周濆詩"慢束羅裙半露胸"。）。乍領巾微褪，一縷幽香。依約玉山高幷，皚皚雪，宛在中央。難消遣，填膺別恨（《説文》：膺，胸也。），積臆春傷（《釋名》：胸，臆也。）。　閨房，別饒光霽，祇風月叨陪，僥幸檀郎（黃山谷曰："茂叔胸中，灑落如光風霽月。"）。更三生慧業，錦綉羅將。云是掃眉才子，渾不讓，列宿文章（李賀詩："云是西京才子，文章巨公，二十八宿羅心胸。"）。論（平）邱壑（楊萬里詩"何日來同邱壑胸"。），遥山澹濃，占斷眉場（秦韜玉《貧女詩》"不把雙眉鬥畫場"。）。"〔減字浣溪沙〕《美人腹》云："妙相規前寫秘辛（《漢雜事秘辛》："規前方後，腹與背也。"），圓肌粉致麝臍溫，個中常滿玉精神。　郎若推心誰與置，天教貯恨不堪捫（蘇軾詩："散步逍遥自捫腹。"），輖飢可奈別經春。"〔白蘋香〕《前題》云："屬稿未須鳳紙，兜羅穩稱瓊肌，宣文艷説女宗師，不數便便經笥。玉抱香詞慣倚，珠胎消息還疑。畫眉也不合時宜，約略檀奴風味。"〔減字浣溪沙〕《美人臍》云："可哥珠容半寸餘，麝薰溫膩較何如。帶羅微勒惜凝酥。　酒到暫能酡絳臛，藥香長藉暖瓊膚。夢中日入叶禎符。"前調《美人肉》云："絲竹平章總不如，屏風誰列十眉圖。收藏慣帖是郎書。　似燕瘦纔能冒骨，如環豐却不垂腴。鷄頭得似軟溫無。"〔減字木蘭花〕《美人骨》云："陽秋皮裏，何止肉勻肌理膩。玉瑩冰清，無俗偏宜百媚生。銀屏讀曲，藥店飛龍爲誰出。袒腹才難，消得文章比建安。"〔金縷曲〕前題云："畫筆應難到，稱冰肌，清凉無汗。摩訶秋早，妙像應圖天然秀，難得神清更好，憐璪掌中嬌小。不把畫場雙眉鬥，恰青衫，未抵紅裙傲。論高格，九仙抱。　　嗤他皮相爭顰笑，漫魂銷，花柔疑没，肉勻足冒，可奈相思深如刻，瘦損香桃多少。怕玉比玲瓏難肖，知己半生除紅粉，莫覥難市駿金臺道。衹無俗，是同調。"〔滿庭芳〕《美人色》云："倚醉微報，倦羞淺絳，相映妬煞桃花。艷名增重，顰莫效西家。旭日魷窗穿照，光艷射，和雪朝霞。東風裏，紅紅翠翠，生怕繡簾遮。　　嫌他，脂粉污，蛾眉淡掃，芳澤無加。更佳如秋菊，鮮若晨葩。任爾芙蓉三變，濃和淡，莫漫驚誇。蘭閨靜，秀餐長飽，相對茜窗紗。"已上各闋，置之《茶烟閣體物集》中，允推佳構，《寸瓊詞》未經印行，故錄之。

一二　二陸詞鈔

得《二陸詞鈔》，海寧查氏舊藏寫本。陸鈺，字真如。萬曆戊午舉人，改名藎誼，字忠夫，晚號退庵。甲申、乙酉遭變，隱居貢師泰之小桃源。未幾，絕食十二日卒。其詞曰《陸射山詩餘》。陸宏定，字紫度，真如公次子，高潔不仕，其詞曰《憑西閣長短句》。皆清雋高渾，與明詞纖庸少骨者不同。卷端各有小傳，載紫度夫人周氏，名瑩，字西鑫，喜涉獵經史百家，工詩詞。其《別母渡錢塘》句云："未成死別魂先斷，欲計生還路恐難。"《咏杏》詩："萱草北堂回書錦，荊花叢地妬嬌姿。"《送夫子入燕》〔減字木蘭花〕云："莫便忘家莫憶家"，皆閨秀所不能道，惜全什遺去。此册亟應梓行，姑志其略如右。

一三　紅豆詞人

張喆士（四科）《咏胭脂》詩云："南朝有井君王辱，北地無山婦女愁”，呼“張胭脂”。鄭中翰（澐）《新婚北上留別閨中》云：“年來春到江南岸，楊柳青青莫上樓”，情韵絶佳，呼“春柳舍人”。吳蘭次（綺）工詞，有毗陵閨秀，日誦其“把酒祝東風，種出雙紅豆”二語，謂“秦七黃九不能過也”，因號“紅豆詞人”。皆韵絶。

一四　尼静照西江月

《廣陵詩事》云：“厲樊榭久客揚州，由湖州納姬歸杭州，名曰月上，作《碧湖雙槳圖》，揚州詩人多題之。”又《棠香集》云：“尼静照，字月上，宛平人，曹氏良家女。泰昌時選入宫，在掖庭二十五年，作《宫詞》百首。崇禎甲申，祝髮爲尼，有《西江月》。”詞云：“午倦慳慳欲睡，篆烟細細還燒。鶯兒對對語花梢，平地把人驚覺。有恨慵彈緑綺，無情懶整雲翹。難禁愁思勝春潮，消減容光多少。”

一五　叠韵雙聲

錢竹汀先生《潛研堂文集》記先大父逸事云：“有客舉王子安《滕王閣詩序》‘蘭亭已矣，梓澤邱墟’二句，對屬似乎不倫。先大父曰：‘“已矣”叠韵也，“邱墟”雙聲也。叠韵雙聲，自相爲對。’”古人排偶之文，精嚴如此。按：宋史梅溪〔壽樓春〕詞：“幾度因風飛絮，照花斜陽。”“風飛”雙聲，“花斜”叠韵，於詞律爲一定而不可易。填此調者，必當遵之，近人有罕知者（按：嘉定錢氏《藝文志略》：竹汀先生大父，名王炯，字青文，號陳人，諸生。著有《大學各本參考》《字學海珠》《蘇州府志辨正》《振鐸》等書。）。

一六　東坡咏足詞

《東坡樂府》〔菩薩蠻〕《咏足》云：“塗香莫惜蓮承步，長愁羅襪凌波去。祇見舞回風，都無行處踪。　　偷穿宫樣穩，并立雙趺困。纖妙説應難，須從掌上看。”按：詩詞專咏纖足，自長公此詞始。前乎此者，皆斷句耳。

一七　巫山神女

"巫山神女""朝雲暮雨"之説，向來詞賦家多用之。艷矣，然而褻甚。按：《路史·集仙録》云："雲華告禹曰：'太上潛汝之志，將授靈寶之文，陸策虎豹，水剷蛟龍，鹹邪檢凶，以成汝功。'因授上清寶文，又得庚辰虞余之助。遂導波決川，奠五岳，別九洲。天錫元圭，以爲紫庭真人。虞余庚辰，據《楚辭》乃益稷之字。雲華者，云王母之女，巫山神女也。"據此，則巫陽之靈，上清莊嚴之神，詎可以褻語厚誣之。曩余作《七夕》詞，用"銀河""鵲駕"等語。端木子疇前輩（埰）見而規誡之，評語云："牛主耕，女主織。建申之月，田功告畢，織事托始，故兩星交會。明代謝以成歲功，世俗傳訛。以妃偶離合爲言，嫚瀆甚矣。"余佩服斯言，垂三十年，未嘗賦《七夕》詞也（疇翁《碧瀣詞》〔湘月〕有序，略云：埰十三歲時，從韓介孫師讀。因講《湘靈鼓瑟》詩，告以英皇事，心敬而悲之。是年冬仲，月明如晝。夢至一處，水天一碧，明月千里，有神女風裳水佩，踏波而行。厥後此景，時在心目。童丱無知，亦不解所以故，但覺馨絜之氣，可以上通三靈，下却百邪。迨弱冠讀《楚辭》，見《湘君》諸篇，愈益嚮往，五十年矣，兹心不易。今老矣，愧未能以其芳馨之性，發而爲事功，有所裨於世。兹和白石〔湘月〕詞，適與之合，遂縷述之，詞云："水天澄碧，見風裳霧帔，飛步清景。爲想神娥游歷處，渺渺湖光如鏡。淚灑斑筠，聲傳枻瑟，月照江波冷。兒時嚮往，夢魂欲訪仙境。　兹後誦法靈均，灃蘭沅芷，對遺編生敬。老去何禪？空贏得皎皎兹心清净。但值涼宵，青天皓月，便欲前身證。何時真個，聽來搏枻新咏。"疇翁刻《楚辭》，肪袖珍本，絶精，無注，謂"非後人所敢注也"。）。

一八　朱竹垞綉鞋詞

朱竹垞《静志居琴趣》《綉鞋詞》云："假饒無意與人看，又何用描金撮綉？"語意深刻，令人無從置辯。羅泌《咏釣台詩》云："一著羊裘便有心"，通於斯旨矣。

一九　七律回文虞美人

唐王之渙《出塞》詩，可作長短句讀（見前話。）。彼特七絶，隨意讀作長短句。詞譜固無是調也。《正始集》有張芬《寄懷素窗陸姊》七律一首，回文調寄〔虞美人〕詞，聲調巧合，尤見慧心。詩云："明窗半掩小庭幽，夜靜燈殘未得留。風冷結陰寒落葉，別離長望倚高樓。遲遲月影移斜竹，疊疊詩餘賦旅愁。將欲斷腸隨斷夢，雁飛連陣幾聲秋。"詞云："秋聲幾陣連飛雁，夢斷隨腸斷。欲將愁旅賦餘詩，疊疊竹斜，移影月遲遲。　　樓高倚望長離別，葉落寒陰結。冷風留得未殘燈，靜夜幽庭，小掩半窗明。"芬字紫繁，號月樓，江蘇吳縣人，著有《兩面樓偶存稿》。

二〇　范姝夏初臨

范姝《閨怨詞》調寄〔夏初臨〕《集藥名和周羽步》云："竹葉低斟，相思無限，車前細問歸期。織女牽牛，天河水界東西。比似寄生天上，勝孤身，獨活空閨。人言郎去，合歡不遠，半夏當歸。　　徘徊郁金堂北，玳瑁床西，香燒龍麝，窗飾文犀。稿本拈來，緗囊故紙留題。五味慵調，懨懨病，沒藥能醫。從容待，烏頭變黑，枯柳生稊。"姝字洛仙，江蘇如皋人，著有《貫月舫集》。此詞見《眾香集》（按：清初王漁洋、陳其年諸名輩，撰錄閨秀詞，名《眾香集》，分禮、樂、射、御、書、數六冊。）。

二一　湯萊滿庭芳

湯萊《春閨詞》調寄〔滿庭芳〕《集美人名》云："曉霧非煙，朝雲初霽，枝頭開遍紅紅。莫愁春去，梨雪未飛瓊（北音讀若奇雄切。）。誰控雙鈎碧玉，見小小，檐雀窺籠。傷情處，無知小妹，琴操弄焦桐。　　東東，却渾似，琵琶裹月，簫管翻風。奈鶯鶯語澀，燕燕飛慵。欲寫麗春無計，正桃葉，飛下花叢。紅橋畔，芳姿灼灼，清照碧潭中。"萊字萊生，江蘇丹陽人，著有《憶蕙軒詞》，見《眾香集》。

二二　戈載重聲律輕詞華

戈載字順卿，耆長短句，守律最嚴，著有《詞林正均》。其

《翠薇花館詞稿》，篇帙繁富，與《湖海樓》相若。獨惜偏重聲律，詞華非所措意耳。

二三　陳翠君蝶戀花

　　閨秀陳翠君（筠），海鹽馬青上室（青上工填詞，有《蓬萊閣吏詩餘》。），工長短句。〔蝶戀花〕過拍云：“郎似東風儂似絮，天涯辛苦相隨處。”為吳兔床所擊賞。曩閱清初人詞，有〔減字浣溪沙〕換頭云：“妾似飛花郎似絮，東風攪起却成團。”語非不佳，惜風格落明已後。視翠君詞句，渾成不逮也。

餐櫻廡隨筆論詞

況周頤◎著

　　《餐櫻廡隨筆》，況周頤著。況周頤曾於 1916 年發表《餐櫻廡隨筆》（《東方雜志》第十三卷），內容爲隨筆雜記，其中有不少論詞文字。孫克强將其加以輯録整理點校，名之《餐櫻廡隨筆論詞》，發表於《南開詩學》第一輯（社會科學文獻出版社，2018）。本文據《東方雜志》本校録。

《餐櫻廡隨筆論詞》目録

餐櫻廡隨筆論詞

一 辨歐陽公望江南

吳江徐電發（釚）《詞苑叢談》卷十《辨證》有云：王銍《默記》載歐陽公〔望江南〕雙調：「江南柳，葉小未成陰。人爲絲輕那忍折，鶯憐枝嫩不勝吟。留取待春深。十四五，閑抱琵琶尋。堂上簸錢堂下走，恁時相見已留心。何況到如今。」初，歐公有盜甥之疑，上表自白云：「喪厥夫而無托，携幼女以來歸。」張氏此時，年方七歲。錢穆父素恨公，笑曰：「正是學簸錢時也。」愚按：歐公詞出《錢氏私志》。蓋錢世昭因公《五代史》中多毀吳越，故詆之，此詞不足信也。（《叢談》止此。）按：周淙《輦下紀事》云：「德壽宮劉妃，臨安人。入宮爲紅霞帔，後拜貴妃。又有小劉妃者，以紫霞帔轉宜春郡夫人，進婕妤，複封婉容，皆有寵。宮中號妃爲大劉娘子，婉容爲小劉娘子。婉容入宮時年尚幼，德壽賜以詞云：「江南柳，嫩綠未成蔭。攀折尚憐枝葉小，黃鸝飛上力難禁。留取待春深。」（《紀事》止此。）德壽之詞，與《默記》所傳歐公之作，僅小異耳。錢世昭《私志》稱彭城王錢景臻爲先王。景臻追封，當建炎二年，世昭爲景臻之孫，緬（景臻第三子。）之猶子。以時代考之，蓋亦南宋中葉矣（《四庫全書提要》于錢世昭、王銍時代，并未考定詳確。）。竊疑後人就德壽詞衍爲雙調，以誣歐公。世昭遂録入《私志》，王銍因載之《默記》，唯錢穆父固與歐公同時，然公詞既可假托，即自白之表、穆父之言，亦何不可造作之有？竊意歐陽文集中，未必有此表也。

二　自號玉梅詞人之由

曩余亦自號玉梅詞人，則辛卯客蘇州，得句云："玉梅花下相思路，算而今不隔三橋。"（〔高陽臺〕）又云："玉梅不是相思物，不合天然秀。"（〔探芳信〕）此等句殊無當於風格，而當時謬自喜，遂以名詞，并以自號，無它旨也。

三　咏驚燕浣溪沙

春夏之交，壁間懸名人書畫，恐燕泥飄墮染損，於幀首作兩綾帶下垂，令時時搖動，俾燕不敢近，名曰"驚燕"。蕙風曩有詞咏之，調寄〔浣溪沙〕（刻入《新鶯詞》。）："四壁琳琅好護持，畫簾風影亂烏衣，飛近金題才小立，却教回。　絹素乍同飄綉帶，襟紅時見涴香泥，倘是雙飛來對語，莫驚伊。"（按：此調名〔浣溪沙〕，前後段各七字三句者，名〔減字浣溪沙〕。據宋賀方回《東山寓聲樂府》，俗以七字三句兩段爲〔浣溪沙〕，而以此調爲〔攤破浣溪沙〕，誤也。）金元已還，名人製曲，如《西廂記》《牡丹亭》之類，皆平側互叶，幾於句句有韵，付之歌喉，聲情極致流美。溯其初哉肇祖，出於宋人填詞。詞韵平側互叶，丁北宋已有之，姑舉一以起例。賀方回〔水調歌頭〕云："南國本瀟灑，六代浸豪奢。台城游冶，襞榍能賦屬宮娃。雲觀登臨清眼，璧月留連長夜，吟醉送年華。回首飛鴛瓦，却羨井中蛙。　訪烏衣，尋白社，不容車。舊時王謝，堂前雙燕過誰家？樓外河橫斗挂，淮上潮平霜下，檣影落寒沙。商女蓬窗罅，猶唱《後庭花》。"蕙風舊作，間有合者。〔蝶戀花〕《甲午展重陽日遜父招同半唐登西爽閣，子美因病不至》（刻入《錦錢詞》。）云："西北雲高連睥睨。一抹修眉，望極遥山翠。誰問西風傳恨字，詩人大抵傷憔悴。　有酒盈尊須拌醉，感逝傷離（端木子疇前輩，于數日前謝世。），何况登臨地。凄好秋光圖畫裹，黃花省識秋深未。"西爽閣，在京師土地廟下斜街山西會館，可望西山。

（輯者按：括弧中文字又見《餐櫻廡詞話》。）

四　周稚圭三姝媚

古美人香奩中物，流傳至今，以馬湘蘭爲獨多。《眉廬叢話》所述，猶有未盡。歙縣程春海侍郎（恩澤）家藏馬湘蘭小硯一方，背鎸湘蘭小像，一時名流題咏甚夥。祥符周稚圭中丞（之琦）〔三姝媚〕詞云：「蟾蜍清泪灑，暈脂痕猶新。粉香初研，翠砑妝樓。想鏡中眉樣，半蛾偷借。鬥葉閑情，偕象管鸞篆宵夜。悄炙紅絲，沉水濃薰，棗花簾下。　　仿佛冰姿妍雅，恰手拈蘭枝，練裙歌罷，舊匣空尋。甚石橋新月，尚矜聲價。過眼雲烟，隨夢影銅台飄瓦。認取南朝遺墨，青溪恨惹。」按：詞云「手拈蘭枝」則必非《叢話》所述。阿翠像硯與湘蘭面貌巧合者，彼像手不執蘭也。周稚圭著有《金梁夢月詞》《懷夢詞》，合刻爲《心日齋詞》，自命得南宋人嫡傳，此詞非其至者。

五　黃損詞

明古吳劉晉充撰《天馬媒傳奇》，演唐人黃損事。損字益叔，連州人。先是，與妓女薛瓊瓊有嚙臂盟。瓊因謝客，悟權奸呂用之。損家傳玉馬墜一枚，絕寶愛。氤氳使者，幻形爲道人，詣損乞取，損慨贈之。未幾，損應襄陽張誼之招，別去。用之以瓊善箏上聞，即日召入後宮。損途次邂逅賈人裴成女玉娥。娥亦善箏，損聞箏頃，賦詞極道愛慕，乘間擲與之。詞云（見《締緣》出。）：「生平無所願，願作樂中箏。得近佳人纖手子，砑羅裙上放嬌聲。便死也爲榮。」娥與損約，中秋夜繼見於涪州，以父成是夕當往賽神，舟無人，得罄胸臆。損屆期往，得娥船，娥屬移纜近岸。甫解維，纜忽斷，船流遽覆，娥溺焉。會瓊母馮送女歸，道涪，拯娥舟次，相待如母女也者。俄損狀元及第，上疏劾用之誤國。用之因劾損交通瓊宮掖中。適張誼內轉官京朝，旨付用之誼會審。誼伸損，得直，欽賜與瓊畢婚，用之罷歸田裏。用之憤怒，其門客諸葛殷、張守一獻計，謂入宮之瓊，贋鼎也，真瓊固猶在母所，盍往劫取？蓋誤以娥爲瓊也。氳氲使者知娥有急，托募化贈娥玉馬，娥佩不去身。用之皎娥，馬則見形，奔奮嚙用之，闔府大擾，群以妖孽目娥。仍用葛、張計，以娥贈損，冀嫁禍損。損拒不納，送女者委損門外而去。娥入見損，成眷屬焉，玉馬遂騰空而去。傳奇關目，大略具此。按：《御選歷代詩餘》載損此詞調〔望江南〕（據《傳奇》，損，咸通朝人。《詩餘》損詞列溫庭筠之後，皇甫松之前），"生平無所願"，作"平生願"。"纖手子"作"纖手指"。《詩餘廣選》云：賈人女裴玉娥，善箏，與黃損有婚姻約，損贈詞詞云云。（首句作"無所願""纖手子"，"子"不作"手"，與《傳奇》合。）後爲呂用之劫歸第，賴胡僧神術，復歸損。此云胡僧，《傳奇》則云氳氲使者，幻形爲道人也。又《粵東詞鈔》第一首即損此詞，則《傳奇》所演未可以子虛烏有目之矣。

六　雲郎

曩撰《臼辛漫筆》，有《辨茶餘客話記雲郎事》一則，比又得一確證，可補《漫筆》所未盡。因并《漫筆》元文，纚述如左，《客話》云："雲郎者，冒巢民家僮紫雲，徐氏子（字九青），儇巧善歌，與陳迦陵狎。迦陵爲畫雲郎小照，遍索題句。王貽上、陳椒峰、尤悔庵，詩皆工絕。"（相傳迦陵館冒氏，欲得雲郎，見於詞色，冒與要約，一夕作《梅花詩》百首，詩成遂以爲贈。余曾于寶華庵，得見九青小像，亟屬同人工畫者臨摹一本，今猶在行篋，跣足坐落石，愻韵殊絕。）一日，雲郎合卺，迦陵爲賦〔賀新郎〕詞，有"努力做稿砧模樣。祇我羅衾渾似鐵，擁桃笙，難得紗窗亮"之句。又《惆悵詞》云："城南定惠前朝寺，寺對寒潮起暮鐘。記得與君新月底，水紋衫子捕秋蟲。"相憐相惜，作爾許情態，可見髯少年風致。冒子甚原嘗語予云。雲郎後隨檢討，始終寵不衰。晚歸商邱家，充執鞭之役，昂藏高軀，黃須如猬，儼幽并健兒。或燭炧酒闌，客話水繪園往事，輒掩耳泱瀾，如瀉瓶水也。（《漫筆》引《客話》止此。）比余收得陽羨任青際（繩隗）《直木齋全集》有〔摸魚兒〕《詞爲陳子其年吊所狎徐雲郎》云："想當然，徐娘老去，再生還是情種。深閨變調爲男子，偏向外庭恩寵，花心動。曾記得，躡歌玉樹娱張孔，紅絲又控。愛叔寶風流，元龍湖海，夙世定同夢。 誰知道，纔把餘桃親捧，玉容一旦愁重，從今省識蓮花面，生怕不堪供奉。真慚悚，趁寒食清明金碗薶青冢，髥公休慟。從古少年場，回頭及早。傲煞侍中董。"吳天石評："李夫人蒙面不見武皇，此有深意。非彌子瑕所曉，人皆爲髥唁，君獨爲雲幸，是禪機轉語。"按：據此詞，則是徐郎玉貫，尚在苕齡，何得有執御商邱之事？任、吳并與迦陵同時，其詞與評，可爲確證。冒子甚原之言，殊唐突無據，决不可信也。且任詞後段，及吳評"獨爲云雲幸"云云，若對針甚原之言而發，是亦奇矣。（《漫筆》止此。）偶閱迦陵《湖海樓詞》（卷二十），有〔瑞龍吟〕一闋《春夜見壁間三弦子，是雲郎舊物，感而填詞》云："春燈炧，拌取歌板蛛縈。舞衫塵灑，屏間乍見檀槽，與秋風扇，一般斜挂。 簾兒鏀，幾度漫將音理。冰弦都瘂。可憐萬斛春愁，十年舊事，憪憪倦寫。 記得蛇皮弦子，當時妝就，許多聲價。曲項微垂流蘇，同心結打，也曾萬里，伴我關山夜。有客向潼關店後，昆陽城下，一曲琵琶者，月黑楓青，輕攏細研，此景堪圖畫。今日愴人琴淚如鉛瀉，一聲聲，是雨窗閑話。"此詞迦陵自作，視任詞吳評，尤爲確證。誠如冒甚原所云："詎猶作爾許情語耶，大氐刻溪之士，好爲翻成案殺風景之言，往往莊可以楹，西施可以屬，此猶無關輕重者耳。"雲郎一稱"阿雲"，迦陵有《留別阿雲》〔水調歌頭〕詞。《惆悵詞》凡二十首，《爲別雲郎作》（"城南定惠前朝寺"云云，其第十二首。）句云："一枝瓊樹天然秀，映爾清揚照讀書。"又云："柳條今日歸何處，祇剩寒雲似昔年。"又云："寄語高樓休挾彈，鴛鴦終是一心人。"（審此二句之意，則迦陵別雲郎，殆有所迫而然，非得已也。）蔣大鴻撰《惆悵詞序》：徐生紫雲者，蕭鄆州尚幼之年，李侍郎未官之歲。技擅平陽，家鄰淮海，托身事主，得侍如皋大夫，極意憐才；遂遇潁川公子，分桃割袖，於今四年。雖相感微辭，不及於

亂。若乃弃前魚而不泣，弊軒車而彌愛，真可謂寵深緑鞲，歡逾絳
樹者矣。維時秋水欲波，元蟬將咽，公子乃罷祖帳而言旋，下匡床
而引別。江風千里，詎相見期，厥有《悒悵》之篇，曲盡離憂之
致。"樸豈無情，何以堪此？傷心觸目，曾無解恨之方。拊節和
歌，翻作助愁之句"云云。以詩及序考之，當日清陽照讀，實祇
四易葛裘。甚原云："相隨始終，迄於晚健，灼然非事實矣。"迦
陵又有《題小青飛燕圖詩序》云："婁東崔不凋孝廉，爲余紈扇上
畫《小青飛燕圖》花曰小青，開艷者有九，一春燕斜飛其上，題
曰：爲其年題九青小照（寶華庵所藏九青小像，即崔不凋曾題之本。）後一日
作。意欲擬九青于飛燕也，因題一絕（詩不録。）。又有《書小徐郎扇
詩》，自注："雲郎侄也。"詩云："旅舍蕭條五月餘，菖蒲花下獨
躊躇。筵前忽聽鶯喉滑，此是徐家第幾雛。"又馬羽長最愛雲郎，
見《悒悵詞》自注。

七　題新華山水畫稿玉京謡

徐仲可舍人（珂），以其女公子（新華）山水畫稿二幀見貽，冰
雪聰明，流露楮墨之表。於石榖麓台勝處，庶幾具體。仲可屬作
題詞，調寄〔玉京謡〕云："玉映傷心稿，鳳羽清聲，夢裏仙雲
幻（用徐陵母夢五色雲化爲鳳事。）。故紙依然，韶年容易凄婉。乍洗净金
粉春華，澹絶處山容都換，瑶源遠。湘蘋染墨，昭華摘管（徐湘蘋、
徐昭華皆工畫。）。　　茸窗舊掃烟嵐，韵致雲林，更楷模北苑。陳迹
經年，蟫奩分貯絲繭。黯贈瓊風雨蕭齋，帶孺子泣珠塵潛，簾不
捲。秋在畫圖香篆。"按：此調爲吴夢窗自度曲，夷則商犯無射
宮腔。今四聲悉依夢窗，一字不易。余之爲詞，二十八歲以後，
格調一變，得力于半唐。比歲守律極嚴，得力于漚尹，人不可無
良師友也。

八　陳小魯减字浣溪沙

仁和陳小魯（行）《一窗秋影庵詞》，題《山外看山圖》〔减字

浣溪沙〕云："踞虎登龍心膽寒，上山容易下山難。幸君已過一重山。　　前面好山多似髮，一山未了一山環。問君何日看山還。"按：唐李肇《國史補》載韓退之游華山，窮極幽險，心悸目眩不能下，發狂號哭，投書與家人別。華陰令百計取之，方能下。此事可作小魯詞第二句注脚。

九　題葛氏詞

平湖葛詞蔚，以其尊人毓珊部郎遺像屬題，因檢《尚友錄》。甄葛姓事，列名僅七人，而其五以神仙稱。周葛由（羌人也。成王時，好刻木羊賣之。忽一日，騎羊入蜀中，王侯貴人追之。上綏山，山在峨嵋西北，最高無極，隨之者不復還，皆得仙。諺曰："若得綏山一桃，雖不得仙亦豪。"）、吳葛元（字孝先，初從左慈授《九丹液仙經》，後得仙，號爲"仙翁"。）、晋葛洪（事見《晋書》。）、葛璝（亦稱"仙翁"。彭州有葛仙山，因璝得名。）、宋葛長庚（瓊州人。母以"白玉蟾"呼之，應夢也。後隱於武夷山，號"海瓊子"。事陳翠虛九年得道。嘉定中，詔封"紫清明道真人"。）。靈迹蟬嫣，它姓殆未曾有。漚尹題〔臨江仙〕詞，余亦寄此調云："家世列仙官列宿，才名小集《丹陽》。（宋葛勝仲，著《丹陽集》二十四卷。）當湖雅故在青箱（部郎輯《當湖文繫》。），太沖原卓犖，叔度自汪洋。　　三十六年回首憶，共攀蟾窟天香。（己卯同年）幾人寥廓送翶翔。（瘞鶴銘，天其未遂吾翔寥廓耶。）滄州餘病骨，辛苦看紅桑。"歇拍云云，所謂鮮民之生，不覺詞之凄抑也。

一〇　學使代辦監臨戲占減字木蘭花

光緒間，某京卿督學福建，值秋試，巡撫別有要公。學使代辦監臨。闈中戲占小詞，調《減字木蘭花》云："冷官風調，半外半京君莫笑。文運天開，體制居然學撫台。　　盡人撮弄，綫索渾身牽不動。何物相侔，請看京師大肘猴。"（都門影戲，有所謂大肘猴者。"肘"字不可解，疑"種"之聲轉。）出闈後，示諸幕友，并先與約，如有一人不笑，則學使特設爲此君壽，或二人、三人不笑，亦如之；如皆笑，則幕友釀資宴學使。稿出，竟無一人不笑者，乃公同置酒，極歡而罷。

一一　柯稚筠詞

友人至自京師，持《贈膠州女史柯稚筠（劭慧）楚水詞》。偶一幡帘〔減字浣溪沙〕（和鳳孫二兄）起調云："叠叠山如綉被堆，盈盈水似畫裙圍"，頗有思致。近人某詞句云："裹衾如繭學紅蠶"，意與柯詞近似。又柯詞〔虞美人〕過拍云："夕陽一綫上簾衣，正是去年游子憶家時"，則漸近渾成矣。

一二　李松石三十三字母行香子

大興李松石（汝珍）精研音均之學，著《李氏音鑒》六卷，有三十三字母〔行香子〕詞云："春滿堯天，溪水清漣，嫩紅飄。粉蝶驚眠，松巒空翠，鷗鳥盤翾。對酒陶然，便博個，醉中仙。"按：三十三字母，即本華嚴字母，參以時音，別爲考訂者。昌茫（陰平）陽（陰平）○（梯秧切）羌商槍良（陰平）囊（陰平）航（陰平）○（批秧切）方○（低秧切）江○（鳴秧切）桑郎康倉○（安岡切）娘（陰平）滂（陰平）鄉當將湯瓢（陰平）○（兵秧切）幫岡臧張厢（三十三字，分八句讀，前七句，句四字，末句五字。）松石〔行香子〕詞以雙聲求之，與字母恰合，次序亦順。作爲字母讀，可也。詞句亦復工麗。

一三　吹月填詞館剩稿題詩

偶閱書肆，有常熟瞿夢香（紹堅）《吹月填詞館剩稿》、瞿子雍（鏞）《鐵琴銅劍樓詞草》合裝一册，以其爲藏書家之作，亟購之。《剩稿》有詩題云：曹悟岡三妹蘭秀，字澧香，幼學詩于令姊墨琴夫人，工詞并善畫，才名藉甚。松江沈生聞而慕之，請鐵夫塞修獲成，納素珠名帖爲聘。女以玉穎十枚、珍書一部答焉。吳之人艷其事，賦詩以傳之。時戊辰歲正月下浣，予與艮甫有西湖之棹，出示新咏，并述此事屬和。口占四絶，即示梧岡。詩云："幼婦詞稱絶妙才，問名親系色絲來。牟尼百八如紅豆，顆顆圓勻貯鏡臺。筆自簪花抵佩琚，搴帷爭說女尚書。鴛鴦兩字郎邊去，寫到鷗波恐不如。東風一綫判冰華。昨夜春燈燦玉葩，倚袖漫題紅葉句。定情詩早賦梅花，春帆水急待雲軿。端整催妝賦錦箋。一付吟盒蘭一朵，載花端合米家船。」曹艮甫（茂堅，著有《曇雲閣詩集》。）元作云：「新來妝閣試羊裙，坦腹應知是右軍。不獨鷗波傳墨妙，劉家三妹總能文。玉管銀豪裹十枝，緘題珍重射屏時。阿兄替與安排好，半待簪花半畫眉。異書幾卷付新裝，絕勝它家百兩將。料得金蓮花燭下，雙聲先擬賦催妝。鶯簾春靜費吟哦，巧奪天孫鳳字梭。點檢柳金梨雪句，它時留付小紅歌。」按：墨琴女史，爲王鐵夫（芑孫）夫人（名貞秀，長洲人。），著有《寫韵軒集》，以書法聞于時，尤工小楷，所臨《十三行石刻》，士林推重。茲據瞿詩，知其妹亦工詩詞，精繪事，雙璧雙珠，允爲玉臺佳話。至於嘉禮互答，率用文房珍品，尤爲雅，故可傳云。

一四　迦陵爲雲郎娶婦賦賀新郎

徐容者，山陽陳某之孌童也，餘桃之愛甚深，爲之納婦。成婚未久，值徐婦歸寧，陳即蹈隙乘間，往爲墜歡之拾。詎婦因忘攜盒具，折回，有所見，則恚憤填膺，竟取廚刀自刎死。論者謂婦人因男子失身，而羞忿自盡，殆未之前聞。此婦節烈，可以風矣。陳、徐故事，前有迦陵、雲郎（雲郎徐姓），藝林播爲美談。迦陵亦爲雲郎娶婦，爲賦〔賀新郎〕詞，有句云：「祇我羅衾渾似鐵，擁桃笙難得紗窗亮。」當時雲郎之婦，萬一解此，當複何如？

一五　盼盼有二

盼盼有二。《詞苑叢談》：山谷過瀘，帥有官妓盼盼，帥嘗寵之，山谷戲以〔浣溪沙〕贈之云：「脚上鞋兒四寸羅，唇邊朱麝一櫻多。見人無語但回波。　　料得有心憐宋玉，低徊無奈楚襄何。今生有分向伊麼？」此燕子樓外，別一盼盼。鶯鶯有三。《隨隱漫錄》：錢唐范十二郎，有二女，爲富室陸氏侍姬，長曰鶯鶯，次曰燕燕，此雙文外別一鶯鶯。羅虬比《紅兒詩》：“何似前時李丞相，枉抛才力爲鶯鶯”，此又一鶯鶯也。

一六　漚尹南鄉子

漚尹以所著《彊邨詩餘》六卷屬爲撰定。卷中艷詞絕少，唯〔南鄉子〕六首（粵東作）其一云：“雲磴滑，霧花晞，西樵山上揀茶歸。山下行人偏借問，朦朧應，半晌臉潮紅不定。”語艷而味厚，得《花間》之遺。雖兩宋名家，鮮能辨此。

一七　賦銀錢肖像醉翁操

外國銀錢，有肖像絕娟倩者，或曰自由神。亦有其國女王真像，蕙風得見友人所藏，有詞賦之，調〔醉翁操〕：“嬋媛，苕顏，蓬仙，渺何天。何年，如明鏡中驚鴻翩，月娥妝映蟾圓。凝佩環，典到故衫寒，得楚腰掌擎幾番。　　泛槎怕到，博望愁邊，玉（去聲）容借問，風引神山夢斷。冠整花而端妍，鬢鬋雲而連蜷。東來蘭絮緣，西方榛苓篇，此豸秀娟娟。倩誰扶上輕影錢。”此調本琴曲，用蘇文忠譜。（辛忠敏亦有一闋，字句與蘇詞小異。）文忠填詞，信不爲宮律所縛。有時亦矜嚴特甚，即如此詞，固無一字不按腔合拍也。今四聲悉依之。

一八　填詞須分五聲

偶得對聯云：“四時春夏秋冬，五聲平上去入。”平聲有陰陽平也。周九烟（星，後改姓黃，冠於本姓之上。）云：三仄應須分上去，兩平還要辨陰陽。上去入亦分陰陽，凡填詞，須分陰陽平。若製曲，尤非四聲悉分陰陽，不能入律（陰，清聲；陽，濁聲。）。

織餘瑣述

卜　娛　況周頤◎著

　　《織餘瑣述》，卜娛、況周頤合著。《織餘瑣述》有
民國八年（1919）臨桂木活字版，署名吳縣況卜娛。
施蟄存教授《織余瑣述跋》云："《織餘瑣述》上下二
卷，況周頤所著，托名于其夫人卜娛。"孫克强認爲
《織餘瑣述》乃卜娛與況周頤合著 [説見《況周頤詞話
五種（外一種）前言》]。1985 年《織餘瑣述》上卷經
施蟄存教授整理，刊於《詞學》第五輯。孫克强將
《織餘瑣述》收入《況周頤詞話五種（外一種）》（浙
江古籍出版社，2014）。本文以民國八年（1919）臨桂
木活字版《織餘瑣述》爲底本校録。

《織餘瑣述》 目錄

織餘瑣述

原序

《織餘瑣述》泰半述蕙風之言。間有一二心得，蕙風容或弗克辦，是則關係性靈，於掌錄舌學曷與焉。溯昔壬辰春，清姒始來歸。綢髮覆額，嫽釦爾，嬰婗爾，未能任織，何有於述。越數年，略能通雅訓諸字誼，嗜讀《稽神》《括異》諸小說，唐宋名家詩詞。夙娉静，近士行，其所匹儷，則又涑水所謂迂遇迂夫，朝斯夕斯，形影而神明之，環堵之室，圖帙四壁，同夢乎其中，百年猶不足，曷止偕老云爾。嘗戲語蕙風，吾二人誠比目魚，然而非鰈，乃是蠹爾。時或粉盒脂滙，屏雜入故紙堆，需之亟而弗獲，則相視而笑。當是時，無論塵事澹忘，雖飢寒，曷嘗爲意矣。如是者又有年，耳目之所近習，一書痴外無非書，與夫書之類，積濡染與俱化，則并已而亦痴。古今學修之途，唯痴爲能詣精，而亦非可蹴致。吾清姒近十年來焚脂弄墨，能爲數十數百言，而《瑣述》於是乎作。即吾清姒亦冉冉老矣。以二十餘稔珠玉華茂之光陰，廑乃易此一知半解，零星冷澹之陳迹，吾清姒感慨繫之矣。清姒述蕙風之言夥矣，雜佩以報之謂何？烏可無述語清姒者。蕙風跅弛之士，謀生拙，嗜好多，嘗見一舊本，一佳拓，市估居奇，索高賞，欲得則絀於力，舍去又恫厥心。忐忑不能以自決，則據梧沈默若坐忘。清姒習見乎此度也。曰："欲之，斯受之爾。"曰："直安出？"曰："某衣在笥，適未易質劑也。"猗歟，凡吾清姒所可述，庸有逾於此者乎？若夫《瑣述》之作，并世金閨諸彥，耽玩群籍者優爲之，烏足爲增重，然而衆人固不識矣。

上元己未先長至四日，臨桂况周頤序於海上賃廡之天春樓。

一　夫婦同月日生詞

宋人王周士詞《汪周佐夫婦五月六日同生》〔慶雙椿〕云："間政山頭景氣嘉。仙家綠酒薦菖牙。仙郎玉女共乘槎。學士文章舒錦綉，夫人冠帔爛雲霞。壽香來自道人家。"夫婦同月日生，殊僅見，亦詞壇佳話也。

二　章姜詞命意約略相似

宋章榮〔水龍吟〕《柳花》詞云："時見蜂兒。仰黏輕粉，魚吞池水。"用杜少陵"仰蜂黏墜粉"句意。其換頭云："蘭帳玉人睡覺，怪春衣、雪沾瓊綴"，則從壽陽公主梅花點額事運化而出，語雋而新。白石道人〔疏影〕換頭云："猶記深宮舊事，那人正睡裏，飛近蛾綠。"命意約略相似。

三　小言却有深致

延安夫人《立春寄季順妹》〔臨江仙〕過拍云："春來何處最先知，平明堤上柳，染遍鬱金枝。"讀此便覺"春江水暖鴨先知"句殊少標韵。歇拍云："憑誰説與到家期，玉釵頭上勝，留待遠人歸。"雖小言却有深致。

四　延安夫人詞

延安夫人詞惻款入情，語無泛涉。蕙風外子撰《香海棠館詞

話》有云："真字是詞骨。情真，景真，所作必佳。" 觀於延安詞，
益信。

五　孫夫人清平樂

孫夫人道絢《咏雪》〔清平樂〕歇拍云："無奈熏爐烟霧，騰
騰扶上金釵。" 此景冷艷清奇，非閨人不能寫出。

六　沖虛居士詞

沖虛居士詞，麗而有則，豐不垂腴。

七　阮逸女詞

阮逸女詞，情移畫裏，景赴筆端。純任性靈，不假雕飾。

八　幽栖居士詞

幽栖居士詞，如初月展眉，新鶯弄舌。

九　易安居士詞

易安居士詞，如初蓉迎曦，嬌杏足雨。

一〇　吳則禮北湖詩餘

吳則禮《北湖詩餘》，當得一 "清" 字。

一一　李祁詞

李祁詞，如微風振簫，幽鳴可聽。

一二　咏石榴花詞

溫陽七聖殿繞殿石榴花，皆太真手植。見洪氏《雜俎》。《花
外集》〔慶清朝〕《咏石榴花》云："誰在舊家殿閣，自太真仙去，
埽地春空。" 用此故事。

一三　山中白雲咏物詞

《山中白雲詞》〔水龍吟〕《咏白蓮》云："記小舟夜悄，波明香遠，渾不見、花開處。"幽夐空靈，不減陸魯望"月曉風清"之句。〔西子妝〕云："楊花點點是春心，替風前萬花吹淚。"較蘇東坡詞"點點是離人淚"更覺纖新。

一四　左詞杜詩

宋左譽詞〔眼兒媚〕"樓上黃昏"闋後段云云，可與杜少陵"今夜鄜州月"一律同看。

一五　怎奈向

宋呂濱老《聖求詞》〔千秋歲〕歇拍云："怎奈向，繁陰亂葉梅如豆"，"怎奈向"，宋人方言。秦少游〔八六子〕云："怎奈向、歡娛漸隨流水"，亦用此語。

一六　陳克赤城詞

宋陳克《赤城詞》〔鷓鴣天〕云："薄情夫婿花相似，一片西飛一片東"，語艷而質。嘗記國初人句云："儂似飛花郎似絮，東風捲起却成團。"古今人不相及處，消息可參。

一七　葉夢得定風波

宋陳鵠《耆舊續聞》嘗謂："後輩作詞，無非前人已道底句，特善於轉換耳。"葉夢得《石林詞》《與幹譽才卿步西園始見青梅》〔定風波〕歇拍云："待得微黃春亦暮，烟雨，半和飛絮作濛濛"，用賀方回"一川烟草，滿城風絮，梅子黃時雨"，所謂善能轉換，亦複景中有情，特高渾不逮方回耳。石林有《熙春臺與王取道賀方回曾公衮會別》〔臨江仙〕詞，則猶及與方回唱酬矣。

一八　眚娘

宋趙師使《坦庵詞》〔蝶戀花〕歇拍云："荼飲不歡猶自可，臉兒瘦得眚娘大。""眚"字，僅見《字彙補》，云："音未詳。"據《坦庵詞》，當作平聲讀矣。《元史·哈嘛傳》：元順帝號所處曰"眚即兀該"，言事事無礙也。元已前書未見用此字者。眚娘，當是人名。此名絕奇。又〔小重山〕題云："農人以夜雨晝晴爲夜春"，"夜春"二字亦新。

一九　李玉明月斜

"今夜故人來不來，教人立盡梧桐影"，唐呂洞賓《題景德寺僧房》句也，調名〔明月斜〕，見《詩話總龜》，宋人李玉用之。

二〇　呂李詞

"嘶騎不來銀燭暗，枉教人、立盡梧桐影"，祇此七字，入呂詞但覺其清，入李詞便覺其艷。

二一　張樞謁金門

宋張樞〔謁金門〕詞歇拍云："款步花陰尋蛺蝶，玉纖和粉撚。"寫閨人情態如畫。

二二　蔣捷賀新郎

蔣捷《竹山詞》〔賀新郎〕句云："月有微黃籬無影，挂牽牛、數朵青花小。"昔人云，牽牛花日出即萎。故此詞云然。

二三　洪咨夔詞

宋洪咨夔《平齋詞》〔風流子〕《咏芍藥》句云："金繫花腰，玉勻人面"，八字工麗可喜。又：〔水調歌頭〕《送曹侍郎歸永嘉》句云："氣脉中庸大學，體統采薇天保，幾疏柘袍紅"，"中庸"

"大學"字入詞，絕奇。"體統"字亦僅見。

二四 玉羽

《姑溪詞》〔阮郎歸〕云："朱屑玉羽下蓬萊。佳時近早梅。"
自注：朱屑玉羽，湖湘間謂之"倒挂子"，嶺南謂之"梅花使"，
十二月半方出。按：東坡《梅》詞"倒挂綠毛幺鳳"，白石詞"有
翠禽小小，枝上同宿"，馬古洲詞"枝上青禽休訴"，曰"綠毛"，
曰"翠禽"，曰"青禽"，皆用《龍城錄》《趙師雄游羅浮梅花樹
下》"翠羽啾嘈"語，而端叔獨言"玉羽"，不知其何所本也。

二五 錦薰籠

《丹陽詞》《章圃賞瑞香》〔臨江仙〕句云："更攜金鑿落，來
賞錦薰籠。"按：《苕溪漁隱叢話》陳子高《九日瑞香盛開有詩》
云："宣和殿裏春風早，紅錦薰籠二月時。"因此詩遂號瑞香爲
"錦薰籠"。葛詞用之。（按：瑞香白色，以錦薰籠爲號，似乎未合。詎宋人所咏瑞
香非白色耶?）

二六 石孝友眼兒媚

石孝友《金谷遺音》〔眼兒媚〕云："愁雲淡淡雨瀟瀟，暮暮
復朝朝。別來應是，眉峰翠減，腕玉香銷。小軒獨坐相思處，情緒
好無聊。一叢萱草，幾竿修竹，數葉芭蕉。"過拍三句，用秦少游
"也應似舊，盈盈秋水，淡淡春山"句意而稍變化之，究不如秦句
渾雅。

二七 張綱壽詞

宋人集中壽詞，太半敷衍無味之作，然如張綱《華陽長短句》
〔浣溪沙〕《榮國生日》三首，其二云："臘日銀罌翠管新。潘輿迎
臘慶生辰。捲簾花簇錦堂春。百和寶薰籠瑞霧，一聲珠唱駐行雲。
流霞深勸莫辭頻。"其三云："象服華年兩鬢青。喜逢生日是嘉平。

何妨開宴雪初晴。酒勸十分金鑿落，舞催三疊玉娉婷。滿堂歡笑祝椿齡。"未嘗不清新流麗也。

二八　周紫芝詞

宋周紫芝《竹坡詞》〔漢宮春〕題云："別乘趙季成，以山谷道人反魂梅香材見遺。明日劑成，下幃一炷，恍然如身在孤山，雪後園林、水邊籬落，使人神氣俱清。又明日，乃作此詞，歌於妙香寮中，亦僕西來一可喜事也。"詞云："香滿箱奩，看沉犀弄水，濃麝含薰。荀郎一時舊事，盡屬王孫。殘膏剩馥，須傾囊、乞與蘭蓀。金獸暖，雲窗霧閣，爲人洗盡餘醺。依稀雪梅風味，似孤山盡處，馬上烟村。從來甲煎淺俗，那忍重聞。蘇臺燕寢，下重幃、深閉孤雲。都占得，橫斜亂影，伴他月下黃昏。"又〔菩薩蠻〕《賦疑梅香》云："寶薰拂拂濃如霧。暗驚梅蕊風前度。依約似江村。餘香馬上聞。畫橋風雨暮。零落知無數。收拾小窗春。金爐檀炷深。""返魂梅香""疑梅香"二名絕韵，"別乘"當即"別駕"，此稱謂亦新，於此僅見。

二九　草窗惜餘春慢

杜陵詩"水荇牽風翠帶長"，趙嘏詩"紅衣落盡渚蓮愁"，草窗詞〔惜餘春慢〕"魚牽翠帶，燕掠紅衣"句用此。

三〇　曹冠鳳栖梧

宋曹冠《燕喜詞》〔鳳栖悟〕云："飛絮撩人花照眼。天闊風微，燕外晴絲捲。"狀春晴景色絕佳。每值香南研北，展卷微吟，便覺日麗風暄，淑氣撲人眉宇。全帙中似此佳句竟不可再得。

三一　玉纖纖

宋李邴《咏美人書字》〔玉樓春〕詞，楊湜謂是《雲龕集》中最纖麗者。詞云："沉吟不語晴窗畔。小字銀鈎題欲遍。雲情散亂未成篇，花骨敧斜終帶軟。重重説盡情和怨。珍重提携常在眼。暫時得近玉纖纖。翻羡鏤金紅象管。"《曝書亭集》《咏金指環》云："愛它金小小，曾傍玉纖纖"，似從此詞末二句脱出。

三二　史浩臨江仙

宋史浩《鄮峰真隱詞》〔臨江仙〕《咏閨人寫字》云："檻竹敲風初破睡，楚臺夢雨精神。背屏斜映小腰身。山明雙剪水，香滿一釵雲。鑪褭金絲簾窣地，綺窗秋静無塵。半鈎春蒟帶湘筠。蘭亭初寫就，愁殺衛夫人。""背屏"句，極能橅繪閨娃神態。又詞題中有"扇鼓""遷哥鞋"，其製并待考。

三三　劉巨濟清平樂

劉巨濟〔清平樂〕云："深沉院宇。枕簟清無暑。睡起花陰初轉午。一霎飛雲過雨。雨餘隱隱殘雷。夕陽却照庭槐。莫把珠簾垂下。妨他雙燕歸來。"寫夏閨晚景絶佳。歇拍云云，即陸放翁"待燕歸來始下簾"句意。

三四　晁端禮水龍吟

宋晁端禮《桃花詞》，調〔水龍吟〕云："嶺梅香雪飄零盡，紅杏枝頭猶未。小桃一種夭饒，偏占春工用意。微噴丹砂，半含朝霧，粉牆低倚。正春寒露井，高樓簾外，爭凝睇，東風裏。　　好是佳人半醉。近横波，一枝妖媚。元都觀裏，武陵溪上，空隨流水。惆悵妖紅，雨風不定，五更天氣。念當年門裏，如今陌上，灑離人泪。"此詞自"微噴"句已下，婉麗清空，不黏不脱，尤能熨帖入妙，移咏它花不得。嘗謂北宋詞不易學，此等詞却與人可以學處。其寫情景，有含蓄，及其用事靈活處，具有消息可參。

三五　畫眉詞

燈煤碾極細，用以畫眉，可代石黛。宋人小説嘗言之。鄭谷

《貧女吟》有"笑剪燈花學畫眉"之句,潘元質詞"旋剪燈花,兩點翠眉誰畫"。

三六 滕詞范文

唐錢起《湘靈鼓瑟》詩末句"曲終人不見,江上數峰青",滕子京嘗在巴陵,以前兩句填〔臨江仙〕詞云:"湖水連天天連水,秋來分外澄清。君山自是小蓬瀛,氣蒸雲夢澤,波撼岳陽城。帝子有靈能鼓瑟,凄然依舊傷情。微聞蘭芷動芳馨,曲終人不見,江上數峰青。"范文正爲滕子京作《岳陽樓記》"至若春和景明,波瀾不驚。上下天光,一碧萬頃。沙鷗翔集,錦鱗游泳。岸芷汀蘭,鬱鬱青青"云云,與滕詞前段意境正合。雖《記》言春,詞言秋,時序不同,其爲天情闓朗,景物澄鮮一也。兩賢襟抱略同,於此可見。

三七 李昂英摸魚兒

李昂英《文溪詞》〔摸魚兒〕云:"愁絕處,怎忍聽,聲聲杜宇深深樹。"疊字頗可喜。

三八 程珌西江月

宋程珌《洺水詞》〔西江月〕《壬辰自壽》首句"天上初秋桂子",自注云:"今歲七月,月中桂子下。"此典絕新甚,惜其語焉而弗詳也。

三九 空同詞月華清

《空同詞》〔月華清〕《春夜對月》云:"況是風柔夜暖,正燕子新來,海棠微綻。不似秋光,祇照離人腸斷。"用蘇文忠公王夫人語意,絕佳。上三句亦勝情徐引。

四○ 馬子嚴阮郎歸

"翻騰妝束鬧蘇堤",宋馬子嚴〔阮郎歸〕詞句,形容粗釵膩

粉，可謂妙於語言。天與娉婷，何有於"翻騰妝束"，適成其爲鬧
而已。

四一　徐照清平樂

宋徐照〔清平樂〕後段云："迎人捲上珠簾。小螺未拂眉尖。
貪教玉籠鸚鵡，楊花飛滿妝奩"，描寫閨娃憨態，饒弦外音。

四二　飄然集玉樓春

《飄然集》〔玉樓春〕云："歸時桂影射簾旗，沉水烟消深院
悄。""簾旗"二字甚新，即簾旌，謂簾額也。

四三　李處全詞

宋李處全《晦庵詞》〔念奴嬌〕《京口上元雪夜》云："我亦
低窗翻蠹紙，失喜瑤花盈尺。"〔水調歌頭〕云："睡起推窗凝睇，
失喜柔桑微綠，便擬作春衣"，"失喜"，當是宋人方言。〔減字木
蘭花〕《菊》詞云："色莊香重"，此四字亦甚新。

四四　照壁

官署前當門築垣若屏，施以彩繪，俗呼照牆，亦曰照壁。宋郭
應祥《笑笑詞》〔西江月〕題云："遁齋生日，有以喜神之軸來爲
壽者，懸之照壁，爲賦此解。"則宋時已有此稱矣。

四五　吳潛詞

宋吳潛詞〔念奴嬌〕《詠白蓮》云："天然縞質，想當年此種，
來從太素。"自注：太素，國名，出荷花。此國名甚新，殆即所謂
香國耶。〔滿江紅〕《爲蒼雲堂後桂樹作》云："劉安笑，淹留耳。
吳猛約，何時是。"吳猛，即吳剛也。〔青玉案〕《四明窗會客》
云："歸去來兮，不如歸去，鐵定知今是"，"鐵定"字入詞，
亦新。

四六　汪莘西江月

宋汪莘《方壺詩餘》〔西江月〕《賦紅梅》歇拍云：“自開自落有誰來，與汝上林相待。”自注：“上林院有朱梅。”梅以朱名，殆必深紅如榴花，是誠奇葩，惜不可得見。海棠之鐵梗者，亦朱海棠也。

四七　澗泉詩餘減字浣溪沙

《澗泉詩餘》〔減字浣溪沙〕云：“半怯夜寒褰繡幌，尚餘嬌困剔銀燈”，“尚餘”句，極能寫出閨人情態。

四八　玉照堂詞

《玉照堂詞》《宜雨亭咏千葉海棠》云：“紫膩紅嬌扶不起，好是未開時候。半怯春寒，半便晴色，養得臙脂透。”宋邵康節云：“好花看到半開時”，此更於未開時着眼，豈稼軒詞所謂“惜春長怕花開早”耶。蕙風外子句云：“玉奴羯鼓悔催花，花若遲開應未落。”才人之筆，往往怡趣略同，而抒辭愈變愈工也。

四九　乳鵝裙

宋曹良史〔江城子〕句云：“背燈暗卸乳鵝裙，酒初醒，夢初醒。”“乳鵝裙”未知出處。

五〇　小言佳妙

《香海棠館詞話》云：邵複孺詞，“魚吹翠浪柳花行”，小而不纖，最有生氣。比讀《陽春白雪》王玉〔朝中措〕云：“戲數翠萍幾黶，零星未礙圓荷。”亦小言之佳妙者。“黶”字尤新雋可喜。

五一　謝懋杏花天

《花庵詞選》謝懋〔杏花天〕歇拍云：“餘醒未解扶頭嬾。屏裹瀟湘夢遠”，昔人盛稱之，不如其過拍云：“雙雙燕子歸來晚。蘦落紅香過半”，此二語不曾作態，恰妙造自然。蕙風外子論詞之恉如此。

五二　胡忠簡青玉案

宋胡忠簡詞〔青玉案〕云：“宜霜開盡秋光老”，芙蓉名拒霜，詎又名宜霜耶，俟考。

五三　嚴仁詞醉桃源

宋嚴仁詞〔醉桃源〕云：“拍堤春水蘸垂楊。水流花片香。弄花嚼柳小鴛鴦。一雙隨一雙。”描寫芳春景物，極娟妍鮮翠之致，微特如畫而已，政恐刺繡妙手，未必能到。

五四　張榘應天長

宋張榘詞〔應天長〕《咏蘇堤春曉》云：“秋千架，閑曉索，正露洗、繡鴛痕窄。”此等句却不嫌纖艷，以境韵勝也。又《咏雷峰夕照》“磬圓樹杪”句，“圓”字亦極形容之妙。

五五　江湖後集

《江湖後集》万俟紹之《婢態詩》云：“纔入園中便折花，厨頭坐話是生涯。不時搯數周年限，每事誇稱舊主家。遷怒故將甌碗擲，效顰剛借粉脂搽。隔屏竊聽賓朋語，汲汲訛傳又妄加。”此詩題目頗新，惜語不求韵。其所賦者，殆非泥中稱詩，竹裹煎茶之選矣。

五六　羌笛

《全芳備祖》岳東几〔木蘭花慢〕《咏梅花》歇拍云：“多謝膽瓶重見，不堪三弄橫羌。”羌，謂羌笛，以羌爲笛，猶之以單于爲角也。（按：岳珂號東几。）

五七 成也蕭何敗也蕭何

宋沈瀛詞〔減字木蘭花〕歇拍云："成也蕭何。敗也蕭何更是多"，此等諺語，在宋人已爲沿用，其所自始弗可得而考矣。

五八 思王

《陽春白雪》徐寶之〔桂枝香〕歇拍云："思王漸老，休爲明璫，沉吟洛涘。"昔人稱葛亮，稱馬相如，皆省姓之上一字。此"思王"即陳思王，省地名之一字，殊僅見。

五九 陳以莊菩薩蠻

偶閱《閩詞鈔》，宋陳以莊〔菩薩蠻〕云："舉頭忽見衡陽雁，千聲萬字情何限。叵耐薄情夫，一行書也無。泣歸香閣恨，和淚淹紅粉。待雁却回時，也無書寄伊。"歇拍云云，略失敦厚之旨，所謂盡其在我，何也？然而以謂至深之情，亦無不可。

六〇 玉東西

宋張震詞〔鷓鴣天〕換頭云："金底背，玉東西。前歡贏得兩相思。""玉東西"，即酒杯；"金底背"，未知何物之別名。疑即鏡也。或以"銀鑿落""花十八"對"玉東西"，不知"底背"對"東西"尤工。

六一 汪晫水調歌頭

宋汪晫《康範詩餘》〔水調歌頭〕《次韵荷净亭小集》云："落日水亭静，藕葉勝花香。"與秦湛"藕葉香風勝花氣"句同意。藕葉之香，非静中不能領略，净而后能静，無塵則不囂矣。衹此起二句，便恰是咏荷净亭，不能移到它處，所以爲佳。

六二 張輯齊天樂

宋張輯《東澤綺語債》《如此江山》寓〔齊天樂〕過拍云：

"欲下斜陽，長淮渺渺正愁予"，此"予"字同"余"訓，與上
"渡、古、去、樹"叶，殊廑見。

六三　人日

宋牟巘《陵陽詞》〔滿江紅〕《壽樞密》云："七莢新春，問
底事、以人爲日。記正觀、鄭公恰至，名因人得。"按《西京雜
記》魏鄭公徵嘗出行，以正月初七日謁太宗。太宗勞之曰："卿今
日至，可謂人日矣。"牟詞用此，殊典切雅稱，蓋樞密初度，值人
日也。

六四　頂顁

宋吳存《樂庵詩餘》〔水龍吟〕云："趁輕風徑上，蓬萊頂顁，
去天尺五。"顁，乃挺切。寧，上聲。《玉篇》："頂，顁也。"此字
入詞僅見。

六五　石湖詞

《石湖詞》"春若有情春莫去，花如無恨花休落"，與"天若有
情天亦老，月如無恨月常圓"，句法政同，未知孰先後也。

六六　王質詞

宋王質《雪山詩餘》〔浣溪沙〕《和王通一韻》云："何藥能
醫腸九回。榴蓮不似蜀當歸。""榴蓮"，字作"留連"用，必有所
本。又〔西江月〕《借江梅蠟梅爲意壽董守》云："試將花蕊數層
層。猶比長年不盡。"此意甚新，似亦未經人道。

六七　秤停

宋趙善括《應齋詞》〔醉落魄〕《江閣》云："天公著意秤停
著。寒色人情，都恁兩清薄"，"秤停"，猶言平亭，權衡之意。
《廣韵》：秤，俗稱字。

六八　鬥字平叶

宋程公許詞〔沁園春〕《用履齋多景樓韵》歇拍云：“憑誰問，借天河一挽，洗甲休鬥”，“鬥”字作平叶，僅見。《集均》：鬥，當矦切，音兜，交争也。

六九　姜特立詞

宋姜特立《梅山詞》〔菩薩蠻〕云：“苗葉萬珠明。露華圓更清”，“圓更清”三字，其所以然，未易説出，却有無限真趣深致，決非鈍根人所能領會耳。又〔蝶戀花〕云：“明日尊前無覓處。啞軋籃輿，祇向雙溪路”，“籃輿”入詞，似乎前此未有。“啞軋”肖其聲，妙。

七〇　尹焕眼兒媚

宋尹焕《咏柳》〔眼兒媚〕句云：“一好百般宜”，五字可作美人評語。明王彦泓詩：“亂頭粗服總傾城”，所謂“一好百般宜”也。

七一　李好古菩薩蠻

宋李好古《碎錦詞》〔菩薩蠻〕過拍云：“春水曉來深。日華嬌漾金”，語絶新艷，亦唯芳晨麗旭，足以當之。與易安居士“落日鎔金”句同工各妙。

七二　陳成父

宋陳成父，字汝玉，寧德人。辛弃疾持憲節來閩，聞其才名，羅致賓席，而妻以女。有《和稼軒詞》《默齋集》，藏於家。見《萬姓統譜》。辛婿工詞，庶幾玉潤，惜所作至今無傳耳。

七三　蘇茂一點絳唇

《陽春白雪》蘇茂一〔點絳唇〕云：“竹翠藏烟，杏紅流水歸何處。透簾穿戶，更灑黃昏雨。織錦題書，誰寄愁情去。渾無緒，綠楊千縷，不似真眉嫵。"歇拍三句，語亦非甚新奇，却似未經人道。又〔祝英臺近〕云："結垂楊，臨廣陌，分袂唱陽關。穩上征鞍，目極萬重山。歸鴻若到伊行，丁寧須記，寫一封、書報平安。漸春殘，是他紅褪香收，綃泪點斑斑。枕上盟言，都作夢中看。銷魂啼鴂聲中，楊花飛處，斜陽下、愁倚闌干。"此調叶平韵，宋詞中不多見。萬氏《詞律》未之載也。

七四　笙吸

宋應法孫詞〔賀新凉〕云："記年時翠樓寒淺，寶笙慵吸。"八音中凡竹製皆以吹鳴，唯笙字半用吸氣成聲。潘岳《笙賦》"應吹噏以往來，隨抑揚以虛滿"。《廣韵》："噏與吸同。吹，出氣。噏，入氣。"昔人詩詞言笙者夥矣，笙而曰吸，似乎於此僅見。

七五　陳坦之沁園春

宋陳坦之〔沁園春〕云："愁無際，被東風吹去，綠黯芳洲。"此警句有神韵。趙汝芜〔戀繡衾〕云："怪別來、胭脂慵傅，被東風、偷在杏梢。"命意略同，彼何其纖也。

七六　王之望詞

宋王之望《漢濱詩餘》〔好事近〕云："弓轉三寸坐中傾，驚嘆小如許。子建向來能賦。過凌波仙浦。"此詞當是之望宦蜀時作。蜀中纖足之風，至今猶未改也。又〔臨江仙〕云："遠山思翠黛，蔓草記羅裙"，此十字非甚新奇，而自覺其佳。高觀國〔少年游〕《咏草》云："萋萋多少，江南舊恨，翻憶翠羅裙。"并用杜詩"蔓草見羅裙"句意。

七七　工尺

石正倫詞〔漁家傲〕過拍云："貪聽新聲翻歇指，工尺字，窗前自品瓊簫試。"按張炎《詞源》:"古今譜字:南呂爲工,林鐘爲尺,管色應指字譜:□爲工,□爲尺。"宋人詞用"工尺"字,前此殆未經見。

七八　竊嘗爲吹笙

《賭棋山莊詞話》:"宋諺謂吹笙爲竊嘗,見張仲宗《蘆川詞》。"按:《蘆川詞》〔浣溪沙〕序云:"范才元自釀色香玉如,直與綠萼梅同調,宛然京洛風味也。因名曰萼綠春。且作一首。諺以竊嘗爲吹笙云。"詞後段"竹葉傳杯驚老眼,松醪題賦倒綸巾,須防銀字暖朱脣"。竊嘗,嘗酒也,故末句云云。樂器竹製者,唯笙用吸氣。吸之恒輕,故以喻竊嘗。諺謂竊嘗爲吹笙。如謂吹笙爲竊嘗,則誤矣。

七九　韓元吉霜天曉角

韓元吉《南澗詩餘》〔霜天曉角〕起調云:"幾聲殘角。月照梅花薄。"歇拍云:"莫把玉肌相映,愁花見、也羞落。"花羞、玉肌,其海棠、芍藥之流亞乎,對於梅花,殊未易言,人世幾曾見此玉肌也。

八〇　洪文惠詞

宋洪文惠《盤洲詞》,余最喜其〔生查子〕歇拍云:"春色似行人,無意花間住。"〔漁家傲引〕後段云:"半夜繫船橋北岸。三杯睡著無人喚。睡覺祇疑橋不見。風已變。纜繩吹斷船頭轉。"意境亦空靈可喜。蕙風云:余所喜異於是。〔漁家傲引〕云:"子月水寒風又烈。巨魚漏網成虛設。圂圂從它歸丙穴。謀自拙。空歸不管旁人說。昨夜醉眠西浦月。今宵獨釣南溪雪。妻子一船衣百結。長歡悅。不知人世多離別。"委心任運,不失其爲我;知足長樂,不願乎其外。詞境有高於此者乎?是則非娛所能識矣。

八一　姜夔題楊冠卿客亭類稿

姜夔《題楊冠卿客亭類稿》云："楊侯筆力天下奇，早歲豪彥相追隨。一斑略見《客亭稿》，文采炳蔚驚群兒。長安城中擇幽栖，靜退不願時人知。大書前榮號霧隱，意與風虎雲龍期。人皆炫耀身陸離，見革而悦忘皐比。南山十日不下食，君子一變誰能窺。正論不作世道微，通都大邑多狐狸。惜君爪牙不得施，公超五里亦奚爲。"此詩《白石道人集》不載。

八二　吕勝己醉桃源

宋吕勝己《渭川居士詞》〔醉桃源〕云："去年手種十株梅。而今猶未開。山翁一日走千回。今朝蝶也來。高樹梢，暗香微。慳香越惱懷。更燒銀燭引春回。英英露粉頦。""來""頦"二韵，意趣絕佳，"來"韵更勝。

八三　吕勝己蝶戀花

又〔蝶戀花〕《觀雪作》云："白玉裝成全世界。江湖點染微瑕纇"，前調前題云："玉女凝愁金闕下。褪粉殘妝，和泪輕揮灑"，兩意均新，似未經人道過。

八四　吕勝己浣溪沙

又〔浣溪沙〕云："直繫腰圍鶴間霞。雙垂項帕鳳穿花。新妝全學內人家"，寫閨人裝束如畫。

八五　吕勝己鷓鴣天

又〔鷓鴣天〕云："曡金梳子雙雙耍，鋪翠花兒曇曇垂"，"耍"字、"花兒"字不易用，於詞格非宜，此却尚可。[1]　其歇拍

---

[1]　以上據《歷代詞人考略》所引補。

云：“門前恰限行人至，喜鵲如何聖得知”，“聖得知”，宋人方言。韓昌黎《盆池》詩：“夜半青虫聖得知”，則唐賢有用之者。

八六　呂勝己詞

又〔瑞鶴仙〕《栽梅》云：“南州春又到。向臘盡冬殘，仌姑先報”，〔江城子〕《盆中梅》云：“年年臘後見仌姑”，梅稱“仌姑”，甚新，於此僅見。

八七　蕙風論穆

蕙風云：“詞有穆之一境，静而兼厚、重、大也。淡而穆，不易；濃而穆，更難。知此，可以讀《花間集》。”

八八　蕙風論學花間

又云：“《花間》至不易學。其蔽也，襲其貌似，其中空空如也，所謂麒麟楦也。或取前人句中意境而紆折變化之，而雕琢、勾勒等弊出焉。以尖為新，以纖為艷，詞之風格日靡，真意盡漓，反不如國初名家本色語，或猶近於沉著濃厚也。”庸詎知《花間》高絶。即或詞學甚深，頗能窺兩宋堂奥，對於《花間》，猶為望塵却步耶。

八九　魏文靖詞

宋魏文靖《鶴山長短句》〔水調歌頭〕《壽李參政》云：“輦路升平風月，禁陌清時鐘鼓，嗺送紫霞觴”，自注：“嗺，子須反，撮口也。”〔念奴嬌〕《鮮于撫勸酒》云：“嗺送春江舡上水，笑指□山歸去。”〔鷓鴣天〕《六十日再賦觀燈》云：“被人嗺送作遨頭。”按，《廣韻》：“嗺，嗺送歌。”“嗺送”二字本此。其歌不知何云，殆亦勸酒之意。又〔水調歌頭〕《壽李提刑》云：“溥露浸秋色，零雨濯湖弦。”〔浣溪沙〕《次韻李參政》云：“亭亭雙秀倚湖弦”，“湖弦”，字亦新，湖邊也。

九〇　白笑花

《鶴山詞》有〔清平樂〕《即席和李參政白笑花》，前調《次李提刑白笑詞并呈李參政》，此花未見它家題咏，殆宋時有之，今不可得矣。

九一　楊妃爪

劉辰翁《須溪詞》《咏牡丹》〔一捻紅〕云："當年掌上開元寶，半是楊妃爪。"按：唐開元通寶錢背文作新月形，鄭虔《會粹》云："初進蠟模，文德皇后掐一甲痕，故錢上有掐文。今謂之月，即掐文也。"一說謂是楊妃爪印。劉詞用之。

九二　渭脂

又：《咏牡丹》〔魚尾壽安〕云："向來染得渭脂紅，又自細搖花浪、動春風"，"渭脂"二字新，用唐杜牧《阿房宮賦》"渭流漲膩，弃脂水也"。

九三　思王

又：《咏海棠》〔御愛紫〕云："離披正午盛時休，閑爲思王重賦、洛神愁"，陳思王作思王，與徐寶之〔桂枝香〕同。

九四　紅撲

金蔡松年《明秀集》，魏道明注〔浣溪沙〕云："芍藥弄香紅撲暖，酴醿趁雪翠綃長。"注："紅撲，猶紅蕾也。"此二字新。

九五　蔡松年滿江紅

《明秀集》〔滿江紅〕句云："雲破春陰花玉立。"七字寫出花之精神，至爲妙肖。

九六　勝友

《明秀集》〔念奴嬌〕"浩然勝友生朝"。注："勝友，名勝之友。或云勝己之友。《論語》云：無友不如己者。"按：唐王勃《滕王閣序》："十旬休暇，勝友如雲。"注未引此。

九七　牡丹詞

蕙風近詞〔定風波〕題云：《九月五日咏牡丹》。或曰非時。漚尹曰："非非時。"偶閱《元草堂詩餘》會心彭泰翁（安成）有〔念奴嬌〕《咏秋日牡丹》句云："岸蓼汀萍成色界，未必天香人識。"詞題與蕙風略同。唯蕙風此詞旨別有托耳。

九八　齊姜語渾厚沖夷

《列女傳·齊姜》曰："人生安樂，孰知其他。"蕙風語娛："斯語渾厚沖夷，取之自足。不圖於壺闈閑得之，政恐班、謝輩未易道得。"

九九　近人四韻通叶

元白樸《天籟集》〔滿庭芳〕小序："屢欲作茶詞，未暇也。近選宋名公樂府，黃、賀、陳三集中，凡載〔滿庭芳〕四首，大概相類，互有得失。復雜用元、寒、刪、先韻，而語意苦不倫。"云云。近人詞此四韻多通叶，昔賢不謂然也。夫詞雖慢調，韻不逾十。即如寒、刪兩韻，本韻之字，即獨用，不患不敷，矧已通叶，何必再闌入元、先部乎。其爲取便，亦已甚矣。

一〇〇　田爲洋嘔集

宋田不伐，名爲，見《碧雞漫志》。所著詞名《洋嘔集》，見《天籟集》〔水龍吟〕小序。嚮來選家，未經考出。

一〇一　妳闌花樣

宋閨秀《妳闌花樣》，屈蕙纕舊藏。闌，襴婚，抹胸也。花樣羅紋紙，淡緗色，高六寸五分，闊一尺一寸。右方稍上題"妳闌"二字，字徑四分。闌，從東，不從柬。尹旁作尹。就尹之下橫畫作東上之橫畫。結體絕奇。花樣縱三寸九分，衡四寸三分，兩樣并列，仿菱花六出式。花分兩層，中各畫一鳳。外層分六格，繚以烏絲，縈回相屬。正中一格，當紉帶處，畫一飛蝶。右樣有，左無。蓋畫猶未竣也。左樣右方有"侯淑君借珠花一枝"八字。"三月十二日"五字。各一行。當日隨筆寫記，近於以代簿籍。意者花樣別有正本，此其副耶。按：侯淑君，宋侯寊女。寊字彥周，東武人，晁說之甥。紹興中，以直學士知建康府。所箸《嬾窟詞》一卷，刻入汲古閣《六十名家詞》。有〔菩薩蠻〕《小女淑君索賦晚春》詞"東風吹夢春醒惡"云云。花樣不箸畫者姓名，以侯媛時代證之，知其作於紹興間，距今垂七百年。古香奇艷，爲寶幾何矣。屈蕙纕，字逸珊，臨海人。署鳳陽知府王咏霓室。有《含青閣詩餘》一卷，刻入《小檀欒室匯刻閨秀詞》。

一〇二　侯寊菩薩蠻

《嬾窟詞》〔菩薩蠻〕《木犀十咏·簪髻》云："玉蕊縱妖嬈，恐無能樣嬌。"按：《廣韻》：能，奴登切，音儜。北語，對我而言曰儜。蓋你之聲轉。能、儜，音同。侯寊北人，用方音入詞耳。奴登切之登，讀若丁。丁有當誼。粵語即時曰登時。丁、當、登，亦聲轉。

一〇三　侯寊菩薩蠻

又〔菩薩蠻〕《湖上即事》云："終日倚危闌，故人湖上山。"眼前語，卻似未經人道。

一〇四 侯寘阮郎歸

又〔阮郎歸〕《爲刑魯仲小鬟賦》云：“淡妝濃態楚宮腰，梅枝雪未消。”美人丰姿清潤，“梅枝”句妙于形容。

一〇五 姚雲文齊天樂

姚雲文〔齊天樂〕云：“啼鳥窗幽，畫陰人寂，慵困不如飛絮。”“慵困”句是加一倍寫法。易安居士“人比黄花瘦，”言人比黄花更瘦，與雲文句法略同，特韵致較勝耳。

一〇六 塘水初澄雛晴嫩霽比喻美人

明楊慎云：李後主〔搗練子〕二闋，嘗見一舊本，俱是〔鷓鴣天〕。其“深院静”闋前段云：“塘水初澄似玉容，所思還在別離中，誰知九月初三夜，露似珍珠月似弓。”蕙風曩撰《詞話》，謂是楊氏臆造。〔搗練子〕平仄與〔鷓鴣天〕後段不同也。然“塘水”句，余甚喜之。又蕙風舊輯《薇省詞鈔》，有潘瀛選（順治朝宜興人。）〔新荷葉〕云：“日麗風柔，水邊天氣鮮新。閑坐斜橋，數完幾折溪痕。酒旗戲鼓，怯餘寒未滿前村。小紅乍乳，鶯聲一巷纏勻。　節過收燈，風光尚未逾旬。粉糝疏籬，誰家香玉鄰鄰。雛晴嫩霽，似垂鬟好女盈盈。江南烟景，殢人猶在初春。”此詞亦韶令可喜。“塘水初澄”，“雛晴嫩霽”，比喻美人，并皆匪夷所思。苟非其人身有仙骨，來自群玉山頭，瑶臺月下，烏足與語斯旨。

一〇七 梁元帝蕩婦秋思賦

蕙風嘗讀梁元帝《蕩婦秋思賦》，至“登樓一望，唯見遠樹含烟，平原如此，不知道路幾千”。呼娛而詔之曰：“此至佳之詞境也。看似平淡無奇，却情深而意真。求詞詞外，當於此等處得之。”

一〇八　顧太清詞

西林閨秀顧太清（春），詞名《東海漁歌》。歲在癸丑，蕙風得其手稿，付聚珍版印行，爲之序云：“太清詞得力于周清真，旁參白石之情雋，深穩沉著，不琢不率，極合倚聲消息。求其詣此之繇，大概明已後詞未嘗寓目，純乎宋人法乳，故能不煩洗伐，絕無一毫纖艷涉其筆端。”觀於蕙風此論，凡操觚學詞者，當知所謹避矣。苟中其病，而求去之，而信能去之矣。以視太清之天然純粹，相隔何止一塵。

一〇九　鄙事入詞

《東海漁歌》有〔唐多令〕《十月十日屏山姊月下使蒼頭送糠一袋以飼豬率成小令申謝》歇拍云：“穀膜米皮中有道，君莫笑，察鷄豚。”飼豬鄙事，入太清詞乃韵絕無倫。

一一〇　太清鷓鴣天

《漁歌》〔鷓鴣天〕句云：“世人莫戀花香好，花到香濃是謝時。”蕙風評云：“具大徹悟。”娛則嫌其説得太盡，乏弦外音。質之蕙風，亦以爲然。

一一一　漁歌詞題

《漁歌》詞題尤韵絕者：“古春軒老人，有《消夏集》，徵咏夜來香、鸚歌、茉素馨以爲架，蓋雲林手製也。”〔定風波〕歇拍云：“閑向綠槐陰裹挂。長夏。悄無人處一聲蟬。”蕙風評：“情景絕佳，咏物聖手。”

一一二　高宗誥詞

歸安楊鳳苞《西湖秋柳詞》注引《湖上名園記》：張循王真珠園有奎藻樓，藏御敕之所刊石者，皆高宗御書，凡七通，悉貯樓下。

其一爲循王妾章氏封咸寧郡夫人誥詞，有曰"朕眷禮勛臣，既極異姓王之貴；疏恩私室，并侈如夫人之榮。以爾芳和適性，脩態横生"云云，"紹興二十一年十月日"。章氏，即張穠也。（穠知書，嘗代循王文字，後封榮國夫人，循王以爲繼室，嫌同姓，改章氏。）"脩態"句入制誥，絕奇。

一一三　西湖秋柳詞注引宋人說部

《西湖秋柳詞》，鳳苞弟知新注。宋人說部傳於世者，南渡以後較少，注引說部數十種，多南宋人之作，泰半嚮所未見，或并其目亦未之前聞。注或引一二則，或三數則，大都確見是書，一何博洽乃爾。蕙風屬摘記其目，備它日訪求焉：蔣捷《竹山漫録》。方勺《雲茅漫録》。毛开《樵隱筆録》。周端臣《葵窗小史餘録》。奚滅《秋崖津言》。薛夢桂《蒜壁瑣言》。翁蘿寅《淮南雜録》。李萊老《餘不溪二隱叢說》。周淙《輦下紀事》。朱鼎孫《介亭舊話》。胡仲弓《葦航識小録》。邵桂子《雪舟塵談》。錢抱金《湖上名園記》（茅止生該博堂傳鈔本。）。陳塤《分水退閑録》。孫鋭《耕閑偶記》。宋復《一足齋小乘》。陸起潛《皆山樓餘話》。陳子兼《窗間紀聞》。陳隨應《南宋行宫記》（疑陳世崇隨隱。）。張沄《瑶阜詩話》。李景文《東谷筆談》。趙與圻《借竹軒書畫評》。趙克非《荷畔老漁話舊》。甘泳《東溪聆善録》。褚仁獲《雙名志》。吳震元、宋相眼《德壽宮起居注》（元按：是書已佚，從明潘曾紘所藏《宋外史記鈔》中録之，無撰人姓名。）。《紫霞偶筆》（無撰人姓名，疑楊纘。）元王執禮《竹寮瑣筆》。周溥《東圃紀談》。姚雲文《江村詩詞剩語》。曾遇《學古齋臆記》。陳文增《溪雲閣雜記》。最三十三種。

織餘瑣述輯補

一　映山紅慢

宋元絳有《牡丹》詞，調寄〔映山紅慢〕，"穀雨風前"云云。吾廣右呼杜鵑花爲映山紅，每屆清明前後，峰巒蒼翠間，火齊競吐，照灼雲霞，奇景也。

二　紅字解

"玉船風動酒鱗紅"，此"紅"字與"小槽酒滴珍珠紅"之"紅"字不同。蓋酒與臉霜相映，此其所以爲麗也。此句作如此解，與下過拍二句，意尤貫穿。

三　李廖詞句

李易安詞云："落日鎔金，暮雲合璧"，廖世美句云："落日水鎔金。"李、廖皆倚聲嫥家，句或暗合，未必有意沿襲。其時代孰先孰後，亦未能考定也。

四　詩餘入詞

宋鄧肅《栟櫚詞》〔西江月〕換頭云："玉笋輕籠樂句，流鶯夜轉詩餘"，"詩餘"入詞，於此僅見。

五　宣卿詞筆意變化

袁去華《宣卿詞》〔念奴嬌〕《次郢州張推韻》云："客裏清歡隨分有，爭似還家時樂。料得厭厭，雲窗深鎖，寬盡黃金約"，約韻三句，從左譽〔眼兒媚〕"也應似舊，盈盈秋水，淡淡春山"脫化而出，"寬盡黃金約"，則非似舊之謂矣。筆意妙能變化。

六　程大昌韵令

近人稱壽五十一歲曰開六，六十一曰開七，程大昌〔韵令〕（按：宋人稱詞曰韵令，此以爲調名，僅見。）《碩人生日》云："壽開八秩，兩鬢全青。顏紅步武輕。"自注：白樂天《開六秩》詩自注云：年五十歲即曰開第六秩矣。言自五十一即爲六十紀數之始也。五十即曰開六，與今小異。

七 折丹桂調名

又〔折丹桂〕（按：此調名亦僅見。）小序云：“通奉嘗欲爲先碩人篆帔，命爲詩語，某獻語曰：詩禮爲家慶，貂蟬七葉餘。庭闈稱壽處，童稚亦金魚。通奉喜，自爲小篆，綴珠其上。”帔詩珠字，事韻而新，它書未之見也。又〔好事近〕云：“此去春濃絮起，應翻成新曲。”春濃絮起，活潑有生趣。

八 薄相

葛郊《信齋祠》〔水調歌頭〕《舟回平望過烏戍值雨向晚復晴》云：“應是陽矦薄相，催我胸中錦繡，清唱和鳴鷗”，“薄相”，猶言游戲，吾吳閭里語曰“白相”。“白”，蓋“薄”之聲轉，一作“孛相”。烏程張鑒《冬青館詩·山塘感舊》云：“東風西月燈船散，愁煞空江孛相人。”

九 吳詞林詩

“生綃籠粉倚窗紗。全似瑤池疏影、浸梅花”，吳儆《竹洲詞》〔虞美人〕句也。余極喜誦之。昔林逋詩云：“疏影橫斜水清淺，暗香浮動月黃昏。”彼形容梅，此形容似梅者，尤爲妙肖絕倫。

一〇 黃香梅

《逃禪詞》〔傳言玉女〕題云：“許永之以水仙、瑞香、黃香梅、幽蘭同坐，名生四和，即席賦此。”黃香梅，疑即蠟梅，宋時有此名也。

一一 馮偉壽詞語淡而倩

宋馮偉壽〔眼兒媚〕詞云：“社前風雨，已歸燕子，未入人家”，語淡而倩，嚮來未經人道。

一二　毛开樵隱詞

毛开《樵隱詞》〔念奴嬌〕句云："天際歸舟，雲中行樹，鷺點汀州雪"，祇一"行"字絕佳。大堤春綠，柔艣聲中，不見舟行，見樹行也。〔風流子〕云："粉牆外，杏花無限笑，楊柳不勝垂。""無限""不勝"，字亦佳。又〔滿庭芳〕云："回頭笑，渾家數口，又泛五湖舟。""渾家"二字，當是宋時方言。

一三　丘崈詞

撰，訓擇，作譔述之譔用，非古也。《周禮·夏官·大司馬》："群吏撰車徒。"《禮·內則》："粟曰撰之。"撰，并擇誼。宋丘崈詞〔沁園春〕云："撰小窗臨水，危亭當巘，隨宜有竹，箸處須梅。"此"撰"字，誼與古合。又丘崈詞〔感皇恩〕《庚申爲大兒壽》云："時節近中秋，桂花天氣。憶得熊羆夢呈瑞。向來三度，恨被一官縈繫。今朝稱壽，也休辭醉。斑衣戲彩，薄羅初試。華髮雙親剩歡喜。功名榮貴，未要恩恩深計。一杯先要祝，千百歲。"父爲子壽之作，前人集中殆不經見，要亦天倫樂事也。

一四　高觀國竹屋詞

高觀國《竹屋詞》〔臨江仙〕句云："詩俊爲梅新"，此語亦俊而新。〔謁金門〕云："濕紅如有恨"，亦佳句。

一五　易袚喜遷鶯

易袚〔喜遷鶯〕云："記得年時，膽瓶兒畔，曾把牡丹同嗅。"語小而不成纖，極不經意之事，信手拈來，便覺旖旎纏綿，令人低徊不盡。納蘭成德〔浣溪沙〕云："被酒莫驚春睡重，賭書消得撥茶香。當時祇道是尋常。"亦復工於寫情，視此微嫌詞費矣。〔喜遷鶯〕歇拍云："強消遣，把閑愁推入，花前杯酒。"由"舉杯消愁"意翻變而出，亦前人所未有。

一六　劉鎮水龍吟

宋劉鎮〔水龍吟〕《立春懷内》云："試燈簾幕，送寒幡勝，暗香携手。""暗香"句祇四字，饒有無限景中之情，自非雅人深致，未易領會得到。

一七　趙以夫詞

趙以夫〔謁金門〕云："梅共雪。著個玉人三絶。醉倒醉鄉無寶屑。照人些子月。催得花王先發。一曲〔陽春〕圓滑。疑是嵬坡留錦襪。至今香未歇。"世人稱牡丹爲"花王"，此則屬之梅花矣。又：〔青玉案〕《贛州巢龜亭荷花爲曾提管賦》云："亭上佳人雲態度。天然嬌韵。十分攔就，唱盡〔黄金縷〕。""攔就"，宋人方言。《唐韵》：攔，而緣切；軟，平聲。《考工記》：鮑人進而握之。注謂：親手煩攔之。阮孝緒《字略》：煩攔，猶捼抄。方言"攔就"，猶言搓挪成就也。

一八　趙以夫萬年歡

趙以夫《虛齋樂府》〔萬年歡〕《慶元聖節》云："鳳曆開新，正微和乍轉，麗景初曉。五莢莫舒，光映玉階瑶草。在在東風語。慶此日、虹流電繞。鯨波静，翠巋山，嵩呼聲動雲表。絳節霓旌縹緲，望星燦爛，紫薇深窈。琬液香浮，露濕蟠桃猶小。叠叠仙韶九奏，知春到人間多少。蓬萊外，若木扶疏，萬年枝上長好。"此詞吉語蟬嫣，喬皇典麗，與無名氏〔鷓鴣天〕《宣德樓前》等闋，庶幾競爽同工，所謂一片承平雅頌聲也。

（以上見《歷代詞人考略》引《纖餘瑣述》）

一九　方岳詞用事

宋方岳《秋崖詞》《和楚客賦蘆》云："搔首江南雁，銜千里月"，用《淮南子》"雁銜蘆以避矰繳"語，又云"那得似西來一笻横絶", 用達摩事。

二〇 閣中

宋人稱它人妻曰閣中。孫覿《鴻慶集·與惠次山帖》: "忽聞閣中卧病, 何爲遽至此也。伉儷之重, 追慟奈何。"云云。蕙風外子《香東漫筆》記之。白玉蟾詞有〔摸魚兒〕《壽傅樞閣中李夫人》"跨飛鸞、醉吹瑶笛"云云。

二一 宋人以塊計錢

宋壺山《雪堂弔東坡》詞 "一月有錢三十塊, 何苦抽身不早", 今人以 "塊" 計錢, 據此則宋時已有之。

(以上見《兩宋詞人小傳》引《纖餘瑣述》)

二二 空靈超逸意境

陳恕可〔水龍吟〕《賦白蓮》極空靈超逸之致, 起調云: "素姬初宴瑶池, 佩環誤落雲深處。"飄忽而來, 如將白雲。玉溪生句云; "萼綠華來無定所", 意境庶幾似之。過拍云: "記當時乍識, 江湖夜静。祇愁被、嬋娟誤。"亦複離形得似, 稍回清真。

二三 王易簡慶宫春

王易簡《謝周草窗惠詞卷》〔慶宫春〕歇拍云: "因君凝佇, 依約吳山, 半痕蛾绿。"易簡《樂府補題》諸作頗膾炙人口, 余謂此十二字絶佳。能融情入景, 秀極成韵, 凝而不佻。

二四 梅屋詩餘

《梅屋詩餘》"紅踏桃花片上行"七字絶佳, 惜上句"绿隨楊柳陰邊去", 稍嫌未稱。

(以上見《宋人詞話》引《纖餘瑣述》)

二五　元好問清平樂

元好問〔清平樂〕云："飛去飛來雙乳燕。消息知郎近遠。"用馮延巳"雙燕來時，陌上相逢否"句意。彼未定其逢否，此則直以爲知，唯消息近遠未定耳。妙在能變化。

（以上見《蕙風詞話》卷三引《織餘瑣述》）

附：織餘續述

一　李後主詞

李後主詞〔虞美人〕起調云："春花秋葉何時了"，選本迻寫多誤"秋月"。《尊前集》《花庵詞選》，并作"葉"，當從之。與下"月明中"不複，細審字亦較勝。

二　李珣詞

蜀李珣詞〔望遠行〕云："休暈繡，罷吹簫。"閨人刺繡，顏色濃淡深淺之間，細意熨貼，務令化盡針縷痕迹，與畫家設色無異，謂之"暈繡"。此二字入詞，絕新。又〔臨江仙〕云："強整嬌姿臨寶鏡，小池一朵芙蓉。"妙絕形容，却無形容之迹，即是暈繡工夫。

三　鹿虔扆詞

鹿虔扆詞"約砌杏花零"，"約"字雅煉，殘紅受約於風，極婉款妍倩之致。

四　毛熙震詞

毛熙震詞"整鬟時見纖瓊"，"纖瓊"，手也。字艷而新。又"閑步落花旁"，語小而境佳。此等句須留意體會。又："曉花微斂輕呵展”，尤緻絶可喜。

五　馬門

韓師厚〔御街行〕云：“無言倚定馬門兒，獨對滔滔雪浪”，今人猶呼船門爲馬門，船有幾倉，曰幾道馬門。

（以上見《歷代詞人考略》引《纖餘續述》）

願無盡廬詞話

高　旭◎著

　　高旭（1877～1925），字天梅，號劍公，別字慧雲、鈍劍，江蘇金山（今上海）人。早年傾向維新，後轉向革命，與陳去病、柳亞子等創立南社。其詩文後編爲《天梅遺集》，今郭長海、金菊貞編有《高旭集》。高旭著有《願無盡廬詩話》，原刊《天鐸報》1911 年 12 月 2 日至 1912 年 6 月及《太平洋報》1912 年 4 月 1 日至 9 月 16 日，署名鈍劍，又收入《高旭集》卷二十四、二十五，就中時有論詞之語，且多涉并世詞人交游唱和本事。今爲輯出，凡 53 則，名之曰《願無盡廬詞話》。本書據《高旭集》校錄正文，相关校語不錄。

《願無盡廬詞話》目録

願無盡廬詞話

一　傅鈍根念奴嬌詞

《石頭記》爲小説中有名之作，而題詞無一佳者。我友傅鈍根所填〔念奴嬌〕一解，可稱雋妙絶倫，真不厭百回讀也。兹采録於此："天生頑石，是何年，鞭走青梗峰下？填海補天都未得，息息塵埃野馬。釵黛升沉，玉金離合，倩問誰真假？紅樓夢覺，忍揮珠泪盈把。　　何物盲左臏孫，中情鬱結，自把牢愁寫。別有傷心懷抱惡，千載更無知者。兒女嗔痴，家常瑣屑，字字聲伊啞。幾時撒手，大家從此歸也？"

二　李叔同詞

余去年思刊文學雜志。李叔同，海上能文之士，素工歌詩、小説，而詞尤極哀艷感怨之致。以數章見寄，雖屬綺情，却有無限蒼涼意也。《憶歌郎金娃娃》調寄〔高陽臺〕一闋："十日沉愁，一聲杜宇，相思啼上花梢。春隔天涯，劇憐別夢迢遥。前溪芳草經年緑，祇風情辜負良宵。最難抛，門巷依依，暮雨瀟瀟。　　而今未改雙眉嫵，祇江南春老，紅了櫻桃。忒煞迷離，匆匆已過花朝。游絲苦挽行人駐，奈東風，冷到溪橋。鎮無聊，記取離愁，吹徹瓊簫。"又，《有贈》兩闋，調寄〔菩薩蠻〕："燕支山上花如雪，燕支山下人如月。額髮翠雲鋪，眉彎淡欲無。　　夕陽微雨後，葉底秋娘瘦。生小怕言愁，言愁不奈羞。""曉風無力垂楊懶，情長忘却游絲短。酒醒月痕低，江南杜宇啼。　痴魂消一撚，願化穿花蝶。簾外隔花蔭，朝朝香夢沉。"

三　虞美人詞

此間有一女郎，略饒風韵，雅比綠珠；出自小家，無殊碧玉。芳齡二九，已過破瓜之年。綉枕低吟，喜續《采葛》之句。倚樓則未免有情，對鏡而無端生惱。羞爲玉碎，恨欲珠沉。春水一池，干卿底事？芙蓉半盞，與世長辭。嗟乎！青年薄幸，大抵如斯。黃土無情，忍此終古！亦足勸乎？大可憐已。余爲作《怨詞》六解，又成〔虞美人〕詞以吊之。……詞曰："蛾眉遽肯痴如此？甘爲蕭郎死。此生贏得那人憐，斷勿他生再住奈何天。　原來顏色難常好，珠碎玉沉了。蘭啼蕙嘆何其多，深怕滄桑劫數盡如他！"

四　沈道非高陽臺詞

沈道非素工詩文，在浦東中學教授。當同人組織一雜志，以第一號惠寄，發而讀之，見其中有《讀伯初〈五日記程〉》題〔高陽臺〕一解，又嘆其詞之工矣："縮地長房，乘風宗愨，雙輪飛過輕埃。碧渚晴巒，依依笑逐人來。南朝簫管今何在？付漁樵，短笛酸哀。殢吟魂，胭脂廢井，花雨荒臺。　江山一派鮮妍畫，似天公粉本，留待删裁。百兩送鞋，探幽踏破青苔。平添多少風騷，料逐征塵，俯仰低徊。判安排，十笏隃糜，五斗清才！"道非詞不多做，偶一爲之，而風骨之高騫如是，所謂"五斗清才"，洵無愧矣！

五　太一詞

太一詞都是血淚結成。即以工拙論，亦不減薑齋，況氣概絕相似者耶！〔滿江紅〕《感事》一闋，其一云："旅夢十年，問蝴蝶莊生誰是？祇可恨，盜多如鯽，聖人不死。長夜蒼蠅聲斷續，漫天貝錦文菱斐。恐今後，黑暗更難分，人和鬼。　挽千斛，銀河水。洗千種，平生罪。臥高樓百尺，元龍差擬。腐鼠任憑鴟鴞嚇，泥鰍莫喻蛟龍恉。便浮雲，轉眼過長空，休提起!”其二云：“黄鵠高飛，待喚取，歸來同住。劇勞汝，暮三朝四，狙公賦芋。一曲廣陵今夜月，千盅魯酒黄昏雨。嘆炎凉時節已推移，天如故。惜往日，屈原賦。投五體，要離墓。笑壯懷鬱勃，而今老去。燈火險爲魑魅滅，山頭聽慣嬰兒語。猛回頭，世事幾滄桑，心魂怖。”〔柳梢青〕《除夕》云：“一年容易，惟聞更鼓聲流替。五個除宵，家園客子，斷腸各自。　　二老料知何似，誤一片，倚門心事。天若有情，念儂孤苦，也應回睇。”

六　柳亞子念奴嬌詞

我友柳亞子，以《像生花》一詞見寄，調寄〔念奴嬌〕，可謂神妙之作。古人云：“情生文耶？文生情耶?”蓋一而二、二而一者矣。詞如下：“芙蓉遲暮，况迢迢遠道，涉江千里。眼底秋容誰贈我？絶妙蘭心蕙意。不似枝頭，風痕雨點，狼藉爛斑裏。孤眠伴我，銅瓶紙帳情味。　　豈是當日唐宫，鏤金剪彩，裝點春三二。中有美人魂一縷，獨自背燈摇曳。憔悴年華，花開花落，漂泊渾非計。人天惆悵，銅仙無限鉛泪。”

七　鈍根喜遷鶯詞

余移居留溪，成小詞兩解，一時和者頗衆。就中平平者較多，而佳者亦復不少。當以鈍根〔喜遷鶯〕一首爲最勝云。詞如下：“飛來一紙，道移住留溪，遣懷賦此。秋雨瀟瀟，秋風淅淅，拚把愁腸驚起。又作稚川移宅，漫説晏嬰近市。心空净，境清閑，不怕阿儂羨死。　　否否，任憑他，抱膝高吟，未必安便耳。紅豆抛殘，青山買得，翻怨今非昨是。肯使彎强壓駿，付與黄冠草履。都休了，且自飲醇擁美。”

八　亞子滿江紅詞

《民呼報》出版，余成七古一章以賀之……亞子亦有〔滿江

紅〕一詞祝之，惜未刊入，爲錄於此："禹域堯封，嘆頻年，自由
鐘歇。驀湧現，崤函紫氣，三辰爭烈。鳳羽朝陽儀五色，麟經大義
王正月。誓從今，隻手挽狂瀾，雄心切。　　穢史耻，須湔雪。黄
史誼，肯埋滅！看悲歌慷慨，舌存未缺。袞鉞無情南史簡，江湖有
黨東林血。向昆侖頂上大聲呼，撑天闕！"

九　蔡哲夫蠹樓詞

蔡哲夫以所作《蠹樓詞》一卷見示，中多綺麗之辭，頗與李
笠翁相近。就中，余酷愛其兩闋，如《昏夜苦寒》調寄〔愁春未
醒〕詞云："濕烟裏樹，淫雨迷樓。畫出暮昏景，問如何，寒氣還
留？想是水雲陰，海氛冷，客寮幽。未離大被，未收軟褥，未卸重
裘。　　耿耿寒燈，沉沉寒夜，薄薄寒裯。渾如朔風吹大雪，人在
孤舟。記否前年，桃花映面杏盈眸？春人旖旎，春衫瀟灑，春夢温
柔。"《中秋有寄》調寄〔人月圓〕云："今宵海上生明月，怎禁
起相思。伊人秋水，空勞遠睇，千里拋離。　　風流雲散，月明燈
滅，意苦詞悲。願卿長久，拼儂闊別，盡有歸時。"

一〇　亞盧詞

道子繫理幾一年矣，亞盧有二詞懷之，調寄〔蝶戀花〕，真一字
一咽。歐九此詞，恐不得專美於前矣！其一："未卜他生今已誤。釵
斷琴焚，南浦當時路。十樣蠻箋勞寄予，幾曾寫盡相思語。　　往
事思量誰記取？斷雨零風，又送春歸去。正是江南三月暮，鷓鴣聲
裏留人住。"其二："鏡裏窺儂顔色誤。憔悴年來，總爲郎辛苦。
鸚鵡前頭休絮語，背人紅淚還如雨。　　繡盡回文無一句。倩夢
驚魂，祇逐楊花去。盼汝今宵飛到處，秦淮水繞鍾山路。"君言
愁，我亦欲愁矣。爲依韵以和之："如許佳期偏又誤。梗斷萍飄，
江北江南路。織就鴛鴦該寄予，斷腸訴盡相思語。　　袖底芬芳
須領處。來不多時，便又匆匆去。隔著紅牆天欲暮，怎禁牽得痴魂
住。""密約今生堪幾誤。歡會難期，儂實真凄苦。綠葉成陰安可

語？一番花事風還雨。　　吐出傷心千萬句。青鳥無憑，消息誰傳去？曲曲夢中尋覓處，迷離山色迷離樹。"

一一　太一舊稿

偶誦太一舊稿〔蝶戀花〕〔減蘭〕二詞，不覺愁沉沉以襲余心，因步其韵得兩解，寄長沙。"花正開時人已散。十斛蛟珠，便爾抛殘半。一任江南風景換，滄桑滋味儂嘗慣。　　蝶醉蜂狂愁思亂，無賴楊花，漠漠烟籠岸。去去東皇腸欲斷，搴簾細把春光看。""幾朵愁緒，坐待天明天忽雨。白雁西風，裝作痴人啞與聾。　　果然難說，完好金甌誰碎缺。閑倚樓頭，君自言愁我欲愁。"其原作并錄於此："月易缺圓雲易散。九十韶光，又早花朝半。鏡裏朱顏今昔換，年年春去春來慣。　　何處流鶯聲噦亂？斗酒雙柑，記否江南岸？和夢和人消息斷，淚痕莫把青衫看。"又錄其〔減蘭〕詞云："一天情緒，遇著西風吹作雨。雨雨風風，聽到黎明耳也聾。　　好事休說，好月易圓行復缺。猛些回頭，各散芳筵各自愁。"太一措詞選字，雅近自然，其寫感情處，尤頓挫入神，令人低回欲絕矣。

一二　亞盧步韵百字令詞

亞子來滬上，以書招我，不果往，寄以〔百字令〕一解，兼示巢南、曼殊諸君子："江山無主，剩酒徒幾輩，天涯萍聚。一種芬芳抛不得，空被才名耽誤。痴夢尋仇，騷魂覓食，都是風前絮。斜陽滿眼，離懷綿渺如許！　　可奈兩地相思，迢迢歇浦，難訴傷心語。彈罷焦桐同此恨，鳳漂鸞泊何處？亂世多愁，故園小病，盼斷雙魚素。碧闌干畔，惹儂終日延佇。"亞盧以一章報我，即步原韵："小屏紅燭，正去年今日，與君相敘。問息尋消剛一載，料理重逢偏誤。幽怨詞箋，崢嶸劍氣，遲汝從頭絮。一燈古店，低回往事如許。　　最憐絮迹萍踪，天涯地角，哀怨誰能語？江左夷吾無恙在，歌泣新亭何處？南國行人，西湖狂客，迢遞雙魚素。晨星寥落，海天無限凝佇。"此詞兼懷臥子白門，巢南香港，鎦三武林。

況夔笙論詞云：“詞中轉折欲圓，筆圓下乘，意圓中乘，神圓上乘。”柳子此作，其殆上乘矣乎。蓋意圓而近於神圓矣。特不知余所作爲何如耳，恨無識者一顧之耳。

一三　簡佩忍金縷曲

佩忍臥病滬上醫院中甚劇，余牽於事，故屢次往訪而不果。聞徐寄塵女士爲之調治頗力。紅妝季布，裙釵中大有人在也。負情如我，對此幾不愧死耶！填〔金縷曲〕一解，以達其意焉，簡佩忍：“吾友巢南子。謹題箋陳詞足下，務祈鑒此。臥病春江猶未起，憔悴故人奚似？奈兩地，月明如水。我願飛來前問訊，恨朔風難展垂天翅。辜負煞，平生意！　青燈空灑相思淚。念終朝，呻吟床褥，情何能已？懺慧詞人偏解事，真個凌雲高誼。看患難交情有幾！儂實喪心休更説，惟望君努力加餐耳！天頓首，匆匆啓。”

一四　林以和虞美人詞

古閩林拾穗以和《題大同瓦詞》見寄，即按〔虞美人〕調，錄如下：“福緣布施隨人意，佛示阿那矣。百千萬億涅槃身，解道佛心祇是普通情。　浮屠七級憑心造，善經如伊少。聚頭端的盡冤家，果得早登浄土免擠挑。”“隨時舊物翻新樣，望古增惆悵。由今再歷幾千年，祇恐向來國粹絶無傳。　神州一半從夷俗，冷抱何方廓？剗苔剔蘚等無聊，剩向劫灰堆裏哭前朝。”覽其詞意，亦古之傷心人也。來函稱余爲慧雲女士，爲之失笑。偶成兩句云：“女權墜落無終極，不願今生作美人。”寫示林公，當亦捧腹。

一五　太一郵寄詞

太一以詞郵寄，爲選錄於此。《生日後之一日感賦》調寄〔滿江紅〕：“歲月遷移，又過了，中元時節。空悔恨，花開花謝，不曾將折。帝女新添瑤瑟怨，媧皇慚補中天缺。想今生、蘗果又重圓，紅羊劫。　驥伏櫪，心更烈。虎變鼠，喉爲咽。望帝城何在，匈奴未滅。浪迹東西桃梗斷，閑愁千萬丁香結。檢重來，歷史幾興亡，渾難説！”“獨立蒼茫，共千里，月明今夕。正舊恨、薪愁如絮，重重故積。鷺鳥托身榛與枳，豺狼倚狽膠和漆。枕長戈、夜起問青天，天何極！　　填滄海，精禽石。開蜀道，五丁力。奈南風不競，秋蟲在壁。人事浮雲西没易，年華逝水東歸亟。數親朋故舊幾何存，千難一。”《獄中寄鈍子》調寄〔青玉案〕：“關河一帶玄黄色，正爭戰，龍蛇劇。夜氣冥冥天叵測，人民城郭，大江南北，萬種空陳迹。　　頭顱尚保將三十，竪子成名幾千百。恨事如天誰與白，君爲儂舞，儂爲君泣，迢遞風烟隔。”“去年今日分飛疾，豈知隔年今日。别有升沉天各一，是奇難偶，是雙難隻，梗斷萍應泣。　　更從今後知何極，鷄鶩鳳凰常共食。世事沉沉淆黑白，懷汨羅石，載鷗夷革，爭信前途及。”讀此頓覺悲來填胸，唾壺欲碎矣。

一六　船山先生詞

船山先生在明末四大儒中，文章斷推爲第一。就其一人之文論之，論著爲上，詞次之，而詩最下。其詞有一種哀音，較之後唐主李煜正相伯仲，至誠摰處尤復過之，其殆心屈子之心者乎？而詞中尤以咏物爲上乘。如《咏牡丹》調寄〔點絳脣〕：“不道人間，消得濃華如許色。有情無力，殢著人相識。　　閲盡興亡，冷泪花前滴。真傾國，沉香亭北，此恨何時釋。”《咏子規》調寄〔憶秦娥〕：“幽魂咽，蜀天泪灑春江血。春江血，東下湘靈，哀弦夜月。　　春歸還訴春前别，天荒地老情無歇。情無歇，唤不歸來，他生何劫。”《咏鷓鴣》調寄〔清平樂〕：“但南無北，費盡叮嚀舌。説與天涯行不得，也似欲啼清血。　　空山烟雨霏微，離披敗葉低飛。乳燕莫誇清俊，人間何處烏衣。”

一七　剥果踏莎行詞

剥果所作詞不多見，其送篤生西行一闋，調寄〔踏莎行〕，悲感蒼涼，一字一淚，蓋學南宋而能神肖者也。"絶好湖山，連宵風雨，神州霸業憑誰主？共憐憔悴盡中年，那堪漂泊成孤旅。　故國茫茫，夕陽如許，杜鵑聲裏人西去。殘山剩水莫回頭，淚痕休灑分離處！"剝果即于右任，陝西人。

一八　俞劍華詞

俞劍華以兩詞見貽，《贈鈍劍》調寄〔金縷曲〕："詩膽如天大。據詞壇，飛揚跋扈，雄才誰亞？越山吳水題咏遍，吟篋中腰雙駕。倦倚處，適書閑把。以似逋仙孤山裏，有梅花萬樹圍深舍。真個是，放人也。　烏衣群從多風雅，算中間詞筆清發，大推小謝。高臥西堂應有夢，夢裏春光何若？還祇怕愁侵恨惹。同是曾經蹈海者，者歸來情緒那堪寫？須迸作，江湖瀉。"《南社雅集感賦》調寄〔滿江紅〕："萬劫天風，吹不盡，騷魂俠魄。看天末芙蓉凝笑，春光來乍。燕市酒徒多慷慨，江南詞客還瀟灑。任龍吟虎嘯詫山靈，乾坤窄。　新亭飲，東林社。歡未必，愁相若。便縱談風月，也多悲咤。阮籍途窮常痛哭，灌夫酒後還狂罵。者明年修禊再銜杯，知誰在？"二詞上聲與入聲通押，殊不足爲訓。若用諸曲調，則便數見不鮮矣。然其詞義特佳，沁人肺腑。

一九　無悶寫寄桃源憶故人詞

無悶寫寄〔桃源憶故人〕詞一解贈余："中年枉寫牢愁賦，没個知音誰語？望斷江南煙樹，縹緲人何處？　天涯獨自傷情緒，滿目亂山無數。紅葉莫隨風起舞，倩寄新詩去。"僕本恨人，何以堪此，爲依韵以和之，附錄於此："斜陽影裏傷心賦，默對痴天無語。淚濕春雲春樹，重認分離處。　東風尤賴添愁緒，零落亂紅難數。落時猶是爭飛舞，青鳥休銜去。"

二〇　南社西子湖開會得詞三闋

南社第二次開會西子湖頭，余三月三日至杭，而餘子俱各分散，惟巢南、劉三、天一三人相叙頗樂。得詞三闋，録於此。《唐莊觀桃花》調寄〔點絳唇〕："笑對濃妝，簾前報道東風膩。比紅兒醉，禁得心魂瘁。　半晌無言，領略伊滋味。盈盈泪，酒香粉汗，肯信天涯遠。"《上巳後一日西子湖頭懷亞子》："草草杯盤卿已去，天涯離恨難支。我來原亦未曾遲，東勞西燕，又是誤佳期。　多少痴情何處訴？碧桃剛值開時。一枝攀折枉相思，低回綿渺，此意幾人知？"《登六和塔》調寄〔望海潮〕："靖康半壁，偷安南渡，中原王氣全收。虎倒龍顛，當年英物，匆匆淘盡東流，白雁恨難休。看倉皇蹈海，橫掃貔貅。滿眼滄桑，那堪吊古爲勾留。　行行莫再回頭。説不如歸去，抛却杭州。上巳風光，名流觴咏，相期且續前游。韻事要千秋，笑一時高會，雲散風流。怕把心期重訴，一醉解千愁。"

二一　亞子詞

《南社雅集泛舟西湖，醉後有作》調寄〔金縷曲〕："賓主東南美。集群英、哀絲豪竹，酒徒沉醉。指點湖山形勝地，剩有趙家荒壘。祇此事，從何説起！王氣金陵猶在否，問座中誰是青田子。微管業，付青史。　大言子敬原非戲。論英雄安知非僕，狂奴未死。鐵騎長驅河朔靖，勒石燕然山裏。算才了平生素志。長揖功成歸去日，便西湖好作逃名地。重料理，鴟夷計。"《上巳日自武林發魏塘，慧雲適以是日至，覓余不得，悵悵而歸，書來極哀怨之致，爲譜〔蝶戀花〕一闋以慰之，知余非無情者也》："越水吳山芳訊阻，是汝來時，是我歸時路。可以尋春春已暮，人生能幾華年誤。　省被蘭姨瓊姊妒。便不重逢，也勝重逢處。一瞥驚鴻人又去，墜歡終竟無憑據。"此亞子詞也。前首以豪情勝，後首以柔情勝，可謂兩極其妙。

二二　佛子古井詞

我弟佛子著有《古井詞》一卷，中多哀艷之音，巫峽猿啼，無此凄楚矣，爲録數闋於此。《題桃花扇傳奇》調寄〔高陽臺〕：
"唱徹春燈，箋傳燕子，當年帝子多情。夜夜元宵，管他棋局縱
橫。深宮粉黛知多少，却無端感慨平生。忽傳來胡馬南侵，魂夢都
驚。　　南朝往事何從説，祇風流孽債，送了神京。誰賦同仇，防
邊但有空城。滄桑恨，付漁樵話，算人間第一傷心。細推論，天遣
雲亭，寫此凄清。"《題王船山詞》調寄〔眼兒媚〕："大好華年總
堪憐，零落人間。誰家庭院，兩行衰柳，一抹寒烟。　　知君別有
情難説，幽咽托啼鵑。關山何處，忍隨歸鳥，飛向胡天。"《泪》
調寄〔踏莎行〕："紅袖留痕，青衫易濕，此中況味無從説。須教
破涕作歡容，料他嗚咽終難歇。　　千古途窮，傷心阮籍，秦庭七
日尤凄切。分明聽取斷人腸，不須更哭西臺月。"《落梅》調寄
〔憶秦娥〕："芳菲節，漫天風雨飄香雪。飄香雪，忍看三徑，落英
狼藉。　　伊余猶向南枝立，空山老死終凄切。終凄切，剩有孤
芳，無端消歇。"

（以上卷二十四）

二三　余與亞子唱和詞

丁未春月，余作倚聲，每成一解，必寄亞盧。亞子爲一一和
之。余擬合刊爲《廢民唱和集》，亞子亦極力贊成。惜人事多故，
匆促尚未償所願。今爲兩兩照録如下。《入春苦雨，凄絶無慘，人
静燈殘，填此遺恨》調寄〔點絳唇〕，原唱云："薄薄窗紗，爭信
銷魂爾許易。太無情緒，瑟瑟驚人睡。　　著耳終宵，一任檐前墜。
君須記，濕沉沉地，尚少相思泪。"和云："雨雨風風，遮斷春光渾太
易。問天何意，祇管沉沉睡。　　儂是愁人，忍聽愁聲墜。且休記，
埋愁無地，多半傷春泪。"〔羅敷媚〕原唱云："連宵無夢春寒悄，雨
也添愁，月也添愁，消瘦腰肢不自由。　　披衣重把《離騷》讀，怨
在眉頭，恨在心頭，樓外春光似舊否。"和作云："飄零莫向天涯問，
總是閑愁，便是閑愁，一往情深不自由。　　何人慰我傷讒意，細數
從頭，忍數從頭，往事零星記得否？"《落梅》調寄〔虞美人〕原

唱云："短牆一角腸堪斷，回首斜陽亂。半杯酒滴淚如麻，似此丰姿、該葬玉鈎斜。　滿庭香雪紛紛影，翠羽啼難醒。怕遭污踏不開門，拚與冷風、打做楚騷魂。"和作云："重重香雪風吹斷，羌笛聲聲亂。縞衣素袂落如麻，忍見空枝、依舊照橫斜。　憐卿命薄渾如影，好夢羅浮醒。霜淒月冷掩室門，翠羽啾啾、歸去黯消魂。"《時三鼓矣，倚枕不寐，感舊成章，淒絕之音，幾難卒曲》調寄〔行香子〕原唱云："春在誰邊？人在誰邊？更東風吹向誰邊？迢迢山海，覓遍涯顛。是奈何花、奈何酒、奈何天！　比翼難連，鏡影難圓，柳絲絲枉自纏綿。向樓頭悵望，一縷情牽。奈月如魂、魂如夢、夢如烟。"和作云："風也無邊，雨也無邊，更春愁浩蕩無邊。離魂一縷，水角山顛。是意中人、眼中淚、鏡中天。　藕絲還連，月缺還圓，恨無端此恨綿綿。算萍蹤絮迹，夢也南牽。願身成骨、骨成灰、灰成烟。"《題定庵詞》調寄〔虞美人〕原唱云："東華賣賦真無計，且老溫柔裏。一簫一劍絮平生，回首羽琌山下碧雲深。　棱棱俠骨千年矣，誰慰傷讒意？長林豐草不勝秋，交盡燕邯屠狗欲何求？"和作云："千年劍俠真無計，肯老空山裏？才華爾許竟虛生，蕩氣回腸禁得恨深深。　靈簫去後無人矣，誰識狂夫意？傷春怨女士悲秋，感慨名家如汝已難求！"《亞子來簡，述盛衰之感，讀之聲與淚下，爰填此闋，以代答書》調寄〔大有〕："黃板橋頭，綠蔭深處，正去年今日回首。再相逢，杜鵑當是開後。小園此日春光早，恐零落護鈴相守。傷心蝶舞蜂狂，一任燕嗔鶯咒。　天邊遠，淚雙袖。芳草滿江南，春光依舊。重簾不捲，有朵碧雲斜逗。祇爲斷腸天氣，思量煞，一燈如豆。深怕這，春病懨懨，被伊消瘦。"和作云："芳夢驚回，彩雲飛散，那堪往事回首。膝新詞，此才恨落君後。山涯水角伊人遠，便兩地相思怎守。任教咄咄書空，何處喃喃低咒。　重重淚，青山袖。莫道不銷魂，春光匪舊。愁心一點，山下蘼蕪閒逗。怕向蘼蕪偷問，遮莫是，舊時紅豆。拚蕉葉，沒個人憐，我儂消瘦。"《花朝》調寄〔木蘭花慢〕原唱云："黃鸝枝上鬧，花事晚，罵東風。盡天涯今日，嫩陰如水，踏遍青驄。春信柳梢來未？恨紅樓，消息渺難通。說道春光猶淺，已教舊怨重重。　　小桃含露泪痕濃，爭似去年紅。祝好花長壽，芳情脉脉，私語喁喁。救得今生薄命，怕他生猶作負情儂。一笑花魂無奈，廿番花信匆匆。”和作云：“江南芳草長，蜂蝶鬧，又東風。向天涯何處，游春伴侶，油壁青驄。爲道年年今日，正春心，先遣小桃通。省識韶華如許，珠簾捲起重重。　　惜春無賴惱春濃，愁轉眼殘紅。忍把伊辜負，小闌干畔，密約喁喁。總被多情誤了，便此生，已是可憐儂。不怨好花易謝，怨他來也匆匆。”《題辛稼軒集》調寄〔虞美人〕：“羞爲人世書呆子，死話堆千紙。天生才調絶沉雄，鐵馬金戈叠過大江東。　　中興望斷腥膻遍，亂世儒生賤。我今同抱古人憂，空依危樓灑泪看吴鈎。”和作云：“霸才青兕兵家子，讀破書千紙。河山半壁誤英雄，贏得雕蟲餘技擅江東。　　唐宫漢闕荆棘遍，苦恨銅駝賤。華夷倒置總堪憂，未請長纓孤負汝吴鈎。”此外尚多，惜稿多散佚，不能盡憶也。

二四　題十家詞選

詞之工妙哀艷，無有過於李後主者，古今來一人而已矣！余去年有《十家詞選》之作，以李後主爲冠。題六言絶句一首云：“王氣江南闃寂，可憐都是儈才。工文亦復何益？千秋亡國音哀。”又有題詞一解，調寄〔虞美人〕：“秣陵王氣深堪惜，天水衣成碧。滄桑遺恨幾時休？爭信南朝天子總無愁！　　移商刻羽聲聲破，千載無人和。月明故國泪闌干，算較陳家叔寶有心肝！”頗爲後主知己。繼見亞盧一闋，亦可謂能道其心事矣。詞如下：“南朝自古多亡國，如汝何須説？傷心劉襪下香階，此恨綿綿，流不斷秦淮。不容榻畔卿酣卧，唱徹家山破。燕雲十六盡干休，尚算趙家天子有人否？”

二五　余填賣花聲詞

哲夫與其夫人張傾城合繪《梅聘海棠圖》見貽，余即填〔賣花聲〕一解爲謝，詞如下："一幅艷容光，活色生香。胭脂隊裏鐵心腸。我自愛花花不語，誰與商量？　厚貺故人將，此意難忘。寄儂絹素壁間張。一種閑愁消不得，來對紅裝。"

二六　蝶戀花題厭世小説

李惜霜以所著厭世小説《若人歟，若人》見示，讀之凄然使人愁。其殆古之恨人耶！何其意之凄絶、詞之工妙乃爾！爲題〔蝶戀花〕一闋，以寄意也云爾："墮地爲人今又誤。世界凄迷，沒日無多路。枯樹妍花誰與語？他生再勿痴如許。　滿目榛蕪君且住。銷剩哀魂，猶自從頭絮。一曲冰弦須記取，紅闌十二空延佇。"

二七　仙父詞

仙父以詞數首見示，爲録存兩首於此。《承鈍劍題〈南幽百絶句〉倚〔大江東去〕以答》："鄒陽舊恨，仗湖風六月，吹成霜雪。想是空花迷目孔，萬事於今休説。祇有終朝，醉也堪憐，夢也腸堪絶。銷凝如此，數聲吩咐啼鴂。　果世道未曾移。鏡中顏面，應似昔時節。不惜人間交絶盡，未忍江南詞客。昨日華箋，寫來詩句，有暗香凝結。南幽借重，料難輕與磨滅！"《用稼軒〔摸魚兒〕韻贈別牧稀、靜森》："一天凄夢菖蒲雨，把行人送將去。故鄉風味知何似？歷歷樹雲堪數。留不住，看一騎紅塵，猶自長亭路。也應自語，曾記得來時，楊花滿徑，化作沾泥絮。　難爲我，事業功名盡誤。詞人還勞天妒。張衡縱草歸田賦，漫與人間陳訴。歌且舞，算昔日，交情大半成塵土。思量忒苦，好準備相逢，知他魂夢，今夜在何處？"詞意凄然，非個中人莫識其旨。仙父，即寧子太一也。

二八　佛子詩詞

我弟佛子，寫詩詞數章，囑爲點綴。其中兩詞一詩差佳，爲表而出之。《西湖懷古》調寄〔踏莎行〕："千載西湖，人稱秀麗，果然好幅佳山水。看他濃淡總相宜，誰知却是傷心地。　武穆冤沉，蘄王老死，中原時事都休矣。我來懷古一噓籲，背人偷灑滄桑淚。"《題〈家庭現形記〉》調寄〔醉春風〕："械鬥誰能勸？曲直誰能判？一枝筆寫萬般奇，看，看，看。情至文生，淚隨淚下，令人長嘆。　骨肉恩情斷，手足都分散。閱牆可記古人言，願，願，願。我若宥他，他能原我，兩無仇怨。"《西湖雜咏》之一："一山突兀凌霄漢，更有群山斷復連。望去蜿蜒勢奔放，有時夕照破蒼烟。"第一首哀感，第二首情至之作，不厭百讀，第三首，能寫游山真景，不同浮詞，此其詩詞之可傳者也。

二九　減字木蘭花兩章記所遇

余往時曾有所遇，酒醒夢醒，時時猶動余思。將所作〔減字木蘭花〕兩章補記於此，亦一段逸史也。"是何年紀？前生夙世休提起。兩字消魂，綉出鴛鴦有淚痕。　拋殘紅豆，腰肢拚爲伊消瘦。吹氣如蘭，臨去叮嚀別更難。""妙相逢處，可能留得香魂住。住亦無多，啼鴣聲聲喚奈何。　人生何苦，情痴争被紅牆阻。憐爾憐儂，此願茫茫似夢中。"

三○　龐檗子玉玲琮館詩詞

龐檗子名樹柏，又號苊庵。常熟人，有《玉玲琮館詩詞》。哲夫以其一詩一詞見示，真詩人之詩，詞人之詞也。使君於此，信屬不凡。《題薛劍公先生遺像三首，即用先生集中韵》："莫道嶺南僅三士，龍江落日想遺徽。酒醒驚見山川老，鬢減應憐歲月非。黃葉琴聲成獨往，西風幀影竟安歸？即今冷雨昏燈夜，坐對鬚眉淚在衣！""南望蒼烟送晚暉，江頭故老眼中稀。一拳難補人間恨，甘載閑參物外機。老去看山殘力健，狂來說劍此生微。千秋事業憑誰會？剩有吟魂夜夜飛。""寂寞岩阿獨掩扉，重來樵牧占空磯。禾黍麥秀歌誰和？地老天荒志未違。無那紉蘭猶寄怨，漫云餐石可忘飢。中郎辛苦遺拾獻，且爲焚香薦蕨薇。"〔西子妝〕調（己酉三月，小留滬瀆，與秋枚、真長、哲夫驅車往徐家匯。哲夫邀至寓廬茗憩。歸途，過李文忠祠，又味蒔園。是日西商賽馬，鞭絲帽影，游事甚盛。晚間真長招飲於嶺南樓。侑觴人鳳仙，聆口音，誤爲鄉親蘇小。詢之，則梁溪人也。）："茜草隨輪，柔楊罥袂，十里紺烟橫路。眼中猶恨少溪山，避繁華，結廬何處？輕敲竹戶。羨修到，雙鷗同住。憑東風，正花光如海，香塵如霧。空凝佇，門外啼鵑，早又催人去。鬧紅臺榭易斜陽，怕重看，一天飛絮，旗亭劃句。祇贏得，啼痕無數。向尊前難認，蕭娘眉嫵！"

三一　陳惕庵大江東去詞

福建林拾穗以其友人陳惕庵所作《題梁大同瓦》詞見寄，調寄〔大江東去〕："樓臺烟雨，算消磨多少，南朝佳日。布施福因，可惜許，舉國狂痴彼俗。迎骨鳳翔，捨身同泰，千古一丘貉。漳臺就圮，有人獨範殘甓。　　却怪此瓦通靈，幾行經換劫，憾無毫髮，垂露盧沙。凝妙處，最認六朝宗法。欲報之恩，是公應不忘，歸家見佛。道場終散，賢愚一例休說。"惕庵名乾義，世家子，爲海峰（景瀚）嫡孫（著作見《經世文編》中。）。所居爲武林南墅，水木明瑟。年三十餘，福州人也。

三二　鈍根新作詞

鈍根以新作寄示，皆神到之句，令我再三諷誦，彌覺有一往情深之感。《己酉五日，與牧稀、蓋生、約真携酒飲太一獄中，太一賦詞見示，次韵酬之》："南幽沉冤夏飛霜，夢荒唐。偏是愁時步月逐人忙。細柳新蒲饒節物，聽叠鼓，鬧端陽。　　且圖歡叙慰相望，意茫茫，酒行行。漫想填胸萬恨唱伊凉，此會此時今世少，人五個，願無忘。"〔虞美人〕《次栩園韵，次薄幸也》："柔黃斜倚櫻桃露，蘭氣微微吐。怨人還帶泪痕啼，不道蕭郎背地立多時。　　前番薄幸應難究，今後郎知否。教郎去做白楊花，一任東西南北没人遮。"《嘆逝》調寄〔憶江南〕:"閑夢遠,便去作清游。燕市悲歌人已遠,斜陽西墜水東流。此意竟悠悠。""閑夢遠,細雨落江天。鵑泣冬青空有恨,風飄榆莢不成錢。春盡草芊芊。"

三三　亞子金縷曲詞

《題夢隱第二圖爲亞盧作》:"蔡邕潑墨縱奇逸,柳永題詞寄怨哀。同是胸中靈氣足,寫成磊落托清才。"……亞子原作甚佳,爲録於後。〔金縷曲〕(哲夫作枯筆山水一小幀,爲訂交之券。荒寒寂寥,忽有感於心,爰取戴子高影事,命之曰《夢隱第二圖》,詞以張之。即用三年前爲天梅題《萬樹梅花卷子》舊韵,撫今追昔,若不勝情。海内詞壇,所不敢望。二三同志,庶幾和余。):"拔地奇峰起。笑平生,鄭虔之絶,君真多事。揮灑烟雨來腕底,靈氣胸中未已。看枯水寒山如此。塵海茫茫無我席,算此身合向山中死。負汝者,有如水。　　故人萬樹梅花裏。記當年,卜鄰有約,而今何似。恨海精禽填不得,付與凄涼眉史。儂已厭,傷心滋味。祇恐人間無此境,便誇娥移也非長計。圖一幅,且休矣!"

三四　仙父琵琶仙詞

仙父以〔琵琶仙〕一闋見寄,詞曰:"寂寞黄昏,有人正,獨自傷離傷別。怎奈衣滿啼痕,和衣也消滅。剛數日,魚沉雁斷,萬千事,欲和伊説。小院箏琶,荒城角鼓,都助悲咽。　　待重覓,絮果蘭因,總翻覆,場場墮奇劫。雙鬢莫教頻照,怕新來似雪。便壽命,河清得俟,却又知,在哪時節?相見思婦樓頭,金錢暗擲。"詞末附言云:"哀人生之多艱,待申旦以無斯,不知海枯石爛可能握手一痛苦否也!蓋畜生社會,無一不可以助人生厭世思想,如何!如何?"仙父之言之哀痛如是,宜其詞旨之凄絶,一至於斯也。

三五　佛子醉春風詞

我弟佛子近作〔醉春風〕(四解)頗佳。中多見道之語。不可以藝術賤之。第一《咏琴》："泉石多佳境，逸響遥空震。手揮目送意如何？静静静。不遇知音，休教竊聽，空遭談論。　六律須調準，哀樂隨人性。高山流水最怡情，聽聽聽。但覓天風，洋洋盈耳，塵襟都净。"第二《咏棋》："未戰先宜守，既戰須防誘。若教小勝便生驕，謬謬謬。勝固欣然，敗尤可慮，休誇能手。　一隻輸他後，形勝都非舊。如何當局尚昏昏，走走走。便渡烏江，人心已潰，安能持久。"第三《咏書》："書法宜精究，入手宜歐柳。再教草體學南宫，榖榖榖。□骨開張，他時落筆，龍蛇驚走。　貌似尤其後，骨氣須醇厚。傳人自古不宜肥，瘦瘦瘦。但看寒梅，亭亭玉立，愈饒蒼秀。"第四《咏畫》："繪事談何易，第一神難似。遠山近水要分明，細細細。仔細評量，花明柳暗，耐人尋味。善畫紛難記，道子差堪喜。想他地獄繪成圖，異異異。縱使傳神，描來都肖，鬼當仇爾。"

三六　李笠翁艷詞之能手

　　日本人曾稱李笠翁爲中國小説界巨子。笠翁小説固爲槃槃大才，但其病，失之俗耳。要其所作詞，當推艷詞之能手。惟間有草率語，而其大體，非他人所能幾及者。他人有其意無其筆，笠翁之筆高於他人。每一奇句出，必使出人意外，而仍入人意中，此其所以語妙天下也。余將其最妙之作録入此册中。《梧桐怨》調寄〔添字昭君怨〕："忽地便傳秋到，故使離人知覺。凄聲唱起是梧桐，怨寒蛩。　誰向深閨種此？不見舒紅放紫。一生赢得是驚秋，喜人愁！"《瞥遇》調寄〔山花子〕："瞥遇花間笑語吞，三分羞釀十分春。擱住秋波猶未轉，勾消魂！　紈扇有情留點縫，湘裙無意露些痕。衹此令人消不得，况全身！"《鴛鴦》調寄〔兩同心〕："怪煞雙禽，幽情何恣。到飛時纔覺成雙。但宿處，誰知爲二。向當時，月下星前，幾多盟誓。　慣會攪人心志，益人愁思。忒慘行美爾，前生甚福分，能消今世？問誰能嫁個蕭郎，和伊成四？"《覷浴》調寄〔風入松〕第二體："蘭湯携到不寬衣，生怕有人窺。

扃門重把湘裙掩，纔褪出，葉底葳蕤。誰識蜂媒電眼，慣穿翠箔珠幃？　芙蓉香透水晶輝。紅白艷成堆。從前愛把燈吹滅，不使見帳內冰肌。今自盆中托出，請從眼底收回！"《誤佳期》詞寄〔誤佳期〕："天授佳期人誤，神締良緣鬼妒。休將薄幸咒兒郎，提起盟先負。　再訂幾時來？諒不如前度。他能原我我原他，何處生嗔怒！"笠翁又有《心硬》一詞，調寄〔花心動〕詞曰："十個男兒心硬九，同伴一齊數說。大別經年，小別經春，比我略爭時月。陶情各有閑花柳，都藉口，不得名節。問此語，出何經典？諒伊詞囁。　制禮前王多缺。怪男女同情，有何分別？女戒淫邪，男恣風流，以歧致紛饒舌。男兒示祖左，男兒始作俑，周公遺孽。無今古，個個郎心似鐵！"此詞大聲鞺鞳，未曾有也。彌勒‧約翰女人壓制論耶？社會黨人女權宣言書耶！不意我中國已於三百年前發之。然則詞詩豈小道而已哉！

三七　莊禮本鵲橋仙詞

莊禮本號瘦岑，奉賢人，僑居於張堰。工文字，爲人忼爽有俠氣。拳匪之難，沒於北都。所作詩甚夥，曰《鄂游草》，曰《拳匪紀變百咏》，曰《新樂府》。除《百咏》外，俱未付刊。……又，題《梅窗夜讀圖》詞一闋，調寄〔鵲橋仙〕云："瑤華破夢，湘紋弄影，人共梅花消瘦。閑來翻讀上清書，有獨鶴階前聽受。　春愁積水，霜痕暈月，涼動黃昏時候。更饒何事費商量，著個添香紅袖。"

三八　題十大家詞

余前三年有《十大家詞》之選，每家題六言絕詩一什，曾寄四什登於《中華新報》。今於敝紙中拾得其全，匼悉錄於此。"王氣江南闃寂，可憐都是僧才。工文亦復何益？千秋亡國音哀！"（李後主）"此老流離去國，瓊樓玉宇多情。胸懷令人高曠，天風海水泠泠。"（蘇東坡）"耆卿曉風殘月，十分名重當時。婉約賅推秦七，紅牙少女歌之。"（秦少游）"俯仰蒼茫吊古，客中愁聽悲筎。如渠善描物態，那不雄視諸家。"（周清真）"高論斷推同甫，狂歌合讓劍南。南渡諸人有限，與公鼎立而三。"（辛稼軒）"運以申韓之筆，沉雄博大兼賅。力能熔鑄騷雅，生面劃然別開。"（姜白石）"玉田清新可愛，筆端有淚盈盈。真堪同調白石，宋代此其尾聲。"（張叔夏）"羨煞當年籌筆，驅胡恢復神京。乃亦淒然如許，教儂無以爲情。"（劉青田）"最憐遁世遺民，字字傷心故國。安得謝翱如意，吟上西臺痛哭。"（王薑齋）"難寫回腸蕩氣，美人香草馨馨。定公是佛轉世，幾曾泪沒心靈？"（龔定庵）

三九　吳君幹滿江紅詞

健行舊同學吳君幹移書告其妹其德女士自殉事，爲倚〔滿江紅〕一闋吊之："我與爾兄，彈指忽二年離別。瞥驚見，秋桐一葉，飛來淒絕。慘怛紅衫膿血史，淒涼黑海滄桑月。問可權，太不識人權，空饒舌。（女士之未婚夫爲饒可權，中國新公學學生。）　　芙蓉瘴，香波咽。（女士以阿芙蓉自盡。）申江岸，芳塵歇。（女士留學海上。）痛杜鵑啼恨，恨何能雪？秋女善悲天已醉，春暉未報花先折。（女士絕命詞有'花殘不足惜，何以謝春暉'之句。）喚紅兒，譜入玉參差，聲聲血。"

四〇　亞子高陽臺詞

亞子來留溪，於寓廬燈下填成一詞。其成也，僅半時耳。急就之章，難得如許工整也。《亞希夫人手製像生花，鈍劍屬題》調寄〔高陽臺〕："連理枝頭，自由花下，畫簾穩護春深。玉樹堅牢，風前不用幡鈴。楚蘭已屬騷人佩，更何須，夢裏沉吟。笑人間，花開花落，歲歲而今。　　芙蓉遲暮秋江遠，問伊誰妙製，巧奪天成。國士金閨，盡多餘技堪尋。迦陵共命西方鳥，伴雙栖，紙帳銅瓶。便休問，野草閑花，一例關情。"

四一　高東嘉水調歌頭詞

傳奇界中之革命巨子何人乎？必當推高東嘉。讀其《糟糠自厭》一篇，可謂推陳出新，無今無古。又妙在清空，一氣如話。馮猶龍謂："讀《琵琶記》而不下淚者，必非孝子。"此言洵不余欺也。即作者亦以創格自命，抹殺世間一切傳奇。此意盡於開卷〔水調歌頭〕一詞發之："秋燈明翠幕，夜案覽芸編，今來古往，其間故事幾多般。少甚佳人才子，也有神仙幽怪，瑣碎不堪觀。正是不關風化體，縱好也徒然。　論傳奇，樂人易，感人難。知音君子，這般另做眼兒看。休論插科打諢，也不尋宮數調，祇看子孝與妻賢。驊騮方獨步，萬馬敢爭先。"東嘉負此才華，宜其自高位置若此。文章最難寫者，子孝妻賢，以其庸腐也。觀東嘉所作，何曾有一句庸腐語？而却又能曲曲傳出至性至情，此其所以為妙文乎！

四二　鈍根詞感秋之意深

接天譯函云："常念君我兩鈍生，風蕭雨晦尚能相憶，亦世界之外一種人物。我生之後，逢此百罹，托意聲詩，境亦苦矣！"附詩詞多什，爲摘録於此。調寄〔生查子〕奉酬秋夜聽雨圖之惠："香泥小印紅，舊識中郎號。讀書又宵深，時間秋燈笑。　細雨落檐花，消得高歌浩。此意托聲桐，未免知音少。"〔賀新涼〕："笑指天邊月。曾照人，幾回歡聚，幾番離別。依舊清輝池亭滿，望處涼生毛髮。怎奈向，閑愁未歇。憶得去年相伴久，愛窺簾一點長孤潔。滿地碎，鋪香雪。　今年對月情懷切。怕匆匆，風狂雨橫，易傷圓缺。誰解南飛烏鵲意，水調數聲嗚咽。早攪斷，愁腸千結。行見盈盈三光夜，又桂華兩地成虛設。盡此際，嘆清絕。"〔浣溪沙〕："小步空庭夜色涼，迢迢銀漢挂天長，兒童愛唱《月光光》。（《月光光》，童歌也。）　幾點流螢飛野草，數聲啼蟀出東牆，西風消息費思量。"〔蝶戀花〕："不道秋來人正苦。一夜西風，攪得愁如絮。

寒蟬數聲啼不住，更添數陣梧桐雨。　　心事祇今誰與訴？幾度思量，没個安排處。爇罷水沉香一柱，篆烟斜裊相思字。"〔相見歡〕："幽閨月度東窗，掩蘭缸。時聽猙猙何處村犬厖。　　愁難卧，相呼起，步回廊。可奈月華猶照影雙雙！"……以上諸作，感秋之意深矣！世有解人，當與之把臂作十日哭也。天譯即鈍根，湖南醴陵人也。

四三　詩詞中用叠字

詩詞中用叠字最爲難事。不善爲之，則弄巧成拙。惟聖於文者，搖筆而下，便成奇趣，便成世界第一等妙文。伊古以來，獨擅其長者，僅衛之詩人、楚屈原、漢枚乘、北宋婦人李清照四人而已。不難能而可貴耶！……李清照〔聲聲慢〕："尋尋覓覓，冷冷清清，凄凄惨惨切切。乍寒還暖時候，最難將息。……梧桐更兼細雨。到黄昏，點點滴滴。"

四四　仙甫貂裘换酒詞

仙甫感某君營救事，填〔貂裘换酒〕一闋寄示囑和，爲依韵答之："搔首西風嘆。最警心，故人牢獄，沉沉更箭。莫道人情如紙薄，交誼而今遷换。況轉眼，風流雲散。細數心期誰與説？又被人，量去家山半。個中味，嘗來慣。　　迷茫大地何年旦？忽妖魔横飛蝕月，蔽他真面。一别嫦娥三年久，悄依樓頭未見。便深閉，休教哀怨。解得左驂能贖汝，料終嘗平仲憐才願。消滅盡，人天恨。"原作附録於此："四壁秋蟲嘆。向孤燈，重門誰掩？聽殘更箭。百輩時交休説起，略略山移景换。便鳥獸，驚風各散。十事九場歸結幻。早年來，猜透人情半。都脂韋，成習慣。　　漫漫長夜何時旦？怪平原營援史弼，不曾一面。地老天荒誰料得，直道而今還見。縱萬死，也都無怨。何況青蠅能作吊，祇瞻韓未展平生願。算此事，平生恨！"

四五　葆三寄我浪淘沙詞

葆三任省視學員時，來留溪視學，與之班荆道故。別後寄我詞一闋，調寄〔浪淘沙〕：“落日晚風酸，暫息征驂。故人話舊且盤桓。茅舍竹籬燈影伴，一劍橫看。　把酒逞雄談，身世悲殘。荒凉菊徑月光寒，醉態淋漓不忍別，愁絶河乾！”後署云：“效哀蟬詞之痴。侯生。”鄙人詞原無是處，而侯生效之，亦太痴生矣！余和一解以報之云：“最是別離酸，何日停驂。不甘袖手獨盤桓。扶植東南花燦爛，兩地同看。　時事付清談，一局棋殘。東風料峭怕春寒。春水一池吹皺了，底事卿干？”

四六　亞子題石子粲君合影羅敷媚詞

亞子題石子、粲君合影一詞，調寄〔羅敷媚〕：“幾生修到鴛鴦伴？郎是蘭成，妾是雙城，并坐秦樓弄玉笙。　黄金不把相思鑄，月樣聰明，玉樣溫存，綉出人間一段春。”

四七　亞盧齊天樂詞

亞盧近作一詩一詞，甚精妙，余深愛之，亟爲録入。《中秋夜無月》調寄〔齊天樂〕：“一年分外中秋月，連宵盼他辛苦。偏是無情，黄昏過了，有陣簾纖微雨。酸酸楚楚，似好事將成，又遭奇妒。天上人間，素娥今夜在何許？　依舊華燈綉户，笑争妍鬥影，等閑兒女。別有天涯，征人思婦，多少傷心難絮。年年此度，恨桂樹吳郎，未尋斤斧。寫入新詞，倩紅兒曼譜。”

四八　無悶高陽臺詞

無悶又有兩詩一詞亦佳，并未録之。……《癸卯長沙城作》調寄〔高陽臺〕：“瓜苦秋花，蓮紅夜落，能消幾度清游？孤雁歸遲，斷雲飛過酒樓。當年詞客傷懷地，到今時，一例悲秋。更凄凉，眺盡平蕪，惹盡閑愁。　登臨不忍重回首。但苔封古壘，草

没荒丘。蟻鬥蠻爭，等閑付與東流。西風漸覓芳菲盡，衹荻花楓葉
颼颼。倚斜陽，一片孤城，一片汀州。"無悶即鈍根也。

四九　來唁詞尤佳者

先考吟槐府君之喪，來唁者聯語詩詞頗夥佳什。兹錄其尤佳
者如下，亦顯揚萬一之思也。……七："三泖九峰間，老隱人天。
蕭蕭白髮繫中原，教得兒曹成國器，劍躍龍泉。（劍公有《花前說劍
圖》。）　　手澤有詩篇，珠玉翩翩。林泉晚景樂無邊，誰料春宵箕
尾暗，哀上箏弦。（沈野〔浪淘沙〕詞）"……九："滿腔悲淚，一髮中
原，斯意真凄楚。河汾宗派，著手澤、有人能傳薪火。果然可喜，
如今一番風和雨。幾點青山還舊主，滄桑恨消無數。　　林泉從
此優游，好朗月清波，樵子漁父，天年怡養，怎禁得、報道先生歸
去。騎鯨駕鶴，一千載，重來何處？痛宵深、箕尾星沉，嗚咽江潮
春暮。（錢厚貽《瑤華詞》）"

五○　太一作傷別詞十闋

太一以《傷別》詞十闋寄示，調寄〔憶秦娥〕。其《自序》
云："黑夜漫漫，見天無望。每憶舊游，生離死別，各成隔世。偶
誦清真'沉思前事，似夢裏，淚暗滴'之句，不覺有所觸感。凄
然達旦，淚如零雨。曉起倚聲，成《傷別》詞十闋，聊以寫憂，
非感示之外人也。"其一云："傷離別，長亭短堠相連接。相連接，
憐他今夜，斷雲殘月。　　此時此恨和誰說？角聲吹變江城色。江
城色，珠簾慵捲，曉寒侵骨。"其二云："傷離別，相思又值清秋
節。清秋節，停辛貯苦，幾番風月。　　關山遍地疑霜雪，重重并
入鬢毛白。鬢毛白，繁華是也，舊情衰歇。"其三云："傷離別，風
烟漠漠關山隔。關山隔，去時容易，歸時難說。　　芝田黯老甄妃
色。江花江草都更迭。都更迭，為君憔悴，年年月月。"其四云：
"傷離別，情愁付與流鶯說。流鶯說，六朝佳麗，桃根桃葉。　　臨
歧握手空更叠，從今一紙書難達。書難達，去程凝望，蘆花似

雪。"其五云："傷離別，黃昏又挂梢頭月。梢頭月，知他千古，幾回圓缺。　　愁絲綰就同心結，憑風吹入空冥滅。空冥滅，哪堪回首，舊歡重説。"其六云："傷離別，星河欲轉殘燈滅。殘燈滅，羅衾捫遍，冷魂凄絶。　　千山萬水難飛越，流光又是他時節。他時節，名花零落，不堪攀折。"其七云："傷離別，塞鴻不度音書絶。音書絶，一腔心事，憑誰將説。　　晨鷄處處都啼徹，寒星未落東方白。東方白，微風吹起，閑愁叠叠。"其八云："傷離別，黃鶯打起愁難説。愁難説，萍飄蓬斷，水遥天闊。　　他鄉千里兼葭色，可憐三五盈盈月。盈盈月，獨眠獨宿，唾壺敲缺。"其九云："傷離別，西風捲地梧桐葉。梧桐葉，寒蛩啼露，孤鴻唳月。　　居平衹苦歡娱歇，沈腰潘鬢堪悉絶。堪悉絶，沉沉夢境，迹痕都滅！"其十云："傷離別，秋娘庭院天涯隔。天涯隔，暮蟬繼斷，夕陽明滅。　　當時泪與星星血，重來處處棠梨發。棠梨發，從今歲歲，佳期虛設！"

五一　亞子金縷曲詞

亞子寫近著數紙寄我，琳琅滿眼，美不勝收。爲摘數首最酷嗜者，入詩話中。……《巢南就醫魏塘，迂道來此，余小病初痊，冒雨往舟中訪之。復招穎若傾談，竟日而別，填〔金縷曲〕以記其事》："小病愁難療。忽報道，先生來也，甚風吹到？倒著衣冠迎户外，贏得兒童争笑。算此意，旁人難告。小艇垂楊低處泊，有明窗净几添詩料。令我憶，浮家好。　　深談款款何曾了？依舊是，元龍湖海，容顏未老。商略枌榆文獻業，此事解人漸少。剩滿地，鴉鳴蟬噪。一客東陽來瘦沉，好共君，清話灑翻倒。奈别後，忘昏曉。"

五二　鄒天一贈如夢令詞

鄒天一以〔如夢令〕一解面贈，和其韵以答之："滿眼湖山非舊，悄聽猿啼清晝。把臂訴相思，一掬心馨薰透。消受，消受，勞汝旗亭相候。"原詞并録於此:"一見故人如舊,半夜蟾光如畫。踏月話離衷,不覺羅衫浸透。難受,難受,明日别離時候。"

五三 佛子近作詞

佛子以近作見示,爲摘録數章入詩話中。……《家兄鈍劍與柳君亞盧等有南社之結,余甚喜之,以爲斯道不墜,或賴於是,感其意,爲填〔浣溪沙〕一闋》:"兩戒山河異昔時。百年世事不勝悲。南冠惟見泣鍾儀。 擬唤黄魂存絶學,却揮紅泪讀殘碑。此情應許古人知。"《讀時若叔寒隱社述意詩爲之於邑者久之,因填〔齊天樂〕一解》:"炎涼閲盡成何世?幡然欲思高舉。石隱風遥,天寒日暮,到此更何情緒。欲行還佇,似抱膝隆中,素琴獨撫。彈向空山,泠泠古調,渺渺南侣。 蕭齋似聞低訴。道人海浮沉,不如歸去。緬想蒼葭,閑尋芳杜,應有畸人會遇,招來小住。試賞菊看松,别尋幽趣。讀罷君詩,香風吹入户。"後署蕉心室主,蓋其别字也。

縮春樓詞話

楊全蔭◎著

　　楊全蔭，字芬若，江蘇常熟人，儀徵畢幾庵之妻，其父楊雲史爲民國政壇名人，其母李道清爲李鴻章孫女，著有《飲露詞》，为一代才女。楊全蔭深受家族文化尤其是母教影响，著有《縮春詞》《縮春樓诗詞話》，輯有清代閨秀詞《綠窗紅泪詞》。《縮春樓詞話》刊登於《婦女時報》1912 年第 7 期，本書即據此刊輯錄。傅宇斌曾整理刊載於《詞學》第 27 輯（華東師範大學出版社，2012）。

《縮春樓詞話》目録

縉春樓詞話

　　春雨簾纖，薄寒料峭，小樓兀坐，意態寂寥。追憶昔日所讀諸閨秀詞集，清辭麗句，深印腦海，每不能去。際此多暇，一一寫出，編寫詞話，藉以排遣時日。拉雜錄之，不及刪潤，序述殊蕪陋，海內彥達，肯加匡謬，是全蔭所馨香企禱者也。壬子清明後三日，芬若自記。

一　孫雲鳳

　　余於詞，酷嗜《花間》，每有仿製，殊痛未似。近讀仁和孫碧梧女史（雲鳳）所著《湘筠詞》，置之《花間集》中，直可亂楮葉矣。爰錄其〔菩薩蠻〕數闋。其一云：“華堂宴罷笙歌歇，夜深香裊爐烟碧。酒醒小屏風，燭花相對紅。　　玉釵金翠鈿，柳葉雙蛾淺。日午未成妝，繡裙雙鳳凰。”其二云：“翠衾錦帳春寒夜，銀屏風細燈花謝。鴛枕夢難成，綠窗啼曉鶯。　　愁來天不管，鬢墜眉痕淺。燕子不還家，東風天一涯。”其三云：“日長深柳黃鸝囀，繡床風緊紅絲亂。微雨又殘春，落花深掩門。　　高樓眉暗蹙，芳草依然綠。酒醒一燈昏，思多夢似真。”其四云：“爐烟裊裊人初定，紗窗月上梨花影。春色自年年，故人山上山。　　露寒風更急，此景還如昔。記得倚闌干，夜深人未眠。”其五云：“小庭春去重簾下，東風一霎吹花謝。底事惜分飛，高樓啼子規。　　舉頭還見月，脉脉傷行色。今夜莫教寒，有人羅袂單。"碧梧爲隨園女弟子，郭頻伽評其詞謂"寄意杳微，含情遠渺，仿佛飛卿、端己之間"，殊非過譽。

二　孫雲鳳長調詞

碧梧女史小令單詞固絕似《花間》，長調亦殊有宋人意境。其〔水龍吟〕《游絲》一闋，搖曳纏綿，極委宛之致。曼聲長吟，殊令人有意軟心銷之概。詞云："雨晴乍暖猶寒，清明時節閑庭院。飛花簾幕，輕烟池館，繡床針綫。曲曲回腸，悠游愁緒，隨伊縈轉。揚芳郊翠陌，流雲去水，渾無著，教誰管。　九十韶華過半。記南園、踏青歸晚。紅香影裏，綠陰疏處，飄揚近遠。搖漾吟魂，薈騰午夢，頓成春懶。但垂垂斜日，小闌人靜，畫長風軟。"

三　陳契

通州陳無垢女史契（其祖大科，仕清爲大司馬。），幼適孫安石。安石家中落，以契無子，不相得，契婢異居。契乃歸母家，久之，落髮事焚修，然不廢吟咏。晚而益貧，至併日以食，隱忍不以告人。病數月，起覆水窗前，脱手墮樓死，人咸惜之。其境之哀有如此。事見《衆香詞》。女史有〔菩薩蠻〕詞云："今生浪擬來生約，從今悔却從前錯。腰帶細如絲，思君君不知。　五更風又雨，兩地儂和女。著意待新驪，莫如儂一般。"哀而不怨，怨而不怒，此之謂矣。讀者能勿爲之腸斷。

四　鄭蓮

鄭蓮，字采蓮，爲新城陶響甫先生家侍婢，有《春草》詞，調寄〔菩薩蠻〕云："春風二月江南路，春山如畫春光妒。綠幔捲高樓，黛痕眉上愁。　薄烟團幾里，拾翠人歸矣。又聽子規啼，如絲雨下時。"末二語含蘊無窮，得意内言外之旨。康成詩婢而後，僅見斯人。

五　蓉湖女子

王西樵先生士禄曰：〔菩薩蠻〕回文有二體，有首尾回環者，如邱瓊山《秋思》、湯臨川《織錦》是也；有逐句轉換者，如蘇子瞻《閨思》、王元美《別思》是也。然逐句難於通首。近時惟丁藥園擅此云云。近讀《衆香詞》，蓉湖女子有〔菩薩蠻〕《仿王修微回文》一首，殊極奇妙。詞云：“鏡開休學新妝靚，靚妝新學休開鏡。離別怕遲歸，歸遲怕別離。　　綠痕螺黛促，促黛螺痕綠。千萬約來年，年來約萬千。”回環一氣，情文相生，當不在丁藥園之“書寄待何如，如何待寄書”下也。（蓉湖女子，《衆香詞》謂其本名家，爲宦室婦，文才敏妙，篇什甚多，特以外君戒其吟咏，故不以姓氏傳云云。）

六　沈纕

又長洲沈散華女士纕《浣妙詞》中亦有回文〔菩薩蠻〕。詞云：“墜華紅處顰眉翠，翠眉顰處紅華墜。春惜可憐人，人憐可惜春。　　隔窗疏雨急，急雨疏窗隔。門掩便黃昏，黃昏便掩門。”又孫碧梧女士《湘筠詞》〔菩薩蠻〕回文云：“小簾疏雨花飛曉，曉飛花雨疏簾小。寒峭覺衾單，單衾覺峭寒。　　燕歸傷客遠，遠客傷歸燕。愁莫倚高樓，樓高倚莫愁。”又吳江沈宛君女士宜修《鸝吹詞》中回文云：“古今流水愁南浦，浦南愁水流今古。清淺棹人行，行人棹淺清。　　問誰憑去信，信去憑誰問。多恨怯裁歌，歌裁怯恨多。”又云：“曲闌憑遍看漪綠，綠漪看遍憑闌曲。流水去時愁，愁時去水流。　　井梧疏葉冷，冷夜疏梧井。橫笛晚舟輕，輕舟晚笛橫。”諸作亦佳，因并録之。

七　曹景芝

吳縣曹宜仙女史景芝，爲同邑陸元第室。著《壽研山房詞》。有《梅魂》一闋，調寄〔綺羅香〕，詞極凄咽，殆亦別有所悼邪！爲録如下。詞云：“院宇蕭條，美人何處，腸斷黃昏片月。誰弔芳

妍，枝上數聲啼鴂。依舊似、鞾袖來邪，悄地共、華燈明滅。影亭
亭、小立蒼苔，乍警清露更淒絕。　　東風輕揚似許，尋遍闌干袛
有，半庭春雪。瀼露空濛，誤却栖香蝴蝶。但一縷、縈住湘雲，扶
不起、珊珊瘦骨。還袛怕、玉笛吹殘，亂愁千萬叠。"

八　陳圓圓

　　吳三桂引滿清兵入關除李闖，説者謂三桂以闖據其愛姬陳圓
圓，憤而出此。故吳梅村祭酒《圓圓曲》有"沖冠一怒爲紅顏"
之句。滿清主中夏幾三百年，其發端始於一圓圓？然則圓圓亦歷
史上可紀之人物矣。圓圓著有《舞餘詞》，嘗見其小令二闋，因亟
録之，讀者知圓圓固不僅以貌取勝也。〔荷葉杯〕《有所思》云：
"自然愁多歡少。痴了。底事倩傳杯。酒一巡時腸九回。推不開。
推不開。"〔轉應曲〕《送人南還》云："堤柳。堤柳。不繫東行馬
首。空餘千縷秋霜，凝泪思君斷腸。腸斷。腸斷。又聽催歸聲
喚。"（圓圓，武進人。名沅，亦字畹芬，事詳陸次雲所作《圓圓傳》。）

九　葛秀英

　　舊日閨中女兒，每值鳳仙花開，多擷花搗汁，染指甲上，紅斑
深透，以爲美觀。年來女界昌明，群趨學校，指甲多剪去，以利操
作。纖纖春葱，乃不復見。而染指甲事，亦遂不復道。吳門葛秀英
女史玉貞，有〔醉花陰〕詞一闋咏其事，録之用志舊日紅閨雅事。
詞云："曲欄鳳子花開後。搗入金盆瘦。銀甲暫教除，染上春纖，
一夜深紅透。　　點絳輕濡籠翠袖。數亂相思豆。曉起試新妝，畫
到眉彎，紅雨春山逗。"集詩難，集詞猶不易。以詞句有長短，詞
韻有平仄。一字一句，俱有譜律束縛，不容假借也。葛秀英女士
《澹香樓詞》中有數闋，無縫天衣，殆同己出。爲録其寄夫子之作
三章。其一〔憶王孫〕云："畫堂深處麝烟微。（顧夐）閑立風歠金
縷衣。（韓偓）紅綃帶緩綠鬟低。（白居易）落華飛。（王勃）不見人歸見
燕歸。（崔魯）"其二〔虞美人〕云："庭前芳樹朝朝改。（李嶠）尚有

餘芳在。（韋莊）年光背我去悠悠。（沈叔安）恰似一江春水、向東流。（李後主）　此時欲別魂俱斷。（韓偓）試取鴛鴦看。（李遠）不挑紅爐正含愁。（鄭穀）別有一番滋味、在心頭。（李後主）”其三〔巫山一段雲〕云：“麗日催遲景（公乘億），羅幃坐晚風。（趙嘏）自盤金縷繡真容。（王建）翻疑夢裏逢。（戴叔倫）　離恨却如春草。（李後主）滿地落花慵掃。（李珣）思量長自暗銷魂。（韓偓）蛾眉向影顰。（劉希夷）”其贈雙妹兼以送別，調寄〔生查子〕云：“桃花落臉紅（陳子良），困立攀花久。（白居易）垂柳拂妝臺（歐陽瑾），掬翠香盈袖。（趙嘏）不敢苦相留（盧綸），去是黃昏後（韓偓）。欲去又依依（韋莊），幾日還攜手。（韓偓）”玉貞以如許清才，惜不永於壽，年十九便卒。造物忌才，於斯益信。

一〇　錢孟鈿

毘陵錢冠之（孟鈿）女史，爲錢惟城女（惟城官刑部尚書，諡文敏），崔龍見室。賦性至孝，嘗剪臂療父疾。生平嗜龍門《史記》，研索殊有心得。旁通韵事，所著《浣青詩餘》，其小令余已選入《綠窗紅淚詞》矣。兹記其《楊花》〔長亭慢〕一闋，咏事殊極宛約，余謂頗有南宋詞人氣息也。詞云：“似花似雪渾無緒。過眼韶光，者般滋味，數點霏微，畫檐飄盡，向何許。斷腸堪寄，更莫向、章臺路。便折得長條，已不是、舊時眉嫵。　遲暮。望天涯漠漠，忍見亂紅無數。池塘夢醒，倩鶯兒、喚他重訴。却又被、曉風吹去。更凄冷、一天烟雨。算秖有灞橋，幾曲縮愁千縷。”

一一　夢芙女史

外子幾庵客京邸時，在廠肆以百錢購得抄本詞一册，纔可廿餘翻，末數頁蟲蝕過半，漫漶不能卒讀，可辨識者約廿餘闋，字迹娟好，詞復凄艷，題名《卷綉詩餘》，不著姓名，書角有小印，審視爲“夢芙女史”，不知爲誰氏手筆。兹記其〔浣溪沙〕云：“寒食清明奈怨何。傷春人已淚痕多。可堪春在病中過。　徒有相思縈遠夢，了無情緒畫雙蛾。子規底事斷腸歌。"

一二　俞綉孫

德清俞綉孫女士彩裳，爲曲園先生女公子，適錢塘許佑身。所著《慧福樓詞》多長調，頗有可誦語，爲錄一闋，以志嘗鼎一臠之意，始信淵源家學，不同流俗也。其〔長亭怨慢〕云："正三月、落花飛絮。歲歲魂銷，綠波南浦。剩有紅箋，斷腸留得斷腸句。一江春水，量不盡、情如許。欲別更徘徊，但泪眼、盈盈相覷。　　日暮。縱歸舟不遠，已抵萬重雲樹。無眠强睡，怕孤負翠衾分與。想別後、獨自歸來，對羅帳、凄凉誰語。祇兩地相思，挑盡一燈疏雨。"（是闋原題注云：春暮隨家大人返吳下，静壹主人坐小舟送至城外，賦〔南浦〕一闋見贈。別後舟窗無事，因倚此調寄之云。）

一三　俞慶曾

又曲園先生孫女俞慶曾，字吉初，爲綉孫姪女。亦工詞，著《綉墨軒詞》。一門風雅，俞氏見之矣。其〔浪淘沙〕云："往事慣消魂，銀甲金尊。珠絲應冒舊題痕。孤館簾垂燈上早，疏雨江村。　　夢裏暫温存，祇欠分明。花陰燕子鎖重門。兩地酒醒燈炧後，一樣黃昏。"〔踏莎行〕《秋夜》云："秋露冷冷，秋風細細。秋蟲切切如私語。有人不寐倚秋燈，銀屏疏影如清水。　　秋入愁腸，愁生秋際。秋聲聽徹無情緒。開簾獨自看秋星，秋河隱隱微波起。"〔浣溪沙〕云："惜別情懷幾度猜。無籠閑倚漏聲殘。露濃鴛瓦綉衾寒。　　度曲怕拈紅豆子，送人記泊綠楊灣。銷魂又是月初三。"〔浪淘沙〕《七夕》云："羅襪縱情多，不解凌波。年年此夕問嫦娥。碧海青天明月裏，畢竟如何。　　凉露濕金梭，風捲雲羅。相思細細訴黃姑。無賴天鷄催曉處，寂寞銀河。"余謂吉初小令，清麗處遠出其姑母彩裳女史之上。

一四　梁令嫻藝蘅詞選

倚聲之道，自唐迄今，作者林立，專集選本，高可隱人，惟女史之以詞名者。論專集則有《漱玉》《斷腸》媲美兩宋；論選本，則千餘年來，僅見一《藝蘅》而已。（藝蘅名令嫻，梁氏，粵之新會人。卓如先生女。）藝蘅選本，上溯唐五代，下迄有清。博視竹垞《詞綜》，而無其浩瀚；精視皋文《詞選》，而矯其嚴苛。繁簡斟酌，頗具苦心。藝蘅亦一詞壇之功臣與！

一五　孫雲鳳蘇幕遮詞

孫碧梧女史《湘筠館詞》中有〔蘇幕遮〕一闋，聲調雖胎息於范文正之"碧雲天，黃葉地"，而詞境則絕似晏小山，是《湘筠》集中佳構也。詞云："白蘋洲，黃葉渡，雲静秋空，人逐飛鴻去。目斷高樓天欲暮，遠水孤帆，衰草斜陽路。　漏聲沉，桐陰午。江闊山遥，有夢遠難度。簾外霜寒風不住，明月蘆花，今夜知何處。"

一六　孫汝蘭

魯山孫湘笙女史（汝蘭）《參香室詞》有《采蓮詞》戲用獨木橋體，調寄〔百尺樓〕云："郎去采蓮花，儂去收蓮子。同心共一房，儂可如蓮子。儂去采蓮花，郎去收蓮子。蓮子同房各一心，郎莫如蓮子。"淵淵古馨，樂府之遺響也。

一七　綠窗紅泪詞之輯

余近有《綠窗紅泪詞》之輯，集有清一代閨秀之作。體仿《花間》，專收小令、中調，詞宗《飲水》，意取哀感頑艷，類多傷春別怨之辭，悉屏酬酢贈答之什。積時六月，共選詞凡九十五家，二百三十一首。書成，置案頭，自共吟諷而已。吾友唐素娟（英）見之，極加謬許，題二十字於冊端，曰："無字不馨逸，無語不哀涼。一讀一擊節，一讀一斷腸。"朋儕聞之，多來索觀，頗有從余印布者。然自鏡選例未精，未敢率付梓人也。

一八 莊盤珠

陽湖莊蓮佩女士盤珠，嫁同邑吳孝廉軾，年廿五便卒，著《秋水軒詞》一卷，多凄咽之音。如柳絮詞〔蘇幕遮〕云：“早抽條，遲作絮，不見花開，祗見花飛處。繞砌縈簾剛欲住，打個盤旋，又被風吹去。野棠村，荒草渡。離却枝頭、總是傷心路。待趁殘春春不顧，葬爾空池，恨結萍無數。”凄惋幽咽，真傷心人別有懷抱矣。

一九 李道清

先母合肥李夫人（自署道清，字味蘭。）年未三十，便即仙去。生平極嗜倚聲，所作恒散置奩篋中，自謂殊不足存，每不加珍惜。辭世後，家大人檢點殘篇，爲刊《飲露詞》一卷，不及廿闋。嗚呼！吾母畢生心血，盡書於此矣。每一展讀，涕爲琳琅。茲録存九闋，用志吾哀。至先母詞之品高意遠，當世君子已有定評，吾不敢贅一辭也。〔浣溪沙〕云：“小閣紅簫均未休。碧烟狼藉百花洲。春陰暗暗夢悠悠。蝴蝶路迷芳草遠，黄鸝聲住水東流。古來誰得倩春留。”〔浪淘沙〕《春閨》云：“柳葉淡如烟，柳絮如綿。黄鶯紫燕共纏綿。一片飛花斜月裏，紅過秋千。無語下珠簾，怕聽啼鵑。閑愁根觸上眉尖。一曲琵琶渾不是，廿五冰弦。”〔浣溪沙〕云：“春水悠悠澹遠空。無言閑立畫橋東。夕陽影裏落花中。有恨門開千嶺緑，無情簾捲一庭紅。黄昏惆悵雨和風。”〔青玉案〕《暮春》云：“海棠澹白胭脂褪。更寂寞、無人問。九曲回腸君莫訊。如今猜透，春愁離恨。總是詞人分。博山一綫春寒緊。侍女初將翠裘進。何處銷魂銷不盡。碧紗簾外，飛花成陣。又是黄昏近。”〔更漏子〕《秋思》云：“菡萏香，龍須冷。簾子風摇難定。還對鏡，更添衣。玉壺清漏稀。畫樓近，天涯遠。夢裏醉中恩怨。無可奈，不堪尋。小庭秋雨深。”〔菩薩蠻〕云：“博山香定爐烟直，薄妝閑坐西窗側。棋罷正思眠，畫屏春夜寒。玉階苔蘚薄，花雨簾纖落。

春恨自闌珊，梨花半不開。"〔相見歡〕云："晝長正自堪眠。雨簾
纖。半是開花時候落花天。　春入夢。閑愁重。總堪憐。無奈去
年今日，到今年。"〔菩薩蠻〕云："蓮塘夜靜簫聲起，銀屏夢覺凉
如水。玉臂捲湘簾，星河秋滿天。　悠悠今夜怨，衹有鴛鴦見。
清影不分明，巧雲移月行。"

雪橋詞話

楊鍾羲◎著

　　楊鍾羲（1865～1940），姓尼堪氏，原名鍾慶，戊
戌政變後改爲鍾羲，冠姓楊，字子勤，聖遺、芷晴，號
留垞、梓勵，又號雪橋、雪樵等。先隸滿洲正黃旗，乾
隆間改爲漢軍正黃旗，世居遼陽。光緒十一年（1885）
舉人，十五年進士，官至江寧知府。著名藏書家。著有
《雪橋詩話》（正、續、三、餘集，共 40 卷）、《聖遺詩
集》、《意園文略》等，與表兄盛昱合編《八旗文經》
五十六卷。本書據民國二年至十二年南林劉氏求恕齋刻
本《雪橋詩話》輯錄論詞文字，名之《雪橋詞話》，正
編爲卷一，續編、三編、餘編爲卷二。張璋《歷代詞話
續編》亦收錄由張璋據《雪橋詩話》輯錄的《雪橋詞
話》63 則。

《雪橋詞話》目録

雪橋詞話

卷一

一　吳湛百字令

宜興吳湛又鄴，明亡以詩酒自娛，有《簏吟草》。其〔百字令〕云："西風初起，聽誰家搗練，聲聲響澈。句引離人多少恨，又早露凝霜白。叵耐年年，照人無寐，總是清秋月。相逢鄰叟，莫將喪亂重說。　　際此兵氣銷沉，蘆簾紙閣，稱長齋持偈。却憶年時珠海上，畫舫歡游時節。笑插黃花，醉牽紅袖，任把長鯨掣。可堪回首，繁華如夢銷歇。"與陳其年善，又鄴卒，其年有詩悼之云："風情觭耗偏無賴，筆墨蕭閑也不群。憶得秋城鴉萬點，墊巾曾與立斜曛。"

二　李粹伯菩薩蠻詞

宋湖州詩人吳仲孚，流寓嘉定，作一絕云："白髮傷春又一年，閑將心事卜金錢。梨花落盡東風軟，商略平生到杜鵑。"……明末秀水姚仙期《聞鵑》一絕云："何事催歸鳥，鈎輈喚我頻。故園經戰後，歸去巷無人。"此與宋南渡李御史粹伯〔菩薩蠻〕詞："杜鵑祇管催歸去，知渠教我歸何處。"哀音激楚，較仲孚作又深一層矣。

三 吳綺詞

馮贄《雲仙雜記》："帝觀書處，窗户玲瓏相望，金鋪可觀，輝映溢目，號爲閃電窗。"吳蘭次綺有詩云："甲夜猶傳駐御幢，一朝雲帗冷明釭。蛛絲似也知人事，網遍金泥閃電窗。"吳，江都人，順治九年以拔貢生授中書舍人，奉召譜《楊椒山傳奇》，遷武選司員外郎，蓋即以椒山原官官之。其《入署》句云："閒拂案塵攤好句，一杯凉水祭椒山。"康熙五年以水部郎出知湖州，吳興有藝香山，爲西施種蘭處，取以名詞。宋玉叔序云："蘭次出守吳興，下車伊始，廉得大猾主名，單舸禽治而殲之，湖人歡聲動天地。"最工於詞，其《吳興》一闋有曰："詩瓢酒盞茶爐，是閑中簿書。"斯可以見其志矣。湯文正《贈吳湖州》詩："仙郎起草最知名，幾載褰帷雪上行。按部雨餘香稻晚，勸農花發曉云輕。南宮書畫添新稿，李相亭臺續舊盟。聞道賓朋常滿座，清尊真見古人情。"其〔浣溪沙〕云："吳苑青苔鎖畫廊，漢宮垂柳映紅牆。教人愁殺是斜陽。　天上無端催曉暮，人間何事有興亡。可憐燕子衹尋常。"譚復堂謂："東風紅豆，最下最傳，似此含凄古淡，乃爲不負。"

四 嚴蓀友詞

嚴蓀友中允，書法入晉、唐人之室，兼善繪事，尤好畫鳳。有墓田在無錫洋溪，有橋曰藕蕩，因自號藕蕩漁人。

與三布衣同授翰林，有〔南鄉子〕紀恩詞，年已五十。樊榭《論詞絕句》云："閑情何礙寫雲藍，淡處翻濃我未諳。獨有藕漁工小令，不教賀老占江南。"

五 傅彤臣柳枝詞

漁洋《趙北口見秋柳感成二首》絶句，自注云："順治乙未，予上公車，與家兄吏部、傅彤臣御史，賦〔柳枝詞〕於此，忽忽十餘年矣。堤柳婆娑，無復曩時，不勝攀枝折條之感，因賦是詩。”彤臣名宬，新城人，初仕河間推官，爲畿輔第一，行取擢御史，按江西。道出河間，遮道攀轅者數千人，題詩驛壁云：“直道至今風尚早，土民接踵問平安。”其〔柳枝詞〕云：“灞橋橋畔美人居，性慧能爲倒薤書。一睹靚容頻問訊，十眉新樣近何如。”“絕代容華照眼明，幾年聲價重金城。誰言青鬢垂垂老，一到臨風百媚生。”“零露蕭晨半未乾，日高猶自怯輕寒。連錢驄馬驕嘶過，青眼樓頭帶笑看。”“殘照芙蓉溢額紅，珊珊仙骨玉瓏璁。幾回眠起嬌無力，披拂偏宜少女風。”“垂金小篆不曾譌，葉葉紛披撒與波。截柳編蒲無用處，祇作新樣似元和。”“靈和前殿見風姿，成癖耽情寫艷詞。九月受風秋色裏，冶游心醉麯塵絲。”“拂堤又復映征騶，折贈還宜女手摻。薄暮一番微雨過，江州司馬濕青衫。”

六　陳其年賦祝英臺近詞

閻百詩先世居太原縣西寨村，六世祖始遷山陽，故晚取《爾雅》“晋有潛邱”語以自號。父修齡，字再彭，號牛叟，少師事黃石齋，平生慎檢持，以詩名江、淮間。甲申弃諸生，與張虞山養重、靳茶坡應升嘗同作《秋心》詩，虞山爲作《丹荔老人傳》。母丁，名仙竅，字少姜，亦能詩，自題讀書處曰兌閣，以兌爲少女，已於女兄弟中行最少也。牛叟《兌閣遺徽》曰：“妻屢勸予參訪耆宿，向上一著，而以鈍根未果，近慚龐媼，遠負萊妻。”陳其年爲賦〔祝英臺近〕詞曰：“水晶簾，翡翠鎖，不許俗塵涴。繡罷鴛摩，窗畔茜絨唾。分明蒼萄林香，楞伽寺静，祇多了阿奴旁坐。

歸去可好，趁水月潮音，早上雪山座。怪殺蕭郎，彈指景光錯。請伊試看，人間閑花浪朵，總一霎笛聲吹破。”

七　陳其年賀新郎詞

馭鹿，名鑪，武進人，故鎮國公客也。有《侍燕渾河觀魚應教》詩。陳其年〔賀新郎〕詞云：“朱邸分青社。記當日、竟陵文

藻，彭城風雅。盛世天家敦玉牒，花萼交暉其亞。正內殿、霓裳舞
罷。龍子一從歸大漠，悵陳王不憚苔生榭。呼賓從，銷閑暇。
鄒陽流落江潭夜。剔秋燈、故人重見，在楓橋舍。憔悴白頭論往
事，多少鶯牋鳳帕。說不盡、銅輿佳話。今日金風吹兔苑，任西宮
花放還花謝。拌夢到，王門下。"亦贈馭鹿作。公好讀書，善彈
琴，工詩畫，精曲理，仿雲林小幅，筆墨澹遠，擺脫畦徑，有
《恭壽堂集》。

八　詞之足以感人

陳其年咏鏡〔虞美人〕云："我亦受人憐惜爲人磨。"顧橫波
讀之，爲合肥尚書相向嗚咽。尤西堂贈吳梅村詞云："江山如夢，
眼前誰是舊京人物。"又云："椽燭衣香，少年情事，頭白今如
雪。"梅村讀之泣下。詞之足以感人若此。龔芝麓《送歌者南還次
牧翁韵》云："長恨飄零入洛身，相看憔悴掩羅巾。後庭花落腸堪
斷，同是陳隋失路人。"同病相憐，聲情極爲凄愴，鄧孝威詩所
謂："千古艱難惟一死，傷心豈獨息夫人"也。彭羨門〔畫屏秋
色〕《蕪城秋感》云："野焰蕪城夕，送遠目、雲水蒼茫不極。瓊
蕊音遙，青樓夢杳，玉鈎人寂。何處認隋宮，見衰草寒烟堆積。攢
一片傷心碧。聽柳外衰蟬，風高響滯。如訴興亡舊恨，聲聲無
力。　　今昔可勝凄惻，莫重問、錦帆消息。竹西歌吹，淮南笙
鶴，盡成陳迹。轉眼又西風，辭巢越、燕還如客。落葉千重蕪城。
萬事總銷沉，唯有清江皓月，曾照昔人顏色。"鄒程邨謂可敵《蕪
城》一賦。

九　西軒浣溪沙詞

山陽邱曙戒寺副，與弟西軒洗馬，有二邱之目。
西軒以鴻博起家，其〔浣溪沙〕《和阮亭紅橋懷古》云："清
淺雷塘水不流。幾聲寒笛畫成秋。紅橋猶自說揚州。　　五夜香
昏殘月夢，六宮釵落曉風愁。多情烟樹戀迷樓。"格韵不減原唱。

一○　高澹人摸魚兒詞

容若臘月十二日生。高澹人有〔摸魚兒〕詞云："小闌干、早梅初破，紙窗微逗香縷。冰輪似水霜輪净，遥想玉門關路。憑記取，向雪後、衝寒一片玲瓏樹。歸來歲暮。把衣卸盤雕，簾垂銀蒜，款款夜深語。　年光近，又被春禽唤曙。匆匆凍臘將去。牙香綉袋渾閑事，那比蠻箋細柱。驚節序。恰十九東坡，十二君初度。酣餘起舞。擬譜鶴南飛，尊前狂叫，側帽睨今古。"卒於康熙乙丑五月，年三十有一。姜西溟挽詩云："侍從張安世，名家晏小山。承恩惟宿衛，適意在《花間》。客至同開卷，朝回衹閉關。心期如有托，寂寞去塵寰。"吴蓮洋詩："十載曾聞幼婦詞，願將銀管寫烏絲。愁當鸚鵡爭傳處，痛在玲瓏再唱時。舊譜漫教蟲網遍，閑情空有笛人知。從今錦字休零落，一認弓衣也泪垂。"《通志堂集》附録挽詩九十九首，惟此二首爲可誦。

一一　汪森著有名家詞話

休寧汪森晉賢，居嘉禾之梧桐鄉，讀書好友。所居曰碧巢書屋，建裘杼樓以庋圖書，有華及堂以宴賓客。官粤西十年，輯有《粤西統載》《詩載》《文載》《叢載》，著有《蟲天志》《名家詞話》《小方壺存稿》。

一二　龔蘅圃喜爲樂章

仁和龔蘅圃，介岑光禄佳育子，少日喜爲樂章。介岑開藩江左，署有瞻園，竹垞、武曾、分虎及沈融谷明府暉日、南渟上舍岸登，皆在賓榻，刻有《浙西六家詞》。

一三　朱竹垞送張見陽詞

暖谷在江華縣南，隔江，蔣之章記云："盛寒入此谷，其氣温然。谷之旁有别洞，唐邑令瞿令問作亭石上，元次山名以寒亭，有

《寒亭記》。”朱竹垞《送張見陽令江華》詞云：“定知後夜相思，寒亭暖谷，吟不了、晚紅餘翠。”見陽，名純修，字子敏，浭陽人，工書畫，嘗爲成容若刻《飲水詩詞集》，由貢生累官廬州知府。竹垞壬申出都，有《瓜步留贈張同知》詩。

一四 竹枝詞

張歷友《答郎梅溪問〔竹枝〕》云：竹枝本出巴、渝，唐貞元中，劉夢得在沅、湘，以其地俚歌鄙陋，乃作新詞九章，教里中兒歌之，其詞稍以文語緣諸俚俗。若大加文藻，則非本色矣。世所傳“白帝城頭”以下九章是也。嗣後擅其長者，有楊廉夫焉。後人一切譜風土者，皆沿其體。若〔柳枝詞〕，始於白香山〔楊柳枝〕一曲，蓋本六朝之〔折楊柳〕歌辭也。其聲情之儇利輕雋，與〔竹枝〕大同小異，與七絕微分，亦歌謡之一體也。漁洋〔漢嘉竹枝〕云：“龍游城郭碧玻瓈，西望三峨曉黛滋。分取三江作明鏡，鏡中各自照蛾眉。”番禺方殿元蒙章〔南湖竹枝〕云：“佳人結伴似花叢，澄湖南畔采芙蓉。乍觸郎舟莫相怪，木蘭橈小柰東風。”皆有風致。紫幢〔京師竹枝〕十二首云：“珠軿寶馬帝城春，剩冷微暄半未匀。幾日東風初解凍，琉璃瓶内賣金鱗。”“芳草裙腰緑尚微，少年賭射馬如飛。銀貂日暮宫牆外，一道玉河春鴨稀。”“西直門西綉作堆，暢春園外盡徘徊。聖人生日明朝是，早看高粱社會來。”“棗花照眼麥齊腰，南苑紅門入望遥。鉦鼓前鳴香唄起，燒香人上馬駒橋。”“食罷朱櫻與臘櫻，賣冰銅碗已錚錚。疏簾清簟堪逃暑，處處蒲萄引竹棚。”“水檻凉生緑樹遮，冰柈旋剖辣麽瓜。潞河報道糧船到，載得南州茉莉花。”“坊巷游人入夜喧，左連哈達右前門。（紫幢主人居臺溪即臺吉廠，其《薄暮聞鐘》詩注云：‘九門獨崇文門設鐘。’證以此詩，其地正崇文門西。）繞城秋水河燈滿，今夜中元似上元。”“涓涓凉露碧天高，砧杵聲中百結勞。紅皺黄團都上市，果房又到肅寧桃。”“纔過霜降無多日，閉瓮黄虀正好時。捆入菜車書上用，沿街插遍小黄旗。”“孟冬朔日頒新朔，猩色香羅叠錦囊。監正按

名排八分，一齊先送與親王。"　"城下長河凍已堅，冰床仍著纜繩
牽。渾如倒曳飛鳶去，穩便江南鴨嘴船。"　"催辦迎年處處皆，四
牌坊下聚俳諧。關東風物東南少，紫鹿黄羊疊滿街。"

一五　杜紫綸八聲甘州詞

　　無錫杜紫綸，少從嚴蓀友、顧梁汾游，工于倚聲。康熙四十四
年，進《迎鑾詞》，命人内廷纂修《歷代詩餘》及《詞譜》。壬
辰，會試不第，賜進士，改庶常，養親歸，自號蓉湖詞隱。其望見
惠山〔八聲甘州〕云："幾年來浪迹軟紅塵，無端苦淹留。自故鄉
一别，青山不見，白了人頭。久念泉清石瘦，曾假夢中游。誰料因
風便，天際歸舟。　　　忽望九峰如畫，半墨痕濃淡，費我凝眸。對
依然眉嫵，可與説離愁。黯銷魂、額黄無限，怕晚來重倚夕陽樓。
怎禁得、斷雲零雨，飛上簾鈎。"碧山吟社者，明成弘十老遺
迹也。

一六　王蘭泉憶舊游詞

　　京師廟市，向惟慈仁寺、土地廟、藥王廟數處。直郡王建報恩
寺，興不數年，王禁錮，即止。康熙六十一年，敕修故崇國寺成，
賜名護國寺，每月逢七、八日，亦如慈仁諸市。重建隆福寺，每月
逢九、十日市集，今稱之爲東西廟，貿易甚盛。周元木有《隆福
寺觀市百韵》詩。慈仁市則無人矣。若《古夫于亭雜録》慈仁書
攤故事，久已絶響。土地廟市，每月逢三日，藥王廟市以朔望，亦
不盛。惟琉璃廠火神廟，正月上旬猶有書市及賣薰烟零玉者。西
便門外一里許白雲觀，即元長春宫舊阯，至元甲申三月，長春真
人邱處機自雪山回燕，明年五月，特改太極宫爲長春宫，居之，羽
化於此。每歲正月十九日，四方黄冠駢集，游人甚盛，相傳爲遇
仙，蓋其誕辰也，呼爲燕九節。錢籜石《白雲觀》詩："豈爲南宗
别，重尋太極墟。先生襄好在，止殺語何如。柏子微風際，桃花細
雨餘。十年登閣意，祇益鬢毛疏。"王蘭泉《琴畫樓詞》〔憶舊

游〕："嘆青牛路杳，白鶴烟消，難問全真。琳宇西華近，望蒼松翠柏，交映檜楹。金籠尚留香火，鐘罄傍霓旌。説落鐙風後，時傳灌頂，士女傾城。　生平自蓬島，向終南太華，訪道瑶清。更歷龍沙遠，便安車回日，名著燕京。玉田舊闋（樂笑翁游此有詞。）誰記，好取葉鸞笙。喜仙侶同來，暮春芳草雨正晴。"光緒間，有高道士者，頗通聲氣，西園諧價，多以白雲觀爲初枕焉。

一七　張喆士響山詞

張喆士員外四科，臨潼貢生，僑寓維揚，有《寶閑集》及《響山詞》。與樓于湘，馬佩兮、秋玉、閔蓮峰、陳竹町、厲太鴻、余研南、吳章五，多所唱和。秦川公子筑缶歌呼，端居多暇，時有鄉關之思。其〔臺城路〕《潼關驛樓題壁》云："盤回峻坂凌空上，參差漸分關樹。浩浩河聲，蒙蒙岳色，閑引行人來去。寒鷄唱午，向小驛荒凉，小樓延佇。短髮狂搔，眼明初識故園路。　沉吟殘照未久，早風陵堆畔，歸客爭渡。形勝依然，英雄安在，幾度銷沉今古。闌干漫撫。盼犯斗仙人，茹松毛女。凍月蒼蒼，玉蓮花半吐。"姝靄書來，爲卜居於藍田之桃花川上，更買水田四十畝，爲歸老計。賦〔買陂塘〕寄之云："雁來時、爲營將老，菟裘人外初築。萍游尚戀江南岸，夢去幾宵相續。雙鬢禿，待自把，一犁春雨餘生足。何時野服。對藍水嶢山，煮芹剥栗，伴我草堂宿。柴門外，十雙占斷平緑，暖烟耕罷生玉。商顏輞口過從近，醉裏吹簫騎鹿。歸計熟，更寄語，明年早買雙黄犢。相逢可卜。儻古雪消時，落花流出，引棹入溪曲。"〔百字令〕《自述》云："頭顱如許，算未倦慵飛，吾慚高鳥。未肯微辭饒宋玉，昨夢荒唐堪笑。隴樹秦雲，吳頭楚尾，兩地關懷抱。攤書簾閣，愁兼落葉還埽。　誰遣藥樹贏妻，飯簫驕子，尚記吟情攪。催遞詩筒徵酒社，落落幾人同調。淡月吹笙，輕寒命酌，甘對梅花老。春游前度，據鞍猶是年少。"《壬申除夕前二日，榮木軒雪後擁爐，忽憶去歲南還，正以是日抵舍，老將至矣，歸計未成，能無憮然！賦〔甘州〕寄西州

親故》云："記麻衣掩雪別西州，歲晚役車休。又林亭積素，香簫
盡冷，試數前游。幾度天風鶴背，華髮漸驚秋。鐙火青熒畔，歸夢
悠悠。　　誰探草堂梅信，折一支相寄，楚尾吳頭。料流銀哀壑，
閑了夜回舟。鎮天涯，殘年兒女，爇松明、絮語伴淹留。空懷想，
墓田春雨，行叱烏牛。"

一八　王存素善填詞

黄文蓮《過王存素寓齋有贈》云："竹梧小徑啓雲關，酒伴詩
朋共往還。結社幾年依北郭，捲簾終日對河山。松陰滿院閑調鶴，
月色經秋好放鵬。便擬滄洲共乘興，看君潑墨寫屏顏。"陸朗夫亦
有《訪王存素於所居西園》詩。存素名愫，大倉諸生，烟客璽卿
曾孫，麓臺侍郎從子，畫筆蒼秀，兼善填詞。其〔清平樂〕二首
云："海棠鋪徑，人向雕闌憑。映月酒容紅玉潤，笑看春風吹鬢。
　　更深碧瓦烟昏，垂簾花影移痕。貪把玉琴頻理，繡衾香冷重
溫。""雨蒙烟暝，又是清明近。零落杏花渾欲盡，時節綠窗人静。
　　含情獨上西樓，珠簾半捲銀鈎。縱有千絲楊柳，能藏幾許春
愁。"嘗言婁水百餘年詞學，鹿樵生體綜北宋，未極幽妍。至小
山、漢舒、今培、同懷、素威、穎山，乃能上繼浙西六子。同時作
者，武林則樊榭、授衣，廣陵則漁川、橙里，陽羨則澹成及位存兄
弟，檇李則南薌、春僑、穀原，吳中則企晋、湘雲、策時、升之，
共二十餘家，各擅其工，即南宋未有其盛也。一時以爲快論。後來
填詞家，自皋文、保緒出，而陳義較高，順卿、杏垞出，而斠律益
細，自足突過前賢。至於纏綿婉麗，風美動人處，亦初未有以相
勝耳。

一九　鄭楓人清平樂詞

鄭楓人官杭州日，尋姜白石墓不得，惆悵爲詩。嘗取舊本杜
集，刊爲袖珍版，箋注概從删削，以少陵一生不爲鈎章棘句，箋釋
注解言人人殊，無取也。

吳子律稱其襟度瀟灑，鵲爐鷗舫，判牒湖山，仿佛紅豆詞人之在吳興。《杭州府志》以鄭志爲佳。有《玉句草堂詩集》。《和同年施鐵如侍御過訪夜話并送別之作》云："楚客垂垂老，燕臺草草過。秋聲連日夜，鄉夢落關河。暖眼逢人少，離憂自古多。非君今夕話，誰與慰蹉跎。"《遺詞》三卷，爲其婿戴竹友所刻。〔清平樂〕云："雨闌風定，葉落黃昏近。燈下候蛩凉入聽，又是一年秋信。　　夢回留得茶甘，晚花香綴筍籃。祇少畫屛新月，夜情都似江南。"楓人以召試賜中書。新婚北上，《留別閨中》云："年來春到江南岸，楊柳青青莫上樓。"時呼爲"春柳舍人"。此詞蓋到京以後所作。

二〇　凌次仲摸魚兒詞

歙凌次仲慕其鄉慎修、東原兩先生之學，與阮芸臺爲至交，初見，即擬《大鵬見稀有鳥賦》以見志。

次仲著《燕樂考原》，由今樂通古樂，爲陳蘭浦《聲律通考》所自出，特加詳核耳。其詞集名《梅邊吹笛譜》。〔摸魚兒〕《雨後江上晚眺》云："暮天空乍收凉雨，隔江飛過清冷。烟鬟綽約山容潔，埽得兩蛾幽靚。無限景，縱倩取、鏤冰琢雪應難咏。斜陽未暝，見別浦殘荷，回汀折蓼，都作澹江影。　　紅光遠，蹙起縠紋萬頃，微風却好初定。盈盈十五吳娃小，笑與碧波相映。嬌妒性，有意要、驚他沙上鴛鴦醒。翠裙半整，便急打蘭橈，雲明擊碎，搖過采菱艇。"阮芸臺《過海州板浦吊次仲教授》句云："因文明禮樂，本孝礪廉隅。"

二一　余秋室臺城路詞

余秋室學士，乾隆丙戌進士，以修書内徵，由候選知縣授編修，洊歷華資，一典蜀試。後以大考左遷，出三大梁講席者甚久。道光壬午，重宴鹿鳴，賞還原秩。少習繪事，叢蘭幽篠，花鳥蟲魚，無不擅長，間畫馬及佛維摩像，尤善爲仕女圖。光緒丁未，有出其對鏡美人屬題者，爲賦〔臺城路〕一闋云："流光早被嬋娟誤，春明夢痕休憶。淺黛初勻，圓冰乍拭，多少傷春情思。同時姊妹，衹針綫慵拈，錦袍先賜。除了菱花，誰知道，人憔悴。　　年來烏篷載酒，聽秦淮夜雨，滴將愁碎。平視難禁，微明自照，一樣飄零身世。玉臺獨倚，渾不稱江南，舊時佳麗。勛業頻看，鬢華青鏡裏。"時久客陶齋尚書幕中，耳目所接，多不慊於心者，不自知其詞旨之凄戾也。

二二　佟世南山花子詞

佟世南，字梅岑，嘗與陸進、張星耀同編《東白堂詞選》十五卷，《四庫》著録。所作長短句，羲録入《白山詞介》。其〔山花子〕云："芳信無由覓彩鸞，人間天上見應難。瑤瑟暗縈珠，泪滿不堪彈。枕上彩雲巫岫隔，樓頭微雨杏花寒。誰在暮烟殘照裏，倚闌干。"譚仲脩謂其不無天際輕陰之感。

二三　吳聖徵瑶華詞

吳聖徵祭酒，詩規漁洋，詞學樊榭。己酉、庚戌間，館章佳文成公第中，韶九尚書實從受業。工詩能書，長短句亦承其指授。〔瑶華〕《獨坐紫藤花下，月色低迷，清光自來，賦此遣興》云："瓔穿珞纈，高架暮霞，浸一壺寒碧。滿身清影，玲瓏甚、篩透衣香幾叠。輕寒約住，纔留得、而今春色。訝石家步障張空，翻起流雲疑活。　　凄凉轉憶前游，是那曲闌干，春最佳絶。十年花夢，應不識、禁得等閑蜂蝶。心情正苦，更何處、悠揚孤笛。怕者番、吹徹陽關，驚舞翠虬香雪。"

二四　左仲甫詞

惲子居〔阮郎歸〕《蝴蝶》詞，傷不遇也。左仲甫中丞，中乾隆癸卯江南榜，癸丑始成進士。己酉下第，賦《榆錢》諸闋，亦此意。〔滿江紅〕《榆錢和惲簡堂作》云："滿地清圓，不道竟、買春無力。曾覓遍、條條深巷,草青烟碧。也恨飄零難自主,僅教墮落無人惜。與柳綿、一樣認前身,輕拋擲。　　禁不住,鶯兒舌。襯不盡,鵑兒血。立街心半晌,掃開重積。風院都無花一片,晴霄空裊絲千尺。祇幾家、燕子語呢喃,愁難説。"〔疏影〕《朱藤和簡堂韻》云:"纔傷絮落,又水邊院角,撩亂心曲。宿雨初收,斜日低銜,平添一架新綠。珠簾不捲留春夢,怕飛出葳蕤深閣。濃雲壓住鬢釵,那管粉痕銷肉。　　應念鸞箋未寄,曉來斂翠黛,珠淚盈斛。知否年時,紫玉成烟,剩有燕飛華屋。傷心一樣相思種,不及豆紅堪掬。祇模糊、眼底眉梢,挂垂垂千絡。"〔暗香〕《青梅》云:"玉人去也,算幾番得共,烟寮月榭。小夢乍醒,已是闌風散初夏。休説冰魂拋遠,還戀著、空枝未舍。放些子、酸苦心兒,教那人嘗者。牽惹。乍堪把,嘆冷蕊暗香,不到瑤斝。翠圓來乍,休認輕丸浪拋灑。都是春風怨魄,須珍重、前生身價。祇這裏偏誤了,故園清夜。"《蕡洲漁笛譜》僅備咏物一格者,無此苦心慧語。仲甫起蹶州縣垂三十年,落落自守。既任方面,不六年峻擢至巡撫。七十歸田,不名一錢。

二五　朱依真論詞詩

臨桂朱依真小岑,著作甚富,兼工詞曲,有論詞詩二十八首。謂詞至前明,音響殆絶。竹垞始復古,第嫌其《體物集》,不免叠架。其後六首:"剛道霓裳指下聲,天風海雨倏然生。不逢郢匠揮斤手,楮葉三年刻未成。""范陸詩名自一時,江南江北鬢成絲。遺聲莫遣多騷屑,不任空城曉角吹。""妙手拈來意匠多,雲中真有鳳銜梭。讀書未敢因人廢,柰爾天南小吏何。""雜擬江淹筆有花,效顰不辦作東家。等閑渲出西湖色,却倚旁人寫鵲華。""欲起琅邪仔細論,機鋒拈出付兒孫。禾中選體荆溪律,一代能扶大雅輪。""琴趣言情尚汴音,獨將騷雅寫秋林。當年姜史皆回席,辛苦無從覓繡針。"至其前廿二首中,於美成有微詞,則偏宕之論也。

二六　張秋水高郵吊秦淮海

張秋水《高郵吊秦淮海》云：“南湖秋水亂寒烟，小庾鄉關感暮年。四海詞名歐柳共，蘇門交誼李張前。醉回遠道藤州夢，山抹微雲學士篇。一樹垂楊枚叔里，西風閑拂酒入船。”

二七　劉申受洞究倚聲源流

劉申受禮部爲南劉相國孫，卣于舍人召揚子。少喜讀《蕃露》，既冠，纂輯《胡毋子都春秋條例》《春秋禮申何難鄭》諸書。嘉慶甲子，三十初度，成《春秋釋例》三十卷，時主東魯講舍。

申受嘗就茗柯先生問《易》《禮》，從舅氏珍蓺盡傳莊氏之學。而凌雲詞賦，揖讓班、揚，復洞究倚聲源流，撰《八代文苑》及《詞雅叙録》，均見集中。

二八　吴山尊百萼紅

（吴山尊）少受詞術於表兄汪存南。乙亥，六十初度，汪劍潭觴之湖上，調〔一萼紅〕爲壽。山尊就一調爲之百闋，成《百萼紅》一卷。

二九　周稚圭金梁夢月詞

戊辰一榜，如周稚圭、陶鳧薌、錢衍石，均耽風雅。《金梁夢月詞》，工力爲深，其“繡幬金鴨熏香坐，説與春寒總不知”，頗有歐陽永叔“庭院深深”“樓高不見”之感。

三○　趙艮甫詞韵

震澤趙艮甫《樂潛堂詩》《寒柳》句云：“樓頭祇挂青天月，塞上還思碧玉年。”爲時所稱。余所藏《飛鴻閣琴意》，爲戈順卿手批本，謂真、文、庚、青、侵、尋，三部通用，此沿《學宋齋》之誤也。質、陌與月、屑截然兩部，門外漢每誤用之。艮甫何亦效尤。鴿字在合、洽部。質、陌、月、屑之外，又有合、洽一部，此淺於韵學者不及知也，疏於詞學者亦不能知之。屋、沃、覺、藥通用，更是出人意外。魚、語部亦不能與歌、哿通。〔玉漏遲〕換頭句法，乃上二下四，如夢窗“夜久，繡段藏嬌”是也。此作折腰句，誤。〔揚州慢〕“底事”句，當上一下四，如白石之“盡薺麥青青”是也。〔西子妝慢〕首句，夢窗作“流水麴塵”，“麴”字似以入作平，然宜從之用入聲字爲妥。“畔”字宜韵，夢窗作“觀盟”，誤，乃用韵也。“我亦投閑住”，夢窗作“又趁寒食去”，“食”字與上“麴”字同，“亦”字宜去聲，“閑”字宜入聲。順卿謹於聲律，所指摘處，剖及豪芒。艮甫蕉萃，胥疏舊游，如汪紫珊、袁蘭村、袁湘湄、劉芙初，先後歸道山，刻此詞時，且垂垂老矣。就正之餘，順卿痛下針砭，固是直諒之友。

三一　四農水調歌頭詞

耐圃太常五子，以蓮龕方伯繼昌、仰山司寇鍾昌爲最賢，李香子《感舊詩》所謂“雙鳳揚苞”者也。

仰山嘗謂淮有三傑：四農及李芝齡、毛子喬。至京則館之於家，謂人曰：“四農乃吾師事也。”退食之暇，唱酬無虛日。和相廢園在海淀，園中有樓，向貯一自鳴鐘，極巨，晨鳴，則群姬理妝。花神廟、綠野亭尚存，園池爲漁人利。四農過焉，適有蕩舟橫笛者，爲賦〔水調歌頭〕曰：“一經四山合，上相舊園亭。繞山十二三里，烟草爲誰青。昔日花堆錦綉，今日龕餘香火，懺悔付園丁。綠野一彈指，賓客久飄零。　　壞牆下，是綺閣，是雲屏。朱樓半卸曉鐘，催不起娉婷。誰弄扁舟一笛，斗把卅餘年外，綺夢總吹醒。悟徹人間世，漁唱合長聽。”仰山負遠志，希古不順時，痛疾嬖嬰小夫不出肝膽治事，坐是失要津，隕絕域，壬辰卒，年四十八。四農爲作家傳。

三二　徐蕢邨金縷曲詞

徐蕢邨宗伯中秋月食〔金縷曲〕云：“碧海晶簾捲，問姮娥、清輝須惜，浮雲須遣。幾點憂時嫠婦淚，迸作九霄露泫。星影散、漫空飛繭。此夕風光猶較可，忍來宵、素魄留痕淺。桂花蠹，愁何展。　　斗邊一角銀河顯。怨無端、投壺笑巧，南箕舌扁。更怕寒芒分道出，惱亂人間雞犬。天上恨、嬋娟難免。自有凌雲修月斧，奈瓊樓玉宇非專典。霓裳袖，阿誰剪。”此詞蓋爲順治十二年八月廢后事作。

三三　鄧嶰筠高陽臺詞

鄧嶰筠尚書《妙吉羊室詞》〔高陽臺〕闋，當指林竢邨查辦鴉片烟封艙繳土之事。詞云：“鴉度冥冥，花飛片片，春城何處輕烟。臺膩銅盤，枉猜繡榻閒眠。九微夜爇星星火，誤瑤窗、多少華年。更那堪，一道銀潢，長貸天錢。星查恰到牽牛渚，嘆十三樓上，暝色凄然。望斷紅牆，青鸞消息誰邊。珊瑚網結千絲密，乍收來、萬斛珠圓。指滄波，細雨歸帆，明月空舷。”

三四　陸綸莞爾詞

廣西有秋風鳥，爲魚所化，龍城最多，梧江亦有。陸綸漁鄉《莞爾詞》有《玉人歌》咏之：“蘋洲白漾，皺縠微茫撇。波鱗拆、網絲斜冒，剪羽逗輕碧。蠻云饌品當筵省，冷色圍秋幀。賭翩翩、影瘦清江，媵風無力。　　買向小嶺隻，認蛤蜃形移。雅箋須釋，碎點紅糟鄉製。巧摹得較他半翅。龍堆遠骨，脆應渠惜句。霜霄泥酒，柔尖同擘。”漁鄉，當湖人，詞多體物之作，蓋瓣香浙西六家者。

三五　包慎伯秋蓮子詞題識

包慎伯嘗謂：“詩文有由選本得者，有由全集得者。由選本得者，塗徑窄而詞句凈；由全集得者，詞句雜而塗徑寬。”見王西御《秋蓮子詞》題識。

三六 嚴駿生風蝶蝶令

嚴子進從子駿生，字小秋，上元諸生，有《餐花吟館詞》。〔風蝶令〕《題紅豆調嬰武圖應聯玉農司馬屬》云："鬢影羞花見，眉痕感鏡知。手拈紅豆出簾遲，調逗金籠嬰武背人時。　　舌巧頻偷語，心靈慣弄辭。須防觸恨説分離，記取相思兩字莫教伊。"玉農名聯璧，西林相國曾孫，成哲親王婿，亦喜為長短句。

三七 秋士洞仙歌懷舊詞八首自序

秋士《還初堂詞鈔》一卷，為潘季玉所刻，秋士出潘文恭之門，無私謁，季玉固未之識也。張仲遠亟稱於季玉，訪之，已物化矣。覓其所為詞，不可得。即訪於承子久，子久訪於家簡侯方伯，為之參訂，以付剞劂。序稱其沉微悱惻，無世俗温矱之態。光緒戊戌，鍾羲重校刊焉。〔洞仙歌〕《懷舊》詞八首自序云："當前風物，未必留連；境後尋思，皆堪惆悵。桑下三宿，出世者尚爾移情；柳大十圍，感時者覽之流涕。哀樂之極，愚知同懷。而況飽仙餌于天臺，又歸塵世；阻長風于弱水，更歷崎嶇者哉！斌桐派本皖城，支分燕市；懸弧越國，負笈楚黔。名勝之區，一身遍歷；行李所逮，萬里而遙。凡所經過，盡留夢寐。架珊瑚于孝穆，亦解吟詩；奪錦段于丘遲，因而作賦。人非楚產，實同莊舄之吟；境等窮途，輒效阮公之哭。"其抑塞磊落之概，亦可悲矣。

三八 承子久詞上繼飲水

承子久廉使，裕瑚魯氏，久淹郎署，以咸豐壬子出守黔南，籌防守策，軍興，間關夷險，垂不獲濟，遺集曰《大小雅堂詩》四卷、《冰蠶詞》一卷。五言如《與東敷柏春夜話》云："少孤更事早，身賤感恩多。"《冬日雜感》云："明珠聞徙郡，强弩不迎潮。"《獨山書事》云："野穡逢人少，村春入夜遲。"《寄弟子正承端子韋承佩》云："誰持司馬法，彌覺樂羊疏（時因清水江軍潰落職，效力軍中。）。"《蠅》云："點白殊人意，趨炎亦物常。"七言如《句當播事甫定喜晤莫邸亭友芝》云："詩格舊傳無已似，儒林今見道真來。"《憶女》云："亂後勛名羞伐閱，病餘筋骨識陰晴。"《卧病延黄曉華茂才觀光賦贈》云："灸眉艱苦傷淹滯，遺矢傳聞任是非。"《咏史》云："向人解作宣明面，下士難期秀實頭。"《和人韻》云："虛勞貝錦千回織，未礙龍淵百煉堅。"皆纏綿悱惻，有少陵忠厚之遺。彼時外侮内賊相繼竊發，南自嶺嶠、江淮，北極宛洛、燕晋，海内騷然，其憂生念亂、睠懷家國，蓋深得乎變雅之意者也。世但知其工詞，以之上繼《飲水》，殆未窺其全豹。

三九　芬陀利室詞

　　潘文勤師鄭盦遺書，有《芬陀利室詞》一卷。〔浣溪沙〕云："百折千盤路幾重，自緣身在最高峰。終南何處望迷濛。　　窄徑盡將心地間，上坡休放脚跟鬆。看人進步忒從容。"戊午典試陝西道中作也。此與吳瓠庵《雪後入朝》詩："爲語後人須把滑，正憂高處不勝寒。"用意略同。〔風蝶令〕云："翠袂香都瘦，金尊酒不溫。摘花無語替花顰，難道相逢容易肯銷魂。　　青鏡愁花鬢，珠輪碾絮塵。盈盈清淚漬羅巾，我是無端傷别又傷春。"〔蝶戀花〕《筱舫稚圭兩兄隨侍南旋》云："戀煞斜陽紅一綫。未到黄昏，生怕珠簾捲。春日遲遲猶恨短，銷魂一別天涯遠。　　纔説分離腸欲斷。玉箸金觴，未抵征人怨。春送愁來春不管，鄉心已在江南岸。""往日巾車同客邸。身世搏沙，一霎成千里。眼底池塘成夢裏。涵秋閣是傷心地。　　撥盡鵾弦魂欲碎。便説重逢，生恐朱顏領。欲覓南飛何處寄，亂紅都化離人淚。"徘徊婉約，有五代十國之遺音。其〔滿江紅〕《次文山和王昭儀韻》云："屈律猖狂，腸斷處、江南春色。更幾輩、孤城保障，不慚余闕。獨秀峰高雲斷續，洞庭湖遠波翻側。指岳陽、黄鶴兩高樓，都銷歇。　　萇宏碧，難磨滅。王濬艦，憑誰説。向西臺灑淚，桃花成血。漢上烟花歸一炬，秣陵烽火連三月。恨河山、難補女媧天，東南缺。"則感時撫事之作也。嘗取周止庵《宋四家詩選》，刊入《滂喜齋叢書》，序云：“蔭居淀園時，以自隨庚申園燬，意成灰燼，去年檢書，幸得之，亟付梓。近世論詞，張氏《詞選》極稱善，止庵《詞辨》，亦懲時俗昌狂雕琢之習，與董晉卿輩同期復古，意仍張氏，言不苟同。此卷晚出，抉擇益精，可以見其淵源之所自矣。”其言止庵復有《論調》一書，以婉、澀、高、平四品，分之選調，視紅友所載祇四之一。符南樵孝廉嘗言之，不知海內尚有此本否？

四〇　志文貞詞

（志文貞）時在瀋陽軍次，奉命出關，就軍台所見，爲《廓軒竹枝詞》百首。自題〔菩薩蠻〕一闋云：“窮年弄筆污衫袖，東塗西抹無成就。不作斷腸聲，怕人聞淚傾。　侵尋頭欲白，淪落常爲客。飛絮滿邊城，楊花應笑人。”所作詩詞曰《窮寒微吟》。〔探春慢〕云：“四面寒山，孤城一角，烟外穹廬三五。雨必兼風，霜前見雪，節序惱人如許。淪落天涯久，又誰見、羝羊能乳。故鄉一片歸心，相對藥鑪同苦。　堪笑征衣暗裂，祇贏得、羈縻塞外驕虜。紫雁秋空，黃雲目斷，莫問中原鼙鼓。雖有清宵月，渾不管、淹留羈旅。伴我微吟，乍見柳棉飛舞。”《中秋》〔賀新郎〕云：“飄泊人依舊。最傷心、今日中秋，夜窗如晝。四面寒山頭盡白，獨坐無花無酒。祇贏得、征衫塵垢。萬里江南春草夢，料醒來一樣看星斗。今夕景，共孤負。　瓊樓玉宇寒生候。嘆浮雲、變幻無心，亦成蒼狗。多少中年哀樂事，絲竹無緣消受。但寄意、庭前衰柳。莫賦衣裳雲想句，知沉香亭召何時有。人與月，影同瘦。”《乙未除夕題陳古樵畫同聽秋聲圖》云：“衰草寒烟，歲云暮矣，王孫幾時歸得。孤宦巡邊，餘醒倦酒，滋味對人難說。記六街燈火，嘆咫尺、天門遙隔。舊游一往情深，都付戍樓吹角。　華髮星星漸短，祇恁怕春來，偏春如約。沙磧雲黃，江淮草綠，心逐南飛孤鶴。回首秋聲館，渾不解、翠凋紅落。甚日聯床，歲晚梅花同嚼。”曩選《白山詞介》，以生存未能入錄，附載於此。文貞久在邊陲，宣統己酉始召還，一鎮杭州，復拜伊犁將軍之命。辛亥出關，即不復作生入玉門之想矣。

卷二

一　徐燦詞

徐燦湘蘋，吳人，工填詞，有《拙政園詩餘》。湘蘋病中〔永遇樂〕云："翠帳春寒，玉墀雨細，病懷如許。永晝惜惜，黃昏悄悄，金篆添愁炷。薄幸楊花，多情燕子，時向瑣窗細語。怨東風、一夕無端，狼藉幾番風雨。　　曲曲闌干，沉沉簾幕，嫩草王孫歸路。短夢飛雲，冷香侵佩，別有傷心處。半暖微寒，欲晴還雨，銷得許多愁否？春來也、愁隨春長，肯放春歸去。"回曲隱軫，可以怨矣。"比翼連枝十載餘，暫分香袂亦躊躇。那堪茂苑愁中月，接到雲陽道上書。"彥升懷湘蘋作也。

二　秦淮竹枝詞

嘉興曹偉謨，〔秦淮竹枝詞〕："輕輕斷送南朝事，一曲春鐙燕子箋。"自是快語。桐鄉沈中棟隆九《秣陵雜詠》云："浪游未得買歸船，料理春寒旅思牽。閑補秣陵風土志，新年門戶貼花箋。""長干古寺塔峻嶒，乘興摳衣一再登。不管人間興廢事，孤僧日禮佛前鐙。"此江南初定時作。漢陽羅世珍魯峰〔秦淮竹枝詞〕云："露濕雲林笋正肥，家家買得半籃歸。榴花沽酒鰣魚饌，可是能消婦子飢。""翠幌青槐面面風，涼篷艇子碧波中。當年長樂烟花盡，猶剩城南半夜鐘。"周櫟園見之，屬幕中諸子和作，令書爲冊，題"半生明月夢秦淮"之句於冊端。魯峰《秦淮後游詞》有云："一代風流恨絕縱，留賓無復舊司農。半生明月秦淮夢，付與西州一慟中。"其感知之意深矣。

三 朱竹垞金縷曲詞

朱竹垞〔金縷曲〕《送陳參議祺公之官廣西》云：“雁塞分襟驟。七年來、關河迢遞，合并難偶。草草殘春相逢乍，通潞亭邊携手。恨不見、李生良久。待踐深秋鷄黍約，奈恩恩畫鷁津門口。萬里别，一杯酒。　丹砂此去鄰句漏。溯蠻江、人家兩岸，綠榕紅豆。才子從軍繇來事，况是黄金懸肘。擁千騎、弓刀前後。聽取連營長短笛，譜武溪一曲南征又。嶺外嶺，柳州柳。”祺公名上年，清苑人。順治己丑進士，官廣西布政司參議。

四 佟儼若上元竹枝詞

佟儼若〔上元竹枝詞〕云：“五侯宅第瑞烟凝，樓閣嵯峨浸玉繩。忽厭玻璃光徹夜，千金競買米家鐙。”米家鐙者，明太僕米仲詔先生所爲勺園，在海淀之北，有翠葆榭、林於澄諸勝，嘗繪園中景爲鐙，都下號曰米家鐙。

五 上元竹枝詞

〔上元竹枝詞〕云：“鳳城不信轉東風，花匠能移造化功。二十四番齊在手，一時催放照春紅。”“珠結流蘇絡寶鐙，星毬佳製出時興。游人競集琉璃廠，巧樣爭誇見未曾。”“桂花香餡裹胡桃，江米如珠井水淘。見說馬家滴粉好，試鐙風裏賣元宵。”“清脆鈴聲放鴿天，春風流響粉雲邊。竹筒截出伶倫手，妙法新傳絶可憐。”“玉河冰泮水潺潺，金柳橋邊綠未扳。春到瓊華春正好，都人齊唱兔兒山。”“星月高高三五明，天街相約上橋行。就中樂事誰知得，暗裏春情獨自生。”“小瓷琉璃玉不如，碧闌寸寸貯來虛。兒童擎向階前過，滿市春聲唤賣魚。”“風俗相傳總不同，詩家爭賦竹枝工。他年誰紀都城勝，好譜新翻樂府中。”

六　譚復堂推挹蔣鹿潭

蔣鹿潭《東陶雜詩》，甘泉李肇增冰署謂"不減少陵秦州之作"。譚復堂錄其詞最富，謂"咸豐兵事天挺，此才爲倚聲家老杜"。推挹甚至。

七　愛伯先生翠樓春詞

意園林亭極勝，牡丹尤各色俱備。己亥春杪，余以換官出都，伯熙治具祖餞賞咏竟日，偶讀愛伯先生〔翠樓春〕《贈伯熙》一詞，亦初夏招賞牡丹作也。詞云："曲檻留春，華軒敞夏，當年朱邸分賜。香塵隨步徑，還隨處、雕欄堪倚。小山纖峙。又飛閣流丹，回廊縈翠。重簾底，綠楊垂處，亂花橫砌。　　最愛。千朵嬌紅，似絳幡朱節，舞鸞飛墜。天風環佩響，更深院、沉沉歌吹。艷情誰寄？正鈿匣裁詩，金鳧添麝，人微醉。錦屏雙影，折枝橫髻。"是詞作於癸酉伯熙尚未通籍。後半闋，謂其閨人及令妹皆能詩也。愛伯自號霞川花隱生，霞川者，越地水名。

八　徐士俊秦淮竹枝詞

仁和徐士俊野君，家塘栖，築雁樓以居，紀伯紫詩所謂"新詩樂府傳桃葉，定本名山署雁樓"也。能琴弈書畫之藝，知音律，撰雜劇至六十餘種。生於萬曆壬寅，年近八十貌如嬰兒，世傳其曾遇異人授以導引法。知交中善畫者楊上吳、周大赤、孫霞谷、沈椒雨、趙修虔，野君於其逝後作五君咏，其〔秦淮竹枝詞〕云："桃葉堤頭連水平，輕衫簇簇踏堤行。儂家心事流不去，嗚咽秦箏指上鳴。""潮水青青浸柳花，三山門外莫愁家。而今誰更愁如我，獨抱茵於數亂鴉。"

九　朱小岑論詞

朱小岑論詞，取梁月波女史"香爐，香爐，簾捲銀河波影"；

月中逋客唐氏"試聽飄墮聲聲，風際吹來打窗葉"等句。又稱謝
良琦《醉白堂詞》："昨夜梨花驚夢破，而今芳草傷心碧。"爲集中
佳句。良琦字仲韓，號石㠠，以崇禎壬午舉人通判常州，詩錄入漁
洋《感舊集》，句如"驚心世事皆棋局，屈指江湖幾釣船。白髮自
憐歸計晚，青山應笑世情疏"。語極婉約。

一〇　李元仗念奴嬌詞

蘄水玉臺山，枕蘭溪，溪西流，陸羽所稱第三泉也。東坡居
黃州，嘗游憩其地，有詞云："解鞍欹枕綠楊橋，杜宇數聲春
曉。"邑人楊菊廬構亭玉臺之隅，以"春曉"榜其亭。昆山李元
仗少參，視學楚中，爲賦《春曉亭歌》。元仗名可汧，顧瑞屏女
夫也。瑞屏鑿東岩，得佳泉峭壁，因築別業，名曰"樂彼之園"，
有亭榭樓閣之勝。滄桑後，元仗賦〔念奴嬌〕一闋云："危亭廢
館，斷腸處、半嶺暮雲堆積。鳥外孤騫，猶記得，長嘯振衣千
尺。幽堅含霜，殘花泣露，恨血千年碧。山陽聲嗚，問誰吹斷橫
笛。　　回首安石風流，月明臺榭，紅燭留賓客。國破城空瞬息
間，勝事都成陳迹。楚客招魂歸來，祇恐怕，水深波黑。幾回偷
眼，泪痕濃染山色。"

一一　嚴藕漁湖上竹枝詞

嚴藕漁中允〔湖上竹枝詞〕："白頭漁夫見承平，吹笛孤山舴
艋輕。見說天家錢又趙，惱人湖水不分明。"有風人之致。

一二　歐陽碉東金陵二首

歐陽碉東《金陵》二首云："殘劫誰能扇死灰，笙歌猶自鬧如
雷。漫誇龍虎鍾王氣，不記前朝白雁來。""王謝風流事已非，莫
將門巷問烏衣。生憎無數春深燕，猶趁樓臺高處飛。"不啻讀辛幼
安、吳彥高詞。

一三　沈去矜西湖竹枝詞

沈去矜有蘭思詞詩，如〔西湖竹枝詞〕云："兩峰對壓兩湖
㪱，隨分登樓幾賦詩。小艇呼來纏攏岸，竹絲穿賣小魚兒。"亦可
見其風致。

一四　洪嘉植秦淮竹枝詞

洪嘉植，字秋士，號去燕，歙人，居儀真。〔秦淮竹枝詞〕
云："桃葉桃根渡口歸，荷花蕩槳錦鴛飛。垂楊夾道珠簾下，十五
女兒白紵衣。"

一五　鄭荔鄉有論詞絶句

鄭荔鄉有《論詞絶句》三十首，其謂岳武穆〔小重山〕云：
"白首爲功名，故山松竹夢、阻歸程。欲將心事付瑶琴，知音少，
弦斷有誰聽？"傷和議已成，舉朝無與同恢復之志也。稼軒長才，
遭斯末運，具離騒之忠憤，有越石之清剛。如金筋成器，自擅商
聲，櫪馬悲鳴，不忘千里。而陋者顧于音響聲色間，掎摭利病，無
乃斥鷃之視鷦鵬矣乎！皆有知人論世之識。謂楊孟載句，如"春
色自來皆夢裏，人生何必在尊前"。"立近曉風迷蛺蝶，坐臨秋水
亂芙蓉。"試譜入〔浣溪沙〕，皆絶妙好詞，亦確。其《蔗尾集》
後附《青衫詞》一卷，自謂少日喜填南北曲，頗流播於酒旗扇
間也。

一六　朱受敬荆南竹枝詞

（朱受）敬持〔荆南竹枝詞〕云："詞人墓近頤山麓，宿草淒淒
怨不任。腸斷江南賀梅子，雨蒲風絮掠春陰。"

一七　宇文叔通詞

宇文叔通之死，《宋史》云："貴人達官媒糵成罪。"《金史》

云："爲家奴告謀反，鞫治無狀，貴人因羅織圖書爲反具，殺之。"
諸家傳記或云："謀與諸虜俘奪兵仗南歸"，或云："稱兵入虜主帳
被執。"岳倦翁跋其《兩漢記》，則是通書於宋，爲秦檜所繳及禍。
叔通在金，詩其一云："滿腹詩書漫古今，頻年流落易傷心。南冠
終日囚軍府，北雁何時到上林。開目摧頹空抱樸，脅肩奔走尚腰
金。莫邪利劍今誰在，不斬奸邪恨最深。"其二云："遙夜沉沉滿
幕霜，有時歸夢到家鄉。傳聞已築西河館，自許能肥北海羊。回首
兩朝俱草莽，馳心萬里絕農桑。人生一死渾閑事，裂眥穿胸不汝
忘。"其三云："不堪垂老尚蹉跎，有口無詞可奈何。強食小兒猶
解事，學妝嬌女最憐他。故衾愧見沾秋雨，短褐寧忘折海波。倚仗
循環如可待，未愁來日苦無多。"施北研謂：三詩非出于一時。其
一指恨王時雍、耿南仲輩庸奸誤國，爲天會四年計議使被留時作。
其二蓋痛徽、欽北狩，辭氣悲壯，似有殉節之意，爲六年祈請使再
留未降時作。無如金人優廩宋官，縻以好爵，叔通負才惜死，忍污
朝命。其三乃皇統初家屬北歸後作。有詞云："寶簾彩勝堆金縷，
雙燕釵頭舞。人間那識春來處？天際雁，江邊樹。　故國鶯花問
誰主？嘆憔悴、幾番拘旅！把酒祝東風，吹取人歸去。"心梧則
謂：叔通雖淪迹完顏，而以虜情入告，不忘中原，乃心可諒。北研
則謂：舊許爲牧羊之蘇，今改爲循環之李，兒女情長，無理之甚。
極辨國師之命，陰結死士，挾故主南奔，爲必無其事。

一八　沈伯眉工填詞

番禺沈伯眉廣文世良，熟精《南史》。嘗與陳蘭甫、譚玉生結
東堂吟社。論詩與鄭小谷尤契。生平慕倪高士爲人，錄其軼事，訂
爲年譜。尤工填詞，案頭雜置諸詞集，戲題四絕句云："稼軒玉局
氣掣雲，字字華嚴劫外身。夜半傳衣誰得髓，可憐人愛說蘇辛。"
"老輩朱陳樹鼓旗，家家傳寫遍烏絲。誰知天授非人力，別有聰明
飲水詞。""角巾西第思投老，白髮徵車耐退閑。花外集兼樊榭集，
一雙詞筆四明山。""跌宕風懷老未刪，狂名鵲起大江南。若將書

品參詞品，瘦硬通神郭十三。"

一九　張公束高陽臺詞

張公束讀家幼雲先生（繼振）《五湖烟艇題贈集》，〔高陽臺〕云："燭艷燒春，餳香煮凍，荒村景逼殘年。一卷新詩，携來展向梅邊。分明醒了羅浮夢，剩鬢絲、輕颭茶烟。伴疏窗，一穗寒鐙，好證情禪。　幽懷欲共瑶琴語，把淒凉心事，付與鷗弦。我亦多愁，夜深冷抱青氈。人間縱有雙紅豆，寫相思、難盡豪顛。漸冰漸暗結，溪流阻斷魚牋。"公束嘗倩烏程費餘伯、華亭胡公壽畫紅豆相思册。又雲先生題句云："人間祇剩雙紅豆，我欲平分故惱公。"公束詞所謂"狡獪題詩記阿雲，相思無那要平分"也。又雲題公束《寒松閣詞》云："君家三影詞人後，花月荒凉直到今。我坐空亭來吊古，欲從何地覓遺音。清詞妍唱此其繼，試一吟之愜素心。好載兜孃蹋歌去，底須舊譜購千金。"兩人俱工長短句，相得其歡。公束以辛酉明經作宰江右，李越縵謂其倚聲圭臬姜、張，而鄐協宮商，嚴辨去上，則本其師黃韵珊之學，於樊榭山民爲近，有非竹垞、秋錦諸老所及講者。評泊極允。

二〇　朱彊邨減字木蘭花詞

朱彊邨〔減字木蘭花〕云："蜕君句律，夾巷過從窮日夕。霜月槎枒。走上樊樓賣酒家。　竹林游在，記寫八分招阿買。曙後星孤。留得傳家一硯無。"爲長汀黎噴園承忠作也。噴園字獻臣，爲愧曾副使裔孫。

二一　萬樹有功詞學

萬樹紅友，早游京華，客秦晋，歸得吳氏嬰武園故阯，葺而居之，遍種綠楊易名"堆絮"。吳留村督粵，聘主章奏。暇則填詞度曲，被以新聲，凡爲院本廿餘種。病《嘯餘圖譜》多訛舛，爲《詞律》一書以正之。分刌節度，字梳句比，有功詞學。成於康熙二十六年，即鎸銘之，丁卯年也。

二二　金長孺秀州竹枝詞

金長孺小詩清麗。〔秀州竹枝詞〕云：“蠏行橋外是嘉禾，點點瓶山染黛螺。蟳蛤魚鹽通百里，畫闌六里接春波。”“新絲千絡挂新城，霧縠裁來特地輕。滿巷朱藤春晝寂，綠陰庭院理梭聲。”“韭溪溪水到官河，瀟灑匏尊試月波。紅蓼花中疏雨歇，酒船都唱采菱歌。”“舊家歌扇葬鴛湖，鐵笛風流許繼無。香冷芙蓉人醉也，更拈沉水蒸張鑪。”

二三　戴金溪詞

戴金溪司寇有《花游曲》，集東坡句一百二十首。自注引漳浦黃忠端批錢蟄庵詩曰：“詩甚可觀，然其中有贈女校書作。近來此等習氣，皆元規之塵也。”自記：“壬子仲月一日，同人集於小仇池山房觴春。於時鮮風剪柳，曾陰釀花，裙屐如雲，呼瓊引白。哀絲豪竹，雜以笑諧。側帽墊巾，風流遠訴。酒闌燭跋，渺渺予懷。回紅袖以狂言，侍銀屏而低唱。成〔臺城路〕、〔百字令〕二解。”〔百字令〕云：“比肩里畔，有桐花么鳥，翩然來也。天半朱霞簾底月，恰墮酒棚詩社。眉語玲瓏，心聲駘蕩，顧影吹蘭麝。香名曾識，曲屏相見驚乍。同是搖落風塵，青衫綠鬢，客豈無情者。傅粉熏衣塗抹慣，忘却娉婷未嫁。游戲人間，支離牖下，一笑知音寡。碎琴誰惜，爲他鉛淚如瀉。”《乙卯歲送雷二明府之江右》云：“記得春風月滿庭，鵾弦雁柱響丁零。豆拋南國玲瓏赤，黛染西湖蘊藉青。曲顧瓊筵公莫舞，坐聞薌澤我先醒。若爲白傅楊枝咏，柳宿光中占兩星。”指卯春上計時帳飲本事，噴喝宮徵，不減廣平之賦梅花。陰平旅次，見壁間己酉舊題古〔清平樂〕云：“廿年前事，宿草都灰矣。壞壁塵封猶故紙，殘墨斜行未死。　夢游還許重醒，却教訴與誰聽。留得舊時啼笑，不妨長耐飄零。”錢惠窗題其南湖納涼《倡和詞卷》有“字字清湘瑟上弦”之句，蓋簡恪姿秉殊絕。爲之輒工。潘少白所謂："善照者光著物，而不必凝淶於物。"最爲知言。

二四　綺羅香并頭蓮花詞箋

馬伯泉觀察洵，先世海昌，移家梅會，與郭頻伽、吳榕園、馮柳東、黃霽青殷勤宴喜，流連詞賦。子翰亭兄弟刻其《五千卷室詩》，附《餅隱詞》一卷。柳東購得朱竹翁分書〔綺羅香〕《并頭蓮花》詞箋，乃第二闋也，與集刻略異，當是初稿，乃裝池成册。依韵賦此闋云："鷗國新秋，漁養舊夢，水調翻成宮體。小築溪亭，却對六峰螺髻。掀翠蓋、蓮座雙擎，劃畫舸、蘭橈齊理。想嫣然、一鏡明妝，摹芳人在綠云裏。　　輪他池上鴛侶，曾見紅衣白髮，詞場游戲。此日重尋，剩有露痕如洗。銷不盡、老柳烟凝，吹欲斷、白蘋風起。剩凉階、葉葉梧桐，滴殘疏雨幾。"

二五　鄭叔問詞

鄭叔問中書，爲蘭坡中丞子，藝事多能，尤工倚聲。深明管弦聲數之異同，上以考古樂之舊譜。姜白石自製曲其字旁所記音拍，皆能以意通之。潘文勤爲序《詞源斠律》，稱其考訂音譜，下逮樂色，證之圖書，足發前人所未發。抱器南游，僑吳三十餘年。庚子、辛亥前後所爲〔楊柳枝〕詞，凄異感人，體原騷雅。燕池在京西丹棱沜，舊名西湖，發源玉泉山，度圓明園宮牆東流入清河。《水經注》所謂薊縣西湖，綠水澄澹，燕之舊池者也。自題《燕池落花圖》〔虞美人〕三闋云："西園舊是滄波苑，幾度臨花宴。蓬萊宮闕總生塵，猶有一湖春色解留人。　　當年湖上游仙迹，換得傷心碧。麝塵螙粉滿亭池，惆悵倚簾人去未多時。""斷紅一片宮溝水，春皺波難起。夜聞風雨葬傾城，須信人間天上等飄零。　　雕輪寶馬城西路，轉燭空烟霧。流鶯休覓上陽花，已是綠陰芳草遍人家。""樓臺返照空明鏡，更落西山影。狂香野粉滿天愁，斷送東風一剪水西流。　　朝朝洗面燕支淚，染作丹棱水。凄凉還問畫中人，誰分故園從此見殘春。"蓋作於辛亥歲盡，以寄深哀而抒悲憤者也。其〔蘭陵王〕《題北齊蘭陵王墓碑序》云：《慶湖遺老集》有題此碑詩五首，附考云：墓在滏陽西南十里，道占其東，夏潦所湊。壟已半圮。碑字大兼寸，隸法有古氣，而不著書人。文乃盧思道也。是知碑在宋時已埋翳於犁田行潦間，宜自來金石著錄家所未見。近人南匯沈氏僅得一殘拓。趙撝叔據以入《寰宇訪碑補錄》，以摽手失叙，并年月及所出地未之詳審。蓋道光間，碑始發見其半，墨本絕少。其墓在今磁州城南，與高翻碑相近，迨光緒中葉好事者，因拓翻志搜討及之，乃獲傳世豐碑。屹然文字奇古，余藏有精拓完本，碑陰首刻王第五弟太尉安德王經墓興感詩五言，書體勁茂，詩有激楚之音。所謂"獨有魚山樹，鬱鬱向西傾"。其義即隱寓失取關西之遺恨。長恭以芒山之捷，功高震主，卒以鴆斃。讀其飲藥呼天，嗚啞對鄭配之言，吁可哀也。已歿後，鄭以頸珠施佛，廣陵王使贖之，延宗手書以諫而淚滿紙。證以此詩望碑墮淚之辭，其慷慨悲歌篤於同氣，亦足多也。今詞有越調〔蘭陵王〕，凡三段二十四拍，即長恭著假面與周師戰於金墉，武士共歌謠之，爲入陳曲者，此其遺聲也。毛开謂紹興初，都下盛行清真咏柳〔蘭陵王慢〕，西樓南瓦皆歌之，凡三換頭，至末段聲尤激越，惟教坊老笛師能倚之以節歌者。余因和周詞，即以咏《題蘭陵王碑》爲東山繼聲，亦一雅故也。叔問多藏碑版，考釋精博，此序極佳，錄之以見其文筆。

閨秀詞話

無名氏◎撰

　　無名氏《閨秀詞話》，計三十八則，刊於《時事新報》新增月刊《時事彙報》第一號"文藝"專欄，民國二年（1913）十二月出版。原稿未署著者姓名，今稱爲無名氏撰，《閨秀詞話》中數次提及與況周頤（玉梅）的詞學交往，可知撰者是況氏友人，乃清季民初致力於閨秀詞研究的一位詞學家。無名氏的《閨秀詞話》撰寫、發表均在雷瑨、雷瑊輯《閨秀詞話》[民國十四年（1925）掃葉山房石印本]之前，雷氏輯《閨秀詞話》多處抄録、參考無名氏《閨秀詞話》，并提及"無名氏《閨秀詞話》"。經查考，雷氏輯《閨秀詞話》參照了無名氏《閨秀詞話》三十三則，其中直接引用十九則，其餘也是在無名氏《閨秀詞話》基礎上增删而成。需要注意的是雷氏《閨秀詞話》在抄録時多有訛誤，後世不察亦沿其誤。楊傳慶曾整理刊載於《文學與文化》2012 年第 2 期。本書據《時事彙報》本校録。

《閨秀詞話》目録

閨秀詞話

女子才力薄弱，故工詩者少，而賦性幽婉，最近於詞。《斷腸》《漱玉》，卓然名家，雖逸才之士，莫能過之矣。有清一代，閨秀能詞者尤衆，搜羅彙集，不下數百家。平居多暇，時加點校，因從友人所請，日舉數首，輯爲《詞話》，且云當程督之，勿令以疏懶而中止也。

一 錢令芬

錢令芬字冰仙，會稽人，有《竹溪詞草》。記其〔清平樂〕云："韶華如許。又聽黃鸝語。幾陣輕風兼細雨。多謝東君作主。枝頭紅杏堪誇。酒簾到處橫斜。滿目青山綠水，不知春在誰家。"適丹徒戴少梅，戴亦能詞，惜未見也。

二 俞綉孫

俞曲園先生次女綉孫，字彩裳，幼而明慧，曲園題其所居爲"慧福樓"，曰冀其福與慧兼也。性嗜詩，及歸武林許氏，又致力於詞。所作如〔虞美人〕《寄仲萸小姑》云："當時玉笛紅窗裏，不識愁滋味。無端一別各西東，負了闌干幾度、月明中。 年來折盡離亭柳，贏得人消瘦。雲山總是萬重遮，昨夜相思有夢、到天涯。"〔如夢令〕云："春色漸歸芳樹。愁思暗和疏雨。莫去倚闌干，簾外輕寒如許。無語。無語。誰識此時情緒。”皆清婉可誦。後以產卒。未卒前一月，盡焚其稿。曲園檢其舊藏，序而刻之，名《慧福樓幸草》，意取《論衡》所云：“火燔野草，其所不燔，名曰幸草。”凡詩七十五首，詞十五首。

三　吳清蕙

吳清蕙，字佩湘，吳縣人，同郡彭南屏室，有《寫韻樓詞》行世。愛其〔蝶戀花〕云：“自別蘇台春色遠。萬縷千絲，那得重相見。絮影漫天飛歷亂。東風著意吹難轉。　玉井瓶沉音信斷。芳草多情，綠過長洲苑。明月曾窺當日面。畫梁空剩將泥燕。”集中載戲作〔念奴嬌〕〔一叢花〕二首，疑爲調南屏挾伎泛舟之作。如〔念奴嬌〕云：“綠波烟暖，記當時載酒，尋春勝處。七里香風佳麗地，有個蘭舟仙侶。”又云：“羨他元白才華，評詩鬥酒，風月年年度。一闋新詞剛譜就，試遣雪兒歌舞。解佩情深，傳巾意密，韵事留佳句。”〔一叢花〕下闋云：“尊前私語太匆匆。密意倩誰通。苧蘿訪得芳踪後，早又是、烟月空蒙。”其詞可見也。嘗讀臨川夢曲本悼俞二姑事，謂女子多爲才所誤，因題〔浣溪沙〕云：“玉茗詞章久擅名。紅牙閑譜牡丹亭。干卿何事太多情。　文士襟懷原磊落，女兒心性本幽貞。誤人端的是聰明。”

四　吳尚熹

南海吳小荷亦有《寫韻樓詞》，與佩湘同姓，同以其樓名集，而才力不逮，所作少竟體完善者。惟邛州道中寄懷〔南歌子〕上闋云：“暖護桃花蕊，寒飄燕子翎。東風吹夢似浮萍。且把一衾愁緒、伴啼鶯。”殊有清味。

五　章安貞

唐人初爲詞，本由詩體流變，亦不甚分別也。如〔憶江南〕〔花非花〕〔楊柳枝〕等，詩詞并列其體。〔竹枝〕竟是七言絕句，後人亦以爲詞。予謂此類惟當辨其意境耳。或言閨閣小詩，多有類詞者，因擧錢塘章安貞《香奩》數首云："入簾晴雪暗殘缸，踏雪看梅故啓窗。徑滑不愁寒不惜，生憎蓮瓣印雙雙。"又"乞巧穿針事等閑，怪郎饒舌量羞顏。問儂若也生天上，鵲駕銀河肯曉還"。又"郎似月圓儂鏡圓，鏡圓常定在郎前。月圓到處儂難管，知送清光阿那邊"。又"結習難除笑自家，金盆夜搗鳳仙花。玉纖染就羞郎見，翠袖擎杯一半遮"。

六　李清照

漱玉詞"香冷金猊，被翻紅浪，起來慵自梳頭"，第二句自來誤解。予按：四字亦隨人所用，《樂章集》云："酒力漸濃春思蕩。鴛鴦繡被翻紅浪。"《清真集》云："象床穩，鴛衾謾展，浪翻紅縐。"此狎昵之詞也。若辛稼軒云："被翻紅錦浪，酒滿玉壺冰。"取語雖同，而用意各別。易安此詞，本言蹙被而起，故紋叠波瀾。嘗見人手識其下云："香冷金猊爲何時，被翻紅浪爲何事。"顧猶暢然言之者。情之所感，男女同也。予辨之曰："《禮》：'婦人不夜哭，嫌思人道。'易安空□寄遠，焉得思存媱褻，以受譏嘲乎？"近聞某氏女喜吟咏，偶襲此詞，其夫遂與之疏，可云陋矣。

七　素君

文道羲《雲起軒詞鈔》有〔長亭怨慢〕《和素君寄遠》一首，其下闋云："文園病也，更堪觸傷春情緒。便月痕、不上菱花，盡難忘、衣新人故。但乞取天憐，他日剪燈深語。"并附素君詞云："甚一片、愁烟夢雨。剛送春歸，又催人去。鷗外帆孤，東風吹淚墮南浦。畫廊携手，是他日、銷魂處。茜雪尚吹香，忍負了、嬌紅庭宇。　　延仁。悵柳邊初月，又上一層眉嫵。當初已錯，認道是、尋常離緒。念別來、葉葉羅衣，已減了香塵非改。恁短燭依篷，獨自擁衾愁語。"詳其往復，明爲男女相愛之辭。乃後見程子大《美人長壽盦集》中亦載此首，則攘爲己作，惟改"已錯"爲

"見慣"，"離緒"爲"歌舞"，"羅衣"爲"春衣"，似反不逮原作，抑又何也。

八　孫秀芬

婚姻嘉禮，以合兩姓之歡，而女子適人者，必流涕登車，則人將笑之，非其情也。偶見仁和孫秀芬〔洞仙歌〕自述婚事云："畫堂銀燭，照氤氳瑞氣。吉日良時是誰筮。看門闌，喜聚冰上人來，人爭羨，兩座軺軒太史。　曉妝雲鬟掠，玉鏡臺前，試點青螺暈眉翠。偷檢彩羅箱，絛脱雙金，循環意、袖中私繫。怪無語、人前鎮含羞，算衹有菱花，知儂心喜。"末語可謂曲盡隱微。又定情後作〔菩薩蠻〕云："沉沉漏箭催清曉，鴨爐猶剩餘香裊。吹滅小銀燈，半窗斜月明。　綉衾金壓鳳，好夢同郎共。含笑語檀郎，何須更斷腸。"風流繾綣，令人意消。

九　姚倚雲

通州范伯子先生，爲吳摯甫弟子，詩文與張季直、朱曼君齊名。時人稱爲"三鳳"。繼妻桐城姚倚雲，亦有清才，著《蘊素軒詩稿》，附伯子集以行。詞不多作，見其〔好事近〕一首云："供養水仙花，窈窕佩敧簪折。一片歲寒清思，共幽香雙絶。　碧天雲净雪初消，又見風吹葉。人意鐘聲俱遠，有一輪冰月。"

一○　儲嘯鳳

宜興蔣萼工詩，早歲知名，老而爲丹徒縣教諭，對客輒談故事及身所經歷，終日不倦，娶同邑儲嘯鳳，賢而早卒，每舉其所著《哦月樓詩餘》告人，且自然以爲弗及也。録其〔一剪梅〕云："旭日東昇上海棠。紅映雕梁，綠映瑶窗。曉妝纔罷出蘭房，羅袂生香，錦襪生凉。　風送梅花處處揚。鴨唼回塘，燕啄回廊。流鶯也解惜春光，半學調簧，半勸飛觴。"又〔惜分飛〕云："簾幕深沉人静悄，杜宇數聲啼了。夢醒紗窗曉，博山寳篆香猶裊。

睡起凝妝渾覺早，窺鏡眉痕略掃。著意東風小，海棠一夜開
多少。"

一一　孫雲鶴

宋劉改之以〔沁園春〕咏美人指甲及美人足，體驗精微，一
時傳誦。詞體本卑，雖纖巧，無傷也。後人紛紛效之，俱無足道。
惟元邵復孺美人眉目二首，差堪媲美耳。近讀錢塘女史孫蘭友
《聽雨樓詞》，亦依其調咏指甲云："雲母裁成，春冰碾就，裹住葱
尖。憶綠窗人靜，蘭湯悄試，銀屏風細，絳蠟輕彈。愛染仙葩，偶
挑香粉，點上些兒玳瑁斑。支頤久，有一痕鈎影，斜映腮間。
摘花清露微沾。剖綉綫、雙虹挂月邊。把霓裳悄拍，代他象板。藕
絲自雪，摺個連環。未斷先愁，將修更惜，女伴燈前比并看。消魂
處，向紫荆花上，故逞纖纖。"又咏後鬌云："青縷針長，靈犀梳
小，妝成内家。正蘭膏試後，微黏綉領，紅絲繫處，低襯銀叉。背
面風神，鏡中側影，愛好工夫著意加。端詳久，要雙分燕尾，雅稱
盤鴉。　　春寒較重些些，被護耳、貂茸一半遮。甚羅巾風掩，輕
籠頸玉，鬌雲醉舞，欲度腮霞。蟬翼玲瓏，鸞釵句惹，髻畔斜承半
墜花。香閨伴，問垂鬌攏上，幾許年華。"此則現身説法，宜其工
妙矣。

一二　孫雲鶴小詞

蘭友小詞時有瀟灑出塵之概，其〔浣溪沙〕云："細雨和風灑
竹扉。憑闌心逐濕雲歸。故山回首夢依依。　　冒樹花疏蛛網密，
翻書人瘦蠹魚肥。病深愁重易沾衣。"摘句如"月上珠簾和影卷"，
又"半夜秋聲千里夢，三年心事數行書"，皆可喜也。

一三　陶夢琴

北方無四聲之辨，吟諷多乖音節。漁洋、秋谷，一時宗匠，而
作近體詩，必依譜用字，嘗兢兢焉。詞律細如毫芒，故工者尤少。

或舉新城陶夢琴詞相質，嘆此才正是非易，況閨閣中乎？因錄
〔浣溪沙〕《秋夜》云：“銀漏聲沉篆半殘。幾回親自注沉檀。莫將
纖指故輕彈。　怕向水精簾下立，今宵偏是十分寒。桐陰扶月上
闌干。”〔卜算子〕《舟行》云：“雲重壓篷低，沙積闌篙住。雨後
山光綠不分，送入天邊去。　岸闊見長蘆，村遠惟疏樹。薄暮漁
人泛艇歸，泊向荒烟渡。”

一四　陶夢琴與采蓮

夢琴又有〔菩薩蠻〕《和鄭響甫侍婢春草詞》一首云：“濛濛
綠遍天涯路，青袍未免妨相妒。日落上西樓，閨中亦有愁。　長
亭三十里，都是春光矣。牆外曉鶯啼，惱人惟此時。”婢名采蓮，
其原作云：“春風二月江南路，春山如畫春光妒。綠幔捲高樓，黛
痕眉上愁。　薄烟團幾里，拾翠人歸矣。又聽子規啼，如絲雨下
時。”不謂康成詩婢猶有嗣音。

一五　歸佩珊

常熟歸佩珊夫人工詩詞，有女青蓮之目，龔定盦題其集云：
“一代詞清，十年心折，閨閣無前古。”又云“紅妝白也，逢人誇
説親睹。”今觀其《聽雪詞》，凡二十首，清而不肆，疏而未密，
非擅世之才也。至其和定盦〔百字令〕一首云：“萍踪巧合，感知
音得見，風前瓊樹。爲語青青江上柳，好把蘭橈留住。奇氣拏雲，
清談滾雪，懷抱空今古。緣深文字，青霞不隔泥土。　更羨國士
無雙，名姝絕世，仙吕劉樊數。一面三生真有幸，不枉頻年羈旅。
繡幕論心，玉台問字，料理吾鄉去。海雲東起，十光五色爭睹。”
氣甚充盈，而集中未載，然則世所流傳，固未得其全矣。

一六　陳嘉

仁和陳嘉，字子淑，適同邑高望曾，貞靜好禮，妙解文辭。咸
豐、庚申，遭洪楊之難，自杭州東渡錢塘，避居蕭山之桃源鄉。有

〔洞仙歌〕述途中所見云："錢江東去，蕩一枝柔櫓。大好溪山快重睹。算全家、數口同上租船，凝眺處，隔岸峰青無數。　桃源今尚在，黃髮垂髫，不識人間戰爭苦。即此是仙鄉，千百年來，看雞犬、桑麻如故。問何日扁舟賦歸歟，待掃盡欃槍，片帆重渡。"事定歸杭州，辛酉冬，復被圍城中，食且盡，嘉舂粟進姑，自啖糠秕。城破，奉姑出奔，會大風雪，餓不能興，乃屬姑於姒娌而死。所著有《寫眉樓詞稿》凡二十四首，佳者如〔柳梢青〕《新柳》云："望裏魂銷。和烟和雨，綠遍亭皋。半拂征塵，半牽離恨，亂逐風飄。　踏青繞過花朝。聽一路、鶯聲畫橋。淺蹙顰眉，微開倦眼，低舞纖腰。"〔踏莎行〕《花朝》云："芳草侵階，落花辭樹。韶光一半隨流去。杏餳門巷又清明，踏青試約鄰家女。　旅燕初歸，流鶯欲語。垂楊綠遍閑庭宇。二分春色一分陰，一分不定晴和雨。"〔如夢令〕《春盡日聞杜鵑》云："試問春歸何處。幾度欲留不住。樓上子規啼，似向東風説與。歸去。歸去。滿院落紅如雨。"逸樓嘗謂其人足傳其詞，其詞亦足傳其人，信然。

一七　陳彥通鄉某女

義寧陳彥通以一詞見示，云其鄉某女所作。芬芳秀逸，殊可誦也。調〔木蘭花慢〕云："甚菱花瘦了，漸秋信，到闌干。正羅帕新愁，香篝舊病，夜雨江南。無端。歲華誤盡，問西風、何事獨盤桓？無奈尊前意緒，醉餘翻怯輕寒。　情難。對影休看。堤外柳，又摧殘。悵字渺銀鈎，神消玉笛，幽夢闌珊。深關。機回淚灑，祝從今、巢燕莫輕還。未到茱萸時節，料量衣帶先寬。"

一八　珠君

余舊見綾枕一方，繡〔清平樂〕詞，旁有"珠君"小印，不署姓名，詞意幽怨，決爲閨中所製。嘗屢和其韵，卒不能工。其詞云："懨懨春睡。睡又思量起。鳳股釵橫雲鬢墜。沾惹脂香粉膩。　無情無緒空閨。憑他寄夢天涯，却怨春風多事。朝朝闖入羅幃。"

一九　關鍈夢影樓詞

《夢影樓詞》，每多沉鬱悲凉之作。如〔高陽臺〕《送沈湘佩入都》及《咏斜陽》二首已爲近代選家所録。予謂其規模易安，亦有似者，非他人所及。如〔惜餘春慢〕《餞春》云："杏燕修巢，柳鶯撤户，春事十分完九。昏昏心上，怕雨思晴，鬢也不曾梳就。纔得湘簾半掀，便道西園鼠姑開久。剩野塘風緊，晚來吹蕩，落花紅皺。　曾記向、陌上春游，調鶯撲蝶，携得雙鬟柑酒。因循幾日，脂憔粉悴，紅得夕陽都瘦。無計留春不歸，但把海棠，折來盈手。教侍兒知道，者回春色，零星還有。"

二〇　關鍈

錢塘關鍈，字秋芙，幼耽禪理，因署妙妙道人。有《夢影樓詞》。自言學道十年，綺語之戒，誓不墮入。然其嫁後諸作，傷離怨別，情語綢繆，愛根終在，豈能掃除重障邪？如〔清平樂〕云："畫梁春淺。簾額風驚燕。不信天涯人不見。草也池塘生遍。東風吹淺屏紗。飛飛多少楊花。何怪兒家夫婿，一春長不還家。"又〔河傳〕《七夕懷藹卿》云："七月，初七，病懨懨。樓上茶瓜上筵，別離似今頭一年。天天，懶將針綫拈。　驀記當初樓上坐，人兩個，上了羊燈火。一更多，傍銀河。問他，鵲兒曾見麼。"

二一　關錡

秋芙妹侶瓊詞，亦婉約。其〔清平樂〕云："晚樓鴉定，簾捲東風緊。弱酒亂澆心上冷。搖碎一窗燈影。　零魂不肯輕銷。無端瘦減儂腰。却又無愁無病，等閑過到今朝。"

二二　況玉梅輯繪芳詞

徐積餘初刻閨秀詞六集，余嘗見之，未偟留意。近況玉梅以余爲《詞話》，特舉一編相贈，則增附至八集，都若干家，以舊所儲藏，互校有無，亦良可爲樂耳。玉梅方輯《繪芳詞》，凡古今咏美人形體者，靡不搜録，五色并馳，不可殫形，因慫恿付刻，他日必能流傳士女間也。

二三 吳綃

余既録錢冰仙《竹溪詞草》，今復見長洲吳冰仙《嘯雪庵詞》。冰仙，一字片霞，爲梅村從女弟，工書善畫，兼擅絲竹。其詞亦有情韻，玉梅最愛誦其〔鵲橋仙〕《七夕》云：“花針穿月，蛛絲織巧，河畔鵲橋催度。相逢謾道是新歡，反惹起、舊懷無數。　　沉沉鳳幄，依依駕夢，愁煞曉寒歸路。羲和若肯做人情，成就他、雲朝雨暮。”

二四 左又宜

新建夏盤人，詩學郊島，尤善爲詞，娶左文襄女孫綴芬，淑慎多才，倡和相樂。盤人《映庵詞》載〔暗香〕〔疏影〕，題云：“樓中列盆梅數株，先春破萼，嫣然一枝，除夕綴芬置酒花下，以風琴歌白石此詞，因各倚聲和之。”綴芬作〔暗香〕云：“四山寒色，漸冷魂喚醒，燈樓橫笛。細蕊乍舒，雪底闌邊好攀摘。驚聽催春戲鼓，休閑擱、吟箋詞筆。趁此夕，一醉屠蘇。花暖燭瑤席。

南國。思寂寂，嘆歲去歲來，萬感繁積。翠禽漫泣。仙夢羅浮那堪憶。清漏簾間滴盡。疏竹外，雲封殘碧。怕暗暗年華換也，有誰見得。”〔疏影〕云：“苔盆種玉。倚綉屏婀娜，深夜無宿。碧袖天寒，朔管頻吹，凄風弄響檐竹。熏籠紙帳烘纔暖，但笑索枝南枝北。想姹紅、悉待春來，讓却此花開獨。　　同向燈筵送歲，醉顏對鏡淺，杯映梅綠。末世悲歌，及早收身，可有孤山林屋。宵殘臘剩忽忽去，瞬息奏、落梅酬曲。恐漸携、卧陌長瓶。酒漬掃香裙幅。”沉思健筆，雖盤人無以過也。今綴芬已卒，聞遺集方付雕鏤云。

二五　商景蘭

古有爲人作書與婦者，無過以文爲戲，敷陳藻采，然寄書者必將其意，受書者亦宜會其誠，不以假手於人而有所隔也。至於惜別懷人，情自我發，莫能相代。良以無其事則無其情，無其情則文不能至，又安所貴邪？近見會稽商景蘭《錦囊詩餘》，有〔十六字令〕《代人懷遠》云："瓜，今歲須教早吐花。圓如月，郎馬定歸家。"又〔眼兒媚〕云："將入黃昏枕倍寒。銀漢指闌干。半輪淡月，一行鳴雁，雲老霜殘。憑著飄英風自掃，小院掩雙鐶。離情難鎖，苕苕江水，何處關山。"又〔菩薩蠻〕《代人憶外》云："蠟花香動烟中影，紗窗半掩羅幃冷。孤雁宿沙汀，寒砧夢裏聲。　　夢來相憶地，難訴相思意。夜雨渡芭蕉，懷人正此宵。"再三爲之，殊不可解。景蘭，明吏部尚書商周祚女，祁忠惠公彪佳室。

二六　曾懿

華陽曾懿，字伯淵，適湖南觀察使某。治家賢能，於家政、裁縫、烹飪諸學，皆有專書述之，兼通醫理，餘暇則爲詩詞，有《浣月詞草》。錄其〔如夢令〕云："春水鄰鄰波縠。南浦銷魂時候。風雨阻歸期，隔住行人那岫。消瘦。消瘦。鎮日簾垂永晝。"〔采桑子〕《咏秦淮》云："湖山罨畫秦淮好，王謝堂前。雙燕呢喃，芳草斜陽水拍天。六朝金粉銷魂地，桃葉溪邊。撫景流連。亞字闌干丁字簾。"又："清秋澹冶秦淮好，瘦了青桐。紅了江楓，金碧樓臺醉夢中。　　山河舊影依稀在，凉月惺忪。廿四橋東。一片秋心玉笛風。"〔菩薩蠻〕云："東風已綠西堂草，詩魂爭奈離情攪。好景艷陽天，年年愁病兼。　　畫屏金縷鳳，香鎖深閨夢。別緒滿關山，人閑心未閑。"

二七　蘇穆

周止庵爲《四家詞選》，冠以《序論》，所見多獨到處。其側室山陽蘇佩襄工詞，有〔望海潮〕云："濛濛疏雨，漸敲朱戶，西風吹逗簾旌。深閣晝眠，重幃暗鎖，鶯啼殘夢偏驚。春盡絮飛輕，共海棠落去，千片無聲。此際魂銷，但將離恨寄春行。　　清池水上橋橫。被行人遮住，隔岸初晴。斜日樹邊，檐前燕子，銜泥虛傍琱楹。人倚越山屏。是爲花憔悴，減却芳情。冷落香篝，又隨雲想度長更。"〔婆羅門引〕云"西風過後，更無落葉作秋聲。錦機偏動幽情。萬里天涯路窄，何處月長盈？嘆滄波一片，輕換陰晴。凝眸短檠，渾未辨舊時明。況又蕭蕭細雨，遙夜爭鳴。繁華夢久，怕相將都付與雲屏。愁玉女立盡殘更。"〔大聖樂〕《咏落梅》云："瘦骨亭亭，偏宜妝澹，共爭春色。裊數枝、簾外湘雲，一片清波誰惜，天涯傾國。最恨掃紅東風勁，送零亂、幽香隨翠陌。無言處，謾凝立畫闌，猶見遺迹。　　多情忍教拋擲，料雙燕、歸來難自識。算春光情鍾，桃李那管，離愁狼籍。嫩柳搓黃，含烟露，更嗚咽。長堤悲倦客。斜陽晚，恨空寫生綃盈尺。"數詞開闔動蕩，蓋能深得止庵之法者。

二八　徐蘊華

語溪徐自華，亦字寄塵。其妹蘊華，字小淑，俱以能詞入某社中。嘗見小淑〔惜紅衣〕詞并序，庶幾有白石意度。序云："往歲旅居吳淞，數繫艇石公長崎間。江灣荷花數十頃，夏景幽寒，終日但聞泉響。每值夕峰收雨，湖氣彌清，臨去憬然。欲索李隱玉表姊寫意，王碧栖詞丈題册而未竟。病窗經歲，轉眼熏來。曉起舒襟，填此寄意。"詞云："盆石堆冰，屏紗障日，曉來無力。强起推奩，含情鏡花碧。藥熏細裊，鈎軟燕、簾前嗔客。湛寂。一枕藤陰，約溪人將息。　　蓮汀柳陌。來去鳴篍，舊游半陳迹。經年興致剩憶。斷灣北。載得米家詩畫，烟水刺船尋歷。祇半峰殘雨，猶待碧山詞筆。"友人某君見而愛之，因用其韻作《憶舊》詞云："解帶量愁，吟詩計日，倦拋心力。過雨聽潮，江干亂山碧。驚窺鬢影，誰更認、當筵狂客。幽寂。閑倚柳陰，覺離亭消息。　　昏鴉古陌。曾試游驄，東風刬塵迹。都無燕雁漫憶。水雲北。後約許扶殘醉，重訴此時經歷。奈正酣春夢，禁得斷腸詞筆。"

二九　袁希謝

吳江陳佩忍，爲其里中節婦袁希謝刻《寄塵詩詞稿》，并志其後云："希謝故與里中顧、董二母齊名，號吳江三節婦。刊其詩詞爲《素言集》行世，顧所著不全，余嘗於族孫成洛見節婦手寫本，填詞略多，因假錄焉。未幾成洛亡，余以頻年遷徙，此詞亦遂散失。今年秋，養疴吳趨，而成洛之弟文田重以斯本見畀，故刊而傳之。"其詞如〔阮郎歸〕《七夕戲贈織女》云："今宵腸斷各東西。不堪新別離。無聊且去理殘機。相思意緒迷。　河畔望，景依稀。餘情繞石磯。早知會後更凄其，何如未會時。"〔南柯子〕《月中遠眺》云："皎月懸如鏡，微雲淡似羅。恍將樓閣浸澄波。不羨揚州，更好二分多。　顧影憐秋菊，臨風蹙翠蛾。闌干斜倚待如何。思欲凌空，飛去伴嫦娥。"味皆淡適。寄塵詩比詞爲少，而勝於詞。有《題深院梨花燕獨歸圖》絶句云："幽情無限付梨花，深院沉沉掩碧紗。燕子亦甘同寂寞，雕梁夜冷月痕斜。"王湘筠以爲凄然欲絶，有心人當不能卒讀也。

三〇　莊盤珠

盤珠，陽湖人，莊有鈞女。其母夢珠而生，故名。字蓮佩，幼穎慧，好讀書，女紅精巧，然輒手一編不輟。卒時年二十有五。垂絶復蘇，謂其家人曰："余頃見神女數輩，抗手來迎，云須往侍天后，無所苦也。"余觀其詞，故多凄苦之音。言爲心聲，宜其短折也。至如〔菩薩蠻〕《冬夜作》云："梅枝正壓垂垂雪，梅梢又上娟娟月。雪月與梅花，都來作一家。　也知人世暫，有聚翻成散。月落雪消時，梅花剩幾枝。"又〔浪淘沙〕《海棠盛開以詞志感》云："夢斷小紅樓。宿雨初收。闌晴蜂蝶上簾鈎。一院海棠春不管，儂替花愁。　吟賞記前游。轉眼都休。風前扶病強抬頭。

知道明年人在否，花替儂愁。”一則於聚時悟離散之相因，一則於盛時悲榮華之易謝，豈真所謂湛然了徹，不昧宿根者邪？天上徵文，竟濟長吉，夫亦可以無恨矣。

三一　莊盤珠秋水詞

武陵王夢湘，於近代閨秀中獨好莊盤珠《秋水詞》。嘗手錄一過，推爲清世第一。又謂其馨逸不減《斷腸》，高邁處駸駸入《漱玉》之室。至譚復堂選《篋中詞》，僅錄四首。余以王君所稱或逾其量，而譚選則有未盡。集中如〔醉花陰〕《清明》云：“春好翻愁春欲去。燕子銜飛絮。何處響餳簫，楊柳門前，幾點清明雨。紙灰飛過棠梨樹。斜日無情緒。芳草古今多，誰定明年，重踏青郊路。”〔浣溪沙〕云：“睡起紅留枕上紋。病餘綠減鏡中雲。畫簾窣地又斜曛。　　倦蜨分明尋斷夢，浮萍容易悟前因。無聊天氣奈何人。”〔踏莎行〕《青霄里舟中夜歸》云：“待放蘭橈，重過菊徑，人和涼月同扶病。輕帆未挂恨行遲，挂時又怕西風勁。　　剪燭嫌頻，推篷怯冷。荒涼野岸三更近。草梢露重寂無聲，孤螢照見秋墳影。”〔天仙子〕《春暮送別凝暉大姊》云：“蜨到花間飛不去。人在花前留不住。春歸人去一時同，春也誤。人也誤。無數落花攔去路。　　昨夜同聽簾外雨。梅子青青青幾許。留人不住奈春何，行一步。離一步。怎怪鷓鴣啼太苦。”皆幽咽宛轉，令人輒喚奈何也。

三二　趙棻

上海趙儀姞《濾月軒詩餘》，强半爲酬贈題物之作，然風格清華，不爲所掩。得棻小鸞眉子研拓本賦〔瑞雲濃〕詞并小序云：“研側刻八分書‘疏香閣’三字，背刻小楷八十四字云：‘舅氏從海上獲研材三，琢成分貽予兄弟。瓊章得眉字研云：天寶繁華事已陳，成都畫手樣能新。如今祇學初三月，怕有詩人說小顰。素袖輕攏金鴨烟，明窗小幾展吳箋。開奩一研櫻桃雨，潤到清琴第幾弦。己巳寒食題。'下有小印篆文'小鸞'二字。研已歸粵東某氏，今所見者，秀水計氏拓本也。"詞云："紅絲片玉，螺香猶沁腴紫。素袖頻番井華洗。櫻桃雨潤，記伴著、瑤宮仙史。夢影鎮愬愬，化飛雲逝水。　　十樣新圖，誰拓出、初三月子。細字銀鈎認題識。優曇花謝，想膜拜、猊床禪偈。墨韵流芬，小鸞似此。"

三三　秋瑾

往在東京，見秋璿卿集，詩非其佳者，詞則間有好句。惜都不記憶，近從繡華處見其絶句四首，藻思綺合，清麗芊綿，雖當代才人猶不能過，何止閨閣之美也。題爲《贈曾筱石夫婦并呈皈師》，云："一代雕蟲出謝家，天教宋玉住章華。秋風捲盡湖雲滿，桂籟流馨開細花。""曲屏徙倚見珠衣，離合神光花際飛。石竹礙簾苔印澀，赤簫携手并斜暉。""挂席南來楚水清，遥聞綺論稱簪纓。蓮裳何幸逢文苑，廣樂流聲下鳳城。""海氣蒼茫刁斗多，微聞綉簾動吳歌。綠蛾蹙損因家國，系表名流竟若何。"璿卿本字蓮裳，其父官湘中，故嫁於曾氏筱石者，其兄公皈師即曾廣鈞重伯，重伯又字皈庵，此詩附載重伯所著《環天室支集》中，謂爲法越戰後所作，故第四首云爾悱惻忠，璿卿爾時故自不凡矣。紹興之難，竟隕蛾眉，其事傷心，其才猶爲可惜也。

三四　高芝仙

顧子山《眉緑樓詞》有〔過秦樓〕《天津旅舍和女子題壁》之作，并附載原詞云："月舊愁新，宵長夢短，今夜如何能睡。燈疑泪暈，酒似心酸，一樣斷腸滋味。獨自背著窗兒，數盡寒更，懶尋鴛被。更空槽馬嘶，荒陔人語，嘈嘈盈耳。　　空嘆息，落絮沾泥。飛花墮淜，往事不堪題起。美人紅拂，俠客黄衫，不信當時若此。試問茫茫大千，可有當年，昆侖奇士，提三尺青萍，訪我枇杷花裏。"昨偶見時賢嚼梅《咀雪庵筆録》載此事云："天津旅舍，舊傳有高芝仙校書題壁詞，調寄〔過秦樓〕。"按：其詞即顧氏所見者，互相印證，知非虛誣，惟後有跋語，則顧所未錄，意其時或先遭剝蝕也。跋云："妾良家女，爲賊所誘，誤墮風塵，荏苒三年。朝夕惟以眼淚洗面，紛紜人海中，古押衙向何處求也。北平高氏第三女芝仙留題。"

三五　楊愛

又用〔金明池〕調題柳如是鎮紙拓本，序云："震澤王研農，藏河東君書鎮。青田石，高寸餘，刻山水亭榭。款云：'仿白石翁筆'小篆五字，面鐫'崇禎辛巳暢月，柳蘼蕪製'十字。研農方搜輯河東君詩札爲《蘼蕪集》，將以付梓，適得此於骨董肆，云新出土者。自謂冥冥中所以酬其晨鈔暝寫之勞也。余見其拓本，因題此闋，即用《蘼蕪集》中《咏寒柳》韻。"詞云："片玉飛來，脂香粉艷，解佩疑臨蘭浦。誰拾得絳雲殘燼，嘆細咮早成風絮。剩芳名、巧逐莟華，揮小草、依約芝田鶴舞。伴十樣濤箋，摩挲纖手。記否我聞聯句。　玉樹南朝霏淚雨。共紅豆春蕪，飄零何許。沾幾縷、綠珠恨血，祇畫裏、山川如故。二百年、洗出苔痕，感詞客多情，燃膏辛苦。想蘇小鄉親，三生許認，試聽深篁幽語。"自注：河東君，本楊氏，小字影憐，盛澤人。

三六　張友書

丹徒陳敬亭，研解經學，配同邑張静宜，則能詩。閨房講肄，儼若分科，然雍容相得也。其子克劬、克勤，皆承母教。梓行遺集有《倚雲閣詩餘》三種。余與某君同坐閱之，問何首最佳，某君舉其〔國香慢〕《咏水仙》云："沅湘何處。嘆蘼蕪杜若，飄零無數。洛浦寒深，宛宛流年，望斷美人遲暮。江皋風雨朝還夕，祇相伴、寒梅千樹。悵蒼梧、落木蕭蕭，一派江聲流去。　最好移來妝閣，看星眸素靨，翠幬低護。盆盎波深，照影亭亭，羅襪不教塵污。明璫翠佩今何在，又怨入、東風無語。暗香風露。問甚時、寫入瑤琴，待倩伯牙重譜。"余笑曰："此點竄彭元遜詞爲之，且非

〔國香慢〕本調，但以〔疏影〕改名，又誤增‘暗香風露’四字耳。不如其〔點絳唇〕《春陰》一首，尚存本色。”今錄之云："門徑愔愔，苔痕濃淡籬根繞。過春社了，燕子歸來早。　　鄉夢難憑，一覺晨鐘曉。簾櫳悄。篆烟猶裊，此際愁多少。"

三七　王貞儀

王貞儀字德卿，江寧人，宣城詹枚室。記誦淹貫，最嗜梅氏天算之學，所著有《術算簡存》五卷，《星象圖釋》二卷，《籌算易知》《重訂策算證訛》《西洋籌算增删》《女蒙拾誦》《沉疴囈語》各一卷，《象數窺餘》四卷，《文選詩賦參評》十卷，《繡帨餘篆》十卷，《德風亭初集》十四卷、二集六卷。詞多登臨吊古之作，然非其至者。錄其〔浪淘沙〕《吉林秋感》云："關塞冷西風。沙霧迷蒙。可憐秋去又恩恩。凝望亂烟衰草外，離恨無窮。　　最好故園中。黃菊丹楓。蟹螯雙擘酒盈鍾。此景那堪回首憶，愁見歸鴻。"〔清平樂〕《由平原過東方曼倩故里》云："衛河西去。斜指沙洲路。此是歲星名里處。大隱金門堪慕。　　懸珠編貝空游。書生嘆息封侯。歸念細君分賜，詼諧竟爾風流。"〔沁園春〕《過羊叔子故里》云："路指前途，汾水之南，太傅江鄉。羨戈戟臨戍，輕裘裝束，旌旗領隊，緩帶飄揚。談笑兵符，風流將術，卓識誰能與抗行。還回想，想東吳信壓，西晋功揚。　　偶來此地堪傷。想蓋世才華百戰場。剩麥穗千畦，實垂宿雨，棗林萬樹，花發新香。舊里嘗存，殘碑可讀，揮泪何須上峴岡。而今事，嘆推賢已矣，更謬青囊。"

倚琴樓詞話

周　焯◎著

　　周焯（1895～1968），號朗宣，後改名周無，號太
玄。四川新都人，祖籍江西金溪，周亮工後人。生物學
家。早歲習詩詞，清宣統元年（1909）入成都高等學
堂，與李劼人、郭沫若等同學。1918年與李大釗等倡
立"少年中國學會"，後留學法國，在巴黎大學獲得理
學博士學位，從事生物學研究。1930年應成都大學校
長張瀾之聘回國，1932年任國立四川大學理學院長兼
生物系主任。1949年後歷任中國科學院動物研究所一
級研究員，科學出版社社長等職。編著有《中國動物
圖譜》《動物心理學》等。詩詞作品多存於《周太玄日
記》之中，有《桂影疑月詞》（未出版），今人編有
《周太玄詩詞選集》。《倚琴樓詞話》刊於1914年《夏
星雜志》第一、第二期，分別署名"周焯""周太玄"。
馬强曾整理刊載於《詞學》第29輯（華東師範大學出
版社，2013）。楊傳慶、和希林《輯校民國詞話三十
種》收錄該詞話。本書據《夏星雜志》本校錄。

《倚琴樓詞話》目錄

倚琴樓詞話

一 文道希南鄉子詞

清新之詞興人山水之思，當以春水爲最；悲忘之詞增人忠義之氣，是則當讓辛劉。詞雖小道，感人最深，徒尚頑艷，無足觀也。文道希廷式〔南鄉子〕病中詞云："一室病維摩，且愛閑庭掩雀羅。煮藥翻書渾有味，呵呵。老子無愁世則那？ 莽莽舊山河。誰向新亭淚點多。惟有鷓鴣聲解道：哥哥。行不得時可奈何？"詞意沉鬱，不勝風雨陸沉之感，讀之令人愴然欲泣。

二 作詞筆貴靈空

作詞筆貴靈空，意貴縹緲，用筆宜熟，造意須深，每見自來警句，字爲人所常用，意則人所未道，其精絕處在人意外，又在人意中，若專事雕琢，未免晦澀，徒費心血而已，法夢窗者多膺斯病，不知夢窗才氣過人，決不爲累，然玉田猶時病之，故堆砌雕琢，填詞者切不可犯。

三 周星譽東鷗草堂詞

學古人而泥於古人，用古人而爲古人所用，斯爲詞家大病。偶見周星譽《東鷗草堂詞》，有〔踏莎行〕云："珠箔閑垂，銀屏慵展。櫻桃斗帳金鳧暖。綠楊池館閉春陰，捲簾人比東風懶。眉葉青銷，臉花紅斂。纖腰打疊游絲軟。懨懨病過海棠時，一身都被春愁縮。"〔柳梢青〕云："回首凄然，松陵城郭，一路寒蟬。藕葉圍涼，蘋花遙暝，人在秋邊。　　相思昨夜燈前。酒醒後、疏楊暮烟。對月心情，阻風滋味，又過今年。"兩詞正好，惟"捲簾人比東風懶"，"酒醒後，疏楊暮烟"等句，若無"簾捲西風，人比黃花瘦"，"今宵酒醒何處，楊柳岸曉、風殘月"在前，自可出一頭地，其奈運意用筆皆無獨到，適見小家剽竊而已。如辛弃疾之"長恨復長恨"，石帚之"猶記深宮舊事，那人正睡裏，飛近蛾綠"，用古翻新，何等氣力。有石帚、稼軒之氣力而用古翻新則可，否則將東鷗之不若矣。東鷗又有〔浪淘沙〕一闋，清新可愛，杰構自不可磨，其詞云："六曲小屏山。杏子衫單。笙簧各水玉兒殘。雙燕和人同不睡，商略春寒。　　香霧濕雲鬟。迆邐慵彈。重門深瑣蠣牆南。牆裏梨花花外月，花下闌干。"冒鶴亭謂使十七八女郎執紅牙板歌之，恐聽者回腸蕩魄，信然。

四　詞意貴含蓄不盡

詞意貴含蓄不盡，必使人讀之有咀嚼味方好，古人詞不可及處，正在此。不然，據景直書，簡淡無味，使人一讀即不欲再，而期以不朽，豈可得哉？邦彥詞云"流潦妨車轂"，"衣潤費爐烟"；辛弃疾詞云"不知筋力衰多少，但覺新來懶上樓"；于湖詞云"花影吹笙，滿地淡黃月"，何等力量！江陰蔣春霖詞有"寫遍殘山剩水，都是春風杜鵑血"，又"青衫無恙，換了二分明月，一角滄桑"，諸句亦新穎可愛。朱湛廬盛稱宋張東澤以詞名入詞尾，實不知實先開自呂岩矣，字洞賓，關右人，咸通中，舉進士不第，携家隱於終南。工詩詞，其《梧桐影》詞云："落日斜，西風冷。今夜詩人來不來？教人立盡梧桐影。"

五　段弘章洞仙歌

段弘章賦荼蘼〔洞仙歌〕云"如此江山，都付與斜陽杜宇。是曾與，梅花帶春來，又自趁梨花，送春去。"絕妙！和靖之"姜萋無數，南北東西路"；六一之"千里萬里，二月三月，行色苦愁人"；聖俞之"滿地斜陽，翠色和烟老"，咏草均能各盡其妙。

六　風雨淒淒句寫景入神

"風雨淒淒，鷄鳴喈喈。風雨如晦，鷄鳴不已"。寫景入神，令千古詞人一齊擱筆。

七　李劼人工詩詞

余友成都李劼人君，性清峭，潔然自喜，工詩詞。其〔浣溪沙〕云："百尺高樓水接天。輕風微雨畫闌前。似無愁到酒杯邊。　曉院落花紅似泪，夜窗人影淡於烟。最宜渴睡是春寒。""燕繞梅梁樹點空。山光雲影入簾櫳。醉人端是楝花風。　兩岸鴨頭新漲綠，幾行鴉背夕陽紅。杖藜閑步畫橋東。""飛紫無端舞鷓鴣。清明前事已模糊。半階紅雨落花初。　一水惹情牽遠浦，萬山將意渡平蕪。計程人已過巴渝。"又遺余〔醜奴兒〕小照詞云："天涯同是飄零客，一度思君，一度銷魂。千里相逢紙上身。　煩君瘦骨殷勤，比恨是誰深，泪是誰新。綉鏡燈前仔細分。"遺胡選之魏時小照詞云："清狂古道蜀中李，可似當時，哪似當時。清濁由君定是非。　無端寸紙花前影，有意揮題，無意揮題。待到相逢再係詞。""深杯淺酒東風裏，物換星移，猶記當時。紅泪青衫痛別離。　情懷底事如流水，近把秋姿。遠寄天涯人影，憑君判瘦肥。"

八　朱策勛高陽臺詞

江安朱策勛篤臣先生善詞，學稼軒頗能得其精意，其〔高陽臺〕詞云："笑海柔腸，磨天鐵膽，一齊交付歸船。生幾何時，蹉跎四十年。童年聽說江南好，到江南，春已闌珊。更淒愁，兩鬢成霜，萬突無烟。　而今老大歸何處，六芙蓉江南，勸我先還。莫問游踪，留些泪點難乾。無心再做糊塗夢，悔青侯，未學酣。怕啼鵑。如此鶯花，如此江山。"

九　朱策勛詞

又〔南浦〕秋水詞云："傍柳岸行來，看一波不興，秋和天染。霜氣白，蘆花彌漫處，消融諸雲成片。別離多了，又低頭數，南歸雁。十分潔淨紅醉葉，遍學桃花亂點。　　今年苦雨添愁，漾斗柄西搖，月長星扁。偏問鱸魚挑刡去，了夢鄉心願。飄飄載酒，泛溪自恰菰芽短。錦鱗遙寄鴛機信，約我重陽重見。"咏楊柳〔蘭陵王〕詞云："雨絲直。楊柳秋來又碧。江南岸曾記，年裏揉烟作天色。揚州是故國。偏挽錦颿愁旅客，闌干外，飄去又來縈隔。花梢二三尺。　　飛棉没踪迹。已百度陽關，千幅蓬席。時花新酒忙寒食。枝一樹臨水，兩珠當岸，今宵人去駐冷驛。轉頭問南北。凄惻。綠雲積。最不管離人，天涯孤寂。隋堤淺淺青蕪極。袛茫茫葭浦，起聲漁笛。糊塗天遠，似微霧，淡欲滅。"又〔瑞龍吟〕詞云："仙庵路。遙隔野荒田，一層層樹。林間烟火模糊。寺僧負米，依溪北去。　　且延步。曾記杏花門巷，絳雲飄雨。亂點烟鬟，飛開又綴，東風裙屐。　　今我重來杯酒，綠肥紅瘦，秋風橫起。須自酌青梅，澆網塵句。蛇跳蕩，總是驚人語。何妨再勾留，幾日親翻詞譜。付與年年，燕子和烟，捽入桃溪柳鋪。説向痴兒女。來歲好，鶯花鮮明如故。綉車遲早，可向前村住。"自序云：秋日與友人飯二仙庵，回想百花投生時，鬟朵依雲，恍如前日，風塵客子，蹉跎易老，憔悴依人，萬古如此，因製此曲，以見人生夢影。二仙庵在錦官城西南，工部草堂北，森木蓊蓊，幽靜宜人。每歲春二三月，花會即設於此，鬢影衣香，花鬚柳眼，極一時之盛，故詞云云。

一○　填詞著力處

填詞著力處當以一二字點全闋之眼，如稼軒春晚詞云"烟柳暗南浦"，袛一"暗"字，而全闋精神俱見，不必再以晚春景物多事點綴。如下之"點點飛紅","十日九風雨"則又均從"暗"字出來矣。

一一　艷詞最難

艷詞最難，當以苦醫俗，以境界醫邪蕩，字眼語氣，猶須細加詳審。如梅溪之"恐鳳鞋挑菜歸來，萬一灞橋相見"。草山之"彈到斷腸時，春山眉黛低"。又"夢魂縱有也成虛，那堪和夢無"。六一之"算伊渾似薄情郎去，下來來便去"。身份柔情，各得其正，若後主之"爛嚼紅絨，笑向檀郎唾"，人賞其麗，吾驚其蕩。

一二　稼軒與龍洲詞

稼軒、龍洲，鞭轡奔被，沉鬱雄渾，其獨到處乃才氣學問使然，非等閒者可與之京。蓋當山河破碎，衣冠浸淫之秋，二公胸懷忠義，坎壈不遇，其悲鬱忠勇之氣，無可發泄，乃盡泄之以詞，故其詞旨詞意獨到之處即志趣過人之處，非惟詞是務者所能夢見。其得天也厚，其處遇也艱，其懷志也悲，故能言所欲言，大而不闊，雄而不狂，綺而不狷，秾而不纖，鏗鏘綿密，無往不可。世有才遜稼軒，志僅詞客而欲逐影追塵於千古下者，吾知其必無成也矣。

一三　詞至白石而大

兩宋詩之三唐，清真詩之老杜，稼軒詩之太白，而石帚詩之退之也。詞至白石而大，清正宏圖，各極其妙。且又深詣音律，故其改正〔滿江紅〕，自度〔暗香〕〔疏影〕諸曲，均協律入微。一整宿病，廣元三年丁巳四月曾上書論雅樂，并進《大樂議》一卷，《琴瑟考古圖》一卷，使古樂得傳，厥功亦偉矣。惜今人作詞，不重音律，遂令古樂存而若亡，世有白石，曷亟興乎？

一四　楊芬若女士詞

予友維揚畢幾庵君工詩詞，著作頗富，其夫人楊芬若女士，亦工詩，尤擅於詞。曾撰有《縮春樓詩詞話》各一卷，詩詞若干卷，人有近代女詞家之稱。今復得見其最近諸詞，珠璣滿紙，清正秾綺，若置諸《漱玉》《斷腸》之間，可亂楮葉。〔珍珠令〕云："鷓鴣唱斷江南路。春光暮。早吹落櫻桃飛絮。彈淚問東風，奈東風不語。　　一寸柔腸愁萬縷。撥瑤瑟心情難訴。難訴。又院宇黃昏，瀟瀟疏雨。"〔醉桃源〕云："晚妝樓上夕陽斜。無聊掩碧紗。東風不管病愁加。開殘紅杏花。　　香篆冷，繡簾遮。春深別恨賒。可堪夢裏說還家。魂銷天一涯。"〔怨春風〕云："落花風裏，鶯啼鈎起愁絲。夢裏分明是舊時，怕重展剩粉殘脂。　　醒來蹙額雙眉。斷腸處，天涯草萋。忍淚送春歸，綠楊枝上，紅瘦斜暉。"〔太常引〕云："斷腸春色可憐宵。心事湧於潮。魂倩不禁銷。奈夢裏、蓬山路遙。　　桃花簾外，嫩寒如水，吹瘦小紅簫。銀燭不勝嬌。早又是、盈盈淚消。"〔七娘子〕云："沉沉簾幕人偏愁。杏花殘，又是愁時候。南浦春波，大堤細柳，一般慘綠東風後。　　尊前怕說相思久。怨江南，容易開紅豆。無賴哀箏，聲聲依舊。銷他弦底春魂瘦。"

（以上《夏星雜志》1914 年第 1 期）

一五　納蘭容若詞

納蘭容若所著之《飲水》《側帽》詞，繼響南唐，齊名陳、朱，最擅長小令，字字句句均係性情語，而悱涼天成，纏綿獨到，如有神助。其得天也厚，故生長華膴，而不作一秾麗語；其涉世也淺，故不作一寒酸語；不知人間有不幸事，故不作一抑鬱語；語語以真性情，真學問出之，故又不作酬酢語。蓋惟文人最真，亦惟文人最假，其入世稍深，經歷既廣，所謂真性情者漸漸滅，而酬酢征逐之事乃多，故其為詞非性情語而市井語也。然其閱世至深，則又至真，蓋能出世者也，其為詞必如孤雲野鶴，來去無迹，而作真性情語。故不入世者，固真入世，而出世者，亦真以真性情為詞，則其詞為個人之言，非眾人之言，為獨到之言，非膚淺之言。張玉

· 411 ·

田謂作壽詞最難，蓋不難於用意措詞，而實難於舍己從人作酬酢語也。非作酬酢語難，作酬酢語而見真性情實難。作酬酢語而見真性情，吾於古今則未見其人，非不能也，實不可能也。然作出世語而真者尚多，作不入世語而真者實少，千餘年惟南唐後主及納蘭容若二人而已。學詞者學清真、白石、夢窗、玉田易，學後主、容若實難，此其所以可貴也耶。

一六　詞亦窮而後工

窮而後工，詞亦云然，非祇窮其身，蓋必窮其心，心窮而後志苦，志苦而後情幽且真，不然南唐、容成朱輪綠綺，不可以爲詞矣。近代詞人如張璚隱《得毋相忘詞》之〔齊天樂〕云："年華三十春花夢，柳枝折殘離恨。不信詞人，凄涼萬種，都在眉痕鬢影。西風鳳鏡。試重照青衫，翠烟銷盡。如此蕭條，東華門外寶驄冷。天涯消息自警。嘆斜陽一角，闌干紅剩。萬朵梅花，春寒勒住，不放江南夢醒。玉簫誰聽。試打叠愁心，銷歸酩酊。祇恐瑤尊，泪痕和酒凝。"程子大《美人長壽庵詞》〔高陽臺〕云："殢雨蓬心，彈潮舵尾，春江斷送蘭橈。冷浸魚天，一枝凉月吟簫。返魂新柳誇三絕，做顰眉、泪眼蠻腰。繫灣頭，縱有他生，不似虹橋。當初喚玉簾衣鬐，已心心心上，長遍愁苗。鏡海頹廊，居然有個鸚招。過頭風浪年時事，待萍鷗、送上離潮。怕橫江、萬斛詩愁，酒薄難消。"〔小樓連苑〕云："可憐人日天涯，年年春夢花前冷。絲絲細雨，愔愔薄霧，草堂芳訊。中酒心情，試燈天氣，峭寒偏忍。倩疏簾放了，闌干四面，遮不住，梅花影。醉裏憑肩悄問，問東風、乍催芳信。十分僝愁，三分成夢，七分成病。燕剪嬌黃，苔紋恨碧，個儂香徑。掩窗紗六扇，銀哥多事，喚愁人醒。"謝枚如章鋌《酒邊詞》〔珍珠簾〕云："小山都做傷春色。況簞寒簾幕，尖風惻惻。落葉爾何心，偏亂飛庭側。香魂應有歸來日，祇扶上枝頭難得。頃刻。已消盡脂痕，瑣窗漸黑。塵世多少空花，便各自繁華，百年奚極。幻夢不須陳，但歸真太逼。平生久慣飄零恨，管此後、轉蓬南北。誰識。剩瘦影中間，愁陰如織。"〔喝火令〕云："好夢原無據，愁多夜屢醒。對人無賴遠山青。最是酒闌燈焰小，膽怯淒清。　　河漢三千里，更籌二五聲。幾番顋頷可憐生。爲汝焚香，爲汝寫心經。爲汝素來多病，減算祝雙星。"各詞均能苦矣。

一七　張祥齡半篋秋詞澀滯之病頗多

作詞密麗非病，澀滯實病，疏闊非佳，空靈乃佳。可解而不可解謂之澀滯，不可解而可解謂之空靈。其詞眼消息，一二字即可判之空靈，章句一字失檢，即可陷爲澀滯，而澀滯者，亦一二字即可救之。近人漢州張祥齡子馥所作《半篋秋詞》，其中澀滯之病頗多，每每以一二字或一二句害及全闋，偶一研讀，輒爲之扼腕者再。如用片玉韵和泪薦季碩〔月下笛〕詞云："雪弄山谷，湖光飛翠，蕩搖空碧。離懷阻抑，隔浦何人橫玉笛。倚危樓，低問歸鴻，可曾伴侶逢舊識。嘆塵篋蠹管，飄零都盡，恨填胸臆。　　因思往事，記小閣紅闌，玉葱曾拍。長楸走馬，那會青衫羈客。把從前，粉痕酒痕，暗和蜜炬成泪滴。枉啼鵑、喚遍春歸，萬里無消息。"〔蝶戀花〕用馮延巳韵云："畫舸排停堤上樹。楊葉眉嬌，密護春千縷。獨抱秦筝移雁柱。烟波暗逐黃衫去。　　水面紅鱗吹柳絮。龍吻濺濺，玉碎飛香雨。隔坐避人弦解語，關心祇有春知處。""弄月溪脣時未久，不見人來，祇見花依舊。小病懨懨非中酒。玉顏甚比梅花瘦。　　前度歌橈曾繫柳。因甚湖邊，心事新來有。日暮倦招翠袖，憑欄立盡黃昏後。"等詞，〔月下笛〕之"玉葱曾拍"，〔蝶戀花〕前闋"烟波暗祝黃衫去"之"黃"字，後闋"玉顏甚比梅花瘦"之"甚"字，其病全闋甚深。即所謂一二字失檢即可病及全闋者也。然詞中亦不乏佳者，摘之如左，〔阮郎歸〕云："自知恩愛不如初，多情總説如。欲邀憐寵訴音書，翻招情義疏。　　金斗重，玉屏孤。眉攢待熨舒。寫恩寫怨總成虛，何如一字無。"

一八 作詞袛先求無病

作詞袛先求無病，平妥後再求高妙，方是大家路數。下筆之時，即須要將眼光放得高遠，用意選詞方纔不陷於卑弱。至於用字，尤須深加磨煉，方不蹈一二字失檢，即爲全闋減色之病。至於骨格氣魄，則在平時之抱負蓄養，非可强而至也。

（以上《夏星雜志》1914 年第 2 期）

學詞隨筆

姚鵷雛◎著

　　姚鵷雛（1892～1954），原名錫鈞，字雄伯，筆名龍公。江蘇松江縣（今上海）人。曾於京師大學堂師事林紓，又善詩詞。辛亥革命後，加入南社，爲南社才子，與社友陳匪石組織七襄社。歷任《太平洋報》《民國日報》《申報》《江東》《春聲》等雜志編輯，又曾任江蘇省教育廳秘書、南京市政府秘書長、江蘇省政府秘書等職，抗戰爆發後入蜀，任監察院主任秘書。新中國成立後，任上海文史館館員。著述甚豐，著有《榆眉室文存》《鵷雛雜著》《桐花蘿月館隨筆》《恬養簃詩》《蒼雪詞》等，又與同邑朱駕雛合著《二雛餘墨》行世。今人編有《姚鵷雛文集》。《學詞隨筆》發表於《江東雜俎》1914 年第 1 期，署名“鵷雛”。《姚鵷雛文集：雜著集》（上海古籍出版社，2012）曾收錄。本書據《江東雜俎》校錄。

《學詞隨筆》目録

學詞隨筆

偶學倚聲，未嫻音律。幽居多暇，寄興發謠。橫覽辛、姜，兼收吳、蔣、張、王、二周。隨興挹取，頗無專宗。近人則竹垞、湖海、樊榭、定盦。一篇之中，往往而遇。鄉中楊幾園丈相約課詞，吟諷所得，觸類雜書。漫不銓次，聊以示丈，謂何如也。

一　竹垞檢討江湖載酒集詞

竹垞檢討《江湖載酒集》詞，純乎清商哀竹之音。"刻削雋永"四字，足爲定評。〔賣花聲〕《雨花臺》云："衰柳白門灣，潮打城還。小長干接大長干。歌板酒旗零落盡，剩有漁竿。　秋風六朝寒，花雨空臺，更無人處一憑欄。燕子斜陽來又去，如此江山。"譚仲修謂"聲可裂竹"，信然。詞於選韻，最當注意。以余所見，勁折清空之詞，宜用仄韻；曼眇富麗之詞，宜用平韻。白石善用仄韻，故頓挫處聲可裂帛。夢窗善用平韻，故感慨處情韻婉約。

二　夢窗晦處

夢窗晦處，病在用事太雜。往往上下兩句，各使一典，遂覺一篇之中，托意迷離，不可尋詰。稼軒〔賀新郎〕賦琵琶故事，臚列雜亂無章，亦犯此病。雖曰大氣包舉，不覺粗率，然究不可學也。

三　空處出力

空處出力，即烘托遥寫訣也。清真、夢窗於此最能。白石〔暗香〕〔疏影〕兩闋，亦饒此境界。

四　以物代人

稼軒"紅蓮相倚深如怨，白鳥無言定是愁"兩語，譚仲修最賞之。謂學詞者當於此討消息，不過以物代人法耳。"以物代人"四字，極粗淺，極切實。曾語楊幾園丈，丈極以爲然也。

潜庵學詞記

姚鵷雛◎著

《潜庵學詞記》原載《民國日報》1917 年 9 月 21 日，署名"鵷雛"。《姚鵷雛文集·雜著集》（上海古籍出版社，2012）曾收録。本書據《民國日報》校録。

《潛庵學詞記》目録

潛庵學詞記

治詩纔三數年，學填詞纔數月耳，安足以作詞話。惟宣究所心得，師友之緒余，連類記之，亦溫故之一助也。

一　近來詞人無不崇夢窗

近來詞人無不崇夢窗者。平情論之，梅溪輕纖，玉田平俗，草窗機滯，竹屋辭庸，舉無足以及夢窗者。要爲上接美成，下開清初諸家無疑也。止庵《詞辨》所謂夢窗能於空際翻身，神力非人所能到。顧不善者，每蹈"七寶樓台"之誚。余謂才力不逮者，無寧先取道碧山。碧山深秀工細，學者易於悟入也。

二　蘇辛詞

蘇辛并稱，蘇之天機獨運處，辛間或能到。辛之爐火純青時，蘇所萬不能到。斯言允矣。然東坡詞如〔水調歌〕之中秋，〔水龍吟〕之楊花，畢竟是絕詣。稼軒〔摸魚兒〕之"更能禁幾番風雨"，已算得天機超妙矣，持較眉山，終隔一塵也。

桐風蘿月館詞話

姚鵷雛◎著

《桐風蘿月館詞話》，輯録自《桐風蘿月館隨筆》。
《桐風蘿月館隨筆》，原載《恬養簃文存》，《姚鵷雛文
集·雜著集》（上海古籍出版社，2012）收録，本書據此
輯録。

《桐風蘿月館詞話》目録

桐風蘿月館詞話

一 沈寐叟論詞

詞自五代以來，率主纖麗，東坡、稼軒出，而豪放尚焉。白石、碧山、玉田要於妍雅，夢窗轉爲奧重，於是近代名家有拙、重、大之説，咸主夢窗，而益暢其旨。然沈寐叟之言則異是，寐叟取王弇州云：“温飛卿詞曰《金荃》，唐人詞有集曰《蘭畹》，取其香而弱也，然則雄壯者固次之矣。”又曰：“妄謂午夢風神，遠在易安之上，易安侚儻有丈夫氣，乃閨閣之蘇、辛，非秦、柳也。”又曰：“輕塵弱草之情，尤宜促節哀弦之奏，有香弱而不嫌儇俏。”又曰：“劉公勵謂詞須上脱香奩，下不落元曲。然不落元曲易耳，若謂上脱香奩，則韋莊、光憲既與致光同時，延巳、熙震亦與成績并世。波瀾不二，風習相通，方當於此津逮唐餘，求欲脱之，是欲升而去之階已。”於香弱之旨，可謂大放厥辭。蓋學南北宋而欲不落元曲，惟有以拙重振之，唐五代自以香弱爲境界，特盛極而窮，不能不變。言其常，則弇州之説是；語其變，則近代朱、況諸家爲至也。

二 喬大壯論詞

嘗問詞於喬大壯先生，先生舉潛氣内轉之説，舉小令語曰，如“小樓昨夜又東風，故國不堪回首月明中”之“故國”句，與“問君能有幾多愁，恰似一江春水向東流”之“恰似”句參之，當知內轉之説。蓋"恰似"句，順接平叙，氣亦似一瀉無餘；"故國"句，語折而氣蓄，近似所謂倒戟而入也。近人學夢窗詞，皆於此等處領會，以藥平衍。

三　香弱詞演變

前記香弱詞旨之説，尚有未盡。蓋詞之初起，由於聲樂，付之歌唱，體近香弱，自非無因。然元美亦特舉温尉之《金荃》《握蘭》等集言之耳，其他固不盡然。而香弱之外，別具體勢者，亦不僅雄壯一種。石帚雅詞，倡於南宋，而《花外》《白雲》繼之，此清雅一派也。夢窗變爲幽奧，勁氣内斂，筆力沉著，此又一派也。即北宋之淮海、東山，婉約清妍，不盡香弱，而易安之見稱爲閨閣蘇、辛者，更無論矣。要之，詞之初起，作者未多，門庭較隘。飛卿、二主以下，至於韋莊、延巳之倫，《荃》《蘭》香弱自成風氣，此後流播既廣，生面別開。名流大家，并旁及聲律，則有非一隅所得而限之者矣。我國學者之論，好稱則古先，是古非今，以演變爲失其本。弇州以雄壯爲次，亦斯蔽也。以今日觀之，正是改革而宏大之。近代竹垞最重白石，其《詞綜》之選，一蘄清雅，去取特嚴，然則浙派諸公，不徒能不落元曲，并已漸脱香奩矣。晚近彊邨諸公，轉宗夢窗，以上薄大蘇，可謂盡湔旖旎館餘習。由拙重而至於大，豈尚能以南唐以前限之哉。

四　寐叟所舉晚唐五代詞人

寐叟所舉晚唐五代諸人，韋莊端己、韓渥致光、孫光憲字孟文；高從誨從事，宋太祖將用爲學士，未及而卒；毛熙震，蜀人，官秘書監；馮延巳正中。和凝字成績。有謂《香奩集》凝作，而托之於致光者也。

五　少游詞婉約芊眠

少游詞，人爭傳其"山抹微雲"之句，然如〔浣溪沙〕云：

"漠漠輕寒上小樓，曉陰無賴似窮秋。澹烟流水畫屏幽。　自在飛花輕似夢，無邊絲雨細如愁。寶簾閑挂小銀鈎。"婉約芊眠，爲後來漁洋輩所宗。

六　喬大壯波外樂章

大壯《波外樂章》，曾披露於重慶之《國民日報》者，摘録如下。〔還京樂〕云："謝堂裏，昨夜銀屏畫燭春猶淺。放綉簾垂地，誤伊隔晚，歸飛雙燕。任候風吹遍，蓬飄絮泊游絲轉。曠望久，除是暮雨，朝雲曾見。　甚流波遠。送輕帆過盡，江東病客，驚心投老世換。尋常巷陌重來，近高樓、乍聽歌管。幾陰晴，催麗日都長，良宵又短。頃刻花如雪，林鶯休怨凄怨。"〔念奴嬌〕云："半天飛絮，記來時楊柳，藏鴉無隙。滿地落花遮去路，燕子尋巢不識。畫角譙樓，青門祖帳，藍尾催寒食。秋千閑挂，那人何處行迹。　自古事逐星移，春隨夢散，頭爲多情白。酒醒江南聞謝豹，望斷音書河北。屏上雲山，簾前烟水，鏡裏風塵色。吳鹽暗老，後期惆悵相失。"（此首好用排句，雄健排奡，詞中之昌黎，吾以巨刃摩天擬之，差爲得當也。）〔拜星月慢〕《秦淮秋夕和清真》云："桂楫乘潮，羅衣凝露，咫尺波明燭暗。笛裏飛聲，落銀屏深院。醉醒際，苦憶庭花，入破初譜，水葉題詩紅爛。往事前朝，有何人親見。　鏡奩中畫出新妝面。蘋風起，又過青溪畔。漫戀左界斜河，把雙星驚散。被清商占却亭館。回舟去，竟夕生長嘆。似夢遇玉手箜篌，撥朱弦欲斷。"〔小梅花〕云："邊庭雪，關山月。長城連綿古無缺。候烽明，控弦驚。一朝漢家東北烟塵生。牙旗慘澹收歌舞，胡騎憑陵雜風雨。五將軍，士如雲。三歲甘泉，不見捷書聞。　七國散，南交遠。地下終成亞夫反。右銀刀，左珠琭。八屯衛尉、歷詆五都豪。連營十郡良家子，嗚咽聲中隴頭水。弄西箠，獻金甌。挂觀飛廉，萬歲復千秋。"（古氣磅礴，余有繼作，殊不逮其雄渾。）〔千秋歲引〕云："席上金尊，門前鈿轂。別淚千行滴銀燭。飄摇素波鯉信滯，丁東露下蚪簽促。水精簾，紫羅幕。掩空局。　愁外故山眉黛緑。

雙燕到時巢君屋。鼓瑟彈箏手如玉。春來夢爲飄瓦雨，秋來看取橫波目。舊家人，小年事，風流足。"其二："玉瑄飛聲，朱樓送客。獨臥清秋夾衣白。當時放嬌紫鳳珮，經年悵望青驄陌。水東流，斗西没，宛行迹。 明鏡照人朝又夕。無計奈他關山隔。粉落啼多減容色。尊前内家何滿子，歸來漢女胡笳拍。燕梁空， 彩雲散，長相憶。"〔千秋歲引〕云："明燭樓臺，暗塵簾幕，寸刻千金難換。露脚斜飛，桂輪高揭，江風度來絲管。認起舞伊州罷，羅裙藕絲淺。彩雲散。鎮分明大羅天上，殘酒在，回首衆仙去遠。打鼓叠漁陽，改宮商，料理并剪。四尺屏風，畫圖前，紅豆拈遍。耿星辰昨夜，夢裏一襟吟怨。"（此闋"回首"句依美成，草窗作"當年翠屏金輦"，與此不同。）〔泛清波摘遍〕云："金盤采小。玉瑄灰殘，荆楚歲時依舊好。曙烟晴雪，幾點青回謝塘草。屏山道，孤帆遠水，征馬長風，歸計未成身頓老。四叠陽關，太息尊前故人少。 瑣窗窈，芳信數番，畫遲錦字，半行天杳。回首東京，夢華醉忘昏曉。俊游早。蕭寺屢卓畫輪，秦樓每題花貌。此際停弦罷酌，斷腸江表。"〔滿江紅〕《九日集清涼山得必字》云："秋禊携壺，周遭是、山圍故國。開笑口，重陽簪珮，六朝裙屐。關外黃花香有信，眼中白雁飛無迹。嘆髯參短簿，共桓公，風流寂。 人來去，今猶昔。佳麗地，清涼域。念明年誰健，此歡難得。快剪須裁東逝水，長繩好繫西趁日。對牛山，風景泪沾衣，君何必。"（朱晦庵詞云："與問牛山客，何必泪沾衣。"則隱括牧之《九日齊州》詩意也，故知君此語爲工。）〔摸魚兒〕云："遍江南冷烟衰草，碧雲千里遲暮。餞春筵畔商飆起，寥落今年芳樹。經過處，明月送，無情淮水西流去。亂山誰主。算雁磧枯蓬，龍沙堆雪，此恨忍終古。 東山客，豪竹哀絲如故。新亭回首南渡。流人費盡神州泪，贏得麗譙笳鼓。驚倦旅。行館外，荒鷄膈膊催天曙。昏燈夢語，道破鏡飛天，旄頭落地，春滿柳城戍。"〔傾杯〕云："玉笛吹花，翠樓藏柳，春寒二月猶惡。旅病建鄴，久別故國，怯晚來杯酌。流鶯不管興亡事，道六朝如昨。千門萬户斜照裏，隔葉閑關相約。 醉托繁弦急管，等閑陶寫，翻被東風覺。

數舊曲經過，風流何處，有丹青圖貌，錦瑟塵生，銅壺更斷，一霎思量著。畫闌角，看月上女牆旋落。”其二《半櫻、霜崖、倦鶴三君飲席》云：“淮水通潮，蔣山藏霧，春城付與裙屐。畫堂漏永，銀蠟淚盡，觸薄寒簾隙。酒酣細説舊京事，見銅駝荆棘。吟風弄月，重記省，南部烟花猶昔。　　勸君莫彈金縷，定場聲裏，年少今頭白。惹旅病閑愁，揚空無力，似晴絲千尺。（倒裝覺更道健。）早雁來時，晚鶯飛處，更覺關河隔。到寒食，聽怨宇，催歸又急。”

七　陳彦通數詞甚佳

近見陳彦通數詞甚佳，移録於下。〔雨中花慢〕《秋荷》云：“泛玉歌闌，閛紅妝褪，野塘零亂斜暉。又凉蟬唱晚，倦柳淪漪。露重瑶房欲墜，烟昏青鏡都迷。佳期過却，水天清夢，輸與鷗知。　　錦鱗波遠，蕩盡蘭橈，采香人到應遲。還暗憶巴池颮雨，潘鬢縈絲。碎影猶憐翠被，餘酲空想嬌姿。西風後夜，寒螿蓼溆，替寫相思。”〔雨中花〕《荷花生日分賦》云：“太液承歡霞袖蕎。禁多少玉酣紅嫵。宮粉凝妝，仙雲并影，縹渺凌波步。　　一自移槳人暗去，怕荒却月明千畝。怨笛沉烟，殘螢飄水，夢斷臨平路。”〔霓裳中序第一〕云：“輕颺揚桂楫，岸曲楊花飄亂雪，人去夕陽萬疊。悵物候頓驚，離愁空結。鄰簫倦咽，又倚闌催遍啼鴂。佳期杳，玉京舊約，仿佛夢魂接。　　蕭屑。暮雲低合，更滿地江湖阻絶。蘭成身世慢説。十稔狂名，幾許華髮，唾壺敲盡缺。向醉裏乾坤傲兀，清吟懶，孤懷遠共，浩蕩遠鷗没。”清腴似玉田。

八　白石湘月詞

白石〔湘月〕詞自注云，即〔念奴嬌〕鬲指聲，萬氏以其字句無不與〔念奴嬌〕合，今人不明宮調，不知鬲指爲何義，故不另收〔湘月〕調。戈氏以爲其律異，其音亦隨之而異，因以指爲萬氏之謬。惟此詞前後段第四句四字，第五句九字，實與清真、玉田之〔念奴嬌〕〔百字令〕不同，即與白石自作之〔念奴嬌〕，亦不同。〔湘月〕前後片第五句之第一字皆仄聲，而〔念奴嬌〕則平聲也。萬氏所云字句無不合者，亦微誤。鬲指之義，方成培云：〔念奴嬌〕本大石調，即太簇商（瞿禪云：應作黃鐘商。），雙調爲仲呂商（瞿禪云：應作夾鐘商。），同是商音，故其腔可過。大石調當於四字住，雙調當於上字住，簫管上四字中間祗隔一孔，笛四上兩字相聯，祗在鬲指之間，故曰鬲指聲。所以欲過腔者，以起韵及兩結字眼用四字不諧，配以上字，方諧婉耳。夏映庵《詞調溯源》曰："大石調與雙調譜字止'一''凡''勾'與'下一''下凡''上'三字不同，'一'與'下一'、'凡'與'下凡'在管色止輕重吹之分。'勾'與'上'則在譜字中相聯。"沈括《夢溪筆談》謂上字近蕤賓。蕤賓本配勾字，而云相近，則絲弦中上、勾極相近，推之管色，當亦如是。總之，以有定之笛孔，配絲弦之譜字，終難準一，故笛中可以有過腔之法，白石所謂凡能吹竹者，便能過腔，已說明是簫笛。若譜入絲弦中，則仍是大石調，故曰於雙調中吹之，解釋已極詳明。則〔湘月〕一調，祗於簫笛中由大石調過入雙調，而絲弦中仍是大石與〔念奴嬌〕無別。至前後片第四五句稍不同，於音律亦無關。萬氏之書不以宮調爲準，其并入〔念奴嬌〕，亦自是其例然也。

九　霓裳羽衣曲宮調

《霓裳羽衣曲》是商調，非道調。（〔獻仙音〕乃小石調。）明皇改《婆羅門曲》爲《霓裳羽衣》，是黃鐘商，時號越調。惟白石譜用凡字住，則爲夷則商，而黃鐘商南宋時爲無射商越調。雖同名商，實是二調。羽曲無拍者謂之散序。白樂天詩："散序六奏未動衣。"蓋無拍亦不舞。《霓羽》前六疊無拍不舞，至第七疊始舞。七疊即中序，始有拍，亦名拍序。故以第七疊爲中序第一，蓋舞曲之第一遍也。中序亦曰歌頭，唐以前稱中序曰排遍，宋之排遍，即歌頭。

一〇　宋人詞調

宋人詞調，摘法曲大曲之一段而成者，有〔徵招調中腔〕〔鈿帶長中腔〕〔氐州第一〕〔法曲第二〕〔薄媚摘遍〕〔泛清波摘遍〕〔水調歌頭〕〔六州歌頭〕〔齊天樂〕〔萬年歡〕〔夢行雲〕及〔霓裳中序第一〕等。〔滿江紅〕如作平韻，則前後片兩結句中一字宜用仄聲。白石云：“融心字入去聲方叶。然後來作者，間用上入，不盡去聲也。大抵仄聲字上入或可作平，惟去不可移。故以去代表仄聲字。此意不知然否？”

十一　犯調

凡曲言犯者，謂以宮犯商、商犯宮之類，惟以所住字同者爲限。住字同者如：

合字	尺字	黃鐘宮住	合字
黃鐘宮	林鐘宮	大呂宮	下四
無射商	仲呂商	無射宮	下凡
夷則角	夾鐘角	應鐘宮	凡
夾鐘羽	無射羽		

周美成、柳耆卿自製樂章，有側犯、花犯、尾犯、玲瓏四犯之目。《詞源》下卷云：“宋徽宗寧立大晟府，周美成諸人討論古音，又復增慢曲引近。或移宮換羽爲三犯四犯之曲。”

十二　道調

道調是夾鐘商，雙調是仲呂宮，故可相犯。夾鐘用一上尺工下凡四合六五高五，仲呂用上尺工凡合四一六五，而皆住於上，所不同，惟凡與下凡（按文夾鐘商多一高五。），故可相犯。

香艷詞話

胡旡悶◎編著

胡旡悶，女，小字玉兒，號凝香樓主人，清末民初廣東人。無錫孫静庵之如夫人。1915 年与丈夫孫静庵共同編輯《鶯花雜志》，并在該刊發表著作，著意編著歷代閨秀詩詞史料，并能從事戲曲創作。著有《閨秀詩傳》《香艷詩話》《香艷詞話》《凝香樓奩艷叢話》出版。《香艷詞話》原刊載於《鶯花雜志》1915 年第 2、3 期，署名“旡悶”，本書即據該雜志録校。楊傳慶、和希林《輯校民國詞話三十種》收録該詞話。

《香艷詞話》目録

香艷詞話

一 遼蕭后

遼蕭后有《十香詞》，其構禍之由也。雖事出冤誣，然以帝后之尊，爲奸婢作書，且詞多近褻，自貽伊戚，夫復何言。獨喜其《回心院詞》，則怨而不怒，深得詞家含蓄之意。斯時柳七之調尚未行於北國，故蕭詞大有唐人遺意也。詞云：“掃深殿，閉久金鋪暗；游絲絡網空作堆，積歲青苔厚階面。掃深殿，待君宴。”“拂象床，憑夢借高塘；敲懷半邊知妾臥，恰當天處少輝光。拂象床，待君王。”“換香枕，一半無雲錦；爲是秋來展轉多，更有雙雙泪痕滲。換香枕，待君寢。”“鋪翠被，羞殺鴛鴦對；猶憶當時叫合歡，而今獨覆相思塊。鋪翠被，待君睡。”“裝綉帳，金鈎未敢上；解却四角夜光珠，不教照見愁模樣。裝綉帳，待君貺。”“疊錦茵，重重空自陳；祇願身當白玉體，不願伊當薄幸人。疊錦茵，待君臨。”“展瑤席，花笑三韓碧；笑妾新鋪玉一床，從來婦歡不終夕。展瑤席，待君息。”“剔銀燈，須知一樣明；偏是君來生彩暈，對妾故作青熒熒。剔銀燈，待君行。”“爇薰爐，能將孤悶蘇；若道妾身多穢賤，自沾御香香徹膚。爇薰爐，待君娛。”“張鳴箏，恰恰語嬌鶯；一從彈作房中曲，常和窗前風雨聲。張鳴箏，待君聽。”按蕭后小字觀音，工書，能歌詩，善彈琵琶，天祐帝敕爲懿德皇后，帝游畋無度，蕭后諷詩切諫，帝疏之，作《回心院詞》，寓望幸之意也。宫女單登，故叛人重元家婢，亦善箏及琵琶，與伶官趙惟一争能，后不知，已遂與耶律乙辛謀害后，更令他人作《十香詞》，訛云宋國忒里蹇作，乞后書之，遂誣后與惟一通，以《十香詞》爲證，因被害。忒里蹇，皇后也。

二　無名氏

無名氏女郎〔玉蝴蝶〕詞云："爲甚夜來添病，强臨寶鏡，憔悴嬌慵。一任釵橫鬢亂，永日薫風。惱脂消榴紅徑裏，羞玉减蝶粉叢中。思悠悠，垂簾獨坐，倚遍熏籠。　　朦朧。玉人不見，羅裁囊寄，錦寫牋封。約在春歸，夏來依舊各西東。粉牆花影來疑是，羅帳雨夢斷成空。最難忘，屏邊瞥見，野外相逢。"武林卓珂月云：此詞當時甚爲馬東籬、張小山諸君所服。或曰洞天女作。詳見元之《夢游詞序》中。詞共十有八闋，周勒山《林下詞選》録其半。

三　横波夫人

龔定山尚書與横波夫人月夜泛舟西湖，作〔醜奴兒令〕四闋，自序云："五月十四夜，湖風酣暢，月明如洗，繁星盡斂，天水一碧。偕内人繫艇子於寓樓下，剥菱煮芡，小飲達曙。人聲既絶，樓臺燈火，周視悄然。惟四山蒼翠，時時滴入杯底，千百年西湖，今夕始獨爲吾有。徘徊顧戀，不謂人世也。酒語情話，因口占四調以紀其事。子瞻有云'何地無月，但少閑人如吾兩人'，予則謂何地無閑人，無事尋事如吾兩人者，未易多得爾。"詞云："一湖風漾當樓月，凉滿人間。我與青山。冷澹相看不等閑。　　藕花社榜疏狂約，緑酒朱顔。放進嬋娟。今夜紗窗可忍關。"又云："木蘭掀蕩波光碎，人似乘潮。何處吹簫。輕逐流螢度畫橋。　　白鷗睡熟金鈴悄，好是蕭條。多謝雙篙。折簡明宵不用招。"又云："情痴每語銀蟾約，見了銷魂。爾許温存。領受嫦娥一笑恩。　　戲拈梅子横波打，越樣心疼。和月須吞。省得濃香不閉門。"又云："清輝依約雲鬟緑，水作菱花。蘇小天斜。不見留人駐晚車。　　湖山符牒誰能管，讓與天涯。如此豪華。除却芳樽一味賒。"

四 僊僊

葉天寥虞部《半不軒留事》云："僊僊十三四時，即羈迹秦淮，將有錦江玉叠之行。遠望故鄉，凄心掩泣，真所云'侯門一入深如海'也，余甚傷焉。今年十七，又作巫山神女，向楚王臺下去矣。酒間聞之，悵然感懷，口占〔浣溪沙〕二詞云：'一片歸心望也休。西陵千里水東流。杜鵑芳草楚天秋。　　老去未消風月恨，閑來重結雨雲愁。欲緘雙泪寄亭州。'又，'金粉傷情別石頭。六朝烟柳繫離憂。破瓜人泣仲宣樓。　　桃葉渡邊春易去，梅花笛裏夢難留。子規斜月一悠悠'。"

五 咏隨春詞

天寥又云：侍女隨春，年十三四，即有玉質，肌凝積雪，韵仿幽花，笑盼之餘，風情飛逗。瓊璋極喜之，寫作〔浣溪沙〕詞云："欲比飛花態更輕。低回紅頰背銀屏。半嬌斜倚似含情。　　嗔帶淡霞籠白雪，語偷新燕怯黃鶯，不勝力弱懶調箏。"昭齊和云："翠黛新描桂葉輕。柳枝婀娜倚蓮屏。風前閑立不勝情。　　細語嬌喃嗔亂蝶，清瞳泪粉怨殘鶯。日長深院惱秦箏。"蕙綢和云："鬢薄金釵半嚲輕。佯羞微笑隱湘屏。嫩紅染面作多情。　　長怨曲欄看鬥鴨，慣嗔南陌聽啼鶯。月明簾下理瑤箏。"宛君和云："袖惹飛烟綠雨輕。翠裙拖出粉雲屏。飄殘柳絮暗知情。　　千喚懶回拋綉鶸，半含微吐澀新鶯。嗔人無賴戞風箏。"諸詞俱用"嗔"字，以此女善嗔，嘗面發赤也。宛君又有"長愛嬌嗔人不識，水剪雙眸欲滴"之句。余亦作二闋云："初總銀篦攏鬢輕。添香朝拂美人屏。生來腼腆自風情。　　殘麝翠分明月雁，小檀黃入曉春鶯。故憐斜撥學新箏。""紅袖垂鬟旖旎輕。闌干閑倚杏花屏。半將嗔語寄深情。　　金釧粉痕香畫鳳，玉釵脂膩滑流鶯。坐來簾下即彈箏。"按隨春一名紅於，葉小鸞歿後，歸龐氏，別字元元。龐蕙纕有《病中聞家慈同元姨爲予誦經志感》〔鷓鴣天〕云：

"終歲慨慨怯往還，盈盈兩袖泪痕潛。一心解織愁千縷，雙鬟慵梳月半灣。　鴛被冷，瑣窗寒。翻輕畫閣纖紅顏。枕函稽首殷勤意，不盡箋題寄小鬟。"（見《林下詞選》。）

六　龔鼎孳燭影搖紅詞

桐城方太史納姬合肥，龔中丞賦〔燭影搖紅〕催妝詞，詞既纖穠，序尤綺麗，今載《香嚴集》中。序云："何來才子，自負多情。選艷花叢，既眼苛於冀北；效顰桃葉，空夢繞於江南。無處尋愁，歌燕市酒人之曲；有官割肉，慳金門少婦之緣。願得一心，合爲雙璧。今且窮搜粉譜，恰遇麗姝。緺髻相思，能誦義山之句；投珠未嫁，欣挑客座之琴。眉黛若遠山，臉際若芙蕖，風流放誕，驚絕世之佳人。玉釵挂臣冠，羅袖拂臣衣，微笑遷延，快上國之公子。錦茵角枕，良夜未央；白雪幽蘭，新歡方洽。兼以花枰月拍，并是慧心，璧版烏絲，時呈纖手。搴玉堂之紅藥，比金屋之奇姿。可謂勝絕一時，風華千載者矣。昔宋玉口多微詞，自許溫柔之祖，而其告楚王曰，天下之美無如臣里，臣里無如東家之子。嘻，何隘也。燕趙多佳，夙鶩名貴，文鴛擇栖，未肯匹凡鳥耳。豈必聽子夜於吳趨，載莫愁於烟艇，乃稱雅合哉！"詞云："一揖芙蓉，閑情亂似春雲發。凌波背立笑無聲，學見生人法。此夕歡娛幾許，換新妝、佯羞淺答。算來好夢，總爲今番，被它猜殺。　宛轉菱花，眉峰小映紅潮發。香肩生就靠檀郎，睡起還憑榻。記取同心帶子，雙雙綰、輕綃尺八。畫樓南畔，有分鴛鴦，預憑錦札。"

七　文玉

梁司徒伎有名文玉者，最姝麗，嘗裝淮陰侯故事，悔庵於席上調〔南鄉子〕詞贈之云："珠箔舞蠻鞾，淺立氍毹宛轉歌。忽換猩袍紅燭艷，醻科。錦繡將軍小黛蛾。　鬢髮尚盤螺，一瓣絲鞭燕尾拖。爲待情人親解取，誰何。春草江南細馬馱。"蓋晉女未字者，鬟後垂瓣，解瓣則破瓜矣。司徒見詞大喜，命文玉酌叵羅，再拜以獻，盡醉而歸。

八　周炤

江夏女子周炤，字寶鐙，丰神娟媚，兼善詞翰，歸漢陽李生雲田，李固好游，篋中藏炤自寫《坐月浣花圖》，雙鬟如霧，仿佛洛神。廣陵宗定九題〔風流子〕詞云：“梧桐庭院下，黃昏後、又復捲簾鉤。見花影一天，蟾光如畫。太湖石畔，煙裊瓷甌。新涼也，畫屏間冷簟，蘭蕊正嬌秋。低喚碧鬟，戲持銀瓮，露珠輕瀉，細潤香柔。　　漢宮人似否，檐前月、偷看灩灩含羞。寧讓海棠春睡，宿酒初收。縱花愁婉娩，禁寒賺暖，浣花人見，更惹閑愁。何日雙攜畫卷，同玩南樓。”或云寶鐙又字絡隱，某觀察女，爲雲田副室，年十九，所至雖謹自蔽匿，人得窺見之，炤蓋天人也。

九　嚴蓀友瑞龍吟

李雲田既娶周寶鐙，復迎侍兒掃鏡於吳門，無錫嚴蓀友賦〔瑞龍吟〕一闋調之云：“吳趨里。誰在小小門庭，溶溶烟水。柔枝乍結春愁，盈盈解道，塗妝縮鬐。　　情難擬。不比舊家桃葉，綠陰深矣。檀郎近約相迎，雀釵新黛，玉符空翠。　　休問石城艇子，更堪腸斷，竹西歌吹。唯有秦娘橋邊，離夢猶繫。漢皋珮冷，別是傷心地。待携向、蘭缸背底。菱花偷展，誰照郎心切。探春試問，春風來未。蜂子憐新蕊。香破也、報來幽窗慵起。吟牋賦筆，待伊次第。”

一○　汪蛟門雙雙燕詞

汪蛟門記夢云：“己酉夏，夜夢二女子，靚妝淡服，聯袂踏歌於瓊花觀前，唱史邦卿〔雙雙燕〕詞，致‘柳昏花暝’句，宛轉嘹亮，字如貫珠。詢其姓，曰衛氏姊娣也。及覺，歌聲盈盈，猶在枕畔。爰和前調云：‘伊誰艷也，看袖拂霓裳，廣寒清冷。柔情綽態，却許羅襟相并。行過玉勾仙井。更翩若驚鴻難定。衛家姊妹天人，不數昭陽雙影。　　溜出歌聲圓潤。聽落葉回風，十分幽俊。最堪憐處，唱徹柳昏花暝。驚醒烏衣夢穩。真難覓、天台芳信。魂銷洛水巫山，獨抱枕兒斜憑。'"

一一　姑蘇女子

古平原村店中，姑蘇女子題壁〔鷓鴣天〕一闋，有"收拾菱花把劍彈"之句。庚申春暮，某觀察之任虔南，和詞云："瓜字初分碧玉年。花枝憔悴一春前。陌頭塵涴文鴛錦，柳外風欺墮馬鬟。郵壁上，墨光懸，柔腸百叠念鄉關。才人廝養千秋恨，箏柱調來拭淚彈。"頗有白香山商婦琵琶之感。附錄姑蘇女子原詞云："弱質藏閨十六年。嬌羞未敢出堂前。眉顰曠道悲新柳，袖捲輕塵擁翠鬟。　　腸欲斷，意懸懸，北頭何處是鄉關。臨妝莫遣紅顏照，收拾菱花把劍彈。"

一二　沈方珠

西湖女子沈方珠，字浦來，善詩能文，以藺次代葬其祖，願以身歸之，而憚於入署，嘗以〔減字木蘭花〕寄吳，有"若肯憐才，携取梅花嶺外栽"之句。后以事不果，遂抱恨而卒。

一三　賀字

廣陵吳壽潜，字彤本，號西瀛，其妻賀氏，名字，字乃文，吳與之情好甚篤，嘗戲作《你我詞》贈之，調〔一七令〕曰："我。情埋，愁裏。無奈事，如何可。薄幸些些，痴頑頗頗。眼下總成空，心中全未妥。堪嗟泣慰牛衣，難負書乾螢火。慢言枕上枉封侯，還憐有夢卿同我。""你。前來，語子。誇弄玉，隨蕭史。視我何如，憐卿乃爾。時事笑秋雲，韶光悲逝水。難忘孔雀屏前，常記櫻桃帳底。一生苦樂任天公，白頭惟願我和你。"按此調有平仄二韵，始於唐人送白樂天，即席指物爲賦，作者頗多，然諸譜中不載，惟楊升庵有風花雪月四作，彤本蓋偶與其婦爲之耳。后十年，乃文死，彤本不勝哀悼，諸名士爲作挽歌甚多，彤本亦有無夢詞，調《子夜》歌曰："夜臺難道情俱死，如何祇我思量你。你若也思量，應知我斷腸。待夢來時省，夢也無些影。畢竟是多情，怕添離恨生。"

一四　陳素素

萊陽姜仲子，嬖所歡廣陵妓陳素素，號二分明月女子，後爲豪家携歸廣陵，姜爲之廢寢食，遣人密致書，通終身之訂。陳對使悲痛，斷所帶金指環寄姜，以示必還之意。姜得之，感泣不勝，出索其友吳彤本題詞，吳爲賦〔醉春風〕一闋，其詞曰："玉甲傳芳信。金縷和香褪。懸知掩淚訴東風，問。問。問。明月誰憐，二分無賴，鎖人方寸。　　情與長江并。夢向巫山近。好將環字證團圞，認。認。認。有結都開，留絲不斷，些些心印。"吳蘭次以《二分明月女子集》《鵑紅夫人集》寄弟玉川，乞其婦小畹夫人題跋，夫人有絕句云："郵筒纔到一緘開，明月娟紅寄集來。閨閣文人應下拜，吳興太守總憐才。"又"朝來窗閣曉妝遲，小婢研朱滴露時。歌吹竹西明月滿，清輝多半在君詩"。

一五　會稽女

兗東新嘉驛壁間，有女子題字云："余生長會稽，幼攻書史，年方及笄，適於燕客。嗟林下之風致，事鼓腹之將軍，加以河東獅子，日吼數聲，今早薄言往訴，逢彼之怒，鞭棰亂下，辱等奴婢。余氣溢填胸，幾不能起。嗟乎！余籠中人耳，死何足惜，但恐委身草莽，湮沒無聞。故忍死須臾，俟同類睡熟，竊至後亭，以淚和墨，題詩於壁間。庶知音讀之，知余生之不辰也。"詩云："銀紅衫子半蒙塵，一盞殘燈伴此身。恰比梨花經雨後，可憐零落舊時春。""終日如同虎豹游，含情默坐恨悠悠。老天生妾非無意，留與風流作話頭。""萬種憂愁訴與誰，對人強笑背人悲。此詩莫把尋常看，一句詩成千淚垂。"湖廣女子畹蘭，有悼會稽女子二絕云：“驛舍題詩今尚存，斷烟衰草鎖重門。多情況有千秋月，夜夜牆頭照壁痕。”“碎璧沉珠最可憐，墙頭題痕墨猶鮮。妖魂欲問歸何處，不化鴛鴦化杜鵑。”（按畹蘭未詳，詩見《名媛詩緯》。）

一六 徐于

常熟徐于，本貴公子，好游曲中。歌妓王桂，雅有風情，許嫁于。于家貧，不果娶。桂乃歸嘉禾富人子，悒悒不得志，且死，召于與訣別，于桂紙錢墓下，故牧齋有“柳絲不斷西陵夢，桂紙知君到秀州”之句。久之，于復與妓徐三善，三亦許嫁于，于盡其貲，力爲庀衣妝鏡奩。歸有日矣，于臥病，三忽遣蒼頭持書至，于喜發視之，則片紙決絶而已，盡竊其貲奔武弁矣。于掩其紙置席下，轉面背床，遂不食而死。牧齋爲作《徐娘歌》云：“徐娘二十絶代無，當場一曲千明珠。小妹鳳生恰二七，輕妝薄悦雙雙出。肩摩担壓篙櫓橫，平塘水沸山堤平。清歌緩舞廣場寂，千人石上無人聲。風流徐郎字夢雨，一見魂銷足不舉。油壁青驄并載歸，連枝共命交相許。多情多病轉堪憐，最是清明寒食天。楊柳風前行樂坐，海棠樹下對花眠。相送却回凡幾度，暗别偷啼更無數。珍重叮嚀囑歌扇，護惜頻煩寄躬綺。離筵我賦送春詩，更與新翻柳絮詞。津逮軒中低唱夜，初平石下踏歌時。徐郎笑噱還相向，在傍唯爾會知狀。長將皎日留誓盟，縱及黄泉肯相忘。豈知人世不相於，共命抛離連理虚。三秋司馬纏綿病，一紙蕭娘決絶書。小樓窗前齊女墓，婁江即是天河路。空餘白骨裹秋衾，拚爲紅顔即朝露。凄凉此事十餘春，取次沉吟泪滿巾。白楊荒草知何處，況復嬌花殢酒人。燕山粮艘高於屋，鶯梢燕乳樓船腹。將軍粗練白差差，小婦榴裙紅簌簌。五日蒲榴正舉杯，有人玉帳寄聲來。因知河上陵波女，曾向江頭行雨回。殷勤慰問南冠客，鬢髮新添幾莖白。聊搏角黍祝團圞，更炙玉餘勉餐食。白頭殘客重咨嗟，舊雨新愁恨似麻。已分歌殘吾谷樹，更堪哭損馬塍花。十年一夢如凤昔，往事如風豈堪摘。小鳳公然作阿婆，夢雨荒唐更地宅。我因君嫁不爭多，氍氀心情可奈何。禁城暮雨蕭蕭夕，遠想吳娘一曲歌。”牧齋嘗爲于作《柳絮詞》贈妓云：“白于花，軟于綿。不是東風不放顛。郎似春泥儂似絮，任他吹着也相連。”即歌中所謂“新翻柳絮詞”也。

一七　陸夢珠

陳其年《婦人集》曰：“陸姬孟珠，或曰，嶕城大家女也，曾爲侯門寵伎。侯裁於法，姬邑邑不得志，流落江海間。凄然擁髻，有東京夢華想，製詩一卷，自名紅衲道人。牧齋有戲贈陸姬孟珠二絕句云：‘辭漢金人淚滿腮，西園東閣已成灰。莫欺鳥爪麻姑老，曾見滄桑前度來。剩水殘山花信稀，瑣窗鸚鵡舊籠非。儂家十二珠簾外，可有尋常燕子飛。’”按孟珠名燕燕，又字緑珠，蘇州人。其《次韵答牧齋二絕句》云：“十五吹簫暈粉腮，舞衫一半已蒙灰。聞郎爛醉燕支館，可踏青青塚上來。”“名園莫訝墜樓稀，鸚鵡無情恨是非。爲問永豐坊畔柳，雕檐春色傍誰飛。”

一八　林雲鳳

林雲鳳，字若撫，長洲人。嘗作《鞋杯行》并序云：“余薄游秦淮，偶與一二勝友，過朱校書擭寧館。酒間，出雙錦鞋，貯杯以進，曰：‘此所謂鞋杯也，自楊鐵史而後，再見於何孔目元朗。君才情正堪鼎足兩公。’余聞之，喜甚，不意風塵中人，博綜雅謔，有如此者。遂以筆蘸酒爲賦《鞋杯行》云：‘君不見楊廉夫，狂吟豪飲天下無。又不見何元朗，風流文采猶堪想。鞋杯之事久寂寥，誰能狎作烟花長。秦淮艷女字無瑕，爲余笑脱乾紅韡。酒間突出華筵上，短窄纖新纔一緉。平生最恨舊裙低，今日分明見弓樣。緗絢碧繶香塵生，鳳頭鸞尾花盈盈。玉壺瀉處偏宜滿，翠袖籠來不奈輕。杯行到手翻成哂，兩頰紅蓮初著粉。暮雨朝雲釀已深，春風秋月斟應盡。何須更築糟丘臺，樽中自有葡萄醅。何須更學邯鄲步，尊前便是巫山路。一掬雙彎嬌自持，千巡百罰醉休辭。絕勝飛蓋西園夜，不羨凌波南浦時。人生快意在行樂，且向青樓買歡謔。寶劍徒令老仲升，金門未必容方朔。醉鄉恰喜傍溫柔，莫問城頭夕陽落。'"朱校書字無瑕，所著有《繡佛齋集》。楊鐵史廉夫游杭，妓以鞋杯行酒，廉夫命瞿宗吉咏之，宗吉席上作〔沁園春〕一闋，廉夫大喜，即令侍妓歌以侑觴，因袖其蘽而去。詞云："一掬嬌春，弓樣新裁，蓮步未移。笑書生量窄，愛渠盡小，主人情重，酌我休遲。醞釀朝雲，斟量暮雨，能使麯生風味奇。何須去，向花塵留迹，月地偷期。　風流到手偏宜，便豪吸雄吞不用辭。任凌波南浦，誰誇羅襪，賞花上苑，袛勸金巵。羅帕高擎，銀瓶低注，絕勝翠裙深掩時。華筵散，奈此心先醉，此恨誰知。"何孔目元朗至閶門，攜櫨夜集，元朗袖中帶王賽玉鞋一雙，醉中出以行酒。蓋王足甚小，禮部諸公，亦嘗以金蓮爲戲。王鳳洲樂甚，次日，即以扇書長歌云："手持此物行客酒，欲留齒頰生蓮花。"元朗擊節嘆賞，一時傳爲佳話。

一九　周寶鐙

漢陽李以篤，字雲田，才高淪落，好游狹邪。嘗眷延平蕭伎，欲娶之，已又聘廬江女羅弱，其副周寶鐙尼之，不果。龔芝麓爲賦《老蕩子行》云："自言平生有奇癖，楚宮微詞東山屐。修蛾曼鬋粉性情，羅袖玉釵遍薌澤。"豈登徒好色之流亞歟？《婦人集》曰："周炤，字寶鐙，江夏女子，湘楚中人，傳其豐神纖媚，姣好如佚女，性敏給知書，歸漢陽李生。生固慕炤，既得室炤，則益大喜過望也。然家先有大婦在，炤眉黛間恒有楚色。李又愛客游，嘗攜炤殘箋數幅以示友人，人無不色飛者。生篋中又藏炤自寫《坐月浣花圖》，雙鬟如霧，烘染欲絕，圖尾有小傳二，一曰絡隱，或曰炤又字絡隱云。"毗陵董以寧曰："炤，江夏周某女子也。某官山東按察司僉事，遇闖難，殉節死，炤哀之，作悼懷之賦，略曰：'俯江流之浩浩兮，吊彌衡與屈平。彼塡江而不溢兮，何以抒其憤盈。草參差而并生兮，孰辨其爲桂蘅。鳥之嚶呷亦各有所謂兮，而人孰知其情。'讀之如聽三閭大夫姊嬃吟也。"龔百藥傳曰："炤年十九，所至雖謹自蔽匿，人得窺見之，炤蓋天人也。丙午秋，遇雲田于虎丘之竹亭，出示寶鐙小影，雲鬟霧鬢，仿佛雒妃。而雲田齒齛牙落，語寶鐙剌剌不休。録其《寄寶鐙詩》云：'爾誠洛秀彥，致令從我姓。事與翽風異，曷忍以相命。'今録是詩，益憶覺湘皋神女。"梁溪吳彩霞有《贈寶鐙詩》云："前生定擬蕊珠儔，此日風流更宛然。幾見名姬爲紫玉，欣逢佳偶即青蓮。香心似雪姿尤麗，秀句驚人骨亦妍。最喜麟兒抛棗栗，書聲共映緑窗前。"女士龔靜照《鵑紅集·題周寶證詩》云："藥房新咏氣如芬，柳絮名高自不群。握管獨吟詩博士，畫眉爭識女參軍。嬌藏金屋音猶遠，步出香塵色轉殷。祇爲天涯消息杳，幾番愁緤石榴裙。"

二〇　宋荔裳

萊陽宋荔裳先生，負海内文章重名，遭逢坎壈，情詞哀艷，曼聲引滿，如新筝乍調，客懷絮亂，不數齊梁《子夜》諸歌曲也。其《憶亡姬詩》云："一彈別鶴閉金徽，江燕思家兩度歸。爲聽西陵砧杵急，朝來猶自問寒衣。""曾隨畫舫吊貞孃，一陣西風謝海棠。欲葬花鈿無處哭，落花殘夢繞錢塘。""香魂暫泊給孤園，寒食無人薦白蘩。揚子濤聲家萬里，櫻桃花落又黃昏。""曉窗猶記畫雙蛾，一曲傷心子夜歌。鐘梵聽來歸净土，那知人世有修羅。"荔裳《悼亡詩序》云："鏡裏雙鸞，忽散闍賓之影；云端三鳥，俄催閬苑之旌。"又云："杳杳蘅蕪，嗟胡香之不驗；珊珊佩玉，恨齊客之無徵。宜其撫錦瑟而欷歔，對金鈿而沾臆者矣。"

二一　映然子

嘉善曹爾堪，字顧庵，有《贈映然子詩》云："閨中才子望如仙，曾記珠宮下降年。漢苑針神西蜀錦，衛家筆陣剡溪箋。詩文月旦歸彤管，山水風光入畫船。自挽鹿車偕隱後，同心常結鵲橋邊。"按映然子即王玉映，端淑季重先生之女，適貢士丁聖肇，偕隱青藤書屋。少時夢隨羽客陟廣寒園曰青蕪，因作《青蕪園記》，而係以詩曰："揚如沖舉近黃冠，引入青蕪曰廣寒。丹草芃芃新月映，雙鬟隊隊白雲攢。幽游一向歸春杳，謫落三旬解俗難。敗葉聲敲清夢遠，荒雞啼徹曉鐘殘。"又夢坐宋安妃畫舫，遂有玉真閣二絕句，自號映然子，工詩，善楷書，選詩緯文緯行世。越中毛姓有贈女士云："當年曾説秦家婦，此日方知伯玉妻。詞賦舊傳逖海上，樓臺近向小橋西。書縈蕙帶雙縑薄，釵壓桃花兩鬢低。昨夜天孫聞有約，隔河先聽汝南雞。"亦爲映然子作也。

二二　鍾山秀才

王西樵《鍾山秀才歌》并序云："鍾山秀才者，李翰林研齋夫人，少攻筆墨，而金陵之人，因此目之者也。研齋酒間道其事，爲隱括作此歌。嬋媛有女鍾山居，明珠不結紅羅襦。獨向閨房弄筆墨，墨痕時壓唇邊朱。遂有鍾山秀才號，甄家博士差同調。金釵每劃月窗痕，錦綳愛寫風林貌。水晶小印珊瑚紅，字摹萱草詩名工。夔門太史得一見，不知乃出裙笄中。太史時亦金陵住，英雄苦有猜嫌慮。浮沉聊試覓紅顏，那知恰與傾城遇。傾城相遇忽相憐，誰能遠結來生緣。不成便辟留侯榖，好與共泛鷗夷船。貯將絕代金屋裏，難忘結習芙蓉紙。夫君乍見驚且疑，胡與鍾山秀才似。一笑知是當時人，當時見影今會真。文園病今詎辭渴，關圖小妹誠殊倫。書成朱鳥曾盈笥（余有《朱鳥逸史》一冊備記閨秀之能文者。），爲君作歌重紀事。許寫湘蘅報苦吟，須署鍾山秀才字。"鍾山秀才有婢曰墨池，研齋爲作《墨池傳》曰："乙未余在金陵，見墨竹數幅，善價易之。余聞何人畫，曰是尚不識耶，蓋鍾山秀才也。無何，大司馬某公爲余納聘，及歸娶，新婦不知其何能，有女子媵者也，名墨池。余佳其名，問之，則以爲侍作畫者，每畫，宜墨之淡，俾女子以口受筆，退其墨，故名墨池。余異甚，即屬畫，則墨池之侍畫果然。久之余貧窶，秀才之奩物，及所蓄舊墨古硯，名人手迹，皆爲余盡，則以墨池適於人。適之無幾日，其家人來言，墨池死矣。死之先，墨池告主人曰：‘吾夢吾母在焉’，撫吾曰：‘汝何離秀才？汝有墨禄，今絶之矣。’秀才聞之泪下。是丁酉年七月事。”

然脂餘韵·論詞

王蘊章◎著

　　王蘊章（1884～1942），字蓴農，江蘇金匱（今無錫）人。因家鄉有西神山，故取別號西神殘客，簡稱西神，又由西神諧音爲洗塵、屐塵、欅塵，又號紅鵝生、二泉亭長、鵲腦詞人、窈九生等，室名梅魂菊影室、雲外朱樓、簹冷軒、秋平雲室、玉晚香簃、海山仙龕、雪蕉吟館等，光緒二十八年（1902）中副榜舉人。清末，應上海商務印書館之聘，主編《小說月報》及《婦女雜志》十餘年。民國初游歷南洋各國，作《南洋竹枝詞》百首。後回上海，歷任上海滬江大學、南方大學、暨南大學國文教授，上海《新聞報》編輯，上海正風文學院院長。王蘊章工書法，擅長戲劇、小說創作，是駕鴦蝴蝶派作家之一。又長於詩詞，曾加入南社，并發起組織淞社、春音詞社。王氏著作等身，詞學方面的著作除《梅魂菊影室詞話》《秋平雲室詞話》外，還有《詞學》《詞學一隅》《詞史厄談》《然脂餘韵》《梁溪詞話》等。《然脂餘韵》是王蘊章編著的一部女性詩話著作，其中記載有不少詞話内容，本書予以輯録，名爲《然脂餘韵·論詞》，卷次不變，各則序號爲輯者所加。《然脂餘韵》於民國七年（1918）由商務印書館綫裝鉛印，本書即據此本輯録。屈與國《詞話叢編二編》收録《然脂餘韵》一卷。

《然脂餘韵·論詞》目録

然脂餘韵·論詞

然脂餘韵卷一

一　吴黄沈榛蔣紉蘭

《彭城三秀集》，錢氏所刊。一爲吴夫人黄，字文裳，著有《荻雪集》，一爲沈夫人榛，字伯虔，著有《松籟閣遺稿》，一爲蔣夫人紉蘭，字秋佩，著有《繡餘詩存》。姑婦相承，世傳風雅。……沈夫人詩筆不逮姑婦，而詩餘一體，遠接漱玉，亦一奇也。……蔣亦有詩餘一卷。

二　陸姮

陸姮字鄂華，長洲人，吴郡張詡勿詡之妻。少丁家難，綿視喘息。歸張後，静好甚得，平居雅尚翰墨，尤工小詞。寄勿詡云："人自不思歸，布帆空解飛。多事是黄昏，替人催泪痕。"郭白眉志其墓，所謂含思淒宛，哀感頑艷者也。嘗繡佛一軀，綴小字如珠，見者以爲不類人所爲。白眉以曹娥碑饋勿詡。陸之歿也，勿詡以碑爲殉。

三　吴規臣

金壇女史吴香輪規臣，一字輩卿。工畫花卉，風枝露葉，雅秀天然。嘗以便面《九秋圖》貽友人改七薌、倪小迂等，皆寫生妙手，見之嘆賞不置。客白門時，刻小詞數闋，〔采桑子〕云：“昨夜星月今宵雨，首似春蓮。心似秋蟲，畢竟情懷那樣同。　小樓深閉愁無那，纔聽疏鐘。又聽征鴻，莫道吳儂不懊儂。”〔青玉案〕云：“烟痕作暮風絲冷。□袛有、儂心領。逝水年華真一瞬。春花多笑，秋花多病。都是傷心境。　危樓鎮日無人影。小立也、拋清茗。濁酒澆來心自警。歡時偏醉，愁時偏醒。何處商量准。”抑淒戾乃爾。

四　陳芸

石琢堂《微波詞》中有〔洞仙歌〕一闋，爲題沈三白夫婦《載花歸去月兒高畫卷》作也。自注：“時三白之婦已下世矣。”詞云：“春光一舸，趁江流如箭。料想仙源路未遠。問劉綱，佳耦暫謫凡塵，消受過，幾度月明花艷。　比肩人已杳，蕉萃崔郎，猶對夭桃時面。不用水沉香，百種芳華，早熏得，真真活現。倘環佩、珊珊夜深歸，算袛有嫦娥，當年曾見。”按三白之婦姓陳，名芸，字淑珍，蘇州人，四齡失怙，母金氏，弟克昌，家徒壁立。芸既長，嫻女紅，三口仰其十指供給。一日於書簏中得《琵琶行》，挨字而認，始識字。刺繡之暇，漸通吟咏，有“秋侵人影瘦，霜染菊花肥”之句。適三白後，伉儷唱和，詩境益進。

五　陳筠

海鹽陳筠字翠君，嘗有句云：“郎似東風儂似絮，天涯辛苦相隨處。”季父兔床先生誦之，摘入《拜經樓詩話》。翠君適馬青上少府，墨麟觀察孫也，工詞，有《蓬萊閣吏詩餘》。

六　楊愛

吳陶宰《鼠璞詞》有〔臺城路〕一闋，賦河東君古鏡，序云：

"鏡徑五寸許,背有詩云:'照日菱花出,臨池滿月生。官看衣帽整,妾映點妝成。'據查初白《金陵雜咏》,知爲蘼蕪舊物。"按蘼蕪詩詞頗富,虞山《柳枝詞》詆斥過甚,要其文采自足動人也。余最賞其咏寒柳〔金明池〕一詞云:"有恨寒潮,無情殘照,正是蕭蕭南浦。更吹起,霜條孤影,還記得,舊時飛絮。況晚來,烟浪迷離,見行客特地,瘦腰如舞。認一中凄凉,十分憔悴,尚有燕臺佳句。   春日釀成秋日雨,念疇昔風流,暗傷如許。縱饒有,繞堤畫舫,冷落盡,水雲猶故。念從前,一點春風,幾隔著重簾,眉兒愁苦。特約個梅魂,黃昏月澹,與伊深憐低語。"纏綿詞意殊勝。

七　张缙英　张纨英

張翰風宛鄰《詞選》爲倚聲家圭臬,其子仲遠曾刊其女兄弟詩詞,爲《毘陵四女集》。一門風雅,可想見其淵源有自矣。長孟緹名縉英,適常熟吳廷珍,有《澹菊軒稿》。嘗因《擷芳集》收閨秀詩太濫,《正始集》選閨秀詩太簡,故另選一帙,曰《國朝列女詩録》。次緯青,名珊英,適江陰章政平,有《緯青遺稿》。三婉紃,名綸英,適同邑孫劼,有《綠槐書屋詩》。季若綺,名紈英,適太倉王曦,有《餐楓館稿》。澹菊軒〔浪淘沙〕云:"病怯晚寒嚴,休捲重簾。穿簾無奈朔風尖。人與梅花同瘦損,一晌懨懨。   新月上雕檐,眉影纖纖。閑愁暗逐漏聲添。回首岳雲千里外,清泪空黏。"餐楓館水仙〔疏影〕云:"瑣窗清冷,有仙姿綽約,低榜妝鏡。素面盈盈,玉骨玲瓏,嫣紅怎許相并。冰魂算與瓊樓遠,忍便入等閑花徑。到夜闌明月飛來,簾底暗窺纖影。   還記深宮舊事,翠鬟愁不整,塵夢初醒。故國雲迷,洛水依然,幽恨訴將誰省。珊珊休話凌波步,怕前度佩環難認。盡深深銀蒜低垂,不管曉來風勁。"

八　张縉英　沈善寶

孟緹詞筆秀逸，得碧山、白雲之遺。閨友沈善寶嘗過其澹菊軒，時孟緹初病起，因論夷務未平，養癰成患，相對扼腕。出其近作〔念奴嬌〕，半闋云："良辰易誤，盡風風雨雨，送將春去。蘭蕙忍教摧折盡，剩有漫空飛絮。塞雁驚弦，蜀鵑啼血，總是傷心處。已悲衰謝，那堪更聽鼙鼓。"善寶援筆續云："聞說照海妖氛，沿江毒霧。戰艦橫瓜步。銅炮鐵輪雖猛捷，豈少水師強弩。壯士沖冠，書生投筆，談笑平夷虜。妙高臺畔，娥眉曾佐神武。"前半闋以幽秀勝，後半闋以雄壯勝。張作是無可奈何，沈作是姑妄言之。宗周蓼緯之思，未必便有此事，却不可不有此志。

九　錢潔

陳鼎字子重，號定九，又自署鐵眉道人，著有《滇黔紀游》二卷，《滇黔土司婚禮記》一卷。少時隨宦粤西，值明季騷擾，不克歸。贅土司龍氏女，名繼恒，字又少，年十七而歿。續娶亦龍氏女，本常熟錢伯可女，字瑜素，名潔，幼爲龍氏養女。故《閨秀正始集》訛爲龍全潔。著有《蓉亭詞》。《秋海棠》〔雨中花〕云："滿砌濕紅嬌欲滴。似睡起，渾無氣力。看苔蘚籠香，薜蘿擁翠，相映幽姿別。　　妒煞曉霞爭艷色，奈暮雨絲絲如絲。想腸斷，西風自憐，冷落未與春相識。"

一〇　許芬

祥符周昀叔星譽姬人吳縣女史許蘑令芬，雅擅詩詞，兼工繪事。……又〔臨江仙〕詞云："坐有無聊眠又悶，強扶小婢閑行。曲房如水花簾明。篘腰荷氣嫩，窗眼竹陰清。　　一雨新凉蘇病骨，槐花風灑疏欞。晝長持底遣閑情。重鈎《辭世帖》，細注《度人經》。"情詞婉約，無愧作家。

一一　王采薇

"一院露光團作雨，四山花影下如潮"毘陵王采薇女史《長閣集》中名句也。女史宜黄令蘐山第四女，年二十四而卒，其第三女亦才而早夭。蘐山嘗以之比吳江葉天寥之昭齊、瓊章二女子云。其才調可想見矣。……嘗爲其婿孫星衍手録詩稿一册，孫之姪婿龔慶題其後云："手寫新詩墨細研，永興楷法尚依然。名山各有千秋業，偕老何須説百年。"孫自作事狀云："婚後數日夫人屬余填詞，并約圍棋，余皆未學，頗心愧之，後遂爲小詩酬夫人，而卒不能對弈。"又云："夫人嘗言唐五代詞率可倚聲，被之簫管，春餘夜静，輒取李後主'簾外雨潺潺'詞，按笛吹之，令余審聽，至'流水落花春去也，天上人間'，聞者欷歔。其後寫夫人遺影爲《落花流水圖》以此。"據此，則女史又工詞矣。惜集中衹載"歸夢到江南，緑遍天涯，不認門前柳"之〔醉花陰〕一闋耳。

一二　吳藻

陳雲伯爲小青、菊香、雲友修墓於西泠，徵諸題咏，匯而刻之，顏曰《蘭因集》。仁和吳蘋香藻有南北曲一套。蘋香詞名最著，《花簾》一集，嗣響易安，曲亦頡頏倚殢。

然脂餘韵卷二

一　關鍈　凌祉媛

山陰王眉叔《笙月詞》中，有〔金縷曲〕二闋。序云："關秋芙鍈，錢塘蔣靄卿坦室也，工倚聲，嘗偕靄卿游湖山間，一船書畫，簾影衣香，如神仙中人。余嘗一再過之，靄卿以所著《息影廬詩》及秋芙《夢影詞》見貽。既而羽警逼，靄卿孤身羈越中，落魄蕉萃，人亦無援之者，千里淪胥，音耗遂杳，亂後訪之，則夫婦俱死矣。兩集皆失之，聞其板亦付劫火。偶於仲修齋頭見《夢影詞》，輒假歸重讀一過，不禁慨然，爲題二解。"按《夢影詞》流傳絕少，吉光片羽，同付劫火，又附其名於《笙月詞》以傳，才人多窮，可勝浩嘆。近見秋芙序凌祉媛《翠螺閣詩詞稿》駢文一篇，半豹幸窺，足知全體，急錄之如下，文云："余曩序汪玉卿女史遺集，雅愛其劌鋼冰雪，拔萃羅紈，如沅花冒烟，綽爾姿媚；珊網張月，朗爲襟懷。霞水爲之失鮮，竹素竟至不死。爛火既逝，嗣音爲難，而茝沅（祉媛字）夫人復以翡翠之心，運爐韛其手，輆應鐸而競響，菊爲蘭之殿芳。釵釧瓶盆，爲器不嫌夫異；醍醐酥酪，至味終歸於和。所著《翠螺閣詩》四卷，搴芳媚春，蜚玉疑霧，蘭息胎夢，椒馨麗篇。轆轤井中之絲，槁砧山上之唱。潭水春影，芳草日夕而動魄；紈扇秋輪，素月司魄以凄夜。餐花咀雪，旁及詩餘，華艷之才，殆有天相焉。而乃蓮屢謠夢，蘭煤讖凶。百子之帳不晨，并肩之氈觸痛。琴瑟在御，弦筈遽離，以愛婦高柔，作悼亡潘岳。展象文之篝，莫解胸春；發蟲網之奩，祇增眉繭。嗟嗟！廿四宮真靈之位，慧業何多；九十鏑鍛金之姻，妄緣奚極。雖鳳遭羽以傳采，豹著文而在皮，球壁一篇，烟墨千古，亦飲者留名之想，盡戲言當日之心。而簪星隕秋，玉樹凋夜。華鬘小劫，已完弦氏餘緣；泪雨秋墳，豈憶鮑家遺唱哉！鏌文章依樣，未改葫蘆。哀感中年，況聞琴笛。愴蕣華之易謝，念冰繭之同功。泉陸殊塗，古今同痛，不揣蕪穢，書代糠秕。若謂妝樓紀聞，自有張泌；玉臺序首，當推徐陵。何待瓦礫之姿，濫漬金銀之氣也。羽釵無恙，落紙猶聞；玉葉在人，瓣香未墜。後有感者，當券予言。咸豐四年四月，錢塘秋芙女士關鏌譔。"毗陵孟莼生近從杭縣許子安處得蔣靄卿《夕陽紅半樓詩詞剩稿》鈔本，中附載秋芙女史爲常州莊盤珠作《秋水詞》駢序一篇，字多脫落，故不備錄。秋芙又有《三十六芙蓉詩存》。其妹曰錡，字侶瓊，亦工詩詞。……祉媛，錢塘人，丁松生丙之室。……（祉媛）集中古體以《放歌》及《梁紅玉戰袍小像歌》二首爲最佳，餘則稍嫌力薄；近體則清雋邁俗，風度絕佳。……又〔菩薩蠻〕詞云："檐鈴驚破紅閨夢，曉妝人怯餘寒重。纖手捲簾衣，風前放燕飛。　　落紅紛似雪，倦了尋香蝶。樓外易斜暉，春歸人未歸。"亦清逸可誦。女史生於四月八日，製有玉牌鎸"與佛同生"四字。

二　翠螺閣稿題詞

《翠螺閣稿》，閨秀題詞者頗多。序則有吳蘋香藻、關秋芙鍈，詩則有錢塘鮑玉士靚、仁和高子柔茹、仁和施蓮因貞、錢塘孫譜香佩蘭、錢塘張蓮卿佩珍，詞則有吳縣陸芝仙蒨、錢塘韓菊如瑛、仁和夏耦鄰霅雯、漢陽燕燕貽翼、仁和趙君蘭我佩、仁和汪雯卿静娟，皆一時金閨杰彦也。韓菊如〔憶江南〕二闋云："聰明誤，冰雪擅才華。秋雨芙蓉人似玉，春風楊柳筆生花。雲錦織流霞。""聰明誤，才藻損年華。剩有新編工柳絮，堪嗟薄命比桃花。鸞馭返烟霞。"陸芝仙〔乳燕飛〕云："獨抱牙琴怨。忒無端、一彈再鼓，朱弦重斷。天下傷心誰似此，恨海終難填滿。嘆歲月、暗中偷換。刻燭論詩人似玉，怎匆匆、鏡裏空花幻。便夢也，抑何短。　　翠螺眉黛紅螺硯。最凄凉、一般閑却，張郎斑管。剩有閨中酬唱稿，待付香檀梨板。未讀也、寸腸先斷。何況痴情儂也累，算蠶絲、未了餘生喘。愁病味，備嘗慣。"過變以下，聲情激越，抑何其言之悲也。

三　劉琬懷

陽湖劉芙初女兄琬懷，字撰芳，著有《問月樓詩草》。……琬懷又工詞。家園中有紅藥數十叢，臺榭參差，闌干曲折，與諸昆仲及同堂姊妹常聚集其間，分題吟咏。填有長短調六十闋，名《紅藥闌詞》。後至京師，又成數十闋，名《補闌詞》。其〔浣溪沙〕二首云："消遣閑愁百卉中。金鈴小宕語丁冬。海棠紅暖一簾風。　　漫學唐宮傳鼓促，未煩隋院剪刀工。輕衫薄袖倚闌東。（看花）”“坐對銀缸細細挑。停針忽聽響蕭蕭。幾聲風驟打窗寮。　　多事檐前懸鐵馬，無端庭畔種紅蕉。總拌不寐到明朝。（聽雨）”

四　沈纕

吳門張滋蘭（允滋），與張紫蘩芬、陸素窗瑛、李婉兮嫩、席蘭枝蕙文、朱翠娟宗淑、江碧岑珠、沈蕙孫纕、尤寄湘澹仙、沈皎如持玉結清溪吟社，世所傳“吳中十子”者是也。……蕙孫號散花女史，教授起鳳女。善洞簫，製有《簫譜》。其所著有《繡餘集》《翡翠樓詩文集》。〔浣紗詞〕嘗有“聽殘紅雨到清明”之句，膾炙人口，咸稱“紅雨詩人”。詞中佳構，如《送春》云：“梨花春雪，杏花春雨，畢竟春歸何處。問春春不語。”秀逸無比。

五　浦夢珠

袁隨園孫女紫卿，適江寧吳伯鏌大令。著有《簪筍閣詩》，《於歸後三日對鏡》云：“曉起窗前整鬢鬟，畫眉深淺入時難。鏡中似我疑非我，幾度徘徊不忍看。”情致絕佳。同時有浦合雙女士夢珠〔臨江仙〕詞云：“記得纕笄侵曉起，畫眉初試螺丸。春痕淡淡上春山。乍驚新樣窄，較似昨宵彎。　　一樣敷來仙杏粉，難勻怪煞今番。傳聞郎貌玉珊珊，妝成嬌不起，偷向鏡中看。”與前詩可謂異曲同工。按浦女士詞共有十二首，黃韵珊《國朝詞綜續編》錄其六首，并序云：“嘉慶甲子上元，從芙蓉山館得蘭村先生〔臨江仙〕詞十二闋。久深泥絮之悲，復動風蘋之感。強收鮫淚，研以麝臍。依數和成，用申惆悵。惟是天名有恨，媧補難全；水號相離，禹疏不到。頻喚奈何，冀逢子野；竟能悔過，尚望連波。錄奉璧雙夫正之。薛濤箋小，難遍書薄命之詞；秦女笙清，或善譜工愁之曲耶？”詞云：“記得春閨初學繡，花繃高似身長。金針拈得費思量。不分花四角，何處到中央。　　碧綠青紅親手理，殘絨唾上紅窗。嬌痴渾未識鴛鴦。怪他諸女伴，偏愛繡雙雙。”“記得鬌絲初覆額，綠雲低壓眉齊。人誇心巧有靈犀。簸錢贏智姊，鬥草勝蘭姨。　月影一庭邀小婢，迷藏閒捉樓西。往來花底影迷離。怕人聞響屧，劃襪上唐梯。”“記得水紋涼不動，一天雲浸魚鱗。畫船欲上更逡巡。羅衣輕似葉，香借藕花熏。　忽地白蘋風起處，蘭橈吹近湖濱。關心未肯采紅菱。憎他絲宛轉，生性解纏人。”“記得雙星偷拜日，輕開橷子冰紋。沉沉深院寂無人。生憎風一陣，低揭藕絲裙。　八尺藤床紅玉枕，桃笙一綫涼痕。惺忪夢破乍回身。鬢松誰替整，狼藉一窩雲。”“記得消魂橋畔路，無端細馬馱歸。蘼蕪長遍舊紅閨。縷金箱啓處，塵滿五銖衣。　聞説犀簾紅淚漬，檀奴瘦減腰圍。紅牆不隔燕雙飛。怪伊難寄恨，衹解啄香泥。”“記得傷春經病起，日長慵下妝樓。慧因悔向隔生修。草偏栽獨活，花未折忘憂。　尺幅生綃窗下展，親將小影雙鈎。畫成未肯寄牽牛。衹緣描不出，心上一痕秋。”末首視崔徽寫真寄裴，更進一意，倍覺凄艷動人。

六　沈宛

清初詞人，工爲南唐五季語者，當以納蘭容若爲最。《飲水》一編，既已如柳七之“曉風殘月”，有井水處，傳唱殆遍矣。余最愛其集中悼亡諸作，逸響凄音，含思宛轉，想見閨中風調，亦復不凡，宜乎熏香荀令，有神傷之戚也。然觀蔣氏《詞選》録吳興女史沈御蟬（宛）《選夢詞》，謂是容若妾。其〔菩薩蠻〕云：“雁書蝶夢都成杳，雲窗月户人聲悄。記得畫樓東，歸驄繫月中。　醒來燈未滅，心事和誰説。衹有舊時裳，偷沾淚兩行。”妾侍中有如許才調，乃飲水詩詞中，絕無一語提及，宜詞意之有怨抑矣。

七　馮弦

毛西河年少時，以度曲知名。薄游馬州，當壚者馮二名弦，夜聞西河歌，倩人致意。西河辭之曰："吾不幸遭厄，吹箎渡江，彼傭不知音，豈誤以爲我爲少年游耶？"次日遂行。馮氏有讀西河新詞〔江城子〕二闋云："綠陰何處曉啼鶯。弄新聲，最關情。一夜寒花，吹落滿江城。讀得斷碑黃絹字，人已渡，暮潮橫。"（其一）"蘭陵江上晚花飛。冷烟微，著人衣。無數新詞，最恨是桃枝。待得蘭陵新酒熟，桃葉好，送君遲。"（其二）誦之殊覺淒惋。

八 卜娛

臨桂況夔笙近刊《二雲詞》，有咏六三園綠櫻花數首。其〔南浦〕第一咏序云："日商某氏寓園，在寶山縣境天通庵東北。園中櫻花，深紅、淺紅、白色各不下十數株，惟綠色衹二本，殆亦艱致。曩見綠菊、綠茉莉，花仍白色，微含碧暈而已，此花竟花葉同色，誠異品矣。如鬌年碧玉，鞾袖含情；又如萬點垂楊雨，和烟欲滴。自有花以來，未有若斯芳倩者也。倚樹無言，令人作天外飛瓊想。"後附其夫人吳縣卜女史娛和作，〔玉樓春〕第四咏云："春波照影亭亭立，妒煞垂楊幽徑側。翠紅相喚越精神，回首扶桑初日出。　　宮眉淺黛羅衣碧，比似丰姿渾未及。膽瓶誰插最繁枝，雨過天晴同一色。"瑤想瓊思，爲綠櫻花生色不少。

九 許若洲

前記福州許若洲事。按若洲歸吳門李春亨，早卒，有《繡餘遺稿》二卷，附《詩餘》一卷，徐懶雲爲之序。集中語多新穎。

一〇 薛瓊

同里薛瓊，字素儀，李芥軒（崧）繼室也，雅愛詩詞。夫婦白首偕隱，有梁孟風。子大本，亦能世其業。婦人以才著而無缺陷者，人推素儀。嘗同芥軒賦〔沁園春〕云："利鎖名繮，蠅頭蝸角，且自由他。幸瓶中鼠竊，尚餘菽粟；畦邊蟲嚙，還剩蔬瓜。隨意盤餐，尋常荆布，無愧風流處士家。齊眉案，看鬢霜髭雪，漸老年華。　　何妨嘯傲烟霞。喜到處徜徉景物賒。且籃輿同眺，青山紅樹；蓬窗共泛，白露蒼葭。出不侵晨，歸常抵暮，稍有囊錢便買花。隨兒女，各經營耕織，檢點桑麻。”芥軒前室吳溫卿，名如玉，亦能詩，性尤嗜弈。疏簾虛閣，子聲丁丁，竟日不倦，年二十三卒。

一一　楊璿華

陽湖楊蘊蕚女史，名璿華，適宜興徐氏，早寡。事父母，以孝聞。能詩詞，兼好篆隸。有《聽秋館詩詞稿》。詩多古風，取法甚高，無闈襜綺艷之習。詞共數十首。〔清平樂〕云：“晝長人倦。寶鴨沉烟暖。檻外閑雲和夢捲。寂寞綠陰深院。　　愁多懶整花鈿。酒醒猶是慵眠。鶯燕已銜春去，空餘長日如年。”〔臺城路〕《蓬山秋夜》云：“小園一夜西風急，羈懷更添寂寞。敗葉敲窗，清寒驚夢，頓起閑愁萬斛。鷗盟搖落。況雁序無多，又分南北。自擁羅衾，静看冷月透簾幕。　　霜毫寫就新句。但知音別後，誰和新曲。燈暗砧殘，天空籟静，聽盡千山落木。柔情難托。悵拾翠吟紅，舊時行樂，回首前游，幾人能再續。”頗清婉可誦。

一二　吕采芝

陽湖趙鶴皋室吕采芝女史壽華，有《幽竹齋詩》，及《秋笳詞》一卷。柏舟早賦，率多凄楚之音。〔蝶戀花〕《春暮憶妹》云：“寂寞重簾庭院悄。門掩梨花，燕子歸來早。寒食清明都過了，池塘又見荷錢小。　　極目荒烟迷古道。冀北江南，夢逐征鴻渺。盼得魚書偏草草，近來肥瘦難知曉。”頗見風致。

一三　伍蘭儀

毘陵閨秀，瓣香秋水者多。伍蘭儀女史尤能嗣響盤珠，有《綠蔭山房詞稿》。〔壺中天〕《送春》云："簾前鳥語，正景色融和，乍晴天氣。柳綠桃殘春已暮，惆悵人生如寄。匣裏珠璣，囊中錦綉，一旦皆捐弃。浮雲過盡，塵緣回想無味。堪嘆粉蝶尋香，游蜂釀蜜，也被韶光餌。轉瞬落紅滿地，猶是相偎相倚。萬種凄凉，千般懊惱，終日如沉醉。無情風雨，韶光一霎更易。"蓋女史歸陸雁峰司馬，殉庚申之變，故所作詩詞，類多凄惻云。

一四　莊盤珠

《秋水集》，陽湖莊盤珠作。盤珠字蓮佩，有鈞女。有鈞善説詩，盤珠聽之不倦。每謂父曰："願聞正風，不願聞變風。"……盤珠尤以詞著。有清中葉以後，閨閣倚聲不得不推蘇之莊、浙之吳爲眉目。《秋水》一編，藝林傳播，尤以錢塘關秋芙選刊本爲最精。兼金雙玉，美不勝收。余最愛其〔探芳訊〕《咏絡緯》云："冷消息，到曉露牆根，晚烟籬隙。正綉衾夢斷，豆花又風急。殘燈窗裏明還暗，月在窗前白。忽驚猜、巷北街西，那家宵績。何日便成匹。怪響引絲長，緩憐絲澀。静夜寒閨，幽韵雜刀尺。亂愁誰漾千千縷，争把秋心織。便無愁也，自聽他不得。"末句如率更得意書，鐵畫銀鈎，力透紙背。又〔踏莎行〕《大兄寄示京口懷古詞》云："白日西馳，大江東注。朝朝暮暮相逢處。其旁坐老有青山，不愁不笑看今古。　渡口帆檣，波心鐘鼓。後人又逐前人去。莫將詞句擲寒濤，多情恐惹蛟龍怒。"豪情壯采，遂可與左杏莊"擲於巴江流到水，且莫回頭"一唱，把臂入林。若閨中傳唱其"一院海棠春不管，儂替花愁。知道明年人在否，花替儂愁"。則格韵卑下，復堂所謂"東風紅豆，最下最傳也"。

然脂餘韵卷三

一 董琬貞

雙湖夫人董氏，名琬貞，字容壺，曉滄先生之孫女也。曉滄先生贅於海鹽，遂家焉。琬貞有小印曰"生長蓉湖家澂湖"，因以"雙湖"自號。嘗畫墨梅寄雨生九江，題〔卜算子〕詞以代家書。詞云："折得嶺南梅，憶著江南雪。君到江南雪一鞭，可是梅時節。　畫了一枝成，沒個誰評説。抵得家書寄與看，瘦似人今日。"雨生依韵和云："一夢落春風，萬里緘香雪。不定相逢在幾時，別是黃梅節。　別恨雨紛紛，祇共梅花説。嫁得林逋瘦一雙，長是天寒日。"客窗吟諷，何減秦嘉、徐淑之贈答也。

二 楊全蔭

《縮春詞》，楊芬若女史作。儀徵畢幾庵室也。幾庵選《銷魂詞》，以女史之作爲殿。鳳尾鴛心，自成馨逸。〔醉桃源〕云："晚妝樓上夕陽斜，無聊掩碧紗。東風不管病愁加，開殘紅杏花。香篆冷，繡簾遮，春深別恨賒。可堪夢裏説還家，魂銷天一涯。"〔珍珠令〕云："鷓鴣唱斷江南路。春光暮。早吹落、櫻桃飛絮。彈泪問東風，奈東風不語。　一寸柔腸愁萬縷。撥瑤瑟、心情難訴。難訴。又院宇黃昏，瀟瀟疏雨。"〔太常引〕云："斷腸春色可憐宵。心事湧於潮。魂倩不禁銷。奈夢裏、蓬山路遙。　桃花簾外，嫩寒如水，吹瘦小紅簫。銀燭不勝嬌。早又是，盈盈泪消。"使子野見之，奈何之喚。正不必待聞清歌時耳。女史又有《縮春樓詩詞話》，余未之見。

三 黃易瑜

《湘影樓詩選》，漢壽黃易瑜著。瑜字仲厚，爲仲實、叔由兩先生女弟，風承香茗，舫詣可知。近承以原稿郵示。……詩後附詞若干闋。〔念奴嬌〕《謝仲實五兄贈硯》云：“紫蜺一片，是媧皇當日，補天之石。墨韵苔花凝結處，幻作蒼然深碧。金盌留香，玉蟾浥露，應笑痴成癖。多君持贈，綠窗清伴晨夕。　　誰信似錦華年，吹花掠絮，綺句難尋覓。願祝掃眉班管上，分得墨池仙液。滿紙松烟，一奩桃雨，細寫烏絲格。青缸如豆，夜涼吟倦秋色。”置之湘社集中，真不愧玉舅金友也。

四　趙我佩

曩主《説報》時，與泰縣顧君秉文結文字交。別去數年，未通一訊。近秉文知余有《女報》之輯，郵寄《碧桃仙館詞稿》一册，著者爲趙我佩君蘭女士，秋舲先生之淑女也。世其家學，所作以輕圓流麗見長。〔卜算子〕云：“密意亂如絲，別淚濃於酒。眉上春山臉際霞，都爲春消瘦。　　記得去時言，約在梅開後。風信而今過海棠，到底歸來否？”〔鬢雲鬆〕云：“釧金鬆，釵玉溜。新月如眉斗。數盡迢迢良夜漏。夢也難成，夢也難成就。　　綠陰肥，紅雨瘦。春去天涯，人去天涯久。客裏傷春兼病酒。花似當時，人似當時否？”〔浣溪沙〕云：“寒戀重衾麝靄消。魂飛上木蘭橈。些些微夢段家橋。　　楊柳簾櫳無賴月，梨花院落可憐宵。那人何處夜吹簫。”〔洞仙歌〕《六月十六日有懷湖上昔游》云：“去年今日，記紅腔唱徹。畫舫聯吟載明月。自秋風別後，冷了鷗盟，湘浦外、盼斷玉人遺玦。　　萍踪原是夢，夢忒如烟，聚散浮雲易消滅。又是去年時，又是花開，更又是、月圓時節。怎今日飄零各天涯，料銀漢姮娥，也應愁絕。”〔鬢雲鬆〕《寄外》云：“雨疏疏，風細細。翠袖生涼，人坐紗屏裏。小夢惺忪眠又起。下了簾鈎，叠了芙蓉被。　　匣中書，書上字。字字相思，書滿桃花紙。雙鯉迢迢和淚寄。水遠山長，傳到君邊未？”〔疏影〕《秋花用白石韵》云：“烟消砌玉，剩娉婷鳳子，枝上寒宿。翠減紅疏，顧影亭亭，含愁倦對籬竹。繁華事散春無迹，係舊夢、江南江北。怕瘦人、幾日西風，病起倚欄情獨。　　插向釵頭鏡裹，晚香帶露重，低鬟鬢綠。月墮湘簾，燭冷銀屏，不是當年金屋。空階夜伴吟蛩語，似訴説、九回腸曲。待倩伊、綉入鮫綃，又恐泪痕盈幅。"〔柳梢青〕《重陽風雨口占》云："冷冷清清，風風雨雨，寂寂寥寥。密密疏疏，蕭蕭颯颯，暮暮朝朝。　　倦游人怕登高。拚冷落、詩瓢酒瓢。病裹看花，愁邊説夢，那不魂銷?"每誦一過，口角生香，擬諸秋舲先生《香消酒醒詞》，可謂典型不遠。

五　友琴主人

《碧桃仙館詞》，徐氏小檀欒室已收入叢刊中。（書名無仙字。）所録較此爲多，而此本中之遺珠碎玉，未登珊網者，亦復不少，疑此從手寫初稿録出也。卷首有女士同里程秉釗君序，稱是書於同治初元從海陵録得。觀集中亦有《癸丑七月海陵舟次悶賦》〔雨中花〕一闋，固知瑶裝小駐，天風咳唾，偶落人間，遂作飛瓊瀉漏也。女士又工詩善畫，俱見程式。程既録得是書，其婦友琴主人熟誦傾服，以爲不可磨滅，將屏當付梓。未及舉行而溘先朝露，書後友琴女士題〔賣花聲〕一闋云："嬌語炙銀簧，刻徵吟商。碧桃花下幾斜陽。如水年華容易過，争不思量。　　小令近南唐，蕩氣回腸。别離滋味況他鄉。儂亦芰荷香裹坐，細數鴛鴦。"後《跋》："《碧桃仙館詞》多懷遠之作。丙寅六月，復讀一過，率題〔賣花聲〕一解。時外子客信州未歸也。"閨閣神交，相憐同病，附記於此，爲詞苑中增一重佳話，并志良友之厚惠也。

六　俞綉孫

武林許子原（佑身）德配俞綉孫（彩裳），曲園老人女公子也。幼時曲園以《咏月》爲題，使賦一詩甚工，曲園大喜，名其居曰"慧福樓"。歸許氏後，子原好爲詞，彩裳乃復致力於詞。年三十四而卒。卒前數月，將詩存稿悉付之火。曲園檢其未焚之稿，序而刻之，名曰《慧福樓幸草》。蓋取《論衡》"火燔野草，其所不燔，名曰幸草"之意也。序中又稱彩裳嘗賦《落花詞》有云："嘆年華，我亦愁中老。"今此詞《幸草》中不載，當亦在一炬中矣。〔長亭怨慢〕《寄靜壹主人（子原別號）》云："正三月、落花飛絮。歲歲銷魂，綠波南浦。剩有紅箋，斷腸留得斷腸句。一江春水，量不盡、情如許。欲別更徘徊，但泪眼、盈盈相覷。　日暮。縱歸舟不遠，已抵萬重雲樹。無眠强睡，怕辜負翠衾分與。想別後、獨自歸來，對羅帳、凄凉誰語。祇兩地相思，挑盡一燈疏雨。"又〔洞仙歌〕云："無端一別，隔雲山千里。錦字緘愁倩誰寄。算浮生總是，會少離多，判負却、燈下花前月底。　記曾留後約，何事蹉跎，冷落銀屏舊時意。寄語遠游人，知否閨中，空斷望、歸舟天際。更莫問相思幾多深，也不說相思，者般滋味。"〔浪淘沙〕云："記得昔同游，楊柳灣頭。落花流水兩悠悠。莫道春愁禁不起，還是春愁。　款乃櫓聲柔，夢也難留。輕寒翠被冷香篝。睡起斜陽明雉堞，錯認杭州。"皆有清麗芊綿之致，勝於詩多矣。又〔青玉案〕《咏端午》云："一樽淺注菖莆綠。漸醉倚，屏山曲。戲綰采絲長命續。瑤階烟草，翠廉風竹，庭院清無俗。　輕衫乍换冰綃縠。也不學新妝束，午睡醒來釵墜玉。聊吟人去，對花人獨，歸燕梁間宿。"亦佳。

七　姚栖霞

客冬諸暨蔣孟槼手録吳江姚栖霞女士《剪愁吟》見寄，爲常熟蔣再山刊本，即朱春生所云周雲豪刪存之本，而郭頻伽、鄭瘦山諸人爲之題詞者也。都近體詩四十八首。……《詩徵》小序又稱女士填詞，秀雅可誦。有咏牡丹〔滿庭芳〕云："問人間富貴，誰復如君。但恐荼蘼開後，風流褪、誰共芳樽。添愁恨，紅妝泪灑，無語黯銷魂。"工於比興，無愧作家，惜全闋不傳。

八 徐乃昌一門風雅

南陵徐積餘先生乃昌，一門風雅。聘室仁和許德蘊女士，字懷玉，周生曾孫女也。著有《繡餘自好吟》。姬人江都趙春燕，字拂翠，著有《記紅詞》，次女婉，字怡怡，小字雲仙，著有《紉蘭詞》。六女華，字苕苕，小字茗仙，著有《香雲詞》。均未字卒。苕苕工畫蝴蝶，先生嘗以其遺畫見示。玉梅花庵道人題詩云："兒家身世渾如夢，寫出翩翩影自悲。今日阿爺和淚看，淞江又是蝶飛時。"

九 吳藻

吳蘋香《花簾詞》，有寄懷雲裳〔浪淘沙〕〔江城梅花引〕各調。又〔金縷曲〕《題雲裳〈錦槎軒詩集〉》云："一夜觀星墮。步珊珊、碧空飛下，水仙花朵。名將儒風從來少，況有雛鳳親課。喜嬌小、才勝偏左。硯匣琉璃隨身抱，拂紅箋、吟盡書窗火。九天外，落珠唾。　　凝妝鎮日臨池坐。好清閑、書禪畫聖，香名早播。始信大家聲調別，福慧他年誰過。覺展卷、自慚形涴。儂是人間傷心者，怕郊寒島瘦詩難可。拈此闋，代酬和。"以蘋香之才而傾倒如此，可以知雲裳矣。

一○ 熊璉

自古婦人工詩畫者甚多，而能評論古今、作詩話者絕少。如皋熊澹仙夫人者，名璉，苦節一生，老而好學，嘗著《詩話》四卷。……澹仙詩詞俱妙，出於性靈。《題黃月溪乞食圖》云："田園蕩盡故交稀，舞榭歌宴一夢非。未必相逢皆白眼，憑他黃犬吠鶉衣。"借題發揮，罵盡世人。又有感悼詞數十首，集曰《長恨編》，類皆爲閨中薄命作也。未能全錄，僅記其題辭〔金縷曲〕一闋云："薄命千般苦。極堪哀、生生死死，情痴何補？多少幽貞人未識，蘭蕙香消荒圃。埋不了、茫茫黃土。花落鵑啼凄欲絕，剪輕綃、那是招魂處。静裏把，芳名數。　　同聲一哭三生誤。恁無端、聰明磨折，無分今古。憐色憐才憑吊裏，望斷天風海霧。未全入、江郎恨賦。我爲紅顏頻吐氣，拂霜毫、填盡凄凉譜。閨中怨、從誰訴。”

一一　楊琇

女郎楊琇，字倩玉，家杭州東城羊市，明慧娟靚，雅善篇咏，有《西湖竹枝》云：“斷橋西去竹間廬，不道山孤人亦孤。嶺上梅花知妾是，水中萍葉似郎無。”人皆傳誦之。後歸沈通聲爲妾。通聲〔浣溪沙〕云：“一帶高城蕭寺東。遠山映水入簾空。個人凝立畫屏中。　　衣褶暗藏花露濕，領巾斜沁粉香融。怎禁往事意惺忪。”爲倩玉作也。通聲字豐垣，號柳亭，仁和人。學於臨平沈去矜，最工詞，纏綿處似柳屯田，清穩處似趙仙源。厲樊榭嘗稱其“不肯上秋千，爲怕東牆近”之句，謂古人無以過也。

一二　成都夫人茂份

冷女史蕙貞，生而聰慧，女紅之事，一見輒精。能作小楷書，其父權江北某縣，官文書多出其手。偶然作畫，超妙勝於時流。戚黨見之，詫爲神仙中人。惜其姊怛化，傷悼太甚，不數日亦同歸切利矣。嘗作《秋花》長卷，爲成都夫人茂份所見。夫人夙工繪事，自謂研究十餘年，無此工力。爰題〔减字浣溪沙〕四闋於幅端云：“幾穗幽花颭草蟲。冷紅凉綠一叢叢。小屏風上畫幽風。　　如此秋光如此艷，者般畫筆者般工。者般工有幾人同。”“也似當年葉小鸞。秋風橫剪燭花殘。生綃八尺勝琅玕。　　聞道焰摩歸去早，浮提容得此才難。寫圖留與阿娘看。”“樹蕙滋蘭記小名。些些年紀忒聰明。一天秋韻畫中生。　　殺粉調朱真個好，吹花嚼蕊若爲情。南樓斂手憚冰鸞。”“好女兒花好女兒。幽花特與素秋宜。華鬘一現使人思。　　儂也愛花耽畫癖，寫生也在少年時。祇慚工麗不如伊。”右作輕清婉麗，直可遠姒幽栖（朱淑真），近娣秋水

（莊盤珠），妙畫清詞，允推雙絶矣。

一三　曹惜芳　曹惜雲

曲江曹惜芳、惜雲，不知何許人，近以所作詩詞見寄，爲録數首於下。……惜芳〔清平樂〕《坐月》云："蟾漪瀲玉。人影天涯獨。鏡檻妝成調鈿粟。應减舊時蛾緑。　　歸來夢斷關山。捲簾暝怯春寒。誰信黛鬟雙照，一般孤負闌干。"惜雲〔虞美人〕《聽雨》云："夢回鴛瓦疏疏響，燈影明虚幌。争禁此夜客天涯，細數番風况近玉梅花。　　比肩笑向巡檐索，怕見檐花落。傷春人又病懨懨，拚與一春風雨不開簾。"造詣雖未臻極頂，綺麗之思，以清雋出之，可造才也。

然脂餘韵卷四

一　孫蓀意

《衍波詞》一卷，仁和孫秀芬（蓀意）女士著。清圓流轉，出入於頻伽、憶雲二家，附庸浙派，當之無愧。〔蝶戀花〕云："深掩重門春院静。又是年時，一段銷魂景。未過花朝春尚嫩，柳梢漸覺黄金褪。　　睡起髻鬟斜不整。注罷沉檀，火滅香篝冷。簾外櫻桃花落盡，晚來幾陣東風緊。"前調《七夕》云："又見佳期逢七夕。烏鵲橋成，欲渡還嬌怯。一歲離情應更切，銀河執手低低説。莫怪天孫斷腸絶。修到神仙，尚有生離別。風露悄凉人寂寂，夜深獨向瑶階立。"吹氣如蘭，絶似《花簾集》中佳著，非尋常揉指弄粉者比也。

二　何桂珍

善化何根雲（桂清），咸豐丁巳，開府兩江。白面談兵，黑丸嘯野，朝廷倚若長城，壁壘等於灞上。卒以狃於半壁之安，遂致符離之潰。生平功罪，載在史官，可不具論。要其文采風流，固自不可磨滅。其女弟曰桂珍，字梅因，適於俞，爲紹初太守德配。著有《枸櫞軒詩詞鈔》。馨逸清芬，足光家乘，不第夢草池塘，連枝競秀也。……閨秀作詞，多工小令，慢詞已屬罕見，長調則更闃如也。良以《花間》之貌易工，兩宋之神難襲也。《枸櫞軒詞》獨多宏著。〔鶯啼序〕《和夢窗荷花韵》云："嚴霜沍空一白，壓樓臺在水。冷香暗透絳紗窗，數枝風弄梅蘂。猛聽得、荒譙戍鼓，嗁烏遠逐邊聲墜。恨神州馳羽，無端引動塵思。　坐甲材官，枕戈將領，盡關東鼠子。倚寒簫、空泣銅仙，甘泉書杳未至。莽乾坤、旄頭火燒，問何日、靈旗森指。且狂歌，拍手洪崖，九天輸意。生涯鉛槧，心事波瀾，妒北宮穩寐。冰鏡下、幾回起舞，瞥見蓮炬，分影雙枝，對傾紅淚。魚須筲落，龍頭鼎冷，當年塵夢渾如昨，換酡顏、一夕成蕉萃。魂礨骨恨，拈花頓悟前因，委懷五千言裏。　年華老去，滾滾黃沙，蹙眉心損翠。況説是、江淹久別，蘇季清貧，可耐瓶笙，把寒催起。登樓試望，黏天衰草，舊時道路人影絶，盼歸鴻、準誤雲屏倚。無言彳亍危闌，手攬《離騷》，血痕涴紙。"感事傷時，清空如拭，出自閨幃，允稱難得。其餘可誦者，如〔清平樂〕《秋蝶》云："水風池閣。寒沍銖衣薄。欲與秋花尋舊約。又怕秋花冷落。　玉京仙子慵妝。無心管領年芳。没個人間并剪，絲絲剪斷柔腸。"〔行香子〕《月下橫琴》云："孤鶴沖烟。怨鵠窺筵。占空階、自寫纏綿。何來玉鏡，飛來冰弦。聽一聲清，一聲斷，一聲連。　鉛杵秋邊，歌舞人間。且停三弄問青天。瓊樓碧宇，今夕何年。但樹蕭疏，花黯淡，草萋芊。"又有"塵事如梅味總酸"，七字甚佳。

三　黄婉璩

寧鄉黄婉璩，字葆儀，工詞。《江樓晚眺》〔滿庭芳〕云："雲擁遥青，山拖淺碧，暝烟飛上層樓。柳絲搖夢，分緑挂簾鈎。何處書傳錦字，南來雁、聲斷贛洲。蕭疏甚，楓林斜照，紅染半江秋。　　凝眸。天渺渺，帆搖楚尾，川遠吳頭。算多少征魂，空載扁舟。怕聽湘騷寫怨，銷不盡、香草風流。蒼茫裏，愁痕界破，飛起一汀鷗。”《寄懷表妹》〔行香子〕云：“相別多時。相見無期。記從前、團聚深閨。藏鈎硯北，刺繡樓西。正月初明，雲初斂，雁初飛。　　亞字闌回，丁字簾垂，夜將殘、寒透羅衣。欲譜瑶琴，難寄離思。恨岳雲遥，湘水隔，錦書稀。”葆儀爲花耘廣文女，瀏陽歐陽雨舟室，虎痴侄女，生章華膴，涵濡風雅，故造詣特精。著有《茶香閣集》。

四　關鍈

往讀錢塘關秋芙駢文，以不得其詞爲恨。後從劉子佩琛許得秋芙《夢影樓詞》刊本，并蔣靄卿《秋燈瑣憶》，正如十年面壁，親到靈山，香火前緣，頓消塵俗。《瑣憶》作於靄卿悼亡之後，中多秋芙逸事。秋芙從靄卿學琴，時於蘇公堤畔、石屋洞中鼓《平沙落雁》《漢宮秋怨》之曲。又喜與靄卿手談，靄卿戲舉竹垞詞云“簸錢鬥草已都輸，問持底今宵賞我”，秋芙微愠，而好弈如故。書學於魏滋伯、吳黟山，學畫於楊渚白。又善以金盆搗戎葵葉汁，雜以雲母之粉，用紙拖染，其色蔚緑，雖澄心之紙，無以過之。嘗爲靄卿録《西湖百咏》。郭季虎題靄卿《秋林著書圖》云“詩成不用苔箋寫，笑索蘭閨手細鈔”，即指此也。池上桃花爲風雨所摧，秋芙拾花瓣砌字作〔謁金門〕詞云：“春過半，花命也如春短。一夜落紅吹漸滿，風狂春不管。”春字未成，而東風驟來，飄散滿地。秋芙悵然，靄卿曰：“此真個‘風狂春不管’矣。”相與一笑而罷。又喜種芭蕉，秋來風雨著蕉葉，聞之心與俱碎。靄卿戲題斷句於葉上云：“是誰多事種芭蕉，早也瀟瀟，晚也瀟瀟。”秋芙續云：“是君心緒太無聊，種了芭蕉，又怨芭蕉。”瑣瑣寫來，想見閨中風雅。珠嗁玉唾，皆當作叢鈴碎佩觀，從天風吹下人間也。《夢影詞》淵源浙派，刻意清新。〔高陽臺〕《送沈湘佩入都》云：

"泪雨飄愁，酒潮流夢，惜花人又長征。見說蘭橈，前頭已泊旗亭。垂楊原自傷心樹，怎怪他、踠地青青。向天涯、一樣纏綿，各自飄零。　開筵且莫頻催酒，便一杯飲了，愁極還醒。且住春帆，聽儂細數郵程。壓船烟柳烏篷重，到江南、應近清明。怕紅窗、風雨瀟瀟，一路須聽。"居然郭十三薝夢樓中故物。〔蝶戀花〕云："幾日池塘雲不住。柳也濛濛，想做清明雨。半榻茶烟和夢煮，畫屏幾點江南樹。　欲捲珠簾風不許。如此黃昏，休去移箏柱。樓上晚山青不去，夕陽正在鴉歸處。"三事大夫，憂生念亂，其作於粵氛漸逼時乎？最佳者莫如《夕陽》一首，調寄〔高陽臺〕云："斷雁飄愁，盤鴉聚暝，一鞭殘夢歸鞍。酒醒郵程，嶺雲隴樹漫漫。渡江幾點歸帆影，近荒林、一帶楓斑。最難堪，第一峰前，立馬斜看。　而今休說鄉關路，剩濛濛烟水，瘦柳漁灣。短帽西風，古今無此荒寒。蘆箏聲裏旌旗起，問當年、誰姓江山。有悠悠、幾處牛羊，短笛吹還。"沉雄激宕，中邊俱徹。閨中若准"張春水"之例，正可稱爲"關夕陽"也。至答沈湘濤〔金縷曲〕〔邁陂塘〕二首，一片禪機。陳王八斗才，秋芙以一人兼之，欲不早死得乎？

五　賀雙卿

雙卿愛菊，植野菊於破盂，春釁皆對之。爲菊花詞，調寄〔二郎神〕詞曰："絲絲脆柳，裊破淡烟依舊。向落日、秋山影裏，還喜花枝未瘦。苦雨重陽挨過了，虧耐到、小春時候。知今夜、蘸微霜，蝶去自垂首。　生受。新寒浸骨，病來還又。可是我、雙卿薄幸，撇你黃昏靜後。月冷闌干人不寐，鎮幾夜、未松金扣。枉辜却，開向貧家，愁處欲澆無酒。"一日餉黍遲，夫怒，揮鋤擬之。雙卿歸，爲詞一首，調寄〔孤鸞〕，詞曰："午寒偏準，早瘧意初來，碧衫添襯。宿鬢慵梳，亂裹帕羅齊鬢。忙中素裙未浣，摺痕邊、斷絲雙損。玉腕近看如繭，可香腮還嫩。　算一生淒楚也拚忍。便化粉成灰，嫁時先忖。錦思花情，敢被焚烟熏盡。東甾却

嫌餉緩，冷潮回，熱潮誰問？歸去將棉曬取，又晚炊相近。”暮時
左携帚，右挾畚，自場歸，見孤雁哀鳴投墟中宿焉，乃西向佇立而
望，其姑自後叱之，墮畚於地。雙卿素膽小易驚，久疾益瘦損，聞
暗響即怔忡不寧，姑以此特苦之。乃爲孤雁詞調寄〔惜花慢〕，詞
曰：“碧盡遥天。但暮霞散綺，碎剪紅鮮。聽時愁近，望時怕遠。
孤鴻一個，去向誰邊。素霜已冷蘆花渚，更休倩、鷗鷺相憐。暗自
眠。鳳凰縱好，寧是姻緣。　　凄凉勸你無言。趁一沙半水，且度
流年。稻粱初盡，網羅正苦，夢魂正警，幾處寒烟。斷腸可是嬋娟
意，寸心裏、多少纏綿。夜未闌。倦飛誤宿平田。”雙卿寫詩詞，
以葉不以紙，以粉不以墨。葉易敗，粉無膠易脱，不欲存手迹也。
嘗以芍藥葉粉書〔浣溪沙〕詞云：“暖雨無晴漏幾絲。牧童斜插嫩
花枝。小田新麥上登時。　　汲水種瓜偏怒早，忍烟炊黍又嗔遲。
日長酸透軟腰肢。”又以玉簪葉粉書〔望江南〕云：“春不見，尋
過野橋西。染夢淡紅欺粉蝶，鎖愁濃綠騙黄鸝。幽恨莫重提。”
“人不見，相見是還非。拜月有香空惹袖，惜花無泪可沾衣。山遠
夕陽低。”又嘗剪蘆葉三寸，粉書與其舅曰：“人皆以兒爲薄命，
兒命原非薄也。紅樓淑女，綠窗麗人，淪没深閨者，世間不少。憶
夜無歡，向春難哭，桃紅遽夭，竹翠長貧，豈不期人歌哭哉？多逢
忌諱，鮮遭揄揚，耿彼明珠，閟於黑水。夫怨鳥遺音，衰蓬振色，
猶得漱騷人之雋齒，鏤仙客之靈函，況貴本淑蘭，顧賤同糞壤乎？
誦菊花歌雁詞者，無不謂雙卿怨。雙卿無德，誠不能無怨；怨而不
忍厭其夫，雙卿可自信也。”病瘧久不愈，乃爲《咏瘧》詞云：
“依依孤影。渾似夢、憑誰唤醒？受多少、蝶嗔蜂怒，有藥難醫花
證。最忙時、那得工夫，凄凉自整紅爐等。總訴盡濃愁，滴乾清
泪，冤皺蛾眉不省。　　去過酉、來先午，偏放却、更深宵永。近
千回萬轉，欲眠仍起，斷鴻叫破殘陽冷。晚山如鏡。小柴扉、烟鎖
佳人，翠袖懨懨病。春歸恁早，祇恐東風未肯。”調寄〔薄幸郎〕。
亦以蘆葉書之，嘆曰：“誠不如化作彩雲飛也。”

六　陳瑞麟閨詞

嘗讀鄭板橋〔虞美人〕詞"撩他花下去圍棋，故意推他劾敵讓他欺"。以爲情景獨絕。海鹽陳若蘭（瑞麟）著《閨詞》百首，中有一首云："垂楊依依綠影生，芰荷亭館設楸枰。局中彈出縱橫勢，笑問檀郎若個贏。"聊可與鄭詞印證。

七　堵霞

堵霞，字綺齋，吾邑堵庭棻女，吳母音室。自號蓉湖女士。庭棻官山東歷城縣，綺齋幼時隨侍署中，故其〔滿江紅〕《憶昔》詞云："歷署風光，惜少小、未知領略。還記得、堂名三到，含烟顏閣。早起教調鸚鵡粒，夜闌戲挽秋千索。想依稀、曾也學哦吟，渾忘却。　　消晝永，閑庭鶴。驚曉夢，山城柝。遙望著、插天岱嶺，露濃烟薄。仙迹晴崖窺彩鳳，幻形片石藏城郭。憶明湖、十里芰荷香，今何若。"綺齋詞即以含烟閣名。

八　支機

寶山蔣劍人，幼時有神童之譽。……婦支機，自號靈石山人，工詩詞。劍人與之偕隱羅敷溪上，杜門謝客。時與婦飲，質釵問字，淪茗弦詩。好事者欲題，品在凡夫卿子間。劍人因作《紙閣雙聲圖》，自題〔聲聲慢〕一解云："牽蘿人瘦，倚竹天寒，故山叢桂誰留。貰廡依然，婿鄉小隱風流。菱花倩描冷黛，上眉痕、總帶些愁。愁細問，怕玉梅開矣，猶滯歸舟。　　莫更牛衣中夜，笑十年英夢，都付悠悠。天際蘋鴻，而今也學蓮鷗。瑤琴聽伊彈罷，醉金尊、我拂吳鈎。同證取，看五湖烟水，片片高秋。"劍人出游，機寄〔鷓鴣天〕詞云："垂柳垂楊滿畫樓。誰家夫婿拜紅侯。水流別恨花飛泪，金鑄相思玉琢愁。　　春渺渺，夢悠悠。自憐臨鏡怕梳頭。天涯芳草知何處，一點靈犀不自由。"劍人讀至"金鑄相思玉琢愁"，爲之擱筆，後雖爲詞答之，終遜其工也。又嘗於家書後附〔浪淘沙〕一首云："鵑語最分明，喚夢誰醒。有流鶯處有春情。花底間關啼不住，可是雙聲。　　絲雨入簾輕，燈外愁生。小鬟低怨説三更。紅暈鏡潮羞病頰，幽思盈盈。"詞意殊有所諷。他日劍人詢之，答曰："余自咏鄰女，干卿何事？"

九　吴藻

吴藻，字蘋香，仁和人。才名橫溢，卓然大家。前已數録其詩、詞、南北曲諸作。其詞名《花簾詞》《香南雪北詞》。余最愛其〔浣溪沙〕云："一卷《離騷》一卷經。十年心事十年燈。芭蕉葉上幾秋聲。　　欲哭不成還强笑，諱愁無奈學忘情。誤人猶是説聰明。"錢謝庵《微波詞》"人爲傷心才學佛"，略可與此詞印證。

一〇　龔氏

番禺梁節盦夫人龔氏，有艷名，善倚聲之學。有〔長亭怨慢〕一闋，文芸閣依韵和之，附刊《雲起軒詞》中。詞云："甚一片、愁烟夢雨。剛送春歸，又催人去。鷗外帆孤，東風吹泪墮南浦。畫廊携手，是那日、銷魂處。茜雪尚吹香，忍負了、嬌紅庭宇。延佇。悵柳邊初月，又上一痕眉嫵。當初已錯，忍道是、尋常離緒。念別來、葉葉羅衣，已減了、香塵非故。恁短燭低篷，獨自擁衾愁語。"芸閣和詞，殊遜其俊逸也。

一一　黄甌碧

如皋冒鶴亭，嘗爲夫人黄甌碧作《話荔圖》，題者凡百餘人。甌碧自題詞，調寄〔清平樂〕云："嶺南風味。説也消人意。十萬妝成雲似綺。白玉圓膚致致。　　珠兒三五輕盈。憐他不帶愁生。何處月明絳樹，吹來都是雙聲。"風致楚楚，恰與題稱。

一二 徐燦

陳其年評徐湘蘋詞，謂南宋以來，閨房之秀，一人而已。湘蘋，名燦，吳人。有《拙政園詩餘》。……湘蘋病中〔永遇樂〕云：“翠帳春寒，玉墀雨細，病懷如許。永晝憒憒，黃昏悄悄，金篆添愁炷。薄幸楊花，多情燕子，時向瑣窗細語。怨東風、一夕無端，狼藉幾番風雨。　　曲曲闌干，沉沉簾幕，嫩草王孫歸路。短夢飛雲，冷香侵佩，別有傷心處。半暖微寒，欲晴還雨，銷得許多愁否。春來也，愁隨春長，肯放春歸去。”回曲隱軫，可以怨矣。

然脂餘韵卷五

一　蕭恒貞

蕭恒貞，字月樓，高安人。薌泉方伯妹，山西澤州知府丹徒周天麟室。天麟，字石君。夫婦并工詞，閨中倡和，人以趙管目之。恒貞所著名《月樓琴語》。《花下徘徊，悄然得句》〔浣溪沙〕云：“檢點嫣紅瘦幾分。悄扶秋夢到闌根。不關蜂蝶也銷魂。　　西下夕陽東上月，等閑容易又黃昏。一般花影判凉溫。”《聽秋閣坐雨賞荷，新凉可喜》〔闌干萬里心〕云：“藕花都向晚凉開。小扇單衫香滿懷。水閣闌干憑幾回。聽秋來。萬葉跳珠雨過才。”《夏晚與石君湖上納凉，填此索和》〔水調歌頭〕云：“我愛勺湖住，三伏暑全忘。誰家鬧紅雙槳，來往樂無央。暢好雨餘天氣，記取薄羅衫字，兜住水雲凉。一事與君説，花欲傲詩狂。　　指城西，幾株柳，挂斜陽。有時鬢絲，風過歇上藕花香。千古高山流水，倘肯一彈再鼓，儂爲解琴裝。如此好風月，那用一錢償。”《書所見》〔生查子〕云：“殘荷紅漸稀，香老詞人筆。小立釣絲風，悄倚蒼漁篸。　　雨乍收，凉眷夕，秋夢無痕迹。算是水螢飛，誤認疏星碧。”

二　周詒蘩

湘潭周詒蘩，字茹馨；姊詒端，來文襄左侯夫人。蘩與姊并傳詩學於母，王文襄曾合刻其詩詞爲《慈雲詩鈔》。蘩又著《静一齋詩餘》。《聽雨》詞有“三杯酒續三更夢，一滴聲含一點秋”之句，幽秀可誦。他如《咏孫夫人》《紅拂》及〔桂殿秋〕《咏鷹》云：“衰草地，密雲天。將軍走馬獵燕然。重圍掩斷龍堆雪，六翮衝開雁寒烟。”皆雄渾不類閨閣中語。其侄女翼枕，字德媗，亦有《吟香齋詩餘》一卷。

三　沈鵲應

侯官林暾穀旭，爲“戊戌六君子”之一。其夫人沈氏鵲應，字孟雅，中丞瑜慶女。著有《崦樓詞》。〔虞美人〕《賦鯰魚風箏》云：“野堂春水連天碧，化作烟波色。忽聽何處弄鳴箏，又是東風捲入碧雲聲。　　苕苕直上干霄漢，兒女争呼唤。從容不傍逆風飛，何事竹竿難上笑男兒。”妙有寄托。〔長亭怨慢〕《西湖吊厲樊榭》云：“向湖畔、停舩閑步。遠望東園，個人門户。寂歷春空，柳絲深鏁若烟霧。湖州羈旅，偏載取、桃根去。去得幾何時，已化作、漂零風絮。　　郎主。對芭蕉灑泪，芳草殯宫天暮。夜來月上，向誰訴、此時情苦。悵望是、今日蕭條，恨重入、江淹詞賦。始會得才華，天忌凄凉如許。”暾谷被難，孟雅以死殉。集中有〔浪淘沙〕一詞云：“報國志難酬，碧血誰收。篋中遺稿自千秋。腸斷招魂魂不到。雲暗江頭。　　綉佛舊妝樓，我已君休。萬千悔恨更何尤。拚得眼前無盡泪，共水長流。”殆絶筆也。

四　左錫璇

左錫璇，字芙江，陽湖人，大理寺左昂女，幼受贄於張孟緹。

工詩詞，畫宗南田，亦秀潤有法。歸武進袁厚安太史績懋爲繼室。未十年，太史觀察閩之延平，督師剿賊殉節。時年甫三十，留居閩嶠，晝获教子，有賢母風。著有《紅蕉碧梧館詩詞集》。《小除夕》〔水調歌頭〕云：“離合自今古，斬不斷情關。東流流水不盡，何日復西還？欲借吳鈎三尺，掃净邊塵萬里，巾幗事征鞍。多少心頭恨，清泪不勝彈。　　酒樽間，人影瘦，夜燈寒。不知今夕何夕，獨醉不成歡。人世悲歡不定，歲月一年已盡，無語倚闌干。風雨荒村夜，歸夢到長安。”是能從大處落筆，不作小紅低唱者。妹錫嘉，字夊如，又字小雲，吉安知府華陽曾咏室，亦工吟，有《冷吟仙館詩詞鈔》。

五　吳尚熹

吳尚熹，字小荷，南海人。荷屋巡撫榮光女。著有《寫韵樓詞》。〔賀新郎〕《閨課》云：“曉露飄階次。製晨妝、菱花初拂，金盆初試。梳罷雲鬟更翠服，問省高堂安未。好打叠、綉妝架起。刺鳳描鸞紅較緑，喜餘閑、猶把琴書理。拋針處，讀閨史。　　興來柳絮新詞記。按譜圖、簽分四部，偷聲减字。香蒸龍涎花插架，點綴膽瓶風致。怎負它、明窗静几。楚楚工夫黄昏後，尚敲棋、煮茗青燈繼。中庭外、月如水。”弄墨然脂，真不愧采鸞家世也。

六　蘇穆

宜興周止庵（濟）論詞最工，所選《宋四家詞》，藝林珍重。雖以碧山别列一家，而以白石附庸稼軒，論者不無微憾，要其意内言外之旨，自足爲詞學津梁也。其側室蘇穆，一名姞，字佩纕，山陽人。亦工詞。著有《貯素樓集》。粤寇之難，竟以身殉。綽楔高懸，不僅以文字傳矣。然所著亦自有可傳者。〔虞美人〕云：“昨宵風雨連烟暮，花落猶疑誤。今朝真個逐東流，何處殘香偏入小樓頭。　　天涯消息憑誰問，問也無憑準。含愁擬酒待黄昏，雙燕歸來穌我共銷魂。”〔南歌子〕云：“細雨宵潜濕，青桐葉半凋。

臨池弱柳萬千嬌。繫慣離情，繫不住魂銷。　　喚起重幃醉，誰家弄玉簫。秋聲怕問廣陵潮。歙入秋心，歙不展芭蕉。"〔浣溪沙〕云："風暖蘋洲二月天。客懷何處不淒然。片颿春水度芳年。莫問天涯恗恨事，落花殘月在尊前。一行新柳自含烟。"〔長亭怨慢〕云："莫歙盡、枝頭花片。試剩殘紅，待儂歸見。蜨舞蜂喧，燕嗔鶯吒倍籲亂。問春不語，空拍得、闌干遍。碧樹縱多情，也衹說、春深春淺。　　翠鈿。謾雲鬟半䯼，柳絮亂飛空院。芳花易歇，莫便把、繡簾輕捲。便灑出、萬點湘斑，總難把、蕉痕都展。怪昨夜姮娥，偏照年時人面。"

七　周瑜

吾鄉鄧似周先生濂，工詞章之學。傳食東諸侯，屢爲上客。其女弟瑜，字慧珏，適錢塘諸可寶。亦工詞。其〔祝英台近〕一首，紀事絕奇，可資觀感。序云："彭城民女高婉姬貞娥，少以孝聞。年十七，適郝氏子。守身潔，頗不得於庶姑。庶姑以女之異己也，銜之，讒以蜚語，而故聞其夫。夫果惑，日加棰楚。女不堪其辱，且無以自明，仰藥死。郝氏子諉以暴疾，女父疑，訟於銅山令。驗之，得死狀。郝氏子殊不承。旋有蜨大如盌，黑質而斑彩，繞尸飛，不去，睨郝氏若與仇，且撲其面。於是令叱之曰：'此爾妻也，自來鳴怨矣，尚可遁乎？'鞫之，遂得實。蜨乃轉投令前，若稽首謝。又投女父懷，若永訣然，翩翩向西南逝。銅山令高在午（丙謀）首唱二十絕表其異。家蓉沼從父司鐸是邑，書來徵和，因填此解。"詞云："盡伶俜，憑折挫，藩溷幾曾墮。影瘦腰纖，幽恨一身裹。可奈雨雨風風，淒淒慘慘，等閑把、浮生輕過。　　情無那。幻出弱態翩躚，分明示因果。恗恨芳魂，漂泊倩誰妥。適從何處歸來，還歸何處，也不管、柳昏花䯼。"

八　瘦鸞

馮柳東於冷攤舊書中得詞箋，題爲《歲儉偶感》，末署款"瘦

鸞"。書極娟媚，詞有擁髻淒然之意。調倚〔賣花聲〕云："袖薄那
禁寒，羞與郎言。早拚賣却婿池田。辛苦天寒蘆屋底，又過荒
年。　　繡帖未成完，針綫拋殘。嬌兒啼飯忒辛酸。一盞瓦燈籬落
外，廢盡秋眠。"味其詞意，愁苦中溫厚不迫，是女子中才而賢者。

九　李畹

柳東，名登府，填詞爲浙派眉目。所著有《月湖秋瑟》《花墩
琴雅》諸詞。其婦李梅卿（畹），亦工吟咏。有《寒月樓殘稿》。……
寒夜〔南柯子〕詞云："細點瓜虀譜，閑栽萱草花。三年爲婦慣貧
家。且喜蘆簾紙閣手同叉。　　獸火溫簫局，蛾燈罷紡車。戲他兒
女綰雙丫。懶放鴛針今夜較寒些。"又有"雪影壓殘鳥夢，月痕冷
靠花身"二語，語有鬼氣，殆不永其年之徵。沒後，柳東題〔城
頭月〕詞於其集後云："唐詩一卷曾親授，紅豆雙聲就。簫扃偎
寒，紡車絮雨，夢也休回首。　　蘆簾十載爲新婦，草草分離驟。
寫韵樓空，橫琴月冷，總是斷腸候。"

一○　關鍈秋水詞序

孟心史先生刊《夕陽紅半樓詩詞剩稿》中有關秋芙《秋水詞
序》一首，字迹多剝蝕。余近得蕭山丁氏媚晴樓刊本，則此序具
在，亟迻録之。序云："翠竹驚寒之地，艶蓮墜粉之天。近短舠以
尋漁，坐涼雲而聽雁。碧檻三尺，紅燈半床。垂簾有人，張弦欲
語。於是通辭命鯉，移性狎鷗。落花蕩作水聲，白雲豜爲秋氣。則
有菱洲烟唱，蘆芽艑歌。黃葉堆門，綠波畫影。樹樹捎晚，峰峰當
愁。折蘋花以相思，牽菱根而傷手。荷波黯中婦之鏡，稿礩明大刀
之山。芳草拾其墜歡，文琴暢以遙夜。麋月相待，螺峰渺然。夢雨
亦離，問天欲瘦。爰乃廣言被篴，移宮上笙。寓瓊思於輕苔，發荒
寒於柔翰。紈帊染粉，鞋鈎點廊。霜上簾而菊癯，影佐觴而梅妥。
畫灰書石葉之字，落紙聞羽釵之聲。此盤珠夫人《秋水詞》，所以
選煉妍華，甄綜衆嫭。西風蜩柳，附會其光陰；薄日魚椰，迷離其

音響。比之黄洲遺譜，竹枝清歌，無是過也。嗟嗟！靈羽牢籠，總因文彩；愛河清淺，難免風潮。以夫人孕月爲懷，刈花當舌，鹿盧自創一格，燈盞能辨四聲。固宜匏爵芳緣，文簫善匹。效繭綿之一氣，學磝確之雙聲。而乃嫁杏於桑，種蓮非藕，鵶鶬爲同心之鳥，烏鵲成情盡之橋。宜其弱質嬌羅，丰肌減玉，酒腸盛泪，怨翠凹眉。未免禪心，濺成泥絮；從無泪眼，晴到梨花。卒至香褪蜂腰，瘦飛龍骨。蟬弃秋前之蜕，蠶餘死後之絲。爲素爲縑，則新人已故；營齋營奠，則分俸無聞。嗚呼，悲已！鍈於歌離吊夢之餘，有同病相憐之感。蘭缸聽雨，背髻無眠；絮背兜寒，蒙頭易醒。金井之碧梧初墜，玉台之彤管如聞。翠羽啼霜，凄蛬絮曉。君真窮子，情天之况味應知；僕本恨人，文海之漂流奚極。此古人所謂既傷逝者，行復自念也夫。咸豐五年乙卯至日，錢塘女士關鍈作於夢影樓。”

一一　錢斐仲

餐霞女史，姓錢氏，名斐仲。適浙西戚曼亭，工詩能畫，長短句尤擅長。著有《雨花盦詞稿》。《清明掃墓》〔高陽臺〕云：“銜肉鴉盤，飛灰蝶舞，累累多少荒墳。青草萋萋，染他幾許啼痕。東風不管傷心地，放垂楊、冷眼窺人。暗銷凝、岸柳汀蒲，都返春魂。　　平橋曲水依然在，但歡情頓減，疏了清樽。摇雨孤篷，重來不是尋春。無端逗起閑情緒，恨桃花、點綴柴門。再休題、那裏芳津，那日湔裙。”女史遭粤匪之亂，避寇南玉港，作詞有云：“凄凉時節凄凉雨，人在凄凉裹。”旋卒，殯於滬上。嘗作《游仙詩》，有句云：“行到樓臺最深處，一雙青鳥啄桃花。”故平湖張鹿仙（炳堃）題其遺集〔高陽臺〕詞云：“蠟泪灰餘，蠶絲吐盡，春風詞筆都休。新聲翻作凄凉引，咽寒潮、江水停留。訴離憂、蔡女胡笳，秦女箜篌。　　記否西堂笑語，憶筠廊款夏，鞠榭延秋。桃花青鳥，當時愛説仙游。文章自昔悲黄土，最傷心、烽火山邱。恨悠悠、鳳去台空，簫譜重修。”鹿仙與斐仲爲中表戚，少時同學，故有"款夏""延秋"之語也。

一二　葉慧兒

葉慧兒，字妙明，恒齋內翰女。工長短句，著有《疏蘭詞稿》。〔珍珠簾〕《咏孤雁》云："冥冥萬里分儔匹，嘆浮生、也復漂流南北。一點落平沙，認往時泥迹。輾轉驚魂猶未定，正雪滿、寒灘蘆荻。淒惻。待寫怨留情，不成行墨。　清影獨占天涯，傍瀟湘苦竹，泪痕凝碧。天半動哀聲，似斷弦瑤瑟。十二樓中明月夜，恨舊侶、那堪思憶。哽塞。祇孤鶴橫江，如曾相識。"淒楚之音，令人酸鼻。嫁數年而寡，此詞若為之讖矣。

一三　顧湄

柳如是詩詞人多知之，顧橫波之作，則流傳較少。……《衆香詞》又錄橫波詞三首。〔花深深〕《閨怨》云："花飄零。簾前暮雨風聲聲。風聲聲、不知儂恨，強要儂聽。　妝臺獨坐傷離情。愁容夜夜羞銀燈。羞銀燈，腰肢瘦損，影亦伶仃。"〔虞美人〕《答遠山夫人寄夢》云："春明一別魚書悄，紅泪沾襟小。却憐好夢渡江來，正是離人無那倚妝臺。　朱闌碧樹江南路，心事都如霧。幾時載月向秦淮，收拾詩囊畫軸稱心懷。"〔千秋歲〕《送遠山李夫人南歸》云："幾般離索，祇有今番惡。塞柳淒，宮槐落。月明芳草路，人去真珠閣。問何日，衣香釵影同綃幕。　曾尋寒食約，每共花前酌。事已休，情如昨。半船紅燭冷，一棹青山泊。憑任取，長安裘馬爭輕薄。"此外所見甚少。

一四　徐元端

廣陵徐氏女子元端工填詞，有入李易安之室者。如"珠簾輕揭，憔悴憐黃葉。忽憶小亭人乍別，正是重陽時節。　當初一段清秋，平分兩地離愁。試向西風寄問，知他還似儂不？（〔清平樂〕）""起來慵向妝臺倚，亂綰凌雲髻。歸期曾說柳青時，鎮日懨懨祇是惱春遲。　　小園昨夜西風劣，笑落漫天雪。侍兒伴笑捲簾紗，却道，玉梅已放滿枝花。（〔虞美人〕）”“獨坐數歸期。花影重重日影低。無計徘徊思好句，支頤。除却春愁没個題。　　閑倚畫樓西。芳草青青失舊堤。猶記當時人去處，依依。紅杏花邊卓酒旗。（自注：白詩“搖膝支頤學二郎”。）”（〔南鄉子〕）

然脂餘韵卷六

一　阮恩灤

揚州隋文選樓巷，見於宋王象之《輿地紀勝》等書。隋曹憲以《文選》學開之，唐李善等以注《選》繼之，非昭明太子讀書處也。阮文達家在文選巷，嘉慶十年，於隙地築樓五楹，即名曰隋文選樓。樓之上奉曹憲及魏模、公孫羅、李善、魏景倩、李邕、許淹七栗主，左右爲藏書所。樓之下爲西塾。文達孫女恩灤，字湄川，紀以〔漢春宮〕詞云：“曹氏開先，更諸儒繼後，選學遥傳。回思舊時堂構，都付榛烟。幸存故址，記吾家、卜築林泉。願自此、蘋蘩永祀，馨香俎豆年年。　　莫道風流雲散，念門牆桃李，多士班聯。（昔曹憲居此聚徒教授，凡數百人，公卿多從之。）尋來雪泥鴻爪，餘韵留連。依依斜照，喜高樓、百尺參天。任羅貯、名書萬卷，未教媲美前賢。”恩灤適錢塘沈霖，又工琴，常於選樓鼓琴。文達偶至文選樓，必令一彈再鼓，呼之曰“琴女孫”，且手書楹聊以賜云：“古琴百衲彈清散，名帖雙鈎搨硬黃。”咸豐壬子，沈赴揚爲贅婿，逾月偕歸。適遭大敵，衰絰入門，哭舅如禮。次年揚城陷，思家念母，憂鬱驚疑。甲寅秋即没。歸沈纔三載耳。著有《慈暉館詩詞集》。

二　左又宜

左淑人又宜，字鹿孫，湘陰太傅文襄公之女孫也。歸新建夏劍丞先生爲繼妻。時先生服官江南，頗疲政役，然卓犖自喜，縱覽墳籍，不廢聲詩。淑人亦夙擅吟弄，尤耽倚聲。黝壁膏熒，對榻冥索，神開靈伏，精魂回移，迭不覺邂逅何所。先生嘗詭語賓親，帷几之側，網庥之上，殆緬穹岩大谷，惝惘與造物者游也。淑人幼工刺繡，凡山川卉木，蟲魚禽獸，人鬼物怪之屬，脱手縑幅，巧合天製。頃歲國人始競美術。淑人有所繡《三村桃花圖》，綴先生〔驀山溪〕詞其上，傳視仕女，莫不驚嘆。歲辛亥，東南擾變，群栖滬瀆，淑人倉卒挈子女自姑蘇移居，僦櫩委巷，警哄交互，遂乘沉疴。於是年十一月二十日卒，春秋三十有七。著有《綴芬閣詩詞》各一卷，蒨秀宕渺，而詞爲尤勝，録其小令數首以志一斑，長篇名作，不備録也。〔蝶戀花〕云：“殘月橫窗簾似水。人在天涯，秋在蟲聲裏。一院暝烟飛不起，臨風戲擲相思子。　玉楯朱闌閑徒倚。良夜迢迢，一半消磨醉。覓得新詞還自喜，悄吟背立紅檀几。”〔柳梢青〕云：“簾捲香消。輕寒惻惻，良夜迢迢。春過春分，月圓月半，花發花朝。　年年此際春饒。花月下、金尊酒澆。邀月長空，祝花生日，且盡金宵。”〔虞美人〕《寄外徐州道上》云：“宵長漏咏燈初妯，積雪明鴛瓦。月波寒浸小庭心，睡鴨香銷還自擁重衾。　郵籤細數程過半，腸逐車輪轉。殘淮殘汴易生愁，爲恐朔風吹皺白君頭。”〔蘇幕遮〕云：“漏沉沉，香裊裊。廊轉花深，簾幕風來小。試拍紅牙歌水調。尺半湘筠，吹弄霜天曉。　醉顏酡，明鏡照。過盡韶光，事事輸年少。來日白頭昨翠葆。自後思量，更説而今好。”〔減字木蘭花〕云：“春深春淺。九十韶光纔一半。乍暖還寒。翠袖娟娟且倚闌。　亂愁如絮。無奈東風吹不去。碎雨零烟。深院花枝瘦可憐。”

三　顧貞立　顧翰

近余輯録邑人詞爲《梁溪詞徵》三十卷。宋元間作者絶少，明亦無多，至清初顧梁汾（貞觀）出而此道大章。《彈指》一編，調高響逸，況夔笙以“清剛”二字評之，可爲確論。嗣後至顧簡塘

（翰），而《彈指》宗風因以不墜。簡塘詞清新俊逸，杭州許邁孫嘗執禮爲詞弟子。當浙派風靡一時之際，而自具蘭芳竟體之概，雖於律稍疏，要自餐冰嚼雪人語。自簡塘歿而吾邑作者少矣。有清一代，詞若以此二顧先生爲起訖，亦可異也。簡塘女弟羽素詞已爲著録。梁汾女兄貞立，字文婉，自號避秦人，亦屹然爲閨閣女宗。所著《栖香閣集》。〔浣溪沙〕云："風雨妨春苦不寬。開簾怕見嫩紅殘。錦屏深護早春寒。　新懶一身扶不起，愁痕萬點鏡慵看。空拈斑管寫長嘆。"又云："獨坐無聊對簡編。閑題恨字滿花箋。夕陽西去轉凄然。　掩泪低徊妝閣畔，掀簾私語瘦梅前。此時試問阿誰憐。"又"曉日凝妝上翠樓。惱人春色遍枝頭。湘簾風細蕩銀鈎。　燕子未歸寒惻惻，梅花初落恨幽幽。重門深鎖一天愁。"皆幽咽哀斷，令人不忍卒讀。

四　王朗

與避秦人閨中相和者，有金沙王朗。朗字仲英，適吾鄉秦氏，次迴女也。次迴官楚中學博。適朗將賦於歸，集唐餞行，有"君向瀟湘我向秦"之句，其敏慧可想。最工小詞。〔浪淘沙〕《閨情》三首云："幾日病淹煎，昨夜遲眠。强移心緒鏡臺前。雙鬢淡烟低髻滑，自也生憐。　不貼翠花鈿。嫩易衣鮮。碧油衫子褪紅邊。爲怯游人如蟻擁，故揀陰天。（一）""疏雨滴青簌，花壓重檐。綉幃人倦思厭厭。昨夜春寒眠不足，莫捲湘簾。　羅袖護摻摻。怕拂妝奩。獸爐香燼侍兒添。爲甚雙蛾長翠鎖，自也憎嫌。（二）""斜倚鏡臺前，長嘆無言。菱花蝕彩個人蔫。分付侍兒收拾去，莫拭紅綿棉。　滿砌小榆錢。難買春還。若爲留住艷陽天。人去更兼春去也。煩惱無邊。（三）"又《春愁》〔浣溪沙〕云："抱月懷風繞夜堂。看花寫影上紗窗。薄寒春懶被池香。"陳其年最愛咏之，謂"抱月懷風"四字，非温尉韋相，不能爲也。

五　浦映緑

同時吾鄉閨秀浦映緑，字湘青，適武進黄比部永，伉儷最篤。一日鄒祗謨戲比部曰：“君得毋昔人所謂‘愛玩賢妻，有終焉之志’乎？”比部曰：“下官正復賞其名理。”映緑有《題周絡隱自寫〈坐月浣花圖〉》〔滿江紅〕云：“彼美人兮，宛相對、姗姗欲下。恰此夕、月華如洗，花枝低亞。盼到圓時仍未滿，花開當半還愁謝。與花神月姊細商量，歸來罷。　憐嫩蕊，銀瓶瀉。回清影，晶簾挂。奈晚妝猶怯，鏡臺初架。二十餘年芳草恨，兩三更後長籲夜。幾時將絡秀舊心情，呼兒話。”絡隱，周姓，名炤，字寶鐙，江夏女子也。

六　顧春

顧春，字子春，貝勒奕繪之側福晋。才色雙絶。貝勒自號太素道人，春自號太清，又常自舉其族望曰西林，自署名曰太清西林春。貝勒詞曰《南谷樵唱》，太清詞曰《東海漁歌》，皆取其相配也。昔王幼退侍御畢生專力於詞，論詞至滿洲人，常曰：“滿洲詞人，男有成容若，女有太清春而已。”然太清所著《天游閣詩集》，流傳於世，而詞集不可多得。王氏又常以不得《漁》《樵》二歌爲恨事，蓋謂朱希真《樵歌》及此也。後卒得《樵歌》付梓，而《漁歌》杳然。又閱數年，黃陂陳士可始得之於廠肆，冒鶴亭、況夔笙爲之校刊而其傳始廣。其詞極合宋人消息，不墮入庸俗一派。集中和宋人詞甚多，不備録，録其小令數首，以見一斑。《春夜》調寄〔早春怨〕云：“楊柳風斜，黃昏人静，睡穩栖鴉。短燭燒殘，長更坐盡，小篆添些。　紅樓不閑窗紗。被一縷、春痕暗遮。澹澹輕烟，溶溶院落，月在梨花。”《九日》〔鷓鴣天〕云：“九日登高眼界寬。菊花纔放小金團。縠紋細浪參差水，佛髻青螺大小山。　人易老，惜流年。茱萸插帽不成歡。西風那管離情苦，又送征鴻下遠灘。”《擬古》〔定風波〕云：“花裏樓臺看不真。緑楊隔斷倚樓人。誰謂含愁獨不見。一片。桃花人面可憐春。　　芳草萋萋天遠近。難問。馬蹄到處總銷魂。數盡歸鴉三兩陣。偏襯。蕭蕭暮雨又黃昏。"《碧桃》〔醉東風〕云："玉妃妝卸，天上瓊枝亞。立盡東風明月下。露井初開昨夜。　　結伴閬苑飛仙。上清謫臣寰。蕚綠華來無定，羽衣不耐春寒。"《題墨梔子團扇寄雲姜》〔醉桃源〕云："花肥葉大兩三枝。香浮白玉卮。輕羅團扇寫冰姿。何勞膩粉施。　　新雨後，好風吹，閑階月上時。碧天如水影遲遲。清芬晚更宜。"《冬夜聽夫子論道，不覺漏三商矣，盆中殘梅香發，有悟賦此》〔鷓鴣天〕云："夜半談經玉漏遲。生機妙在半無奇。世人莫戀花香好，花到香濃是殘時。　　蜂釀蜜，繭抽絲。功成安得沒人知。華鬘閱盡恒沙劫，雪北香南覓導師。"《聽雨憶雲林》〔闌干萬里心〕云："窗前新種綠芭蕉。夜雨聲聲枕上敲。困不成眠轉寂寥。耐清宵。有美人兮不可招。"《雲林妹見贈雁足書燈，以小令申謝》〔琴調相思引〕云："雁字分飛思不禁。聽飛聽雨夢難尋。露華庭院燈影照清心。　　贈我不須長夜飲。感君聊賦短檠吟。熒熒一點應惜寸光陰。"雲林爲德清許周生先生之長女，與太清極密。雲林表姊汪允莊，爲陳雲伯子婦，有《自然好學齋詩鈔》。雲伯嘗因雲林轉丐太清詩未得，乃假名代作，太清因痛詆之。事見集中。其高致如此。晚近競言龔定庵曾客太素邸中，與太清有瓜李之嫌，以定庵集中《憶宣武門內太平湖之丁香花》一詩爲公案。方聞騷雅之士，不惜爲筆墨之爭。世言方朔奇，奇事盡歸方朔，存而不論可也。

七　楊芸　顧翎

近從吳門葉印灤處得睹其所藏天寥先生遺像、小鸞畫像及疏香閣諸圖。忠節清芬，頓洗塵俗。小鸞遺像卷中有吾鄉楊蕊淵題其《返生香》古風一章。蕊淵名芸，蓉裳先生女，曾輯古今閨閣詩話爲《金箱說薈》。……蕊淵又著《琴清閣詞》，南陵徐積餘先生刊《小檀欒室閨秀詞》，取以冠首。蕊淵之表妹顧翎，字羽素，亦工吟咏，著有《莔香詞》。簡塘先生之女弟也。蕊淵有《懷羽素兼調簡塘弟

婦》〔臨江仙〕詞云："記得髫年携手處，紅橋畫舫蓉湖。別來蘭
訊未曾疏。新詞箋百幅，錯落贈明珠。 竹北花南香伴少，近時
標格誰如。清心一片映冰壺。顧家新婦好，得似小姑無。"可謂雅
謔。《茝香詞》得拜石山房之傳，殊少俗韵。〔法駕導引〕四首云：
"人間世，人間世，小謫廿年留。琪樹折殘滄海夜，瑤花吹碎碧城
秋。天上有離愁。""瑤池上，瑤池上，異味出天厨。阿母待餐青
鳳髓，麻姑手擘紫麟脯。游宴到方壺。""清虚府，清虚府，寶鏡
影團圞。玉兔生依青桂樹，金蟆爬上白雲端。風露最高寒。""東
華錄，東華錄，曾作散花來。凉月無塵鷟鶴夢，殘香有恨鳳凰臺。
劫後辨餘灰。"又有"柳絲春似夢，扶影上秋千"，十字亦佳。

八 查慧

　　仁和吳子述（承勛）《景曇館詞》，清芬疏俊，余嘗評爲詞中逸
品。復堂《篋中詞》，亦有"競體芳蘭"之喻。其夫人查慧，字定
生，又字菡卿，孝廉月卿之妹。工寫花卉仕女，幷嗜弧矢。嘗繪
《弋雁圖》以寄意。詞亦神味秀遠，迥絶塵艷。〔如夢令〕云："籬
外一痕殘雪，池上一丸明月。新種白藤花，不許小鬟輕折。休折。
休折。個個養成蝴蝶。"《壬寅春日登陽羡凝秀閣》〔南鄉子〕云：
"簫語喚新晴。小滴珍珠釀欲成。偏是他鄉饒節物，清明。已見筠
籃賣紫櫻。 準擬放船行。罨畫溪頭縠浪生。爭説夕陽紅處好，
零星。一樹烟花一水亭。"《湖上泛月》〔清平樂〕云："新凉似
曲。釀就西湖緑。醉後尚堪斟百斛。飛下一甌寒玉。 月華小駐
橋東。蕭蕭幾陣微風。趁著采蓮人去，不知身在秋中。"〔搗練子〕
云："香黯黯，漏盈盈。水仙風裏試春燈。翠簾捲後珊窗掩，不怕
今宵月太明。"

九 金婉

　　戈順卿（載），填詞專主音律，爲詞學功臣。所著《詞林正
韵》，倚聲家奉爲圭臬。夫人金婉，字玉卿，著有《宜春舫詩

鈔》。嘗爲順卿手録《詞林正韵》，以詩紀之云："羅襦甲帳愧
非仙，寫韵何妨手一編。從此詞林增善本，四聲堪證宋名賢。"
亦詞林一掌故也。女馥華，名如芬，九歲咏鳳仙花云："鳳在
丹山穴，仙尋碧海家。如何謫塵世，偏作女兒花。"著有《課
鸚短句》。

一○　王韵梅

王韵梅，字素卿，江蘇昭文人。著有《問月樓稿》。工琴，又
善填詞。所適非文人，抑鬱早卒。同里孫心青太史爲序其稿以
傳之。

梅魂菊影室詞話

王蘊章◎著

　　《梅魂菊影室詞話》，分別刊於：《生活日報》1914
年3月至5月，署名"蒓農"；《雙星雜志》1915第二、
三、四期，第二、三期署名"蒓農"，第四期署名"鵠
腦"；《文星雜志》1915年第一期，記云"續《雙星》
第四期"，署名"西神"；《春聲》1916年第二集、三
集，署名"紅鵠生"。本書即據此收錄。茲將《生活日
報》所載輯作卷一，其餘輯作卷二。楊傳慶曾將卷二
部分整理刊載於《詞學》第28輯（華東師範大學出版
社，2012），後又收入《輯校民國詞話三十種》。

《梅魂菊影室詞話》目録

梅魂菊影室詞話

梅魂菊影室詞話卷一

一　衍波詞評注

杭州許邁孫匯刻漁洋《衍波詞》寫本，分上下兩卷，共百餘闋。譚復堂弁其首云："貽上以詩篇弁冕一代。"顧論者曰："王愛好"，又曰："絕代消魂王阮亭。"其言不盡王詩之最，而于詞適合，可謂定評。近吾友涇縣胡寄塵刊《阮亭詩餘》，雖不及《衍波》之多，而卷首有漁洋自序，實爲當日手定之本，每闋下有新城邱石常子廩、徐夜東痴評注。按：邁孫《衍波詞》跋語稱："嘗從陶子縝處錄得《阮亭詩餘》，而不及兩家評注。"則寄塵此本，尤可寶貴矣。書中〔減字木蘭花〕《咏梅妃》云："天然姿媚。比向梅花應不異。一斛珍珠。得似鮫人淚點無。文園老去。恨煞無人能解賦。我見應憐。不受長門買賦錢。"邱評云："明皇以一斛珠密賜妃，妃賦詩不受。嘗以千金壽高力士，求詞人擬相如《長門》，答邀上意。報曰：無人解賦。梅妃艷潔，遠勝肥婢，得阮亭詞，三郎向何處哭耶？"徐注云："東痴有讀《開天傳信記》一絕云'香雲剪下淚重重，必到尊前始啓封，痴煞長門錢買賦，相如雖好不如儂'。似得原意，讀阮亭此闋及海石此評，鄙作稍似爲楊左祖，輸兩兄一籌矣。讀之絕倒，他注亦多可采處。"按：東痴初名元善，字長公，慕稽叔夜之爲人，始更名夜。又號稽庵，嘗東游浙江，至孤山，坐放鶴亭下，吊林君復墓。有句云："買斷西湖皆宋土，慕他生死太平間。"其寄托如此，年七十餘卒，漁洋有《徐東痴詩選》。

二　漁洋詞

漁洋少與西樵好爲香奩體，陳其年作詞懷新城，有云："名士終朝能妄語。"漁洋讀之笑曰："家兄與下官，不敢多讓。"初入都時，與海鹽彭羡門。復以香奩詩酬答，此詩餘一卷當亦作與彼時。《帶經堂全集》中，漁洋撰述備具，而《衍波詞》獨未著録，殆有戒于少年綺靡之習歟。集中和《漱玉詞》如〔浣溪沙〕云："不逐晨風飄陌路，願隨明月入君懷。半床蟬夢待君來。"〔念奴嬌〕云："額淺雅黃，眉銷螺碧，蟬盡相思意。"兩"蟬"字自是千古妙語，所謂消魂愛好者，其在斯乎？

——《生活報》1914 年 3 月 28 日

三　馮志沂詞

馮志沂，字述仲，號魯川，山西代州人。官比部，時譚復堂入都，屢過譚藝。一日馮語譚曰："子鄉先生龔定庵言詞出於公羊，此何説也？"譚曰："龔先生發論不必由中，好奇而已。第以意内言外之旨，亦差可傅會。"馮曰："然則近代多艷詞，殆出於谷梁乎？"其言詼諧入妙。馮高文絶俗，不屑屑爲倚聲，然如《春暮》〔蝶戀花〕云："雨過空庭人寂寂。細掃青苔，不見春歸迹。飛絮初晴無氣力，因風遠度疏簾隙。不耐閑階頻佇立。静掩房櫳，猶怯春寒襲。斷夢惺忪何處笛，聲聲裊入爐烟碧。"又《秋蝶》前調云："老圃花殘風露冷，是汝生遲，莫怨流光迅。半晌斜陽花外影，餘温且曬零星粉。萬紫千紅摇落盡，不信人間，曾有花如錦。燕已南歸，鶯又嗕，憑誰訴與西風聽。"二篇高秀，居然作家。近從復丁老人處得馮逸事數則，老輩風流，脱去凡俗，亟録之以實吾詞話。

四　馮志沂逸事

馮嘗客勝保幕，一日幕僚會食，有勸之迎夫人者。馮曰：“內子來，諸公皆將走避矣。”衆問故，馮曰：“內子身長一丈，腰大十圍，拳如巨盃，赤髮黑面，聲如驢鳴，那得不怕？”衆大笑。蓋馮娶郝氏，同里武世家也。父武進士，兄武狀元。悍而且妒。馮客游在外，不通問聞者三十餘年矣。又嘗佐皖撫喬勤愨軍，歷階至觀察。同治乙丑夏，雉河告警，撚匪已渡渦，將逼壽州，大軍戒嚴，勤愨督師移駐南關外。刺史施照，良吏也，有應變才，檄鄉兵運糧入城爲守禦計，詣公請登陴聽號令。馮曰：“吾於軍事未嘗學問，姑從君往遠眺八公山色可也。一切布置，君自主之，勿以我爲上官而奉命也。”於是携良醞一巨瓮、墨汁一盂，紙筆稱是，書若干卷。人曰：“登城守禦武事耳，焉用是爲？”馮曰：“我不嫻軍旅事，終日據城樓何所事？不如仍以讀書消遣也。”人曰：“賊至奈何？”馮曰：“賊至即不飲酒不讀書不作字又奈何？既爲守士官，城亡與亡耳。我決不學晏端書守揚州矢遁也。”（晏爲團練大臣，時守揚州，賊氛已逼，晏在城上思遁，忽曰：“吾內逼，須如厠。”衆曰：“城隅即可。”晏曰：“吾非所慣用者，不適意。”匆匆下城出門去，不知所往。晏時由署粵督改副督御史，在籍辦團練也。）言罷大笑。既而大雨數晝夜，城不沒者三版。渡舟抵雉堞上下，撚匪無舟不得至，又不能持久，遂退。馮曰：“此所謂一水賢于十萬師也。”

——《生活報》1914 年 3 月 31 日

五　王苑先詞

同里王苑先一元，久居揚州寄園，康熙癸未通籍。生平有詞癖，顧大半散失。晚年自訂其所存一千六百餘首，厘爲二十卷，名《芙蓉舫集》。王蘭泉輯《詞綜》竟未采錄。小令如〔卜算子〕云：“無計遣春愁，簾外紅成陣。繡對鴛鴦配并頭，花下長交頸。

欲綉漫停針，心上還重省。數盡歸期又不歸，綉著鴛鴦怎。"殊有
《花間》風韵。又《將別西湖》調倚〔綺羅香〕云："對月魂消，
尋花夢短，此地恰逢春暮。絶勝湖山，能得幾回留住。吊蘇小、紅
粉西陵，咏江令、綠波南浦。看紛紛、油壁青驄，六橋總是斷腸
路。重來樓上凝眺，指點斜陽外，扁舟歸渡。過雨垂楊，換盡舊時
眉嫵。牽愁緒、雙燕來時，縈別恨、一鶯啼處。爲情痴、欲去還
留，對空樽自語。"置之《梅溪集》中，亦復不能分辨。宛先初爲
錢唐趙恒夫給諫觀風揚州所拔士，後官内閣中書。無子，以女適
給諫孫。海寧吳子律稱《芙蓉舫集》二十卷，即存趙氏，殘編斷
簡，名字翳如，可慨也。

——《生活報》1914 年 4 月 1 日

六　桃花扇題咏

　　馮客皖撫幕時，項城袁文誠過臨淮，遣人以卷子索勤愨題
咏，乃明季李香君桃花扇真迹也。扇作聚頭式，俚餘技梗而已。
血點桃花，久而漸滅，僅餘勾廓，後幅長三丈余，歷順治同治八
朝名人，題咏殆遍。勤愨命馮咏之，馮曰："言爲前人所盡，俚
署觀款以歸之。"侯與袁世爲婚姻，故此卷藏袁氏，今不知尚
存否。

七　鏡湄長短句

　　《鏡湄長短句》一卷，分爲四集：曰飛蓬，曰繫匏，曰楚調，
曰越吟。嘉定周保璋著，每闋皆自標新名，而附舊調名於下，從張
東澤例也。其自序稱《飛蓬集》中都係少作，删存不及其半，猶
焰然以語多侈飾爲戒。然如〔鶯啼序〕《咏虞美人花》其弟二、弟
三叠云："記否當年，醉舞帳下，替將軍把盞。楚歌起、月黑天
青，霎時驚破歡醮。唤虞兮、聲聲泪落，一曲罷、風流雲散。到而
今，斜日閑門，鳥啼春晚。塵緣已了，往事休悲，算劫灰幾換。試
看取、嫩跗如掌，弱干如腰，細葉如眉，好花如面。今來古往，傷

心多少，玉環飛燕皆塵土，瘞芳魂、寂寞憑誰管。爭能似爾，年年歲歲青青，惹人隔世悽惋。"體物工細，神似碧山，《茶烟閣》不足道也。又《繫匏集》有《難得相逢》調倚〔水龍吟〕一闋，序云："正月十三日，偕翰卿閑步至城隍廟，廟舊有園亭池館，今存道院而已。道人桂雲，烹茗茶以待。坐頃月上，出至前殿廢址。立談一晌，各散去。翰卿嘗謂難得相逢，月下獨歸，錄以成咏。"詞曰："近來難得相逢，相逢不是真難得。最難得是閑時閑境，閑情共適，芳節燈紅。清齋茗綠，偶停游屐，待出門一笑，天空月上，移情處渾無迹。零亂虛壇瓦礫，莽乾坤自成今昔。長衢擾擾，幾人肯向此間閑立。曠蕩胸襟，塵勞身世，感懷今夕。且留君小住明朝，怕又理松江楫。"（自注時翰卿將之上海。）一片神行，自係詞中上乘。其自度腔有"東風無氣力，池上柳醉，來眠憶故人"諸闋，可補朱和義新聲譜所未備。

——《生活報》1914 年 4 月 4 日

八　己巳歲論詞

集後附《己巳歲論詞》一則，造詣甚精，自非好學深思之士不辦，錄之如下：庚申歲余始得陽羨萬氏樹《詞律》，賞其詳核。童年弄墨，好爲苟難，以確守萬氏，不失尺寸爲賢。甚且取白石自度曲，悉仿其四聲填之。朋箋角勝，樂之不疲。逮所見稍廣而覺其無所謂也。比年唱和寥落，且疑詞之爲律，有不盡于萬氏之說者，而又迄無依據。去春已來，遂不復彈此調矣。萬氏考訂字句，最爲謹嚴。惜其搜采未備，不無疏漏。而穿鑿附會之甚，謬誤亦多。如〔角招〕載虛齋詞首韵云："苔枝上、剪成萬點冰蕚。"而白石作"何堪更繞西湖，盡是垂柳"。多一字，萬氏未及辯。第三韵云："晴雪籬落"，萬氏以"後叚飛來霜鶴"句校之，遂注"雪"字作平，豈知白石作"湖上携手"第二字且用去聲也。竊意詞入歌喉，引爲曼聲，雖字外纏聲，未如今曲之多，亦非必一字不可增損。特舊譜散佚，則亦無從懸斷。如姜、趙二作，不知傳本有無衍脫字耳。前後段相較，句同者，平仄多同，而時或特異，此不可臆決其必同也。入聲作平，固詞家通例。然亦有作去上聲者，蓋北音本無入聲，故高安周氏德清《中原音韵》以入聲分隸三聲。"雪"字固北之上聲也，萬氏又以入可作平，并創爲以上作平之説，不知入之作平者，讀如北音，非曰作也。且長吟入聲，可與平類，若上聲自有上聲之收音也。古詞或因不能用平，姑代以上，猶愈於去聲之激越耳。若上可作平，則四聲皆可通轉相作，字無定音也，胡可訓乎？且萬氏謹嚴之處，證之姜、張全集，亦有不必然者。要之，不審音律，終不足以訂字句。近所見魏氏《碎金譜》，許氏《自怡軒譜》，雖皆旁注笛色，而漏略尚多。又曾見白石歌曲原譜，其所注笛色不成字，不可識據。後人所譯，則與近譜不合。康熙間有《欽定詞譜》，而傳本絶少，恨不得見，所謂迄無依據者也。繼而思之，詞出於詩，詩原於《三百篇》，上而《卿雲》《南風》，皆已被之管弦。書曰："詩言志，歌永言，聲依永，律和聲。"觀此數言，可知音律之大概矣。四聲之説，于古無傳。《三百篇》之韵，多平仄通叶。後世一字數音者，古音多略。究未知古人有無平仄之别，其爲詩也，豈有斟句酌字以求合律者？詩成而歌之，一詩有一詩之性情，即有一詩之音節，於是以樂器和之，所謂聲依永也。協之以律，定其某均某調，使聲之清濁高下雜而不越，所謂律和聲也。高山流水，聽其聲而可知其志，殆亦音節之出於性情者。後世詞家自度之腔，或務求悦耳，未必盡合古意，而因情生聲，尚近自然。顧亭林先生嘗言："古人以樂從詩，後人以詩從樂。"從樂者先有調而後有辭，此尤指漢魏樂府之屬。至於填詞而按譜選字，真意或爲之不暢。且寓調之意，與創調之意，每不能符，則聲情相左矣。如〔念奴嬌〕詞多豪放，念奴，唐宮人也，美歌大曲，若以幽微婉約之詞填之，豈念奴所能奏其技乎？然而唐宋諸名家多填舊調者，何也？是必與原詞音致相類，而可倚聲歌者也，故楊繼翁有擇腔之説。亦或用其調而易其名，或用其體而并易其調。夫詞之調名，猶詩之篇題也。古樂府如《薤露行》《來日大難》

《關山月》《青青河畔草》等篇，後人擬作者，皆就題立意，未有以奉觴上壽之詞而題曰《薤露行》，洞房花燭之詞而題曰《關山月》者也。即如《關山》《薤露》之屬，哀音相近，而題亦未嘗相假。唐宋詞之概題舊名者，度以調既承用，付之歌者爲便耳。張東澤詞，必自立新名，不爲無見。陽湖惲氏敬《大雲山房稿》，其叙例最嚴。詞則自以曲名爲目，而次行注題，不知次行所注者序也。而首行書舊曲名，是有序而無題也。近人詞稿或不題原名，而取前人所立之新名，益無謂矣。白石填〔念奴嬌〕調，更名〔湘月〕，自注即〔念奴嬌〕鬲指聲。〔念奴嬌〕爲大曲，所謂鬲指者，於笛則移一孔也。此乃并易其調者，即古人旋宫之法。蓋以詞意與原譜不合，故仿其節奏而移其宫調也。然則今之填詞者，苟非就題立意，皆當更立新名。既更新名而舊調可仍用，亦可移用，庶無聲情相左之病矣。余略涉律吕之學，而絲竹之器，無一習者，故未致度腔。若隨意作長短句，即以爲自製之體，固無不可，特腔未定耳。《三百篇》中，四言爲多，時有五言。如後人詩句者，亦有如詞中一領四句法者。短至二字，如鱒魴、鱣鯊、肇禋之類是也。長句如“儀式刑文王之典”，亦是上三下四句法。今之長短句，何獨不然乎？惟既填舊調，亦自以謹嚴爲是。萬氏說雖未可墨守，而詞中平仄必準，去上必辨之處，諸名家金科玉律。若合符節者，古之人自不余欺。而萬氏表章，固多可法。若夫執一例百，指影疑形，好奇之談，多失之鑒。而矯之者必以闊略爲通，縱筆逞才，銷規破矩，亦未免賢智之過也。又才人之筆，往往習於牢騷，溺於艷冶。一若以詩餘戲墨無足高論者，不知詞實近代樂章。其濫觴于唐，原與古樂府不甚相遠。至宋多慢詞，其體制始與詩別。而要其義法，仍必以言志爲本，以《三百篇》爲宗。近之論詞者於字句工拙之數，辨之甚詳。至如古所稱“發乎情，止乎禮義”。與夫好色不淫，怨誹不亂之旨，則鮮或及焉。此雅樂之所以不振，而音律之中否，又其後焉者矣。己巳暮秋，病起無事，懶霞子（懶霞，黃翰卿宗起別號，又號赤霞。詳見集中《赤霞飛

詞》注。）以鄉先生章氏樹福《竹塢詞》示余，讀之清雋邁俗，根
觸舊興，輒復試筆，度此事終未能決舍也。因就臆見，姑妄言
之，俟質之知音者。

——《生活報》1914 年 4 月 6 日

九 徐仲可詞

比來涵芬樓與杭州徐仲可先生樂數晨夕，先生詞名甚著。嘗
取《楞嚴》"純想者飛，純情者墜"之義，以"純飛"二字名其
館。取境之高，可以想見。先生嘗秉筆鳳池，又嘗從軍津沽。憤弃
世變，舉其牢騷抑鬱之氣，一托於詞。故其所作，得紆徐爲妍卓犖
爲杰之妙。近數數與朱古微、況夔笙兩先生相唱和，格日高，律日
細，能與叔問工雋、中白稠摯而外，拔戟自成一隊。〔采桑子〕
云："黃昏幾陣瀟瀟雨，綺閣疏櫺。孤館寒更，付與春宵各自聽。
紅鵑啼瘦清明節，絮落還縈。枝嫩纔青，一樣東風兩樣聲。"〔南
鄉子〕云："疏雨晚來晴，一帶長堤草色青。青到斜陽紅盡處，回
汀，知是蘭橈第幾程。銀甲坐彈筝，不信當筵手慣生。柳外東風花
裏月，清明，容易高樓近五更。"二闋已由譚復堂錄入《篋中詞》。
近見其〔臨江仙〕云："過盡歸鴻來盡燕，秦關消息栩臨。柳絲曾
與綰征鞍，小樓何處，憔悴玉笙寒。碧樹無情花自好，飛飛蝴蝶成
團。番風彈指又春殘，天涯回首，斜陽滿屏山。"〔浣沙溪〕云：
"一曲清歌帶玉簫，疑春來日是花朝。泪痕多處在重綃。樓外啼鶯
牆外燕，夜來疏雨晚來潮。離人何處木蘭橈。"疏宕渾成，深入宋
人之室。先生又有"微病逢疏雨"五字，況夔笙稱爲名句未經
人道。

一〇 江昉詞

江昉字旭東，號橙里，又號硯農，歙縣人。寓居揚州，著有
《練溪漁唱》三卷，集《山中白雲詞》一卷。王蘭泉《國朝詞綜》
選其詞三十七首。所作清空蘊藉，無繁麗昵褻之態，除激昂囂囂

之習，沈沃田謂能追南渡之作者而與之并，良非溢美。其〔憶舊游〕序云："西磧在太湖西北，南面具區。余書莊在山下，門外波光萬頃，浩浩淼淼不可窮極。湖中罛船，張六道帆，任風所之。朱檢討云：'到得石尤風四面，罛船打鼓發中流。'又'小姑腕露金跳脱，帆脚能收白浪中'是也。七十二峰，羅列指顧，莫厓縹緲。正當樓遥峙白浮、米堆、雅宜諸峰。翠色接檐際，山谷回環數十里，居人盡種梅爲業。山根沿水處，緋桃連綿，紅霞二十里。滉漾波影中，垣内梅數百樹，桂數百本，枇杷數十枝，竹數畝，間以長松高梧紫藤碧蔓。清陰濕地，無分春冬，嘯咏間頗得琴書幽趣。偶憶及此，不勝過眼雲烟之慨。爰製此詞，以志前踪云耳。"不待讀其詞，已足令人神往。江又嘗集宋元人詩餘七字者爲絶句，渾成無違，與竹垞《蕃錦》一集，異曲同工。録其二首云："殘花微雨隔青樓（顧敻），聽得吹簫憶舊游（孫惟信）。不分小庭芳草緑（孫元幹），一春常是爲春愁（辛弃疾）。""簾幕輕回舞燕風（盧祖皋），雲屏冷落畫堂空（馮延巳）。最愁人是黃昏近（張炎），一樹梨花細雨中（陳堯）。"

——《生活報》1914 年 4 月 9 日

一一　碧桃記南北曲

東鄉吴蘭雪（嵩梁）一門風雅，得婦如蕙風（蕙風姓劉氏，晚作詩云："欲寫烏絲句未成，薄羅衫袖嫩涼生。紫薇花外芭蕉緑，坐愛茶烟麗晚晴。"蘭雪《新田十憶圖》第四圖曰《蕉陰茗話》，即指此而言也。）、錦秋（繼配蔣氏，别號琴香），得妾如緑春（岳氏）、閑閑（范氏）、素素（王氏），真東漚老譽所謂神仙眷屬，脱去俗韵者。緑春名筠，山西文水人。隨母寓京師，姿性明慧，能以左手書。授以詩輒倚聲誦之，妙合音節。蘭雪謀納妾，初詣姬居。姬年十五，甫曉妝。貽碧桃一枝，受而簪於髮。俄有賷以重聘者，姬嘆息謂其母曰："兒已簪吴氏花矣"，遂卒歸蘭雪。爲女弟子，吟咏而外，兼工畫蘭。雖趙王孫之于仲姬，毛西河之於曼殊不啻也。常州陸祁孫有《碧桃記》南北曲一套，爲崇百藥齋集中所未載，即爲綠春而作。録之以志一時韵事。

【南北合套】【北新水令】（小旦淡妝上。）看閑庭花蕊坼輕苞，捲疏簾嫩凉晴曉。種成九畹亦尋常，蕭艾人間各自香。纔授《離騷經》一卷，畫花偏愛畫瀟湘。如家岳氏綠春獲侍吳郎，倏經半載。匀畫眉之新黛，小試吟箋，趁修史之餘暉，閑臨粉本，自署絳紗弟子。長依錦里先生這個翰墨因緣，也就抵得過玉台金屋了。你看衆綠成陰，落花如雪，是好一種殢人天氣也呵。

竹烟紅雨重，草暈綠塵消。風顫雲翹，是碧蘿陰翠衣鳥。

閑坐片時不覺小倦，且到老爺齋中閑話去。（下）

（末紗帽便服上。）

【南步步嬌】履道坊中誅茅早，鄰里經過好。小生上花間散早朝，到不如趁著青驄去訪安道。（末）下官侍講學士董小槎。（小生）下官翰林修撰齊梅麓。（相見介。）（小生）老前輩可曾見過貴同年吳子山新納的姬人麽？（末）不曾見過，聞得此姬酷好筆墨，尤善畫蘭。我們何不訪子山，請他出來定要當面揮毫，以辨真僞。（小生）（笑介。）如此甚好，老前輩請。（末）館丈請。（合）筆底察秋毫，省得他女相如多充冒。

（生軟翅紗帽便服上。）疏籬一徑長苔痕，高樹濃陰似水村。昨夜雨凉貪美睡，賣花人到未開門。下官自娶綠春，移居詩舫。月窗并坐，影飄連理之裾；花徑偕行，香繞合歡之帶。金門吏隱，不啻江鄉。今日未曾入直，清晝無事，不免臨池遣興一回，多少是好。（坐寫字介。）（小旦上。）

——《生活報》1914 年 4 月 18 日

【北折桂令】小桃根不上蘭橈，抵多少香染光芝，珮卷江皋。老爺。（生起立相見介。）綠姬出來了。（小旦）原來老爺在此臨帖，難爲你惜花心性，寫出這簪花筆格，祇賺得花意都消。（生笑介。）這不過隨意消遣而已。（小旦）特爲你花前一笑，可算得百斛春膠。老爺，我們園中散步去。盈盈水淺雲遥，勝似那牛女星橋。

（雜蒼頭上。）不好詣人貪客到，偶思小飲報花開。老爺，董大人、齊大人拜會。（生接帖看。）（小旦問介。）想是董學士、齊修撰麼。（生）果然是相江都珠柱書生，同著個賦冰雪梅花閣老。綠姬你且先到園中，我客去便來的。（小旦）如此奴在小亭尚候了。（生顧蒼頭介。）道有請。（雜）是。（旦離分下。）

（末上）一徑落紅沾步屧。（小生上）半亭新綠上吟衫。（相見介。）（末）子山兄許久不見，在家有何樂事？（小生）我們來了半日，不見司閽出來，真所謂"當關不報侵晨客，新得佳人字莫愁"也。（生笑介。）休得取笑。請坐。（各坐介。）（末）是好一座優雅書齋也。

【南江兒水】你看這樊重栽花圃，雲英渡澗橋。（立起翻桌上見帖介。）爲何帖中隱隱脂香粉氣？（小生）想來是新人學習的了。展春雲不把雙眉褙，染湘筇自把雙毫掉，還羨你綉平原特把雙絲繞。子山你得此佳人亦足消半生塊壘矣。（末）況譜竹談絲盡曉。（小生）便是尊寵善於圖蘭，外人頗疑吾兄自爲代筆。（生笑介。）弟與吾兄十餘年舊好，幾曾見會圖蘭來？（末）子山不必分辨，何不請出如嫂，對客揮毫便可以間執讒口了。（合）借筆底風流，更認取崔徽風貌。

（生）這又何妨？小妾正在園中，我就奉陪前去何如？（同下。）場上先設小亭、筆硯、假山、竹樹。（小旦上。）到得園中餘春如許。（作進小亭坐介。）你看橫翠在榻，古墨生香，好個幽閑所在，祇是我那老爺呵。

【北雁兒落帶得勝令】走龍蛇空驚吏部，潮捲秋山祇落龍山帽。到今日掩荒扉盤堆苜蓿餐，贏得臥燕山塵阻驊騮道。呀，可憐他玉蕊綻銀毫，甚時見宮紗抖絳袍。向天涯漸老潘郎貌，怎就算輕拋伍相蕭。牢騷，但貧來賣得長門稿；蕭條，有幾個古羊求慰寂寥。

（生先上。）這裏就是。（末小同上。）（小旦欲避介。）（生）綠春不必回避。（指末介。）這是董學士。（指小生介。）這是齊修撰，皆我生平至好。況且董老爺替你手雕小印。（按：贈石觀畫皆係實事。詳見董爲《石溪詩舫觀畫記》

及《齊石溪詩筋觀畫呈蘭雪先生》詩中。子山，蘭雪字也。）正該面謝。（小旦）是。
（想見坐介。）（末小生合）

【南僥僥令】雲光分翠黛，花韵入來春潮。果然是一位絕世佳人，子山好艷福也。你向風雨聲中閑笑傲，我知你對名花氣轉豪。（生作謙意介。）未免過響了。（問董介）前日同年陸祁生曉得綠春誓花守志，一段苦心，要替他譜作《碧桃記》院本，被之管弦，尚未脫稿，綠春限他荷花生日交卷，祁先生索畫蘭。（回問小旦。）我們那邊軒中小坐，你在此將陸老爺條幅圖完就托董老爺帶去便了。（小旦）是。

（末、小生、生出坐亭外。）（小旦研墨拂紙作畫介。）（內作風雨驟至聲。）（末）我們憑欄看雨。（小生）你看如嫂豐神更覺艷世了。（小旦）

【北收江南】呀，怎林間急雨驟花梢，要把我雨葉風枝特地描。但看這筆尖橫掃小苗條，也抵得力士玉蚓麈將軍鐵馬驕。（作閣筆看點頭介。）這種筆力頗不似閨人弱腕。（笑介。）前日陸老爺送來舊作《樂府四種》，詞旨纏綿，音律精細，也還值得替他一畫。這蘭呵，休認作妝壺十樣眉兒稿。

（作畫完起立介。）（生）風雨已止我們看畫去。（末小生入亭同看介。）（生）兩兄這可還是小弟捉刀麼？（末）子山兄從今以後盡得誇口了。（小生）果然畫得精妙。（合）

—— 《生活報》1914 年 4 月 19 日

【南園林好】繞雲烟香生碧綃，展靈心魂招楚騷。不枉你花姿月貌，你看一陣暗香飄，脂痕暈未消。

（小旦）偶爾塗鴉，深慚六法。過邀清賞，轉覺未安。

【北沽美酒帶太平令】擘蠻箋，點彩毫，止不過雲窗伴。慰無聊，笑煞她侍女熏香護早朝，算今生修□（音趙）購金屋，漫藏嬌，誰省得傷心遺照。是靈均積世根苗，還祇怕殘香易落，試留取臨風小稿。還要求兩先生賜予新篇，庶令藝苑生華寒閨藉重。趁著這花朝柳朝，填上個珠吟玉嘯。呀，問梅花可曾修到。

（末）聽這一番妙論，解脫非常，竟是蘇老朝雲，絕勝白家阿素，可敬可敬。（小生）學生明日作詩一首，這《石溪詩舫觀畫記》要讓董老前輩秉筆。（生向小旦介。）綠春你且進去將息將息，昨日琉球學生送來的山中雪酒，吩咐丫嬛暖好一瓶伺候。（小旦先下。）（生向董、齊介。）我們到書房小飲去。（末、小生）請。（生）

【南尾】蓬萊徑僻何人掃，虧殺這閨中同調。（合）有幾個左握湘毫右剪刀。（同下。）

綠春年十五，歸蘭雪年十九卒，蘭雪感悼不已。嘉慶十六年三月十九日，方石亭寓館扶鸞小集，延袁藹花仙史降壇。蘭雪因就詢綠春因果，先成一詩見贈曰：“東湖新柳繞春堤，冷月荒齋夜不迷。記取紅鵝山下路，綠雲如掌待君題。”稍停，後書曰：“今日稍有職事，祇好略言之。然前因後果已了了矣。催雲舊史，本住犀宮；約雨仙郎，原居月海。銀河水淺，難容比目之魚；玉管花飛，願跨連翹之鳳。偶獲蕙蘭之咎，同離降露之區。此前因也。廿年花艷，重來嫩綠之鬟；千里車來，共覓好春之句。不似人間天上，粉本雙窺；却從漢水荊山，金環再認。可惜銀髭似雪，元蛤香寒；更憐妙句如蘭，綠熊玉并。此後果也，且不甚遠。”蘭雪不解所謂。次日，復延仙史至，壇曰：“綠春畫筆，極其清致，足爲粉侯出色，其不永年亦在此。昨所謂不甚遠者，廿年一瞬耳。不必狐疑，今已往生言氏，小名月姑。我輩在此清談，彼正啞啞學語也。”此與《雲溪友議》所載韋皋玉簫事絕相類，蘭雪因築仁月樓以待之。

——《生活報》1914 年 4 月 20 日

一二　夜泊信江譜南曲

蘭雪又書《夜泊信江譜》南曲一套以悼綠春，其詞云：

【南呂·懶畫眉】綠淒紅慘春歸後，無那啼鶯送客舟。春山眉黛還依舊，則看這一江春水波紋皺，却緣何背著東風□自流。

【正宮·玉芙蓉】驀地上心頭，往事低回久。記驚鴻照影，艷雪回眸。但看花窗外恨紅袖，但待月簾前挂玉鈎，憑消受湖山唱酬最難忘，是□花生日在蘇州。

【二犯·傍妝台】今日個繫幾綠楊洲，釀春江有萬斛離愁。聽聲聲畫角，和點點更籌。凉雲暗鎖村前樹，細雨低迷水上樓。祇得把明燈自剪，新詞細謳，倩何人再典驫驪裘。

【皂羅袍】恰正是傷心時候，漸吟魂黯黯，夢影悠悠。乍相逢半晌嬌羞，顧兒淺淡腰兒瘦，千憐萬愛，恩情恁稠，千回萬轉，離腸恁柔。匆匆花下分携又。

【中呂·駐雲飛】甚燕侶鶯儔，唱煞陽關不肯留。問何時再綰連環扣，問何時再勸同心酒。呀，一夢枉綢繆，算重逢他生才彀。祇俺這一領青衫，眼泪都濕透，祇索把續命鸞膠向海外求。

【尾聲】玉簫緣分從來有，辨一片至誠心自守，盼得到花月春江續舊游。

———《生活報》1914 年 4 月 21 日

一三　余澹心詞

余澹心《板橋雜記》三卷，讀之哀感頑艷，有《泗水潛夫》記武陵舊事遺意。澹心與杜浚、白仲調齊名，號余杜白。故其歿也，尤西堂吊之曰："贏得人呼魚肚白，夜台同看黨人碑。""魚肚白"，金陵市語業名也。其所著有《味外軒詩稿》（見《文獻徵存錄》。），《江山集》《平山蕭瑟詩》《三吳游覽志》《楓江酒船詩》《梅花詩》《茶史》（見《東湖叢記》。），《澹心雜錄》（見《靜惕堂文集》。），《秋雪詞》（見《國朝詞綜》。），吉光片羽，都付飄零。僅托其名於《板橋雜記》以傳，文人多窮，亦可悲矣。《秋雪詞》，《詞綜》祇錄〔浣溪沙〕〔憶秦娥〕二闋，詩之散見各書者，亦復寥寥無幾。王漁洋□賞其《金陵懷古詩》，以謂不減劉賓客。余所見者，有《孫楚酒樓》及《勞勞亭》二首，《酒樓》云："江城西畔酒樓紅，無數楊柳迎春風。孫楚去後李白醉，千年不見紫髯公。"《勞勞亭》云："蔓草離離朝送客，驪駒愁唱新亭陌。夜深苦竹啼鷓鴣，空簾獨宿頭俱白。"蔣生沐稱嘗從馬□□□□澹心手抄《玉琴齋詞》，精妙無倫。有梅村祭酒題云："澹心詞大要本于放翁，而點染藻艷，出脱輕俊。又得諸《金荃》《清真》，此繇學富而才俊，無所不詣其勝耳。余少喜學詞，每自恨香奩艷情，當升平游賞之日，不能渺思巧句以規摹秦、柳。中年悲歌佗儌之響，間有所發，而轉喉捫舌，暗噫不能出聲。比垂老，而生氣漸已衰矣，此余詞所以不成也。讀澹心之作不能無愧。婁東弟梅村居士題。"又有尤西堂侍講題云："昔人間詞何句最佳，曰：'好似一江春水向東流'，然'小樓昨夜'，卒召牽機之禍，豈非恨耶？千載而下，遇余子爲知己，從而和之，可以破□面之泪矣。宋人佳句殊不多得，秦九'雨打梨花深閨門'，遂用入兩調。柳七'楊柳岸曉風殘月'，脱胎魏承班〔漁歌子〕。而梢公登溷，未免妒語。不如'霜風凄緊，關河冷落，殘照當樓'尤爲切響，此外亦寥寥矣。他如'紅杏枝頭春意鬧'尚書，'雲破月來花弄影'郎中，祇以一句了其一生，詞家之矜重身價若此。如余子之清言綺語，絡繹奔赴，又何巧於用多耶？壽詞多者無過魏鶴山，苦不能佳，稼軒差強人意。余子於此兼能擅場，固知才人無所不可。猶記梅村賦〔滿江紅〕贈余子云：賭墅好尋王武子，論書不減蕭思話。問後來領袖復誰人，如卿者。足以定余子矣。辛亥夏五長洲同學弟尤侗漫題。"皆真迹也。

——《生活報》1914 年 5 月 3 日

一四　玉琴齋詞

今《玉琴齋詞》不知散落何處，生沐嘗録其數首，不啻鳳毛麟角矣。急轉録之以讓有詞癖者，且惜生沐當時不更多録數首也。《四十九歲感遇詞六首并序》："白香山云：四十九年身老日，一百五夜月照天。蘇子瞻云：嗟我與君皆丙子，四十九年窮不死。余今年四十九，身既老矣，窮猶未死。追想生平，六朝如夢，每愛宋諸公詞，倚而和之，聊進一杯，正山谷所云：'坐來聲噴霜竹'也。"
〔桂枝香〕《和王介甫》云："江山依舊。怪捲地西風，忽然吹透。
祇有上陽白髮，江南紅豆。繁華往事空流水，最飄零、酒狂詩瘦。
六朝花鳥，五湖烟月，幾人消受？問千古英雄誰又？況伯業銷沉，
故園傾覆。四十餘年，收拾舞衫歌袖。莫愁艇子桓伊笛，正落葉烏
啼時候。草堂人倦，畫屏斜倚，盈盈清晝。"〔念奴嬌〕《和蘇子
瞻》云："狂奴故態，臥東山、白眼看他世上。老子一生貧徹骨，
不學黔婁模樣。醉倒金尊，笑呼銀漢，自命風騷將。樓高百尺，峨
嵋堪作屏障。追想五十年前，文章義氣，盡淋漓悲壯。一自金銅辭
漢後，曾共楚囚相向。司馬青衫，內家紅袖，此地空惆悵。花奴打
鼓，聲聲喚醒瑜亮。"〔水龍吟〕《和陸放翁》云："白雲黃石人
家，山中宰相推前輩。布衾似鐵，湘簾似水，有人酣睡。劍削芙
蓉，書裝玳瑁，都無塵累。聽鷓鴣啼罷，霓裳舞破，千日酒、真堪
醉。說起英雄兒女，哭東風、幾番揮淚。明年五十，江南游子，九
分憔悴。白髮臨頭，黃金去手，孤負凌雲氣。待何時、倩取麻姑鳥
爪，爲余抓背。"〔永遇樂〕《和辛幼安》云："擘脯彈箏，杖矛雪
足，慷慨如此。壯士橫刀，美人却扇，總爲多情使。胸中五岳，夢
中三島，不覺一時填起。嘆浮生、短衣破帽，應羞碌碌餘子。天涯
衰草，斜陽歸騎，認得蕭蕭故壘。四十九年，青樓白馬，一覺揚州
耳。謝家安石，王家逸少，日在風流叢裏。從今後、及時行樂，逍
遙而已。"〔沁園春〕《和劉後邨》云："老去悲秋，菊蕊盈頭，竹
葉盈杯。正洞庭木落，宮鶯乍別，楚天雲淨，旅雁初回。天許閑
人，人尋韵事，高築栽花十丈臺。催租吏、縱咆哮如虎，如我何
哉。東籬更葺茅齋。鄴架上、藏書萬卷堆。嘆年將半百，鬚眉如
戟，運逢百六，心事成灰。莫話封侯，休言獻策，祇勸先生歸去
來。平生恨，恨相如太白，未是奇才。"〔摸魚兒〕《和辛幼安》
云："最傷情、落花飛絮，牽惹春光不住。佳人縹緲，朱樓下，一
曲清歌何處。鶯無語。誰傳道、桃花人面黃金縷。霍王小女。恨芳
草王孫，書生薄幸，空寫斷腸句。江南好，茂苑繁雄如故。畫船多

少簫鼓。吳宮花草隨風雨，更有千門萬户。蘇台暮。君不見、夷光少伯皆塵土。斜陽無主。看鷗鳥忘機，飛來飛去，祇在烟深處。"

——《生活報》1914 年 5 月 4 日

一五 散花女史

亞子近録吳門散花女史沈蕙孫（纕）詞，入《磨劍室隨筆》，搜載甚詳。按：散花與張滋蘭（允滋）、張紫繁（芬）、陸素窗（瑛）、李婉兮、席蘭枝（蕙文）、朱翠娟（宗淑）、江碧岑（珠）、尤寄湘（澹仙）、沈皎如（持玉），九人齊名。滋蘭號清溪，別號桃花仙子。任兆俞室嘗與散花等結清溪吟社，號吳中十子。所著有《潮生閣吟稿》，《秋後懷心田夫子》云："雨霽銀燈夕，織雲入暮天。芙蓉還寂寞，秋水自嬋娟。寒雁聲疑斷，虛窗夜不眠。思君在高閣，清夜撫冰弦。"心田有與諸女唱和之作，殆即因滋蘭中閨往還之故。散花又善書，陳雲伯《頤道堂詩集》有《題吳門女士沈散花臨本唐韻律》詩一首，序云："女士孝廉桐威女，適同里林上舍太霞（朝衍）。夫婦工書，早年同卒。所書唐韻，流傳人間。獲與觀光，因題是什。"詩曰："如君夫婦風流甚，便是文簫與采鸞。玉貌丁年同慧麗，繡襦甲帳共清寒。歲時跨虎山中去，當日簪花鏡畔看。留的一函唐韻在，粉香零落蠹魚乾。"桐威，字起鳳。所著有《風吹雪詞》一卷，尤工傳奇。梨園所演如《報恩猿》《才人福》諸劇，足繼李笠翁、萬紅友無異辭。久聞爲葉兒散套，亦復工雅絶倫。長洲吳翌鳳《東齋脞語》稱桐威嘗泥其室人張湘人（靈），以金釵做質，拜爲閨塾師。桐威譜北曲一套示之云："〔北新水令〕水晶簾捲畫堂高，燕呢喃春風四繞。金貌香氣散，銀燭影紅搖，一剪蘭翹。有一個俏門生贄禮到。〔駐馬聽〕環佩聲飄，一撚風吹楊柳腰。氍毹拜倒，幾絲雨壓海棠嬌。一天風韻總難描，三章約法從容告。從容告，打頭先改卿卿叫。〔沉醉東風〕翡翠林書林恰好，芙蓉賬絳帳還高。戒疑情，莫折花，懲閑玩休尋草。便早來點綴眉梢，彩筆何須畫百遭，破功夫且臨畫稿。〔折桂令〕每日價日上花

梢，抛殘綉譜，卷上絞綃。字臨蕙女，詩吟蘇蕙，史續班昭。喜清
課賣花聲杳，催好句心字香燒。紅了櫻桃，綠了芭蕉。舊園亭由他
蝶鬧，新夏榭不共鶯瞧。〔沽美酒〕便盼到冷惺鬆花月宵，傍春檯
燈并挑。且説個春燈謎子伊知道，夾雜些美人名號，也一一費推
敲。〔太平令〕那不是挂龍樓鳳閣蹊蹺，這的是綉閣規條。買幾個
俊婢垂髻，鎮伴你添香拂綃。一種種花嬌柳嬌，盡意兒細教，連那
小鸚哥也聽來熟了。〔離亭宴帶歇拍煞〕秀才學問誰會飽，書生不
櫛從來少。他日個鳳閣名標，替著俺寫韵箋，替著俺謄書草，替著
俺題清照。這温家玉鏡臺，俺曾把皋比靠。休衹要放頑皮將師嚇
倒，笑煞那苟家兒背熨焦，張家兒眉亂描，怎踏著風流竅，你做陸
家卿，俺做寒山趙。考幣詩勝拾了泥金捷報，且搊衹洞房歌，搭著
《白頭吟》唱到老。"遙情逸韵，散花濡染有素，宜其詞之清麗纖
綿矣。散花又有題《二喬觀兵書圖》二絕云："舳艫焚盡仗東風，
應惜奇謀閨閤中。曾把韜鈐問夫婿，誰言兒女不英雄。""陰符偷
讀妨描黛，綉帙雙開見唾絨。一十三篇勞指授，蟂磯余烈本吳
宫。"足與"聽殘紅雨到清明"之句并傳。

——《生活報》1914 年 5 月 5 日

梅魂菊影室詞話卷二

一　郭頻伽漁家傲詞

平望有鴛脰湖，一名鴛斗湖，烟波淡沱，頗爲幽勝。張虛堂家
於此，作漁父填詞閣，繪圖索題。郭頻伽爲題〔漁家傲〕詞云：
"渺渺平湖天在水，鴛脰佳名，合是詞人里。小閣高懸明鏡裏，窗
乍啓，閑鷗宿鷺飛來矣。家風好個元真子，雨細風斜，漁父詞清
綺。定有樵青將曲記，畫眉未？赤闌橋外簫聲起。"自注：畫眉橋
亦在平望。此詞《靈芬詞》中未載。

二　黄韵珊倚晴樓詩餘

海鹽黄韵珊作《桃溪雪》《帝女花》《茂陵弦》《凌波影》《鴛鴦鏡》《脊令原》《居官鑒》傳奇七種，俊逸清新，一時傳誦。其所著《倚晴樓詩餘》亦能脱去凡近，時出新意，雖雄警微有不逮。倘于風清月白時，令解事雙鬟，著杏子單衫，薰都梁茉莉，静坐花陰簾角間，倚紫玉簫，曼聲歌之，不啻聽一聲河滿也。〔蘇幕遮〕云："客衣單，人影悄。越是天涯，越是秋來早。雨雨風風增懊惱，越是黄昏，越是蟲聲鬧。别情濃，歸夢渺，越是思家，越是鄉思少。一幅疏簾寒料峭。越是消魂，越是燈殘了。"前調《題趙笛樓〈笛樓圖〉》云："碧雲高，良夜静。樓在花陰，月在花影等。燕子夢長吹欲醒，四面青山，對面青山應。艷情飄，幽緒警，各處黄昏，各樣愁人聽。未是秋來先已冷。一樹垂楊，一樹相思影。"〔采桑子〕云："玲瓏亭子分三面，一面回廊。一面紅牆。一面闌干靠夕陽。木稚香和茶烟膩，縬出紗窗縬整羅裳。人倚西風語亦涼。"又云："去年此刻曾相見，略訴殷勤。略解温存。略有思量未當真。今年此刻重相見，瘦了眉痕。肥了愁根。難道秋來例病人。"〔喝火令〕《題潘補之同年希甫〈花隱庵填詞圖〉》云："韵細流鶯和，香疏粉蝶慵。冷扶殘醉倚東風。唱起花深深曲，心事海棠紅。窄徑依微遠，迴廊宛轉通。吹笙良夜有誰同。一樹春陰，一樹月空濛。月在無人庭院，人在月明中。"

三　趙秋舲香消酒醒詞

《香消酒醒詞》，仁和趙秋舲著。秋舲少飲香名，南宫早捷，而仕宦不進，窮愁潦倒以殁。故其所作，亦多哀怨噍殺之音。然艷而失之纖，清而失之滑，以擬《倚晴》，彌復不逮。蓋《倚晴》取徑雖不甚高，時能以偏師直闖宋人之壘，秋舲則信手拈來，未能於文從字順外更進一步。余初學爲詞，喜其清圓流麗，輒誦不去口。旋覺其山温水軟，一覽無餘，非如小李將軍之畫樓臺金碧，步步引人入勝也，乃屛不復觀。然其佳處如白香山詩，老嫗都能解。秋燈宵籟，輒復成吟，如"還是芭蕉，解得儂心苦。一句一聲相對訴，隔個紗窗，説到天明住"。（〔蘇幕遮〕《聽雨》）"心是梧桐身是柳，到得秋來都瘦。"（〔憶羅月〕）"玉闌干，金屈戌，簾外長廊，廊響弓弓屐。鬢影春雲衫影雪，如水裙拖，幅幅相思褶。阮弦鬆，笙字澀。心上燒香，香上心先滅。安得返魂枝底，便作青蟲，也褪花蝴蝶。"（〔蘇幕遮〕）"雨聲多，梧葉墜，點點相思，點點相思泪。貧裏相如秋更累，得酒偏難，得酒偏難醉。鼓三通，燈一穗。入夜還愁，入夜還愁睡。四壁寒蟲心叫碎，夢也全無，夢也全無謂。"以上諸首，皆無愧作家。後附南北曲數套，較詞尤勝，蓋曲固不厭其纖佻也。余猶愛誦其《拜月曲》中"我初三見你眉兒瘦，十三覷你妝兒就，廿三窺你龐兒鬥，都祇在今宵前後。何况人生，怎不西風敗柳"數句。

（以上見《雙星》1915 年第二期）

四　周星譽洞仙歌十闋

《東鷗草堂詞》，祥符周星譽著。星譽，字畇叔，著作甚富。詞學辛柳，非其所長，而時有佳致。亦如項羽讀書不成，去而學劍，而又不肯竟學者也。〔洞仙歌〕十闋，旖旎風流，別開一格。于詩爲冬郎、玉溪，于書爲河南、松雪，足爲全集壓卷，錄之如下："綉帆收了，正雨絲初歇。七里香塵熨柔碧。看綠楊陰外，樓閣溟濛，是多少、春睡初醒時節。犀帷催喚起，餳眼慵揉，剗襪玲塀向人立。檀璲遞完時，低項回身，傍孃坐、恁般羞澀。又小婢催人去梳頭，向鏡裏流眸驀然偷瞥。"（其一）"呵鈿縮翠，坐棗花簾底。花鈴斜簪小鴉髻。想妝成力怯，換了鸞衫，停半晌、纔見盈盈扶起。問名佯不説，淺笑低聲，暗裏牽衣教孃替。羅畔坐隨肩，道是知情，却便又、恁憨憨地。也忒煞難猜個人心，笑事事朦朧者般年紀。"（其二）"深深笑語，膩緗桃花影。削哺金泥護春暝。看珠燈出玩，錦奩藏彄，却難得、隨意猜來都準。起身鬆綉韉，瑣步伶仃，釵尾丫蘭顫難禁。怯醉泥秋簽，親醮豪犀，替抵牡丹雙鬢。似欲向郎言又還停，但小靨緋紅可憐光景。"（其三）"荼蘼風軟，散閑愁無數。吹送青鴔到花步。算駕鴦卅六，排作郵簽，好説與、記個相思程譜。（自注：吳江至蘇計三十六里。）尋春三度也，永福橋西，門閉枇杷舊時路。小隔又生疏，道罷勝常，更沒些、離情低訴。但伴笑兜鞋倚孃邊，問梅雨連宵別來寒否。"（其四）"卓金車子，接麼孃來早。鸚鵡銀籠隔花報。聽纖纖綉屐，纔近胡梯，驀一陣、抹麗濃香先到。進房攏袖立，瘦蝶腰身，寫上紅簾影都俏。側坐錦墩邊，女伴喁喁，盡背地、贊伊嬌小。看悄撚羅巾不抬頭，怎比在家時更矜持了。"（其五）"猜花輸後，露些些驕憒。怯飲瓊蘇繭眉鎖。把銀蕉殘酒，笑倩郎分，消受這、一抹口脂紅涴。雁箏搊義甲，唱罷回簧（艷歌名），蓮箭沉沉月西矮。席散點紗燈，臨去殷勤，問明日、郎來送麼。正風露街心夜涼時，囑換了輕容下樓方可。"（其六）"吳綃三尺，屑輕煤初畫。錦髻瓊題恁姚冶。衹花般性格，藕樣聰明，描不出、留待填詞人寫。翻向么令艷，細字紅鼉，鳳紙烏絲替親界。譜上女兒青，偷拍鞋尖，低唱向、黃梔花下。好宜愛宜薰喚真真，瓣一片誠心向伊深拜。"（其七）"閑情新賦，把靈犀一點。寫入香羅白團扇。好羞時低障，浴後新攏，長傍著、小小桃花人面。橫塘重寄與，滿握冰鼉，比似華年一分見。畫裏説春愁，紅飾窠溫，反輸與、翠禽雙占。倘長得隨伊鏡臺邊，便掃地添香也都情願。"（其八）"離腸一寸，化萬千紅豆。底事花前又分乎。便不曾春去，也是無憀，況又到、深院月黃時候。玉鵝衾底夢，酒雨香雲，福薄蕭郎怎消受。無計贖珍珠，待説成名，可知道、甚時能彀。便僥幸雙栖也生愁，看半搦弓腰恁般纖瘦。"（其九）"江湖載酒，遍青衫塵積。玉笛聲中過三七。道漂零杜牧，慣解傷春，原不爲、歌扇酒旗淒悒。惺惺還惜惜，儂自憐花此意，何曾要花識。一霎畫屏前，香夢迷離，盡後日、思量無益。待提起重來又傷心，怕門巷斜陽落紅如雪。"（其十）

五　湯雨生畫眉樓倚聲

《畫眉樓倚聲》四卷，武進湯雨生都尉著。雨生以武家子殉難金陵，大節凜然。而詞乃纏綿往復，一唱三嘆之遺，足與畫筆并傳。如〔鷓鴣天〕蘇州作云："春風綠水楊花命，細雨紅樓燕子家。"〔采桑子〕題畫有感云："白鷗家在蘋風裏，秋水長天。細雨空烟，一別天涯思渺然。美人不記青衫濕，宛轉冰弦。江月彈圓，仍上當年送客船。"皆有晏家風格。雨生一門風雅，眷屬神仙，如雙湖夫人、碧春女公子皆以詩畫著稱。紅豆雙聲，不乏言情之作。其〔喝火令〕詞云："中酒迎人懶，調鸚挽鬟遲。開簾已是又中時。團扇羞看細字，前夜定情詩。

鬥草輸群佩，含毫褪口脂。堂前冷落賞花巵。姊去吹簫，小妹去彈絲。郎去紅牙低按，儂去唱郎詞。"歇拍翻古樂府，中婦、小婦入詞，抑何綺麗乃爾。

（以上見《雙星》1915 年第三期）

六　無名氏一剪梅詞

道光朝曹太傅（振鏞）當國，陶文毅（澍）督兩江，兼鹽政。時以商人藉引販私，國課日虧，私銷日暢，至有根窩之名，謀盡去之。而太傅世業鹺，根窩殊夥，文毅又出太傅門下，投鼠之忌，甚費躊躇。因先奉書取進，止太傅覆書，略曰：苟利於國，決計行之，無以寒家爲念，世寧有餓死宰相乎？文毅遂奏請改章，盡革前弊。其廉澹有足多者，惟其生平洊歷要津，一以恭謹爲宗旨，深惡後生躁妄之風。門生後輩有入諫垣者，往見則戒之曰：毋多言，豪意興。由是西台務循墨守位，浸成風氣矣。晚年恩禮益隆，身名俱泰，門生某請其故，曹曰："無他，但多磕頭，少開口耳。"道咸以還，仕途波靡，風骨銷沉，濫觴於此。有無名氏賦〔一剪梅〕詞云："仕途鑽刺要精工，京信常通，炭敬常豐。莫談時事逞英雄。一味圓融，一味謙恭。大臣經濟在從容。莫顯奇功，莫說精忠。萬般人事要朦朧。駁也無庸，議也無庸。”其二云：“八方無事歲年豐，國運方隆，官運方通。大家襄贊要和衷。好也彌縫，歹也彌縫。無灾無難到三公。妻受榮封，子蔭郎中。流芳身後更無窮。不諡文忠，便諡文恭。”損剛益柔，每下愈況，孰謂之前，未始非太傅盛德之累矣。

七　張商言碧簫詞自序

吳縣張商言（塤）《碧簫詞自序》云：故人蔣舍人心餘乞假還，過吳門，飲予舟中。喜讀予詞，納於袖，以醉墮江。寒星密霧，篙工挽救，群嘩如鼎沸。既得無恙，而此卷亦不就漂没。明日心餘詞所謂“一十三行真本在，衍波紋皺了桃花紙”也。一時興會泰甚，幾與波臣爲伍。文士愛才，狂態如見，而至今思之，殊饒風味也。

八　黃蕘圃題蘆川詞

《蘆川詞》，宋張元幹著。黃蕘圃于蘇州元妙觀西骨董鋪見宋刻原版，欲以重價易之，而竟爲北街九如堂陳竹厂豪奪以去。蕘圃大恨，旋又得舊鈔本《蘆川詞》，行款與宋版同，因托蔣硯香向陳竹廠處假得宋版對校。知舊鈔本係影宋，每葉板心有“功甫”二字者，其字形之敧斜，筆畫之殘缺，纖悉不訛，可謂神似。而中有補鈔一十八翻，不特無“功甫”字樣，且行款間有移易，無論字形筆畫也。因倩善書者影宋補全，撤舊鈔非影宋者，附於後以存其舊。蕘圃珍惜殊甚，加跋至八段，并於社日獨坐聽雨，題兩詩於後。詩云：“陰晴剛間日，風雨迭相催。未斷清明雪，頻驚啓蟄雷。麥苗低欲没，梅蕊冷難開。我亦無聊甚，看書檢亂堆。今朝説春社，雨爲社公來。試問有新燕，相期探早梅。（自注：向有詞云“燕子平生多少恨，不見梅花”，真妙語也。近年梅信故遲，社日猶未盛。）停針忘俗忌，（自注：余家婦女以針綫爲事，無日或輟。）扶醉憶鄰醅。（自注：余斷酒已五年，雖赴席有酒戰者，從壁上觀之。）日覺愁城坐，頻看兩鬢催。（自注：余處境不順已歷有年矣，惟書可以解憂，今有憂而書不能解，若反足以起吾憂者，知心境益不堪矣。）後跋

"佞宋主人漫筆"。書淫墨癖，知此老於此興復不淺也。菉圃歿後，此書歸罟里瞿氏，後又由瞿氏歸豐順丁氏，今歸涵芬樓，繆藝風假以鏤版，每半頁七行，行二十三字，字大如錢，精彩飛舞，誠詞林之瓌寶也。

九 龜峰詞沁園春

《相山居士詞》二卷，宋王之道彥猷著；《樂齋詞》一卷，宋向鎬豐之著；《綺川詞》一卷，宋倪稱文舉著；《龜峰詞》一卷，宋陳經國著；《王周士詞》一卷，宋王以寧周士著。均舊鈔本，合爲一册，係朱氏結一廬所藏。余按：汲古閣《宋百家詞》，已刻者六十二家，未刻者三十八家，知不足齋從毛氏轉錄，朱氏復從知不足齋轉錄，而書佚不全，僅存此册，片羽吉光，彌可寶貴。今夏友人携以見示，上刻"結一廬藏書"印，下刻"布衣暖，菜根香，詩書滋味長"及"錢塘何元錫字敬祉，號夢華，又號蝶隱"兩方印，知此書曾歸何氏矣。五家詞，竹垞《詞綜》俱有甄錄。《龜峰詞》一卷，皆作〔沁園春〕，尤跌宕多姿，中有一首序云："予弱冠之年，隨牒江東漕闈，嘗與友人暇日命酒層樓。不惟鍾阜、石城之勝班班在目，而平淮如席，亦橫陳樽俎間。既而北歷淮山，自齊安浙江泛湖，薄游巴陵，又得登岳陽樓，以盡荆州之偉觀。孫、劉虎視遺迹依然，山川草木，差强人意。泊回京師，日詣豐樂樓以觀西湖。因誦友人'東南嫵媚，雌了男兒'之句，嘆息者久之。酒酣，大書東壁，以寫胸中之勃鬱。時嘉熙庚子季秋下浣也。"詞云："記上層樓，與岳陽樓，釃酒賦詩。望長山遠水，荆州形勝；夕陽枯木，六代興衰。扶起仲謀，喚回玄德，笑殺景升豚犬兒。歸來也，對西湖嘆息，是夢耶非？諸君傅粉塗脂，問南北戰争都不知。恨孤山霜重，梅凋老葉；平堤雨急，柳泣殘絲。玉壘騰烟，珠淮飛浪，萬里乘風吹鼓鼙。原夫輩，算事今如此，安用毛錐！"豪雄感慨，直摩稼軒之壘。余亦皆感懷君國而作，蓋南渡後傷心人語也。後有禹金跋云："詞多哀憤，時作壯語，略似辛稼軒。南宋國事，以付葛嶺賈浪子，而疏遠之臣有懷如此。"千載興慨，可謂龜峰知己矣。

（以上見《雙星》1915 年第四期）

一〇　春音社社集詞

近與虞山龐檗子、秣陵陳倦鶴有詞社之舉，請歸安朱古微先生爲社長。古微先生欣然承諾，且取然燈之語，以"春音"二字名社。第一集集于古渝軒，入社者有杭縣徐仲可、通州白中墨、吳縣吳癯安、南海周夢坡、吳江葉楚傖諸人。酒酣，各以命題請，古微先生笑曰："去年見況夔笙與仲可有游日人六三園賞櫻花唱和之詞，去年之櫻花堪賞，今年之櫻花何如？即以此爲題，調限〔花犯〕，可乎？"時中日交涉正亟也，衆皆稱善。越數日而先後脫稿。古微先生作云："鞸輕陰，娥娥怨粉，嫣然帶濃醉。萬姝嬌睇。渾未譜群芳，驚賦多麗。倚天照海搖花氣。仙雲臨鏡起。問檻曲、移春多少，夭妝齊艷水。東風駐顏怕無方，蓬山外，眼亂千紅荷地。香夢警，閑庭院，夜闌容易。窺牆處、更誰記省？蛾黛斂、東鄰妍笑裏。恁倦竚，十洲芳約，危闌休去倚。"夔笙先生作云："數芳期，風懷倦後，多情誤佳麗。霧霏烟媚。重認取飛瓊，天外環珮。晚晴畫靐餘霞綺。闌干心萬里。漸暝入、銷魂金粉，滄洲餘淚幾？東風鬢絲颭香塵，啼鵑外，滿眼斜陽如水。拋未忍，探芳信，繫驄前地。仙山路、蒨雲恨遠，顑頷畫、濃春殘醉裏。更夢警，玉窗寒峭，笙歌鄰院起。"兩作一以雄健勝，一以密麗勝，自非詞壇耆宿不辦。余作則卑無高論，妄許附驥，殊有瓦礫廁金銀之慨，姑錄之以志一時雅興："數繁華，番風第幾，仙山艷雲錦。嫩陰催暝。憐潤洗蠻姿，輕換芳信。軟塵占舞凌波穩。鵑魂愁未醒。鬥曉色、一天霞綺，滄洲餘淚影。尋春問春在誰家，如今望，斷否蓬萊金粉。香夢淺，扶殘醉，膩妝嬌困。窺牆慣、賦情最苦，容易到、斜陽花外冷。但記取，玉窗人杳，啼紅心事近。"此調格律甚嚴，取清真、夢窗兩家對較，去上聲之必不可移易者，共三十四字，記之如

· 523 ·

下：“數”必上、“第幾”必去上、“艷”必去、“潤洗”必去上、“信”必去、“占舞”必去上、“穩”必上、“未醒”必去上、“鬥曉”必去上、“綺”必上、“泪影”必去上、“斷否”必上上、“粉”必上、“夢淺”必去上、“膩”必去、“慣”必去、“最苦”必去上、“外冷”必去上、“但記取”必去去上、“杳”必上。（古微先生之“約”字用入聲，從夢窗“但恐舞一簾蝴蝶”體也。）“事近”必去上。束縛至此，可謂難矣！第二集棊子以所得河東君妝鏡拓本命題，調限〔眉嫵〕；第三集夢坡值社，假座於雙清別墅，携舊藏宋徽宗琴，爲鼓《一再行》，即拈〔風入松〕調屬同人共賦。名園雅集，裙屐風流，傍晚同游周氏學圃，復止於夢坡之晨風廬，盡竟日之歡而別。翌日，夢坡首賦七律一章紀之，同社諸子各有和作，亦詞社中一段佳話也。

一一　戈順卿詞不能自遵約束

元和戈順卿持律最嚴，力正萬氏之訛，所著《詞林正韻》，近時填詞家奉爲圭臬，可謂詞學功臣矣！然其所作，往往不能自遵約束。余曩時作〔秋宵吟〕，即攻其闕，説見《南社叢刻》中。又如夾鐘羽之〔玉京秋〕，宜用入聲叶均，不可叶上去，見所著《詞林正韻·凡例》中，及自作“楊柳岸”一首，用“院”字上去均。〔憶舊游〕調結七字，當作“平平去入平去平”，第四字不宜用入，歷引各家詞證之，及自作“問東風”一首，結云“山花已盡紅杜鵑”，“盡”字非入，何恕於責己耶？芬陀利室主人謂此句何不作“山花泪濕紅杜鵑”？質之順卿，當亦首肯。

一二　余曩作洞仙歌十闋

余曩作〔洞仙歌〕十闋，蓋梅魂菊影，根觸閑情，不無法秀之呵，遂蹈泥犁之戒者也。四負齋主獨見而賞之，貽書稱許，且媵以平韻〔滿江紅〕一闋，有“抵封侯、十闋洞仙歌，播旗亭”之句，不虞之譽，徒增慚汗。近見上海李小瀛《枝安山房詞》中有

〔洞仙歌〕四闋，則真寫生妙手也。詞云"一帆風雪，約胥台小住。箫鼓聲中訪春去。驀相逢，邂逅人面桃花，猶記得、舊日芳洲蘭杜。漫天烽火裹，綠慘紅愁，飛絮東風更無主。更重問奈何，天甫定，驚魂還省識，別來媚嫵。笑鸚鵡知名隔簾呼，卻不問滄桑問人安否？"（其一）"葭灰初動，覺針樓春早。門外西風尚料峭。向妝台，痴坐私語無聲，肩憑處，別有暖香盈抱。嬌憨憐姊妹，簾角潛窺，悄嚙紅巾昵人笑。薄醉倩扶歸，深巷重重，偏誑道、獸環對了。判一宿空桑話三生，但何處巫峰怎生能到。"（其二）"酒闌雲散，聽沉沉更漏。眉月初三下牆久。看燈昏，鴛帳篆冷倪爐，人静也，幾陣新寒輕逗。慵妝輕卸後，卸到羅裳，故作嬌嗔復停手。引臂替郎肩，一笑回眸，又攬取、繡衾覆首。衹軟玉温香可憐生，問小小春魂那堪消受。"（其三）"雲痴雨膩，正連宵征逐。歡唱無歸又相促。怕牽衣，話別後會先期，明鏡裹，春色眉山雙蹙。柔腸縈宛轉，尺幅紅綃裹，贈鮫宫碎珠玉。人海易秋風，錦華年，須珍惜、蟬明蛾綠。願掃盡鑱槍報平安，待舊燕歸來冶游重續。"（其四）右作回腸蕩氣，一往情深，香草哀音，以《金荃》艷體出之，自非個中人，固莫能印證斯語耳。

一三　枝安山房詞小令最佳

《枝安山房詞》小令最佳。〔點絳唇〕云："兩岸垂楊，門前流水明於鏡。宵來人静，露立秋衫冷。水上紅樓，樓上紅燈暝。西風定，碧紗窗映。約略釵鬟影。"《醉太平》云："瑶琴懶横，銀燈懶明。芭蕉故作秋聲，一聲聲怕聽。巫山夢醒，眉山淚盈。新凉已怯桃笙，待秋深怎生。"〔清平樂〕云："晝長人静，繡倦尋芳枕。睡起羅衫斜未整。玉臂簟紋紅印。無聊獨倚妝台，侍兒剛報花開。開到階前夜合，檀郎今夕歸來。"清圓流麗，脱口如生，所謂嘗一滴知大海味也。

一四　滄江樂府詞多心賞之作

近讀《滄江樂府》詞，輒多心賞之作，臚列如下。嘉定程序

泊〔浣溪沙〕云：“咫尺紅樓夢轉遙。更無人在更魂消。一簾花影
下如潮。記得回燈還避影，零星舊事訴無憀。乍寒時節可憐宵。”
鎮洋汪稚泉〔臨江仙〕云：“蘭月流波銀箭咽，比肩人影窗西。眉
尖傳語太迷離。蚖膏羞照鏡，麝屑替熏衣。悄說輕寒今夜減，妍春
暖護雙栖。頰潮紅暈鬢雲低。海棠濃睡好，多事曉鶯啼。”〔蝶戀
花〕云：“銀鑰沉沉深院靜。一點冰丸，簾隙窺人冷。拂檻芭蕉聲
不定。黃昏疲了缸花影。酒到今宵偏易醒。倦倚紅蕊，往事和夢
省。那更慊慊添小病。藥烟吹上屏山暝。”

一五 沈小梅詞

寶山沈小梅，亦《滄江樂府》中之一人。蔣劍人嘗稱其〔蝶
戀花〕云：“約住海棠魂未醒，嫩寒作就春人病。”〔浣溪沙〕云：
“荻絮因風疑作雪，柳絲弄暝不成烟。夕陽紅上鷺鷥肩。”元人集
中名句也。如此尖新，豈不可喜！然石帚、夢窗，尚須加一層渲
染；淮海、清真，則更添幾層意思。加渲染、添意思，正欲其厚
也。若入李氏、晏氏父子手中，則不期厚而自厚，此種當於神味別
之。劍人嘗以“有厚入無間”之說論詞，此寥寥數語，尤度盡金
針不少。

〔以上見《文星雜志》第一期（1915 年）〕

一六 陳起

夢窗丙稿中《丹鳳吟》一闋，爲陳宗之芸居樓賦也。按：宗
之名起，即睦親坊開書肆陳道人也。睦親坊即今杭城弼教坊。又
按：《南宋六十家小集》，錢塘陳思彙集本朝人之詩集尾書刊于臨
安府棚北大街陳氏書籍鋪者是也，題曰“群賢小集”。又陳起宗之
繼前賢拾遺五卷，此編較《群賢小集》流傳尤少。《瀛奎律髓》
云：寶慶初，史彌遠廢立之際，錢塘書肆陳起宗之能詩，凡江湖詩
人，皆與之善，刊《江湖集》以售，劉潛夫《兩岳稿》與焉。宗
之賦詩有云“秋雨梧桐皇子府，春風楊柳相公橋”，哀濟邸而誚彌

遠，本改劉屏山句也。或嫁"秋雨""春風"之句，爲敖器之所作，言者并潛夫《梅詩》論列，劈《江湖集》板，二人皆坐罪，宗之坐流配。於是詔禁士大夫作詩。如孫花翁之徒，改業爲長短句，紹定癸巳彌遠死，詩禁解，潛夫爲《訪梅絕句》云："夢得因桃却左遷，長源爲柳忤當權。幸非不識桃并李，却被梅花累十年。"此可備梅花大公案也。今《江湖集》宋刻精本，尚存吾鄉蕩口某姓家，相傳康熙初長白某公官某省巡撫，得此書，珍如拱璧。與同起卧，臨歿，屬家人殉葬。其幕友汪亦愛書成癖，急賄近侍，以贋鼎易之，書遂歸於汪氏。及汪氏中落，又流轉入吾鄉。蠹魚三食，今亦衹存三十家矣。吉光片羽，猶在人間。遙望鵝湖，隱隱有豐城劍氣，安得叩王將軍之武庫而一讀之。

一七　白石小紅故事未免尋常

白石小紅故事，爲詞人所艷稱。按：在白石前者劉幾，字伯壽，洛陽人，爲"洛陽九老"之一，神宗朝官秘書監致仕，上柱國通議大夫，築室嵩山玉華峰下，號玉華庵主。有妾名萱草、芳草，皆秀麗善音律。伯壽出入乘牛車吹鐵笛，二草以蘄笛和之，聲滿山谷。出門不言所之，牛行即行，牛止即止。其止也，必命壺觴，盡醉而歸。觀此覺魏晋諸賢，去人未遠。垂虹雪夜，一曲洞簫，猶未免尋常兒女子態耳。伯壽又嘗于汴妓鄐懿家賦〔花發狀元紅慢〕詞一闋，中有"咏歌才子，壓倒元白"之句，其情致可想見也。見《避暑録話》。

一八　無可奈何倚聲家語

"無可奈何花落去，似曾相識燕歸來"，《珠玉詞》中妙句也，皋文《詞選》誤爲南唐中主所作，不知何本。按：《復齋漫録》：晏元獻同王琪步游池上，時春晚有落花，晏云每得句書牆壁間，或彌年未嘗强封。且如"無可奈何花落去"一句，至今未能對也。王應聲曰："似曾相識燕歸來。"自此辟置館職，遂躋侍從。又張宗楣《詞林紀事》云：元獻尚有《示張寺丞王校勘》七律一首："元巳清明假未開，小園幽徑獨徘徊。春寒不定斑斑雨，宿醉難禁灩灩杯。無可奈何花落去，似曾相識燕歸來。游梁賦客多風味，莫惜青錢萬選才。"中三句與此詞同，祇易一字，細玩"無可奈何"一聯，情致纏綿，音調諧婉，的是倚聲家語。若作七律，未免軟弱矣云云。是此詞爲晏作無疑。（汲古閣《六十家詞》於此闋下亦注云："向誤爲南唐二主詞。"）

一九　謝無逸詞

臨川謝無逸以《蝴蝶詩》三百首得名，人稱"謝蝴蝶"，不知其詞亦復含思凄婉，輕倩可人。漫叟題其《溪堂詞》，謂如"黛淺眉痕沁，紅添香面潮"，又"魚躍冰池飛玉尺，雲橫石嶺拂鮫綃"，皆百煉乃出冶者。余尤愛其〔江城子〕云："一江春水碧灣灣，繞青山，玉連環。簾幕低垂，人在畫圖間。閑抱琵琶尋舊曲，彈未了，意闌珊。飛鴻數點拂雲端。倚欄看，楚天寒。擬倩東風，吹夢到長安。恰似梨花春帶雨，愁滿眼，泪闌干。"按：《復齋漫錄》：無逸嘗過黃州杏花村館，題〔江城子〕於驛壁，過者索筆於館卒，卒苦之，因以泥塗焉。其爲當時賞重如此。

二○　徐俯卜算子詞

西江詩派，流衍至今，幾于戶祝涪翁，人師文節，才薄者驚其淵古，韵俗者賞其清奇，海藏石遺，卓爾不群無論矣，餘亦分一勺以自豪，嘗片臠而知重。然豫章在當日，即有不滿人意之處。徐俯字師川，山谷甥也，《後邨詩話》稱其"高自標樹，不似渭陽"。又《堯山堂外紀》云：徐師川是山谷外甥，晚年欲自立名，客有稱其源自山谷者，公讀之，不樂。會以小啓曰："涪翁之妙天下，君其問諸水濱。斯道之大域中，我獨知之濠上。"亦可爲狂放不羈矣。師川又有〔卜算子〕詞云："胸月千種愁，挂在斜陽樹。綠葉陰陰自得春，草滿鶯啼處。不見凌波步，空想如簧語。柳外重重叠

叠山，遮不斷、愁來路。"末二語固當與"問君能有幾多愁，恰似
一江春水向東流"爭勝。

二一　官妓歌賀新郎詞

楊誠齋爲監司時，巡歷至一郡，二守宴之，官妓歌〔賀新郎〕
詞以送酒，其中有"萬里雲帆何時到"之句，誠齋遽曰："萬里昨
日到"。守大慚，監繫此妓。按："萬里雲帆"句，葉石林詞也，
此妓歌之，未爲有意，遽罹縲絏之辱，郡守亦大煞風景哉？

二二　宋槧片玉詞

近有人持宋槧《片玉詞》求售，爲士禮居舊藏本，後有蕘翁跋
云："己巳秋七日，余友王小梧以此《詳注周美成詞片玉集》三册
示余，謂是伊戚顧姓物。顧住吳趨坊周五郎巷，向與白齋陸紹曾鄰，
此乃白齋故物，顧偶得之，托小梧指名售余者。小梧初不識爲何代
刻本，質諸顧千里，始定爲宋刻，且云精妙絶倫。小梧始持示余，
述物主意，索每册白金一鎰。後減至番錢卅圓，執意不能再損。余
愛之甚而又無資，措諸他所，適得足數二十兩，遂成交易，重其爲
未見書也。是書歷來書目不載，汲古鈔本雖有十卷，却無注。裝潢
甚舊，補綴亦雅，從無藏書家圖記，實不知其授受源流。余收得後，
命工加以絹面，爲之綫釘，恐原裝易散也。初見時，檢宋諱字未得，
疑是元刻精本。細核之，惟避'慎'字，'慎'爲孝宗諱，此刊于
嘉定時，蓋寧宗朝避其祖諱，已上諱或從略耳。至詞名《片玉集》，
據劉肅序似出伊命名。然余舊藏鈔本祇二卷，前有晋陽强焕序，亦
稱《片玉詞》，是在淳熙時，又爲之先矣。若《書録解題》美成詞
名《清真詞》，未知與《片玉詞》有異同否？又有《注清真詞》，不
知即劉序所云病舊注之簡略者耶？古書日就湮没，幸賴此種秘笈，
流傳什一於千百。余故不惜多金購之。惟是一二同志，老者老，没
者没，如余之年及艾而身尚存者，又日就貧乏，無以收之，奈何，
奈何！書此志感。"卷首更有蕘圃題詩。按：毛氏、丁氏所刻《片玉

詞》，均有劉肅序而無年月，鄭叔問校勘《清真詞》，遂指劉肅所序之本爲元刻，而此本於序文下有"嘉定辛未"云云，且書爲廬陵陳元龍注。《江西通志·藝文志》稱元龍宋人，注《片玉詞》十卷，是此書爲宋刻無疑。奇書入手，愛不忍釋，留案頭月餘，朝夕相對，後以物主索價甚昂，許以蒬翁十倍之價，尚不肯讓售，卒爲某公子所聞，以重金豪奪以去。放翁詩云："名酒過於求趙璧，異書渾似借荊州。"昆山片玉，握瑜懷瑾，豈真薄福人不能消受耶？回首前塵，真如牧翁兩漢書爲四明謝象山携去時也。

[以上見《春聲》第二集（1916 年）]

二三 徐積餘影曇館詞

近從南陵徐積餘丈處假得金繩武刻《十家詞彙》，中有《影曇館詞》一種，爲仁和吳子述承勛作。其詞幽秀冷艷，黃韵珊嘗比之"翡翠凌波，珊瑚篆月"，故是浙派中健者。復堂《篋中詞》曾錄其〔探芳信〕〔四犯〕〔翠連環〕諸闋，余猶愛誦其小令數首，錄之如下。〔鷓鴣天〕云："消損嬋娟鏡裏容，一春如夢忒惺忪。酒闌憶遠藦蕉雨，病起知寒芍藥風。愁忽忽，恨重重。幾時織在素紈中。淚痕界作烏絲格，寫取新詞餞落紅。"〔浣溪沙〕云："試換羅衣待月明。玉人先上水西亭。鴛鴦睡了莫吹笙。渲碧斜行蘋藥毯，糝金橫幅桂花屏。一池秋水浴雙星。"〔梅花引〕云："柳花飛，杏花稀。落月催人輕別離。美人兮，美人兮，何處片雲，秦時宮闕西。畫成重把鴛紋疊，淚流重把鵑痕拭。九張機，九張機，新織袖羅，紅如紅印泥。"〔浪淘沙〕云："月湧萬山孤，不許雲扶。涼波另織玉浮圖。除却美人和醉衲，没甚稱呼。携策狎春鋤，衣薄風疏。瓜皮艇子百錢租。荻作闌干萍作毯，蓼作流蘇。"

二四 柳河東妹絳子詞

積餘丈又惠余《小檀欒室閨秀詞續鈔》，中有柳河東妹《絳子詞》，附小傳云："絳子薄其姊所爲，河東歸蒙叟，後絳子猶居吳

江垂虹亭，杜門謝客，質釵鐲得千餘金，構一小圍於亭畔，日攤
《金剛》《華嚴》諸經，歸心禪悅，頗有警悟。嘗謁靈岩、支硎等
山，布袍竹杖，飄遥閑適，視乃姊之迷落于白髮翁者，不啻天上人
間。嘉興薛素素女士慕其行，特倔棹擔書，訪絳子于吳門，相見傾
倒，遂相約不嫁男子，以詩文吟答，禪梵討論爲日課。乃同至慧
泉，溯大江而上，探匡廬，入峨眉，題詩銅塔終隱焉。其後，素素
背盟，復至檇李，絳子一人居川中，足迹不至城市。河東君數以詩
招之，終不應。未幾，卒。著有《雲鵑閣小集》行世。"《閨秀詞》
録其春柳詞調〔高陽臺〕寄愛姊一首云："過雨含愁，因風助態，
江南二月春時。少婦登樓，憐他幾許相思。流鶯處處啼聲巧，纖柔
條、摇曳絲絲。散黄金、持贈旗亭，勞燕東西。逢人莫便纖腰舞，
縱青垂若輩，濁世誰知。張緒風流，靈和情更依依。天涯一霎飛花
候，也應嗟、墮溷沾泥。怨東風，吹醒芳魂，吹老芳姿。"蓋諷河
東君而作也。

二五　閣本辛稼軒集

明張大復《梅花草堂筆記》云曾見閣本《辛稼軒集》，凡二
本，而詩餘得半，中有寄調〔賀新郎〕咏水仙花二闋，愛其婉麗，
吟咏累日，詞云："雲卧衣裳冷。看瀟然、風前月下，水邊幽影。
羅襪塵生凌波步，湯沐烟江萬頃。愛一點、嬌紅成暈。不記相逢曾
解珮，甚多情、爲我香成陣。待和泪，搵殘粉。靈均千古懷沙恨。
恨當時、忩忩忘把，此花題品。烟雨凄迷傞俛損，翠被摇摇誰整？
謾寫入、瑶琴幽憤。弦斷招魂無人賦，但金杯的皪銀臺潤。愁滯
酒，又還醒。"按：此詞與嘉靖李氏刊本及四印齋刊本均有異同，
"塵生"作"麈生"，"嬌紅"作"嬌黄"（水仙與紅字太遠，必黄字之訛無
疑。），"恨當時"作"記當時"，"忩忩"作"忽忽"（忩字誤甚。），
"翠被"作"翠袂"（亦袂字佳。），"皪"作"皪"，"還醒"作"獨
醒"。又：大復稱詞有二闋，而僅録其一，疑"二"字亦一時筆
誤，嘉靖本及四印齋本亦止有一闋也。大復又云：閣本用真行篆

隸雜書之，鎸刻遒潤，類名手新落墨者，或云稼軒自爲之。自來刻書，無以真行篆隸并書者，明人好訛，於此可見。

二六　詞家玉律序

月前過城中舊書肆，見吾宗一元所著《詞家玉律》鈔本。破碎已甚，方命工修理，余欲窺其全豹未能也。僅錄其一序以歸。序云："余不解音律，而雅好填詞。刻羽引商，惟譜是賴。顧《嘯餘圖譜》選聲諸書舛錯相仍，余心識其非而莫能正也。殆萬子紅友《詞律》一書起而駁正之，縷析條分，瞭若指掌，《金荃》一道，幾於力砥狂瀾，然其間亦有矯枉太過者，且序次前後，未盡畫一。批閱爲難，思得數月餘，閑重爲釐訂，而拘於帖闊，迫於飢驅，忽忽未果。今春捷南宮，需次京邸，應酬稍暇，始取唐宋諸詞而參酌焉。會陰雨累月，剝啄不斷，濕翠入簾，獨坐小樓，燈光熒熒，漏三下不休，惟聞簾聲樹聲若與余相贈答者。雨霽而書適成，自念生平無他嗜好，《花間》《蘭畹》所樂存焉。減字偷聲之癖，久貽譏于士林，顧鄙陋如余，謬以詞名上達兩宮，翹首紅雲爲之感泣，既自愧且自礪也。繼今以後，惟有手此一編，與周、秦、辛、蘇諸君子尚友千古，以咏歌太平。其敢學俗吏之投筆焚硯，以自弃于盛世哉？是編也，仍名詞家，玉律者何？亦以折衷于萬子之成書，不敢忘所自來也。康熙癸未孟秋朔日，梁溪王一元題于燕山寄寄園之玨青閣。"按：一元，字宛先，占籍鐵嶺，官內閣中書。自訂存詞一千六百餘首，釐爲二十卷，名《芙蓉坊集》。寄園，錢塘趙恒夫給諫園，一元爲給諫所拔士，故久居其家。今《芙蓉坊集》亦在，趙氏詳見吳子律《蓮子居詞話》中，紅友之失，攻之者衆，一元以并世之人而糾正其誤，必有可觀。青氊是吾家故物，行購求之，不使流落天壤間也。

二七　花草蒙拾論詞

《花草蒙拾》，新城王阮亭著，中有一條云："近日雲間作者論詞，有云‘五季猶有唐風，入宋便開元曲’，故尚意小令，冀復古音，屏去宋調，庶防流失。”此語恰中清初詞人之弊。大抵清初人所作小令，雅有《花間》風韵，長調多未講究，未始非此論之屬也。阮亭力辟其說，謂廢宋詞而宗唐，廢唐詩而宗漢魏，廢唐宋大家之文而宗秦漢，然則古今文章，一畫足矣，不必三墳八索至六經三史，不幾幾贅疣乎？此語辨矣，然阮亭所作，亦以小令爲工，習俗移人，可畏哉！

二八 董以寧蓉渡詞話

《花草蒙拾》後附董以寧《蓉渡詞話》，僅六則。第四則云：“其年常云：‘馬浩瀾作詞四十餘年，僅得百篇。昔人矜慎如此。今人放筆頹唐，豈能便得好句？’余與程村極嘆斯言之簡妙。”其年此語，良云簡妙，乃《湖海集》正坐貪多務得之弊，何耶？至蓉渡所作，大都法秀所云泥犁語耳，可以不論。

二九 七頌堂詞繹論詞

潁川劉體仁著《七頌堂詞繹》，以詞之初盛中晚，比之於詩。牛嶠、和凝、張泌、歐陽炯、韓偓、鹿虔扆輩，不離唐絕句，如唐之初，未脫隋調也，非皆小令耳；至宋則極盛，周、張、柳、康蔚然大家；至姜白石、史邦卿則如唐之中；而明初比唐晚，蓋非不欲勝前人，而中實枵然，取給而已，至於神味處，全未夢見。此論殊精，然有明一代，爲詞學最衰之時，比諸晚唐，雖卑之而實尊之。余近輯《梁溪詞徵》，明人著作絕少。一日以語倦鶴，倦鶴曰：“明代詞家，豈惟梁溪人少，即天下能有幾人者！”相與大噱。

三〇 詞曲之辨界限分明

詞曲之辨，界限分明。嘗見《儒林外史》載某名士作《春日寄懷詩》：“桃花何苦紅如此，楊柳忽然青可憐”，自矜創獲，識者笑之。謂上句加一“問”字，填于〔賀新郎〕詞中，尚稱合拍；

下句則等諸自鄶可也。此語論詩詞之辨，正可借鏡。阮亭謂：
"'無可奈何花落去，似曾相識燕歸來'，定非香奩詩；'良辰美景
奈何天，賞心樂事誰家院'，定非草堂詞。"允矣！

[以上見《春聲》第三集（1916 年）]

秋平雲室詞話

王蘊章◎著

《秋平雲室詞話》，王蘊章著。原載《新聞報》
1926 年 1 月 1 日，後收錄於《雲外朱樓集》（上海中孚
書局，1937 年）。屈興國《詞話叢編·二編》、楊傳慶、
和希林《輯校民國詞話三十種》曾收錄該詞話。本書
據《雲外朱樓集》本校錄。

《秋平雲室詞話》目録

秋平雲室詞話

一　詞亦有詞史

詩有詩史，詞亦有詞史。詩中如杜工部之《哀王孫》，哀帝室之飄零也；《兵車行》，傷戰禍之慘酷也；《石豪村》，寫吏役之恣睢，與夫苛政之如虎也。他若《南征》百韵，劫記滄桑；《丹青》一篇，意存感慨。以及白居易之新樂府，元微之之《連昌宮詞》。名篇巨著，皆足備遺山野史之搜，供金鑒千秋之采。詞中類此者，較少於詩。然如南渡末造，德祐乙亥，太學生作〔念奴嬌〕云："半堤花雨。對芳辰消遣，無奈情緒。春色尚堪描畫在，萬紫千紅塵土。鵑促歸期，鶯收佞舌，燕作留人語。繞闌紅藥，韵華留此孤注。　真個恨煞東風，幾番過了，不似今番苦。樂事賞心磨滅盡，忽見飛書傳羽。湖水湖烟，峰南峰北，總是堪傷處。新塘楊柳，小腰猶自歌舞。"〔祝英臺近〕云："倚危欄，斜日暮。漠漠甚情緒。稚柳嬌黃，全不禁風雨。春江萬里雲濤，扁舟飛渡。那更塞鴻無數。　嘆離阻。有恨落天涯，誰念孤旅。滿目風塵，冉冉如飛霧。是何人惹愁來，那人何處。怎知道、愁來不去。"按：前詞三四兩句，謂衆宮女風流雲散，如飛燕辭巢也；第五句謂朝士紛紛引去，如群龍無首也；第六句謂臺官默默無言，如仗馬不鳴也；第七句指太學上書事；第八、第九兩句斥陳宜中也；"恨煞東風"，謂賈似道；"飛書傳羽"，謂北軍至也；"新塘楊柳"，則謂似道新納之寵妾耳。後詞之"稚柳"謂幼君；

"嬌黃"謂太后;"扁舟飛渡",亦指北軍;"塞鴻"指流民;"人惹愁來",謂賈似道之出;"那人何處",謂賈似道之去也。此類詞實可爲詞史之濫觴。近人詞中如臨桂王半塘給諫《校夢龕集》中〔鷓鴣天〕序云:"向與二三同志,爲讀史之約。意有所得,即以是調紀之。取便吟諷,久而不忘,人事作輟,所爲無幾。今年四五月間,久旱酷熱,咄咄閉門,再事丹鉛,漫成此解,并告同志,毋忘前約,爲之不已,亦乙部得失之林也。"借讀史以刺時事,其意顯然。惜半塘詞中,此調僅得四首。其一云:"卅載龍門世共傾,腐儒何意得狂名。武安私弟方稱壽,臨賀嚴裝促辦行。　驚割席、憶橫經,天涯明日是春城。上尊未拜官家賜,頭白江湖號更生。"其二云"群彥英英祖國門。向來宏長屬平津。臨岐獨下蒼生淚,八百孤寒愧此君。　傾別酒、促歸輪,壯懷枉自托風雲。劇憐彩鷁乘濤處,新見蓬萊海上塵。"第三云"屬國歸來重列卿。楊家金穴舊知名。似傳重訂冰山錄,那得長謠潁水清。　仙仗入、篋書傾。空令請劍壯朱生。好奇事盡歸方朔,殿角微聞叩首聲。"第四云"注籍常通神虎門,書生恩遇本無倫。鬼神語祕驚前席,挽輅謀工拾後塵。　空折角、笑埋輪,寓言秦鹿笑翻新。可憐一哄成何事,贏得班姬苦乞身。"此四首刺翁同龢、張佩綸等。引古證今,妙造無迹。翁常熟於稱壽前數日獲譴,孫師鄭詩注中言之甚詳。讀此四詞之第一首,可備見當時情事也。又儀徵劉新甫恩黻〔綺羅香〕《咏紅葉》用玉田韻,第一首上半闋云:"鴨腳黃邊,鴨頭綠後,霜訊朝來寒妒。一樹門前,難覓舊題詩句。縱還我、奪後燕支,懶重過、唱春山路。怕荒溝、流出濤箋,勸郎休回那邊去。"第二首下半闋云:"停車聊放倦眼。誰信西風世界,繁華如許。好不多時,還是夕陽歸路。憑畫手、多買燕支,也難寫、艷春嬌語。笑兒曹,當作花看,醉容和淚舞。"皆指清德宗之珍、瑾二妃而言,故有"奪後燕支""夕陽歸路"之語。新甫所著名《摩援詞》。其〔水龍吟〕《唐花》一解云:"花宮不耐深寒,群仙偷嫁紅塵裏。春愁未醒,憑空數到,番風廿四。喫雨痕輕,釀雲香潤,內家標致。笑貴人金屋，藏嬌買艷，渾不解、溫存意。　　過了試燈天氣。玉簾空、主恩捐弃。當初底事，千薰萬沐，催教梳洗。我亦曾經，鳳城西畔，略窺芳思。嘆龜年老去，凄涼羯鼓，說開元事。”則指庚子拳亂，德國聯軍總帥瓦德西入都，留京諸人，爭納手版求其噓植事也。鄭叔問《比竹餘音》，〔漢宮春〕《庚子閨中秋作》云：“明月誰家，甚今年今夕，多事重圓。移盤夜辭漢闕，貯淚銅仙。珠簾畫棟，倒寒波空影如烟。魂斷處，長門燭暗，數聲驚雁蠻弦。　　還見山河殘影，恁磨成桂斧，補恨無天。凄涼鏡塵，頓掩雲裏嬋娟。東華故事，祝團圞、歸夢空懸。凝坐久，蓬壺翠水，西流好送槎還。”時兩宮西狩，翠華未歸。起韵三句，可謂慨乎言之。廣東鴉片之役，釀成五口通商，爲吾國外交史上之奇耻深痛。方事之殷，鄧嶰筠廷楨總制兩廣，與林少穆詩酒唱酬，刊有《鄧林唱和集》。集中〔高陽臺〕一詞，專記此事。起句云：“鴉度冥冥，花飛片片。”已明點鴉片二字。廣州商人業洋貨者，頗爲此事與外人通款曲，其最著者曰十三行，故詞中亦有“十三行”字樣。每讀一過，不啻一篇《鴉片戰史始末紀》矣。洪楊之亂，向忠武以江南大營，長圍金陵。天國中人，困守危城，勢日窮蹙。自將星遽賁，太平諸王，突圍而出，大江南北，遂無噍類。故江陰蔣鹿潭《水雲樓詞》中〔踏莎行〕一闋云：“壘砌苔深，遮窗松密。無人小院纖塵隔。斜陽雙燕欲歸來，捲簾錯放楊花入。　　蝶怨香遲，鶯嫌語澀，老紅吹盡春無力。東風一夜轉平蕪，可憐愁滿江南北。”感慨淋漓，不嫌意盡。題曰“癸丑三月賦”，蓋志其劫運轉移之時日也，鹿潭亦有心人哉。余嘗欲搜求此類詞，彙爲一編，時備觀覽，似勝昔人集本事之詩，與但爲詞人作箋注記傳者遠甚。况晚近以還，世變紛乘，開千古未有之局，歷五洲未有之奇。倘能本此史筆，爲作新詞，不必侈談“文學革命”，其價值自等於照乘之珠，連城之璧，網裏珊瑚，正不必更向海外求耳。

二　咏物詞難於寄托遥深

咏物詞不難於體物瀏亮，而難於寄托遥深。《樂府補題》，以白蓮喻伯顏，以龍涎喻二聖之蒙塵。香草美人，意在言外。王半塘咏燭〔鷓鴣天〕云：“百五韶光雨雪頻，輕烟惆悵漢宮春。祇應憔悴西窗底，消受觀書老去身。　　花影暗，泪痕新，郢書燕説向誰陳。不知餘蠟堆多少，孤注曾無一擲人。”又〔浣溪沙〕《咏馬》云：“苜蓿闌干滿上林，西風殘秣獨沉吟。遺臺何處是黄金？空闊已無千里志，馳驅枉抱百年心。夕陽山影自蕭森。”借物興感，最爲得體。民國紀元，余于役南洋群島，英屬各地，涉歷殆遍。初意華南僑商，蕴畜宏深，必能摛展瑋抱，以光祖國。及日與晋接，遂有何所聞而來之慨。島中多檳榔，若檳榔嶼，即以此得名。因譜〔齊天樂〕一解以紀之。其末句云：“瓠落年年，棟梁渾坐弃”，蓋不自覺其言之直率矣。

三　黄摩西詞

虞山黄摩西人，才氣橫溢，詩文詞皆如其人。負奇不遇，卒以窮死。歿后其同鄉諸子爲刻《摩西詞》八卷，計和龔定庵《無著詞》一卷、《懷人館詞》一卷、《影事詞》一卷、《小奢摩詞》一卷、《庚子雅詞》一卷、《集外詞》一卷、和張皋文《茗柯詞》一卷、和蔣劍人《芬陀利室詞》一卷。和《無著詞》中〔太常引〕云：“夢中天上醒人間，尚索夢痕看。襟袖浣應難，有無數、香斑泪斑。　　十分輕忽，五分疏懶，圓月誤成彎。情債積如山，祇準備、愁還病還。”〔賣花聲〕《白門作》云：“六代總荒烟。金粉依然。秦淮水照畫闌干。闌外垂楊千卍樹，春在誰邊。　　如此好江山。祇貯青鬟。東南王氣久闌珊。我亦不辭絲竹寫，漸近中年。”〔水調歌頭〕云：“居此大不易，行路亦良難。歲華誰道易邁？但覺日如年。未必世皆欲殺，無奈天還沉醉，創鳥墜驚弦。惜此人不出，傷我道長艱。　　占紫氣，參白骨，擁紅顔。平生仙佛兒女，信誓未曾寒。否則某山某水，準備一耕一釣，二頃去求田。風浪滿人海，枕石聽潺湲。"〔鵲橋仙〕云："吹簫也可，碎琴也可，祇有濫竽計左。舐丹雞犬盡飛昇，却剩得、閑鷗一個。　　青山難買，青鬒難買，莫問爐中竽火。西風落葉大江萍，算一樣飄零似我。"皆探喉而出，人人所欲言而難言者。又〔鳳栖梧〕云："寸心萬古情魔宅，積淚如河，積恨如山叠。欲遣美人都化月。山河留影無生滅。"摩西，多情人也。故能言之深摯若此。

四　篋中詞不免有遺珠之憾

譚復堂《篋中詞》，捃摭甚富，惟較復堂年輩稍後之人，多未列入。即同時儔侶，或以聲氣罕通，或以微尚各異，亦不免有遺珠之憾。《復堂日記》，頗不滿於吾鄉丁杏舲之《國朝續詞綜》。然《聽秋聲館詞話》中，亦正不乏佳構。而采錄未廣，人有同病。如復堂者，則又何説，余嘗欲仿《篋中詞》例，遍搜近人遺著，憔悴江湖，見聞隘陋，抱此宏願，尚未知何日償也。著錄已及者，黃摩西外，有南通周晉琦曾錦《香草詞》，能以語體入詞，如元人之白描高手。〔水龍吟〕云："世間那有神仙，世間那有長生草？世間那有，金丹玉液，服之不老？笑煞當年，秦皇漢武，痴腸愚腦。被兩三方士，萬千謊語，欺惑得，顛還倒。　　三百童男童女，更遠尋、十洲三島。十洲三島，原來都是，虛無縹緲。我道神仙，非靈非異，亦非奇妙。但無榮無辱，一歌一曲，即神仙了。"秀水金希偓鴻佺，纏綿婉轉，高逸之趣，欲遏行雲。〔摸魚兒〕《題歸樵唱晚圖》云："悵匆匆，翠微拾橡，功名都付群竪。裘披五月渾閑事，肯學紅衣漁父。君未悟。怎忍把腰鐮，換了黃金組。歸來何暮。算祇有浮雲，殷勤遮路。留我嶺頭住。　　參天干，多少常留深塢。枝椏肩負幾許。從來才大難爲用，此恨竟成千古。誰最苦。嘆塵世勞薪，骫肉愁空拊。狂歌欲舞。還自問名流，安排第幾，軒冕羞爲伍。"第二首云："最堪傷河橋官柳，燒殘劫火無數。今番侵曉携柯去。免惹別離愁緒。漁也錯，任一舸浮家，欠了官租賦。

層巒穩步。正村落炊烟，焦桐入聽，太息無人顧。　　擔頭上，得失雞蟲幾許。攀援群峭何苦。茅檐堆得榆錢夥，笑比豪家財府。柯爛否？縱石室觀棋，肯被神仙誤。高歌月午。盡帶得雲歸，兒童不識，追逐同飛絮。"慨當以慷處，不減漁陽三弄也。

五　沈寐叟霜花腴詞

朱彊村先生六十覽揆時，余偕春音詞社同人，假長浜路周氏學圃，奉觴上壽。先生旋屬高君野侯繪《霜花腴吟卷》，遍徵題咏。沈寐叟、王靜安、張孟劬、況蕙風、陳倦鶴各譜〔霜花腴〕一解。寐叟詞不多見，録之以見灰囊一迹。"碧瀾霽色，斂新寒，秋山爲整妝容。鼻孔禪撩，顛毛病禿，還來落帽西風。人間斷蓬，著泪痕染遍江楓。度關山萬里雲陰，傷禽不是楚人弓。　　古往今來多事，盡牛山坐看，哀樂無窮。壞井蛙聲，危柯蟻夢，臺邊戲馬忽忽。騎兵老公，莫青袍誤了吳儂。仗萸觴袚惡滌愁，愁來還蕩胸。"

詞史厄談

王蘊章◎著

《詞史厄談》發表於《同聲月刊》1941 年第 1 卷第
5 期、第 7 期，署名"西神"（王蘊章）。本書即據此
校録。

《詞史卮談》目錄

詞史卮談

一　詞亦有史

詩有詩史，詞亦有詞史。詩史如吳梅村之《圓圓曲》，記吳三桂與陳圓圓事，《永和宮詞》，記明思宗寵妃田貴妃事。又如唐白樂天之新樂府，皆於題中標明。詞則隱約其詞，屈曲其聲。或托物以比興，如南宋遺民《樂府補題》，以白蓮喻伯顏，朱彊邨《庚子秋詞》，以紅葉賦瑾妃是也。或借古以諷今，如臨桂王半塘詞集中《讀史》〔鷓鴣天〕諸闋，皆記清光緒朝之政事是也。江陰蔣鹿潭生丁洪楊之亂，《水云樓詞》，多記當時軍事。蓋詞客哀時，文人薄命，憂傷憔悴之餘，望夫君而不見，吹參差以誰思，乃一寄之於詞，以攄其慷慨悲歌之氣，其心彌苦，其志亦可傷矣。余嘗謂無論詩文詞賦，皆須言之有物。若無謂而作，則月露風雲，萬牛回首，正復何關宏怡。況詞史諸作，有繫於一朝掌故，吉光片羽，皆遺山野史之餘，血淚墨痕，盡庾信江關之賦。烏可聽其湮沒，不爲揭櫫，使詞人一片苦心，消沉於紅蟬碧血之中，與白楊衰草，同就澌滅。爰就所知，略爲詮次。隨筆摘錄，未盡珊網之珍，率意攟摭，聊補《金荃》之闕。大雅宏達，幸勿哂其寡陋也。

二　潘佑紅梅詞

南唐張泌、潘佑、徐鉉、湯悦，俱有才名。後主於宮中作紅羅亭，四面栽紅梅，欲以艷曲記之。佑應令曰：“樓上春寒山四面，

桃李不須誇爛漫，已輸了東風一半。"時已失淮南，故佑以詞諷
諫云。

三　韋端己菩薩蠻

　　五季之亂極矣！士大夫生當其際，身非季子，暮楚朝秦，別異
文通，綠波春草。孝穆有思歸之作，蘭成多蕭瑟之詞，人之情也，
傷何如之。然有河梁錄別，翻成決絕之詩，衰白依人，甘作異鄉之
客，其情不尤可悲乎！若韋端己，即其一也。端己著籍江南，奉使
西蜀。初則楊柳驍征，不惶行邁，繼則家山入破，欲返無由。於是
烏頭馬角，指井水以明心，斷梗飄萍，托春風以入夢。回腸蕩氣，
可於其〔菩薩蠻〕四闋中見之。"紅樓別夜堪惆悵，香燈半捲流蘇
帳。殘月出門時，美人和淚辭。　　琵琶金翠羽，弦上黃鶯語。勸
我早歸家，綠窗人似花。"此第一章也。蓋留蜀後寄意之作，言奉
使之志，本欲速歸。"人人盡說江南好，游人祇合江南老。春水碧
於天，畫船聽雨眠。　　鑪邊人似月，皓腕凝霜雪。未老莫還鄉，
還鄉須斷腸。"第二章述蜀人勸留之辭，即下章云"滿樓紅袖招"
也。江南即指蜀。中原沸亂，故曰"還鄉須斷腸"也。"如今却憶
江南樂，當時年少春衫薄。騎馬倚斜橋，滿樓紅袖招。　　翠屏
金屈曲，醉入花叢宿。此度見花枝，白頭誓不歸。"上云"未老莫
還鄉"，猶冀老而還鄉也。其後朱溫篡成，中原愈亂，遂決勸進之
志。故曰"如今却憶江南樂"，又曰"白頭誓不歸"，則此詞之作，
其在相蜀時乎？"洛陽城裏春光好，洛陽才子他鄉老。柳暗魏王
堤，此時心轉迷。　　桃花春水綠，水上鴛鴦浴。凝恨對斜暉，
憶君君不知。"此章仍復思唐之意。山上蘼蕪，未忘故劍，山中桂
樹，空憶王孫。詞客多情，爲之三嘆。

四　歐陽永叔蝶戀花

　　黨錮之禍，漢宋如出一轍，而元祐翻案，朝中正人，幾斥逐一
空。讀史至此，未有不廢書興慨者。廬陵目擊時艱，尤難爲懷。黨

人碑上，工少安民，點將錄中，名標復社，一網打盡，是何肺肝。故於〔蝶戀花〕一詞中，備致悵惜之意。此詞以“庭院深深深幾許”發端，亦見馮延巳《陽春集》中，或遂有疑爲馮作，而闌入歐公集內者。然李易安詞序云：“歐陽公作〔蝶戀花〕，有‘庭院深深深幾許’之句，余酷愛之，用其語作‘庭院深深’數闋，其聲即舊〔臨江仙〕也。”易安去歐公未遠，其言必非無據，得此可一雪千載疑案矣。“庭院深深深幾許？楊柳堆烟，簾幕無重數。玉勒雕鞍游冶處，樓高不見章臺路。　　雨橫風狂三月暮。門掩黄昏，無計留春住。泪眼問花花不語，亂紅飛過秋千去。”庭院深深，閨中既以邃遠也。樓高不見，哲王又不寤也。章臺游冶，小人之徑，雨橫風狂，政令暴急也。亂紅飛去，斥逐者非一人而已。殆爲韓范作乎？

五　德祐太學生二詞

〔百字令〕云：“半堤花雨，對芳辰消遣，無奈情緒。春色尚堪描畫在，萬紫千紅塵土。鵑促歸期，鶯收佞舌，燕作留人語。繞欄紅藥，韶華留此孤注。　　真個怕殺東風，幾番過了，不似今番苦。樂事賞心磨滅盡，忽見飛書傳羽。湖水湖烟，峰南峰北，總是堪傷處。新塘楊柳，小腰猶是歌舞。”按春色二句，謂衆宮女行也。鵑促句，謂朝士去也。鶯收句，謂臺官默也。燕作句，謂太學生上書也。孤注，謂祇陳宜中在也。真個三句，謂賈似道也。飛書句，謂北軍至也。新塘楊柳，謂賈似道妾。《西湖志餘》云：張淑芳，西湖樵家女。理宗選妃日，賈似道匿爲己妾，即德祐太學生〔百字令〕中所指“新塘楊柳”也。有無名氏題壁云：“山上樓臺湖上船，平章醉後懶朝天。羽書莫報樊城急，新得蛾眉正少年。”淑芳亦知必敗，營別業以遯迹焉。木棉禍作，自度爲尼，罕有知者。詞數闋，今錄其〔浣溪沙〕云：“散步山前春草香。朱闌綠水繞吟廊。花枝驚墮繡衣裳。　　或定或搖江上柳，爲鶯爲鳳月中簧。爲誰掩抑鎖雲窗。”〔更漏子〕云：“墨痕香，紅蠟泪，默默愁人離思。桐葉落，蓼花殘，雁聲天外寒。　　五雲嶺，九溪隖，待到秋來更苦。風淅淅，水淙淙，不教蓬徑通。”至今五雲山下九溪隖尚有尼庵。或云：新塘，淑芳所居地名也。按明季史可法侍姜李愫，明亡爲尼，嘗爲《霜猿集》作序。淑芳知賈必敗，先營別業，如圓圓之遁入空門，亦未可厚非，獨惜其去之不早耳。又〔祝英臺近〕詞云：“倚危闌，斜日暮，驀驀甚情緒。稚柳嬌黃，全未禁風雨。春江萬里雲濤，扁舟飛渡，那更聽塞鴻無數。　嘆離阻。有恨流落天涯，誰念泣孤旅。滿目風塵，冉冉如飛霧。是何人惹愁來，那人何處，怎知道愁來不去。”　　按稚柳謂幼君，嬌黃謂太後，扁舟飛渡謂北軍至，塞鴻指流民也。人惹愁來，謂賈似道出，那人何處，謂賈似道去。

六　韓琮楊柳枝

韓舍人琮，事蜀王衍，爲五鬼之一。然其所作〔楊柳枝〕詞云：“梁苑隋堤事已空。萬條猶舞舊春風。那堪更想千年後。惟見楊花入漢宮。”“枝鬥纖腰葉鬥眉。春來無處不如絲。灞陵原上多離別。少有長條拂地垂。”意蓋借此以資諷諫。味其詞意，亦何減於橫汾秋雁之唱。世有不可以人廢言者，琮其一也。

七　謝任伯豆葉黃

謝任伯字克家，東京故老。年七十，以忤權相蔡元長下獄，久之得釋。徽宗北狩，克家作〔豆葉黃〕詞云：“依依宮柳拂宮牆。臺殿無人春晝長。燕子歸來依舊忙。憶君王。月破黃昏人斷腸。”此詞與五代鹿虔扆之〔臨江仙〕一詞，“暗傷亡國，清露泣香紅”，同爲采薇逸響。

八　宋時寄托家國詞

自古亡國之慘，莫過於趙宋。北宋則青衣行酒，南冠憐二聖之囚。南宋則白雁飛來，三日恨江潮之至。加以宮中粉黛，翠輦隨行。馬上蛾眉，黃絁入道。厓山半壁，塊肉無存。天水兩朝，人心不死。是以汐社遺民，補題樂府。周京故老，致慨黍離。鈿蟬金雁，即銅駝荊棘之吟；漆碗銀燈，換璧月瓊枝之唱。攀龍髯於異代，碧血千年；翻駕瓦於六陵，冬青一樹。言者無罪，歌也有思。大都屈曲其詞，玲瓏其聲。其志隱，故托物以起興。其情哀，故百世而如見。更能消幾番風雨，浪淘盡千古英雄。稼軒、白石、碧山三家，尤幾於每飯不忘君國，造微極幽。詞人至此，其詣高矣，深矣，蔑以加矣。茲類列所作，略為疏證。讀者比而觀之，可知《金荃》《蘭畹》中，自有絕大寄托。慧能一脉，實啓南宗。禪鐙不滅，誰歟傳黃梅之衣缽者。靈芬遙接，馨香祝之。

九　辛弃疾愛國詞

辛弃疾〔永遇樂〕《京口北固亭懷古》："千古江山，英雄無覓孫仲謀處。舞榭歌臺，風流總被雨打風吹去。斜陽草樹，尋常巷陌，人道寄奴曾住。想當年，金戈鐵馬，氣吞萬里如虎。　　元嘉草草，封狼居胥，贏得倉皇北顧。四十三年，望中猶記，烽（一作燈）火揚州路。可堪回首，佛貍祠下，一片神鴉社鼓。憑誰問，廉頗老矣，尚能飯否。"此詞意在恢復。故追數孫劉，皆南朝之英主也。屢言佛貍，以拓跋比金人也。〔菩薩蠻〕《書江西造口壁》："鬱孤臺下清江水，中間多少行人泪。西北是長安，可憐無數山。　　青山遮不住，畢竟東流去。江晚正愁余，山深聞鷓鴣。"造口是金人追隆裕太后處。山深聞鷓鴣，謂恢復之事，竟行不得也。〔踏莎行〕《和趙國興知錄韻》："吾道悠悠，憂心悄悄，最無聊處秋光到。西風林外有啼鴉，斜陽山下多衰草。　　長憶商山，當年四老，塵埃也走咸陽道。為誰書到便幡然，至今此意無人曉。"起首二句，謂恢復之議，同志之人絕少也。按慶元黨禁云："嘉泰四年，辛弃疾入見，陳用兵之利，乞付之元老大臣，韓侂冑大喜，遂決意開邊。稼軒初以韓為可倚，銳意興復。後見國事之不可為，故於造口書壁詞中，深致感喟。"觀其〔鷓鴣天〕詞《有客慨然談功名，因追念少年時事，戲作云》："壯歲旌旗擁萬夫。錦襜突騎渡江初。燕兵夜娖銀胡䩮。漢箭朝飛金僕姑。　　追往事，嘆今吾。春風不染白髭鬚。却將萬字平戎策，換得東家種樹書。"又《爲陳同甫賦壯詩以寄之》〔破陣子〕云："醉裏挑燈看劍，夢回吹角連營。八百里分麾下炙，五十弦翻塞外聲。沙場秋點兵。　　馬作的盧飛快，弓如霹靂弦驚。了却君王天下事，贏得生前身後名。可憐白髮生。"合數詞觀之，稼軒心事，躍然如現紙上。初時豪興，一再遇挫，遂付之無可奈何。其〔祝英臺近〕詞云："寶釵分，桃葉渡，烟柳暗南浦。怕上層樓，十日九風雨。斷腸點點飛紅，都無人管，更誰勸流鶯聲住。　　鬢邊覷，試把花卜歸期，纔簪又重數。羅帳鐙昏，哽咽夢中語。是他春帶愁來，春歸何處，却不解帶將愁去。"詞中點點飛紅，傷君子之弃。流螢，惡小人得志也。春帶愁來，其刺趙張乎？説者謂稼軒初主興復，率意輕言，後復自悔。此不知稼軒者也。"不知筋力衰多少，但覺新來懶上樓"及"却將萬字平戎策，換得東家種樹書"，可謂之怨，不可謂之悔。稼軒么弦獨唱，斜陽烟柳詞中"長門事，準擬佳期又誤，蛾眉曾有人妒"，已自道其心事矣。要其忠義激發，流露於毫楮間，固詞中射雕手也。

一〇　張孝祥愛國詞

南宋詞人，繫情舊京。凡言歸路，言家山，言故國，皆恨中原隔絶。周草窗選《絶妙好詞》，以張孝祥于湖爲首，亦有深意。蓋草窗生宋之末造，見韓侂胄函首，知恢復之事無望。時廷臣多主議和，獨于湖非主和者，故特以其詞首列之。《宋史·張孝祥傳》曰："渡江初，大議惟和戰，張浚主復仇，湯思退主秦檜之説，力主和。孝祥爲宋四狀元之一，出入二人之門，而兩持其説，議者惜之。"按孝祥登第，思退爲考官，然以策不攻程氏專門之學，高宗親擢爲第一，則非爲思退所知也。《本傳》又言："張浚自蜀還朝，薦孝祥，召赴行在。孝祥既素爲湯思退所知，及受浚薦，思退不悦。孝祥入對，乃陳二相當同心勠力，以副陛下恢復之志。且靖康以來，惟和戰兩言，遺無窮禍，要先立自治之策以應之。復言用才之路太狹，乞博采度外之士，以備緩急之用。上嘉之。"按大臣異論，人才路塞，俱非朝廷所以自治之道。孝祥所陳，可謂知恢復之本計矣。傳乃謂兩持其說，何見之淺也。故北宋之初，未嘗不言和，由自治有策。南宋之末，未嘗不言戰，以自治無策。于湖《過洞庭》〔念奴嬌〕詞，上半闋結拍云："悠然心會，妙處難與君說"，亦惜朝廷難與暢陳此理也。稼軒之志，正與于湖相同。其〔永遇樂〕詞歇拍"廉頗老矣"云云，蓋斗酒食肉，猶思用趙，後人哀其志而憐其遇可耳。